Petra Oelker, geboren 1947, arbeitete als Journalistin und Autorin von Sachbüchern und Biographien. Mit «Tod am Zollhaus» schrieb sie den ersten ihrer erfolgreichen historischen Kriminalromane um die Komödiantin Rosina, neun weitere folgten. Zu ihren in der Gegenwart angesiedelten Romanen gehören «Der Klosterwald», «Die kleine Madonna» und «Tod auf dem Jakobsweg». Zuletzt begeisterte sie mit zwei Romanen, die zur Kaiserzeit spielen: «Ein Garten mit Elbblick» und «Das klare Sommerlicht des Nordens» sowie mit «Emmas Reise», einer Road Novel in der Zeit nach dem 30-jährigen Krieg.

«Oelker ist eine souveräne Erzählerin, der man gern in ihren bunten, dichten Kosmos aus privaten Verstrickungen, Geschäft und gesellschaftlichen Konventionen folgt.» (Die Welt)

Petra Oelker

DIE BRÜCKE ZWISCHEN DEN WELTEN

Roman

Rowohlt Taschenbuch Verlag

Veröffentlicht im Rowohlt Taschenbuch Verlag, Hamburg, November 2019
Copyright © 2018 by Rowohlt Verlag GmbH, Reinbek bei Hamburg
Vorsatzkarte Konstantinopel und das westliche Kleinasien.
Handbuch für Reisende von Karl Baedeker. Leipzig 1905
Covergestaltung any.way, Barbara Hanke / Cordula Schmidt
Coverabbildung akg-images
Satz aus der Jenson Jenson Pro OTF
bei Dörlemann Satz, Lemförde
Druck und Bindung GGP Media GmbH, Pößneck, Germany
ISBN 978-3-499-27468-8

*Für Eileen. Und Walter,
Christiane und Moni.*

*Aufrecht sein soll der Mensch,
aber nicht aufrecht wie ein Minarett,
sondern aufrecht wie eine Zypresse.*

Alttürkische Lebensweisheit

DIE HAUPTPERSONEN

Ludwig Brehm, alias Hans Körner, Teppichverkäufer, stolpert in einer Hamburger Destille in ein neues Leben und reist nach Konstantinopel.

Milena Bonnard, Französin mit russischen Wurzeln, Gesellschafterin der Madame Labarie und auf der Suche; meistens fröhlich, gerät trotzdem in die Bredouille.

Alfred Ihmsen, Kommerzienrat, orientalisierter Preuße, Teppichhändler und -sammler, gerne großzügig, kennt Gott und die Welt auf beiden Seiten der Brücke, mag die multiethnische Gesellschaft am Bosporus.

Edith Witt, geb. Thompson, Witts zweite, geliebte und liebende Ehefrau, sie liebt auch ihren Flügel und Ägyptischen Jasmin, hat weite Träume, schließlich auch Pläne.

Richard Witt, Neffe & Kompagnon des Kommerzienrats, liebt (in noch ungewisser Reihenfolge) Edie, Teppiche, seine Kinder und die Türkei, das wilde weite Land.

Marianne und Rudolf Witt, die Kinder aus Richard Witts erster Ehe, sehnen sich nur nach ihrer verstorbenen Mutter.

Lydia Heinbroich, Tante und einzige Vertraute der Witt'schen Kinder, klug, vielleicht erfolgreich.

Charlotte Labarie, Französin, wohlhabende, stets etwas schläfrig erscheinende Witwe, liebt Tolstoi (nur literarisch) und ihr neues Grammophon, ein bisschen auch Milena B. (fast mütterlich).

Sergej Michajlow, russischer Maler, manchmal charmant, mit undurchsichtiger Vergangenheit und zweifelhafter Zukunft.

Leutnant Salih, mittlerer Sohn Ahmet Beys, liebenswürdig, hofft auf den Fortschritt, wird ohne sein Wissen eine wichtige Person.

Commander William Thompson, Royal Navy, britischer Harbourmaster, bisschen irisch, kennt erst recht Gott und wirklich die Welt, liebt seine Kinder und Enkel, so auch Tochter Edie, und seine Frau Mary; ist notfalls zu Schandtaten bereit.

PROLOG

1920

Er war lange unterwegs gewesen. Die Tage, die Wochen, die Monate seit dem Aufbruch hatte er nicht gezählt. Nach vielen Umwegen lag das Ziel des Ritts nun vor ihm, die weite Bucht. Als junger Mann hatte er gerne betont, das Leben habe ihn in die schönste Stadt und an die schönsten Ufer des Universums geschickt. Wenn man die Größe des Universums bedachte, war das ein vermessener Satz, aber jetzt, im Schatten einer Zeder auf einem der Hügel über jener Stadt, sah er, dass es immer noch stimmte.

Damals war jede Minute von Bedeutung gewesen, obwohl die Menschen im Orient mit diesen Dingen sehr viel duldsamer waren als die aus dem Norden Europas. Der Norden Europas war ihnen das Maß aller Dinge gewesen. Wenn man dort, wo er jetzt herkam und vielleicht sogar zu Hause war, vom Norden sprach, waren Georgien oder auch nur eins der Täler hinter dem nächsten Bergmassiv gemeint. Manchmal Moskau. Von dort war viel Kälte gekommen, von einer anderen Art als von den Gipfeln des Kaukasus.

Die Minuten waren ihm längst nicht mehr wichtig, der Tag ging vom Morgen bis zum Abend, dann kam die Nacht. So war der Lauf. Er kannte sich mit den Jahreszeiten aus, auch mit den Monaten, er las in dem, was aus der Erde wuchs und verging, im Verhalten der Tiere, in den Wolken, besonders im Licht, dem Stand der Sonne und der Sterne. Er hatte viel Neues gelernt. In all der Zeit, seit er fort war.

Das ging ihm durch den Kopf, während er über dem Ufer bei Üsküdar stand, das er früher Skutari genannt hatte. Auch das ging ihm jetzt zum ersten Mal durch den Kopf, diese verschiedenen Namen in den verschiedenen Lebenswelten für denselben Flecken Erde.

Das Pferd schnaubte sanft, er spürte es an seiner Schulter, die Wärme, den vertrauten Geruch. Er winkelte den Arm an, um den starken Hals des Tieres zu umfassen, das Gefühl in seiner Armbeuge war ihm angenehm, auch das schon für den Winter bereite dichte Fell, dann gab er dem Pferd einen zärtlichen Klaps.

«Da drüben», murmelte er und wies vage nach dem noch weit entfernten anderen Ufer, «da drüben.»

Er sprach gerne mit seinem Pferd, und er wusste, das Pferd hörte ihm und seiner Stimme auch gerne zu. Da drüben – das war Konstantinopel. Istanbul. Auch Pera und Galata. Alles glich noch dem Bild in seiner Erinnerung: zuerst die stets bewegten Wasser des Marmarameeres, die Einfahrt in das Goldene Horn mit der Brücke, rechts der Bosporus – manche der Schiffe, die auf ihm fuhren oder nahe den Quais auf Reede lagen, sahen anders aus als damals –, dann die so vielfältig bebauten Ufer. Vor allem aber die mächtigen Kuppeln und Minarette der Moscheen, die Gärten mit den stolzen alten Bäumen. Nichts war zerstört worden, aber alles war größer und prächtiger, als er es in seiner Erinnerung bewahrt hatte. Womöglich lag es nur am Licht, der Herbst malte ganz eigene Bilder. Das galt im Kaukasus wie an der Pforte zu Europa.

Wieder schnaubte das Pferd. Er verstand die Ungeduld des Tieres, aber er teilte sie nicht mehr. Er war lange genug ungeduldig gewesen. Trotzdem hatte er auf seinem Ritt immer wieder Umwege genommen und sich einige Zeit aus diesem oder jenem Grund aufgehalten. Je näher er in all den Monaten seinem Ziel und dem Ende der Reise gekommen war, umso dünner war auch der letzte Rest der Ungeduld geworden. Er hatte sich nur ab und zu zur Eile ermahnt, weil es nützlich war, vor dem Winter anzukommen, um nicht Gefahr zu laufen, wie viele in den letzten Jahren zu verhungern oder zu erfrieren, Menschen und Tiere.

Einmal hatte er überlegt, auf dem Rückweg weiter südlich, entlang der alten Karawanenstraße zu reiten. Die Berge im Norden waren im Winter keine Option. Südlich verlief nun die Eisenbahnlinie, und Dörfer wucherten zu Städten. Er hatte die Aufenthalte in den Karawansereien immer vorgezogen, damals schon, die Gerüche und die Geräusche, die Kamele, Pferde und Maultiere, Herden, die Gesellschaften der Männer, Geschichten, die man sich am Feuer und unter den Arkaden um den Innenhof erzählte.

Er hatte gehört, in Mitteleuropa sei der Krieg wirklich zu Ende. Abermillionen Tote, Versehrte und Verschleppte. Hier war noch Krieg. Er war ihm in den letzten Monaten nicht oft begegnet. Wenn man schlau und wachsam war wie ein Fuchs, in der Stille nach langem Getöse die Zeichen kreisender Geier zu deuten verstand, in den Dörfern und auf den Plätzen am Feuer gut zuhörte, war es in der Weite der Landschaften möglich auszuweichen.

Er fasste die herabhängenden Zügel und schnalzte leise, was überflüssig war, das Pferd spürte seine Bewegung und bewegte sich mit ihm. Vielleicht sollte er dem Tier einen Namen geben, ihr gemeinsamer Ritt war lang genug gewesen. Sie waren im Frühsommer aufgebrochen, als es in der grünen Weite der Hochebenen und Täler klatschmohnrot geleuchtet hatte, auch gelb und violett, blau und weiß, als noch der Morgennebel in den Tälern gestanden hatte, lange vor der alles dörrenden Hitze der Sommerwochen. Die Namen der meisten Blüten kannte er nicht. Damals, als der Gang der Zeit und das Bücherwissen noch so wichtig gewesen waren, hätte er danach gefragt. Nun sah er die Schönheit, manchen Pflanzen gab er eigene Namen aus seiner Phantasie und fand es tröstlich, dass ihr Verblühen und Vergehen schon der Anfang ihrer Erneuerung und Wiederkehr war.

Schließlich gab er dem ungeduldigen Hufescharren des Pferdes nach – vielleicht sollte er es Üsküdar nennen, der Klang des Wortes hatte ihm schon immer gefallen – und führte es die Straße zum Anleger hinab. Ein Fährboot brachte sie beide hinüber und zurück in die Welt, die er gut gekannt und geliebt hatte. Er glaubte nicht, dass diese Welt auch aus der Nähe unverändert geblieben war. Nichts blieb auf Dauer unverändert, das war ein Gesetz der Natur. In die Berge und Täler des Kaukasus waren oft Nachrichten gekommen, Soldaten, Händler, Flüchtende, Hirten, Nomaden – alle wussten etwas, und in den Dörfern, den Gasthäusern und an den Lagerfeuern am Wege hatte er immer wieder Neues gehört, auch von manchem, das sich am Bosporus oder in Anatolien ereignet hatte. Jedoch nie, natürlich nie, wie es um den alten Konak und die Villa am Ende des Gartens stand.

Er unterschied sich nicht von den Männern, die im Hafen von Haydarpaşa und auf den Landgütern arbeiteten oder auf der Suche nach Lohn und Brot vom Land in die Stadt kamen und nach dem europäischen Ufer des Bosporus übersetzten. Er beherrschte die Sprache des Landes nun mit dem schrofferen Unterton des Ostens. Seine Hände waren rau und breit, seine Schultern ein wenig gebeugt, aber sicher stark genug für schwere Arbeit, das Gesicht mit der wulstigen Narbe über Wange und Augenbraue unter dem schon fast weißen Haar war von Wind, Sonne und Staub dunkel. Noch beachtete ihn niemand. Als er an Land ging, fühlte er sich unsichtbar, und so war es ihm recht.

1. KAPITEL

Im Mai 1906

Der Zug legte sich ratternd in die gestreckte Kurve und schickte einen heulenden Pfiff in die Nacht. Der junge Reisende im letzten Coupé des dritten Waggons schreckte aus seinem Dösen auf und beugte sich zum Fenster. Die Vorhänge waren nicht zugezogen, er brauchte den weiten Blick in die vorbeiziehenden Landschaften, um sich nicht gefangen zu fühlen, selbst wenn sie in der nächtlichen Dunkelheit versanken.

Er war unterwegs, hinaus in die Welt und eine neue Freiheit, dennoch fühlte er sich in der Falle. Zwei Mal, in Berlin und in Breslau, hatte er mit dem Koffer an der Tür gestanden, als der Zug hielt. Da war es noch Zeit gewesen auszusteigen, aus dem Zug und dem ganzen verrückten Unternehmen. Er war nicht ausgestiegen.

Die Nacht war nun tiefschwarz. Er hatte sein Leben in einer der größten Städte des Reichs verbracht, dort brannten irgendwo immer Lichter, die absolute Dunkelheit unter diesem Himmel kannte er nicht. Da war kein Stern, kein irdischer Lichtschein zeugte von einem Dorf oder einer hinter Hügeln verborgenen Stadt. Warum pfiff ein Zug in dieser Einöde, fern jeder menschlichen Behausung? Er stellte sich vor, das Pfeifen der Lokomotive scheuche Wölfe von den Gleisen. Im Deutschen Reich waren die gelbäugigen Jäger fast ausgerottet, über den Balkan hingegen streiften noch zahllose Rudel, so hieß es. Er hätte gerne eines gesehen.

Der Zug rollte nun langsamer, schließlich passierte er eine einsam gelegene Bahnstation. In einem der Fenster schimmerte ein mattes Licht wie ein Zeichen der Zuversicht. Eine Gestalt auf dem Perron, in der Dunkelheit nur eine vage Silhouette ohne Gesicht, grüßte mit der Hand an der Mütze den stampfend wieder Fahrt aufnehmenden Zug. Der Bahnhofsvorsteher, so dachte unser Reisender, grüßt die Züge wie Fürsten, selbst mitten in der Nacht, wenn die Welt schläft. Er überlegte flüchtig, ob einer, der den komfortablen Waggons immer nur nachsehen durfte, Sehnsucht fühlte mitzufahren. Bis zur Endstation, wo Europa endete und Asien begann.

Er wäre gerne wieder eingeschlafen, endlich tief und fest, wie ein Kind ohne Angst. Doch bei aller Müdigkeit war er hellwach, und plötzlich, vielleicht zum ersten Mal, seit sein Leben aus den Fugen geraten war, spürte er die ganze Wucht der Ereignisse. Als das Zittern und der Schwindel nachließen, schalt er sich einen Narren. Wer sich für einen solchen Handel entschied, konnte nur ein Narr sein. Für ein Jahr, so war es verabredet. Ein Jahr war eine sehr lange Zeit, auch für einen Narren.

Er lehnte sich zurück in das Polster und zog fröstelnd das herabgerutschte Reiseplaid über die Knie. Er hatte das Coupé für sich, der Zug war nicht ausgebucht, das hatte ihn erleichtert, so musste er nicht gleich mit dem Lügen beginnen.

Es war in einem anderen Leben und doch erst vor wenigen Stunden gewesen, als er auf der Suche nach einem Ausweg durch die Stadt gelaufen war, um endlich am Hamburger Hafen in die nächstbeste Destille zu stolpern, vier Stufen abwärts ins Souterrain. Das hatte er sehr passend gefunden. Im Gastraum mit der behäbigen Theke, die Zapfhähne halbwegs geputzt, eine Kruke mit Soleiern in der Ecke, gläserne Bierkrüge an der Wand, hatte er sich müde auf einen Stuhl fallen lassen. Das Lokal sah nicht so übel aus, wie es von draußen erschienen war. Das fand er enttäuschend. Brooks hatte ihn entlassen, von heute auf morgen auf die Straße gesetzt, ungerecht und despotisch. Dann ging er selbst den nächsten Schritt: weiter abwärts, wenn es sich so ergab, bis in die Gosse. Er wollte sich betrinken, das tat man doch in der Gosse, und wenn ihm einer in die Quere kam, wollte er zuschlagen. Darauf hatte er sich nie verstanden, weder auf das Betrinken noch auf das Zuschlagen. Dies war die Nacht, endlich beides zu tun.

An den alten Tischen saßen nur wenige Gäste. Keiner sah aus, als sei er für eine Schlägerei gut. Der Geruch nach Bier und dem kalten Qualm billiger Zigarren vermischte sich mit dem des süßlichen Parfums zweier Frauen, die am hinteren Tisch eine Suppe löffelten, ohne den Neuankömmling über einen kurzen taxierenden Blick hinaus zu beachten.

Der Wirt reichte ihm ein frisch gefülltes Bierglas über den Tresen, er nahm es, zu sehr mit seinem tiefen Fall beschäftigt, um sich zu wundern, und trank hastig.

«Holla! Ich glaube, das war meines», rief eine Männerstimme von der Tür zum Abtritt im Hof. «Aber trinken Sie nur, hier wird sicher schnell gezapft.»

Hans Körner wandte sich nach der Stimme um, sie

klang so grässlich unbeschwert. Seine Augen hatten sich an das dumpfe Licht gewöhnt, dennoch erkannte er den Mann erst, als der sich mit einem flüchtigen «Sie erlauben doch?» zu ihm setzte.

Damit hatte es angefangen.

«Mir scheint, Sie können das Bier besser brauchen als ich», fuhr der andere munter fort, «alleine trinken ist allerdings ungesund. Es schlägt doppelt auf die Leber und dazu aufs Hirn; vor allem ist es sehr langweilig. Finden Sie nicht?»

Körner sah sein Gegenüber missmutig an. Um Konversation zu machen, hätte er sich ein besseres Gasthaus gesucht. Er wollte nur trinken, und zwar allein.

«Ach, wie eitel von mir», befand der andere in seinem beiläufigen Plauderton, «ich war sicher, Sie hätten mich erkannt. Erinnern Sie sich denn gar nicht? Kein kleines bisschen? Ich halte mich durchaus für bemerkenswert.» Er lachte mit unterdrücktem Prusten. «Das war ein Scherz, falls Sie es nicht so verstanden haben. Sie sind Körner! Der Mann, der alles über Teppiche aus dem Orient weiß. Wir sind uns im Lager und im oberen Verkaufsraum bei den ganz edlen Persern begegnet. Im Gegensatz zu Ihnen habe ich keine Ahnung von diesem Metier.» Er sah sich nach dem Wirt um und hielt mit ungeduldig winkender Geste einen Daumen hoch. «Brehm», sagte er dann, «ich bin Ludwig Brehm, Direktionshospitant im ehrwürdigen Teppichhaus Weise am Neuen Wall. Bis gestern, Gott sei Dank nur bis gestern. Jetzt kann ich weiterziehen. Sie haben mir neulich die Feinheiten eines Seidenteppichs erläutert, irgendwas Osmanisches, wirklich hübsch, ich habe an den passenden Stellen ‹kolossal› und ‹interessant› gesagt, Sie haben das sicher durchschaut. Jetzt müssen Sie sich aber erinnern. Ich erinnere mich jedenfalls genau. Allerdings kann ich mit meinem Gedächtnis für Namen und Gesichter im Varieté auftreten. Wie diese rechnenden Pudel, Sie wissen schon.»

Der Mann, der in dieser Nacht noch Hans Körner hieß, ein Name übrigens, der ihm schon lange als zu verwechselbar und kleinbürgerlich missfallen hatte, lachte endlich – es klang dünn, aber es war ein Lachen, und Brehm nickte mit zufriedenem Grinsen.

Jetzt erinnerte Hans Körner sich an den gelangweilten jungen Schnösel und auch an den Seidenteppich, eines der kostbarsten Stücke im Haus Weise, nur schien der Mann ihm gegenüber jetzt ganz und gar nicht schnöselig, auch wenn er eher in Cölln's Austernkeller als in eine Souterrain-Destille passte.

«Doch, natürlich erinnere ich mich», versicherte Körner halbherzig, «es ist hier so schummerig, da habe ich nicht gleich ... der Teppich war allerdings türkisch, ein echtes Kunstwerk aus Hereke. Was tun Sie hier?»

«Bier trinken», erklärte Brehm. «Ich verschwinde morgen auf Nimmerwiedersehen und will in einer echten hanseatischen Hafenkneipe Abschied nehmen. Na gut», er blickte sich abwägend um, «weit und breit kein Seemann oder einäugiger Pirat, mit deren Bekanntschaft ich in Zukunft angeben könnte. Wirklich schade. He, Meister, nicht schon wieder!»

Der Wirt hatte das gerade bestellte Bier gebracht und nach kurzem Zögern vor Körner auf den Tisch gestellt. Er war ein stämmiger Mann mit Bismarckfrisur und Kaiser-Wilhelm-Bart, was in sich ein Widerspruch war, jedenfalls politisch gesehen, aber für Respekt sorgte. Diese beiden jungen Herren waren ihm egal, solche verirrten sich schon mal in seinen Keller, aber nie ein zweites Mal. Er brummelte etwas, das nach «Zwillinge» klang und «da kann man sich schon mal vertun», und brachte ein zweites Glas von der Theke.

«Sie halten uns für Brüder?», fragte Brehm amüsiert. «Sogar für Zwillinge?»

Der Wirt zuckte die Achseln. «Könnt man denken», knurrte er und kehrte zu seinen Zapfhähnen zurück. Er war ein guter Wirt und trotzdem kein schwatzhafter Mann, das überließ er den Gästen.

Brehm musterte sein Gegenüber mit neuer Aufmerksamkeit, nur für einen konzentrierten Moment, dann griff er sein Henkelglas und nahm einen großen Schluck. Als er es absetzte, zeigte er wieder sein sorgloses Jungengesicht.

«Was werden Sie nun tun, nachdem der eitle Glatzkopf Sie vor die Tür gesetzt hat? Wollen Sie sich nicht wehren? Bei Weise hat sich die Geschichte schon herumgesprochen, und mir schien, die meisten sind heimlich auf Ihrer Seite. Natürlich hat so ein Prokurist Macht, erst recht wenn der Inhaber der Firma mit der Dépendance in New York beschäftigt ist, und sicher war es keine Sternstunde der Diplomatie, als Ihnen der Kragen geplatzt ist. Wobei ich ‹farbenblinder Gockel› recht treffend finde, mir wären noch ein paar unfreundlichere Tiere eingefallen. Also, was wollen Sie jetzt unternehmen? Werden Sie ihm das Feld einfach überlassen?»

Hans Körner war irritiert. Er wusste nichts von Ludwig Brehm, als dass er ein Hospitant im Chefkontor war. Also einer dieser zumeist jüngeren Söhne wohlhabender Eltern, die sich nach ein paar vergnügten Universitätssemestern einige Wochen in der Welt der Geschäfte umsehen sollten. Dann folgte gewöhnlich eine monatelange noch vergnüglichere Reise um den halben oder auch ganzen Globus und endlich ein Posten, der bei exzellenter Bezahlung viel Zeit für all die wichtigen Frühstücke und Herrenabende ließ, die Golfrunden und Segelpartien, Ausritte, Winterbälle und Teenachmittage mit Damen, Reisen ans Meer, ob im Süden oder im Norden. Eine solche Existenz wäre ihm selbst nicht genug, in dieser Nacht im Souterrain schmeckte der Gedanke an ein so sorgenfreies Leben dennoch bitter wie Galle.

Hans Körner liebte seine Arbeit, sein ganzes Metier. Teppiche, Ergebnisse monatelanger, manchmal jahrelanger Arbeit mit Wolle und Seide, mit Farben, traditionellen oder neuen oder gemischten Mustern. Jedes Stück ein Unikat. Die aus den besten Materialien standen für Wohlhabenheit, Ästhetik und Sinnlichkeit, Träume vom Orient. Damit zu arbeiten war für ihn immer noch ein Privileg. Gewesen, so musste es nun heißen: ein Privileg gewesen.

Er hatte sich auf dem Weg bergauf befunden; wenn man ehrbar blieb, Arbeit nicht scheute und klug war, konnte man es in den alten Handelsstädten weit nach oben schaffen. Das war sein Ziel gewesen, darauf hatte er vertraut, und nun war es plötzlich vorbei. Einem wie Brehm konnte so ein Rauswurf kaum passieren, falls doch, fiel er weich. Die etablierten Familien bildeten Schutzschilde für die ihren, selbst schwarze Schafe wurden «untergebracht», notfalls weit weg auf einem anderen Kontinent, die Handelsbeziehungen gingen ja weit. Für Hans Körner gab es keine schützende Familie, weder an der Elbe noch am La Plata, an der Wolga, am East River oder in Shanghai.

«Wie sollte ich mich wehren?», fragte er endlich. «Ich habe einen Fehler gemacht, wie er immer vorkommen kann. Trotzdem, es war ein Fehler. Brooks hat die Gelegenheit genutzt, die Mücke zum Elefanten aufzublasen, und ich musste gehen. Das ist alles. Und nun? Werde ich mich betrinken. Cheerio.» Er hob sein Glas, bevor er es mehr trotzig als gierig leerte. «Was sonst?», fuhr er fort, als Brehm ihn nur schweigend ansah. «Brooks wird dafür sorgen, dass ich in keinem anderen honorigen Teppichhaus Arbeit finde. Bleiben nur die Kaffeesäcke», fügte er düster hinzu, «oder Kohlen.»

«Kohlen?»

«Kohlen schaufeln. Im Hafen.»

«Das klingt hübsch dramatisch», Ludwig Brehm lachte sein sorgloses Lachen, «aber nicht nach einer guten Idee. Die Welt ist ungerecht, Körner, die Welt oder das Schicksal oder ein dummer, eifersüchtiger Glatzkopf, ein Vormund oder Testamentsverwalter – egal. Irgendwer ist immer schuld. Andererseits», er winkte dem Wirt um ein weiteres Glas Bier, «was hindert uns, unsere Angelegenheiten zu korrigieren? *Corriger la fortune*, Sie wissen schon. Übrigens eine Devise meines Vaters. Allerdings hat er es ein bisschen übertrieben, das Korrigieren, schließlich haben sie ihn nach Peru geschickt. Da ist er verschollen, was manchem recht gewesen sein mag.»

Brehms Ton hatte etwas Künstliches bekommen, und Hans Körner begann sich unbehaglich zu fühlen. Er mochte keine Familiengeschichten, seine eigene am wenigsten, und in dieser Nacht fehlte ihm für die anderer Leute erst recht der Sinn.

«Ich glaube, ich habe trotzdem eine fabelhafte Idee»,

fuhr Brehm schon fort. «Kühl betrachtet – solche Unternehmen sollte man immer kühl betrachten – ist es ganz einfach: Wir tauschen.»

«Tauschen. Aha. Was? Unsere Hüte? Dann machen Sie einen schlechten Tausch.»

«Hüte? Ach was! Verstehen Sie doch – das Leben ist nicht so freudlos und fade, wie es Ihnen gerade scheint, manchmal ist es die reinste Wundertüte. Man muss nur etwas riskieren. Doch, ich weiß es genau», er rieb in fröhlichem Triumph die Hände, «es ist die ideale Lösung. Während Sie hier eine trübe Zukunft haben, warten anderswo die besten Aussichten.» Mit einem raschen Blick zu den übrigen Gästen – niemand beachtete sie – senkte er seine Stimme: «Sie müssen nur an den richtigen Ort gelangen. An genau den Ort soll ich morgen abreisen. Dass ich ganz andere Pläne habe, weiß niemand. Heimlichkeiten sind doch die eigentlichen Abenteuer. Schauen Sie nicht so kleinmütig, es ist die ideale Lösung Ihres Problems. Sie nehmen meinen Platz ein, als Ludwig James Brehm. Hans Körner verschwindet auf Nimmerwiedersehen aus der Stadt, aus der Welt, kann ja vorkommen, besonders in einer Hafenstadt, da lockt das Fernweh alle Tage. Das hört sich doch gut an, oder nicht? Ich finde, es ist an der Zeit, dass ein so ordentlicher Mensch wie Sie es mal mit Abenteuer, Geheimnissen und Erfolg versucht.» Er grinste feixend, als plane er nur einen Schulbubenstreich. «Eine fabelhafte Mischung. Es kostet Sie nur eine Prise Wagemut und Entschlossenheit. Das wird ein großer Spaß, unsere Urenkel werden noch ihre Freude daran haben. Und irgendwann reiben wir es Brooks unter die Nase, das wird ein noch größerer Spaß.»

Der Wirt kam mit den Gläsern, Körner hoffte, Brehm werde nicht nur wirre Reden halten, sondern auch die Rechnung übernehmen. Er selbst musste nun noch mehr als in der Vergangenheit jeden Pfennig dreimal umdrehen.

Brehm hielt den Wirt am Ärmel fest. «Warten Sie mal. Mein Bruder behauptet, niemand könne erkennen, wer von uns der ältere sei», erklärte er ihm. «Ich bin anderer Meinung. Was sagen Sie dazu? Seien Sie unser ehrlicher Schiedsrichter.»

Der Wirt zwirbelte seinen kaiserlichen Schnurrbart, blickte brav von einem zum anderen und erklärte, das könne er auch nicht sagen. Bei dieser Ähnlichkeit. Aber er müsse jetzt ein neues Fass anstechen, der Herr möge jemand anderen entscheiden lassen, und schon war er verschwunden.

«Sehen Sie?» Brehm beugte sich nah zu seinem neu ernannten Bruder. «Wir sind uns ähnlich, vielleicht nicht wie Zwillinge, aber doch wie Brüder. Man merkt so etwas selbst am wenigsten, aber das Fräulein in Brooks' Vorzimmer – weiß der Teufel, wie sie es mit dem Kerl als Chef aushält –, das Fräulein jedenfalls hat neulich schon gefragt, ob wir verwandt seien, ich könne es ihr ruhig anvertrauen. Im Übrigen sehen die Leute, was sie zu erwarten sehen. Na, Sie wissen schon – wenn man sagt ‹Das ist mein Bruder›, erkennen sie sogleich die Ähnlichkeit der Nase, des Schnitts der Augen, des Tonfalls der Stimme. Sie wollen sich doch nicht wirklich als Kohlenträger verdingen, das wäre eine unverzeihliche Verschwendung Ihrer Talente. Sie halten vielleicht nicht viel von mir, ich bin trotzdem kein so übler Kerl, und mein Name macht niemandem Schande. Jedenfalls bisher. Sie sollten sich nur nicht verplappern, oder nur so wenig, dass Sie es wieder ausbügeln können. Dabei fällt mir ein:

Wie ist Ihr Französisch? Das sollte passabel sein, braucht man da unten unbedingt. Du meine Güte», er schlug Körner im begeisterten Überschwang auf den Rücken, «was für ein großartiger Deal. Nur Gewinner! Wäre die Idee nicht von mir, würde ich sie genial nennen. Zu schade, dass wir darauf keinen Schnaps trinken können, wir brauchen jetzt einen klaren Kopf. Es gibt eine Menge zu besprechen. Und zu planen. Mein Schiff legt morgen ab, ich kann nicht einfach ein nächstes nehmen wie bei der Pferdebahn. Ihr Zug geht erst morgen Abend. Das schaffen Sie leicht.»

«Welcher Zug?» Hans Körner verstand immer noch nicht. Er war plötzlich sehr müde.

«Wenn ich nicht wüsste, dass Sie ein kluger Kopf sind – na egal.» In Brehms Stimme lag ein erster Anflug von Ungeduld. «Es ist doch ganz einfach: Sie übernehmen meinen Platz. Ich verschwinde sowieso auf einem Frachter über den Atlantik, was Sie auch tunlichst für sich behalten. Sie sind hoffentlich nicht verlobt oder so etwas? Nein? Sehr gut. Verlobte können grässlichen Ärger machen. Und in unserem Fall – wie steht es mit Eltern? Auch nicht. Noch besser. Pardon, natürlich ist das sehr traurig, aber, wie gesagt, in diesem Fall von Vorteil. Nun das Wichtigste: Kennt Sie jemand in Konstantinopel?»

Da erst hatte er angefangen zu begreifen.

Als der Zug in den Westbahnhof Budapests einlief, stand der Mann, der nun Ludwig Brehm war, wieder mit seinem Gepäck an der Tür des Waggons. Der Morgen war frisch, er schwitzte trotzdem. Diesmal musste er aussteigen, der Zug endete hier. Er könnte den nächsten zurück nach Norden nehmen, falls seine Barschaft für das Billett reichte, doch es war längst zu spät umzukehren. Er hatte sich auf diesen abenteuerlichen Betrug eingelassen, als seien alle Vernunft und Ehrbarkeit, auf die er stets großen Wert gelegt hatte, nur eine Tarnkappe für den Hochstapler in ihm gewesen. Das Erstaunlichste daran war, dass er sich weder schämte noch schuldig fühlte.

Eine der leichten Droschken, die in langer Reihe vor dem Bahnhofsportal warteten, brachte ihn zum Ostbahnhof im Stadtteil Keleti. Der Himmel war blau, die Luft sommerlich warm, leichter Wind kam von der Donau. Er lehnte sich zurück und genoss die kurze Fahrt durch die prächtige alte Stadt. Leider führte der Weg nicht über die Donau, die er gerne gesehen und mit der Elbe verglichen hätte. Sechs Brücken überspannten den Fluss allein in Budapest, so hatte er in Baedekers Reiseführer gelesen, einer Beigabe bei Brehms Reisepapieren. Die Elbe war in Hamburg nur auf einer Brücke zu passieren.

Budapest war die letzte Stadt, die er auf europäischem Boden durchquerte. Die letzte für ein Jahr. Wenn er das nächste Mal einen Bahnhof verließ, betrat er osmanischen Boden. Stolz und Selbstbewusstsein schoben sich plötzlich vor seine alte verzagte Halbherzigkeit. Jetzt war er bereit für seine aufregende Zukunft. Er musste nur selbst fest daran glauben. «Ich, Ludwig Brehm, 24 Jahre alt, Sohn des in Peru verschollenen fallierten Kaufmanns Wilhelm Brehm und der vor acht Jahren verstorbenen Hildegard Brehm, unterwegs zu dem deutschen Handelshaus Ihmsen & Witt in Pera / Konstantinopel.»

Noch 40 ½ Stunden bis zur Endstation, dem Sirkeçi-Bahnhof. Noch gut vierzig Stunden, um dieser andere Mann zu werden, Eigenschaften in sich zu finden, die er nie vermutet hatte: Abenteuerlust und Kühnheit. Talent zur Lüge.

«Warum nicht?», murmelte er, «warum nicht.» Zum Klippklapp der Hufe auf dem Pflaster klang das wie ein Reim, ein wenig düster, doch mit jedem Klang heller.

Viele Reisende nach dem Orient machten Station in der Donaustadt, Ludwig Brehms Fahrt nach Konstantinopel sah einen solchen Aufenthalt nicht vor. Sie sah auch kein Umsteigen in den Orientexpress vor, der auf der Route von Paris über Wien ebenfalls in Budapest Station machte.

Sein Billett galt nur für die direkte Weiterfahrt mit dem Konventionszug; der war zwar langsamer und weniger komfortabler, aber unter den Reisenden des berühmten Luxuszuges wäre er aufgefallen wie eine Gans unter Pfauen und hätte sich auch so gefühlt. Für den Fahrpreis von Paris bis an den Bosporus konnte man in den feinen Vierteln der City of London eine Villa mit Garten für ein ganzes Jahr mieten. Danach sah er gewiss nicht aus.

Früher an diesem Morgen und etwa tausendvierhundert Kilometer weiter südöstlich schien eine milde Morgensonne auf die Hügel und Wasser Konstantinopels, die Rufe der Muezzins waren längst verklungen, in den Lärm aus den Straßen und von den Plätzen und Quais der größten osmanischen Stadt mischten sich das Kreischen der Möwen, das Tuten der Dampfschiffe. Das Frühjahr war ungewöhnlich kalt gewesen, nun war auch die Zeit der heftigen Frühlingsregen vorüber – der Sommer ließ sich nicht mehr vertreiben. Die Wasser des Bosporus und des Goldenen Horns glitzerten und lockten im schönsten Blau, Boote jeder Größe durchschnitten die Wellen und die Gischt, Segel legten sich in den Wind, Dampfschiffe schafften sich behäbig Platz. Die Kuppeln der Moscheen schimmerten, die hoch aufragenden Minarette und weißen Fassaden an den Ufern und den sanft ansteigenden Hügeln ließen die Stadt leuchten. Nur die hoffnungslosesten Pessimisten und Griesgrame dachten noch an graue Tage und jene kalten Nächte, als das Jaulen der streunenden Hunde an die hungrigen Wölfe Anatoliens erinnert hatte. In diesen Tagen leuchteten die Farben Konstantinopels im vielbesungenen Licht des Orients.

In Pera, dem oberhalb des Hafenviertels von Galata gelegenen Areal der Europäer und Levantiner mit den an die Pariser Straßen erinnernden Gebäuden und Läden, den Konsulaten und Botschaften, Cafés und Clubs, gab es trotz der Enge der Stadt noch Gärten. Die meisten versteckten ihre Schönheit hinter hohen, von den Kronen alter Bäume überragten Mauern. Die Zeit der Tulpenblüte war vorüber, in den windgeschützten Gärten öffneten die ersten Rosen ihre Knospen.

Nicht weit von der Grande Rue de Pera, der Hauptstraße des Viertels, erstreckte sich so ein Garten zwischen einer alten und einer neuen Villa. Die alte ließ noch den osmanischen Konak erahnen, als der sie erbaut worden war. Nun gehörte sie Alfred Ihmsen. Der wohlhabende Teppichhändler stammte aus Westpreußen, er lebte schon lange genug im Osmanischen Reich, um seine Jahre in Saloniki und Konstantinopel in Jahrzehnten zu zählen. Es hieß, in der Haut des Preußen stecke längst ein Orientale – was nicht ganz stimmte, aber auch nicht ganz falsch war.

Eine weniger weitläufige, gleichwohl komfortablere Villa begrenzte das andere Ende des Gartens. Sie war erst vor einem Jahrzehnt für Ihmsens jüngeren Kompagnon Richard Witt und dessen Familie errichtet worden. Die Eingangsportale der beiden Häuser führten auf zwei verschiedene Straßen hinaus, Ihmsens öffnete sich nach Westen, das der Witts nach Osten. Wer von einem ins andere Haus gelangen wollte, nahm den gekiesten Gartenweg, der die Terrassen beider Häuser verband. Verglichen mit den Gärten und Parks mancher der Villen, die in immer größerer Zahl die Ufer des Bosporus säumten, musste der Ihmsen'sche als bescheiden gelten, aber wer darin zu Gast gewesen war, im Laufe der Jahrzehnte die unterschiedlichsten Menschen aus den unterschiedlichsten Weltgegenden, erinnerte sich gern an «Ihmsen Paschas blühenden Dschungel».

An diesem schönen Maimorgen stieg der sanfte Duft der Blüten eines Mimosenbaums auf, der Wind, kaum mehr als ein Hauch, trug ihn durch die weit geöffneten Fenster der kleineren Villa, Sonnenlicht flirrte durch das Laub des Walnussbaumes und wurde zum Licht- und Schattenspiel auf Edith Witts Frisierspiegel. Ein Pirol verhieß zwitschernd einen schönen Tag, Edie, wie sie in ihrer Familie von jeher genannt wurde, spitzte die Lippen und versuchte eine Antwort. Die Melodie des gelben Sängers erinnerte sie an einen anderen Garten, der sich von einer anderen Terrasse bis an das Ufer des Marmarameeres erstreckte, an den Ort vieler glücklicher Kindersommer. San Stefano, wie die Europäer sagten, Aghios Stefanos die osmanischen Griechen, Yeşilköy die Türken. Edie war reich an glücklichen Erinnerungen, und die wogen doppelt, weil auch die Gegenwart reich an Glück war.

Rasch glitt ihr Blick noch einmal über ihr Spiegelbild, von dem mit Kämmen gebändigten üppigen dunklen Haar bis zu den weißen Schuhspitzen unter dem Rocksaum. Die Frisur war nicht so makellos, wie sie sein sollte, für diese frühe Stunde mochte es reichen.

«Oder, Georgie?» Der Heilige war zwar gerade damit beschäftigt, den Drachen zu seinen Füßen zu besiegen, dennoch war er wie immer ihrer Meinung. Nein, nicht immer. Manchmal bedeutete sein Blick Zweifel, Kritik, auch mal ein klares Nein – sie konnte sich immer auf ihn verlassen, er log nie. Sie vertraute ihm, seit sie sieben Jahre alt war und ihre Mutter die Ikone als Geschenk für sie mitbrachte und ihr von dem Ritter auf dem Bild erzählte. Georg war als Sohn vornehmer Eltern in der Türkei geboren worden, in Kappadokien. Es gab viele Heldengeschichten von ihm zu erzählen, aber die, in der er den bösen feuerroten Drachen zur Rettung einer Prinzessin tötete, war die beste. Sankt Georg wurde in vielen Ländern verehrt, aber seit Richard Löwenherz' Zeiten war er der Schutzpatron Englands. Das Georgskreuz, rot auf weißem Grund, war schließlich Bestandteil des Union Jacks geworden, der britischen Nationalflagge. Natürlich wusste Edie seit vielen Jahren, dass der gute Heilige an der Wand ihres Zimmers nur eine russische Ikone war, rissige Farbe auf sehr altem Holz, sie vertraute ihm trotzdem. Irgendwie.

Nun griff sie nach dem grünen Flakon, Richards Geschenk von seiner letzten Reise – der sinnliche Duft des Ägyptischen Jasmins würde Lydia missfallen. Edie widerstand diesem Impuls, er war zu kindisch für eine verheiratete Frau von sechsundzwanzig Jahren, und steckte nur einen der Kämme etwas frecher und schloss rasch die

Perlmuttknöpfe an den Manschetten ihrer milchweißen Bluse.

Edie war eine aparte junge Frau. Nörgler merkten gerne an, sie sei doch zu schmal und hoch gewachsen, um als Frau begehrenswert zu sein. Auch entsprach ihr Teint nicht ganz dem «Milk and roses»-Ideal einer englischen Dame aus guter Familie – sie liebte die Sonne und die Frische vom Meer, Ritte über die grünen Anhöhen im Rücken der Stadt.

Anders als ihre Eltern war sie nicht auf den Britischen Inseln geboren, sondern in San Stefano und dort und in Konstantinopel aufgewachsen. Auch deshalb hielt sie sich für eine glückliche Frau. Sie hatte ein Jahr unter der Ägide der Familie ihrer Mutter in London verbracht und auch Chatham an der Ostküste besucht, den Heimatort ihres Vaters mit dem Hafen und den Dockyards der britischen Kriegsmarine. Sie erinnerte sich gerne daran, aber sie sehnte sich nicht dorthin zurück. Edie betrachtete sich als Engländerin, das hatte nie in Frage gestanden, doch ihre Heimat war Konstantinopel, die strahlende Hauptstadt des Osmanischen Reiches. Als Richard Witts Ehefrau war sie nun zudem eine Deutsche. Das wog auf dem Papier am schwersten, in der Realität bedeutete es wenig. Meistens. Ihrer beider Zuhause lag an den schönen Ufern des Bosporus, und so sollte es bleiben. Wie in den meisten Dingen waren sie und Richard auch darin einig.

Die Teppiche schluckten den Klang ihrer Schritte, als sie auf die Galerie hinaustrat, die die Halle im ersten Stock umlief. Sie beugte sich über das Geländer und blickte hinunter. Da standen sie aufgereiht, Rudolf und Marianne, Richards Kinder aus der Ehe mit Elisabeth, und wie eine schlanke Statue Lydia. Ihr graues Reisekostüm wirkte trotz der verspielten Perlenbrosche am Revers streng, der mit weißen und gelben Strohblumen garnierte ausladende Hut überraschend modisch, allerdings verbarg er ihr schönes Haar fast völlig. Lydias Hände lagen leicht auf den Schultern der Kinder. Sie waren schon bereit für die Abfahrt, alle drei – fünf Minuten vor der Zeit, das ist des Kaisers Pünktlichkeit.

Richard blickte auf, er spürte es immer, wenn Edie in der Nähe war, und nickte ihr mit dem vertrauten Lächeln und dem leichten Zwinkern der Augen zu. Nur wer ihn sehr gut kannte, wusste, dass dieses freundliche Zwinkern Ausdruck seiner leichten Fehlsichtigkeit war. Doch Richard Witt war tatsächlich ein freundlicher Mann, geduldig und großzügig. Auch zuverlässig, das ganz gewiss. Als sie sich damals, im Sommer nach ihrer Rückkehr von den Tanten auf Rhodos, öfter begegnet waren, hatte sie ihn zunächst für langweilig gehalten.

Eleni trippelte mit ihren schnellen kurzen Schritten in die Halle, wehende Röcke, die große weiße Schürze vor dem rundlichen Bauch, das im Nacken zum Knoten geschlungene schwarz glänzende Haar schon in Auflösung, an den Händen noch Reste von Mehl. Sie sagte etwas, halb griechisch, halb deutsch, Edie verstand es nicht, aber Marianne lachte, und darauf kam es an. Sie war zart für ein neunjähriges Mädchen und zu ernst, aber Eleni gelang es immer wieder, in der strengen kleinen Person mit den straff geflochtenen Zöpfen das fröhliche Kind hervorzulocken. Sie würden einander vermissen, Richards Tochter und die Köchin.

Rudolf verzog seine Lippen zu einem Lächeln, wie es sich gehörte. Die fröhliche Griechin war keine Dame, der man die Hand zu küssen hatte, sondern nur die Köchin, aber der Junge mochte sie, und niemand buk bessere Apfelpfannkuchen und süßere Aşure oder Baklava. Er war elf Jahre alt und immer bemüht, ein tapferer kleiner Soldat zu sein, mit seinem weizenblonden Haar und der hellen Haut glich er seiner Schwester, an diesem Morgen war er noch blasser als gewöhnlich. Es sah nicht aus, als freue er sich, nach Smyrna zurückzukehren. Sein Blick war fest auf seinen Vater gerichtet. Wie ein junger Hund, der auf ein Streicheln wartete. Oder auf ein erlösendes Wort.

Edie schämte sich für diesen Gedanken. Sie schämte sich auch, weil die Abreise der Kinder sie erleichterte. Es war ihr nicht gelungen, Elisabeth zu ersetzen, das war natürlich ein dummer Plan gewesen, aber auch zur Freundin war sie den Kindern nicht geworden. Sie nannten sie immer noch Miss Edith. So wie Lydia es tat. Sie sprachen es deutsch aus, es hörte sich steif und hölzern an.

Gib ihnen Zeit, hatte Richard gesagt, sie haben ihre Mutter verloren. Nur noch ein bisschen Zeit. Sie werden dich lieben. So wie ich.

Edie lief rasch die Treppe hinunter, zu rasch für ein Vorbild in Sachen damenhaftes Benehmen. Auf der vorletzten Stufe verfing sich der Absatz ihres linken Schuhs in ihrem Rocksaum, sie stolperte, Richard fing sie lachend auf, und Lydia rief mit munterem Klirren: «Nun ist Miss Edith auch da. Der Kutscher muss nicht mehr warten. Es heißt Abschied nehmen.»

Richard lächelte nachsichtig, alle wussten, wen untätiges Warten als Zeitverschwendung schmerzte.

Rudolfs dünne Jungenhand war kühl, er beugte den Kopf zum Diener vor der zweiten Frau seines Vaters. Das immerhin war ihr gelungen – die Kinder mussten ihr nicht mehr die Hand küssen.

Marianne knickste mit einem gemurmelten «Auf Wiedersehen, Miss Edie». Ihre Hand war klein und weich. Vielleicht war es das unerwartet vertrauliche Edie, auch wenn es nur ein Versprecher gewesen sein mochte, vielleicht waren es die Sommersprossen auf der kleinen Nase, die Edie berührten, oder die vorsichtige Frage in den Augen des Kindes. Unwillkürlich beugte sie sich hinunter, umfasste mit beiden Händen Mariannes Gesicht und küsste sie auf die Stirn. «Auf Wiedersehen», flüsterte sie, «auf Wiedersehen und Gottes Segen», und spürte plötzlich zwei dünne Mädchenarme um ihren Hals, nur für einen Moment.

Als sie vor dem Portal stand und die Kutsche davonrollen sah, spürte sie dem Gefühl der Erleichterung vergeblich nach. Sie hätte Richard davon überzeugen müssen, seine Kinder wieder in Konstantinopel zu lassen, in ihrem gemeinsamen Zuhause. Die hiesige Deutsche Schule hatte den besten Ruf, die in Smyrna konnte nicht noch besser sein. Aber sie hatte sich nicht darum bemüht, und niemand hatte sie um Rat gefragt. Es waren Richards Kinder, und Lydia war ihnen seit Jahren vertraut. Tante Lydia. Sie lebte seit einer Reihe von Jahren in Smyrna, das die Türken Izmir nannten, als Lehrerin an der evangelischen Schule der Kaiserswerther Diakonissen. Als Elisabeth damals so schwer erkrankte, war ihre Cousine nach Konstantinopel gekommen und geblieben, sie hatte Elisabeth gepflegt und war bei ihr, als sie starb. Sie war für die Kinder da gewesen und auch für Richard. In der schweren Zeit.

Edie hätte jetzt gerne den aufmunternden Gesang des Pirols gehört, durch die schmale Straße klang nur der

Lärm des geschäftigen Galata-Viertels herauf. So still die Nächte der großen Stadt waren, so laut waren die Tage. Die Kutsche bog schon um die Ecke bei der kleinen Schweizer Bäckerei. Es war nicht weit bis zum Hafen und dem Anleger für das Schiff nach Smyrna. Wenn der Dampfer ablegte, stand Richard am Quai und winkte, danach würde er im Deutschen Postamt in Galata nach Sendungen aus Deutschland fragen und endlich zum Kontor und Lagerhaus von Ihmsen & Witt bei der Galata-Brücke spazieren. Er wusste seine Kinder in guter Obhut, bei Lydia. Mit dem Beginn der Ferien würden sie für einige Sommerwochen zurückkehren – so war es das Beste, es gab keinen Grund, an dieser Entscheidung zu zweifeln.

Sie fröstelte, die Sonnenstrahlen erreichten die Tiefe der schmalen Straße noch nicht, und ging zurück ins Haus. Vor ihr lag ein langer Tag, und sie musste sich etwas einfallen lassen, ihn zu füllen.

Stunde um Stunde rollte der Zug durch die flache menschenleere Puszta. Halbwilde Pferde gewannen ein Wettrennen mit dem ratternden stampfenden Dampfross, später blockierte eine große Schafherde die Gleise, die Schäfer und ihre Hunde zeigten keine Eile, die stoischen Tiere von der Trasse zu treiben. Ludwig Brehm, ab nun war das tatsächlich sein Name, hatte in Budapest einen Mitreisenden bekommen.

Der Mann mochte vierzig Jahre alt sein, Haar und Schnurrbart waren sehr dunkel und gepflegt, noch ganz ohne Grau. Er brachte einen leichten, angenehm herben

Geruch nach russischem Juchten mit, seine Stiefel mussten ganz neu sein – als Hans Körner war Ludwig Brehm gewohnt gewesen, auf gute Materialien und Handwerksarbeit zu achten, auch auf die Gerüche, das würde ihm bleiben. Das feste Schuhwerk passte nicht zu dem eleganten Anzug des Fremden, die Moden auf dem Balkan waren wohl andere als in einer modernen nordeuropäischen Hafenstadt. Er war teuer gekleidet, ein Ring am kleinen Finger seiner rechten Hand war groß genug, um ein eingraviertes Wappen zu zeigen. Gleichwohl sprach er nur eines dieser eigenwilligen Idiome der hiesigen Völker. Also hatten sie einander nur ihre Namen genannt und sich verbindlich lächelnd zugenickt, wie es Fremde bei flüchtigen Begegnungen tun.

Der neue Ludwig Brehm hatte sich zum ersten Mal mit seinem neuen Namen vorgestellt. Der Klang gefiel ihm, und ihm gefiel auch, Ludwig Brehm zu sein. Ein junger Mann mit einer goldenen Krawattennadel. Noch vor wenigen Tagen hatte er von so etwas Abenteuerlichem nicht einmal geträumt, nun war ihm, als segele er frisch am Wind, als habe er mit dem Namen auch den Übermut angenommen, die Leichtigkeit, die Lust am Geheimen und Verbotenen.

Aber so einfach blieb es nicht. Als sich der Tag neigte und mit der beginnenden Dämmerung die Schatten wieder groß wurden, durchfuhr es ihn unvermittelt wie ein Blitz: Mein Name macht niemandem Schande, hatte der echte Brehm in der Destille versichert, und er, der falsche Brehm, hatte keinen Gedanken an Zweifel verschwendet. Nun war der Zweifel da, emporgeschossen wie eine Stichflamme.

Keine Schande? Brehm hatte einem Habenichts von entlassenem Teppichverkäufer, den er kaum kannte, seine Identität für ein Jahr im Orient geschenkt. Tat ein Mann so etwas, wenn er auch nur halbwegs bei Verstand war? Und warum?

Aus Vergnügen am Schabernack? Das war kein Schabernack mehr, sondern Betrug. Zwar kam niemand zu Schaden, für das Konstantinopeler Teppichhaus war ein so kenntnisreicher wie enthusiastischer Mitarbeiter sogar ein größerer Gewinn als einer, der von ganz anderen Sphären träumte. Aber welchen Vorteil hatte der echte Ludwig Brehm von diesem Handel?

War es für ihn nur ein amüsantes Spiel? Wie konnte er darauf vertrauen, dass auch in diesem Jahr sein Name keinen Schaden nahm? Es konnte ihm nicht gleichgültig sein.

Aber womöglich war es ganz anders: Als er den Posten in Konstantinopel annahm, hatte er eine falsche Spur gelegt, nur um in aller Heimlichkeit einen anderen Weg einzuschlagen und unterzutauchen. Um dabei unentdeckt zu bleiben, hatte er jemanden gebraucht, der am Bosporus seinen Platz einnahm, am besten einen Mann in Not, der nicht viel fragte. Blieb noch das Warum. Weil er gesucht wurde? Was hatte er getan? Hatte er Spielschulden gemacht, erdrückend genug, dass er keinen anderen Weg sah? Ein Spieler – das passte zu ihm. Oder hatte er jemanden betrogen oder entehrt? Getötet? Dann warteten am Bahnsteig in Konstantinopel womöglich schon die Wachleute der Botschaft oder, schlimmer noch, brutale Schläger dubioser Auftraggeber auf ihn. Telegramme gingen schnell wie der Wind von der Elbe oder von London nach Konstantinopel, während er selbst im Zugabteil döste und sich für einen Glückspilz hielt.

Wie sollte er dann beweisen, wer er wirklich war? Hans Körner, der Dummkopf.

Seine Geschichte konnte ihm niemand glauben. Sie

würden ihn zurück nach Hamburg bringen – immer noch besser als in ein osmanisches Kerkerloch – oder gleich im Bosporus oder den Weiten des anatolischen Hinterlandes verschwinden lassen. Als Sklaven verkaufen? Warum nicht? Auch solche Geschichten gab es noch.

Zurück in Hamburg lebten immerhin genug Menschen, die ihn als Hans Körner kannten, was einerseits gut, andererseits schlecht war. Und der schnauzbärtige Wirt würde bezeugen, wie zwei junge Männer in seiner Destille getrunken und viel geflüstert und ab und zu gelacht hatten. Ja, die beiden ähnelten einander wie Brüder, und, ja, sie hätten das Lokal gemeinsam verlassen. Den vergnügteren der beiden, den mit der auffallenden Krawattennadel, hatte seither niemand mehr gesehen.

Was würden sie aus alledem schließen? Ein Mann war verschwunden, ein anderer gab sich für ihn aus und trug auch dessen goldene Krawattennadel mit der Perle und dem Granat. Dafür konnte es nur eine Erklärung geben: Der falsche Ludwig Brehm, ein arbeitsloser Verlierer, hatte den echten Ludwig Brehm, einen anständigen jungen Mann mit glänzender Zukunft, um sein Leben betrogen und irgendwo im Schlick der Fleete oder im Labyrinth des Gängeviertels verschwinden lassen. So mussten sie doch denken.

Vielleicht hatte der nur vermeintlich freundliche und großzügige junge Brehm genau das geplant: Er hatte einen Dummen gesucht, der für ihn büßte, und verschwand selbst namenlos über den Atlantik in die Freiheit. Niemand suchte nach ihm. So war sein Verschwinden in ein neues Leben perfekt. Auf Kosten eines anderen. Das war der schlimmste Gedanke.

Er musste diesen Zug verlassen, gleich an der nächsten

Station, Belgrad, und in einen umsteigen, der ihn weiter nach Osten brachte. Nicht nur auf dem Balkan, überall im Osten rumorten Unruhen und Aufstände. Dort würde ihn niemand vermuten, also tauchte man dort am einfachsten unter. Sicher ging von Belgrad ein Zug nach Odessa. Und dann? Immer weiter. Bis zum Ural. Besser bis Wladiwostok? Das lag am Ende der Welt, weit wie der Mond.

Aber dazu fehlten ihm die nötigen Papiere. Bisher war er an den Grenzen kontrolliert worden, es war immer gutgegangen. *Bonjour, Monsieur. Bon voyage, Monsieur Brehm.* Er war plötzlich und mit den nötigen Papieren versehen in diese Reise gestolpert und hatte keine Ahnung, welche Pässe oder Visa er abseits dieser Route brauchte, wie und wo man sie bekam.

Und nun? Ob mit oder ohne Papiere, es konnte nicht lange dauern, bis seine Börse leer war. Und dann? Dann konnte er sich als Bahnarbeiter verdingen. Der Bau der neuen Linie durch das riesige Zarenreich nach Sibirien und bis ans Japanische Meer sollte noch viele Jahre dauern, da gab es immer Arbeit. Sklavenarbeit in Kälte und Hitze, so hieß es. Da fragte keiner nach Namen oder Pässen, und die Wildnis im Osten ...

Seltsamerweise stürzte er just bei diesem Gedanken in den schwarzen Abgrund eines tiefen Schlafs, alles Denken und Fühlen, alle Angst flohen in diese Dunkelheit. So verschlief er auch Belgrad.

Er erwachte in der Nacht, die kleine Lampe beim Fenster brannte, und der Schaffner hatte ohne ihn zu wecken aus der anderen Sitzreihe das Bett eingerichtet. Die Wasserkaraffe stand neu gefüllt in der Halterung, eine Kanne und ein frisches Leintuch im Waschkabinett in der Nische.

Der Zug fuhr nun langsam, die Lokomotive zog ihre Last mühsam durch enge Flusstäler und über die schroffen Höhen des Balkan-Berglandes. Der Nachthimmel ließ schon den Morgen ahnen, die Wolken gaben dem tief stehenden Halbmond immer wieder freie Bahn. Unser Reisender hatte nie zu romantischen oder gar mystischen Gedanken und Wahrnehmungen geneigt, doch dieses Licht zwischen Nacht und Tag beflügelte seine Phantasie und brachte plötzlich die Erinnerung an einen Traum zurück. Kein Albtraum, wie es durchaus angemessen gewesen wäre, niemand, der mit gezogenem Säbel in das Coupé stürmte, um ihn aus dem Zug zu zerren und in den nächstbesten Kerker zu werfen oder in eine der Gebirgsschluchten zu stoßen, hungrigen Wölfen zum Fraß.

Eine Gestalt ganz anderer Art war ihm begegnet. Er erinnerte sich nur an ein vages, dunkles Bild, jedoch mit dieser unbegründeten Gewissheit, die man manchmal aus Träumen mitbrachte, dass es schön gewesen war. Eine Frau. Oder ein Engel? Eine böse oder eine gute Fee? Etwas bedeckte ihren Kopf, wie fließende Seide? Es mutete orientalisch an und schimmerte selbst in der Dunkelheit, die auch die Traumbilder bestimmte, rötlich. Er wollte nach ihrem Namen und dem Ziel ihrer Reise fragen, aber er hatte keine Stimme. Eine weiße Hand winkte ihm zu, weiß wie der Handschuh eines Lakaien und gleichsam schwebend, in einem Flecken von Licht legten sich zwei Finger auf ihre Lippen.

Die wenigen Träume, an die er sich nach dem Erwachen erinnerte, vergaß er für gewöhnlich schnell. Dieser war ihm noch nah, und gleich fiel ihm ein, warum – das Traumwesen mit den Fingern auf dem Mund mahnte ihn, sein Geheimnis zu hüten. Es war angenehm, eine Ermahnung nicht mit dem Schrecken eines Albtraums, sondern mit Rätselhaftigkeit und Schönheit zu verweben. Wie bei den kostbaren alten Teppichen mit ihren Mustern und Symbolen. Vielleicht steckten doch ein Körnchen Wahrheit und uralte Weisheit in der neuen Wissenschaft von den Träumen.

Auch sein realer Mitreisender hatte den Zug verlassen, offenbar in Belgrad. Der leichte Juchtenduft war noch da, für einen Moment glaubte er, in diesem Rest nicht Juchten-, sondern Rosenduft wahrzunehmen, einen Hauch nur. Seine Phantasien eilten schon voraus. Ihmsen & Witt, seine Arbeitgeber für ein Jahr, waren in Europa als versierte Experten und Händler von orientalischen Teppichen bekannt, sie handelten auch mit dem wertvollen bulgarischen Rosenöl.

Er lauschte auf das Rattern der Räder, spürte das Schaukeln des Waggons und wusste, er hatte sich richtig entschieden, egal, was ihn erwartete. Alles würde gutgehen. Die wirren Gedanken, die Befürchtung, er sei ein aufs übelste betrogener Betrüger, auf den Zuchthaus und Henker warteten, erschienen ihm nun feige und kleinmütig. Er beschloss, sie als absurd zu vergessen. Das würde ihm nicht ganz gelingen, weder jetzt noch in der Zukunft. Das wusste er in dieser Nacht noch nicht.

Sein Magen knurrte, das war ein ganz reales Gefühl alltäglicher Normalität. Die letzte Mahlzeit war viel zu lange her, vielleicht gelang es trotz der unpassenden Stunde, im Speisewagen etwas Essbares und ein Glas Roten aufzutreiben. Hatte er jemals ein Glas Wein zum Sonnenaufgang getrunken? Für diesen Tag war das ein großartiger Anfang. Und für dieses Jahr.

2. KAPITEL

Der Zug rollte am Ufer des Marmarameeres entlang, bis zum Bahnhof Sirkeçi konnte es nicht mehr weit sein. Der Blick über das bewegte Wasser, die Inseln und die im Licht des Spätnachmittags liegenden Hügel am asiatischen Ufer war oft gepriesen worden, selbst von Reisenden, denen dieser Weg nach Konstantinopel lange vertraut war. Ludwig Brehm sah zum ersten Mal den Zauber einer südlichen Stadt am Meer und zum ersten Mal die Königin dieser Städte. So hatte Dr. Christopoulos, der seit Adrianopel das Coupé mit ihm teilte, Konstantinopel genannt: die Königin der Städte. Anders als der Mann mit den Stiefeln aus Juchtenleder liebte es der osmanische Grieche zu plaudern, er sprach Französisch mit einem ganz eigenen leichten Akzent. Französisch und Deutsch waren auf dieser Route die allgemein üblichen Sprachen, so stand es im Reiseführer. Auch im Speisewagen, in den Brehm sich schließlich getraut und schon beim zweiten Mal fast wie ein Mann von Welt gefühlt hatte, waren kaum andere zu hören gewesen.

Dass es auch bei diesem Mitreisenden zutraf, erleichterte ihn, wie ihn zuvor der Gedanke beunruhigt hatte, künftig in einer Stadt zu leben, deren Sprachen, Schriften und Gewohnheiten ihm völlig fremd waren. Mit dem Blick auf das Meer und während der langsamen Fahrt entlang der Hänge des alten Stambul mit seinen Gärten und der Vielfalt der Dächer und Türme schwand diese Sorge immer mehr. Warum sollte ihm nicht gelingen, was Tausenden von Europäern am Bosporus gelang?

Mit Heimatstädten sei es wie mit einer geliebten Frau, seufzte Dr. Christopoulos beim Blick aus dem geöffneten Coupéfenster, man liebe sie um ihrer schönen Seele willen, aber doch sehr viel leichter und inniger, wenn sie auch von schöner Gestalt sei. Allerdings habe die Liebe zu den Städten einen unschlagbaren Vorteil: Sie bleibe frei von Betrug und Wankelmut. Dass er dabei lachte, ließ Brehm vermuten, der freundliche Arzt müsse seine eigene Frau nicht zu den untreuen und wankelmütigen Damen zählen.

Das Wort Betrug jedoch jagte ihm einen heiß-kalten Schauer über den Rücken. Er musste sich daran gewöhnen, an dieses dunkle Wort, oder es vergessen. Wenn er sich bis zum Ende dieses geschenkten Jahres als tüchtig und zuverlässig erwiesen hatte – in diesem Moment zweifelte er nicht daran –, ging es nicht mehr um Betrug, dann war daraus längst ein Spiel geworden. Riskant? Möglich, aber es waren andere Männer, die die wirklich riskanten Spiele spielten wie den Bau einer Bahn bis nach Bagdad, eines Kanals von Port Said nach dem Roten Meer oder dieses unglaublichen Turms mitten in Paris, aus luftig verbundenem Schmiedeeisen und von einer Höhe, die an den zu Babel erinnerte. Das waren riskante Unternehmen, so ein kleiner Tausch von Namen und Reisezielen erschien dagegen als eine Lappalie.

Je mehr der Zug sich dem Bosporus näherte, veränderte sich etwas in dem Mann, der sich immer selbstverständlicher Ludwig Brehm nannte. Als habe er eine zu enge Haut abgestreift, war aus dem unbedeutenden und wenig beachteten Teppichverkäufer Hans Körner ein Mann mit sicherem Blick geworden, er schien um einige Zentimeter gewachsen, und wenn sein Herz auf diesem letzten Stück der Reise zu heftig klopfte, geschah das kaum mehr aus Kleinmut. So musste es sich anfühlen, wenn Champagner im Blut perlte.

Endlich lief der Zug in den Bahnhof ein, kam stampfend und schnaufend zum Stehen, Rauchschwaden, dick von der feuchten Abendluft, verhüllten den Perron. Jetzt begann es also, dieses Jahr in Konstantinopel.

Dr. Christopoulos stand schon, umringt von seiner Frau und seinen Töchtern, vor dem Waggon, die fröhlichen Stimmen, das übermütig herumhüpfende jüngste Mädchen, die ohne Rücksicht auf Konvention und neugierige Augen verteilten Wangenküsse sprachen für eine glückliche Rückkehr.

Schließlich verließ auch Ludwig Brehm den Zug, für einen Moment wunderte er sich, dass der Boden unter ihm nicht schwankte.

«Bienvenue, Monsieur Brehm», rief der Doktor über die Schulter zurück, schon fortgezogen von den Frauen seiner Familie, «bienvenue. Und viel Glück.»

Immer noch stieß die Lokomotive Dampfwolken aus, und während Brehm sich dreier Kofferträger erwehrte, die mit kämpferischem Eifer ihre Dienste für sein bescheidenes Gepäck anboten, eilten die anderen Fahrgäste schon in die große Empfangshalle. Da stand er nun und sah sich um. Was hatte er erwartet? Eine Karawanserei? Kamele und Männer mit Krummsäbeln im Gürtel, mächtigen Turbanen auf den Köpfen?

Er war im Orient angekommen, doch hier, wo sich Europa und Asien begegneten, sah es auf den ersten Blick ziemlich wenig orientalisch aus. Das Bahnhofsgebäude war im modernen europäischen Stil mit türkisch anmutenden Fensterbögen, buntgläsernen Rosetten und Schmuckelementen erbaut worden. Von einem Architekten aus Berlin, hatte Dr. Christopoulos mit dem Stolz in der Stimme erklärt, den er bei allem gezeigt hatte, was er über seine Heimatstadt berichtete. Der Sultan selbst habe den deutschen Professor beauftragt, der sei jetzt ein gemachter Mann.

Die Türken, oder die, die Brehm dafür hielt, trugen keine Pluderhosen und bunten Seidenwesten, wie sie in der europäischen Malerei gerne dargestellt wurden, sondern schmale Anzughosen und Gehröcke, steife weiße Kragen, nur die Kopfbedeckung, der weinrote Fes, unterschied sie schon auf den ersten Blick von den meisten Europäern.

Die Kofferträger hatten willigere Kundschaft gefunden, es war Zeit für den entscheidenden Schritt durch eine der großen Türen in die Halle des Empfangsgebäudes und dann hinaus in die fremde Stadt, die sein Zuhause und zugleich sein Abenteuer werden sollte.

Er griff seine Reisetasche fester und blickte noch einmal zum Zug. Er war doch nicht als Letzter ausgestiegen. Zwei Damen in Reisekostümen kletterten aus dem Waggon auf den Perron. Die jüngere reichte einer rundlichen Dame, die sich steif und schläfrig bewegte, hilfreich die Hand. In einer letzten aus der Lokomotive geseufzten Dampfwolke gingen sie zum Ausgang. Die jüngere wandte sich um, als vermisse sie etwas oder suche nach einem Gesicht. An seinem glitt ihr Blick vorbei, als sei er unsichtbar.

Ein dunkler, rötlich schimmernder Seidenschal fiel Brehm ein, ein Gedanke so flüchtig wie das Traumbild vor all den Stunden im Coupé. Er blieb stehen, die schwere

Tasche in der Hand, den Hut in der anderen, wenn er sich jetzt bewegte, würde sie sich einfach in Luft auflösen. Welch absurder Gedanke. Einer wie Hans Körner hätte sich eine solche Albernheit nicht erlaubt. Aber der war zwar in Hamburg in den Zug gestiegen, jedoch auf der langen Reise verlorengegangen. Es war Ludwig Brehm, der in Konstantinopel die Bahnhofshalle betrat und den weichen Filzhut etwas übermütiger als gewöhnlich auf den Kopf setzte. Im schillernden Muster des letzten durch die Glasrosetten hereinfallenden Sonnenlichtes blieb er stehen, hob das Kinn und lächelte. Er hätte gerne ernst und würdevoll geblickt, wie ein bedeutender Mann in bedeutender Mission, so gehörte es sich für den Schritt in ein neues Leben, aber er konnte nicht anders, sein Mund, sein ganzes Gesicht verzog sich zu einem breiten Grinsen.

Die Sorge, Polizisten oder Milizen könnten ihn erwarten, hatte er vergessen. Das fiel ihm erst wieder ein, als ein Mann mit gemächlich wiegenden Schritten durch das Gewusel der Reisenden, die mit ihren Familien und Bediensteten oder Gepäckträgern dem Passbüro oder den Ausgängen zustrebten, näher kam. Er sah aus, als könne ihm niemand etwas vormachen, aber doch nicht nach einem Polizisten oder wie die Männer solcher Profession in dieser Stadt genannt werden mochten. Sein Blick war ausdruckslos, die kräftige Nase über einem dichten schwarzen Schnauzbart, das vom Wind zerzauste Haar entsprachen Brehms Vorstellung eines Gesichts auf einem Steckbrief, die staubige Hose des Mannes steckte in kniehohen Stiefeln, seine dunkle Joppe war aus robustem, doch gutem Stoff, seine Hände sahen nach Arbeit aus, in der linken trug er eine Lederpeitsche. All das registrierte Brehm ganz automatisch, sein Beruf hatte ihn gelehrt, Details rasch und sicher zu erkennen.

Die Stimme des Mannes erwies sich als überraschend sanft. «Herr Brehm?» Es klang weniger nach einer Frage als nach einer Feststellung. «Ihmsen Bey erwartet Sie.»

———

Milena Bonnard half Madame Labarie in die Tram, die sie über die Brücke hinüber nach Galata und bis zur unteren Station der Tünelbahn bringen sollte. Die Reise war ermüdend gewesen, doch wie jedes Mal, wenn sie aus der großen Halle des Sirkeçi-Bahnhofs ins Freie trat, fühlte sie noch einen Hauch von Verwegenheit, einen Nachhall des berauschenden Gefühls vom Tag ihrer allerersten Ankunft. Sie war vor zweieinhalb Jahren mit dem Schiff aus Marseille gekommen, um eine Stelle als Gouvernante für die beiden Töchter des Demirhan Pascha anzutreten. Die Fahrt durch die Dardanellen und das Marmarameer war natürlich spektakulärer, doch die Ankunft in Konstantinopel war immer und aus jeder Richtung ein Erlebnis, ob auf dem Landweg oder über das Wasser.

Sie nahm mit allen Sinnen wahr, was die Stadt an dieser Stelle ausmachte: die Gerüche von Salzwasser, Holzkohlefeuer und gebratenem Fisch, Teer und nassem Segeltuch, von den Pferden und Maultieren, die vor den Fuhrwerken und Tramwagen auf ihre nächste Dienstfahrt warteten; sie sah das Gewusel der Menschen, hörte die Stimmen in den verschiedenen Sprachen und Mundarten, die Straßenverkäufer und Träger, auch die allgegenwärtigen Hunde, die nur sich selbst gehörten, die Möwen; sie sah die schweren

Ruderboote an den Anlegern, die Schiffe mit Segeln und Schornsteinen auf dem stets unruhigen Wasser und über allem die unvergleichlichen Silhouetten des alten Stambul auf der südwestlichen Seite und des modernen Pera auf dem langgestreckten Hügelrücken hoch über dem nördlichen Ufer des Goldenen Horns. War es zur rechten Zeit, schallten auch die Rufe der Muezzins von den Stambuler und Konstantinopler Minaretten.

Die Brücke über das Goldene Horn, das auf Türkisch einfach *Haliç* hieß, die Bucht, verband das alte Stambul mit dem Hafen- und Handelsviertel Galata, das vor Jahrhunderten von Genueser Kaufleuten und Seefahrern gegründet worden war. Es wurde schon lange von einem bunten Völkergemisch bewohnt, vor allem jedoch von Türken und osmanischen Griechen, Armeniern oder Juden, an dem langen Quai legten die Frachtschiffe an, nah bei den Lagerhäusern und Manufakturen, der Börse, den Banken und Kasernen. Enge Gassen und Treppenaufgänge führten kreuz und quer und auch nach Pera hinauf, dem Zuhause auch der meisten Europäer und vieler Levantiner Konstantinopels, manche Familien schon in der dritten oder vierten Generation.

Die Galata-Brücke oder einfach Pont Neuf verband, was das Wasser des Goldenen Horns trennte, zwei Welten und noch mehr Lebensweisen, zugleich die christliche und jüdische und die muslimische Welt. In diesen Zeiten allerdings, in denen selbst der Sultan und Kalif eine Vorliebe für italienische Opern hatte, hatten die so unterschiedlichen Sphären längst begonnen, sich zu mischen, weniger im alten Stambul, umso mehr in Galata mit seinen Quais, Lager- und Kontorhäusern, Fabriken, Kasernen, Werften und Werkstätten aller Art und dem einer europäischen Enklave gleichenden Pera. Auch in das sich daran anschließende grüne Hügelland schlich sich schon städtisches Leben. Noch zogen sich wenige schmale Straßen durch das Grün, von dem der italienische Konsul gerne behauptete, es gleiche den Hügeln seiner heimischen Toskana. Die Villen, die dort inmitten großer Gärten und Parks erbaut worden waren, gehörten zumeist wohlhabenden, der westlichen Lebensweise zugeneigten türkischen Familien.

Keine Brücke führte über die breit und rasch fließenden Wasser des Bosporus nach seinem östlichen Ufer hinüber, wo der asiatische Kontinent begann. Skutari, für die türkischen Bewohner Üsküdar, Kadiköy und auch den Bahnhof der Anatolischen und zukünftigen Bagdad-Bahn erreichte man mit Dampffähren oder an den Ufern wartenden schweren Ruderbooten, den Kayiks.

Diese Orte zählten zu den Vorstädten des großen Istanbul, sie waren auch für elegante Villen wohlhabender Osmanen und europäischer, besonders britischer Konstantinopeler bekannt.

Hin und wieder sprach Mme. Labarie von den duftenden Gärten, die dort die Hänge hinaufwucherten, und den komfortablen Villen, wo sie in ihren jüngeren Jahren mit Oberst Labarie, ihrem vor einer Reihe von Jahren plötzlich verschiedenen Ehemann, oft zu Gast gewesen war. Ihr Blick wurde mit der Erinnerung versonnen, und obwohl Milena gerne mehr darüber erfahren hätte, spürte sie stets, dass gerade diese Momente keine Fragen erlaubten.

Milena schien es seltsam, in Europa in ein Boot zu steigen und nach einer halben Stunde und dem Genuss eines Glases süßen türkischen Tees in Asien wieder auszusteigen.

Bisher war sie nie dort gewesen, drüben, auf der anderen Seite, es hatte keinen Anlass gegeben, leider auch keine Einladung zu einem der Feste, zu den Regatten und Picknicks, die dort in den Sommermonaten veranstaltet wurden. Vielleicht in diesem Jahr. Vielleicht. Immer war da ein Vielleicht.

Für gewöhnlich zog sie es vor, den Weg von der Galata-Brücke hinauf nach Pera auf ihren eigenen Füßen zurückzulegen, selbst an heißen Tagen, die wegen der über den Bosporus oder durch die Dardanellen hereinwehenden Winde erheblich seltener waren, als man in einer großen orientalischen Stadt vermuten konnte. In den Wagen der Tünelbahn, die ihre Passagiere in wenigen Minuten durch eine unterirdische Röhre nach Pera hinaufbrachte, fühlte sie sich gefangen wie in einem Verlies. An schlechten Tagen wurde ihr darin übel. Sie fand das selbst ein wenig lächerlich, denn die Waggons waren geräumig genug, um selbst Pferd und Wagen hinaufzutransportieren, was tatsächlich geschah, und in den dreißig Jahren seit der Eröffnung war niemals ein Unglück geschehen.

Also bestand kein Anlass zur Sorge. Andererseits machte das einen Unfall nur wahrscheinlicher, nichts in der Welt konnte ununterbrochen gutgehen. Als vor wenigen Jahren bei einem Feuer in der neuen Pariser Metro mehr als achtzig Menschen starben, hatte sie schon nicht mehr an der Seine gelebt, doch auch zwischen Goldenem Horn und Bosporus war viel darüber gesprochen worden und die sonst so beliebte Tünelbahn für einige Zeit spärlicher besetzt gewesen.

Nach dem langen Stillsitzen im Zug aus Saloniki und trotz aller Müdigkeit wäre ihr nichts lieber gewesen, als die Yüksek Kalıdrım zur Grande Rue de Pera hinaufzulaufen. Die Straße führte zwischen den hoch aufragenden Häusern mit den zumeist einfachen Läden und Werkstätten in breiten holperigen Stufen – sie hatte neulich einhundertdreizehn gezählt – hügelan und erinnerte sie an Montmartre, wo sie aufgewachsen war. Auch die prächtigeren Gebäude entlang der Grande Rue de Pera zwischen Galata-Turm und Taxim Meydanı, dem geschäftigen Zentrum des europäischen und levantinischen Lebens in Konstantinopel mit seinen Kaufhäusern und Passagen, Botschaften, Hotels, Cafés, Läden und Etagenhäusern, erinnerten an Paris, jedoch an eines, in deren modernen Vorderhäusern Leute wie die Bonnards nur selten ein neues Zuhause fanden.

Heute musste sie mit der Tünelbahn fahren, denn Mme. Labarie ging nur zu Fuß, wenn es unvermeidlich war. Sie sah keine Notwendigkeit dazu und hielt es für ein Zeichen europäischer Zivilisation, jederzeit eine Droschke, eine Bahn oder die von Pferden gezogene Tram zu benutzen, wenn eine zur Verfügung stand, was in ihrem Radius gewöhnlich der Fall war.

Also half Milena Mme. Labarie aus der Tram und in die Tünelbahn, dirigierte den schwer mit ihren Koffern und Taschen bepackten Hamal in den Waggon 2. Klasse und entschied, die wenigen Minuten in der ruckelnden Bahn zählten zu den kleineren Dankopfern, die sie sich ab und zu auferlegte. Es lebte sich angenehm mit einer Witwe in etwas mehr als mittleren Jahren, die in friedlicher Selbstgenügsamkeit wenig sprach, gerne ruhte und gut speiste, die eine gewisse menschliche Großzügigkeit pflegte und anders, als es hin und wieder schien, nicht dumm war. Außerdem mochte sie Mme. Labarie wirklich, es fiel ihr leicht, ihren Wünschen zu entsprechen. Viele Damen in Mme. Labaries behaglichen, jedoch wenig abwechslungsreichen Lebensumständen klagten gerne und ausdauernd über dieses und jenes, einfach weil ihnen das Klagen angenehm war und sie nichts Besseres zu tun oder zu bereden wussten. So war Charlotte Labarie nicht.

Sie wurde auch nie von Langeweile belästigt, obwohl sie ein so ruhiges Leben führte. Sie las gerne, und fast ebenso gerne hielt sie die Bucheinbände mit den verschiedenen Schrifttypen und Illustrationen in den Händen, begutachtete sie in allen Details, strich mit den Fingerspitzen über Goldprägungen und Buchrücken, erlaubte dabei ihren Gedanken und Empfindungen alle Freiheiten. Auf dem Sahaflar Çarşısı, dem Markt der Buchantiquare drüben im alten Stambul und größten Handelsplatz für Bücher jeden Alters und jeder Qualität im gesamten Nahen Osten, war sie eine gerngesehene Kundin. Ihr stand auch die Bibliothek der Französischen Botschaft offen, aber Mme. Labarie zog den Büchermarkt gleich hinter dem Großen Basar vor, denn hin und wieder liebte sie das orientalische Leben und Getümmel der Märkte; nicht, um darin einzutauchen, sondern um von einem sicheren Platz mit einer Tasse gesüßtem türkischem Kaffee und einem Stück Sesamgebäck dem Treiben zuzusehen. So wie sie überhaupt dem Leben überall am liebsten nur zusah.

Gewöhnlich kam sie in Begleitung ihres Mädchens von Pera herüber, einer rotgesichtigen, noch in Bayonne geborenen, aber in Galata aufgewachsenen Zwanzigjährigen mit kräftigen Armen. Milena fehlte die Geduld für diese oft stundenlangen Besuche bei den Antiquaren, für das

Teetrinken und Verhandeln um wenige Piaster. Letzteres überließ Mme. Labarie übrigens Rosa, für die Witwe eines französischen Obersts war es undenkbar, zu feilschen, egal ob es um Salzheringe oder Safran ging, um Lapislazuli, Hornknöpfe oder Bücher.

Seit einer Reihe von Wochen war auch Mme. Labarie nicht mehr dort gewesen, besonders der Händler mit dem Stand gleich hinter dem Basar-Tor der Löffelmacher begann sich zu sorgen. Doch sie war nur mit der Lektüre von Monsieur Tolstois umfänglichem Epos *Krieg und Frieden* beschäftigt. Sie las gründlich, Wort für Wort, Satz für Satz, bedachte vieles und schlief hin und wieder darüber ein, selbst über der Schilderung der grauenvollen Schlacht von Borodino. Womöglich hatte sie eine heimliche Schwäche für Grausamkeiten, oder ihr fehlte die Phantasie, gar die Empfindsamkeit, um sich von solchen Schilderungen beunruhigen zu lassen. Eine Alltäglichkeit wie die kurze Fahrt durch den Tünel hinauf nach Pera konnte sie nicht schrecken, selbst wenn die Drahtseile befremdlich knirschten.

Mme. Labarie, so hieß es in der Gesellschaft der Konstantinopler Europäer, interessiere sich auf erstaunliche Weise für Russland, die Literatur und die Musik, dabei weniger für die Ballette, was an ihrer generellen Abneigung gegen körperliche Ertüchtigung liegen mochte. Auch zog sie es vor, die zunehmenden Unruhen und das Gerede von einer bevorstehenden Revolution im Zarenreich zu ignorieren. In Frankreich gab es keinen König oder Kaiser mehr, was sie tief bedauerte, aber ein Ende der jahrhundertealten Dynastie der Romanows war für sie undenkbar.

Es mochte an dieser gerade am Bosporus wenig gepflegten Vorliebe für alles Russische liegen, dass sie Milena

Bonnard bei sich aufgenommen hatte, als Untermieterin, Gesellschafterin oder entfernte Verwandte, wie es offiziell und üblicherweise hieß. Von den russischen Wurzeln der jungen Frau mit dem französischen Namen wussten jedoch nur wenige.

Wie an jedem anderen Tag der vergangenen drei Jahrzehnte erreichte die Tünelbahn die obere Station ohne Leib und Leben bedrohende Havarie, gab aber Mme. Labarie Anlass, ihre gewöhnliche Schläfrigkeit einmal zu vergessen. Die Bahn kam ruckelnd zum Stehen, die Türen wurden geöffnet, und bevor Milena ihr hinaushelfen konnte, kam ihr der Herr von der Bank nahe der Tür zuvor. Er half Mme. Labarie so galant wie unaufdringlich auf den Perron, sie war entzückt. Was sie sah, gefiel ihr offensichtlich.

Er war schon über die Mitte seiner dreißiger Jahre hinaus und hatte dieses Jungenhafte, das den meisten Männern in den Augen der Frauen Charme verleiht, sie in ihren späteren Jahren aber selten gut altern lässt. Sein dichtes dunkelblondes Haar war mit Pomade gebändigt, wie es sich gehörte, nur eine Locke über der linken Stirnseite hatte sich befreit, sein Anzug war gut geschnitten, doch oft genug getragen, um ihn bald dem Gärtner oder Kutscher zu überlassen. Das leicht gebräunte Gesicht verriet den häufigen Aufenthalt im Freien, an einem schwarzen Ripsband über seiner linken Schulter hing eine große Mappe.

Andere Reisende hatten sich aus der gutbesetzten Bahn gedrängt und versperrten Milena die Sicht, eine plötzliche Sorge ließ ihr Herz schneller schlagen. Was albern war – es gab keinen Grund zur Sorge außer jener überflüssigen, die alte Tanten und Jungfern phantasierten. Ein unangenehmer Gedanke für eine Frau von fast dreißig Jahren.

Mme. Labarie stand nur ein wenig abseits, der schwerbepackte Hamal war aus dem hinteren Wagen geklettert, mit ihm ein ganzer Pulk von Menschen, die nach kleinen Angestellten, Handwerkern und Dienstboten aussahen, und wartete mit der Geduld eines Mulis in gehörigem Abstand von drei Schritten. Madames Hand lag immer noch auf dem Arm des nicht mehr ganz jungen blonden Herrn, der vielleicht gar keiner war, sondern einer dieser Männer aus irgendeinem europäischen Land, die zuhauf an fremden Ufern strandeten und nach einer wohlhabenden Tochter oder Witwe oder ganz allgemein dem Glück suchten.

«Milena, meine Liebe.» Mme. Labarie winkte sie heran, ihre Wangen schimmerten rosig. «Monsieur war so charmant, mir aus dem Waggon zu helfen, ich wollte Sie nicht im Stich lassen. Leider ist er in Eile, sonst hätte ich mich gerne mit einer Tasse Tee bedankt.»

«Wenn der Herr in Eile ist, sollten wir ihn nicht aufhalten.»

Mme. Labarie blinzelte irritiert. So kurz angebundene Töne war sie von Milena nicht gewohnt. «Natürlich», stimmte sie zu, «natürlich. Merci, Monsieur», wandte sie sich an den Mann mit der Locke, «merci. Meine liebe junge Freundin Mademoiselle Bonnard hat recht, wie so oft, und wir sind selbst in Eile. Ja, und ein wenig müde nach der langen Reise. Wir waren in Saloniki, müssen Sie wissen, dabei reise ich so ungern. Nun sind wir endlich wieder zu Hause.»

«Ich wünsche eine glückliche Heimkehr, sicher werden Sie und Mademoiselle sehnlich erwartet.» Er beugte sich über ihre Hand, sein Körper straffte sich, als wolle er die Hacken seiner Stiefeletten zusammenknallen, was jedoch nicht geschah.

«Mademoiselle.» Er neigte den Kopf vor Milena, sein Lächeln war freundlich und aufmerksam, ganz so, wie es sich gehörte, *comme il faut*, würde Mme. Labarie sagen. Milena fand seine Augen bemerkenswert, die Form ein wenig schräg, die Iris von tiefem Grau, der Blick sehr wach. Womöglich wäre eine Tasse Tee doch eine nette Idee gewesen. Eindeutig nicht *comme il faut*, aber zwei unabhängige erwachsene Damen konnten sich ein wenig Unkonventionalität erlauben, schließlich lebten sie in einem ganz jungen Jahrhundert.

Für das letzte, recht kurze Stück des Weges von der oberen Station der Tünelbahn nahmen sie eine Droschke. Die schweren Gepäckstücke wurden auf der hinteren Ablage verstaut, die Taschen auf den gepolsterten Bänken; der Hamal folgte zu Fuß. Die Straßen waren belebt, mit dem frühen Abend begann hier das Flanieren und Schlendern, die Stühle der Gartencafés und entlang der Trottoirs waren schon besetzt, von irgendwoher hinter dem gepflegten Grün des großen Parks wehte der Abendwind Salonmusik heran. Nur wer sehr genau zuhörte, vernahm auch von jenseits des Goldenen Horns die Rufe der Muezzins, dort drüben im ältesten Teil der Stadt war der Große Basar nun geschlossen, der geschäftige Teil des muslimischen Tages endete mit den Gebeten.

«Kannten Sie ihn?»

«Den reizenden Kavalier in der Bahn? Nein, und ich weiß, was Sie denken, nämlich dass es keinesfalls *comme il faut* ist, einen fremden Herrn zum Tee einzuladen, nur weil er einer Dame zum Aussteigen die Hand gereicht hat, was im Übrigen eine Selbstverständlichkeit sein sollte, wenn auch heutzutage ...»

Sie kicherte ein wenig albern, und Milena dachte, sie kenne Mme. Labarie doch nicht so gut, wie sie angenommen hatte. Als keine weiteren Erklärungen folgten, sagte sie: «Er ist hübsch», nur um etwas Freundliches zu sagen, «vielleicht sogar interessant.»

«Und so elegant. Obwohl seine Kleider bescheiden aussahen, fast ein wenig ärmlich. Wahre Eleganz kommt eben nicht von den Kleidern, das ist eine alte Wahrheit. Nein, ich kannte ihn wirklich nicht, aber es schien mir trotzdem so. Er hat mich erinnert.»

«Erinnert? An jemanden?»

«An eine sehr lange zurückliegende Zeit.»

«An den Oberst. Als er noch Leutnant war?»

«Ach, mein Kind. Der Oberst war schon als Kadett ein Oberst. Ich habe ihn wirklich gerngehabt. Er hatte ja seine Qualitäten. In vielerlei Hinsicht. Aber er hatte keine Locke, die ihm in die Stirn fallen konnte. Unordnung war ihm gänzlich fremd. Und Locken neigen nun einmal dazu, ein bisschen unordentlich zu sein, nicht wahr? Charmant, aber unordentlich.»

Sie unterdrückte ein neues Kichern, so geriet es zum kleinen Pruster, und Milena überlegte, ob sie sich ernstlich Sorgen machen sollte. Es war ganz unmöglich, dass Madame ein Fläschchen Cognac in ihrer Tasche verbarg, was sowohl die ungewohnte Kicherei wie die neue Redefreudigkeit erklären könnte.

«Nein, es geht um eine andere Erinnerung. Diese Locke. Und haben Sie seine Hände gesehen? Er trug keine Handschuhe, an der rechten Hand war etwas, das nach Spuren eines Kohlestiftes aussah. Dazu diese große Mappe. Und dieser leichte Akzent.»

Nun musste kein Kichern unterdrückt werden, sondern ein Seufzer, der sich allerdings nicht unterdrücken ließ. Es war ein glücklicher, zugleich sehnsüchtig klingender Seufzer. Milena lehnte sich erleichtert zurück. Es ging Mme. Labarie gut, sie erinnerte sich nur an lange vergangene schöne Tage. Unwiederbringlich. Solche Erinnerungen konnten auch beschwipsen, besonders, wenn sie so plötzlich auftauchten.

Kurz bevor sie am Ziel waren, seufzte sie noch einmal, diesmal klang es ungehalten. Milena konnte sich kaum erinnern, Madame jemals seufzen gehört zu haben, und nun so oft und auf so verschiedene Weise in wenigen Minuten. Sie hätte gerne mehr darüber erfahren.

«Ich bin mir sicher, er hat seinen Namen genannt.» Zögernd fuhr Mme. Labarie fort: «Ziemlich sicher. Und ich habe ihn gleich wieder vergessen. Sehr seltsam. Ich werde alt, meine Liebe, unausweichlich. Also wird es Zeit, nach den Vorteilen zu suchen, die das Alter mit sich bringt. Es muss welche geben, denken Sie nicht auch? Ich fürchte», nun seufzte sie doch einmal mit verzagter Melancholie, «ich fürchte, das ist eine schwere Aufgabe. Würde es Ihnen übrigens etwas ausmachen, mich Charlotte zu nennen? Dieses ewige Madame macht mich ganz grau in der Seele.»

Mme. Labarie bewohnte die Beletage eines der Etagenhäuser an der westlichen Seite der Rue des Petits Champs, nur wenige Schritte vom Grand Hôtel de Londres. Sie war die Besitzerin des Gebäudes, das wusste jedoch nur ein diskreter Herr bei der Banque Impériale Ottomane in der Rue Voivode. Von den hohen Fenstern des vorderen Salons ging der Blick über den Park, der auch der Straße den Namen gab, er war vor einigen Jahrzehnten in englischer Manier angelegt worden. Bis zu dem bisher letzten großen Brand in Pera, der an einem schönen Junitag vor sechsunddreißig Jahren einige tausend Gebäude und viele Leben gekostet hatte, war das Areal als Petits Champs des Morts ein von den bewohnten Straßen abgelegener großer Friedhof gewesen; zwischen den verfallenden Grabsteinen unter den alten Bäumen hatten Ziegen und wilde Hunde gelebt. Heute sprach niemand mehr von den Toten, keine Spur fand sich von den Gräbern, und der Park wurde von der rasch wachsenden Stadt eingekreist. Mit seinen Spazier- und Fahrwegen, den Cafés, Biergärten und dem Sommertheater diente er nur noch der Erholung und dem Vergnügen. Es hieß, er sei auch Schauplatz zweifelhafter Geschäfte und heimlicher Duelle, aber das hieß es von jedem Park in den Städten.

Milena lebte schon ein gutes Jahr in der Obhut Mme. Labaries – es gab Stimmen, die das Verhältnis der beiden Damen genau andersherum sahen, was möglicherweise zutraf –, aber sie hatte sich nicht daran gewöhnt, dass sich just in der Sekunde, in der sie mit Madame den Treppenabsatz der Beletage erreichte, die Wohnungstür öffnete und Rosa mit ergeben geneigtem Kopf beiseitetrat, um die Dame des Hauses und ihre Begleitung knicksend einzulassen. Wenn Milena alleine nach Hause kam, öffnete sich die Tür niemals so wundersam vorauseilend, sondern erst auf ihr anhaltendes Klingeln. Rosa, das französische Mädchen, und Anna, die armenische Köchin, behandelten sie höflich, meistens sogar freundlich, aber niemals ehrerbietig.

Heute hatten sich beide an der Tür aufgereiht, die Stimmung war feierlich, als kehre Madame nach monatelangem Aufenthalt im Exil oder nach schwerer Krankheit gerade noch gerettet zurück und nicht nur von einem dreiwöchigen Verwandtenbesuch. Rosa, im nicht mehr ganz tadellosen schwarzen Kleid mit weißem Kragen und weißer Schürze, das blonde Haar streng aus dem rosigen Gesicht frisiert, die Zöpfe im festen Knoten am Hinterkopf, Anna, dunkel das Haar und die stets lächelnden Augen, blau-weiß gestreift ihr Küchenkleid unter der lichtblauen Schürze. Der Hamal war ihnen die breite Treppe hinaufgefolgt, beide Koffer auf den kräftigen Rücken gebunden, in jeder Faust eine Reisetasche. Er lud das Gepäck in der Diele ab, erstaunlich sanft, und ignorierte Rosas strenge Aufforderung, das Gepäck den langen Flur hinunter in die Kleiderkammer zu tragen.

Milena entlohnte ihn, wie es zu ihren Pflichten gehörte, aber großzügiger als gewöhnlich, ihr gefiel, wie er eine Anweisung ignorierte. Sein Gesicht war vom Wetter gegerbt, aber es zeigte kein Alter, er war noch jung, das erkannte sie erst jetzt. Sie hatte kaum etwas anderes als einen Lastesel in ihm gesehen. Auch ein Lastenträger sei ein Mensch, hörte sie in Gedanken die Ermahnung ihrer Mutter, die häufig von der Gleichheit der Menschen und der Ungerechtigkeit in der Welt gesprochen hatte, von der Pflicht der Reichen und vom Glück Begünstigten, den Ärmeren zu helfen, nicht wegen der Religion, auch das hatte sie oft betont, sondern wegen der natürlichen Mitmenschlichkeit.

Als er sich mit einem gemurmelten *teşekkürler* bedankte, sah er Milena mit wachem, musterndem Blick an. Er hatte sich auf Türkisch bedankt, anstatt mit dem raschen *mersi*, wie es bei den Kutschern, Trägern, Wäscherinnen, Straßenverkäufern oder Boten jeder Nation an den Quais und im Europäerviertel üblich war. Einen Moment argwöhnte sie irritiert, er wolle sie verspotten. Auch dass er sie ansah, anstatt mit abgewandtem Blick die Münzen einzustecken, wie es sich für einen Muslim einer Frau, erst recht einer

Christin gegenüber gehörte, fand sie befremdlich. Andererseits – dies war das Jahr 1906, das zwanzigste Jahrhundert, viele verstaubte Sitten und Regeln begannen sich aufzulösen.

«Milena, meine Liebe, Sie haben auch Post», rief Mme. Labarie. «Aus Paris. Sicher von Ihren reizenden Eltern. Wie überaus erfreulich.»

Der Hamal war verschwunden, als Milena sich wieder umwandte. Rosa schloss gerade die Wohnungstür. Errötend? Das konnte nur der Abglanz der tiefstehenden Sonne sein, deren Strahlen noch bis in die Diele fielen.

Mme. Labarie hatte sich auf den linken der beiden komfortablen Besucherstühle sinken lassen, es war immer der linke, nie der rechte, um wie gewöhnlich nach einer Reise oder einem Ausflug zuerst die inzwischen eingetroffene Post zu sichten, und gleich würde Anna ihr eine Tasse Tee bringen. Sie lebte mit einer ganzen Reihe von festen Alltagsritualen, dieses gehörte zu ihren liebsten. Die Briefe, Telegramme und Billetts warteten auf einem Tablett, das von einem ansehnlichen jungen Osmanen gehalten wurde, leider war er nur aus bemaltem Holz, einzig sein mächtiger Turban war aus echtem weißen Tuch gewunden. Manchmal, in einem unbeobachteten Moment oder wenn sie in einer ihrer kleinen Schläfrigkeiten durch die Diele mehr schwebte als ging, kam es vor, dass Mme. Labarie ihm sanft über die hölzerne Wange strich.

Rosa barg unter ihrer spröden Schale eine romantische Seele, sie glaubte, der hübsche Muselmane erinnere Madame an den jungen Oberst Labarie, was Milena eingedenk der Fotografie des gealterten Obersts auf dem Kaminsims für sehr unwahrscheinlich hielt. Ohnedies zog sie die

Erklärung vor, Madame hüte eine ganz eigene Geschichte von Zärtlichkeit und Träumen aus *Tausendundeiner Nacht*, was Madames Reaktion auf eine in die Stirn gefallene blonde Locke nur bestätigte.

Mme. Labarie fischte noch einen für Milena bestimmten Brief aus ihrer Post. Der war von einem Boten in die Rue des Petits Champs gebracht worden und von Mme. Demirhan, was sie ein wenig, wirklich nur ein wenig beunruhigte. Die Dame stammte aus guter Familie und war die Ehefrau eines hohen Beamten des Sultans mit solider Verbindung zur Französischen Botschaft, vor allem sprach sie fließend und beinahe fehlerfrei Französisch, für Mme. Labarie der Beweis für ein kultiviertes Leben. Leider war sie auch die Mutter der beiden Mädchen, zu deren Erziehung Milena aus Paris nach Istanbul gekommen war. Mme. Labarie fürchtete Einladungen in die am Ufer des Bosporus gelegene weiße Villa, sei es zu einem der Geburtstage der Mädchen oder zu einem Damennachmittag mit Tee und Musik, denn womöglich lockten sie Milena zurück. Mme. Labarie hatte sich an ihr gemeinsames Leben gewöhnt, eine Veränderung wäre nicht nur unbequem, sie würde Milena auch vermissen, was sie selbst erstaunte. Sie brachte frische Luft in ihr eingestaubtes Beletage-Dasein, Mme. Labarie, die für gewöhnlich das Leben auf sich zukommen und einfach geschehen ließ, wollte, dass es so blieb.

———

Wer aus der kühlen Empfangshalle des Bahnhofs Sirkeci hinaus auf den in der Hitze liegenden Vorplatz trat, fand sich in einer Welt fremder Gerüche und phantastischer

Bilder wieder. Nach Norden, zur Linken, stiegen die dichtbebauten Hügel des alten Stambuls an, mit seinen Kuppeln und Minaretten, den vielfältig geformten Dächern großer und kleiner Gebäude, die Quartiere vom Grün alter Bäume und Gärten durchzogen, kein Haus, ob aus Stein oder traditionell aus Holz, glich dem anderen, die vielen tausend Menschen, die dort lebten und arbeiteten, waren nur zu ahnen – in den Augen eines Europäers glich der Anblick einem Traumgemälde.

Ludwig Brehms Herz schlug plötzlich in einem schnellen und kräftigen Takt aus Freude, Neugier und Furcht. Dort begann nun sein neues Leben. Jetzt, in dieser Minute.

Aber der Mann auf dem Bock lenkte die Kutsche über die Brücke zur anderen Seite des Goldenen Horns, das alte Stambul auf seinen sieben Hügeln zurücklassend und hinein in die belebten schmutzigen Straßen von Galata. Jede Gasse, in die der Kutscher einbog, schien enger und dunkler als die vorherige, was nur an der schon tief stehenden Sonne liegen konnte. Ludwig Brehm hatte sich vorgenommen, allem, was ihn erwarten mochte, gelassen zu begegnen. Aber in diesem Quartier voller seltsamer Gerüche, fremder Laute, die sich in seinen Ohren zu keiner eindeutigen Sprache fügten, dem Gewusel der Menschen, war ihm, als schaue man der Kutsche misstrauisch nach, wendeten sich die Köpfe rasch ab, als schlössen sich plötzlich Fenster und Türen, wenn er versuchte, sich selbst seine Souveränität zu beweisen und einen dieser Blicke zu halten. Er wusste, dass das Unsinn war. Warum sollte jemand so etwas tun? Niemand kannte ihn hier, und niemand erwartete ihn als die Herren Witt und Ihmsen.

Wieder müde und allein in einer fremden Welt, sah

er Gespenster. Es war nur seine hasenherzige, neu aufflackernde Furcht vor sehr grimmigen Männern, die auf einen verbrecherischen Ludwig Brehm warteten, einen Mann, den es nicht gab. Er hatte dieses Abenteuer gewollt, und nun war keine Zeit zu zaudern, er war längst mittendrin. Also hieß es, die Prise Leichtfertigkeit und die Lust an diesem neuen Leben zu mögen. Das eine ging nicht ohne das andere. «Man kann doch alles sein, wenn man an sich und an seine Pläne glaubt.» Das war der letzte Satz, den er von dem anderen, dem fernen Ludwig, im Kopf hatte. Er hatte es mit einem nach fröhlicher Verschwörung klingenden Lachen in der Stimme gesagt, als er in die dunklen Gassen am Hafen verschwunden war, am Anfang seines Weges nach dem Chimborazo oder wohin auch immer er tatsächlich reiste.

Wie lange war das her? Vier, fünf Tage? Fünf Jahre? Ein Leben?

Sei nicht melodramatisch, knurrte der alte Hans Körner in seinem Kopf, das passt nicht zu dir. Hat es nie. Es ist nur lächerlich.

Der neue Ludwig Brehm lauschte dem einen Moment nach, dann entschied er, schon das Wort melodramatisch mit dem klangvollen, ganz unhanseatischen Rr in der Mitte gefalle ihm außerordentlich gut.

Er hatte nicht darüber nachgedacht, wie das Haus aussehen mochte, in dem er seine neuen Brotherren treffen sollte, sonst hätte er sich ein Kontor vorgestellt, vielleicht in einem Lagerhaus. Aus den Jahren bei Weise am Neuen Wall wusste er, dass Ihmsen & Witt zu den renommiertesten Teppichhändlern im Nahen Osten zählten, also war nicht mit kleinen Räumen und Vorräten zu rechnen. Der Name stand für gute Ware und solide Usancen, für Orientteppiche aus Persien, der Türkei und vom Kaukasus, auch aus Ägypten, sogar aus China und den nordafrikanischen Ländern, obwohl die nicht als Orientteppiche zählten.

Die Firma bot bei Gelegenheit auch alte Sammlerstücke an oder sah sich im Auftrag eines Sammlers nach solchen Kostbarkeiten um. Alfred Ihmsen lebe seit Jahrzehnten im Orient, so hatte Brooks einmal einem besonders vielversprechenden Kunden erklärt, während Hans Körner einen zwölf Quadratmeter großen Täbris-Teppich aus dem nördlichen Persien auseinanderschlug und ins Licht zog, damit das Muster seine ganze Leuchtkraft zeigte, der Senior Herr Ihmsen sei selbst Sammler und als Spezialist und Berater weithin gefragt.

Ludwig wusste viel über Teppiche, er kannte die Farben, eine ganze Anzahl der vielen möglichen Muster, er wusste, wie sich die Wollarten und Seiden anfühlen mussten, um von der hohen Qualität zu sein, die sie versprachen. Über die Herstellung, die Knüpfereien und die Arbeit der Färber wusste er nur Theoretisches, Angelesenes, und gar nichts darüber, wie der Handel am Bosporus, in Anatolien, Persien und den weiter entfernteren Regionen tatsächlich vor sich ging.

Seine Vorstellungen von den ungeheuren Entfernungen, über die die kostbare Ware aus Wolle und Seide transportiert werden musste, um die Lagerhäuser von Galata und schließlich die Schiffsbäuche der Dampfer für die Weiterreise zu den Kunden in Europa und auch nach dem amerikanischen Kontinent zu erreichen, waren vage. Er hatte von den Karawanen gehört, trotz der rasanten Fortschritte der modernen Technik waren Kamele für den wochenlangen Transport durch Wüsten und Steppen, durch steinige, nahezu wasserlose Einöden und Bergländer immer noch unschlagbar. Es hieß, manche Karawanen bestanden aus bis zu tausend dieser so starken, anspruchslosen Tiere. In Anatolien begann jedoch schon die Eisenbahn den Transport zu übernehmen; wo immer Schienen verlegt wurden, wo Wasserdepots für den von der Lokomotive zu produzierenden Dampf angelegt werden konnten.

Der Kutscher hielt vor einem Haus in einer ruhigen Seitenstraße, murmelte Unverständliches und griff nach dem Gepäck seines Gastes. Sie waren also am Ziel. Es war ein Holzhaus, dunkel, fast schwarz von den vielen Jahren seiner Existenz, Fenster und Loggien in der Fassade. Er hatte unterwegs von Galata hierherauf eine ganze Reihe von Holzhäusern gesehen, müde aneinandergelehnt, viele der Reparatur bedürftig, die Loggien von hölzernem Gitterwerk verschlossen. Dieses war größer, und es stand für sich allein, links und rechts verlief eine Mauer entlang der Straße, von Baumkronen und immergrünem Buschwerk überragt. Das Haus stand fest, sehr aufrecht und sah ein wenig geheimnisvoll aus, nichts an ihm war verfallen oder brüchig. Es war ein Haus von eigenem Charakter.

Auch die Dame, die ihn in der Tür erwartete, stand sehr aufrecht, das graue Kleid mit dem weißen Spitzenkragen wirkte streng. Ihr straff frisiertes glattes Haar war sehr dunkel, wie ihre Augen.

Sie begleitete ihn in das Haus, in der Halle war es kühl und dämmerig. Herr Ihmsen werde bald hier sein, erklärte sie, Herr Brehm möge im Salon warten. Sie hatte ihren Namen genannt, er hatte ihn gleich wieder vergessen. Es würde lange dauern, bis er sich die vielen fremd klingenden Namen merken konnte, die türkischen, griechischen, armenischen und bulgarischen, die georgischen, arabischen oder die jüdischen.

Da saß er nun in einem der schweren Ledersessel. Er war nicht an so herrschaftliche Häuser gewöhnt, also blieb er sitzen und sah sich nur verstohlen um, dann konnte er nichts falsch machen.

Auf der polierten Marmorplatte des niedrigen Tisches standen neben einer Schale mit geschälten Mandeln und Pistazien eine Wasserkaraffe und ein schon gefülltes Glas für ihn bereit. Als er es endlich wagte, daran zu nippen, schmeckte es fremd und frisch, ein wenig nach Zitrone und Minze und etwas Unbekanntem. Es war lange her, seit er etwas getrunken hatte, so kostete es ihn Disziplin, das erste Glas nicht mit gieriger Hast und das zweite, das er sich selbst einschenkte, nur zur Hälfte zu leeren.

Er blickte sich um, die beiden gekreuzten Säbel an der Wand sahen recht martialisch aus, die links und rechts davon hängenden, in schmalen Goldrahmen gefassten arabischen Kalligraphien waren ein irritierender Gegensatz.

Nun erhob er sich doch aus dem bequemen, die Schläfrigkeit fördernden Sessel und sah sich um. Er befand sich nicht in einem Kontor, schon gar nicht in einem Lagerhaus, sondern in einer Villa. Sollte sie sich als eine Pension oder eine orientalische Form von Hotel herausstellen, musste er sich etwas einfallen lassen, warum er sich solchen Luxus nicht leisten konnte, kaum für eine Nacht, geschweige denn für ein Jahr. Herr Ihmsen und sein Kompagnon glaubten offenbar, ihr neuer Mitarbeiter aus Norddeutschland sei ein kleiner Krösus. Der ferne Ludwig kam zwar aus «guter Familie», was allerdings nicht mit angenehmen finanziellen Verhältnissen verbunden war. Sein Vater war verschollen, mit seinen Schulden untergetaucht, die Mutter gestorben, Verwandte, womöglich lohnende Erbonkel, existierten nicht. Er hatte angenommen, die Herren Ihmsen und Witt wüssten das. Hoffentlich war das kein Irrtum.

Er hätte gerne geraucht, doch sein Zigarettenetui war leer. Während er überlegte, die silberne Dose auf dem Tisch zu öffnen und nachzusehen, ob sie Zigaretten enthielt, hörte er rasche Schritte und Männerstimmen. Die Tür wurde schwungvoll geöffnet, und hätten das Alter und der füllige Körper nicht dagegengestanden, hätte man sagen müssen, der Herr des Hauses stürme herein. Auch so war er eilig.

Alfred Ihmsen war bester Laune, seine grauen Augen begegneten dem Neuankömmling hellwach und freundlich. Er war mittelgroß, vielleicht ließ ihn der runde Bauch kleiner erscheinen, als er tatsächlich war. Sein eisgraues Haar war sehr kurz geschnitten, der weiße Spitzbart, das rosige Gesicht, der schwarze Gehrock, ein wenig Straßenstaub auf den ansonsten blanken Lederstiefeletten – der Herr dieses Hauses mitten im Orient unterschied sich in nichts von den Kaufleuten an der Elbe. Jedenfalls auf den ersten Blick und in seiner äußeren Erscheinung.

«Zu dumm», rief er und klang dabei ganz launig, «wirklich dumm. Ich wollte Sie gebührend willkommen heißen, und nun habe ich Sie warten lassen. Ihmsen», fuhr er dann fort, «ich bin Ihmsen, und Sie sind der junge Brehm. Wer sonst. Wir sind sehr froh, dass Sie sich in diese abgelegene Ecke der Welt gewagt haben. Aber seien Sie versichert, es lebt sich hier ganz gemütlich, auch wenn die Nachrichten, die von unseren Küsten in die Welt gehen, oft ungemütlich klingen. Meistens ist was dran, zugegeben, besonders im vergangenen Jahr, aber … Was ist denn, Friedrich?»

Er wandte sich nach dem hageren Mann um, der stumm abwartend in der Tür stehen geblieben war, die Hände vor der Taille ineinandergelegt, den Kopf leicht geneigt, als lausche er geduldig auf etwas Entferntes. Es war dämmerig geworden, sein Gesicht war voller Schatten. Ein schwarzer Gehrock, die weißen Handschuhe und die gestreifte Weste, seine ganze Haltung wiesen ihn als Butler aus. Wobei Ludwig nicht sicher war, ob so viel Pomade im Haar sich für einen seriösen Butler schickte. Butler, Hausdiener oder wie immer ein solcher Mensch hier bezeichnet wurde. Sein Name, Friedrich, war immerhin leicht zu merken.

«Frau Aglaia bittet, dem jungen Herrn bald», der Diener hob seine behandschuhte Hand und machte so die Bitte zur Instruktion, «wirklich sehr bald seine Wohnung zu zeigen. Das Essen steht bereit, in einer halben Stunde muss serviert werden. Nicht später. Falls es genehm ist.»

«Sogar sehr genehm. Und bring mehr Licht, Friedrich. Hinter dem Kaukasus sprudelt selbst bei Streik und Aufruhr Öl aus der Erde, als wären da artesische Brunnen. Das Petroleum wird uns schon nicht ausgehen.» Er berührte die Schulter seines Dieners, als wolle er ihn wegen einer echten Sorge trösten.

«Nun lassen Sie sich mal anschauen», fuhr Ihmsen fort, als Friedrich in angemessener Geräuschlosigkeit verschwunden war. «Brooks hatte schon geschrieben, dass man Sie ohne Probleme vorzeigen kann. Erstaunlich, dass er das angemerkt hat. Wirklich erstaunlich. Ich nehme an, er meinte damit bei den Herren in der Bank oder im Konsulat. Oder bei den Knüpferinnen?» Er schmunzelte. «Wir kriegen sowieso nur die in Ehren verheirateten Damen zu Gesicht, die Mädchen werden versteckt, wenn Männer ins Haus kommen. Das versteht sich. Aber eins steht fest, Ihrem Großonkel gleichen Sie in der Tat. Oder ist er ein Großcousin? Ich finde mich mit den Stammbäumen nie zurecht, wahrscheinlich, weil meiner so bescheiden ist. Bevor ich Sie nach der Reise frage, nach dem Wohlergehen und so weiter – dazu haben wir beim Essen genug Zeit –, zeige ich Ihnen Ihr Zimmerchen. Sie können natürlich auch anderswo wohnen, wenn es Ihnen hier zu beengt oder zu nah zu uns allen ist. Die Witts wohnen gleich am anderen Ende des Gartens, da ist kein Entkommen. Wir sind miteinander nicht empfindlich, aber ihr jungen Herren braucht Freiheit. Wenn Sie erst mal die passende Braut gefunden haben, ist es damit vorbei.»

Ludwig war schon wieder schwindelig, das lag nur an seiner Müdigkeit nach der langen Reise, an den verwirrenden Eindrücken, am Hunger, den er nun tatsächlich als nagenden Schmerz in seinem Magen spürte, an der unerwarteten Redseligkeit des alten Mannes. Aber – wer zum Teufel war dieser Großonkel oder Großcousin? So einen hatte Brehm bei der Erläuterung einiger zum Glück ausschließlich entfernterer Verwandten und Bekannten seiner Eltern nicht erwähnt. Mit keinem Wort. Wenn es jemand war, der in Konstantinopel lebte und mit den Herren Ihmsen und Witt gut bekannt war, dann – ja, was dann? Dann war es schnell aus mit dem neuen Leben am Bosporus. Überhaupt mit der Zukunft.

Andererseits erklärte das, warum er in diesem Haus nicht wie ein beliebiger Angestellter empfangen wurde, sondern als gehöre er zu einem vertrauten Kreis. Ludwig begann zu schwitzen.

Das «Zimmerchen» erwies sich als Anbau an den

alten Konak, Hans Körners Hamburger Pensionskammer hätte viermal hineingepasst, die kleine Terrasse zum Garten nicht mitgerechnet. Der Wohnraum war mit sicherem Geschmack und modern eingerichtet, den Orient brachten die Teppiche und das Muster der schweren Damastvorhänge an den beiden Fenstern und der verglasten Tür zur Terrasse in Erinnerung. Ein in chinesischer Manier mit zarten exotischen Vögeln und Farnen bemalter Paravent teilte ein Schlafkabinett ab, hinter einer schmalen Tür versteckte sich der wahre Luxus – ein Badezimmer.

Ludwig hätte sich gerne in ruhiger Gelassenheit bedankt, als sei er solche Bequemlichkeiten gewohnt, aber ihm kam nur «Großartig. Vielen Dank, Herr Kommerzienrat, wirklich sehr schön» über die Lippen. Er werde sich hier wohl fühlen. Natürlich nur, wenn er nicht störe, er finde gewiss ...

Ihmsen winkte freundlich ab. Er hatte den Koffer und die Reisetasche entdeckt, der Kutscher hatte beides vor dem Paravent abgestellt. «Ihr großes Gepäck ist noch am Bahnhof? Geben Sie Iossep den Schein, er wird sich darum kümmern. Oder kommt es später an?»

«Nein.» Ludwig fröstelte. Der Moment für die erste Lüge war schon da. «Ich meine, mir ist nur das geblieben. Der große Koffer ist verlorengegangen, vielleicht auch gestohlen. Er sollte in Budapest umgeladen werden, das ist offenbar nicht geschehen. Oder doch geschehen, und er ist bei einem späteren Halt verschwunden. Unterwegs. Ich habe versäumt, nach dem Zugwechsel in Ungarn im Gepäckwagen zu kontrollieren, ob alles da ist, es war wohl dumm, dem Schaffner nicht schon im Voraus ein gutes Trinkgeld zu geben.»

Er hörte sich zu und stellte fest, dass ihm genug Phantasie zur Verfügung stand, um das Lügen einfach zu machen. Tatsächlich hatte er keine Ahnung, ob es üblich war, im Gepäckwagen nach dem Rechten zu sehen, und ob er sich mit der Betonung dieses Versäumnisses als unwissend und im Reisen völlig unerfahren verriet; er hatte ohne nachzudenken ausgesprochen, was ihm eingefallen war.

Ihmsen nickte nur. «Verlorengegangen? Wahrscheinlich nicht ganz zufällig. Es gibt eine Menge armer Leute, besonders auf der langen Strecke über den Balkan.» Seine kräftigen Brauen zogen sich über der Nasenwurzel zusammen, während er seinen neuen Mitarbeiter kritisch musterte. «Andererseits wendet man so ein kleines Malheur am besten rasch zum Positiven. Ein paar neue, gut sitzende Hemden und Anzüge können Ihnen nicht schaden, wir haben hier exzellente Schneider.»

Ludwig Brehm spürte, wie die kalte Starre seinen Nacken losließ. Hätte Ihmsen nach dem Gepäckschein gefragt, um bei der Eisenbahngesellschaft den Verlust reklamieren zu lassen, wäre schon die nächste und erheblich unglaubwürdigere Lüge fällig gewesen.

Etwas Helles bewegte sich zwischen den Hecken hinter der halb geöffneten Terrassentür, schwebte leicht vorbei, kam wieder näher, Alfred Ihmsens Miene wurde weich, und seine Augen lächelten.

«Edie, meine Liebe», rief er und schob die verglaste Tür weit auf, «wir sind hier, komm herein. Ein letztes Mal. Zukünftig ist die Abkürzung über diese Terrasse tabu. Es sei denn», fügte er hinzu, «du möchtest durch eine Garçonnière schleichen und diesen jungen Herrn und vor allem meine überaus geschätzte Frau Aglaia schockieren.»

Vielleicht lag es an der Dämmerung und dem Hauch von Jasmin, der sie begleitete, vielleicht am Schein der beiden Lampen, die Friedrich in diesem Moment brachte – die schmale Gestalt im weißen Kleid, das helle Gesicht unter aufgetürmtem, wie poliertes Ebenholz glänzendem Haar, neugierige Augen und ein lächelnder Mund – niemals zuvor hatte Ludwig ein so bezauberndes Bild gesehen.

3. KAPITEL

Schließlich hatte sich auch Richard Witt in Ihmsens orientalisch anmutendem Speisezimmer eingefunden. Er begrüßte den Neuankömmling mit aufmerksamem Blick. Sein Händedruck war fest, seine Haltung sehr aufrecht.

«Da sind Sie also. Willkommen in der letzten Ecke Europas. Wir halten sie allerdings für die schönste und interessanteste. Ich bin gespannt, wie Ihr Resümee sein wird, nach – wie lange werden Sie bleiben? Ich hab's vergessen, Pardon.»

Ein Jahr, wollte Ludwig sagen, zunächst ein Jahr, doch dieses Schächtelchen in seinem Kopf war plötzlich leer. Ein Jahr, dachte er und wusste nicht, ob es tatsächlich so vereinbart worden war oder ob der ferne Ludwig es nur so dahingesagt oder ob er selbst es sich gewünscht hatte oder … ein Sausen in seinem Kopf war die einzige Antwort.

«Ein Jahr», hörte er die Stimme Ihmsens, und das Sausen schwand, «so ist es geplant. Aber beide Seiten dürfen sich neu entscheiden, wenn zu viel Gewitter oder Langeweile oder sonst ein Unsinn entsteht. Wollen erst mal sehen, wie wir uns vertragen.» Er klopfte Ludwig Brehm auf die Schulter und bat zu Tisch, er habe nun auch einen Bärenhunger.

Von der Grande Rue wehten Fetzen von Musik herüber, der Klang ferner Stimmen und vorbeirollender Kutschen, Hundegebell aus den Hügeln. Anders als im alten Stambul jenseits des Goldenen Horns gab es im sommerlichen Pera bis weit in den Abend viel Leben in den Straßen und in den Gärten der großen Häuser und Hotels, den Restaurants und Cafés.

Als die Witts die Vorzüge eines ruhigen eigenen Gartens inmitten der Stadt priesen und auch von einem Paradies für die Vögel sprachen, erinnerte Herr Ihmsen an den Bülbül. Jaja, der Bülbül, erklärte er Ludwig, für den sei es schon recht spät im Jahr. Dieser orientalische Vetter der Nachtigall singe mit Vorliebe nachts, ganze Arien, um die begehrenswerteste Bülbül-Dame zu erobern. «Da kann Caruso noch was lernen.»

Frau Witt, die von ihrem Mann und dessen Onkel nur Edie genannt wurde, mit langem, gleichwohl zärtlichem Iii am Anfang, hatte gelacht, als Ihmsen zwinkernd fortfuhr: «Manche preisen den Gesang als betörend, ich bin in dieser Hinsicht ein Banause, mich beeindruckt, was für einen durchdringenden Lärm so kleine Lebewesen produzieren. Ihre Lungen können doch kaum größer als eine rote Linse sein. Aber falls Sie doch noch einen hören, sollten Sie sich etwas wünschen, so wie beim ersten Ruf des Kuckucks, dann stehen die Chancen gut, reich und glücklich zu werden.»

Alle hatten gelächelt und unwillkürlich einen Moment zu den geöffneten Fenstern hinübergelauscht, sogar der bei der Anrichte wartende Herr Friedrich, eine Leinenserviette über dem Arm wie ein Oberkellner, aber da war kein nächtlicher Vogelgesang.

Bis zu dem Moment fand Ludwig Brehm, er habe das Abendessen mit Herrn Ihmsen und den beiden Witts ganz gut gemeistert. Alle drei begegneten ihm freundlich. Das feine chinesische Porzellan, das schwere Silberbesteck, der zierliche Blumenschmuck hatten ihn nicht eingeschüchtert. Es war der Abend seiner Ankunft, also hatte er mit Fragen gerechnet, die blieben jedoch höflich im Allgemeinen.

Alfred Ihmsen war schnell als der unangefochtene Senior im Geschäft wie in der Familie zu erkennen gewesen, er strahlte die Zufriedenheit eines Mannes aus, der sein Haus gut bestellt wusste, und überließ das Gespräch zumeist Richard und Edith Witt. Die Konversation wurde auf Deutsch geführt, wechselte nur hin und wieder für einige Sätze oder Anmerkungen ins Französische oder Englische, was niemandem außer dem Neuankömmling bewusst zu sein schien.

Sie fragten nach seiner Reise, nach Bequemlichkeiten und Unbequemlichkeiten, auch, ob er wie Richard schon seit seiner Knabenzeit vom Orient geträumt habe, sie bedauerten den Verlust seines Gepäcks, aber Reisenden könne Schlimmeres widerfahren, wer Ungemach fürchte, bleibe besser zu Hause. Darin waren sie sich einig. Alle vier. Niemand fragte nach Brooks oder erwähnte das Hamburger Teppichhaus. Witt und Ihmsen gaben hingegen Anekdoten eigener Erlebnisse auf Eisenbahnreisen zum Besten. Die kleine Geschichte vom alten Kamel, das sich heftig beißend und schreiend geweigert hatte, in den Gepäckwaggon der Anatolischen Bahn zu steigen, war die kurioseste. Zweifellos hatte das Tier in dem großen schwarzen Dampfross seine schärfste Konkurrentin erkannt und damit sogar Klugheit bewiesen.

Ludwig fühlte sich bald als willkommener Gast, in einem Haus, in das Hans Körner kaum eingeladen worden wäre. Alles war einfach. Bis zu der Sache mit dem Klavierspiel.

Dummerweise hatte der ferne Ludwig versäumt, auch von seinen Vorlieben oder besonderen Fertigkeiten zu sprechen, für so etwas war einfach keine Zeit gewesen. So traf ihn, den neuen Ludwig, eine eigentlich belanglose Bemerkung der jungen Frau Witt unvorbereitet: Sie habe gehört, er sei ein guter Pianist. Sie sagte Pianist, nicht Klavierspieler, wie es üblich war, wenn man vom Geklimper für den Hausgebrauch sprach.

«Ich habe ein wunderbares Klavier», erklärte sie, der zweite Gang wurde gerade aufgetragen, eine Rebhuhnpastete mit Preiselbeerenmus. «Mein Mann hat es mir zu unserem ersten Hochzeitstag geschenkt.» Ihre Hand berührte auf diese besondere vertraute Weise die ihres Mannes. «Ein Steinway aus dem Hamburger Werk. Wenn Sie spielen wollen – Sie sind uns stets willkommen. Gewiss hilft es auch gegen Heimweh.»

Der ferne Ludwig Brehm mochte ein begnadeter Pianist sein, er stammte aus einer Familie, in der das Musizieren sicher dazugehörte. Sozusagen zum guten Ton. Zur Erziehung des Mannes, der Hans Körner gewesen war, hatte es nicht gehört. Als seine Eltern noch lebten und alles gewesen war, wie es sein sollte, hatte es einen Nachbarn gegeben, der immerhin ein Schifferklavier besaß, eine Quetschkommode, der kleine Hans hatte ihn um sein Spiel beneidet, das große Instrument mit dem gefältelten Balg, all die Knöpfe und Tasten, war ihm die reinste Wundermaschine gewesen. Mehr «Hausmusik» hatte es in seiner Kindheit nicht gegeben.

Aber vor allem – von wem konnte jemand in Konstantinopel von den Talenten des fernen Ludwigs wissen?

«Sie sind ein guter Pianist» hatte sie mit ihrem weichen

englischen Akzent gesagt und ganz vertraulich gelächelt, als kenne und höre sie schon sein Spiel. Nichts wünschte er sich in diesem Moment mehr, als dass es stimmte. Der einfache Satz rückte Hans Körner wieder ganz nah an Ludwig Brehm, an die Nacht in der Hafenkneipe, an die Geburtsstunde ihrer Schnapsidee. Doch Ludwig wehrte sich und gewann.

Mit der nächsten Lüge? Mit der nächsten Lüge. Das war nun der Weg, es war wie ein Wettbewerb mit sich selbst.

«Tatsächlich. Ein Steinway aus meiner Heimatstadt», hörte er sich mit einer Portion zu viel Enthusiasmus und zu wenig Lässigkeit rufen. «Ein hervorragendes Instrument, ganz sicher, aber ich bedauere sehr, ich muss widersprechen. Ich spiele nicht, nein, gar nicht. Es ist ein Irrtum, woher der auch kommen mag.» Er nahm seine Serviette, tupfte erst den linken, dann den rechten Mundwinkel, und fuhr fort: «Vielleicht, ich denke, es ist eine alte Geschichte, längst nicht mehr wahr. Als Kind habe ich tatsächlich ganz manierlich Klavier gespielt, natürlich auf kindliche Art, ja. Das ist sehr lange her.»

Dann könne er es doch leicht aus dem Vergessen zurückholen, es koste nur ein wenig Übung. Sie sah ihn eifrig an. «Hände vergessen nicht, was sie einmal konnten. Sie müssen nur wieder beweglicher und flinker werden, wie Ihre Kinderhände. Es wird Ihnen Freude machen. Ich unterstütze Sie gern dabei. Und Sie wissen doch: Klavierspieler sind auf jeder Party willkommen und beliebt, auch bei den Nachmittagstees.»

«Stimmt», fiel ihr Richard ins Wort, amüsiert von ihrem Eifer, «und erst bei den Damen! Sogar hochwillkommen. Aber überlegen Sie es sich gut. Wir anderen tanzen und vergnügen uns, und der arme Kerl am Piano gerät bei der Arbeit ins Schwitzen. Ich bin heilfroh, dass meine Versuche auf der Geige der ganzen Familie so viel Kopfschmerzen bereitet haben, dass ich bald von der Quälerei befreit wurde.»

«Und ich bedauere das sehr», widersprach seine Frau. «Man braucht zu Anfang natürlich Ausdauer, aber es wird immer leichter, endlich berührt es die Seele, und es geht wie von selbst. Wir könnten heute zusammen musizieren, Richard, das wäre doch wunderbar, und im Sommer mit den Kindern. Ich hoffe, Lydia denkt an ihr Versprechen und achtet darauf, dass beide fleißig üben.»

Ein Schatten dämpfte Richard Witts Lächeln, und Alfred Ihmsen erklärte: «Dein Talent und deine Musikalität sind ein Geschenk, Edie, für dich wie für uns. Richards Talente hingegen», er tippte leicht mit seinem Weinglas an das seines Neffen, «liegen auf anderem Gebiet, und da sind sie großartig. Den Thompsons steckt die Musik im Blut, bei den Ihmsens und den Witts kann davon keine Rede sein. Das ist bedauerlich, da stimme ich dir zu, sehr bedauerlich, aber nicht zu ändern.»

Richard nickte, die Leichtigkeit kehrte in seine Miene zurück, die Erinnerung ließ ihn lachen. «Ich erinnere mich genau, Alfred, es muss mehr als fünfundzwanzig Jahre her sein. Der Onkel aus dem Orient kam zu Besuch. Ich war sehr enttäuscht, als du weder einen Turban auf dem Kopf noch einen Krummsäbel am Gürtel trugst. Aber dein Veto hat mich damals von dem quälenden Unterricht erlöst, davon ich bin überzeugt. Oder deine Fürsprache, das kommt auf die Perspektive an. Wenn es meiner Frau Freude macht», wandte er sich gut gelaunt Ludwig zu, «haben wir nichts dagegen, wenn Sie ein paar Stunden bei ihr nehmen. Du stimmst mir sicher zu, Alfred.»

«Es wäre mir eine Ehre.» Ludwig konzentrierte sich zugleich auf die Floskeln, die er von den Verkaufsgesprächen mit den Damen und Herren in besonders feinen Pelzen gewöhnt war, und auf eine überzeugende Ausrede. «Wirklich, Frau Witt, eine große Ehre. Selbst wenn meine Arbeit mir Zeit lässt, ist es unmöglich. Leider. Meine Hände», er drehte die Handflächen nach oben, als gelte es, Wundmale zu zeigen, die Finger waren leicht gekrümmt, «meine Hände erlauben es nicht. Ich habe mir beide Handgelenke gebrochen, vor vielen Jahren. Als Kind. Es war ein Unfall. Nichts Dramatisches, nur ein dummer Unfall, wie er Kindern widerfährt.»

«Du meine Güte.» Ihmsens Brauen hoben sich wieder auf diese erstaunliche Weise. «Gleich beide Handgelenke? Wie haben Sie das geschafft?»

«Beide, ja. Wirklich fatal. Ich bin aus einem Baum gefallen. Aus einem Kirschbaum, um genau zu sein. Mein Schutzengel hat wohl weggesehen, weil –, nun, weil mir verboten worden war, auf den alten Baum zu klettern, seine Äste waren schon brüchig. Aber die Kirschen waren zu verlockend. Reife Kirschen. Wer kann da widerstehen?» Er ließ die immer noch vorgestreckten Hände sinken. «Aber haben Sie keine Sorge. In meiner Arbeit bin ich nicht eingeschränkt, überhaupt im Alltäglichen nicht. Auch Feder und Tinte bereiten keine Schwierigkeiten. Meine Handschrift ist tadellos.»

«Nur das Klavierspiel gelingt nicht.» Edie Witts Stimme klang nicht zweifelnd, sondern warm und mitfühlend.

«Ja. Nur das Klavierspiel.» Warum? Schnell eine Erklärung, eine wirklich plausible Erklärung. «Weil sich dabei alle Finger gleichzeitig bewegen müssen. Das ist zu viel.» Nur Alfred Ihmsen bemerkte den unterdrückten Seufzer der Erleichterung und fand es sympathisch, wenn ein so junger Mann wie Brehm in neuer Gesellschaft ein wenig Unsicherheit zeigte. Besonders wenn er einer charmanten jungen Dame gegenübersaß.

Herr Friedrich schenkte Wein nach, und ein Mädchen servierte unter Frau Aglaias wachsamem Blick das Dessert, in Honig getränkte, mit gehackten Pistazien bestreute kleine Kuchen, das gab Ludwig eine Atempause. Er registrierte ein leichtes Zittern seiner so verleumdeten Hände und überlegte, ob es die Geschichte glaubhafter machte, wenn er sie um drei gebrochene Finger anreicherte, doch da floss das Gespräch schon weiter. Es wäre selbst in so kleinem Kreis äußerst schlechter Stil gewesen, über Krankheiten oder Gebrechen selbst so leichter Art zu sprechen, besonders bei Tisch. Nun ging es um das verlorene Gepäck, welcher der beiden bevorzugten Schneider schnell und elegant für Ersatz sorgen werde, bei allem anderen, was fehle, sei Frau Aglaia zu fragen, sie wisse immer, wo man gut und zum angemessenen Preis einkaufe.

«Neulinge in Pera werden leicht erkannt, und», Alfred Ihmsen räusperte sich mit einem halb anerkennenden, halb missbilligenden Schmunzeln, «dann werden recht phantasievolle Preise verlangt.»

Mitternacht war längst vorüber, als er den Versuch einzuschlafen aufgab. Er öffnete die Terrassentür und atmete, plötzlich danach begierig, die feuchte Nachtluft ein. Der Wind, der am Abend noch vom Meer heraufgekommen war, hatte sich längst schlafen gelegt, wie auch die ganze große Stadt.

Es war sehr still. Ein Schatten glitt vorbei, eine Eule vielleicht, ein nächtlicher Jäger, für einen Sänger war er zu groß gewesen.

Er lauschte in die Nacht hinaus, die Stille war nicht absolut. Es raschelte zart im Gebüsch, vielleicht von vorbeihuschenden Mäusen oder einer streunenden Katze, dort bewegte sich etwas in der Platane, womöglich turnte hoch oben ein zur Unzeit erwachtes Eichhörnchen durchs Geäst, unterwegs zum Walnussbaum, ein hastiges Flattern vor einem matten Licht weiter hinten im Garten verriet Nachtfalter oder winzige Fledermäuse. Gut möglich, dass der Garten schlief, Ludwig wusste fast nichts von Pflanzen und ihren Gewohnheiten, aber einige der tierischen Bewohner waren hellwach, manche auf der Jagd. Auch bei den Witts am Ende des Gartens, dort, wo der Lichtschein durch die Hecke schimmerte, war noch jemand wach. Er stellte sich vor – doch dann entschied er schnell, es stehe ihm nicht zu, sich dort etwas vorzustellen.

Niemals zuvor hatte er darüber nachgedacht, was nachts in einem großen Garten geschah, was oder wer dort schlief oder wachte und sich vielleicht bewegte oder starr und reglos wie ein Ast oder Stein auf Beute lauerte, allerdings hatte er auch niemals zuvor in einer offenen Terrassentür gestanden und in eine südliche Nacht gelauscht, barfuß und im Pyjama. Er fror ein wenig, das Meer schickte Feuchtigkeit die Hügel herauf, aber er blickte mit einer ganz neuen Aufmerksamkeit für die Abenteuer im Alltäglichen und Kleinen in diese Dunkelheit, endlich auch hinauf zum Himmel. Dort leuchteten mehr Sterne, als er je zuvor gesehen hatte, es glitzerte und schimmerte, Brillanten auf nachtblauer Seide. Irgendwo hinter den alten Baumkronen oder Dächern verbarg sich der Mond, sein Licht hatte ihn durch die langen Nächte vom Norden nach dem Süden begleitet, in manchen dieser unwirklichen Stunden als ein Symbol der Zuversicht, nun war er dünn geworden und ließ den Sternen großzügig ihre ganze Pracht.

Die Seeleute im Hamburger Hafen hatten gern und mit Bedeutung in der Stimme vom Kreuz des Südens gesprochen, wer es gesehen hatte, war weit herumgekommen. Er hatte nie gedacht, selbst jemals weit genug zu reisen, aber in diesem Moment, barfuß, fröstelnd und in einem zu großen Pyjama aus den Ihmsen'schen Schränken, begann er zu glauben, jeden Punkt der Erde erreichen zu können, wenn er es nur wollte.

Obwohl ihn eher Müdigkeit als Kälte frösteln ließ, setzte er sich an den Tisch und schlug das Heft auf, das ihm wichtiger war als die neuen Passpapiere und selbst der Bankkreditbrief, den der ferne Brehm ihm «für den guten Anfang» überlassen hatte. Das Heft in seinem Einband aus dünner farbloser Pappe sah so billig aus, wie es gewesen war. Das war ein Vorteil, denn es verführte kaum dazu, es aufzuschlagen. Und wenn doch? Dann musste er sich wieder etwas einfallen lassen. In seiner letzten Hamburger Nacht hatte er auf den dünnen grauen Linien alles notiert, was er von seinem neuen Leben wusste, von der Vergangenheit (leider lückenhaft), der Familie (so gut wie nicht vorhanden bzw. verschollen), von Freunden (sehr wenige und die in aller Welt verstreut). Die Notizen als eine Art Lebensversicherungspolice zu bezeichnen, wäre übertrieben, doch in dieser Nacht schien es dem sehr nahe. Er war mit seiner Idee, das

Ganze wie ein Tagebuch zu verfassen, sehr zufrieden. Wer immer es las, las nur, was einer aufgeschrieben hatte, der festhielt, was gewesen war, vielleicht für seine Nachkommen, vielleicht nur für sich selbst. Die Jahre verrannen so schnell, die Erinnerung war so flüchtig und nur wenig zuverlässig. Viele Menschen verfassten Tagebücher, also war das eine gute Tarnung.

Bisher waren seine Jahre zu ereignislos gewesen. Nur der Tod seiner Eltern war nicht belanglos gewesen, aber warum sollte er die Erinnerungen an die schmerzhaften Stunden und Jahre bewahren? Am besten vergaß man sie doch. Er wusste es noch nicht, aber in den nächsten Wochen und Monaten würde ihm seine eigene Vergangenheit häufig gegenwärtig sein. Je mehr er zu Ludwig wurde, umso häufiger brachte sich Hans in Erinnerung, selten aufdringlich, jedoch hartnäckig genug, um nicht in Vergessenheit zu geraten.

Er musste sich nun immer einprägen, was er sagte, was Halbwahrheiten, was reine Produkte seiner Phantasie waren. Das war das Wichtigste am Lügen. Eine Unwahrheit zog oft die nächste nach sich, so entstand ein Gespinst, in dem man sich leicht verhedderte. Widersprüche entlarvten einen Schwindler schnell, also musste er für den Fall, dass ihn die Erinnerung im Stich ließ, auch die kleinste Flunkerei kontrollieren können.

Er nahm ein Plaid von der alten Truhe neben dem Paravent, legte es sich um die Schultern und griff nach dem Stift. Da war eine seltsame, vibrierende Heiterkeit in ihm. Ein Arzt hätte es vielleicht das Resultat seiner Übermüdung genannt, der Aufregung über die Reise, die neue Stadt, die neuen Menschen. Ludwig wusste es besser. Diese

Heiterkeit war Ausdruck des erregenden Vergnügens an dem Spiel, in das er hineingeraten war und von dem er vor wenigen Tagen noch behauptet hätte, es sei zutiefst unmoralisch. Das fand er immer noch, eigentlich, aber es war nur mehr ein theoretischer Gedanke. Er hatte sich nie zuvor so stark gefühlt, so sehr als ein Mann, der ein eigenes Leben hatte, eine aufregende Zukunft. Als handele es sich nicht um ihn, sondern jemand anderen, einen Fremden. Auch das gefiel ihm. So viele offene Türen.

Er drehte das Heft mit den Notizen über das Leben des fernen Ludwigs um und strich die letzte Seite glatt, um dort in Ermangelung eines weiteren Heftes mit der neuen Liste zu beginnen. Aber nein, das war nicht gut, es wirkte zu sehr nach Geheimnis. Er drehte es erneut um und blätterte zur letzten Seite der Notizen aus der letzten Hamburger Nacht. Nichts war einfacher und sicherer, als das «Tagebuch» einfach fortzusetzen.

> *Ankunft Konstantinopel. Habe Herrn Ihmsen mitgeteilt, dass mein großer Koffer beim Zugwechsel in Budapest abhandengekommen ist. Oder später aus dem Gepäckwaggon. Habe versäumt, das unterwegs zu kontrollieren, auch dem Schaffner ein Extratrinkgeld zu geben. Frau Witt (äußerst charmant, eine Lady!) bedauert sehr, dass ich von einem Baum gestürzt bin (Kirsche, reife Früchte, lange her) und mir beide Handgelenke gebrochen habe (keine Finger!), musste deshalb schon als Kind das Klavierspiel aufgeben und kann leider nicht auf ihrem Steinway spielen.*

Der Einfall mit dem Kirschbaum gefiel ihm gut. Die verlockenden Früchte in der Krone, das fallende Kind – fast glaubte er die Geschichte selbst. Er grinste vergnügt. So eine Liste war fabelhaft. Wenn er nach Hamburg zurückkehrte, half ihm sein Lügenalmanach auch, die phantasierte und die reale Welt auseinanderzusortieren. Bevor er wieder zu Hans Körner wurde.

Er lehnte sich zurück und schloss das Heft. Endlich hatte ihn die Müdigkeit eingeholt. Es war ein wohliges Gefühl.

———

Auf der Terrasse am anderen Ende des Gartens lehnte Richard Witt an der Balustrade, die Füße entspannt gekreuzt, eine Zigarette zwischen Daumen und Zeigefinger der Rechten, und sah seinerseits zum Himmel hinauf. Vielleicht tat man das einfach, im Süden mitten in der Nacht allein auf einer Terrasse. Das Jackett hatte er ordentlich über die Rücklehne eines der Gartenstühle gehängt. In seinen Augen unterschied sich der Himmel über einer Stadt am Meer vom Himmel über den Wüsten, den kargen Hochebenen und den Bergen. Er kannte sich wenig aus mit der See, aber gut mit tagelangen, manchmal wochenlangen Ritten über einsames Land. Das gehörte zu seinem Arbeitsbereich bei Ihmsen & Witt und zu den Aufgaben in seinem Leben, die er am meisten liebte.

Menschen, die sich nur im Notfall aus den städtischen Arealen oder ihren Landgütern hinausbewegten, bedauerten ihn wegen der Strapazen und Unbequemlichkeiten während solcher langen Ritte auf unwegsamen Straßen und Pfaden, wegen des Mangels an den Errungenschaften der Zivilisation. Er hingegen wusste, dass er sein Leben im Maßanzug, mit Teenachmittagen und Botschaftsempfängen, Smalltalk, honorigen Herrenrunden, Tennispartien mit den Damen oder mit Verhandlungen in den stickigen Büros der Hafen- oder Zollbehörden genauso absolvierte, wie es sein musste, jeweils dem Anlass angepasst. Aber ohne dieses andere Leben dort draußen, unterwegs mit den Männern, in den staubigen kleinen Städten und Dörfern, den Karawansereien, voraus immer den freien weiten Blick und unter diesem besonderen Himmel, könnte er es nur schwer ertragen. Dort atmete er freier, dort spürte er, wie sich die Spannung in seinen Schultern löste, alle Sorgen, ob um Alltägliches oder um die Zukunft, sich in der leichten Luft auflösten. Er war ein pflichtbewusster Mensch mit einer preußischen Erziehung, er wusste, wo sein Platz war, seine Verantwortung, und es war ihm selbstverständlich, dem zu entsprechen.

Für ihn war der Himmel über Anatolien der geheimnisvollste. Da konnte selbst der über dem allseits gepriesenen Ägypten nicht mithalten. Hätte man ihn nach dem Grund gefragt, hätte er nur die Achseln gezuckt. Es war einfach so. Vielleicht hätte er doch hinzugefügt, eine Ausnahme bilde das Firmament über dem Ararat, dem heiligen Berg mit der ewigen Schneekappe über dem Doppelgipfel und der darüber schwebenden weißen Wolke weit im Osten, im armenischen Hochland. Es fragte niemand, weil niemand diese Gedanken kannte. Richard Witt war ein Mann mit ganz eigenen Empfindsamkeiten, aber er war kein Mann, der darüber sprach.

Die feine Linie des aufsteigenden Rauchs seiner Zigarette zitterte und verwehte. Nur diese leichte Bewegung der Luft verriet ihr Kommen, sie bewegte sich geräuschlos, barfuß, wie ein Kind. Sie setzte sich auf die Balustrade, ganz nah, sie hatte ein weiches Wolltuch um ihre Schultern geschlungen, er spürte ihre Wärme, ihren Duft. Der weiße Batist ihres Nachtgewandes bauschte sich. Aber sie umarmte ihn nicht, nahm nur eine Zigarette aus seinem Etui und riss selbst ein Streichholz an. Erst kurz bevor es abgebrannt war, hielt sie die Flamme an den Tabak.

«Du schläfst nicht?», murmelte er endlich, legte seinen Arm um ihre Schultern und zog sie noch näher heran. «Ich dachte, du schläfst längst.»

«Ich habe geschlafen.» Sie blies den Rauch aus und sah zu, wie er sich auflöste. «Nein, das stimmt nicht. Ich bin eingeschlafen und gleich wieder aufgewacht. Du warst nicht da.» Sie schnippte einen Tabakkrümel weg. «Wie findest du ihn?»

«Brehm? Man wird sehen.» Und als er spürte, dass ihr diese karge Antwort nicht reichte: «Er scheint ein netter Junge zu sein, wirklich noch sehr jung. Ein bisschen unbedarft, scheint mir. Wir werden auch sehen, was er von Teppichen versteht, nach Herrn Weises Andeutung ziemlich wenig. Ich habe keine Ahnung, warum Alfred ihm diesen Gefallen schuldig war.»

«Du warst viel jünger, als du zu uns kamst.» Zu uns. Sie war hier geboren, wie eine ganze Reihe ihrer Verwandten, ehemaligen Nachbarn und Freunde. Er nicht.

«Das ist wahr, und ich kam nur aus einer kleinen westpreußischen Landstadt und wusste nichts von der Welt. Ich denke, solange er keine heimlichen Laster pflegt, werden wir gut mit ihm auskommen.»

Edie lachte leise. «Das hört sich sehr abwartend an. Aber natürlich, so ein erster Abend sagt wenig.» Sie zog noch einmal an ihrer Zigarette und schnippte den Rest einfach ins Rosenbeet. «Wann wirst du reisen?», fragte sie dann. Und als er nicht gleich antwortete: «Wirst du mich vermissen?» Ihre Stimme klang dünn wie der sich auflösende Zigarettenrauch.

«Ich vermisse dich schon, wenn ich nur einen halben Tag von dir getrennt bin, Liebste, das weißt du.»

Sie schwieg, und er schämte sich für die Floskel, obwohl es nicht wirklich gelogen und genau das war, was Männer ihren geliebten Frauen sagen sollten.

«Ich reise bald», es klang wie ein unwilliger Seufzer, «zunächst nur bis Hereke, die Kaiserliche Manufaktur für Seidenteppiche will sich stärker für den Verkauf an Händler wie uns öffnen. Darum muss man sich kümmern. Und dann – es kommt darauf an, was sich ergibt. Das weißt du doch schon: Wahrscheinlich mit der Anatolischen Bahn bis Konya, dann weiter zu Pferd. Sie haben einen guten Stall in Konya, robuste Tiere.»

Eine Minute herrschte Schweigen zwischen ihnen, vielleicht zwei. Es war eine zähe Stille.

«Du hattest es versprochen», flüsterte sie endlich. «Vor mehr als einem Jahr.»

Nein, das hatte er nicht, so lebte es nur in ihrer Erinnerung. Er hätte niemals versprochen, sie auf diese Reisen zu den Teppichknüpfereien und den Basaren und Märkten weit im Land mitzunehmen. Das war keine Reise, die man Frauen zumutete, selbst wenn sie es sich wünschten. Gerade dann war es die Aufgabe besonnener Männer, sie davor zu schützen.

Er hatte von seinen Reisen gesprochen, als er sie beeindrucken wollte, sicher ausführlich und mit Enthusiasmus, und sie hatte es als eine Einladung verstanden, ein Versprechen. Weil sie es so verstehen wollte. Das hatte Alfred ihm erklärt, der alte Mann, der nie verheiratet gewesen war und mehr von Frauen verstand als die meisten Ehemänner. Alfred hatte ihn auch an Miss Bell erinnert, die seit Jahren im ganzen Nahen Osten herumreiste. Es sich auch erlauben konnte, weil sie dank einer wohlhabenden Familie unabhängig war. Edie hatte sie noch im Haus ihrer Eltern kennengelernt und war sehr beeindruckt gewesen.

«Nein», sagte er, «nicht versprochen, nur laut nachgedacht. Wir haben doch schon darüber geredet. Es erfordert große Ausdauer und Körperkraft, und es ist unruhig dort draußen, wirklich gefährlich. Du weißt das alles. Wir müssen vernünftig sein und warten, bis die Zeiten ruhiger werden. Dein Vater würde es nicht erlauben …»

«Mein Vater? Ich bin eine erwachsene Frau, Richard. Und du bist mein Mann. Was hat mein Vater damit zu tun, wenn ich mit meinem Mann über Land reiten möchte?»

«So siehst du es? Das ist keine Sommerfrische.» Er bemühte sich um einen ruhigen Ton. «Das Land da draußen ist eine wilde Welt, Edie. Da gelten Europas Regeln nicht.»

«Ich weiß. Dort draußen zählen Höflichkeit und Gastfreundschaft. So sagst du doch bei anderen Gelegenheiten.» Sie rutschte von der Balustrade, wandte sich ihm zu und sah ihn prüfend an. Sein Gesicht lag im Schatten der Nacht, sie las trotzdem darin. «Ach, Richard», sagte sie schließlich, es war mehr ein Murmeln als ein Sprechen, «ich bin viel stärker, als du denkst.»

Alfred Ihmsen schlief um diese Stunde schon tief und fest. Ob in stürmischen oder ruhig dahinfließenden Zeiten – er schlief immer gut. Er war überzeugt, gerade das erhalte ihm seine robuste Gesundheit, womöglich war es auch ein Ergebnis seiner Jahrzehnte im Orient. Schließlich hieß es (allerdings nur bei den stets eiligen Europäern), der Orientale an sich neige zu sehr zur Gemächlichkeit und Schicksalsergebenheit, *inşallah*. Alfred Ihmsen teilte diese Meinung nicht, er fand, Europäer neigten zu sehr zu Hast und Selbstgewissheit. Im Übrigen hatte er mehr als einmal erlebt, wie die «orientalische Gemächlichkeit» in Eile und Zorn, gar in Raserei umschlagen konnte. Wenn einer seiner Gäste sich als überlegener und stets geschäftiger Europäer gebärdete, erinnerte er mit diesem besonderen harmlosen Lächeln an die mächtigen, von Osmanen errichteten kunstvollen Bauwerke der Stadt, an die viel älteren Hochkulturen oder einfach an die Hamala, ohne deren Träger-Dienste das Leben in den gewundenen und auf und ab führenden Gassen bald zum Erliegen käme. Wobei hier erwähnt werden sollte, dass die Unermüdlichkeit und immense Muskelkraft der osmanischen Träger bevorzugt gegenüber wenig gemochten Gästen gepriesen wurde.

Alfred Ihmsen wollte die Menschen nehmen, wie sie waren, was ihm ziemlich oft gelang, man könnte sogar sagen meistens. Als wohlhabender und angesehener Mann konnte er sich erlauben, die, die er wirklich nicht mochte, zu meiden oder auch mal zu brüskieren. Das waren ohnedies wenige, seine Toleranz und Gelassenheit waren mit den Jahren nur gewachsen, was ihm hier und da den Ruf eines Kauzes eingebracht hatte.

Edie hatte ihm erklärt, eigentlich sei er ein Buddhist,

was er amüsiert zur Kenntnis genommen hatte. Er wusste wenig über die Buddhisten und ihre Lehre, er nahm sich immer wieder vor, einmal darüber nachzulesen, schon Edie zuliebe.

Bevor er an diesem Abend dem Schlaf erlaubte, ihn in sein freundliches Reich zu holen, hatte er ein Resümee des Abends gezogen. Er dachte an Edie und fand wieder, wie glücklich Richard war, weil sich diese englische Rose in ihn verliebt hatte. (Auch wenn es hier und da Gerede gegeben hatte, weil er sich so schnell nach Elisabeths Tod wieder gebunden hatte. Aber schließlich brauchten seine Kinder eine Mutter, eine fürsorgende Frau in ihrem Haus.) Sonst wäre bald Lydia ganz in die Villa am Ende des Gartens eingezogen, und aus der guten Tante für die Kinder wäre auch Richards zweite Ehefrau geworden. Lydia wusste, was sie wollte, und Richard, im Geschäftlichen klug und vorausschauend, auch hart, wenn es nötig war, war in zwischenmenschlichen Angelegenheiten eher spröde, dabei durchaus pragmatisch. Abgesehen von der Sache mit William Thompsons jüngster Tochter. Edie hatte ihn einfach bezaubert. Nach der dunklen Zeit mit Elisabeths Krankheit, ihrem Tod, diesem schrecklichen Verlust, verkörperte Edie das Licht, nach dem er sich sehnte, ohne es zu wissen.

Natürlich würde Alfred Ihmsen es strikt für sich behalten, Lydia war schließlich eine tadellose Person, doch sie erinnerte ihn an eine Pensionatswächterin. Aber als Richards Ehefrau? Nach Herzklopfen, glitzernden Sternen und der Hitze der Nacht hörte sich das nicht an. Wahrscheinlich, sogar sehr wahrscheinlich, wäre es trotzdem gutgegangen. Zwei pragmatische Menschen jenseits jugendlicher Glücksphantasien, da konnte nicht viel schiefgehen. Vernunftehen hatten durchaus etwas für sich, insbesondere bei weniger leidenschaftlichen Naturen. Je älter er wurde, umso mehr kam Ihmsen zu der Überzeugung, Vernunft gehöre ins Kontor und habe in Herzensdingen wenig Vorteile. Auch das behielt er für sich. Da er selbst nie geheiratet hatte, waren seine Ratschläge zu diesem Thema wenig gefragt.

Frau Aglaia wusste natürlich, wie er in dieser Angelegenheit, insbesondere über Lydia, dachte. Ihr blieb kaum etwas verborgen, manchmal fürchtete er, sie könne nach all der gemeinsamen Zeit seine Gedanken lesen, was ihn auch nicht stören würde. In diesem Fall umso weniger, als sie ganz seiner Meinung war. Edie hatte eine Atmosphäre von Musik und hellen Farben in Richards Haus gebracht, die das Grau der letzten Jahre immer mehr auflösten.

Seine letzten Gedanken galten dem eigentlichen Thema des Abends, dem Neuankömmling, Ludwig Brehm. So war er also. Als er zusagte, einen vielleicht etwas ziellosen jungen Mann ohne familiären Rückhalt für ein Jahr aufzunehmen, wollte er nur seinem langjährigen Handelspartner Weise einen Gefallen tun. Er hatte einen Burschen erwartet, der nichts Besseres zu tun wusste, als sich einige Zeit zwischen Teppichlager, Tanzdiele, Segelpartie und Ausritten in die Hügel Anatoliens zu vergnügen, den Kopf voller romantisch-schwülstiger Phantasien von unter ihren Schleiern mangelhaft bekleideten willigen Damen, wie es sie gegen bare Münze in den Bordellen in Galata tatsächlich gab, die ausgestattet waren, wie sich ein Europäer einen halbseidenen Harem vorstellen mochte. Dort waren «Haremsdamen» zu Diensten, die nie einen echten Harem von innen gesehen hatten, sondern auf der Flucht aus Russland, Serbien, der Sklaverei oder wo sonst gerade wieder Hunger,

Not und Krieg herrschten, am Bosporus gestrandet oder in den dunkleren der Hinterhöfe von Galata oder im Schatten der verfallenden Großen Mauer geboren worden waren. Kurzum – er hatte einen jungen Mann mit einer gewissen Neigung zum Leichtlebigen erwartet, Teil des Erbes seines verschollenen Vaters.

In seiner Schläfrigkeit gestand er sich ein, dass er diese Vorstellung ganz amüsant gefunden hatte. Er selbst war nicht so gewesen, und Richard, mehr sein Sohn als sein Neffe, hatte sich solche Extravaganzen, wie er es nennen würde, noch weniger erlaubt. Der junge Brehm hatte an diesem ersten Abend recht bemüht gewirkt, was in einem fremden Land unter fremden Menschen nur natürlich war, aber irgendetwas, eine Verhaltenheit, eine Zögerlichkeit im Gespräch, eine Ernsthaftigkeit in den Augen ließ nicht auf einen Filou schließen. Ein wenig enttäuschte ihn das (Richard würde das Gegenteil sagen), eine Prise Unberechenbarkeit und Überraschung wäre doch ganz erfrischend. Aber die Menschen waren nicht so leicht zu berechnen, junge Männer unterwegs in der Fremde noch weniger, also galt ein erster Eindruck wenig. Die eine oder andere Überraschung mochte noch …

Da ließ der Schlaf sich nicht mehr aufhalten. Gegen Morgen, als sich die Sonne hinter dem Horizont schon für den Tag bereit machte und kurz bevor die Muezzins die Treppen der Minarette hinaufstiegen, sang doch noch ein Bülbül, er sang laut. Und sehr schön.

4. KAPITEL

Milena ließ ihre Finger leicht über die Ziselierung des Deckels gleiten, während sie die zierliche Taschenuhr schon im Weitergehen wieder einsteckte. Die ging nach, inzwischen schon eine Viertelstunde, bald reichte es nicht mehr, die Zeiger nur weiterzustellen, das ganze Uhrwerk musste überholt werden. Es widerstrebte ihr, das Abschiedsgeschenk ihrer Eltern in fremde Hände zu geben, den Deckel hatte ihr Vater selbst kunstvoll verziert. In die so zarten wie schwungvollen Linien waren ihre Initialen geflochten, ein M und ein B. Maurice Bonnard arbeitete als Ziseleur für einen Silberschmied in einer Pariser Vorstadt, ein unauffälliger Ort, den nur Kunden besuchten, die keine Verbindungen «zur weiten Welt» pflegten. Damals in Sankt Petersburg hatte er zu den Ersten seines Fachs in der Werkstatt Fabergé gehört, wo die meisten Kunden gerade diese Verbindungen hatten oder zumindest so taten.

Eigentlich war Milena eine auf die Minute genaue Zeit einerlei. Selbst auf eine Viertelstunde kam es selten an, es sei denn, man wollte einen Zug erreichen. In Saloniki hatten sie und Mme. Labarie beinahe die Abfahrt zurück nach Istanbul verpasst, weil der Zug tatsächlich auf die Minute genau abfuhr. Die weiten Bahnverbindungen mit den ausgefeilten Fahrplänen und den Anschlusszügen hatten eine genaue Zeiteinstellung für ganz Europa nötig gemacht. Irgendwann, man sprach von wenigen Jahren und plante internationale Konferenzen in Paris oder London, sollte das in festgelegten Zeitzonen überall und für alle Lebensbereiche gelten. Das mochte in den Städten geschehen. Auf dem Land, und das war der allergrößte Teil der Welt, würde die Zeit zweifellos noch lange weiter vom Rhythmus der Natur von Tag und Nacht, von Sommer und Winter bestimmt werden. Eine Kuh, ob in Preußen, in der Normandie oder auf der Krim, gab ihre Milch nicht nach einer in irgendeinem Konferenzsaal beschlossenen Zeit.

Einmal in der Woche oder wann immer sonst ihr Weg Milena in die Nähe des Place de Tünel führte, stellte sie ihre Uhr vor dem Schaufenster des Meyer'schen Uhrenladens nach. Zurückgekehrt in die Rue des Petits Champs, stellte wiederum Mme. Labarie ihre Uhren nach Milenas, die große Pendule im Salon, die goldene Taschenuhr des Obersts, die kleine Standuhr auf dem Kaminsims, zuletzt ihre als Schmuckstück am Handgelenk getragene Damenuhr, wahrlich nur ein Ührchen. Das Nachstellen und das regelmäßige Aufziehen überließ sie niemals Rosa, die das als Ausdruck des Misstrauens empfand. Worin sie übrigens irrte. Uhren übten von jeher auf die Menschen eine seltsame Faszination aus, so auch auf Mme. Labarie, die sich sonst selten faszinieren ließ. Ein Uhrwerk aufzuziehen, das gleichmäßige Ticken zu hören, auch zu fühlen, war unspektakulär alltäglich und doch auf ganz eigene Weise besonders. Es erinnerte an den Rhythmus des Herzschlags, das Zeichen allen Lebens. Erstaunlich wenige Menschen fühlten sich zugleich an das unaufhaltsame Verrinnen der Lebenszeit gemahnt, womöglich sprach nur niemand darüber.

Und wer hatte schon eine eigene Uhr? Rosa jedenfalls besaß keine. Nach fünf Jahren in ihrem Dienst, so hatte

Mme. Labarie versprochen, werde sie eine als Gratifikation bekommen, Treue sei ein hohes Gut und angemessen zu belohnen. Da bis dahin noch drei Jahre vergingen, fürchtete Rosa, Madame werde es dann vergessen haben. Auch darin irrte sie – Madame hatte es gleich, nachdem sie es versprochen hatte, vergessen.

Wie Milena stellten ganz Pera und Galata die Uhren nach den Meyer'schen, deren Genauigkeit und Zuverlässigkeit als unvergleichlich galten. Mit einem guten Sextanten wurde im Dachgeschoss des Hauses am Tünelplatz an jedem sonnigen Tag die Zeit bestimmt, so gingen die Uhren von Johann Meyer, der in jüngeren Jahren Hofuhrmacher des Sultans gewesen war, auf die Sekunde genau, sowohl die mit der alaturka- als die mit der alafranga-Zeit. Nicht nur die Religionen, die Jahreszahlen und viele Sitten, selbst die Messung der täglichen Uhrzeit unterschied sich im Osmanischen Reich von der in den europäischen Ländern. Während in letzteren mit der sogenannten alafranga-Zeit der neue Tag inmitten der Nacht um null Uhr begann, begann die erste Stunde eines neuen Tages im Osmanischen Reich mit dem Sonnenuntergang, was die gemäß dem Lauf der Sonne täglich variierende und neu zu errechnende alaturka-Uhrzeit bedeutete. Uhren mit doppelten Zifferblättern und Umrechnungstabellen erleichterten den Umgang damit.

Auch einige der zahlreichen Uhrtürme der Stadt zeigten an jeweils zwei Zifferblättern die zweifache Stundeneinteilung, sogar an den Türmen der Paläste Dolmabahçe und Yıldız, der derzeitigen Residenz des Sultans.

Die wenigen Schritte von Pera nach Galata hinunter führten in eine andere Welt, so wie sich an allen Küsten die Hafenquartiere von den wohlhabenderen Wohn- und Geschäftsvierteln unterschieden. Ein Abenteuer von so geringer Dimension war unbedingt nach Milenas Geschmack. Für die Damen aus ihrer Nachbarschaft roch es hier schon zu sehr nach Hafen, nach Rauch aus den Schornsteinen, altem Fisch und schmutziger Arbeit, nach engen Straßen und Höfen, in denen zu viele Menschen lebten, auch zu viele Bettler und Huren jeden Alters. Berühmt oder besser berüchtigt waren auch die Böhmischen Harfenmädchen, die ihre ehrbare Kunst auch als tanzende Chansonnettensängerinnen dem schnapsseligen Publikum in den Wirtshäusern darboten und, so hieß es, unter dem Schutz der österreichischen Gesandtschaft standen. Der Lärm aus den Werkstätten vermischte sich mit dem menschlicher Stimmen, Möwengeschrei und Hundegebell zu einer dissonanten Melodie.

Milena ging mit schnellem Schritt durch diese Gassen, aber in ihren Rocktaschen steckte immer ein Kontingent von kleinen Münzen; gar nichts zu geben wäre ihr niedrig erschienen. In ihrer Erziehung hatte das Teilen zu den zutiefst menschlichen Tugenden gehört, das war manchmal lästig, aber sich darüber hinwegzusetzen gelang ihr erst, wenn ihre Rocktaschen leer, wenn die Münzen für den Tag verteilt waren.

Kundinnen aus Pera verirrten sich selten hierher, erst recht nicht ohne männliche Begleitung. Auch das gefiel Milena. Es gab ihr das Gefühl zurück, eine Entdeckerin zu sein, mutig und neugierig. Als sie sich entschied, für einige Jahre im Orient zu leben, im schillernden Istanbul, hatte sie sich eine Zeit in exotischer Fremde vorgestellt. Nun lebte sie in der Fremde, aber exotisch oder gar abenteuerlich war ihr Leben nicht. Auch die beiden Jahre im Haus der Demirhans waren kein orientalisches Märchen gewesen, sondern vor allem ein angenehmer Aufenthalt. Demirhan Pascha hatte in Wien studiert, er kannte Paris und Berlin, und er und seine Familie hatten sich für eine Ehefrau entschieden, die als gläubige Muslima nach der islamischen Tradition lebte, aber als gebildete Frau zugleich offen für die Kulturen des westlichen Europas war, nicht um das eine gegen das andere auszutauschen, sondern um das eine durch das andere zu bereichern. Vor allem in Konstantinopel und Smyrna gab es inzwischen eine ganze Reihe solcher Familien. Es hieß, der Sultan und seine Anhänger sähen das mit Misstrauen.

Demirhan Pascha hatte nur eine Ehefrau, obwohl das Recht ihm mehrere erlaubte, sofern er sie sich leisten konnte. Allerdings war die Mehrehe im Osmanischen Reich längst nicht mehr das Übliche, sondern eher die Ausnahme. Dem Gerücht, er habe eine inoffizielle Zweitfrau, die er strikt geheim halte, um seine geliebte erste Frau nicht zu kränken, schenkte sie wenig Glauben. Das folgende Gerücht, diese zweite Frau sei eine Europäerin, fand sie schon interessanter, die Steigerung, die Dame sei selbst verheiratet und Mitglied einer der ersten Pera-Familien, erschien ihr wiederum nur als eine der allzu schillernden Blüten, die Gerüchte in einer solchen Stadt schnell trieben. Andererseits gefiel ihr die Vorstellung ihres ehemaligen Brotherrn im Boudoir der Gattin eines Konsuls oder Bankdirektors, schon weil es sich wie eine dieser alten Turquerie-Geschichten anhörte.

Milenas Jahre als Gouvernante und Französischlehrerin bei den Demirhans waren eine gute Zeit gewesen, nach zwei Jahren war sie von einer Londoner Gouvernante und Englischlehrerin abgelöst worden. So war es verabredet gewesen. Die ältere der beiden Töchter, Günel, war nun dreizehn Jahre alt und entschlossen, Ärztin zu werden, worüber in der Familie nachsichtig gelächelt wurde. Auch ihre Mutter lächelte, jedoch weniger nachsichtig als aufmunternd. Die jüngere, Filiz, träumte mit ihren elf Jahren von nichts anderem als einem Märchenprinzen und schönen Kleidern.

Die Demirhans hatten ihre Mademoiselle großzügig entlohnt, gleichzeitig war Milena vom Erbe einer Großtante überrascht worden, was im wahren Leben selten geschieht. Sie hatte von der alten Dame nur gewusst, dass sie in Sankt Petersburg geboren worden und mit einem deutschen Kaufmann in Wladiwostok verheiratet gewesen war, der Hafenstadt am Japanischen Meer, zehntausend Kilometer östlich von Moskau. Milena hatte das Erbe bekommen, weil sie ohne den sicheren Hort einer guten Ehe lebte und die Großtante fand, Jungfern brauchten Unabhängigkeit. Die Sache mit der Jungfer klang nach dem Geruch von Pomeranzen und muffigem Kampfer, das hatte Milena kaum gekränkt, sie bedauerte nur, dass sie die alte Dame nie kennengelernt hatte.

Auch jetzt war sie keine gute Partie, die Großzügigkeit der Demirhans und die Weitsicht einer russischen Großtante gaben ihr jedoch die Freiheit, einstweilen zu bleiben, wo sie sein wollte, in Konstantinopel. Pera war nicht gerade ein Abenteuerland, nicht mehr in ihren Augen, aber sie lebte gerne hier. Allzu viel Abenteuer war ohnedies nicht ihre Sache. Sie mochte ein komfortables Badezimmer und duftende Seife, schöne und saubere Kleider, die Cafés und Konzerte im Park, ein Dienstmädchen. Als realistische Frau wusste sie, echte Abenteuer im Orient waren vor allem mit unwegsamen Landschaften verbunden, mit schmutzigen Kleidern und Pferdedecken, Räuberbanden, zu viel Hitze oder zu viel Kälte und Mahlzeiten voller Hammelfett.

Sie war neugierig auf die Welt dort draußen, vorerst zog sie jedoch die Bequemlichkeiten und Unterhaltungen dieser großen Stadt vor. Und sie mochte alles, was aus Seide war – eine wenig kapriziöse, dafür kostspielige Vorliebe. Der kleine Laden zwischen der Börse und der Rue de Karaköy glich inmitten des Lärms von der Quai-Straße einer Oase der Stille. Er wurde von einer Galata-Griechin geführt, deren melancholische dunkle Augen und hagere Gestalt Milena an Kassandra erinnerten, die trojanische Seherin, deren Warnungen niemand glauben konnte.

Die Regale und Stapel von Schachteln und Körben waren zwar bis unter die Decke mit Ballen verschiedenster Tuche und mit Küchenutensilien vollgestopft, in der Mitte Stapel von Kaftanen und Blusen, weiten Hosen oder Schürzen – wer hier kaufte, suchte Praktisches für alle Tage. Nur ab und zu fand sich dazwischen eine Partie feiner Seidentücher aus Smyrna, die auf mehr oder weniger dunklen Wegen über verwandtschaftliche Verbindungen nach Galata abgezweigt wurden. In den besseren Geschäften Peras oder des Großen Basars auf dem zweiten Stambuler Stadthügel jenseits der Pont Neuf, der Galata-Brücke, kosteten so feine Tücher und Shawls das Doppelte.

Milena hatte Zeit, was bedeutete, die Entscheidungen fielen ihr schwerer als gewöhnlich. Sie nahm die breiten Shawls auf, hielt die Farben ins Licht bei dem kleinen Fenster, entschied sich endlich für den mit den Gelbtönen und der braun-goldenen Borte, verwarf ihn dann als zu bieder wie zuvor den roten als zu aufdringlich. Also den blauen mit den Lilien. Oder den mit den grünen Gräsern? Die Muster waren zart und erstaunlich modern. Sie mochte beide, dann musste die Farbe entscheiden.

Die Kassandra der Gegenwart saß ganz in Schwarz gekleidet mit einem weißen Tuch über dem dunklen Haar still auf einem Hocker und beachtete ihre einzige Kundin nicht. Ihre ganze Aufmerksamkeit war von einer Stickarbeit gefordert. Milena überlegte unmutig, was geschehen werde, wenn sie eines der Tücher einsteckte und hinausging. Oder ob die Frau auf ihrem Hocker, die nichts als ihre rechte Hand mit der Nadel bewegte, womöglich die echte Kassandra war, eine Erscheinung aus fernen mythologischen Zeiten, just wieder aufgetaucht am Bosporus, fern von Troja und Mykene. Der Gedanke gefiel ihr, obwohl ihre Phantasie damit seltsame Wege ging. Wie sollte es erst in der Sommerhitze werden? Die war berüchtigt dafür, Verwirrung im Denken zu stiften, leider manchmal auch im Tun.

«Nehmen Sie das Grüne», sagte eine sanfte Stimme hinter ihr in gutem Französisch, «das Grüne harmoniert wunderbar mit Ihren Farben.»

Milena zog unwillig die Schultern hoch, ohne auch nur den Kopf zu wenden. Ähnliche Sätze hatte sie zu oft gehört, in Paris wie in Konstantinopel, und es war lange her, seit ihr diese Art von Beachtung geschmeichelt hatte. In diesem Fall war es ein guter Rat.

Endlich blickte die Kassandra der Gegenwart von ihrer Stickerei auf.

«Hören Sie auf den Herrn», murmelte sie, anders als es im lärmenden Galata gewöhnlich war, sprach sie mit leiser Stimme, «er hat ein gutes Auge für Farben.» Sie lächelte, und ihr Blick verlor alles Trübsinnige. Die Verwandlung war so erstaunlich, dass Milena sich doch nach dem ungebetenen Ratgeber umwandte.

«Wie kurios!», rief der und strich sich eine vorwitzige blonde Locke aus der Stirn. «Sooft ich mit der Tünelbahn gefahren bin, Sie waren nie da, und nun begegnen wir uns hier, wo ich Sie gar nicht vermuten konnte. Ich wollte Sie unbedingt finden. Es ist ungehörig, es ganz unverblümt zu sagen, wirklich ungehörig. Ihr Profil ist schuld. Aber wie soll man es sonst sagen, wenn es so ist?»

Kassandra seufzte, ganz leise, wie es ihre Art war, mit noch einem Lächeln, was selten ihre Art war, und Milena dachte, sie möge jetzt nichts prophezeien, weder in gesprochenen noch gedachten Worten, weil ihre Prophezeiungen selten gute Botschaften bedeuteten.

«Michajlow», stellte sich der Mann vor, der Mme. Labarie so galant aus der Tünelbahn geholfen hatte. Er stand ein wenig abseits des Verkaufstisches neben einem Stapel dunkelblauer Tücher, einen Kohlestift in der einen, ein Skizzenbuch in der anderen Hand. «Mein Name ist Sergej Michajlow.» Er beugte den Kopf und legte eine Hand auf sein Herz, praktischerweise die mit dem Kohlestift. «Ich gäbe viel darum, in Begleitung eines honorigen Herrn Ihrer Bekanntschaft zu sein, damit er uns miteinander bekannt macht. Wie soll ich Sie nun bitten, den Tee mit mir zu trinken, der mir neulich in Ihrer und der reizenden Madame Gesellschaft entgangen ist?»

Milena fand seine Rede ziemlich gedrechselt. Sie gefiel ihr trotzdem.

Die *Marie France* hatte schon angelegt. Ihr Name prangte am Bug und wiederholte sich gleich darunter mit der Anmutung eines eleganten Ornamentes in den Buchstaben der osmanisch-türkischen Schrift. Der Frachter war eines dieser Boote mit einem Schornstein zwischen den Segelmasten, gleichsam ein Symbol der Übergangszeit zwischen der Kraft aus dem Wind und der Kohle, obwohl letztere längst gewonnen hatte. In den Konsulaten und Häfen sprach man schon von der nächsten Energierevolution. Ein deutscher Ingenieur hatte vor wenigen Jahren einen Brennstoff entwickelt, der um vieles effektiver als Kohle war und aus Petroleum gewonnen wurde, das sprudelte am Kaspischen Meer in unglaublicher Menge aus der Erde. In einigen Jahren werde das von diesem Herrn Diesel entwickelte Verfahren auch die größten Überseedampfer über die Ozeane fahren lassen, ohne Brennstoff nachbunkern zu müssen, womöglich von Europa direkt bis nach Indien oder sogar China. Andere Stimmen sprachen von Aprilscherzen und typisch deutscher Angeberei. Die Militärs, egal unter welcher Flagge, verhielten sich dazu ungewöhnlich schweigsam, jedenfalls in der Öffentlichkeit.

Die *Marie France* war vom asiatischen Ufer gekommen, die letzte Trosse war festgemacht, die Laufplanken donnerten auf den Quai, und der Frachtmeister kam mit einem Bündel von Listen an Land. Er war gleich umringt von einer Traube Männer, Richard Witt blieb einige Schritte abseits stehen, wenn es nicht gerade ums Überleben ging, mied er Gedränge und war in der glücklichen Lage, das in anderen Fällen einem Angestellten zu überlassen. Er beschirmte die Augen mit der Hand, sein Hut klemmte unter dem linken Arm, und winkte zum Bug des Schiffes hinauf. Ein Mann mit feuerrotem Haar unter der in den Nacken geschobenen Mütze blickte von der Reling gelassen auf das Gewusel hinunter. Als er Witt und seinen Begleiter entdeckte, hob er grüßend die Hand.

«*Bonjour, Richard*», rief er, seine Stimme war tief und rau, nichts anderes erwartete man von einem Frachtschiff-Kapitän von der Levante, auch sein Bart entsprach dem Bild eines bärigen Seemanns, den es über die Meere weit in die Welt getrieben hatte. «Ihre Ware liegt ziemlich obenauf, aus Smyrna und von Haydarpaşa, die Ballen werden bald ausgeladen. *Et le vieux Monsieur Ihmsen? Il va bien?*»

«*Très bien, Captain, merci*. War die Fahrt ruhig? Wir haben gehört, es gab Sturm in den Dardanellen.»

Der Mann an der Reling lachte auf. «Jetzt im Sommer? Nur ein bisschen Schaukelei. Ist das Ihr neuer Lehrling?»

«Neu ja, Lehrling nein. Er will viel bei uns lernen, aber er versteht schon mehr von unserem Gewerbe als die meisten in seinem Alter. Er heißt Brehm, schauen Sie ihn gut an, er wird in Zukunft oft am Hafen sein, wenn Sie anlegen. Brehm», wandte er sich an Ludwig, der vom überraschenden Lob mit roten Ohren neben ihm stand, «das ist Captain Paul Conmarche, er fährt für die hiesige Hafenlagergesellschaft, die ist in französischer Hand, aber das Schiff gehört ihm selbst.» Richard Witt grinste. So ein Grinsen hatte Ludwig noch nicht an ihm gesehen – es war breit und frech, sehr jung und zeugte von echtem Vergnügen. «Oder haben Sie die gute alte *Marie France* inzwischen in Smyrna oder Alexandria verspielt, Captain?»

Auch der lachte. «Nein, eher meine Seele als mein Schiff, das wissen Sie ja.» Er hob grüßend die Hand, tippte an die Mütze und verschwand im Führerhaus.

«Paul verändert sich nie», murmelte Richard, es klang nach einer Mischung aus Genugtuung und Bewunderung. «Kommen Sie», sagte er laut, «vielleicht treffen wir ihn später noch einmal.»

«Sie kennen ihn schon lange?»

«Seit einer Reihe von Jahren. Ich bin damals mit der *Marie France* nach Marokko gefahren, um die Bedingungen für eine Dépendance zu untersuchen. Aber die Engländer ...» Er zuckte gleichmütig mit den Achseln. «Nordafrikanische Teppiche sind ohnedies nicht unser Schwerpunkt. Kommen Sie», wiederholte er, «es wird Zeit.»

Die Engländer? Ludwig erinnerte sich, dass die Franzosen nun in Marokko dominierten, Kaiser Wilhelms Besuch im vergangenen Jahr hatte zu einer bedrohlichen politischen Krise geführt. Und sonst? Er wusste zu wenig, das musste er ändern. Jeglicher Handel war von der Politik abhängig, und am Bosporus war die Politik wiederum von viel mehr Faktoren, Einflüssen und Abhängigkeiten bestimmt als in den norddeutschen Hansestädten. Das hatte er schnell verstanden. Es war dringend nötig, die Zeitungen gründlicher zu lesen.

Ludwig drehte sich noch einmal nach der *Marie France* um, die Traube der Männer um den Frachtmeister hatte sich eher vergrößert als verkleinert, es brauchte Zeit, bis alle Listen und Ansprüche abgeglichen waren. Einer der Karren, die dort für kleinere und mittlere Partien bereitstanden, gehörte zum Teppichhaus Ihmsen & Witt, zwei Männer von den Speichern hockten auf den Fersen und warteten geduldig.

Viele Schaulustige standen am Quai herum, Träger und Fuhrleute warteten auf Arbeit, Taschendiebe auf Gelegenheiten, Wasserverkäufer riefen ihre Ware aus. Ludwig hatte sich schon einige Male einen Becher Wasser gewünscht, wenn er in den Straßen unterwegs war, und hatte sich doch nie dazu durchringen können, aus den von jedermann benutzten Messingschalen zu trinken, in die das Wasser aus den alten Ledersäcken gefüllt wurde. Obwohl sich das Wasser in Hamburg seit der Cholera-Epidemie mit Tausenden von Toten noch nicht wirklich gebessert hatte, waren seine Vorbehalte hier deutlich größer als in den heimatlichen Straßen.

Erst seit er mit dem Namen seine Rolle und Stellung gewechselt hatte, gingen ihm solche Gedanken häufiger durch den Kopf. Wem traute man? Wem konnte man trauen? War wirklich jeder für eine passende Summe käuflich? Für eine Summe oder für ein Jahr im Orient in sicherer Stellung und guter Gesellschaft?

Wie war das mit dem Betrug? Wurde der erst verwerflich, wenn er jemandem schadete? Oder war alles von der ersten Lüge an verwerflich? So hatte er es vor langer Zeit gelernt. Und jetzt?

Bei Tageslicht fiel es leicht, Gedanken an Lüge, Verwerflichkeit oder Betrug beiseitezuschieben. Für einen Kaufmann, egal in welcher Position, war Betrug am ehrenrührigsten, aber bei seiner Arbeit, die er bis in den Geruch von Staub, Wolle und Farben liebte, fühlte Ludwig sich doch als ehrlicher Mann. Und war das nicht das Entscheidende?

Er hielt sich in solchen Momenten auch für einen glücklichen Mann. Tatsächlich war er das. Wie lange es gutgehen konnte, war eine andere Frage, die er sich lieber nicht stellte. Seit dem Tod seiner Eltern hatte er sich in beständiger Unsicherheit gefühlt.

Es hatte lange gedauert, bis er nicht mehr ihre Rückkehr erwartete, wenn es an der Tür klopfte, bis der Kampf zwischen der Hoffnung, die die Realität beharrlich verleugnen wollte, und der Vernunft, die um die Endgültigkeit ihres Todes wusste, aufhörte. Es gab immer noch solche Momente, aber die waren weniger von der Hoffnung begleitet als von einem kurzen, doch heftigen Rückfall in die Verzweiflung. Er hatte gelernt, dieses Raubtier – er dachte in solchen Momenten immer an ein tödliches Raubtier – in Schach zu halten und wieder einzusperren.

Sie hatten damals, an jenem Tag, einen Sonntagsausflug auf der Elbe gemacht, von den Landungsbrücken bis hinüber nach Cranz im Alten Land, dort gab es ein altes Gartenlokal, in dem der beste Erdbeerkuchen weit und breit serviert wurde. Der Ausflug fand alljährlich statt, immer zur Erdbeerzeit, in jenem Jahr zum ersten Mal ohne den Sohn, der war nun kein Kind mehr und wollte den schönen Tag lieber im Ruderverein verbringen.

Der Ausflugsdampfer war voller fröhlicher Menschen gewesen, ein ganzer Gesangsverein war mit von der Partie, auf der Rückfahrt, schon gegen Abend, wurde viel gesungen. Auch noch, als ein aus dem Ruder gelaufener Frachtdampfer das kleinere Boot rammte. Es sank schnell, es gab kaum Rettungsringe, nur ein Rettungsboot, das sich bei der Kollision ohnedies losgerissen hatte und abgetrieben war. Viele Passagiere wurden von anderen Booten, die an diesem schönen Abend noch auf dem Wasser waren, gerettet, viele überlebten das Unglück nicht. Zu ihnen gehörten auch die Körners.

Seiner ein gutes Jahrzehnt älteren Halbschwester und ihrem Ehemann war der halbwüchsige Hans von Anfang an mehr Last als Bruder gewesen. Er hatte es sich anders gewünscht und ersehnt, geliebt zu werden und zu lieben. Alma war seine einzige Verwandte. Nach dem Tod seiner Eltern hatte sie ihn aufgenommen, weil es sich so schickte, zum Unwillen ihres damals frischan getrauten Ehemannes. Sie war bald schwanger geworden, die winzige Kammer, eher eine Abseite unter der Dachschräge, in der er geschlafen hatte, wurde gebraucht und er in eine Art Pension umquartiert, ein Wohnheim für ledige junge Männer. Das war ihm recht gewesen, denn die Abneigung von Almas Ehemann, ein den erstarkenden Rechtskonservativen zuzurechnendes Mitglied des Alldeutschen Verbandes, beruhte auf Gegenseitigkeit. Also war es einerseits eine Kränkung gewesen, der Kummer, unerwünscht zu sein, nun zu niemandem mehr zu gehören, andererseits auch eine Befreiung, ein Gefühl, das nie ganz siegte, aber doch das stärkere wurde.

Jetzt war es mehr denn je gut, so wie es war. Sie würden ihn nicht vermissen und sich nicht darum kümmern, was aus ihm wurde. Sein Brief lag vielleicht noch auf dem Tischchen in ihrem mit Nippes und Häkeldeckchen überladenen muffigen Wohnzimmer, wo sie ihre seltene Post gern ausstellten. Er gehe nun für einige Monate nach London, hatte er geschrieben und eine mögliche Weiterreise als Sekretär eines Kaufmanns nach Ostindien und China angedeutet. Diese Phantasie hatte ihm gefallen, er hatte sich dabei schon wie ein Ludwig Brehm gefühlt. Ob Alma seine Geschichte glaubte, war ihm einerlei gewesen.

Wahrscheinlich hatte sie nur gleichmütig genickt. Sie würde ihm nicht nachspüren, höchstens, nein: sicher erleichtert seufzen, weil er ihr und ihrem Mann nicht mehr zur Last fallen konnte. Auf das Seufzen verstand sie sich gut. Vielleicht erwähnte sie diesem oder jenem gegenüber wie nebenbei, ihr Bruder sei nun ein Weltreisender in bedeutendem Auftrag, sie persönlich ziehe es wie ihr lieber Gatte vor, im Vaterland zu bleiben, in der Heimat, aber es müsse auch Männer geben, die das Deutschtum in die Welt trugen. Für Kaiser, Gott und Vaterland.

Und Weise am Neuen Wall? Die Arbeit mit den Teppichen und diese Art von Verbindungen in die Welt, allein durch die vielfarbigen Bilder und Muster aus unzähligen winzigen Knoten, wie sie nur im Orient entstehen konnten, war ihm sein tatsächlicher Heimathafen gewesen. Bis er in diesen Strudel geriet, der ihn tief hinabgezogen und sogleich in einem gänzlich anderen, helleren Leben wieder ausgespuckt hatte. Immer noch wurde ihm schwindelig, wenn ihn plötzlich etwas an jene Nacht in der Destille am Hafen erinnerte.

Erst jetzt, seit nichts mehr sicher war, nicht einmal sein Name, lebte er für den Tag, dann für die Nacht und für den nächsten Tag und wieder den nächsten Tag und hatte sich doch nie so leicht gefühlt, so zuversichtlich. Abgesehen von diesen Nächten, wenn ihn Panik aus tiefem Schlaf riss und mit eisigen Zangen umklammerte. Seltsamerweise konnte er sich nie an den Traum erinnern, der ihn so aufgeschreckt hatte. Bisher war es immer wieder vorbeigegangen, bevor er der Angst nachgegeben, sich zur Flucht vor der Entdeckung entschlossen hatte. Wohin auch fliehen? Zurück? Die ersten Sonnenstrahlen lösten Angst und Verwirrung auf wie den Raureif am Morgen. Mittlerweile vertraute er darauf.

Die Größe des Hafens hatte Ludwig zu Anfang verblüfft,

denn von Größe konnte keine Rede sein. Es gab den langgestreckten Nouveau Quai in Galata von der Pont Neuf bis nach Tophane hinauf, bescheidene Werften und Binnenhafenanlagen fanden sich entlang des Goldenen Horns, neue Quais und Speicher am asiatischen Ufer beim Bahnhof Haydarpaşa, wo sogar elektrische Beleuchtung installiert wurde. Die Bauarbeiten für ein mächtiges Bahnhofs- und Verwaltungsgebäude hatten erst begonnen. Ein deutscher Architekt hatte es geplant, eine deutsche Firma würde es auf tausendeinhundert in den Untergrund gerammten Baumstämmen errichten. Schon jetzt wurde vom neuen Haydarpaşa-Schloss gesprochen.

Die Millionenstadt Konstantinopel lag am Goldenen Horn, am Bosporus und am Marmarameer, jedoch abseits der für den großen Welthandel bedeutenden Schifffahrtsrouten. Auf dem Wasser vor der Stadt mit der viele Kilometer zählenden Küstenlinie wuselte es gewöhnlich von kleinen und mittleren und wenigen großen Booten, Dampfern und Seglern, obwohl mehr als ein Dutzend europäischer, besonders englischer Reedereien einen regelmäßigen Linienverkehr an den Bosporus unterhielten, die meisten Schiffe mussten in der Bucht an Bojen ankern und über Leichter be- und entladen werden. Verglichen mit dem Hamburger Hafen mit seiner immer noch wachsenden riesigen Speicherstadt, den Hafenbecken mit den noch mehr Kilometer zählenden Quais und der neuesten Technik bis zu einem eigenen Kraftwerk mutete der Hafen von Konstantinopel nahezu romantisch an.

Ein Arbeiter, der einen zierlichen Apfelschimmel am Zaum führte, kam ihnen entgegen. Richard blieb stehen und begrüßte den Mann, die beiden wechselten einige Sätze, leider auf Türkisch, Ludwig verstand kein Wort, während Richard mit anerkennender Miene das Pferd musterte und ihm den staubigen Hals klopfte. Ludwig hätte gerne gewusst, worüber sie sprachen – Ludwig Brehm war erheblich wissbegieriger, als es Hans Körner je eingefallen wäre. Leider standen ihm neugierige Fragen noch nicht zu.

«*Günaydın!*», sagte er, als sie weitergingen. «Man sagt doch *günaydın* für guten Tag? Spreche ich es nun richtig aus?»

«Es klingt richtig, ja.» Richard Witt nickte. «Ihr Enthusiasmus ist schön, Brehm, ein paar Sätze Türkisch können nie schaden. Guten Morgen, guten Tag – solche Worte der Höflichkeit. Danke nicht zu vergessen, *teşekkür ederim*. Sie können sich hier aber recht gut mit Französisch verständigen, besonders in Pera auch mit Englisch und Deutsch. Ihr Französisch», sein Zögern war so kurz, dass es nur bei größter Aufmerksamkeit als ein Anflug von Kritik zu verstehen war, «Ihr Französisch sollte möglichst flüssig und akzentfrei sein.»

Ludwigs Französisch war gut genug für Galata, auch für die Biergärten in Pera und die Verständigung auf dem Postamt oder in der Tram, selbst beim Zoll, weil er die nötigen speziellen Begriffe beherrschte. Um in jener Gesellschaft zu bestehen, in der Ihmsen und die Witts oder die Thompsons sich oft bewegten, reichte es nicht. Er brauchte Übung in *conversation*. Das Elegante, Selbstverständliche in einer fremden Sprache ließ sich nicht nur aus den Büchern lernen.

Er hatte sich vorgestellt, von den wichtigsten Sprachen, die ihm hier begegneten, bald genug zu beherrschen, um sich im Alltag zu verständigen, zuerst in allem, was sein

Metier betraf. Dazu hatte für ihn zuerst das Türkische gezählt, schließlich befand er sich in der Türkei. Inzwischen hatte er festgestellt, dass die westlichen Europäer es kaum beherrschten. Griechisch, Armenisch, Italienisch, das jüdische Ladino, Arabisch und noch einige andere Sprachen begegneten ihm in den Straßen, häufig in einer Mischung oder Lautmalerei, die sich über lange Zeit im Osmanischen Reich entwickelt hatte. Seit den schrecklichen erneuten Pogromen in Russland waren wieder Tausende Juden an den Bosporus geströmt, auch ihnen begegnete man in den Straßen, viele, womöglich die meisten, sprachen Jiddisch. An den Küsten der Levante war Französisch die gemeinsame Sprache unter den Europäern, den Osmanen und Mitgliedern anderer Nationen, ob im Handel oder auf diplomatischem Parkett, in der Nachbarschaft, in Freundschaft oder Familie. Also Französisch zuerst, dann Türkisch. Außerhalb Konstantinopels würde er es brauchen, wenn er nicht von einem Dragoman abhängig sein wollte, einem ortskundigen Dolmetscher und Führer.

In Hamburg war von jeher das Englische wichtiger gewesen, gleichwohl hatte Ludwig auch Französisch gelernt, von Perfektion war er jedoch so weit entfernt wie vom Himalaya. Die Hoffnung, es werde sich von selbst in der täglichen Übung einstellen, war schnell getrübt worden. Im Kontor von Ihmsen & Witt wurde überwiegend Deutsch gesprochen.

Wenn er abends seinen Lügenalmanach auf den aktuellen Stand brachte oder sonstige Notizen wie Bezeichnungen von Teppichen notiert und für sich kommentiert hatte, weil sie ihm bisher unbekannt gewesen waren – es gab offenbar Hunderte –, bemühte er sich in der halben Stunde vor dem Einschlafen, neue Redewendungen und Vokabeln zu lernen. Meistens nickte er darüber ein.

Richard bahnte sich und Ludwig mit ruhiger Geduld den Weg zwischen Karren, Trägern, Reitern und Flaneuren, Kaufleuten und Straßenhändlern, auch Bettlern und Soldaten hindurch.

Es sah aus, als öffne sich die Gasse durch das lärmende Gedränge von selbst, er blieb dabei unbehelligt, und Ludwig überlegte, ob sich eine Menge gerade vor den geduldigen ruhigen Menschen auf diese Weise teilte, jedoch nicht vor hektisch Platz und Raum fordernden Dränglern, oder ob es an Richards hochgewachsener schlanker Statur in dem hellen Anzug lag, der ihn von den meisten Europäern wie Osmanen unterschied, die auch im Sommer den üblichen schwarzen Rock trugen. Seine ganze Erscheinung zeigte etwas Helles, einige Passanten drehten sich nach ihm um, obwohl er in diesen Straßen lange bekannt war und oft gesehen wurde. Selbst sein Haar war blond, wie das seiner Kinder, und leuchtete in der südlichen Sonne, er trug seinen Hut in der Hand, weil er die Brise am Hafen mochte, die Sonne im Gesicht. Darin glich er seiner Frau. Ludwig spürte einen Stich von Eifersucht, wie ihn nur das Gefühl, nicht dazuzugehören, verursachen kann. «Wir kennen uns noch nicht gut», fuhr Richard endlich fort, sie hatten das Gebäude, in dem sich Kontor und Lager der Firma befanden, fast erreicht. «Etwa einen Monat? Aber ich habe bemerkt, Sie lernen gerne und rasch. Ich habe da so eine Idee, wir werden mit Alfred darüber sprechen.» Er setzte seinen Hut auf und beschleunigte die Schritte. «Aber keine Sorge, Sie machen ihm sicher eine echte Freude.»

Ludwig verstand kein Wort. Richard Witt war ein

kluger Mann, er wusste viel, ob über Teppiche oder die Geschichte Konstantinopels, das Osmanische Reich oder den Rest der Welt. Vieleicht auch über die Menschen, aber das war nicht gewiss. Ihm ging oft so viel durch den Kopf, dass seine Gedanken dem Ausgesprochenen schon vorauseilten und seine Worte hin und wieder kryptisch machten. Er selbst bemerkte es nicht. Anders als bei Alfred Ihmsen scheute sich Ludwig zu fragen.

Das Kontor befand sich in einem der neueren Geschäftshäuser zwischen der Grande Rue de Galata und der Rue Kılıç Ali Paşa, in der Nähe der armenischen Kirche und wenige Schritte vom Nouveau Quai entfernt. Von den großen Fenstern in der obersten Etage ging der Blick über die Dächer der niedrigeren Gebäude auf das Meer hinaus und verlor sich über dem glitzernden Wasser und den Booten und Dampfern, großen und kleinen kreuzenden Seglern hinter den Prinzeninseln in den Wolken.

Falls Ludwig noch an seiner Entscheidung für die Reise nach Konstantinopel und dem Tausch seiner Identität gezweifelt hatte, war aller Zweifel verflogen, als er zum ersten Mal diese Räume betrat und in den frühsommerklaren Morgen über das Meer und dann hinüber zu den Hügeln des alten Stambul blickte. Die Sorge, entdeckt, verachtet und bestraft zu werden, sollte ihm lange bleiben, aber in jenem Moment hatte er gewusst, dieses andere Leben war ihm jedes Risiko wert.

In der darunterliegenden Etage waren die Teppiche gestapelt, flach aufeinander, nach ihrer Herkunft, ihrer Machart, ihrer Größe. Ein zweites Lager befand sich nahe der Börse oberhalb des Binnenhafens am Ufer des Goldenen Horns.

Richard Witt lief mit langen Schritten die breite Treppe hinauf, es wirkte nicht eilig, nur leicht und schnell. Ludwig rannte ihm nach und wirkte dabei durchaus eilig. Wieder nahm er sich vor, nach Gelegenheiten zur körperlichen Ertüchtigung zu suchen. Witt war mindestens zehn Jahre älter als er und bewegte sich, als sei ihm kein Weg zu lang, kein Berg zu hoch, keine Last zu schwer. Ludwig hätte es ihm gerne gleichgetan.

Drei wohlgenährte Katzen, eine rote, zwei getigerte, rannten ihnen entgegen und wie drei Blitze weiter die Treppe hinunter. Es gab herrenlose Hunde und auch Katzen ohne Zahl in der Stadt, für gewöhnlich wurden sie verscheucht, hier nicht, ein solches Lagerhaus hatte keinen Raum für Mäuse, Katzen waren ab und zu willkommen.

Die Kontorräume belegten die oberste Etage. Darüber befand sich nur noch ein Dachboden, der selbst unter dem Firstbalken kaum Mannshöhe maß, ein wenig benutzter Abstellraum. Das Firmenarchiv hätte darin einen guten Platz gehabt, aber das hütete Ihmsen lieber in seinem Konak, obwohl die Gefahr, Opfer eines Brandes zu werden, in einem alten hölzernen Herrenhaus ungleich größer war als in dem aus solidem Stein errichteten Geschäftshaus.

Die beiden Etagen darunter bargen den Reichtum von Ihmsen & Witt, Teppiche aus verschiedenen Regionen des Osmanischen Reiches, vor allem der Türkei, auch aus Persien, natürlich aus Persien, oder aus dem unruhigen, immer wieder umkämpften wilden Kaukasus. Richard Witt plante, das Sortiment um Teppiche aus den noch weiter östlich liegenden Ländern auszuweiten, turkmenische und afghanische Teppiche wären für die Kunden in Europa eine interessante Erweiterung des Angebots.

Die Tür der ersten Lager-Etage stand weit offen, zwei Männer bewachten den Eingang, beide in der üblichen Tracht der Arbeiter und sogenannten einfachen Leute, Strickstrümpfe über der weiten Hose bis zu den Knien, eine Weste über dem kragenlosen Hemd, auf den Köpfen eine mit einem Tuch umwickelte Kappe. Ausgebeulte Jacken hingen übereinander an einem Nagel an der Wand. Die Männer sahen nicht so aus, als könne es von Vorteil sein, sich mit ihnen anzulegen. Einer hockte auf den Fersen und erhob sich geschmeidig, als er seinen Dienstherrn auf den letzten Stufen erkannte. Der rief ihnen auf Türkisch etwas zu, es klang launig, und die Männer grinsten Zustimmung.

Die Etage glich einer Halle. Die Decke war höher als im darüberliegenden Stockwerk, es gab keine Zwischenwände, schmiedeeiserne Stützpfeiler mit dekorativ geformten Kapitellen gaben dem Raum Struktur. Vor den Fenstern schützten schräg ausgeklappte Markisen vor direktem Sonnenlicht, in die Fensterrahmen eingespannte feine Netze ließen frische Luft herein, aber keine Vögel und anderes Kleingetier.

Richard blieb stehen, sehr gerade, die Hände flach in die Taschen seines Rockes geschoben. Sechs, manchmal acht Männer waren ständig im Lager beschäftigt, bis auf zwei jüngere waren es seit Jahren dieselben, was nicht in allen von Europäern geführten Unternehmen das Übliche war. Sie waren Türken und Griechen und in ihrer Arbeit gut aufeinander eingespielt, sie kannten sich lange und kümmerten sich kaum um den Groll, den es angeblich zwischen ihren seit Jahrhunderten am Bosporus lebenden Völkern gab. Oder sie wollten nichts davon wissen.

«In Zukunft», so hatte der weise, trotzdem meistens auf

eine helle Zukunft vertrauende Ihmsen vor einigen Tagen erst prophezeit, «wird es solche Differenzen auch sonst nicht mehr geben. Es sieht oft anders aus, aber die Vernunft ist auf dem Vormarsch, es braucht nur seine Zeit, ja, nur ein bisschen Zeit.» Er vertraue auf das neue Jahrhundert, das gelte für den Okzident wie für den Orient. Er hatte dabei eher beschwörend als überzeugt geklungen.

Die Männer standen bei dem vorletzten der vier großen Fenster und beugten sich über einen der Teppichstapel. Ludwig zählte acht Köpfe.

Richard stand immer noch in der Tür. Endlich ging er hinein, und Ludwig folgte ihm zwischen den Stapeln von glatt aufeinandergeschichteten Teppichen. Sie waren nach ihrer Herkunft und nach ihrer Größe, auch nach dem Material sortiert, aus dem sie geknüpft worden waren. Eine unüberschaubare Vielfalt von Mustern und Farben. Entlang der hinteren Wand türmten sich höhere Stapel von mehrfach gefalteten oder zu Ballen gefassten Teppichen, ganze Partien, die noch begutachtet und danach im Preis eingeschätzt werden mussten, besonders auf ihre Eignung für bestimmte Kunden.

Anders als in den großen Verkaufsräumen in Hamburg zeigten die Teppiche hier nicht ihren vielfarbig leuchtenden Flor, sondern die matte Rückseite, das feste Gewebe der Kettfäden, durch die die Fäden aus Wolle oder Seide gezogen und auf der Vorderseite in bestimmter Weise geknotet worden waren. Knoten war nicht gleich Knoten, so unterschied sich – zum Beispiel – der persische in der Fadenführung durch die gespannten Kettfäden vom türkischen. Unter den verschiedenen Stapeln sorgte jeweils ein etwa handbreit hoher Rost aus Latten für die Belüftung der Fasern. Die Teppiche blieben nicht lange im Lager, die allermeisten wurden bald weiterverkauft, nach Europa, seit einigen Jahren auch nach Nordamerika. Viele wurden von langjährigen Kunden im gegenseitigen Vertrauen durch die Briefpost bestellt, die großen Teppichhäuser schickten ein- oder zweimal im Jahr ihre Einkäufer auf die weite Reise nach dem Orient, um für ihre wohlhabenden Kunden die besten Stücke auszusuchen.

Es gab viele Teppichhändler in der Stadt, die meisten im Großen Basar mit seinen mehrere tausend zählenden Geschäften aller Art, die überwiegend hervorragende Qualitäten anboten. Die meisten europäischen Einkäufer vertrauten dennoch eher den im Orient angesiedelten europäischen Händlern, umso mehr wenn sie ihr Geschäft schon so viele Jahre wie Ihmsen & Witt betrieben.

Die Männer machten Richard Platz. Die Miene des ältesten, als Faktor des Lagers trug er als Einziger einen Gehrock wie die Männer oben im Kontor, verriet so viel Kummer wie Empörung.

«Beschädigt», sagte er in dem harten, an der Levante üblichen Französisch, seine Miene zeigte Ärger und Missmut, «man sieht es, wenn man es genau untersucht. Moustakis hat es zuerst gesehen.» Er legte einem der beiden jüngeren Männer, dessen buschiger Schnurrbart bis unters Kinn reichte, die Hand auf die Schulter. «Auf der Flor-Seite bemerkt man nichts, aber die Rückseite kann nicht lügen.»

Ludwig versuchte etwas zu entdecken, das zu dieser Entrüstung passen mochte. Es ging um einen Teppich von kaum mittlerer Größe, der zu einer Lieferung kaukasischer Gebetsteppiche gehörte, die über einen Händler in Konya geliefert worden waren. Er lag mit dem Flor zum Licht auf einem großen halbhohen Tisch, der nur dazu diente, einzelne ausgerollte Teppiche genau zu begutachten. Neben dem Tisch wartete ein Stapel von zusammengeschlagenen Teppichen der gleichen Lieferung auf die Prüfung. Richard musterte den Teppich und nickte zustimmend. Er ließ seine Fingerspitzen dem Muster folgen, in der Umrandung drei schmale und ein breiter Streifen mit verschiedenen geometrischen, sich in ihrem Streifen akkurat wiederholenden Mustern in Beige, Grün, Dunkelblau und Blassrot auf von kraftvollerem Rot dominierten Grund. Nur der innere, der schmalste Streifen war von einer Blütenreihe auf dunkelblauem Grund gefüllt. Das Zentrum mit der stilisierten Gebetsnische zeigte andere, aus verschiedenfarbigen eckigen Formen harmonisch zusammengesetzte Figuren auf beigem Grund.

Der Teppich stammte aus der Region um Dagestan im nordöstlichen Kaukasus, die Knüpferinnen hatten in ihm eines der traditionellen Muster ihrer Provinz wiederholt. So stand es in der Liste, und daran war auch nicht zu zweifeln. Ludwig überlegte hastig, ob die Provinz zum russischen Reich gehörte, die Grenzen und Herrschaftsverhältnisse dort waren seit jeher noch verwirrender als auf dem Balkan. Er wusste wenig über den Kaukasus und ebenso wenig über kaukasische Teppiche, sie waren erst in den letzten Jahren in Mode gekommen.

«Ein schönes Stück», sagte Richard, «wirklich schön. Von einer einfachen Harmonie. Wir hatten Muster aus Konya.» Wieder fuhren seine Finger leicht tastend über den Flor bis zur Spitze der Nische. «Der Kaukasus ist zu weit, um für jede Partie selbst auf die Reise zu gehen. Obwohl», er lächelte den Faktor wie jemand an, der seine

Wünsche kannte und verstand, «obwohl ich das sehr gerne täte.»

Er schlug eine Ecke des Teppichs zurück, Moustakis und ein zweiter Mann traten heran, als hätten sie nur auf ein Signal gewartet, sie drehten den Teppich in einem Schwung um und strichen ihn mit geübten Bewegungen glatt. Richard griff nun fester in das Gewebe der Unterseite aus baumwollenen Kettfäden, um es dann zwischen Daumen und Zeigefinger an einigen Stellen behutsam zu knicken.

«Bitte, Brehm», er trat auffordernd einen halben Schritt zur Seite, «sagen Sie uns, was es hier auszusetzen gibt. Vielleicht kommen Sie zu einem anderen Schluss als ich, das wäre dann zu bedenken.»

Der Teppich war in der Tat ein besonders schönes Stück. Ein erfahrener Teppichhändler und -verkäufer erkannte das an der Rückseite. Ludwig sah aber auch, dass ein langer, etwa handbreiter Streifen unregelmäßig verteilte winzige Risse in den Gewebefäden aufwies. Wenn man nur ein wenig fester anfasste, auch leicht knickte, wie Richard es getan hatte, zeigte sich eine beginnende Brüchigkeit.

«Ich habe mit solchen Schäden kaum Erfahrung, aber ich denke, es ist eindeutig. Hier gibt es brüchige Stellen über einen ganzen Streifen», erklärte er, an Richard gewandt. «Richtig?» Als der nickte, fuhr er fort: «Außerdem riecht er leicht modrig, stärker, wenn man nah herangeht. Der Teppich ist feucht geworden, vielleicht war er sogar durchnässt, jedenfalls hat man ihn über geraume Zeit so gelassen, anstatt ihn sorgfältig zu trocknen. Er wurde schlecht gelagert. Es ist ja in der Tat eine lange Reise vom Kaukasus, da kann viel passieren.»

Richard nickte mit ungewohnt grimmiger Miene. «Die Karawane braucht viele Wochen, von Tiflis bis nach Konya je nach Wetter und Gesundheit der Tiere wohl anderthalb oder zwei ganze Monate, manchmal länger. Von Konya haben wir sie mit der Anatolischen Eisenbahn transportieren lassen, einige Tage bei trockenem Wetter. Aber der Händler in Konya – nun, das müssen wir später klären. Wie viele, Tevfik Bey», die respektvolle Anrede war Richards Weise, sich zu bedanken, «wie viele zeigen solche Schäden?»

«Bis jetzt sind es nur zwei. Gut möglich, dass die anderen unbeschädigt sind. Gut möglich, ja. Der Konyaer hätte es merken müssen, ein ehrenwerter Mann verkauft solche Ware nicht», er räusperte sich umständlich und fügte mit bescheidenem Stolz hinzu, «nicht an ein Haus wie Ihmsen & Witt.»

Als sie die Treppe weiter hinaufstiegen, hörten sie schon die Stimmen aus der Kontor-Etage, sie klangen nicht nach orientalischer Gelassenheit, sondern nach einer Mischung aus Temperament, Sorge und Aufregung.

Richard drehte sich nach Ludwig um, der einige Stufen zurück und ein wenig, wirklich nur ein wenig atemlos folgte, blieb stehen und legte den Finger auf die Lippen. Ludwig war irritiert. Richard Witt als Lauscher – das passte nicht in das Bild, das er von ihm hatte.

«Aber es wird zu spät sein!» Das war Victor Aznurjans um etliche Nuancen gehobene Stimme. «Wir haben es Seiner Exzellenz, dem Herrn Botschafter, fest zugesichert, ganz fest. Es muss pünktlich geliefert werden. Wenn wir einen Hofteppich für Ihre Kaiserliche Majestät in Berlin zusichern – schon avisieren! – und dann nicht rechtzeitig liefern, schadet es dem Haus. Ausgerechnet für Ihre Kaiserliche Majestät! Sie haben selbst betont, die hohe Dame sei äußerst anspruchsvoll.»

«Ich bin doch völlig Ihrer Meinung, mein Lieber», Ihmsen überging den Hinweis auf die anspruchsvolle Majestät, «aber es sind noch einige Wochen Zeit, und wir schicken das edle Stück mit der Eisenbahn nach Berlin. Das geht ruck, zuck heutzutage.»

«Und wenn der Zug liegenbleibt? Man weiß nie bei diesen Maschinen. Oder wenn plötzlich Gleise verschwunden sind, im letzten Winter in der Walachei ...»

«Und ein Dampfer? Kann untergehen», fiel Ihmsen ihm ins Wort, ihm war gerade nicht ganz präsent, ob die Bahnlinie nach Berlin auch die Walachei passierte, Rumänien war groß. «Schiffe können leckschlagen und untergehen, von einem Seeungeheuer gefressen werden oder von Kapitän Nemo gekapert.»

Leider waren seine Worte nicht dazu angetan, Aznurjan zu beruhigen. Niemand in diesem Kontor glaubte an ein Seeungeheuer oder die Existenz von Kapitän Nemo, zumindest wurde weder das eine noch der andere im Mittelmeer, der Biskaya oder dem Ärmelkanal vermutet, Aznurjan glaubte hingegen daran, nicht ernst genommen zu werden. Das war seine stete Sorge. Er war ein exzellenter Kenner von Orientteppichen, aber von wirklich geringer Körpergröße, sodass er in jüngeren Jahren häufig für einen Lehrjungen gehalten worden war. Mit den grauen Schläfen und dem Schnurrbart kam das nicht mehr vor.

Er stammte aus einer alten armenischen Familie am Van-See, in der die Frauen seit Generationen Teppiche hergestellt hatten, gewebte Kelims, erst neuerdings, seit Familien aus anderen Regionen eingewandert waren, wurde in Van auch geknüpft. Aznurjan lebte schon lange in Konstantinopel. Sein Plan, seine Sehnsucht, an den von tiefen Wäldern umgebenen Van-See im ostanatolischen Hochland zurückzukehren, war in jüngster Zeit in weitere Ferne gerückt, seit die blutigen Konflikte zwischen kurdischen, türkischen und armenischen Nachbarn neu und stärker als je zuvor aufgeflammt waren. Seine Söhne waren in Konstantinopel geboren und dachten nicht daran, so weit in den Osten zurückzukehren, sie strebten im Gegenteil viel weiter nach Westen, nach Europa.

Seine beiden jüngeren Brüder waren mit ihren Familien schon vor einem Jahrzehnt aus dem Land geflohen, aus dem Herrschaftsbereich des «blutigen Sultans». Nach den Massakern an den Armeniern und im Gefolge vereinzelt auch anderen Christen in östlichen Regionen wie um Kars, Erzurum oder Diyarbakır mit Tausenden Ermordeten, Plünderungen und Brandschatzungen hatten sie nicht bleiben wollen. Nicht können. Aznurjan verstand sie gut. Auch in Konstantinopel hatte ein Mob gewütet. Wie es in europäischen Zeitungen hieß: auf Befehl der Regierung.

Trotz allem – Konstantinopel war immer noch Konstantinopel, längst seine Heimat, und hier war doch vieles anders als im weiten Anatolien und dem armenischen Hochland um den heiligen Berg Ararat, auch wenn der Sultan hier kein anderer war. Aznurjan war ein gläubiger Mann, fest verwurzelt in der armenischen Kirche, er war immer auf der Seite der Hoffnung. Gottvertrauen, Hoffnung und Vernunft. Dennoch würde er seine Kinder nicht aufhalten, auch wenn ihm das Herz bluten musste, er würde sie nicht aufhalten, wenn sie den Weg nach Westen suchten, nach Frankreich oder nach Amerika.

Aznurjan gehörte seit vielen Jahren zum Kontor von Ihmsen & Witt, er würde schwer zu ersetzen sein, seine Kenntnisse, seine Zuverlässigkeit, sein kluger Blick für die Moden, denn auch die Teppichknüpferei wurde immer stärker von Moden und Wünschen der Kunden in Europa beeinflusst. Alfred Ihmsen wusste all das zu schätzen, aber würde ihn auch als einen Mann vermissen, den er an jedem Morgen gerne traf und mit dem ihn durch all die Jahre viel verband. Er sorgte sich nicht, ihn zu verlieren. Anders als Richard befürchtete er entgegen seiner sonst üblichen Zuversicht noch mehr und noch bitterere Konflikte im Osten. Das machte Aznurjans Rückkehr nach Van noch unwahrscheinlicher.

«Ja, lieber Aznurjan, auch darin haben Sie recht, bei Bahnreisen über den Balkan und dieser Auswechselei der Lokomotiven und ganzer Züge kommen sicher mehr Sendungen abhanden als aus einem Schiffsbauch. So ein Bauch ist nun mal schwieriger zu plündern als ein Waggon. Dann muss die kostbare Fracht sachkundig bewacht werden. Am besten fahren Sie selbst mit nach Berlin.»

Auf diesen mit leicht maliziösem Unterton gesprochenen Satz herrschte für einen Moment Stille. Dann folgte ein Räuspern und vernehmliches Luftholen. «Nun ja», sagte Aznurjan, «wenn Sie wünschen.» Sein Ton klang würdevoll. «Aber wir wissen es beide, ich bin nicht der Richtige für diesen Dienst. Es braucht einen Wächter, einen», wieder ein Räuspern, «ja, einen kräftigen großen Wächter. Schicken wir doch Nikol und den jungen Brehm, der kennt sich auf der Strecke noch gut aus.»

Nun atmete Ludwig heftig ein, Richard warf ihm einen amüsierten Blick zu. «Keine Sorge», raunte er, «für solche Aufträge gibt es Männer, die im Umgang mit Dieben und Schlägern versiert sind. Alfred!», endlich nahm er die letzte Stufe und trat in das Kontor, «deine Stimme hört man im ganzen Treppenhaus. Vielleicht sollten wir solche Angelegenheiten weniger öffentlich besprechen, sonst macht sich gleich jemand bereit, im richtigen Zug mitzureisen, der kaiserliche Teppich bekommt Beine und ist schon vor San Stefano wieder ausgestiegen und verschwunden oder unterwegs zu einer Auktion in Paris oder London. Wegen Ihrer Sorge, Victor», wandte er sich an Aznurjan, «die *Marie France* hat am Nouveau Quai festgemacht. Für uns sind Ballen aus Smyrna an Bord, vielleicht ist der Teppich für Ihre Kaiserliche Majestät dabei.»

Victor Aznurjan nahm sich kaum Zeit, nach seinem Hut zu greifen, seine Schritte auf der Treppe waren schneller verklungen als der Schrei einer vorbeisegelnden Möwe.

Alfred Ihmsen erhob sich aus dem bequemen Drehstuhl hinter seinem Schreibtisch, einem wahren Veteran aus dunkler Eiche mit Löwenfüßen. Das tiefgrüne Linoleum auf der Schreibplatte zeugte vom jahrzehntelangen Gebrauch, an diesem Vormittag verschwand es fast gänzlich unter Bögen mit Listen, einer aktualisierten Währungsumrechnungstabelle, englischen und deutschen Kaufhauskatalogen und akkurat nebeneinander ausgebreiteten Musterzeichnungen.

«Wie sieht es am Hafen aus», fragte er, «habt ihr mehr Soldaten als sonst gesehen?»

«Türkische?» Richard legte den Stapel Briefe und Telegramme, den er und Ludwig vom Deutschen Postamt mitgebracht hatten, auf den Empfangstisch, warf seinen Hut zielsicher zum Kleiderständer und öffnete sein Jackett. «Nein. Eigentlich gar keine, aber ich habe nicht darauf geachtet.» Er wandte sich an Ludwig. «Haben Sie Soldaten gesehen?»

«Einige, eher weniger als in den letzten Wochen.»

Alfred nickte zufrieden. «Aznurjan fand, auf seinem Weg heute Morgen seien ihm besonders viele begegnet. Auch die Nachrichten aus Smyrna über die dortigen Konflikte wegen der Armenier ... er ist immer in Sorge. Nun, wir vertrauen am besten weiter auf Lydias Auskunft, dass dort wieder alles ruhig ist, jedenfalls in Smyrna. Du lässt es mich wissen, wenn du neue Nachrichten von den Kindern hast?» Er wischte ein besorgtes Atemholen weg. «Wie wäre es mit einer Tasse Kaffee? Türkischer Kaffee. Mit viel Zucker.»

———

Auch Sergej Michajlow dachte just in diesem Moment an Kaffee. Die beiden Teegläser auf dem Tisch vor ihm waren leer, nun wollte er etwas Kräftigeres. Für ein *nastrowje!* auf diesen erfolgreichen Tag. Er lehnte sich zurück, blinzelte in die Sonne und winkte nach dem Kellner. Er mochte Tee, selbst wenn er ganz anders schmeckte als dort, wo er zu Hause war. Türkischer schmeckte dünner, weniger aromatisch, aber vielleicht trog ihn nur die Erinnerung. Er überlegte, ob man einen Geschmack genauso sicher erinnern konnte wie die Zeilen eines Gedichtes. Wahrscheinlich nicht. Und Bilder? Nein, das wiederum wusste er sicher. Bilder, die man im Gedächtnis bewahrte, waren äußerst trügerisch.

Er hatte gelernt, genau hinzusehen, also wirklich zu

sehen, was er sah, besonders in den Details, und was er gesehen hatte, für sich zu bewahren. Das war das Wichtigste und eine gute Schule weit über die Arbeit mit dem Zeichenstift hinaus.

Wenn er es an der Zeit fand, diese Fähigkeiten wieder zu üben, weil er bemerkt hatte, wie er darin nachlässig wurde, notierte er sich etwas, das er gesehen hatte, dessen Bild in seinem Kopf verwahrt wurde, und überprüfte es an der Realität. Das konnten ganz banale Dinge sein, die machten ihm sogar Vergnügen, denn es war angenehm, wenig Fehler zu finden.

In der letzten Zeit war er dazu am liebsten die mehr als zweihundert Stufen zur Spitze des Serasker-Turmes neben dem Kriegsministerium und einen Katzensprung vom Kapalı Çarşı entfernt, dem Großen gedeckten Basar, hinaufgestiegen. Der Rundblick über die ganze Stadt und ihre Vorstädte, die Kuppeln und Minarette der großen Moscheen, nach Westen über die immer noch gewaltigen Ruinen der Landmauer, nach Osten und Süden über das Marmarameer und bis nach Asien hinüber, war einfach grandios. Jedoch waren die Bilder abhängig vom Wetter und dem Stand der Sonne ständig veränderlich, deshalb zog er es vor, die Genauigkeit seines Blickes und seiner Erinnerung an dem zu prüfen, was am Fuß des Turmes unveränderlich blieb. Zum Beispiel die Entfernung von der östlichen Linie des Hauses mit dem ungewöhnlichen blauen Portal zum Exerzierplatz der Wachsoldaten des Ministeriums. Als Maß benutzte er die längere Seite eines rechteckigen Amuletts, das er an einer Uhrkette trug. Oder er prüfte die Anzahl der Fenster im mittleren Stockwerk des nächsten Steinhauses, die Farben der Markisen einiger benachbarter Gebäude.

Farben waren besonders schwer exakt zu erinnern, sie veränderten sich nicht nur mit dem Tageslicht, sondern waren ganz eigenen, nämlich individuellen Einflüssen unterworfen. Jemand hatte erzählt, es hänge von den Stimmungen der Seele ab, wie ein Mensch Farben wahrnehme. Das fand er interessant und auch plausibel. Sagte man nicht: Der sieht rot vor Wut? Oder: Jemand ist in schwarzer Stimmung? Gelb vor Neid?

Er war meistens mit Zeichenstift und Farbkreiden unterwegs, seltener mit dem Aquarellkasten, der erforderte zu viel Aufwand. Er mochte das, dennoch hatte er die Malerei nie sehr ernst genommen. Inzwischen wurde sie immer interessanter. Wenn er ehrlich mit sich war, was ihm hin und wieder unterlief, verstand er, dass es weniger um die Ergebnisse auf dem Papier oder an der Staffelei ging. Vielmehr ging es um das, was er dabei herausfand, über die Menschen, über das Denken ganz allgemein, das Erkennen und Erinnern. Er mochte das Theoretische, das war schon immer so gewesen.

Er mochte auch die Frauen. Allmählich kam er in das Alter, in dem ein Mann sich vorstellen konnte, die Vielzahl für die Eine loszulassen. Er wurde es müde, den Don Juan zu spielen. Das war eine schöne, oft nützliche Rolle, aber eben nur eine Rolle. Die Geschichte kannte er gut und in allen Facetten. Als Oper hatte er sie in Odessa erlebt, *Don Giovanni*, daran erinnerte er sich genau, aber ungern. Die Stimmen waren zu schrill gewesen, laut und ohne Schmelz, und dann das erbarmungslose Ende? Er fand darin keine tiefere Gerechtigkeit.

Welch kindliche Gedanken schlichen sich da ein? Das musste an Mademoiselle Bonnard liegen. An grünen Augen über einem leicht um die Schultern liegenden grünen Shawl, kastanienfarbenem Haar unter einem vorwitzigen Hut.

Endlich kam der Kellner, und er bestellte starken türkischen Kaffee, ohne Zucker, mit einer Prise Kardamom. Er brauchte die würzige Bitterkeit nach dieser süßen Stunde. Wäre es schon nach Sonnenuntergang, würde er auch einen Brandy bestellen. In diesem Kaffeehaus nicht weit von der Pont Neuf und dem Galata-Quai trafen sich gern englische Seeleute und Männer von der britischen Hafenverwaltung, nach Sonnenuntergang war die Brandy-Flasche hinter dem Tresen kein Tabu, und in den kleinen Gläsern war der Brandy, wie er hier ausgeschenkt wurde, kaum von schwarzem Tee zu unterscheiden. Letztlich interessierte in diesen Teilen der Stadt das muslimische Alkoholverbot ohnedies kaum jemanden. Drüben, jenseits der Brücke, sah es damit anders aus.

Er nahm den obersten Bogen auf und betrachtete das Frauengesicht. Er war kein Rembrandt, auch kein Ilja Repin, den er im Übrigen für überschätzt hielt, trotzdem konnte sich dieses Profil Mlle. Bonnards sehenlassen. Es gefiel ihm sogar selbst. Natürlich wollte er es ihr schenken. Es ihr verehren. Frauen mochten so etwas.

Sie hatte sich sehr plötzlich verabschiedet, sie komme schon jetzt zu spät zu einer Verabredung, hatte sie erklärt und war ganz undamenhaft davongehastet. Gleichwohl grazil und leicht, er hatte ihr gerne nachgesehen. Noch lieber hätte er ihr länger zugehört. Sie erzählte so lebendig, sie sprach in Bildern, ohne das Sachliche, die Theorie zu vernachlässigen. Das Bildliche und das Theoretische? Das schien heute sein Thema zu sein.

Ihr Aufenthalt in Saloniki war von recht kurzer Dauer

gewesen, kaum drei Wochen, wenn er es richtig verstanden hatte. Sie war mit der schläfrigen Dame gereist, um deren Verwandte zu besuchen, eine offenbar überaus muntere jüdische Familie, die ihre Traditionen und ihren Glauben in liberaler Weise lebte und praktizierte. Sie war als Kind getauft worden, als ihre Eltern zum Christentum konvertiert waren.

Mlle. Bonnard hatte interessante Menschen getroffen. Wirklich interessante Menschen. In Saloniki mit seinem bedeutenden Hafen und der Nähe zu den seit langem unruhigen Balkanregionen, den blutig niedergeschlagenen Aufständen, waren zahlreiche türkische Soldaten stationiert, das hatte für die Hohe Pforte, die Regierung des Sultans, womöglich nicht nur Vorteile, die nächsten Jahre mochten es zeigen.

Die Hälfte der Bevölkerung Salonikis war jüdisch, so hieß es jedenfalls, überwiegend Ladinos, manche auch konvertiert. Und die Bulgaren – über die Bulgaren und ihren langen, immer wieder blutig niedergeschlagenen Kampf um die Freiheit vom Osmanischen Reich wusste er eine Menge, aber letztlich wenig Verlässliches aus der jüngsten Zeit. So vieles änderte sich ständig, und die Zensur der Zeitungen und Bücher tat ein Übriges, die Wahrheit vielfältig erscheinen zu lassen. Bulgaren waren für die dortigen Bombenattentate der jüngsten Vergangenheit verantwortlich, das schien sicher. Auch ein französischer Dampfer war im Hafen zur Explosion gebracht und versenkt worden, viele Europäer auf der Flucht vor den Unruhen waren an Bord der *Guadalquivir* gewesen. Fast alle waren gerettet worden, was als ein Wunder gepriesen wurde, vereinzelt auch als Zeichen, dass die Sache der Bulgaren, überhaupt der

Widerstand gegen die Hohe Pforte nicht gerecht sei. Auch die Filiale der Banque Impériale Ottomane war zerstört worden, nur ein Krater war geblieben – und schon durch einen Neubau ersetzt. Vieleicht stimmte es, wenn man sagte, Bomben veränderten letztlich nur die Oberfläche.

Einerlei – er war nur ein Maler, solch einen Mann ging die Politik wenig an. Trotzdem wollte er ihr unbedingt weiter zuhören, der Mademoiselle Bonnard. Milena. Ein poetischer, sehr weiblich klingender Name. Morgen vielleicht, besser übermorgen. Er wusste ja, wo er sie fand. Sie und die charmante Madame. Wie war der Name gewesen? Mme. Labarie?

Er legte behutsam die Zeichenbögen zusammen, schob sie in die Mappe mit dem schwarzen Ripsband und hielt wieder das Gesicht in die Sonne, er lauschte auf die Menschen und die Möwen, überlegte flüchtig, welche Spezies mehr lärmte, lauschte auch dem heiseren Tuten der Fährdampfer und nippte zufrieden an seinem Kaffee. Der war von genau der richtigen Bitterkeit. Und sehr belebend.

5. KAPITEL

Milena sah fragend auf, als ihr Schüler das große Heft wegschob, anstatt weiter die Sätze daraus vorzulesen, die sie am Ende der letzten Russischlektion für seine Übungen hineingeschrieben hatte. Er blickte sie mit einem seiner komischen kleinen Schnaufer an, die Milena gewöhnlich als Bitte um Nachsicht verstand. Auf diesen Heftseiten zeigte schon der erste Blick, welche Zeilen von ihr und welche von ihrem Schüler geschrieben worden waren – hier ordentliche kyrillische Buchstaben, dort schwer deutbare Krakel, die vor allem von Ungeduld zeugten.

«Milena – erlauben Sie, dass ich Sie heute auch ‹meine Liebe› nenne?» Alfred Ihmsen zog ein bittendes Gesicht. «Ich fürchte, ich muss es nun endgültig einsehen. Mein sturer Kopf ist nicht in der Lage, Russisch zu lernen. Ich begreife es, aber ich vergesse das Gelernte gleich wieder oder bringe alles durcheinander. Dabei sind wir noch nicht einmal bei der Grammatik angekommen, von der versichert mir jedermann, die sei komplizierter als im Kantonesischen. Ich käme niemals auf die Idee, Kantonesisch zu lernen.»

Milena spürte eine Enge in der Kehle. Um gut zu leben und auch regelmäßig kleine Pakete mit schönen Dingen wie einen Seidenshawl oder feinen ägyptischen Zigarettentabak nach Paris schicken zu können, brauchte sie diesen Unterricht. Sie wusste, wie solche Sätze weiter lauteten, besonders wenn sie mit einer vertraulichen Schmeichelei eingeleitet wurden. Womit sie im Prinzip recht hatte, dieses Mal allerdings irrte.

Ihmsen blätterte in seinem Heft, als suche er nach den Beweisen für seine Unfähigkeit. Im Kontor war es still. Weder ein Fernsprechapparat noch eine dieser klappernden Schreibmaschinen, von denen man vor allem aus Amerika hörte, hatten den Weg in diese Etage über dem Hafen gefunden, was Boten und Schreibern Arbeit erhielt. Milena hörte nur das Ticken der Uhr aus Richard Witts Büro. Die Schreibpulte standen verlassen, auf der Treppe hatte sie Stimmen aus dem Teppichlager gehört, die dort die Lösung irgendeines Problems erörterten.

Tatsächlich war es dem alten wie dem jungen Chef des Unternehmens so ganz recht. Natürlich fanden sie Maschinen ungemein nützlich und wollten den Fortschritt nicht aufhalten, sondern befördern, auf Versammlungen der Kaufleute und mit Vertretern der Konsulate wie in ihren Clubs oder privaten Rauchzimmern fochten sie entschieden für die Modernisierung der Hafen- und Speicheranlagen, für ein Elektrizitätswerk, Dampfkräne und ausgebaute Becken und Quais, wie sie in den großen Häfen Europas längst üblich waren. Aber ihr Kontor war ebenso ihr Zuhause wie die Villen und der Garten in Pera, darin verzichteten sie gerne auf ständiges Geklingel und Geklapper.

Sie mochten den alltäglichen Lärm vom Leben auf dem Quai und in den Straßen, der sie hier oben nur gedämpft erreichte, die Schreie der Möwen vor den Fenstern, sogar das Donnergrollen der Sommergewitter, das hier näher klang und nur ängstigte, wenn die Blitze gar zu wütend über den Himmel zuckten. Richard Witts Respekt vor den göttlichen Naturgewalten, so nannte er es, war größer, weil er ihnen auf seinen Reisen öfter und erbarmungsloser ausgesetzt gewesen war.

Der runde Tisch mit den bequemen Stühlen, an dem die Herren Ihmsen und Witt Besucher und Kunden empfingen, passte auch gut für den Unterricht, den der Seniorchef bei Mlle. Bonnard nahm. Er erlaubte sich, sie Mlle. Milena zu nennen, was sie lächelnd akzeptiert hatte, da er nicht so taktlos gewesen war, sie aufzufordern, ihn Alfred zu nennen. Sie hatte früh gelernt, die Feinheiten der Grenzen zum Erlaubten zu erkennen, und wusste sich zu schützen. Der Unterricht im Kontor allein mit einem Menschen männlichen Geschlechts von mehr als sechzehn Jahren war ohnedies mehr als hart an der Grenze. Da die Wände in der Kontor-Etage jedoch ab der halben Höhe verglast waren, fand der Unterricht quasi öffentlich statt, stets vor den Augen des Kompagnons, der Angestellten und Besucher. Zudem betrat immer, wenn ein Drittel der Stunde absolviert war, eine streng blickende griechische Dame von schlichter, um nicht zu sagen grauer Vornehmheit das Kontor und brachte einen Imbiss «für den Herrn und das Fräulein».

Herr Ihmsen hatte sie als Frau Stephanides vorgestellt, den guten Geist seines Hauses, und Milena hatte gleich bemerkt, dass er selbst sie Frau Aglaia oder auch nur Aglaia nannte, wobei sich im letzten Fall die rechte Augenbraue des guten Geistes um eine Nuance hob. War der Imbiss serviert, zog sie sich in das verglaste Nebenkabinett zurück, um Schreibarbeiten zu erledigen. Ihre Schrift war akkurat – selbst die Häkchen an den Buchstaben fielen weder zu lang noch zu kurz aus, ihre Feder kleckste nie.

Bevor Milena etwas sagen konnte, fuhr Ihmsen fort: «Ich mag diese Sprache und will den Unterricht nicht völlig beenden, ich möchte ihn nur etwas verlagern und hoffe auf Ihre Zustimmung. An mich sind Ihre Zeit und Ihre Talente verschwendet, für beides habe ich eine bessere Verwendung.»

«Also wollen Sie nicht mehr nach Russland fahren? Sie hatten gesagt, sie wollen für Ihre nächste Russlandreise besser gerüstet sein.»

Er hob bedauernd die Hände. «Da werde ich unterwegs wieder einen Dolmetscher brauchen, einen verlässlichen. Deshalb – na, wenn man vom Teufel spricht.»

Die Stimmen kamen rasch auf der Treppe näher, nun ging es um die Bögen mit den Teppichmustern, die auf Ihmsens Schreibtisch lagen, nämlich um die Frage, ob ein Orientteppich noch ein Original sei, wenn das Muster nach Bestellung und nicht mehr in einem für die jeweilige Region traditionellen Stil geknüpft werde. Das war keine neue, aber eine nach wie vor aktuelle Diskussion. Richard Witt war lange ein strikter Verfechter der klassischen Musterzuordnung gewesen, inzwischen tendierte er zu mehr Liberalität. Ihmsen & Witt führten kein Museum, sondern ein Handelsunternehmen, betonte er gerade, als er an der Spitze der Kontor-Belegschaft in das Entree trat. «Der Kunde ist nicht immer König, das wäre bald das Ende kostbarer alter Traditionen und dieses unvergleichlichen Handwerks. Dennoch müssen wir eine Mitte finden, auch den Zeitläuften zu entsprechen.»

Nicht der zur Aufregung neigende Aznurjan war es, der Einspruch erhob. Avram Nikol widersprach mit seiner leisen, stets ein wenig monotonen Stimme einer zu starken Anpassung an Kundenwünsche, schon weil die sich alle Tage änderten. Ein guter Teppich erfordere aber monate- oder jahrelange Arbeit.

«Wenn die Muster beliebig werden, geht zu viel von dem Besonderen verloren, dann muss auch der Preis geringer sein, obwohl genauso viel Arbeit nötig war. Und wenn Sie noch eine persönliche Meinung erlauben, Herr Witt», Nikols Stimme wurde noch ein wenig sanfter, «Waren von bester und besonderer Qualität bilden erst den guten Geschmack und die Feinheit der Empfindungen.»

Ihmsen lauschte der Stimme und nickte zufrieden. Natürlich hatte Richard recht, aber Nikols Gedanken trafen seine eigenen.

Der Mann aus Bessarabien war ein guter Griff. Er arbeitete erst ein knappes Jahr im Kontor, ein stiller dunkler Mensch, der fleißig seiner Arbeit nachging; das noch junge Gesicht stand im Gegensatz zu schon fast weißem Haar. Er war mit seiner Frau, den beiden Töchtern und seinem jüngsten Bruder geflüchtet, als die Pogrome im Süden des Zarenreichs immer erbarmungsloser wurden, als auch die letzte Hoffnung auf ein Leben erschlagen war. Das jüngere Mädchen hatte die Angst und die Strapazen der Flucht nicht überlebt. Wären sie geblieben … Diesen Satz beendete Nikol nie. Womöglich konnte er das nicht einmal für sich selbst.

Der Rabbi der Zülfaris-Synagoge in Karaköy westlich der Pont Neuf hatte ihn empfohlen, und Alfred Ihmsen hatte gedacht, ein gutes Werk zu tun. Er mochte den Rabbi und fühlte sich gern generös, auch wenn es um Angehörige anderer Religionen ging als seine eigene, was sich bei den zahlreichen Glaubensrichtungen in dieser Stadt ohnedies anbot. Doch Nikol hatte sich als ausgezeichneter Buchhalter erwiesen, er kannte sich ein wenig mit Teppichen aus, besonders mit den kaukasischen, so war er von Anfang an ein Gewinn für das Kontor. Auch sonst hatte er sich in die Konstantinopler Usancen eingefügt. Seine Tochter besuchte die jüdische Mädchenschule, sein Bruder die Jungenschule im letzten Jahrgang. Nikol hoffte, dass er Jurist werde, die neue Zeit machte hier vieles möglich, allerdings hieß es, der Junge wolle sich lieber auf die Weiterreise nach Palästina vorbereiten.

Ihmsen lehnte sich wohlig in seinem Stuhl zurück und strich zufrieden über seinen Kinnbart. Er dachte an seinen Kutscher, seine beiden Gärtner, die türkischen Hauswächter und Helfer im Lager, Aznurjan und nicht zu vergessen Frau Aglaia – Alfred Ihmsen mochte diese Gesellschaft in seinem Haus. Er möge nur gut achtgeben, hatte neulich einer der Herren im Klub Teutonia gesagt, eines Tages werde dieses vermischte Völklein noch aufeinander losgehen, man wisse doch, wie das sei, wenn sich die Nationen zu eng begegnen oder sogar vermischen.

Er hatte darüber gelacht und dem anderen schon im Gehen jovial die Schulter geklopft. Dann war er doch noch stehen geblieben und hatte erklärt, es sei eine bekannte Tatsache – so eine Mischung sei im Gegenteil den Geschäften in einem Kontor förderlich. In rein christlichen Unternehmen herrsche an Sonntagen und all den anderen Feiertagen Stille, alles bleibe liegen, nichts gehe voran. Bei Ihmsen & Witt sei das anders, die großen Religionen, die Juden, Christen und Muslime, feierten an unterschiedlichen Wochentagen ihre religiösen Ruhetage, in der Stadt werde oft beklagt, wie sehr das den Ablauf der Geschäfte und die nötige Geschäftigkeit behindere. In seinem Kontor und auch im Lager sei immer jemand verfügbar, selbst während des Ramadans. Er finde das fabelhaft.

Als Letzter kam Ludwig aus dem Lager herauf. «Da ist nun auch Brehm. Brehm, Sie kennen Mlle. Bonnard? Jedenfalls haben Sie von meinem Versuch gehört, Russisch zu lernen. Mademoiselle und ich haben nun beschlossen, dass Sie statt meiner die Lektionen übernehmen. Ab sofort. Oder ab morgen? Von mir aus ab der nächsten Woche. Auf ein paar Tage kommt es nicht an. Was meinst du dazu, Richard?»

Der begrüßte Milena, inzwischen standen alle um den runden Tisch herum, Aznurjan schob Ludwig nach vorne und wurde sofort unsichtbar, das Schicksal klein gewachsener Leute in hinteren Reihen.

«Ich fürchte, dann muss Brehm sich verdreifachen», erklärte Richard amüsiert. «Er möchte nämlich Türkisch lernen, um sich mit Wasserverkäufern, Trägern und Schuhputzern in ihrer Sprache zu unterhalten, dabei dachte ich immer, die Hanseaten tragen die Nase zu hoch für Gespräche mit Schuhputzern. Du möchtest, dass er für dich Russisch lernt, und ich habe einen dritten Vorschlag: Bevor er sich auf eine neue Sprache einlässt, sollte er sein Französisch aufpolieren. Das braucht er jeden Tag. Wenn Mademoiselle Bonnard einverstanden ist, den Russischunterricht gegen Stunden in französischer Konversation zu tauschen, wäre allen gedient. Und wenn Russisch nötig ist, wird Nikol einspringen», er berührte leicht Avram Nikols Arm, «obgleich er das aus gutem Grund nicht gerne tut. Für das Türkische bleibt Brehm immer noch Zeit.»

«Hmhm», brummte Ihmsen, «das ist ein Aspekt», und Milena, die schon länger geschwiegen hatte, als es für sie gewöhnlich war, fragte: «Und was sagt Monsieur Brehm dazu?»

Der bemerkte erst jetzt, dass alle, seit sie sich um den

Tisch versammelt hatten, ins Französische gewechselt waren. Unten bei den Teppichen war Deutsch gesprochen worden. Avram Nikol, dem als Aschkenasim das Jiddische die erste Sprache gewesen war, fiel das Deutsche leicht. Das Ladino, das viele Nachfahren der vor Jahrhunderten aus dem Spanischen eingewanderten hochwillkommenen Juden hier sprachen, wenn sie unter sich waren, war ihm hingegen fremd.

Victor Aznurjan sprach wie viele am Bosporus mehrere Sprachen, Deutsch gehörte für ihn natürlich dazu. Als sie aus dem Lager kamen und das Kontor betraten, hatte Ihmsen Französisch gesprochen und Milena als Mademoiselle vorgestellt, also wechselten alle ins Französische. So gut es ging.

Ludwig brauchte etwas länger, um so plötzlich die richtigen Vokabeln in seinem Kopf zu finden und zu Sätzen zusammenzufügen. «Französisch», sagte er endlich, «ja, französische Konversation wäre großartig. Wirklich hilfreich. Wenn Mademoiselle Bonnard dazu bereit ist?»

«*Avec plaisir*», sagte Milena, mehr an Alfred Ihmsen als an ihren neuen Schüler gewandt, «dann ist es also verabredet.»

Ludwig war ihr zuvor schon einmal auf der Treppe begegnet, als sie das Haus nach dem Unterricht verließ, er hatte sie nicht erkannt, ihr Hut hatte das Gesicht zu weit beschattet. Ein anderes Mal hatte er nur ihren Rücken gesehen, während sie mit Ihmsen über die Übungstexte gebeugt saß, ihr rotbraunes Haar. Jetzt, mit ihrem leichten amüsierten Lächeln, erkannte er in ihr den Schemen mit dem roten Tuch aus dem Zug und eine der Damen auf dem Perron an seinem Ankunftstag. Dass Mlle. Bonnard ihn wiedererkannte, erwartete er nicht. Für sie war er nur einer unter vielen Reisenden an keinem besonderen Tag gewesen. Ihr Lächeln zeigte Erleichterung, es würden weiter Päckchen mit Seidenstoffen, türkischem Konfekt, Tee oder dem feinen ägyptischen Tabak nach Paris gehen.

Alfred Ihmsen schob seinen Stuhl zurück und klappte das dicke Heft mit seinen russischen Vokabeln und Schreibproben vernehmlich zu. Es hörte sich endgültig an, er sah zufrieden aus.

«Vielleicht zeigen Sie unserem Neuling bei diesen Gelegenheiten auch die Schönheiten und Geheimnisse unserer Stadt, Mademoiselle Milena, was halten Sie davon? Diesseits und jenseits der Brücke, die asiatische Seite nicht zu vergessen. In der Praxis lernt es sich am besten. Da draußen im Leben.»

«Die Geheimnisse der Stadt? Die möchte ich auch kennenlernen. Nehmen Sie mich mit, Mademoiselle Bonnard? Als Dritte im Bunde?»

Edies Stimme kam von der Tür und klang sehr heiter. Niemand hatte ihr Eintreten bemerkt. Diesmal auch Richard nicht.

―――

William Andrew Thompson betrachtete seinen König, der sah ungerührt über seinen Untertan hinweg. Seit fünfeinhalb Jahren hing das Porträt an der Wand des Harbourmaster-Office, trotzdem kam es noch vor, dass es den Commander irritierte. Länger, als er zurückdenken konnte, hatte Queen Victoria regiert, ihr Bild hatte dort seinen Platz gehabt, wie in unzähligen Amtszimmern des Empires. Bei allem Respekt, im Alter war sie keine Schönheit gewesen, dazu mochte die jahrzehntelange Herrschaft über ein Weltreich beigetragen haben. Trotzdem hatte er ihr Porträt lieber in der Nähe gehabt als das ihres Sohnes. Ein alberner Gedanke. Ein Offizier diente der Krone, seinem König oder seiner Königin ohne Ansehen der Person im Besonderen und verwechselte sie trotzdem nicht mit Gott.

Wie meistens hatte er durch das Bild seines obersten Dienstherrn nur hindurchgesehen, nun konzentrierte er den Blick und dachte, Seine Majestät brauche einen besseren Coiffeur. Wäre der Commander so eitel, wie Mary ihm bei Gelegenheit unterstellte, hätte er nun auch gedacht, sein eigener Bart sei eindeutig der vollere und elegantere. Edward VII gab keine Antwort. Seine Majestät war zu weit entfernt, nicht nur in Meilen gemessen.

Auf allen fünf Kontinenten wurde im Namen der Krone gehandelt und verwaltet, auch Krieg verhindert, erklärt oder geführt – große Kriege wie seinerzeit auf der Krim oder kürzlich erst am Kap der Guten Hoffnung, oder Scharmützel überall in den Kolonien, auch in Irland natürlich, dieser ewigen Wunde. Und dann gab es die diskreten oder geheimen Kriege im Dunkel der Diplomatie, nicht zuletzt die unsichtbaren Gefechte, die selbst den Botschaftern und Konsuln verborgen blieben, dem goldenen Käfig Königshaus sowieso, zumindest in einigen hässlichen Details. Alle wussten, dass es sie gab, dass die zivilisierte Welt sich auch auf diese Weise drehte und drehen musste. Die Wege des Herrn sind unergründlich. War das aus Paulus' Briefen? Die Bibel lag wie in jedem guten christlichen Haus auf seinem Nachttisch, er hatte sie lange nicht mehr in der Hand gehabt und aufgeschlagen.

Einem dieser unsichtbaren Gefechte, einem kleinen Teil im großen Puzzle, drohte nun ein Verlust. Die Ängste des Sultans um seine Macht und sein Leben, hinter vorgehaltener Hand nannten es manche auch die Hysterie des Padischahs, führten zu immer mehr Verhaftungen, mal geschah es offen, häufig bei Nacht und Nebel als Verschleppung auf Nimmerwiedersehen. Der Sultan ließ Menschen einsammeln wie andernorts Brombeeren im Spätsommer, hatte neulich ein Sekretär aus der Botschaft gemurmelt. Inzwischen genügten ein vager Verdacht, ein dubioser Hinweis auf verschwörerische Gedanken. Es war eine große Zeit für Verleumder und leicht, einen Konkurrenten oder auf andere Weise unliebsamen Mann loszuwerden. Bis man womöglich selbst in eine solche Falle geriet. Die vergnügten Leute, die oben in Pera im Sommertheater den Salonliedern einer französischen Chanteuse lauschten oder sich bei einer österreichischen Operette und dem Fünf-Uhr-Tee amüsierten, wussten davon wenig – Europäer verschwanden bisher kaum auf diese Weise.

Der Mann, den der Commander gestern Abend hatte treffen sollen, war nicht gekommen. Auch heute Vormittag nicht. Was immer das bedeuten mochte – es gefiel ihm nicht. Er konnte hart sein oder ein Fuchs, ganz nach Notwendigkeit, er konnte auch gegen sein Gewissen als Mensch handeln, wenn es das Gewissen eines Soldaten und Patrioten erforderte, aber soweit er es sich erlauben konnte, bekümmerte ihn das Schicksal seiner Leute, ob sie Uniform trugen, einen eleganten Gehrock oder geflickte Lumpen. Vor allem mochte er kein Durcheinander. Das machte ihn zornig, das schwächte die Beherrschung und verführte zu Geschwätzigkeit.

Im Aufstehen zog er den Uniformrock glatt und verschloss das Tintenglas. Es war zu früh, eine Notiz zu machen. Morgen, vielleicht erst übermorgen. Oder gar nicht, das musste sich zeigen. Als Commander der British Royal Navy und Harbourmaster in Konstantinopel war er ein vielbeschäftigter Mann, hatte die Aufsicht und Verantwortung für alle britischen Belange im Hafen, am Bosporus und Goldenen Horn und durch die Dardanellen weit ins Mittelmeer hinaus, unterstanden ihm als Inspector of Police auch das Gefängnis und die Gerichtsbarkeit über britische Staatsangehörige, ob sie in Konstantinopel sesshaft waren oder als Seeleute auf den hier festmachenden Schiffen fuhren.

In seiner Familie wurde er nach der jeweiligen Nähe der Verwandtschaft gern Daddy oder Daddy Thompson genannt. Über den Widerspruch zu dem strengen Harbourmaster und Inspector of Police hatte er sich nie Gedanken gemacht. Er war früh in der Disziplin der Marine gedrillt worden und überzeugt, dies sei der richtige Weg zur Heranbildung eines starken Charakters, also vermied er es, sich allzu viele Gedanken zu machen, die nur zaudern und zweifeln ließen. Er war ein strenger, aber auch liebevoller Patriarch, er hielt sich an Regeln und erwartete dasselbe von seinen Mitmenschen. Welche Regeln? Seine Regeln. Denn die dienten der Gesellschaft, in der er lebte, der er sich verpflichtet wusste. Hin und wieder mussten sie an ihren Rändern der Zeit und sich verändernden Umständen angepasst werden, doch nie in ihrem Kern. Die häufige Verwendung seines Kosenamens Daddy konnte als Beleg dafür gelten, dass dieses System in seiner Familie funktionierte.

Er trat ans Fenster und sah auf die Straße hinunter,

in der uneingestandenen Ausschau nach einem bestimmten Gesicht in der Menge, obwohl sie einander niemals an einem offiziellen Ort treffen würden. Das Britische Konsulat, dem die Dienste, für die er stand, zugeordnet waren, befand sich etwa hundertfünfzig Schritte südlich des Galata-Turmes. In der Mittagszeit war nur ein Bruchteil der Menschen, Karren und Tiere zu sehen und zu hören, die sonst so nahe der Pont Neuf einem ständigen Jahrmarkt glichen. Er schob das Fenster weit auf, es roch nach Fisch, der auf zu heißer Glut gebraten wurde, und nach einer Melange von Gewürzen, die er nicht bestimmen konnte, nach Maultieren, Staub, Abwasser – ganz allgemein nach einer dichtbevölkerten frühsommerlichen Stadt im Vorderen Orient.

Er mochte das, er brauchte nie ein parfümiertes Taschentuch vor der Nase. Er lebte schon Jahrzehnte hier, den größeren Teil seines Lebens, hier war ihm Mary begegnet, sie hatte ihn geheiratet, was wirklich erstaunlich war, und es war gutgegangen, all die Jahre. Ihren Eltern hatten damals die Tropfen irischen Blutes in seinen Adern nicht gefallen, sie hatten nur zögernd zugestimmt, um es freundlich auszudrücken. Nur ein einziges Mal hatte Mary ihn daran erinnert, nämlich als es um Edies entschlossenen Wunsch ging, einen Deutschen zu heiraten, einen Teppichhändler, Witwer und Vater von zwei Kindern. Edie war schon immer ein mutiges Kind gewesen, mit offenen Sinnen und großem Herzen. Marys Tochter.

Seine Kinder waren alle hier geboren worden, eines begraben. Sie waren wohlgeraten, auch Harold fand von der Absturzkante zurück auf einen ordentlichen Weg, daran glaubte er fest. Dass Edith, seine kleine Edie, einen deutschen Teppichhändler heiratete, war nicht nach seinem Plan gewesen, aber letztlich doch eine gute Entscheidung. Er schätzte Alfred Ihmsen schon lange, inzwischen schätzte er auch Richard Witt als ruhigen und zuverlässigen Mann mit Prinzipien ohne den Hang vieler seiner Landsleute zu preußischer Säbelrasselei.

Es gab eine Menge Leute, die nicht verstanden, wieso William Thompson dieser Wahl seiner Tochter nachgegeben hatte. Als hochrangiges Mitglied der Marine und wichtiger Mann in der britischen Community am Bosporus? Andererseits gab es keine zweite Stadt, in der so viele verschiedene Völker und Nationen lebten. Wenn die meisten auch nicht zuletzt wegen der Religion neue Familienmitglieder unter der eigenen Community wählten, war eine deutsch-englische Ehe kein Anlass zu Unruhe.

Andere, deutlich leisere Stimmen hielten die Entscheidung sogar für einen schlauen Coup, wie er für den alten Thompson typisch war. Bei all den seit Jahrzehnten bestehenden verwandtschaftlichen Verbindungen und persönlichen Freundschaften zwischen Briten und Deutschen auch im Orient wuchsen Konkurrenz und Misstrauen parallel mit den rapide wachsenden Spannungen zwischen den europäischen Reichen und ihren herrschenden Familien. König, Kaiser, Zar, Brite, Deutscher, Russe – alle miteinander verwandt, direkt oder durch ihre Ehefrauen, zumeist schon seit Generationen. In diesen Jahren zeigte sich wieder, wie sehr Familienromantiker irren konnten. Aber London, Berlin und Sankt Petersburg waren weit – natürlich nicht wirklich in Zeiten der Telegraphie, der Eisenbahnen und schnellen Dampfschiffe, aber doch schien es so, und bei aller Konkurrenz und Fehde zwischen herrschaftlichen Cousins, ihren Ministern und Beratern und dem entschiedenen Aufrüsten der Kriegsflotten musste doch für Europa die Vernunft siegen. Man befand sich im 20. Jahrhundert, und der Krieg zwischen Japan und Russland, ein grauenvolles Gemetzel, die blutigen Unruhen in China, der Aufstand der sogenannten Boxer gegen die Herrschaft der Fremden, das Christentum und die Industrialisierung, und immer wieder auf dem Balkan, im Kaukasus und im Süden des Zarenreichs hatten doch gezeigt, im Ausland und in den Kolonien gab es viele Fronten, die verteidigt werden mussten. Und in China, auch früher auf der Krim, hatte sich wiederum gezeigt, wie viel erreicht werden konnte, wenn die europäischen Nationen zusammenstanden. Oder sich zusammenrauften.

Zwischen den Palästen und Parlamenten in London und Berlin herrschte eine schon mehr als latente Eiszeit, das war auch am Bosporus oder in Marokko deutlich spürbar, und es stand zu befürchten, aus der Latenz werde etwas Manifestes. Er wollte da nicht mittun, und sei es nur Edie zuliebe. Als Privatmann außerhalb der Amtsräume hätte er das gerne so entschieden. In seinen offiziellen Funktionen galten nur sein Eid und der natürliche Vorrang seines Landes. Aber als Offizier in hohem Rang gab es für ihn doch nichts, was nur privat war. Und was sich in Deutschland derzeit entwickelte, animierte wahrlich nicht zur Zucht von Friedenstauben.

Edie. Er hatte sich immer um sie gesorgt, gerade weil sie mutig war, zu abenteuerlustig für ein Mädchen, besonders seit Miss Bell bei ihnen zu Besuch gewesen war. Die Ehe hatte sie zur Ruhe gebracht, das freute ihn, es sprach für die Verbindung mit Richard. Er hatte sich geirrt, und Mary hatte recht gehabt, in diesem Fall war ihm das eine große Erleichterung. Allerdings sollte Edie längst guter Hoffnung sein. Kinder machten sesshaft und zufrieden, natürlich auch Sorgen, dennoch ...

Er reagierte erst auf das zweite Klopfen. Wouk, der jüngste seiner Unteroffiziere, brachte die Post, die allgemeine vom Britischen Postamt und die interne über die eigenen Dienste und Kuriere der Botschaft. Ein Brief, nur ein gefalteter und versiegelter Bogen mit dem Kopf des Pera Place Hotels, war an ihn persönlich adressiert. Er riss ihn hastig auf – und ließ den Bogen wieder sinken. Keine erwartete Botschaft, keine Nachricht.

Christopher Smith-Lyte war der Absender. Er «ersuchte höflichst» um die Erlaubnis zu einem Besuch. Bevor er zu Ausgrabungen nach Syrien, dem Libanon und Transjordanien weiterreise, halte er sich einige Zeit in Konstantinopel auf. Er bringe Grüße aus London, auch einen Brief für Mrs. Edith Witt von ihrer Freundin Miss Thayer vom St. Hilda's College in Oxford. Er habe vor einigen Jahren selbst das Vergnügen und die Ehre gehabt, Mrs. Witt, damals noch Miss Thompson, kennenzulernen.

Der Commander wusste nicht, wer dieser Smith-Lyte war, er kannte den Namen, irgendwie, aber er erinnerte keine dazugehörende Person. Mary würde es wissen, sie wusste solche Dinge immer. Dieser Mensch konnte nur eine Bekanntschaft aus Edies London-Aufenthalt sein, womöglich ein entfernter Verwandter aus Marys Familie. Da gab es im Gegensatz zu seiner viele.

Er setzte sich wieder an den Schreibtisch, fixierte seinen König – dieser Schnurrbart war wirklich unschön, die Enden standen ab wie struppiger Besenreisig – und dachte nach. Zufälle. Nun gut. Es hieß, schlösse sich eine Tür, öffne sich bald eine andere. Er glaubte nicht an solche Zusammenhänge, aber er glaubte an Zufälle. Was wäre die Welt ohne die ununterbrochene Kette von Zufälligkeiten? Wohl ein ziemlich toter Ort. Der Herr Archäologe reiste also zu Ausgrabungen in Syrien und Transjordanien? Oder im Libanon? Seltsam, wenn das noch nicht entschieden war, andererseits – wie bemerkenswert. Es könnte sehr nützlich sein zu erfahren, was Smith-Lyte dort beobachtete. In jedem Fall bedeutete es eine lange und höchst interessante Reise. Bis Troja und Ephesos war es dagegen nur ein Katzensprung. Aber dahin reiste ja auch jeder Hans und Franz.

Wer die arabischen Gebiete besuchen wollte, fuhr von England gewöhnlich mit dem Dampfer und ging in Beirut an Land, auch in Alexandria oder Port Said – wer ließ schon Ägypten aus? Mr. Smith-Lyte reiste also über den Umweg Konstantinopel. Die Archäologie war doch ein weites Feld. Unter den Männern, die die Vergangenheit ausgraben wollten, musste man auch Freigeister argwöhnen, zu erzählen hatten sie alle viel. Auch besonders gute Augen, für Kleinigkeiten im Staub der Jahrtausende wie für das große Ganze. Er erinnerte sich besonders an den Baron Oppenheim in Alfred Ihmsens Herrenzimmer, ein wirklich außerordentlicher Mann an einem interessanten Abend. Der Kölner Freiherr neigte nicht übermäßig zur Bescheidenheit, dennoch hatte er stets darauf geachtet, was er von seinen Plänen für Grabungen und seinen Überlegungen zum Osmanischen Reich preisgab, besonders von der Stimmung unter den arabischen Führern, mit denen er wohl tatsächlich auf so vertrautem Fuß stand, wie er vorgab. Ohne einen Engländer in der Zigarrenrunde, nur unter Deutschen, wäre das Gespräch sicher anders verlaufen.

So war es eben. Der Commander nickte. Selbstverständlich handelte er umgekehrt ebenso.

Er zog den Stopfen wieder aus dem Tintenglas, nahm einen der Bögen mit dem Briefkopf des Konsulats und tauchte die Feder ein.

———

Die Rufe der Muezzins, die allermeisten von Stambul jenseits der Pont Neuf, waren verklungen, die Nacht schlich heran. Er schloss das Heft mit den Notizen, seinen Lügenalmanach, wischte die Feder sauber und legte den Halter auf die Ablage. Wie immer wieder während der letzten Wochen, seit er das sogenannte Gästezimmerchen bezogen hatte, wunderte er sich noch, wie still es hinter der Mauer und den dichten Hecken des Anwesens war. Auch jetzt wehte der milde Wind nur Musikfetzen herüber, vielleicht einen altmodischen Walzer, aus der Ferne das unvermeidliche Hundegebell. Der Duft des abendlichen Gartens kam durch die weit geöffnete Terrassentür herein, der Abendstern zeigte sich am Himmel, Venus, Vorbotin der Nacht – und er versuchte, nicht daran zu denken, wer Hans Körner war.

Oder was Ludwig Brehm, der ferne Ludwig, gerade erlebte. Wie lange brauchte so ein Frachtdampfer bis nach Südamerika? Welchen Hafen würde er anlaufen? Und dann? Peru lag auf der anderen, der östlichen Seite des südamerikanischen Kontinents. Bis der Panama-Kanal fertig gebaut war und eröffnet wurde, falls das überhaupt jemals gelang, ging die Fahrt um das von Wind und Unwetter umtoste Kap Hoorn – es musste Wochen dauern. Aber sicher konnte man auch über Land reisen.

Er schlug das Heft noch einmal auf, überflog das gerade Notierte. Dann klappte er es zu, sicherte es mit einem fest verknoteten Band und steckte es in die kleine Kommode.

Heute hatte er endlich die Sache mit dem Hummer notiert. Gerade solche Nichtigkeiten verführten zu Nachlässigkeit und damit zu einander widersprechenden Behauptungen. Schon jetzt war es nötig gewesen, genau zu überlegen, was er zum Thema Sauce gesagt hatte. Schwadroniert war der treffendere Ausdruck.

Im Restaurantgarten des Grandhotel Novotny hatte der Pianist auf einem Podest unter Kübelpalmen dezent Operettenmelodien gespielt und auch englische Weisen hineingemogelt, Ludwig hatte zumindest eine Variante von *Auld lang syne* erkannt. Wie er sich da in einem der neuen Hemden und dem helleren der Anzüge von Ihmsens Schneider im Gartensessel zurückgelehnt hatte, ein Bein über das andere geschlagen, ein Glas Port vor sich auf dem Tisch, hatte er sich gefühlt, als passe er zu den Leuten, die sich erlesene Teppiche in ihre Villen legten. Nicht gerade die Vanderbilts oder die Rothschilds, aber die Hamburger Sievekings und die Bremer Bischoffs, was nur die beiden beschwipsten Herren in Trachtenjacken und ausgebeulten Kniebundhosen konterkarierten.

Alfred Ihmsen hatte ihn einigen Herren der Teutonia vorgestellt, der Vereinigung Deutscher in Konstantinopel. Ihr Clubhaus stand am südlichen Ende der Grande Rue de Pera und war Treffpunkt, Veranstaltungsort, Restaurant und auch Anlaufstelle für Neulinge «aus der Heimat». Zutritt war nur Mitgliedern oder als deren Begleitung gestattet. Niemand hatte ihn bisher zur Bewerbung um die Mitgliedschaft aufgefordert, das Treffen war gewiss aus diesem Grund arrangiert worden. Er musste sich etwas einfallen lassen, um gar nicht erst in diese Falle zu gehen. Ein Club mit lauter deutschen Mitgliedern, Damen und Herren, Familienfeste, Kegelabende, Konzerte, da wurden zweifellos ständig Erinnerungen an die Heimat ausgetauscht, anteilnehmende Fragen gestellt, Heimweh postuliert – so ein Ort war ein gefährlicher Platz für einen Lügner mit falscher Identität. Es war nahezu unmöglich, dass sich dort keine Hamburger einfanden.

Dieser Tage wurden dringend Herren für den Chor gesucht. Leider war die Fluktuation unter den Sangesbrüdern in den vergangenen Monaten groß gewesen, und das deutsche Liedgut sollte gerade hier gepflegt werden, am äußersten Rande Europas. Sangesfreudiger zeigten sich nur die Engländer, was man nicht auf sich sitzenlassen konnte.

Der jüngste der drei Herren, ein in den Schultern etwas steif wirkender Mann von vielleicht vierzig Jahren, diente als Attaché an der Deutschen Botschaft. Er trug ein Monokel an einer feinen goldenen Kette in der Brusttasche seines Rocks, wenn er seiner Rede besonderen Nachdruck verleihen wollte, nahm er es heraus und polierte es. Die anderen beiden Herren waren näher an Alfred Ihmsens Alter und erstaunlich dünn. Sie waren Kaufleute. Einer handelte mit den ungemein gefragten Singer-Nähmaschinen, der andere mit irgendwelchen Druckapparaturen, es hatte sich kompliziert angehört.

Das Gespräch drehte sich gerade um die dringend nötige Sanierung der Galata-Brücke, als Ludwig von einer Dame mit einem auffallend grün schillernden Shawl abgelenkt wurde, die im Schutz der Palmen das Restaurant verließ, es sah nach Hast aus. Er hatte Mlle. Bonnard gleich erkannt, ihren Begleiter leider nicht.

«Hummer», hörte er die Stimme des Attachés, «es gibt im Marmarameer ausgezeichneten Hummer. Wirklich erstaunlich. Bekommt man ihn dieser Tage auch in Ihrer Heimatstadt leicht?»

Ludwig hatte keine Ahnung, wieso es plötzlich um Hummer ging und, ohne zu überlegen, wieder einmal ohne zu überlegen, rasch behauptet, er esse natürlich gerne Hummer, und, ja, man bekomme ihn in Hamburg leicht. Dabei hatte er den Zigarettenrauch ausgeatmet und sich auf kühle Weise weltmännisch gefühlt. «Die besten kommen zurzeit von Helgoland, man serviert sie exzellent in Cölln's Austernkeller», hatte er lässig hinzugefügt, «obwohl mit der Küche des neuen Hotels Vier Jahreszeiten eine ernste Konkurrenz droht.»

Das hatte er vor einiger Zeit aufgeschnappt, als er vor Herrn Weises Office wartete, nur das mit den Vier Jahreszeiten war ihm gerade selbst eingefallen, ob es nun stimmte oder nicht, es klang gut und versiert.

Darauf entstand eine kleine Debatte um die am besten harmonierende Sauce. Die Herren einigten sich auf *sauce mayonnaise*, und Ludwig hörte sich sagen, er ziehe je ein paar Tropfen Zitrone und Olivenöl vor, das betone den zarten Geschmack des Hummerfleisches, anstatt ihn zu übertönen. Er hatte diese Formulierung wirklich originell und somit zum neuen Ludwig passend gefunden, obwohl er niemals Hummer gekostet und keine Ahnung hatte, wie man ihn verspeiste. Egal mit welcher oder ganz ohne Sauce.

Ludwig sah von seinen Notizen auf, als er plötzlich im Garten Bewegung wahrnahm und Stimmen hörte. Er konnte es immer noch nicht genau definieren, aber es klang ziemlich sicher türkisch. Ludwig lauschte konzentriert. Eine Indiskretion, wie sie ihm bis zu seinem Wechsel in dieses Leben kaum eingefallen wäre, jedenfalls hätte er sie sich nur in absoluten Ausnahmefällen erlaubt, in Notfällen, vielleicht auch im Falle unsicherer Liebe. Hier war er immer auf der Hut, der zu sein, der er sein sollte und unbedingt sein wollte, so lauschte er ständig und beobachtete, was geschah, wer ihm im Gewimmel in den Straßen oder am Hafen begegnete oder womöglich folgte. Manchmal war es anstrengend, meistens interessant, hin und wieder unterhaltsam. Inzwischen vergaß er die Aufmerksamkeit ab und zu, dann fühlte er sich wie ein ganz normaler Konstantinopler Europäer, wie ein Bosporus-Deutscher, so sagten die Leute hier. Vielleicht bezeichnete das aber nur Familien, die in der zweiten oder dritten Generation hier lebten, zumindest hier geboren waren. Zur Unterscheidung solcher Feinheiten brauchte er noch Zeit.

Doppelte Schritte auf dem feinen Kies des Gartenwegs, die Scharniere der kleinen Pforte in der Mauer murrten ganz leise. Von dort ging es in die Seitengasse, deren Namen er sich nicht merken konnte, die auch zu den Ställen und Remisen führte, in denen die Ihmsen'schen und Witt'schen Tiere und Wagen standen. Zwei Riegel wurden vorgeschoben, die Schritte kamen zurück, diesmal nur von zwei Füßen. Richard Witts helle Gestalt tauchte aus den Heckenwegen auf, er zögerte bei dem Jakaranda-Baum, dann ging er nicht zu seinem Haus zurück, sondern kam herüber zur Terrasse des Konaks. Eine der violetten Dolden des Jakaranda-Baumes hatte seine Schulter gestreift, schon müde Blütenblätter hatten sich in seinem Hemd verfangen.

«Guten Abend, Brehm», sagte er, «ein schöner Abend, nicht wahr? Sie erlauben doch?» Er trat aus dem Schatten der letzten Dämmerung, das Licht der Petroleumlampen fiel auf sein Gesicht und ließ es alterslos erscheinen. Anders als an gewöhnlichen Tagen trug er englische Breeches und halbhohe Reitstiefel, sein weißes Leinenhemd war weit geschnitten, in der Art, wie es manche einfache Türken trugen. An ihm wirkte es, als belebe er die Eleganz eines Landedelmannes des vergangenen Jahrhunderts neu. Ludwig wusste, ihm selbst konnte das nie gelingen, wenn er sich noch so sehr darum bemühte.

«Wenn ich störe, schicken Sie mich weg. Falls Ihnen aber der Sinn nach einem Glas Wein in Gesellschaft steht ...»

«Natürlich stören Sie nicht. Überhaupt nicht. Bitte», Ludwig erhob sich und zeigte mit einladender Geste auf einen der mit bequemen orientalischen Kissen gepolsterten Rattansessel, «für den Wein müssen wir nicht einmal Herrn Friedrich bemühen.»

Er brachte eine weitere Lampe heraus, holte die Zigarettendose, die Weinkaraffe und zwei Gläser von der Kommode und schenkte ein, bevor er sich mit dem neuen Gefühl, hier ein Gastgeber zu sein, selbst setzte.

Es war nicht das erste Mal, dass sie zusammen zu Abend aßen oder ein Glas Wein oder Sherry zur Nacht zusammen tranken, jedoch waren bisher immer noch andere dabei gewesen, Ihmsen, Edie Witt, häufig auch Gäste, einige Male Frau Aglaia, von Ihmsen genötigt. Dann saß die Hausdame mit dem Anflug eines Lächelns im strengen Gesicht auf ihrem Stuhl, hörte schweigend zu und erlaubte es, dass nicht sie, sondern einer der Herren das Einschenken übernahm. Das waren schöne, auf angenehme Weise belanglose Stunden gewesen.

So saß Ludwig nun zum ersten Mal allein mit Richard Witt bei einem Glas Wein, sie blickten von der Terrasse in die Dunkelheit des Gartens und den sich rasch nachtblau färbenden Himmel.

Obwohl es keinen Anlass gab, fühlte Ludwig eine vage Bedrohung, als könnte er gleich hören: Hans Körner, Sie elender Betrüger! Sie sind entlarvt, die Polizei ist unterwegs.

«Ich schätze Sie, Ludwig», hörte er stattdessen, «ich darf Sie doch Ludwig nennen? So ein milder Abend macht vertraulich. Ich schätze Sie», wiederholte er behutsam, «ja, und ich habe überlegt, ob ich Ihnen auch vertrauen kann. Sie haben etwas Ehrliches, ein ehrliches Gesicht.»

Er schwieg, nahm einen kleinen Schluck und legte den Kopf in den Nacken. «Ich bin bald wieder draußen», sagte er leise, als sei er mit seinen Gedanken schon dort, wo immer dieses «draußen» für ihn war.

«Ja, bald werden Sie reisen.» Ludwig fand es an der Zeit, auch etwas zu sagen. «Ich beneide Sie.»

«Tun Sie das?»

Ludwig nickte. «Sie lernen Land und Leute kennen, andere Dörfer und Städte und die Knüpfereien, die Natur ...»

«Nun», Richard nahm eine Zigarette, drehte sie zwischen Daumen und Zeigefinger, sog ihren Duft ein und legte sie auf den Tisch. Ludwig schob ihm sein Taschenfeuerzeug zu, aber er nahm es nicht. «Land und Leute.» Er gab sich einen Ruck und setzte sich aufrechter. «Ich mache das sehr gerne.»

Seine Stimme war wieder fest und ganz in der Gegenwart. «Tatsächlich brauche ich dieses ‹ganz draußen sein› ab und zu. Unter diesem Himmel. Weit weg von den Städten, dem, was wir Zivilisation nennen. Aber ich will Sie nicht mit dem weiten Land da draußen langweilen, eines Tages werden Sie vielleicht selbst reisen und eigene Bilder finden, falls Sie zu denen gehören, die sich Unbequemlichkeiten aussetzen, für die Belohnung ... einerlei, ich reite gern übers Land, und es ist nötig für unseren Handel. Mehr gibt es dazu nicht zu sagen. Aber diesmal», er wandte sich nun ganz Ludwig zu und zeigte das Lächeln, das ihn milde, freundlich und gelassen aussehen ließ, «diesmal sorge ich mich ein wenig, deshalb möchte ich Sie um etwas bitten. Und zugleich bitten, es nie zu erwähnen. Besonders nicht meiner Frau gegenüber.» Er lauschte den eigenen Worten nach und zögerte, bevor er fortfuhr: «Ich weiß, ich erwarte viel und hoffe trotzdem auf Ihre Zustimmung und Diskretion.»

Gewöhnlich verbrachte Edie die Zeit, wenn Richard nicht in Konstantinopel war, bei ihrer Familie in San Stefano, erfuhr Ludwig nun. Die Villa der Thompsons lag in einem herrlichen Garten, Mrs. Thompson, Edies Mutter, war mit Unterstützung ihrer Helfer eine begnadete Gärtnerin. Edie liebte den Ort. Häufig hielten sich auch andere Besucher dort auf, es gab nie Langeweile. Seit Maudie, die ältere der beiden Schwestern, als junge Witwe aus Colombo zurückgekehrt war, lebte sie wieder ständig dort. Und Winfred, der älteste der Thompson-Geschwister, kam oft mit seiner Frau und ihren beiden Kindern zu Besuch. Allerdings besuchten sie San Stefano noch häufiger ohne Winfred, er war Seeoffizier wie sein Vater und oft auf großer Fahrt unterwegs, zurzeit nach dem Indischen Ozean, er sollte Monate fort sein.

«Auch das ist beneidenswert, nicht wahr?» Ludwig sprach von der Villa in San Stefano, Richard verstand ihn falsch.

«Vielleicht, Winfred Thompson ist sicher dieser Ansicht. Ich liebe die Weite des Landes, auf See fühle ich mich verloren. Die See ist gnadenlos in ihrer Unendlichkeit. Das ist nicht meine Welt, obwohl ich gar nicht weit von der Küste aufgewachsen bin. Die Ostsee ist allerdings kaum mit dem Indischen Ozean zu vergleichen, unter tropischer Sonne mag alles anders sein.»

Diesmal wolle seine Frau hierbleiben, nur mit dem Personal. Er heiße das nicht gut, respektiere jedoch ihr Recht auf eigene Entscheidungen.

«Natürlich ist meine Frau hier völlig sicher und gut aufgehoben, sie wird nie wirklich allein sein. Alfred ist da, Frau Aglaia nicht zu vergessen, die Thompsons werden zu Besuch kommen, Freundinnen ... auch die, ja.» Er seufzte, als könne er sich und seine Sorge nach dieser Aufzählung selbst nicht ganz ernst nehmen, und füllte sein und Ludwigs Glas ein zweites Mal.

«Auf der Seele liegt mir letztlich nur Mademoiselle Bonnard. Ich sollte das nicht sagen, Alfred schätzt die junge Dame sehr, und ich gebe immer, in allen Bereichen, viel auf sein Urteil. Sehr viel. In diesem Fall bin ich weniger sicher. Es gibt nichts wirklich Nachteiliges über sie als Lehrerin zu sagen, ich habe mich umgehört, und sie ist tatsächlich enorm – wie soll ich sagen? – charmant und gewitzt. Das trifft es in jedem Fall. Ich möchte Ihnen ans Herz legen, wachsam an der Seite meiner Frau zu bleiben, wenn Sie gemeinsam mit dieser Mademoiselle die Stadt durchstreifen. Was für ein Ausdruck!» Sein kleines Lachen klang nur halbwegs amüsiert. «Aber genau den hat meine Frau benutzt und dabei recht unternehmungslustig ausgesehen. Dabei kennt sie die Stadt besser als diese Mademoiselle. Meine Frau ist hier geboren, sie hat bis auf einige Reisen ihr Leben hier verbracht, die Französin lebt erst wenige Jahre am Bosporus. Aber natürlich – beider Alltag, um nicht von Lebensstil zu reden, ist kaum zu vergleichen.» Er zögerte, nahm die Zigarette wieder auf und zündete sie endlich an. «Ich fürchte, ich habe in der Vergangenheit einiges mit ihr zu unternehmen versäumt. Wenn ich zurück bin, werde ich das nachholen. Aber vorerst ... könnten Sie mir eine solche Ägide versichern?»

Ludwig dankte für das Vertrauen, er fühle sich geehrt und werde sein Bestes tun. Es klang steif und förmlich, vielleicht, weil er sich in diesem Moment wieder so stark wie am ersten Tag als Schwindler und Hochstapler fühlte. Und zugleich stolz und glücklich.

Da saßen sie im Schein einer Petroleumlampe, dünner Rauch stieg von ihren Zigaretten auf, es herrschte stiller Friede. Ludwig hätte ihn gerne durchbrochen, aber er wagte es nicht. Jedes Wort klänge banal, es wäre nur dummer Smalltalk.

Da waren immer noch die Klänge süßlicher Melodien, jedoch nur, wenn man genau auf sie lauschte, die Hunde waren dagegen näher gekommen, ein Wagen ratterte in einiger Entfernung vorbei, das Klippklapp der Pferdehufe auf dem Pflaster. Dann kamen vom Haus der Witts schnelle leichte Schritte über den Kies heran.

«Hier bist du! Eleni sagte, du seiest im Garten, dabei ist es schon dunkel.» Edie küsste ihren Mann auf die Wange und reichte Ludwig die Hand. «Guten Abend, Herr

Brehm, hält mein Mann Sie vom Vokabellernen ab? Das wäre sträflich. Er hat mir anvertraut, Sie wollen auch Türkisch lernen. Wenn es so weit ist – ich kenne einen guten Lehrer.»

Sie hatte alles Scheue abgelegt und war prickelnder Laune. Jetzt war sie nicht Frau Richard Witt, jetzt war sie – Edie.

«Der Commander lässt dich grüßen», wandte sie sich an ihren Mann, «er wäre gerne noch auf ein Glas hereingekommen, aber er wird in San Stefano erwartet, und es ist schon so spät.»

Richard reichte ihr sein Glas, er winkte ab, als Ludwig aufstehen wollte, um ein drittes zu holen. «Meine Frau hat heute ihren Vater getroffen», erklärte er und strich ihr lächelnd eine aus den Kämmen gelöste Haarsträhne hinter das Ohr, «er hatte Post für sie. Offenbar erfreuliche Post, mein Liebes, das schließe ich jedenfalls aus deiner Heiterkeit.»

«Überaus erfreuliche. Ein langer Brief von Virginia. Sie hat ihren Abschluss gemacht und wird an ihrem College als Lehrerin arbeiten. Ist das nicht großartig, Richard? Vor gar nicht so langer Zeit wäre das noch unmöglich gewesen. Es gibt Frauencolleges in Oxford, wussten Sie das, Ludwig? Und in der Schweiz können Frauen richtig studieren, an der Universität, sogar Medizin. Wir hatten neulich eine dieser Damen zu Besuch, Frau Dr. Zürcher, allerdings wird ihr kaum erlaubt, in ihrem Beruf zu arbeiten. Das ist widersinnig, finden Sie nicht? Sie hat aber in Mesopotamien gearbeitet, in einem Missionskrankenhaus, für das kein anderer Arzt zu finden war. Dann in Aleppo, in Haifa – wo noch, Richard?»

Der lächelte, der kindliche Enthusiasmus seiner Frau gefiel ihm. Das Thema Frauen und Studium zu erörtern, insbesondere das Medizinstudium, fand er nun nicht die richtige Stunde. Seine Meinung dazu war noch unentschieden, das würde Edie heute nur die heitere Stimmung verderben.

«Ich erinnere mich nicht, es tut mir leid, wohl in irgendwelchen anderen dieser Krankenhäuser.»

«Ja, wahrscheinlich. Sie ist sogar verheiratet und hat ein Kind», erklärte sie Ludwig weiter. «Aber ihr Mann unterstützt sie in allen Belangen, ich glaube, er ist ein Apotheker, was natürlich sehr praktisch ist. Oder Lehrer? Vielleicht beides. Bei uns im Orient ist so viel mehr möglich als in Europa. Frau Dr. Zürcher gehört jedenfalls nicht zu den mittellosen Witwen, die sich mit einer Arbeit ernähren müssen. So könnte man doch denken. Jedenfalls wird sie in Jerusalem eine eigene Praxis eröffnen. Alle Frauen in Jerusalem werden sehr froh sein.»

Richard nickte und sah doch alles andere als überzeugt aus, der mutwillige Ton in der Stimme seiner im Allgemeinen zur Sanftmut neigenden Edith war ihm nicht entgangen. «Ich fürchte», erklärte er milde, «viele Frauen wollen trotzdem lieber von einem Arzt behandelt werden.»

«Weil sie es nur so kennen. Warte, was die Zukunft bringt. Du wirst schon sehen.» Sie lachte, nahm einen Schluck von seinem Wein und legte den Brief auf den Tisch, den sie immer noch in der Hand gehalten hatte. Er sah schon zerknittert aus.

Richard tippte mit dem rechten Mittelfinger auf das Kuvert. «Ist er mit der Botschaftspost gekommen? Ich sehe weder Marke noch Stempel.»

«Nein, ein Bote hat ihn gebracht. Ich meine einen persönlichen Boten. Ein Freund Virginias war in Oxford zu Besuch, und sie hat ihm den Brief an mich mitgegeben. So kam er sicher an. Virginia ist ungeheuer gelehrt, aber sie vertraut den Postschiffen nicht. Vielleicht gerade, weil sie so gelehrt ist. Wer viel weiß, kann viel fürchten. Mr. Smith-Lyte ist als Archäologe unterwegs zu Grabungen, er macht hier nur für einige Tage Station.»

«Der Bote», sagte Richard, «Smith-Lyte.»

«Er ist der Bote», bestätigte sie, «er hatte im Harbourmaster-Office angeklopft. Ich habe ihn damals in London kennengelernt. Auf irgendeinem Ball oder Tee, nein, es muss ein Ball gewesen sein. Wir haben zusammen getanzt, das sagt er, ich kann mich nur sehr vage erinnern. Er ist ein bisschen wortkarg, aber doch recht amüsant. Was er von den Ausgrabungen berichtet, wird dich interessieren. Er war einige Zeit in Ephesos bei den Grabungen des British Museum dabei, dorthin war er natürlich über den Hafen von Smyrna gereist, deshalb ist er zum ersten Mal in Konstantinopel. Wusstest du, dass Ephesos vor langer Zeit direkt am Meer lag? Siehst du, Richard, du solltest ihn kennenlernen.»

Vielleicht bemerkte es nur Ludwig. Seit es um den Brief ging, um den Boten und die Freundin in Oxford, sprach sie englisch, und Richard war ihr darin ganz automatisch gefolgt.

Der Mond war nun aufgestiegen und hatte Wolken mitgebracht, es war Zeit, den Abend zu beenden und zu gehen.

«Ach, was ich schon seit Tagen vergesse», Richard hatte den Arm um die Schultern seiner Frau gelegt, nun wandte er sich noch einmal um, «Herr Weise hatte seinerzeit auch geschrieben, Sie seien ein passabler Reiter. Wir müssen endlich ein Pferd für Sie besorgen. Diese junge Dame hier», er stupste Edie sanft mit dem Zeigefinger gegen die Nase, «ist eine große Reiterin, passioniert, würde ich es nennen. Es wäre mir sehr lieb, wenn Sie die Zeit fänden, sie bei ihren Ausritten zu begleiten, solange ich nicht da bin und sich sonst niemand findet. Ich werde Alfred bitten, Ihnen Iossep mitzugeben, sofern er ihn nicht gerade selbst auf dem Kutschbock braucht. Iossep kümmert sich am besten auch um ein Pferd für Sie, er kennt sich hervorragend aus und sieht auf den ersten Blick Vorzüge und Nachteile.»

Ludwig fürchtete, er habe zu schnell zu viel Rotwein getrunken, sein Hals fühlte sich plötzlich trocken an. Weises Brief: Die wohlmeinenden Zeilen, denen er ungerechtfertigt dieses Leben am Bosporus verdankte, gerieten ihm noch zum Damoklesschwert. Er räusperte sich. Was, um Himmels willen, mochte noch in diesem Brief stehen, der Alfred Ihmsen den echten, also den fernen Brehm so angepriesen hatte?

«Passabel wird es treffen, ein großer Reiter bin ich leider nicht. Ich habe nie mit dem Hamburger Galoppderby geliebäugelt», scherzte er etwas bemüht. «Aber wenn es Frau Witt recht ist, ist es mir natürlich eine Ehre und ein Vergnügen, sie zu begleiten. Ich hoffe, Herr Weise hat nicht noch mehr meiner Qualitäten größer gemacht, als sie sind.»

Edie kicherte. «Sie meinen das Klavierspiel? Können Ihre armen Hände überhaupt die Zügel halten? Wir müssen unbedingt ein friedliches Pferd aussuchen, Richard. Jedenfalls für den Anfang.»

Ludwig sah den beiden mit gemischten Gefühlen nach,

als sie den Gartenweg zu ihrem Haus hinuntergingen. Das glückliche Paar.

Ein friedliches Pferd, das war gut. Anders als wegen des Klavierspiels und des Steinways musste er wegen des Reitens nur halb lügen. Vom Klavierspiel hatte er keine Ahnung, auf einem Pferd hatte er immerhin schon gesessen. Einige Male. Leider nur auf einer weitläufigen Wiese, und es war mehr oder weniger im Kreis gegangen. Die Grundbegriffe hatte er dabei gelernt und sich mit dem großen schönen Tier erstaunlich bald wohl gefühlt. Das mochte für kleine Sonntagsausritte ins nahe Hinterland ein guter Anfang sein. Trotzdem – er musste schnell einen Reitstall finden, in dem er diskret einige Stunden absolvieren konnte. Und sich etwas einfallen lassen, warum er ab und zu eine oder zwei Stunden außerhalb des Kontors und des Lagers brauchte. Oder sehr früh aufstehen.

Als Ludwig sich in seinem Badezimmer für die Nacht bereit machte – er hoffte, sich nie an diesen alltäglich gewordenen Luxus zu gewöhnen, weil es dann alles Luxuriöse verlor –, ließ er den Abend in Gedanken Revue passieren. Es gab viel, worüber sich nachzudenken lohnte. Außerdem hätte er gerne gewusst, für wen Richard Witt am Beginn des Abends so wortlos das hintere Tor geöffnet hatte.

Alfred Ihmsen schlief um diese Stunde schon den Schlaf des Gerechten. Manchmal gelang etwas, ohne lange zu planen oder zu organisieren. Die Vorstellung, wie Edie mit Mlle. Bonnard und dem jungen Brehm «ihre» Stadt neu erkundete, gefiel ihm. Es war immer ein neues Erkunden, wenn man lange Vertrautes mit fremden Augen noch einmal sah und erlebte, und für Edie war es genau die richtige Abwechslung.

Sie lagen Alfred Ihmsen am Herzen, alle drei auf eigene Weise, und weil das Leben an sich, besonders aber in jungen Jahren, beständig Abwege anbot, verführerische Abwege, konnte es nicht schaden, ein wenig und diskret den Wagenlenker zu spielen. Er erinnerte sich zu gut an seine ersten Jahre im Osmanischen Reich, damals noch in Griechenland. Die Verführung zur Unvernunft (wie er es heute mit einem Augenzwinkern nennen würde) und leichtfertigen Abenteuern war so weit weg von seinem gutbürgerlichen westpreußischen Zuhause machtvoll gewesen. Er hatte sich wie ein Pirat in fremden Gewässern gefühlt, die Welt hatte plötzlich andere Regeln und schien leicht zu erobern. Erst als er eine ganze Reihe von Ecken und Kanten seiner Unternehmungslust ausgelebt oder gerade noch rechtzeitig vor der Katastrophe abgeschliffen hatte, war er in das Fahrwasser gekommen, das ihn in sein gutes Leben und in die Zufriedenheit geführt hatte.

Er wusste nicht genau, ob es Richard ebenso ergangen war, als der kaum zwanzigjährig in Konstantinopel eintraf, aber er glaubte es nicht. Anders als er selbst war Richard nicht ins Ungewisse aufgebrochen, sondern um bei dem Bruder seiner Mutter und schon arrivierten Kaufmann am Bosporus zu lernen und vielleicht zu bleiben. Er war geblieben, von Anfang an auf einer geraden Linie. Vielleicht hätte es ihm gutgetan, auch mal vom graden Weg abzukommen, ein wenig ab und zu, jedenfalls bis er Elisabeth traf und heiratete.

Aber Richard war anders, er suchte seine Freiheit auf

anderen Wegen, weit draußen unter dem hohen Himmel. Ab und zu. Alfred Ihmsen hatte noch nicht entschieden, welchen der Wege er für den gefährlicheren hielt. Er selbst liebte seine Behaglichkeit und war froh, wenn Richard diese Reisen über Land zu den Ursprüngen ihrer Ware, den originalen, gut gearbeiteten Teppichen übernahm. Ihm selbst machte das keine Freude, schon damals nicht, als er jung und sein Körper stark gewesen war, aber er wusste um den Sog der Weite eines Landes, des Lebens im Sattel mit nichts als dem Horizont voraus. Richard war einer, der dafür anfällig war.

Womöglich hatte Alfred Ihmsen sich nichts gedacht, als er Mlle. Milena und den jungen Brehm auf gemeinsame Unterrichtsstunden und Erkundung der Stadt schickte. Er hatte auch nicht die Finger im Spiel, als Edie fröhlich entschied, sie wolle sich als Dritte im Bunde anschließen. Aber wer ihn in dem Moment beobachtet hatte, hatte in seinen Mundwinkeln ein verhaltenes, gleichwohl zufriedenes Lächeln gesehen.

Richard würde wieder einige Zeit fort sein, und wenn Edie entschieden hatte, sie lasse sich diesmal nicht zu ihren Eltern zurückschicken wie aus einem Internat zur Ferienzeit, war es nur klug, ihr ein wenig zusätzliche Unterhaltung und Abwechslung zu bieten, denn da war etwas in ihren Augen, das er zuvor nicht gesehen hatte. Etwas Unruhiges. Sie war hier geboren, sie kannte die Stadt, aber vielleicht, sogar wahrscheinlich kannte Milena andere Viertel. Und Ludwig – Ludwig war voller Neugier und dabei ein verantwortungsbewusster junger Mann. Er würde gut und ritterlich auf die beiden Damen achtgeben, besonders auf die junge Frau Witt, die er, wie jeder sah, außergewöhnlich fand. Mindestens außergewöhnlich. So dachte Alfred Ihmsen. Im Übrigen – der Herr Kommerzienrat hatte Humor, ein großzügiges Herz, und er war ein Kaufmann. Als solcher wusste er, ohne Bereitschaft zum Risiko ging nichts voran.

6. KAPITEL

Hans Körner hatte sich niemals gefragt, ob er bestechlich sei, korrumpierbar, bereit zum Verrat. Er hätte es nicht vergessen, denn er hatte Verräter und Betrüger immer verachtet. Das sei die Denkweise der Spießer, hatte er einmal jemanden sagen gehört, in bestimmten Situationen seien Verrat und auch Betrug legitim und sogar ehrenvoll, ein Mann mit Charakter müsse bereit sein, das zu entscheiden und auf sich zu nehmen.

Niemand hatte erwartet, seine Meinung zu hören, und er hatte sich nicht gedrängt, sie zu sagen. Als Hans Körner war er selten mit anderen ins Gespräch gekommen, weder hatte er dazu Talent, noch wirkte er einladend, ihn anzusprechen. In der Unsicherheit, was das Richtige sei oder ob er ohnedies nur störe, hatte er sich am liebsten unsichtbar gemacht. Das war der einfachste Weg durch seine Welt gewesen. Es gab nun einmal Menschen, die, ob sie in Samt und Seide oder in Sack und Asche erschienen, immer gesehen und beachtet wurden, im Guten wie im Schlechten. Ebenso gab es Menschen, die selbst in großer Gala unsichtbar und unbeachtet blieben. Zu letzteren gehörte Hans Körner.

Auch deshalb hatte er nie einen Anlass gehabt, über seine Korrumpierbarkeit nachzudenken. Wer versuchte schon, einen Unsichtbaren zu bestechen? Hans Körner hätte solche Ansinnen sicher empört von sich gewiesen.

Als Ludwig Brehm war er da nicht mehr ganz so sicher.

Brooks, dem Ludwig, wenn er jetzt darüber nachdachte, jede Verräterei und Korruption zutraute, dieser missgünstige Prokurist hatte ihn ungewollt und unerwartet in ein neues Leben katapultiert. Noch war er ein Neuling in diesem gerade zwei Monate währenden Leben, aber er wollte unbedingt, dass es seines blieb. Hans Körner hätte immer wieder gegrübelt, was nach der Jahresfrist geschehen sollte, Ludwig Brehm gelang es, diesen Gedanken in ein abgelegenes Kämmerchen in seinem Kopf zu verbannen. Aber natürlich war der brave alte Hans ständig sein Begleiter. Er saß ihm nicht boshaft Unheil prophezeiend im Genick wie ein Nöck, aber er tauchte immer wieder an seiner Seite auf, hielt meistens mit ihm Schritt, ob als Wächter, Schutzengel oder einfach nur das Gewissen. Bei alledem war er recht verträglich.

Nun stand Ludwig auf der Brücke zwischen dem ganz alten und dem jüngeren Teil der großen Stadt, von der in den Büchern stand, sie sei vor mehr als zweieinhalbtausend Jahren als Handelsplatz gegründet worden. Er stand gleichsam zwischen zwei Welten, so wie er auch noch zwischen seinen eigenen Welten lebte, der Hans-Körner-Welt und der Ludwig-Brehm-Welt. Die Brücke über das Goldene Horn, die Konstantinopel mit dem alten Stambul verband, konnte jedermann überqueren, hin und her, auch jederzeit.

Hin und her. Da rollte die Frage doch heran: Wozu wäre er bereit, um in diesem Leben zu bleiben, anstatt zurückzukehren in sein altes? In dieses stets mal zu kalte, mal zu stickig-heiße Pensionszimmer, in dem jeder Rülpser der Nachbarn zu hören war, der Abtritt auf halber Treppe, eine Waschschüssel im Zimmer, ein warmes Brausebad nur in der Städtischen Badeanstalt. Und erst das Essen. Bis er die

Mahlzeiten aus Frau Aglaias Küche gekostet hatte, hatte er nicht gewusst, was gutes Essen bedeutete. Und die Menschen. Wann war er je so willkommen gewesen und aufgenommen worden?

Ja, da war er an der Pont Neuf, der Galata-Brücke, und auf dem Weg hinüber nach dem alten Stambul mit den engen Gassen und schönen weiten Plätzen, den Moscheen und Gärten, Stadtpalästen und Basaren, dem ganzen orientalischen Leben. Ludwig Brehm im maßgeschneiderten Anzug, nun einen Schnurrbart auf der Oberlippe, einen Bart am Kinn, beides tadellos gestutzt, die Haut leicht gebräunt, so eroberte er sich diese Stadt, die in ihrem besonderen Licht unwirklich erschien, zugleich voller ungeahnter Möglichkeiten. Und er unternahm das in der Begleitung zweier junger Damen, die ihn in seinem früheren Leben als einen dieser Unsichtbaren und Kleinbürger übersehen hätten.

Mlle. Bonnard und Edie, die junge Frau Witt. Niemand würde sie für Schwestern halten, keinesfalls, und doch gab es etwas Gemeinsames. Beide trugen schmale cremefarbene Kleider mit farbigen Gürteln, die eine mit dem kastanienfarbenem, die andere mit dunklem, beinahe schwarzem Haar. Edie Witt war die größere, wie meistens, egal in welchem Kreis, und war dabei in aller Zartheit eine stolze Erscheinung.

Und Mlle. Bonnard, Milena? Die Bluse nicht ganz so damenhaft, dafür raffinierter geschnitten, die Schultern ein wenig runder, die Ohrringe größer und von Granat, keine dezenten Perlen, und der Hut – nein, Edies Hut war der auffälligere. Bei ihren Kleidern legte sie Wert auf einfache Eleganz, besonders seit ihrer Heirat mit einem Preußen, wenn es aber um Hüte ging, bewies sie Übermut mit ihrer

Schwäche für die ausladenden Kreationen von Madame Bolognino im Salon neben dem Foto-Atelier Sébah & Joaillier. Das Gebilde mit der großen asymmetrischen Krempe und mit viel duftigem Tüll und weichen Federn garniert, war mit einer beachtlichen Hutnadel festgesteckt, es sah dennoch aus, als flöge es am liebsten wie ein Schmetterling davon.

Aber es waren nicht nur die Kleider und Frisuren. Bei all ihrer Unterschiedlichkeit im Temperament war da doch etwas Ähnliches in ihrer Haltung, ihrer Freude, sich zu bewegen, dem wachen, auffordernden Blick auf die Welt um sie herum. Das war es? Nein, es gab mehr, das ihnen nun gemein war. Beiden fehlte diese diffuse, tief in der Seele vieler Menschen wurzelnde Angst vor dem Leben, vor dem Unbekannten und Dunklen. Und wenn sie sie doch kannten, hatten sie darum vergessen oder zeigten sie nicht. Vielleicht waren sie einfach zwei mutige Frauen, jede auf ihre Art.

Das passte zu Milena, auch zu der Weise, wie sie lebte: in allen Ehren mit der liebenswürdigen, über jeden moralischen Zweifel erhabenen Mme. Labarie, doch so unabhängig, wie eine Frau es sein konnte, ohne zu den gutversorgten Witwen zu zählen. Denn so war es doch – Ludwig hatte nie zuvor diesen Gedanken gehabt –, erst dann, im Witwenstand, konnte eine Frau selbst über ihr Leben bestimmen.

Aber Edie, die empfindsame Frau Witt? Meistens hatte sie sich in Gesellschaft heiter gezeigt, stolz und zärtlich am Arm ihres Mannes, da war etwas Leises an ihr, etwas Scheues, das sich nur manchmal verschob wie ein Vorhang im Lufthauch, der dann einen Blick in die wahren Räume erlaubte. Heute war sie nicht scheu, sondern von großer

Unternehmungslust. Natürlich kannte ihr Ehemann diese Seite an ihr, und vielleicht wusste oder ahnte Richard, dass die stärker werden und schließlich gewinnen könnte. So begann Ludwig zu verstehen, warum Richard ihn gebeten hatte, auf Edie achtzugeben. Offenbar fürchtete er eine Art Ansteckung von Milenas Lebensart und Milieu und war dabei zu klug, vielleicht auch zu liberal, zu modern, seiner jungen Frau die kleinen Abenteuer und die Freude an Milenas und seiner, Ludwigs Gesellschaft draußen in der Stadt zu verbieten. Auch zu klug, sich diese Blöße zu geben, die einer vorauseilenden Niederlage gliche. Er war ein ruhiger und zurückhaltender Mann, dennoch hatte er Edith Thompson im Sturm erobert. Er durfte ihrer nicht nur sicher sein, wenn er sie einsperrte, einerlei ob in seinem komfortablen Haus am Ende des ummauerten Gartens oder im Käfig strikter Konventionen und Verbote.

Das passte nicht zu ihm. Oder doch? Was konnte Ludwig davon wissen? Auch wenn er in enger Nachbarschaft mit den Witts lebte, mit Richard alle Tage arbeitete – so schnell erkannte man die Wahrheiten in den Köpfen und zwischen den Menschen nicht.

Es war sommerlich am Bosporus, wer es sich erlauben konnte, vermied es, in diesen Mittagsstunden auszugehen oder die schattigen Straßen und Plätze zu verlassen. Doch selbst in der Sonne und der für die Muslime geltenden Zeit des Gebets – es war kaum mehr als eine Viertelstunde vergangen, seit die Rufe Dutzender Muezzins verklungen waren, manche sprachen von Hunderten – war die Brücke voller Menschen, die Tiere nicht zu vergessen, die Maultiere und Esel vor den Wagen, Reitpferde, streunende Hunden, Katzen und Möwen gierten nach den Abfällen bei den Fischbratrosten, dazwischen als häufiger Gast von der Kolonie beim Topkapı Sarayı ein zerzauster Graureiher, der trotz seines dürren Halses ganze Fische stahl und im Davonfliegen hinunterschlang.

Er sah zurück zu dem dicht bebaut ansteigenden Hügel, ganz oben, wo Pera begann, ragte der Galata-Turm weit über die Dächer. Die Leute von Pera sagten, Galata sei ein Viertel, das man besser meide, wenn man nicht in Geschäften dort zu tun habe. Ludwig schwieg dazu, er teilte diese Meinung nicht.

Die Luft war trotz der Nähe des Wassers drückender als im hochgelegenen, von Gärten und begrünten Passagen durchzogenen Viertel, das von Europäern und westlicher Lebensart dominiert wurde. Im Goldenen Horn stand das Wasser. In der Nacht wurde ein Teil der Brücke, eine britische Konstruktion von Pontons aus Holz und Eisen, für die Durchfahrt der Schiffe für einige Stunden geöffnet. Nur mit den passierenden Schiffen gelangte frisches Wasser vom Meer hinein und altes hinaus. Denn was aussah wie ein Fluss, war nur eine Bucht, ein rund sechs Kilometer langer Seitenarm des Bosporus, einst der bedeutendste Hafen des alten Byzantinischen Reichs, immer noch Handels- und Kriegshafen des Sultans und der Hohen Pforte. Einige Stockwerke hoch aufragende Holzhäuser säumten die ansteigenden Ufer, mit den Balkonen, Türmchen und schmuckreichen Fassaden keines wie das andere, Kasernen samt ihrem Hospital, den Werkstätten und den Docks, den Moscheen. Dazwischen befanden sich Anleger für die Fährdampfer bis zum Ende der schlanken Bucht.

Der zunehmende Gestank war immer ein Zeichen für den Sommer, auch entlang des Nouveau Quai von Galata war es kein guter Aufenthalt für empfindliche Nasen, die Abwässer von Pera liefen bergab und suchten sich hier den Weg ins Meer.

«Nehmen wir die Tram?», rief Milena. «Oder gehen wir über die Brücke?»

«Mitten hinein in die Menge und hindurch.» Edie lachte und zog den zögernden Ludwig am Ärmel mit zu Milena, die schon bei einem der Tramwagen stand, mit respektvollem Abstand zu den Maultieren, um die sich ganze Wolken von Fliegen tummelten.

«Nichts ist mir lieber», rief Milena zurück. «Unseren Schüler fragen wir jetzt nicht, er muss den Damen zu Diensten sein und in allem folgen.»

Beide lachten, als seien sie noch im Backfischalter, und Ludwig wünschte, er hätte mehr Erfahrung mit solchen Damen, wobei er sich die aus den Harvestehuder und Othmarscher Villen nur schwer auf dieser Brücke vorstellen konnte. Eine falsche Einschätzung übrigens, bis er diesen Vergleich ziehen konnte, sollte jedoch eine Reihe von Jahren vergehen.

Während er noch überlegte, ob es höflicher sei, voranzugehen oder die schützende Nachhut im Rücken der Damen zu bilden, tauchten die beiden schon in die Menge der Menschen, die in Eile oder gemächlich flanierend die Brücke überquerten, ihren Straßenhandel betrieben, bettelten, übers Geländer gebeugt angelten oder einfach in der Sonne dösten. In keinem Teil der Stadt, nicht einmal im Großen Basar, vermischten sich Orient und Okzident so stark, so bunt und vielfältig wie auf der Pont Neuf.

Bei den Anlegern auf beiden Seiten der Brücke herrschte das größte Gedränge, der meiste Lärm, das raue Pfeifen von den Bosporus-Dampfern mahnte zur Eile, Kayikdjis boten kaum weniger energisch die Dienste ihrer Ruderboote an, der Kayiks, hier lärmte alles, und die Töne fanden sich in einer ganz eigenen Kakophonie. Daran würde Ludwig sich sein Leben lang erinnern, als etwas Grelles, prall von buntem Leben.

Inmitten der mit orientalischer Gelassenheit gemischten Geschäftigkeit sah er einen schönen Tag – trotz der Leprösen, dieser elendesten unter den Bettlern, der barfüßigen schmutzigen Kinder, der unter schweren Lasten gebeugten Hamala. Zwischen einfachen Leuten in ihrer Arbeitskleidung sah er die europäisch gewandeten Türken, die nur am Fes und den für gewöhnlich größeren Schnurrbärten, den dunkleren Augen, häufig auch an den würdevolleren Bewegungen zu erkennen waren. Und all die Völker, Griechen und Juden, Albaner, Rumänen, auch dunkelhäutige Sklaven, Diener oder Kutscher aus Äthiopien, Nubien und dem weiteren Sudan, manche zeigten in den Kleidern noch Reste ihrer traditionellen Tracht; dazwischen wenige europäische Konstantinopler und Touristen und von Hamala flink getragene Sänften, wie aus der Zeit gefallen. Muslimische Frauen verbargen sich unter dichten Schleiern und alles bedeckenden schwarzen Mänteln, die Herrin in feinem seidigen Stoff, die Dienerin oder Sklavin in baumwollenem oder wollenem Gewand. Andere, zumeist Jüngere, zeigten ihr Gesicht, ihre Schleier lagen nur nachlässig über dem Haar und den Schultern – die Zeiten änderten sich rasant, auf der Brücke konnte es jeder sehen.

Eine Tram näherte sich, die Menge machte Platz, ohne dass sich jemand umsah oder besonders beeilte, die Hufe der Maultiere auf dem alten Holz, das Quietschen und

Ächzen der Räder, Peitschenknall waren genug Signal. Ludwig wäre gerne ein Weilchen stehen geblieben, nur um all diese Bilder zu schauen, hier über das Wasser, dort über die Stadt, alles zu hören, aber Milena und Edie gingen rasch. Der Weg, die Menschen, das war ihnen lange vertraut. Bei Gelegenheit und besonders gegenüber Besuchern würden sie diese Ausblicke, diese mit den Jahreszeiten, dem Licht, auch mit der eigenen Fröhlichkeit oder Melancholie wechselnden Schönheiten, immer preisen. Doch was man Jahr um Jahr und alle Tage vor Augen hat, kann schon bald nicht mehr jedes Mal eine seufzende Pause wert sein. Ludwig würde bis zu dieser Gewöhnung länger brauchen.

Richard war vor zwei Tagen abgereist, nicht wie zunächst geplant für eine längere Zeit tief hinein nach Anatolien, sondern für eine kürzere Zeit und nur bis Hereke am Golf von Ismid. Ein Boot hatte ihn hinüber nach Haydarpaşa am asiatischen Ufer gebracht. Ludwig hätte ihn gerne auf diesem ersten kurzen Teil der Reise begleitet, auch weil er noch keine Gelegenheit gefunden hatte, nach dort überzusetzen – nach Asien! – und sich umzusehen. Er hatte nicht gewagt, zu fragen, schließlich war er erst wenige Wochen hier, und es gab viel zu lernen. Vor allem wurde er im Lager gebraucht, in doppeltem Maße während Richard unterwegs war.

Eine Lieferung von Teppichen verschiedener Größen musste ausgesucht und für den Transport auf dem Dampfer nach Triest bereit gemacht werden. Es ging überwiegend um Teppiche aus verschiedenen Regionen Persiens, nur zwei stammten aus anatolischen Knüpfereien bei Konya. Einige kleinere Kelims aus dem Osten Anatoliens sollten die Lieferung ergänzen, als Angebot und «Appetitmacher», wie

Alfred Ihmsen augenzwinkernd erklärt hatte, bevor er ernst hinzufügte, die Auswahl, überhaupt die ganze Lieferung mitsamt der verlässlichen Organisation bedürfe besonderer Aufmerksamkeit, sie sei für einen neuen Kunden bestimmt, ein vielversprechendes Teppichhaus in Amsterdam.

Iossep hatte Richard bis zum Bahnhof ans andere Ufer begleitet. In dem Kayik, das sie hinüberbringen sollte, wartete außer dem Ruderer ein weiterer Mann, ein ortskundiger Türke, der Richard auf der Reise begleitete.

Ludwig hätte gerne mehr über die weitere Route gehört, über die Orte und die Knüpfereien, er hatte eine Karte organisiert, auf der er die Stationen und die Orte kennzeichnen wollte, oft waren es nur Dörfer um einen Marktflecken. Er war im Orient, am Bosporus, das war weiter in der Fremde, als er je zu hoffen oder zu wünschen gewagt hatte. Seit seine Knie nicht mehr zitterten, wenn ihm plötzlich durch den Kopf schoss, auf welche Weise er in diese Welt geraten war, zog es ihn noch weiter hinaus, immer weiter, nur in Gedanken, in Bildern seiner Vorstellung, aber er wollte tatsächlich mehr wissen, mehr sehen, mehr erfahren. Selbst erleben, wie die Welt hinter dem Hügel aussah, und hinter dem nächsten und nächsten und wieder nächsten Hügel. Auf der Hochebene und endlich dort, wo die Berge mehr als dreitausend Meter hoch mit ihren in der Sonne glitzernden eisigen Gipfeln in den Himmel ragten, bis in die Nähe der Götter.

Die Route und die Dauer der Reise waren noch nicht ganz gewiss, es werde sich ergeben, hatte Richard erklärt, und Ludwig hatte gespürt, wie er der Antwort auswich. Zunächst ging es mit der Anatolischen Eisenbahn nach Hereke, das stand fest, der kleine Ort am grünen Hang über dem Golf von Ismid war noch am selben Abend zu erreichen. Die Stadt war von großen Maulbeerpflanzungen umgeben, deren Laub die stets hungrigen Seidenraupen ernährte, die wiederum den wichtigsten Rohstoff für die Teppiche produzierten, die in der Stadt geknüpft wurden. In der großen Osmanisch-Kaiserlichen Teppichmanufaktur entstanden kunstvolle Arbeiten aus Seide und feiner Wolle, die zu knüpfen monate- oder auch jahrelange Arbeit erfahrener Frauen- und Mädchenhände erforderte. Diese Teppiche gehörten zum Edelsten, das die Knüpfkunst hervorbrachte, und dienten besonders häufig als Geschenke des Sultans an andere Herrscher oder Würdenträger. In den Handel kamen sie seltener. Es hieß, das könne sich bald ändern, wer daran teilhaben wollte, musste sich sputen.

«Ludwig!! Wo sind Sie gerade in Ihren Gedanken?» Milena schnippte mit den Fingern vor seiner Nase. «Heißt es nicht ‹Ein Königreich für Ihre Gedanken›?»

«Für ein Pferd», wandte Edie lachend ein, «ein Königreich für ein Pferd. Aber es wäre in beiden Fällen ein unmöglicher Handel. Wirklich unfair. Wohin möchten Sie zuerst, Ludwig?»

Der hob ergeben beide Hände. «Ich folge Ihnen, wie Mademoiselle Milena gesagt hat. Mir ist alles neu, und was ich schon gesehen habe, habe ich noch längst nicht genug gesehen.»

Die Brückenwächter waren in ihren langen weißen Mänteln leicht zu erkennen, sie kassierten gelassen das Brückengeld, zehn Para pro Person, was weniger als «ein paar Pfennige» bedeutete. Es gab keine Schranke, und Ludwig fragte sich, wer zahlte und wer nicht, und ob die Wächter in der Menge erkannten, wer sich hindurchmogelte. Oder ob manche eine allgemeine Erlaubnis hatten oder ... dann schob er auch diese Frage weg und eilte Edie und Milena nach, die schon wieder vorausliefen. Sie schienen es eilig zu haben.

Am jenseitigen Ufer öffnete sich die Brücke zu einem Platz, an dessen südlichem Ende in direkter Linie die Yeni-Valide-Moschee erbaut worden war, zwei schlanke Minarette, jedes mit drei Balkonen weit in der Höhe für die Muezzins, darüber die dünnen Spitzen mit dem Halbmond. Die Moschee mit ihren Kuppeln und ansteigenden Nebenbauten hockte unverrückbar und breit wie ein Berg seit dreihundert Jahren am Rand von Stambul über dem Goldenen Horn und strahlte Ruhe und Würde aus. Ein wenig weiter rechter Hand und schon höher auf den Hügeln thronte die Süleymaniye-Moschee, stolzes Zentrum eines ganzen Komplexes von Schulen, Armenküchen, Badehäusern, Krankenstuben und einem Friedhof.

Davor, dazwischen und darum ein Gewimmel von Häusern, viele noch aus Holz mit den vergitterten Balkonen, manche bemalt oder mit Kacheln geziert. Als flösse die Menge der Menschen aus einem zu engen Trichter auf den Platz, löste sie sich in alle Richtungen auf, vermischte sich auch mit den Straßenhändlern und dem Volk an den Marktständen. Es roch nach Brackwasser, den Ausdünstungen der Maultiere und Essen aus Garküchen am Straßenrand. Östlich, hinter den großen Zollgebäuden, war das Dach des Sirkeci-Bahnhofs zu erkennen. Erst vor kurzer Zeit hatte Ludwig dort auf dem Perron gestanden und nicht gewusst, wie es weitergehen sollte, was ihn jetzt erwartete. Und wer.

«Von hier geht es zu vielen Zielen», erklärte Edie und drückte ihren Hut gegen den böig auffrischenden Wind vom Meer fester auf das Haar. «Mit der Tram geht es bequem an der Hagia Sophia und nahe am Großen Basar und dem Büchermarkt vorbei, schließlich sogar bis zur Großen Landmauer. Der Ägyptische Basar für alles, was man als Gewürze und Düfte bezeichnen kann, ist nur ein paar Schritte von hier entfernt.»

«Ägyptischer Basar ...», murmelte Ludwig.

«Ja, so wird er genannt. Es gibt ihn seit zweihundertfünfzig Jahren, jedenfalls so ungefähr, die meisten Gewürze und Kräuter, die hier gehandelt werden, kamen früher aus Ägypten.»

«Und Rosenöl.» Milenas Stimme hauchte, und ihr Blick wurde weich. «Gibt es dort jetzt auch Rosenöl?»

«Sie meinen wegen der Erntezeit? Dafür ist es noch ein bisschen zu früh. Aber es gibt dort zu jeder Zeit Rosenöl in schönen Fläschchen zu kaufen, auch Rosenwasser für die türkischen Desserts, Badeessenzen, heilsame Kräuter aller Art bis zu den Wundermitteln gegen den bösen Blick oder die Gicht – was Ihr Herz auch begehrt. Das Rosenöl kommt allerdings zumeist aus Bulgarien. Da gibt es dieses Tal der Rosen, zur Blütezeit muss es ganz wunderbar duften. Aus Ägypten stammt dagegen das Jasmin-Parfum, die besonders duftenden Blüten werden in der Nacht geerntet, weil – oh, ich wollte gar keinen solchen Vortrag halten ...»

Sie unterbrach sich lachend, als sie Fragezeichen in Ludwigs Gesicht sah, und erinnerte sich, dass der offizielle Zweck ihrer gemeinsamen Ausflüge war, das Französisch des jungen Herrn Brehm aufzupolieren. Für diese Begriffe reichte sein Französisch noch nicht, also wiederholte sie den Satz rasch auf Englisch, demonstrierte dabei den bösen Blick und die Gicht mit kleinen Bewegungen und Grimassen, Milena lachte hell auf, und ein vorbeiflanierendes europäisches Paar applaudierte amüsiert.

Der Besuch des Gewürzbasars wurde auf den Rückweg verschoben, zuerst lockte sie das alltägliche Leben in den Gassen, die sich hinter der Moschee auftaten. Der Besuch der Hagia Sophia und jeglicher anderer Moscheen musste ohnedies auf irgendwann verschoben werden. Der Sultan hatte kürzlich ein striktes Verbot für Fremde und Andersgläubige erlassen, die Moscheen zu betreten. Zumindest in Pera wurde allgemein davon ausgegangen, das Verbot gelte nicht für die Ewigkeit, es werde nach einiger Zeit wieder aufgehoben. Für Europäer war es unvorstellbar, diese großen Gesamtkunstwerke voller byzantinischer und orientalischer Dekore, Kacheln und Leuchter nie mehr besuchen zu können.

Schon nach wenigen Schritten waren sie ganz in einer osmanischen Stadt angekommen. Längst besuchten viele Europäer die Basare, sicher bald auch wieder jene Moscheen, die sich ungläubigen Besuchern, auch Besucherinnen öffneten, schlenderten über den At Meydanı, den Platz der Pferde, von den Europäern das Hippodrom genannt, das einmal achtzigtausend Menschen Platz geboten hatte, in seiner Mitte noch die beiden Obelisken, der größere aus dem alten Ägypten, dreieinhalb Jahrtausende alt, und der verbliebene Schaft der Schlangensäule aus dem alten Delphi, blickten zur Sultan-Ahmet-Moschee mit ihren sechs Minaretten hinüber, die sie wegen der Pracht ihrer Kacheln gern die Blaue Moschee nannten, und vielleicht – vielleicht – lauschten sie in den Wind, ob er ihrer Phantasie die Spektakel der Wagenrennen aus römischer Zeit vorgaukelte. Nur wenige schlenderten jedoch einfach ohne besonderes Ziel durch die Gassen mit den unspektakulären alten Holzhäusern, vorbei an den dunklen kleinen Läden und den zur Gasse weit offenen Werkstätten unter den darübergelegenen Wohnungen. Tatsächlich trauten sich nur wenige in diese eigene Welt.

Edie hatte das eine Ende der Tüllkreationen ihres Hutes gelöst und über das Kinn und bis zum oberen Saum ihrer hochgeschlossenen Bluse gezogen. Samt dem großen Hut bildete das noch keinen echten Schleier, aber ein Zeichen der Höflichkeit gegenüber den traditionellen Sitten des Landes, die in diesem Teil der Stadt noch selbstverständlich waren. Milena versuchte, es ihr gleichzutun. Der Seidenshawl, der schillernde grüne, der eigentlich schon auf dem Weg nach Paris sein sollte, ihr aber so gut gefiel, erfüllte diesen Zweck, allerdings zog die leuchtende Farbe alle Blicke an. Hätte sie es bemerkt, hätte sie nur mit den Achseln gezuckt. Sie wollte sich nicht verstecken müssen wie die türkischen Damen, sie hatte auch nie zu den Unsichtbaren gehört, über die Ludwig im Gedanken an den grauen Hans Körner nachgedacht hatte. Sie wollte nur höflich sein, eine Besucherin, die es vermied, ihre Gastgeber über Gebühr zu brüskieren.

Obwohl ihnen viele Augen folgten, auch von den mit hölzernem Gitterwerk geschützten Erkern und Balkonen im oberen Stockwerk, fühlten sie sich nicht wie Störenfriede. Als sie bei einem Tischler stehen blieben, einem noch jungen Mann (Milena stellte ihn sich in einem Pariser Salon oder Bistro vor und dachte, ein so markantes Gesicht wäre dort schnell der Mittelpunkt, zumindest bei den Damen), um die Kunstfertigkeit seiner Intarsien auf einer Tischplatte zu bewundern, nickte er ihnen einladend zu. Zwei hübsche Jungen, etwa acht und zehn Jahre alt und schon Gehilfen ihres Vaters, kamen schüchtern, doch mit neugierigen Augen aus der Werkstatt hinzu. Als Edie auf

Türkisch nach der Art des Holzes fragte und wie lange es in Anspruch nehme, solche schönen Stücke herzustellen, fand sich gleich eine ganze Runde von Nachbarn – Kinder und Männer, auch zwei Frauen –, um zuzuhören und zuzusehen. Dass eine Europäerin ihre Sprache beherrschte, erlebten sie selten.

Sie schlenderten weiter und verloren bald die Richtung, in der sie die byzantinische «Heilige Weisheit» erreichen wollten, um die einstige Kathedrale wenigstens von außen zu betrachten. Wie andere der zahlreichen Kirchen des oströmischen Byzanz war sie nun schon fünf Jahrhunderte lang eine weithin bewunderte Moschee. Sie waren sich einig, irgendwo stoße man wieder auf eine breitere Straße, auf ein bekanntes Monument, auf die Tramlinie oder einen belebten Platz, wo man sich neu orientieren oder nach dem Weg fragen könne.

«Im Übrigen scheint die Sonne», fügte Edie hinzu und zeigte auf den Streifen tiefblauen Himmels zwischen den Dächern links und rechts der schmalen Gasse, «die zeigt uns die Richtung.»

«Welche?», fragte Milena. «Welche ist unsere Richtung?»

In dieser zudem recht leichten Frage war die Tochter aus einer Familie von Marineoffizieren, von Männern, die sich auf See und mit der Navigation auskannten, der Tochter eines Goldschmieds überlegen.

«Ganz einfach, im Westen geht sie unter, wenn sie sich also weiter dem Horizont zuneigt, wissen wir, wohin wir uns wenden sollten. In etwa, ein bisschen Großzügigkeit ist bei der Sonne als Wegweiser immer nötig. Dafür ist ihre Auskunft in diesem Rahmen zuverlässiger als die der meisten Passanten. So oder so – zurück zum Ufer des Goldenen Horns und zur Brücke nach Galata und Pera geht es von hier in nördlicher Richtung.»

Milena nickte vage und beschloss, bei Mme. Labarie eine ihrer Karten auszuleihen, einen Plan der Stadt. Der Oberst war, wie es sich für einen Militär gehörte, ein großer Liebhaber von Karten aller Art gewesen und hatte eine ganze Sammlung davon angelegt. Seine Witwe hielt sie in Ehren, also gut verwahrt in der Tiefe eines Aktenschrankes. Weil sie ab und zu praktisch dachte, hatte sie die Sammlung um aktuelle Karten ergänzt, nämlich um Pläne neuen Datums von allen Teilen der Stadt. Sie sprach manchmal davon, da sie sich ungern bewegte, folgte sie mit den Augen den Straßenzügen, suchte bekannte Namen und Orte nur mit den Augen, was ihr eine erstaunliche Befriedigung gab.

Vielleicht, dachte Milena nun, als sie Edie und Ludwig folgte, war es doch ganz unterhaltsam, darauf mit dem Finger spazieren zu gehen und sich bald besser auszukennen. Den rechten Weg findet nur, wer sein Ziel weiß. Komischer Satz. Aber er traf natürlich zu. Es wäre doch dumm, den Platz, an dem Sergej bald auf sie wartete, nicht zu finden, weil sie den rechten Weg nicht kannte.

Sie waren ein ungewöhnliches Trio. Obwohl sie einander erst flüchtig kannten, empfanden sie keine Fremdheit, so wie es manchmal geschieht, wenn man sich wegen eines gemeinsamen Unternehmens zusammenschließt. Sie waren so unterschiedlich, sie hatten so verschiedene Lebensläufe und Familien, hatten auch andere Ziele, jede und jeder für sich, verbunden waren sie durch die Stadt, die sie dank eines alten Mannes gemeinsam durchstreiften.

Bald öffnete sich ihnen ein kleiner Platz, der zur Hälfte

von einer Platane überschattet war. Der Stamm unter der mit dicken Ästen weit ausladenden lichten Krone war kurz, knotig und von erheblicher Dicke. Das Licht fiel durch das Laub auf einige alte Männer, die auf Stühlen und Hockern vor einem kleinen Kaffeehaus saßen und den Ankömmlingen mit verhaltener Neugier entgegenblickten. Aus der Melange der Gerüche dominierten die von Holzkohlefeuer und stark geröstetem Kaffee.

«Ich hätte schrecklich gerne einen Kaffee», flüsterte Milena, «mit viel Zucker.»

«Und einer Prise Kardamom», ergänzte Edie und Ludwig machte ein fragendes Gesicht. «Wenn ich Türkisch könnte», murmelte er. Anders als bei dem jungen Tischler war es vor dieser Riege alter Männer unmöglich, eine junge, dazu unverschleierte Frau danach fragen zu lassen. Also versuchte er es auf Französisch. Ob es erlaubt sei, wenn er und die Damen Platz nähmen, um einen Kaffee zu trinken? Dabei versuchte er sich auch in erklärenden Gesten.

Die Männer sahen ihn schweigend an. Ludwig hatte sich mit seiner Frage an den gewandt, der am Rahmen der weit geöffneten Tür lehnte und wie der Kaffeehausbesitzer aussah. Mit der Vermutung hatte er recht, doch ein anderer gab Antwort, ein alter Mann mit wettergegerbtem Gesicht und dichtem weißen Bart, der in der Mitte der Männer unter der Platane saß. Sein Fes war mit einem weißen Tuch umwickelt und erinnerte so an die Turbane in alter Zeit, seine Kleidung zeigte eine Mischung aus einfacher türkischer und europäischer Tracht.

«Bitte, mein Herr», sagte er in etwas steif und hart klingendem Französisch, «unter Allahs Himmel ist für alle Platz.»

Darauf brachte der Wirt eilfertig Hocker und stellte die für die beiden Frauen zwei Schritte von den Männern entfernt in den Schatten, ein wenig weiter zurück, keiner kam in die Verlegenheit oder konnte sich verführt fühlen, in die Gesichter von Frauen zu sehen, die nicht zu ihren Familien gehörten. Anders als in den türkischen Cafés gegenüber der gerne von Touristen besuchten Hagia Sophia war man hier nicht an europäisch gekleidete Frauen gewöhnt.

Auch der Kaffee wurde schnell gebracht, ein Mädchen, ein Kind noch, servierte ihn Edie und Milena mit unbefangener Neugier, Kaffee in kleinen Tassen und auf einem Teller einige Kringel Sesamgebäck. Edie bedankte sich auf Türkisch, und das Mädchen verschwand erschreckt kichernd in der Dunkelheit des Hauses.

Niemand sprach. Die Männer saßen auf ihren Hockern, rauchten, blickten in den Himmel oder auf ihre Füße, verscheuchten zwei heranschleichende Katzen, einer lächelte Ludwig zu. Es sah freundlich aus und war womöglich auffordernd gemeint. Er warf Edie einen hilfesuchenden Blick zu, aber sie war über ihr Kaffeetässchen gebeugt, spitzte die Lippen und blies kühlend hinein.

Wenn ich Türkisch könnte, dachte er wieder. Der weißbärtige Alte, eine Autorität für die anderen, vielleicht ein Imam, sprach zumindest ein wenig Französisch. Ihmsen hatte gesagt, in den Einkaufsstraßen und in den Basaren beherrschten die meisten der Männer über ihre eigene Sprache hinaus das nötigste Vokabular für eine kleine höfliche Unterhaltung, für den Handel über den Ladentisch, für das Feilschen um den Preis, die wichtigsten der am Bosporus üblichen Sprachen, Türkisch und Französisch natürlich, Englisch, Arabisch, Griechisch, Bulgarisch oder auch

Deutsch. Ludwig hätte es gerne probiert, aber nun fühlte er sich doch wie der Eindringling, der er war. Und was fragte man hier, eine Tasse mit bittersüßem Kaffee in der einen, den Sesamkeks in der anderen Hand? Sprach man über das Wetter? Über die Geschäfte? Der Baum, entschied er, der Baum und sein Schatten waren ein neutrales, international und in jeder Religion unverfängliches Thema.

«Ein schöner Baum», sagte er, an den Weißbärtigen gewandt, «wirklich schön. Wie nennen Sie diese Sorte auf Türkisch?»

«Danke, mein Herr, das Lob ehrt uns. Die *çınar* schenkt uns ihren Schatten schon sehr viele Jahrzehnte.»

«*Platanus orientalis*», ergänzte eine sanfte Stimme von der Tür des Kaffeehauses. Dort stand nicht mehr der Wirt, sondern ein hochgewachsener und breitschultriger Mann, den nicht nur der englische Akzent als Europäer verriet, sondern auch sein zu langes rotblondes Haar, die von Aufenthalten unter freiem Himmel zeugende gebräunte Haut, die Kleidung, obwohl er kniehohe Stiefel trug, die schon viele staubige Straßen gegangen waren.

«Verzeihen Sie die Einmischung.» Er zeigte Ludwig ein halbes Lächeln und deutete eine Verneigung vor dem Weißbärtigen an. «Das ist eine meiner schlechteren Eigenschaften. Zur Entschuldigung – ich habe eine besondere Vorliebe für diese Bäume, allein der musikalische Klang des Namens – *platanus orientalis*. Das muss einfach laut ausgesprochen werden.» Er kam mit ausgestreckter Hand näher. «Wenn Sie erlauben, ich heiße ...»

«Christopher!» Das wiederum war Edies erstaunte Stimme. Die Platane hatte ihr und Milena die Sicht auf die Kaffeehaustür genommen, vielleicht hatte sie die Stimme erkannt, vielleicht war sie nur neugierig gewesen, wem sie gehören mochte, und war aufgestanden, um genauer hinzusehen.

«Christopher, wieso sind Sie hier? Wir dachten, Sie seien schon weitergereist. Ludwig, das ist Mr. Smith-Lyte, ich habe von ihm erzählt, Sie werden sich erinnern. Er hat mir Post meiner Freundin in Oxford gebracht und war im vergangenen Jahr bei den Grabungen in Ephesos für das British Museum dabei. Nun ist er unterwegs nach Syrien, vielleicht noch weiter nach Transjordanien, wie dumm, ich habe vergessen, wie der Ort hieß, ging es nicht um die geheimnisvollen Nabatäer? In einer kaum erkundeten Schlucht in der Wüste ... du meine Güte, ich fürchte, ich plappere.»

Das mochte schon sein, jedenfalls sprach sie schneller als gewöhnlich, und ihre Wangen waren gerötet, was jedoch nur an der zunehmenden Wärme des Tages lag. Dafür schwieg Mr. Smith-Lyte, Christopher, wie Edie ihn vertraulich genannt hatte. Er beugte sich über ihre Hand, seine Freude über die unerwartete Begegnung war kaum zu übersehen. Auch Milena hatte sich von ihrem Höckerchen erhoben und musterte mit unverhohlener Neugier die Begrüßung durch diesen Mann mit den staubigen Stiefeln und wurde als «Mlle. Bonnard, eine Freundin», vorgestellt.

Ludwig versuchte sich zu erinnern, aber er war sicher, von einem Mr. Smith-Lyte oder gar einem Christopher war bisher nicht die Rede gewesen. Dieser Engländer mit dem interessanten Beruf gefiel ihm nicht. Seit er selbst so gut um die Fragwürdigkeit von Passpapieren und Namen wusste, war er sehr viel misstrauischer gegen neue Bekanntschaften, als es Hans Körner gewesen war.

Smith-Lyte. Das klang affig, als sei einem Angeber sein Name Schmid nicht gut genug gewesen und er habe versucht, ihn und damit sich selbst aufzupolieren. Und was hieß überhaupt interessanter Beruf? Da wurde monate-, jahrelang im Staub nach Altertümern gebuddelt, um sie später in irgendeinem Museum in Berlin oder London oder Paris auf einen Sockel zu stellen. Zugegeben, korrigierte er seinen plötzlichen Missmut, meistens ging es auch um sehr viel Gold und antike Kunstschätze, und natürlich diente es der Wissenschaft und der Erhellung der Geschichte. Bisher hatte er die Berichte über die Grabungen doch selbst interessant gefunden. Nun neigte er zu einer anderen Haltung.

Einer der Gäste Ihmsens, ein Journalist und guter Kenner der orientalischen Sprachen und des Osmanischen Reiches namens Friedrich Schrader, hatte neulich zu bedenken gegeben, die Archäologie mit ihren jahrelangen Grabungen sei natürlich wissenschaftliche Arbeit und öffne viele Fenster in die Vergangenheit und Entwicklung der Zivilisationen. Zugleich sei sie jedoch eine besondere, um nicht zu sagen perfide Form von Diebstahl. Alles was in oder auf der Erde des Nahen Ostens, auch des Fernen Ostens, Amerikas, Afrikas oder wo auch immer an Relikten aus alter Zeit gefunden werde, ob aus Gold, Marmor oder nur aus Sandstein, gehöre den Völkern, die dort seit jeher lebten, nicht denen, die sich als Protektor über ein zum Protektorat, zum Schutzgebiet erklärtes Land gerierten und damit de facto als die regierende Macht. Auch wenn die Sachlage hier ein bisschen anders liege, sei es ein überlegenswertes Gedankenspiel: Was würde man sagen, wenn einigen Ägyptern einfiele, die Gebeine des Evangelisten Markus aus Venedig nach Alexandria zurückzuholen, wo die Reliquie den Kopten vor mehr als einem Jahrtausend von geschäftstüchtigen venezianischen Kaufherren gestohlen worden war, um der Kirche des Dogen und damit der Lagunenstadt Bedeutung zu verleihen?

Schrader war mit seiner Meinung allein gewesen, einer der anderen Gäste hatte ihn schmunzelnd einen Salon-Sozi genannt und von Verträgen der Archäologen mit der Hohen Pforte, dem Khediven und Wesiren oder lokalen Herrschern und Stammesältesten gesprochen. Die Archäologie sei schließlich auch ein Handel. Sie sei aufwendig, erfordere Wissen und viel Zeit, koste erheblich an Material, Löhne für die örtlichen Helfer, manchmal für Hunderte, von den überall notwendigen Bestechungsgeldern für jedes und alles, den lebensgefährlichen Krankheiten und den Räuberbanden gar nicht zu reden. Wer so viel investiere, gar sein Leben riskiere, habe alles Recht der Welt, geradezu ein Naturrecht, auf die Ernte. So war es noch ein Weilchen hin und her gegangen.

Wo studierte man in England eigentlich Archäologie? In Oxford?, schoss es ihm plötzlich durch den Kopf. Wenn dieser Smith-Lyte einen Brief aus Oxford gebracht hatte, war er selbst dort gewesen, vielleicht hatte er dort studiert.

Der ferne Ludwig hatte einige Zeit in England verbracht, das hatte er doch erzählt, und da war auch die Rede von Oxford gewesen. Er konnte sich nicht erinnern, was er selbst an jenem ersten oder einem der folgenden Abende in Konstantinopel erzählt oder fabulierend behauptet hatte. Sein Lügenalmanach erwies sich als segensreiche Einrichtung – wenn man ihn akkurat führte und sich keine Lücken erlaubte. Er führte ihn akkurat, trotzdem glaubte er, ab und zu etwas gesagt oder behauptet zu haben, und war im nächsten Moment nicht mehr sicher, ob er darüber nur nachgedacht oder ob er vorgehabt hatte, es zu sagen oder gerade nicht zu sagen – wenn er dann keine Notiz darüber fand, konnte er das trotzdem nicht als einen Beweis dafür nehmen, dass es nur ein stummes Gedankenspiel gewesen war. Es war eine ganz neue Art, sich selbst zu misstrauen.

Also nun Oxford? Er glaubte sicher zu wissen, dass er erwähnt hatte, einige Zeit in Oxford gelebt zu haben, als Schüler noch? Oder als junger Student, ohne viel zu studieren? Er erinnerte sich aber nicht, so etwas zur notfälligen Überprüfung niedergeschrieben zu haben. Das war dumm. Die Stadt war klein, da kannten die Menschen einander, erst recht in den Colleges, und wenn die Studenten sich später irgendwo in der weiten Welt des British Empire trafen, tauschten sie Erinnerungen aus, gingen zusammen rudern, Golf oder Kricket spielen und waren sich als alte Kameraden und Kommilitonen in jeder Hinsicht gegenseitig dienlich.

Ludwig kehrte in die Gegenwart zurück, er sah vor sich in der Gasse den Mann, der all das hatte und haben würde, der zwischen Milena und Edie schlenderte, als sei das schon immer und für alle Zukunft sein angestammter Platz. Um nichts in der Welt wollte er, der neue Ludwig, unterliegen wie ein Hans Körner. Er wollte Fragen parieren wie ein Mann, der das schon immer mit großer Lässigkeit und ganz selbstverständlich zu tun gewohnt war, der seiner selbst sicher war, seiner Vergangenheit wie seiner Gegenwart. Der nicht kniff, sondern einen Ausweg wusste, wenn es brenzlig wurde.

London, dachte er und atmete erleichtert aus, das war die Lösung. London war riesengroß, dort musste man sich nicht über den Weg laufen, solange man seinesgleichen mied. Wenn er nach seiner Zeit in Oxford gefragt wurde, nach dem College und ob er dort diesen oder jenen getroffen oder welchen Professor er bevorzugt habe, konnte er leichthin erklären, er sei ein dummer Junge mit wenig Lust auf die Wissenschaften gewesen. Leider habe er seine Tage lieber im viel aufregenderen London verbracht, sozusagen inkognito in einer billigen Pension, und sich dabei eingebildet, ein Abenteurer zu sein. Er sei nicht stolz auf diese Zeit und spreche nicht gerne darüber. Ja, so ging es, das klang plausibel. Er brauchte nur ein paar Straßennamen und Stadtteile zu kennen, am besten die heruntergekommenen. Wegen der billigen Pension und der Abenteuer. Das klang nicht nach einem Verlierer, sondern nach einem Eroberer, wenn man so wollte, nach einer anderen Art von Archäologen.

Allerdings gab es viele Menschen, die London gut kannten. Auch in Konstantinopel – Edie Witt zum Beispiel. Selbst wenn er vorgab, darüber nicht gerne zu sprechen, sollte er sich ein bisschen auskennen. Er musste einen Reiseführer für London auftreiben. Ohne dass es jemand bemerkte. Und schnell.

Das Trio war zum Quartett geworden, als sie weitergingen. Ludwig hatte sich von seinen Gedanken fangen lassen, hatte seine Anflüge von Panik besiegt und kaum zugehört, während er den dreien folgte, die plaudernd vorausgingen. Nun hörte er ihnen zu, vor allem Edies Stimme, eilige Sätze mit Fragezeichen am Ende. Es ging um Namen wie Aleppo und Palmyra, vom Toten Meer und einem Berg Hor war die Rede. Auch von Karawanen von tausend Kamelen, eine Zahl, die Milena entschieden für einen Scherz hielt.

Sie hatte Ludwigs Zurückbleiben endlich bemerkt und

war stehen geblieben. «Mon dieu, Ludwig», sie hakte sich bei ihm ein, was er auf angenehme Weise tröstlich fand, und ging im gleichen Schritt mit ihm, «welche Laus läuft gerade über Ihre Leber? Eine Läusekarawane? Es ist nicht immer gut, ein ehrlicher Mann zu sein – Ihr Gesicht verrät Ihre Gedanken.»

«Meine Gedanken?» Er versuchte eines dieser leisen Lachen, die selten echt waren, aber stets so klingen sollten, was in diesem Fall sogar ziemlich gut gelang. «Ich habe an nichts Besonderes gedacht, nur ob der beeindruckende Alte mit dem weißen Bart eine Art Ältester oder ein Imam ist. Und der Kaffee ...»

«Aha, der beeindruckende alte Mann.» In ihrer Stimme schwang nachsichtiger Spott. «Sie lügen schlecht, mein Freund. Wie ich schon sagte, ein ehrlicher Mann hat es nicht immer leicht, obwohl Ehrlichkeit natürlich zu den ersten Tugenden gehört. Treue und Ehrlichkeit. Sagt man das nicht? Doch, das sagt man, obwohl es sich meistens mit einer schönen Lüge angenehmer lebt als mit harscher Wahrheit. Ach, ich bin impertinent, ich weiß. Eine Dame spricht nicht so, oder ist das in Deutschland anders? Soll ich nun verraten, was ich denke, das Sie denken?»

«Unbedingt.» Diesmal kostete ihn sein Lächeln keine Mühe. «Verraten Sie mir, was ich denke. Ich bin sehr gespannt. Woran erkenne ich, ob Sie eine ehrliche Dame sind?»

«Eine ungalante Frage. Verlassen Sie sich auf Ihre Intuition, das ist doch ganz klar. Ich denke», sie blieb stehen und sah ihn an, «ich denke, Monsieur Smith-Irgendwas gefällt Ihnen überhaupt nicht. Im Übrigen», sie hob den Zeigefinger wie eine Gouvernante, wenn es ernst wird, «im Übrigen wird es Zeit für unsere Arbeit. Wir sind ja nicht nur zu unserem Vergnügen hier. Mir scheint, wir sind nun ohnedies unter uns, mehr oder weniger, es muss Sie also nicht genieren, wenn ich Ihre Aussprache und Grammatik korrigiere, *n'cst-ce pas?*»

———

Richard Witt wartete. Er hatte sich einen Platz in dem Kaffeehaus beim Anleger von Hereke gesucht, sah den Möwen zu, den wenigen Booten, dem gemächlichen Leben des kleinen Ortes am nördlichen Ufer des Golfs von Ismid. Nach einigem Zögern hatte er sich für eine Shisha entschieden, eine Wasserpfeife, was er in Konstantinopel niemals tun würde, aber hier, einen Sprung über das Wasser an den Küsten Asiens, fühlte er sich schon weit entfernt von seinem gewohnten Leben. Auch der Wirt hatte gezögert. Die Shisha rauchte ein Mann selten allein, sondern mit Freunden oder Familienmitgliedern, aber der Europäer sprach Türkisch, er wusste also, was er tat.

Die Fahrt von Haydarpaşa über Hereke nach Ismid galt unter europäischen Reisenden als eine der schönsten Eisenbahnstrecken überhaupt. Es ging beständig am Ufer des Marmarameeres und des Golfs von Ismid entlang, das schon jahrtausendelang Reisende erlebte, von den Nomaden der Vorzeit über die Helden der Antike, Pilger, Kreuzritter und andere Krieger, andere Helden und Völker, immer Karawanen, Kamele und Maultiere bepackt mit kostbaren Waren, aus dem riesigen Osmanischen Reich, aus Arabien, Afrika oder dem tiefsten Asien entlang der Seidenstraße zum Bosporus. Neben diese uralten Pfade war die Bahnlinie gebaut worden, und die Vorstellung, auf so geschichtsträchtigen Spuren zu reisen, gefiel Richard, obwohl er das ein bisschen albern fand. Schließlich war es nur noch eine Bahnlinie – mehr nicht.

Er wartete, aber hier machte ihm das Warten nichts aus.

Er war in einem Han abgestiegen, einem schlichten Gasthaus, in dem der Wirt ihm gleichwohl Tinte und Papier gebracht hatte. Nun steckte der Brief in seiner Tasche, er war dicker als jene, die er den Kindern sonst schrieb, und fühlte sich sperrig an. Auch gut, so würde er nicht vergessen, ihn zu expedieren. Er dachte oft an Rudolf und Marianne, und sie sollten in jeder Woche einen Brief von ihm bekommen, das hatte er sich als notwendig vorgenommen. Zuverlässigkeit war ein hohes Gut, ein gegebenes Versprechen ein unauflöslicher Vertrag. Manchmal erinnerte Edie ihn daran zu schreiben, mit einer gewissen Scheu, als stehe es ihr nicht zu, ihn an die Pflichten und Versprechungen gegenüber seinen Kindern, die nicht ihre Kinder waren, zu erinnern. Er war ihr dankbar für diese Fürsorge, tatsächlich vergingen ihm die Wochentage oft zu schnell, und eine auf morgen verschobene Pflicht wurde leicht auch noch auf übermorgen gedrängt.

Er vermisste seine Kinder und hätte sie gerne in seiner Nähe gehabt, trotzdem wusste er oft nicht recht, was, wovon er ihnen schreiben sollte. So beschränkten sich seine Zeilen gewöhnlich auf freundliche Ermahnungen, brav und folgsam zu sein, fleißig zu lernen, ein frohes Herz zu bewahren ... Das war nicht genug? Was war genug? Und wie schrieb man das auf? Wenn es um geschäftliche Angelegenheiten ging, war Richard Witt ein gewandter Briefschreiber. Persönliche Briefe gehörten nicht zu seinen Stärken. All die vertraulichen, auch liebevollen Worte, die ihm beim Schreiben in den Sinn kamen, wirkten auf dem Papier romanhaft, schwülstig gar, aus seinem Kopf und aus seinem Herzen und doch nicht von ihm. Also vermied er solche Worte in seinen Briefen. Obwohl er spürte, dass sie auf diese Weise kühl und kaufmännisch, lehrerhaft auf die Kinder wirken mussten, fand er keine andere Lösung. Aber es waren kluge Kinder, sie mussten wissen, dass er sie liebte. Er war ihr Vater.

Neuerdings fügte er doch einige persönlichere Sätze hinzu, darüber, was gerade im Garten blühte (das mochte Marianne freuen, Blumen waren Mädchenangelegenheiten), oder von den eleganten schmalen Booten des Sultans, in denen weiß gewandete Ruderer mit leuchtend roten Fesen einen ausländischen Herrscher zum Empfang im Dolmabahçe Sarayı brachten, was für Rudolf gedacht war, der sich so sehr für die Marine interessierte. Dabei erwähnte Richard nicht, dass diese Bilder von Edie stammten. Er bestellte stets Grüße von ihr und ließ auch Lydia grüßen, von ihm selbst und von seiner Frau. Er wollte alles richtig machen, und die Kinder konnten dabei lernen, was zu einem höflichen Brief gehörte.

Je länger die Kinder in Smyrna lebten, umso häufiger schlichen sich Zweifel ein, ob es richtig gewesen war, Lydias dringendem Rat zu folgen und sie wieder mit ihr an die Westküste reisen zu lassen. Lydia war ihnen nah, sie mochten sie und vertrauten ihr, sie erinnerte sie an ihre Mutter. Edie hingegen war ihnen fremd geblieben. Die leise Stimme in seinem Hinterkopf, diese Fremdheit bleibe bestehen, solange sie so weit voneinander entfernt lebten, brachte er jedes Mal rasch zum Schweigen. Letztlich war es doch gut so, wie es war.

Er hatte den Kindern den wöchentlichen Brief nicht ausdrücklich versprochen, solche Versprechen gab er selten, er wusste selbst sehr gut, welche Narben enttäuschte Erwartungen und Hoffnungen hinterließen. Seine Kinder waren bei Lydia und in der Geborgenheit der Schule gut aufgehoben, dort konnten sie den Kummer über den Verlust Elisabeths sicher leichter überwinden.

Es hieß, Kinder vergessen schnell. Richard hoffte, dass es so sei, aber er glaubte es nicht. Als sein Vater starb, war er nur wenige Jahre älter gewesen als Rudolf, und er hatte damals nicht schnell vergessen. Das plötzliche Verschwinden, das Fehlen des Menschen, dem er vertraut und den er geliebt hatte, war ihm wie ein Betrug erschienen. Er war zornig gewesen, damals, daran erinnerte er sich noch gut, denn er hatte sich dafür tief geschämt. Ein guter Junge war traurig, nicht zornig. Er erinnerte sich auch, wie er versucht hatte, ihn zu erdrücken, diesen Zorn, zu verstecken, ihn sich in jeder Form zu verbieten. Verstanden hatte er diese quälende Wirrnis der kindlichen Gefühle erst, als er den gleichen Zorn nach Elisabeths Tod fühlte.

Wie schnell die Jahre vergangen waren. Und bald, mit dem Beginn der Schulferien, kamen sie zurück an den Bosporus. Die Sommerfrische in Tarabya für einige Wochen, danach sah man weiter. Vielleicht ging plötzlich alles leicht. Er fühlte eine große Sehnsucht danach, dass plötzlich alles leicht gehe. Das hatte er bis jetzt nicht gewusst, er hätte im Gegenteil sogar behauptet, genau so verlaufe sein Leben dieser Tage, in allem leicht. Aber es stimmte nicht. Nicht wirklich.

Er tastete wieder nach dem Brief, es gab keine verlässliche Poststation in Hereke, erst eine knappe Tagesreise zu Pferd, mit der Bahn kaum mehr als eine Stunde weiter in Ismid, einer Stadt von immerhin fünfundzwanzigtausend Einwohnern und Sitz eines türkischen Gouverneurs, eines armenischen und eines griechischen Erzbischofs. Diesmal war es ihm leichtgefallen, tatsächlich einmal leicht, die Zeilen des Briefbogens zu füllen. Er hatte von den Bauarbeiten in Haydarpaşa geschrieben, an dem zukünftig prächtigsten Bahnhof des Osmanischen Reiches, und von der Fahrt am Ufer des Marmarameeres und des Golfes von Ismid entlang, von den großartigen Ausblicken auf das alte Stambul und die Prinzeninseln, auf der anderen Seite über die ansteigenden grünen Hügel zu den Bergen, zu den bläulichen Konturen der kahlen Felsenspitzen des Gök Dag, des Himmelsberges, schließlich weit nach Süden zu den schneebedeckten Gipfeln des bithynischen Olymps. Er hatte sogar die üppigen Junigärten und Weinfelder erwähnt, die kleinen Dörfer, die Kastanienhaine, Feigen- und Olivenbäume, schließlich die Ruine der Burg Achyron, in der einst Konstantin der Große den Tod fand. Immer mehr war ihm eingefallen, beim Schreiben hatte er gespürt, wie ihm diese Landschaft gefiel, dieses Land.

In einem Postskriptum hatte er schließlich die Maulbeerbaumpflanzungen überall um Hereke herum erwähnt, deren dunkles Laub das einzige Futter für die Seidenraupen war, ohne die keiner der berühmten Teppiche der Kaiserlichen Manufaktur geknüpft werden konnte. So hatten auch seine Pflichten und seine Arbeit Eingang in die Zeilen gefunden. Das war ihm wichtig gewesen.

Die Kinder kannten diese Strecke nicht, sie waren stets

mit dem Dampfer nach Smyrna gefahren. Er blickte auf das Wasser, es sah so friedlich aus, und er nahm sich vor, in einem, spätestens in zwei Jahren mit Rudolf die lange Fahrt mit der Eisenbahn durch das Land nach Smyrna zu unternehmen. Dann war es Zeit, ihm ein Stück des weiten Landes zu zeigen, Anatolien, zu Pferd, vielleicht, wenn es sich so ergab, ein Stück weit mit einer Karawane im Rhythmus der Kamele.

Als der Herr, auf den Richard Witt nun schon geraume Zeit wartete, kam, bat der ihn zu den Stühlen einige Schritt abseits im Schatten der Bäume. Sie kannten einander seit einer Reihe von Jahren, lange genug, um Vertrauen wachsen zu lassen. Er war ein freundlicher Herr im mittleren Alter, der im alten Stambul aufgewachsen war, jüngerer Sohn einer in früheren Jahren wohlhabenden türkischen Familie. Deren Glück war vergangen, es hatte aber lange genug bestanden, um den Söhnen eine gute Bildung und eine gewisse Weltläufigkeit mitzugeben, Erfahrungen im Ausland zu sammeln, europäische Sprachen zu erlernen, die Töchter gut zu verheiraten.

Sie hatten die Chancen ihrer guten Herkunft und Ausbildungen genutzt und sorgten jeder für sich und gut miteinander vernetzt für eine neue Generation von erfolgreichen Männern. Vielleicht gelang es nicht allen in gleicher Weise, die Menschen waren nun einmal verschieden, und das Glück neigte sich mal diesem, mal jenem zu.

Der Mann, der mit Richard im Schatten saß, war in der Mitte der Erfolgsleiter angekommen, es herrschte allgemein die Ansicht, diese Leiter stehe fest, und es gebe keinen Grund zur Sorge, sie könne schwanken. Er war klug und souverän genug, sich Zeit zu lassen und auch auf sie zu vertrauen. Er war im Seidenhandel des westlichen Anatoliens versiert und genoss das Vertrauen des Direktors der Kaiserlichen Teppichmanufaktur Hereke.

Nach der Begrüßung und den nötigen Höflichkeitsbezeugungen, die den gegenseitigen Respekt zeigten, entstand eine Pause, und die Männer beobachteten, wie der Wirt des Kaffeehauses die Shisha aufnahm und behutsam ins Haus trug. In seinen Augen stand Missbilligung ob der Verschwendung einer halb gerauchten Wasserpfeife.

«Unser geliebter Padischah hat diese Manufaktur für die Produktion kostbarer Seidenteppiche für die Paläste und als Geschenke besonders verdienstvoller Männer eingerichtet», fuhr er endlich fort. «Natürlich, das wissen Sie. Aber Sie wissen auch, wie sehr wir Orientalen unsere Präliminarien brauchen, sonst fühlen wir uns grob, wobei ich gewiss nicht andeuten möchte, ihr Europäer wäret grob», er lächelte zwinkernd, «es scheint uns wohl nur manchmal so. Wie sagt man in Deutschland? Andere Völker, andere Sitten?»

Richard nickte. Es fiel ihm schwer, seine Ungeduld zu verbergen. Er hatte fester, als er sich eingestanden hatte, mit der Möglichkeit gerechnet, künftig auch in Hereke für sein Lager und seine Kunden einzukaufen. Das kleine Geplänkel gehörte zu dem Spiel, das es möglich machte, nach außen gleichmütig zu bleiben, wie es sich gehörte.

«Ja, so sagt man, und ich fürchte, die meisten meiner Landsleute pflegen die Unterschiede entschiedener, als sie es je zu Hause täten, selbst wenn sie viele Jahre oder gar in der zweiten Generation am Bosporus leben.»

Beide nickten bedächtig und blinzelten in die Sonne. Richard beherrschte seine Ungeduld. Er wartete höflich, bis der andere weitersprach: «Nun, ich will die Präliminarien abkürzen, wir kennen uns gut genug, um sie nicht über Gebühr zu brauchen. Wie ich schon sagte: Bedauerlicherweise hatte ich keinen Erfolg. Unserer gemeinsamen Sache ist kein Erfolg beschieden. Es war zu spät, ich konnte nicht für Sie sprechen.»

Zwar werde es nun auch Seidenteppiche für den Handel geben, kleinere Maße, wie die Europäer sie lieben, passend für große bürgerliche Wohnungen. Natürlich konnten es nur wenige sein, das sei nicht anders zu erwarten, die Arbeit der Knüpferinnen nehme stets viele Monate in Anspruch. Leider, er bedauere das wirklich sehr, sei ihm ein anderer Händler zuvorgekommen. «Ein Einkäufer aus London, ein Engländer, für ein großes Kaufhaus. Es ist längst nicht so groß wie unsere Basare, aber doch bedeutend. Harrods. Sie haben sicher davon gehört.»

Wieder blieb Richard nur, zu nicken. Harrods. Weltberühmt für die Luxuswaren, legendär erfolgreich und profitabel. Damit konnte Ihmsen & Witt nicht konkurrieren. Dieser Einkäufer würde die ersten Stücke so teuer bezahlen, dass er sie ohne Gewinn an seine Kunden weiterverkaufen musste. Der Gewinn war der Zugang, womöglich ein Vertrag mit der Manufaktur des Sultans für die Zukunft. Der zusätzliche, der tatsächlich größte Gewinn war der Glanz auf dem Namen der Firma, wenn sie Waren aus der Kaiserlichen Manufaktur anbieten konnte. So wäre es auch für Ihmsen & Witt gewesen. Ein orientalischer Teppich war immer mehr als nur ein Gewebe aus Wolle oder Seide und Baumwolle, tibetischem Ziegenhaar, Farben. Es war immer auch ein Objekt für Träume vom Orient. Besonders für die, die ihn niemals bereisen würden.

«Der Herr hat beste Verbindungen», fuhr die sanfte Stimme neben ihm fort. «Es heißt, über eine Schwester des Sultans, was ich allerdings bezweifele, die Prinzessin lebt schon lange in Paris und, wie man auch hört», er senkte seine Stimme zum kaum Hörbaren, «führt sie ein Leben, das unserem geliebten Padischah missfallen muss. Gleichwohl, die Familie. Ein starkes Band. Das gilt für alle Völker, nicht wahr? Anders als die allgemeinen Sitten. Die Familie Ihrer Frau bedeutet auch ein starkes Band. Commander Thompson ist ein Engländer und einflussreicher Mann, wie man hört. In London, in Istanbul, auch in der türkischen Marine – sein Rat wird überall geschätzt. Womöglich kann er auch in diesen Angelegenheiten raten.»

Er hatte behutsam gesprochen, nun schwieg er beredt. Richard spürte aufwallenden Zorn. Der deutsche Kaiser war ein Verbündeter, wie es hieß ein Freund des Sultans, deutsche Firmen bauten mit ihren Ingenieuren die Bahn, die bis nach Bagdad fahren sollte, bauten den Bahnhof in Haydarpaşa, hatten in Jahrzehnten die türkische Armee reformiert, lieferten Unmengen an besten Krupp-Waffen und manches andere mehr. Nun ging es nur um ein paar Teppiche – sehr wertvolle Stücke, gleichwohl nur Teppiche –, und da kam ein Engländer und bekam gleich, was er wollte. Richard fühlte sich plötzlich sehr klein und zerbrechlich.

Er lebte mit dem Gefühl, sich als besonders ehrbarer Mann zeigen zu müssen, als wahrer Preuße, zugleich ungezwungen und weltgewandt, weltoffen. Ganz besonders vor der Familie seiner Frau. Vor diesen Engländern. Er war kein Offizier wie deren Söhne, Schwiegersöhne oder Neffen, sondern ein Kaufmann. Er handelte nicht einmal mit Maschinen oder Weizen, mit dem neuen Öl wie die Rothschilds und Nobels, er war ein Teppichhändler. In dem Wort schwang immer ein Nachgeschmack mit, eine Ahnung, manchmal sogar ein deutlicher Ton von Verachtung des Orientalischen.

Richard war stets stolz auf seinen Beruf, auf die Firma und die schönen Teppiche gewesen, die er und Alfred fanden und wiederverkauften. Die meisten waren Kunstwerke, sie schenkten Schönheit, Atmosphäre, auch Phantasien und Träume, Bequemlichkeit im mindesten. Wärme. All das barg für ihn das Wort Teppich. Für die Thompsons mochte das anders sein. Sie waren im Grunde freundliche Menschen, höflich bis in die letzte Faser, das kühle Abwartende der ersten Begegnungen war vorbei, sie ließen ihn nicht mehr spüren, dass er nicht ganz das war, was sie sich von einem Mann für ihre Tochter oder Schwester vorstellten. Er wusste es trotzdem. Nicht an allen Tagen, aber an solchen, die ohnedies ein wenig grau waren.

Aber eher würde er am salzigen Tuz Gölü in der Steppe bei Konya seinen letzten Tropfen Wasser verschenken, als den Commander um Unterstützung für seine Geschäfte zu bitten.

7. KAPITEL

Wenn Sergej Michajlow lächelte, veränderte sich sein Gesicht auf verblüffende Weise. Erinnerte es gewöhnlich an einen vorwitzigen Fuchs, vielleicht wegen der schmalen, ein wenig spitzen Nase, veränderte dieses Lächeln sein Gesicht in das eines Welpen. Obwohl Milena wusste, dass es mit dem Lächeln so eine Sache war – wenn man fast dreißig Jahre gelebt hatte, wusste man so etwas –, ließ sie alle Vorsicht und Zurückhaltung los, selbst diese letzte Prise gesunden Misstrauens, ohne die eine Frau nur schwer alleine durch die Welt kommt.

Natürlich hatte sie ihn auch zuvor schon lächeln gesehen, diesmal war es anders. Sergej, so nannte Milena ihn, sie waren unabhängige moderne Menschen, den Grad der Förmlichkeiten bestimmten sie selbst, Sergej war ein ungewöhnlicher Mann. Vielleicht, weil er ein Künstler war. Obwohl sie selbst aus der Stadt der Künste und der Künstler stammte, hatten keine als Freunde zu ihrem Pariser Leben gehört. Aber Künstler mussten anders sein, das verstand sich von selbst, sie waren Menschen mit sensibleren Empfindungen. So hieß es doch?

Sergej war ein aufmerksamer, an dem, was sie sagte, wirklich interessierter Zuhörer, auch darin unterschied er sich von den meisten Männern, die sie kennengelernt hatte. Die hielten alles, was sie selbst erzählten, für ungemein interessant und hielten es für natürlich, dass Damen kaum Relevantes zu einer Unterhaltung beizutragen hatten. In Gesellschaft hörte man den weiblichen Wesen höflich zu, bis es Zeit wurde, sich für Erwachsenengespräche zu Zigarren und Cognac ins Herrenzimmer zurückzuziehen. Mme. Labarie hatte dazu einmal bemerkt, das gehöre zu den männlichen Unzulänglichkeiten, dem begegne eine Frau am klügsten mit Nachsicht.

Bei ihrem Treffen in der vergangenen Woche waren sie in den Petits Champs spazieren gegangen, und als er danach fragte, hatte sie gerne noch einmal von der kleinen Reise nach Saloniki erzählt. Er kannte die Stadt nicht und schenkte allem seine ganze Aufmerksamkeit. So machte er Mme. Labaries Familienbesuch zu etwas Besonderem.

«Erstaunlich», sagte er, als sie auch von einem der Neffen zweiten oder doch dritten Grades sprach, der in der türkischen Armee diente und nun in Saloniki stationiert war. «Wirklich erstaunlich. Welche Aufgaben mag er dort haben? Ich weiß natürlich nicht, wie die Bestimmungen sind – nennt man das so beim osmanischen Militär: Bestimmungen? –, wie die sind, wenn es um Beförderungen geht oder wer für die Offizierslaufbahn zugelassen ist. Womöglich ist man im Osmanischen Reich in manchen Dingen doch liberaler, als ich dachte. In Russland – nun, so genau kenne ich mich auch mit dem Militär des Zaren nicht aus. Ich war kein Soldat. Die Kriege der letzten Jahre musste ich nicht erleben, da habe ich Glück gehabt.» Er sah sie prüfend an, Unsicherheit im Blick. «Das ist keine mannhafte Haltung, vielleicht verachten Sie mich dafür.»

«Nein.» Dennoch überlegte sie, den Zeigefinger am Kinn. Sie dachte an den stolzen Oberst Labarie, gleich auch an ihre Onkel Yuri und Ignat, die in einer anderen Art von

Krieg gefochten hatten. «Nein, wirklich nicht. Ich kann lesen und hören. Nein, Sergej, ich finde auch, Sie haben Glück gehabt.»

Er nahm ihre Hand, küsste sie und hielt sie einen Moment zu lange fest, bevor er sie wieder freigab, behutsam, als sei sie aus Glas. «Ich wusste gleich, wie klug Sie sind.»

«Und Sie sind ein Schmeichler, Sergej.»

Er hatte seinen letzten Satz in Russisch gesprochen, und sie hatte ebenso geantwortet. Sie beherrschte die Sprache ihrer Mutter, jedoch anders als Sergej Michajlow mit einem unüberhörbaren französischen Akzent.

«Ich weiß ja, Ihre Mutter stammt aus Sankt Petersburg, und Sie sind dort geboren. Mögen Sie mir anvertrauen, wie Sie nach Paris gekommen sind? Falls es kein tiefes Geheimnis ist.»

Wieder dachte Milena nach. Sie wünschte sich sehr, davon zu erzählen. Nur wenige wussten den wahren Grund. Mme. Labarie wusste es, aber niemand sonst in Konstantinopel und kaum jemand in Paris. Und in Sankt Petersburg? Ganz sicher die falschen Leute, eben jene, die der Anlass für die Bonnards gewesen waren, das Zarenreich hastig zu verlassen.

Die offizielle Version, so nannte Milena es bei sich, war ganz unspektakulär. Der sehr junge Maurice Bonnard hatte damals als Ziseleur in der Werkstatt des Juweliers Fabergé gearbeitet. Er war Wera Tscherdynowa begegnet, der Tochter eines russischen Kürschners, als er eine Fellmütze und einen Mantelkragen für den Winter kaufen wollte. Sie hatten sich verliebt und geheiratet, zwei Kinder bekommen, einen Sohn und eine Tochter, Milena, und schließlich doch entschieden, ihre Kinder sollten in Frankreich aufwachsen.

Das war auch Weras Wunsch gewesen, und so war die Familie Bonnard in Maurices Heimat zurückgekehrt. Das war alles. Eine Familiengeschichte, wie es sie zu Tausenden gab.

Das entsprach der wahren, der tatsächlichen Geschichte – bis auf das letzte Kapitel, die Abreise aus Sankt Petersburg, die lange Fahrt über das Meer und über Land nach Südwesten. Die Angst als Begleiterin, die Tränen Wera Bonnards, die nicht endende Sorge um ihre Brüder, um Ignat und Yuri.

Wie konnte sie einem Fremden davon erzählen? Milena entschied sich bei jenem vorigen Treffen für einen ihrer schönsten koketten Augenaufschläge und sagte «vielleicht», und dann: «Vielleicht erzähle ich beim nächsten Mal mehr. Ich denke darüber nach. Falls es Sie dann noch interessiert.» Wahrscheinlich habe er es bis dahin längst vergessen.

Das hatte er nicht. Als Milena nun das Café Lebon betrat, sah sie ihn gleich. Er stand bei der mit süßen Leckereien gefüllten Vitrine in der Mitte des großen Raumes und schien ein wenig fehl am Platze zwischen all dem polierten Mahagoni, gepflegt wuchernden grünen Pflanzen und gläsernen Ballonlampen und erwartete sie.

Er hatte sich nicht erboten, sie bei Mme. Labarie abzuholen, wie es üblich gewesen wäre. *Comme il faut.* Sie hatte darüber nachgedacht und entschieden, es sei nur rücksichtsvoll. Sie müsste ihn vorstellen, er wiederum müsste mit Madame den an der Tünelbahn avisierten Tee trinken und sich ihren Fragen stellen. Womöglich hatte er wie Milena einen Punkt in seinem Leben, über den er es vorzog nicht zu sprechen, sie spürte so etwas, und womöglich war es das, was ihr das Gefühl von Vertrautheit gab, das Russische und – vielleicht – ein geheimes Zimmer in seinen

Gedanken und Erinnerungen. Wenn sie sich besser kannten, wollte Milena ihn einladen. Oder eine zufällige Begegnung arrangieren, das wäre ihr ein Leichtes.

Bis dahin ging sie überflüssigen Fragen und neugierigen Blicken aus dem Weg, indem sie ihre Bekanntschaft und die Treffen mit Sergej verschwieg. Außerdem ersparte sie sich auf diese Weise Ermahnungen, die Fragilität des guten Rufes einer Frau zu bedenken. Die beachtete sie ständig, was manchmal wirklich lästig war, noch mehr, seit sie angefangen hatte, darüber nachzudenken.

All die ungeschriebenen und doch unverrückbaren Verbote und Regeln und Grenzen waren bis dahin zu selbstverständlich gewesen, um sie ständig zu spüren, inzwischen wurden sie ihr jedoch zu eng. Meistens lag die Unschicklichkeit nur in der Phantasie und im Misstrauen der Betrachter und Beobachter, nicht im Tun einer Frau, die alleine ausging. So einfach war es. Im Übrigen war Milena zu dem Schluss gekommen, ihr guter Ruf schütze sie davor, von der Gesellschaft, in der sie sich gerne bewegte, gemieden zu werden und ins Abseits zu geraten, ein paar Freiheiten konnte sie sich dennoch erlauben. Sie war zu alt und hatte zu unabhängig gelebt, um als Heiratskandidatin gefragt zu sein, umso weniger, als sie diese Mängel weder durch eine lohnende Mitgift noch durch gute und ertragreiche Beziehungen ihrer Familie ausgleichen konnte. Sie hatte nichts zu bieten außer sich selbst. Also war es überflüssig, das Schicksal und die Welt mit der Rolle des über die Maßen reputierlichen Fräuleins zu bestechen. Ihre eigenen und ihr selbstverständlichen Vorstellungen von bürgerlicher Höflichkeit und Moral, vom guten Zusammenleben, waren genug. Warum also nicht allein mit einem russischen Maler ausgehen, den niemand kannte und der niemanden störte? Notfalls könnte sie ihn als wiedergefundenen Cousin ausgeben. Allerdings war so eine Lüge gefährlich, erfolgreiches Lügen erforderte Intelligenz, Wachsamkeit und ein perfektes Erinnerungsvermögen, das klang nach viel Anstrengung und hoher Fehlerwahrscheinlichkeit.

Mme. Labarie würde dennoch irritiert sein, aber wie stets in freundlicher Trägheit lächeln und charmant zuhören. Darin entsprach sie genau dem Bild der ältlichen Dame. Dass sie tatsächlich nicht so schläfrig war, wie es schien, ging niemanden etwas an, den sie es nicht erkennen lassen wollte. Milena fand dieses Spiel amüsant und auch für sie selbst recht bequem, weil es von ihr als Gesellschafterin wenig forderte.

Sergejs Anzug war weniger zerknittert als sonst, er hatte ihn bügeln lassen, was Milena rührte. Er gab sich Mühe. Heute fehlte die Mappe mit den Zeichenblättern, sie konnte ihn nicht danach fragen, obwohl sie gerne wüsste, woran er inzwischen gearbeitet hatte.

Er führte sie an einen der hinteren Tische nahe bei der weit offen stehenden Terrassentür, aus einem schattigen Gärtchen kam trotz der Hitze des Tages eine angenehme Frische herein. Ihr Platz setzte sie kaum den Blicken und Ohren der zahlreichen anderen Gäste aus. Das Lebon war ein Restaurant mit französischer Küche und einer Konditorei, beide zählten nicht gerade zu den billigen Lokalitäten. Trotzdem war es ein Treffpunkt der Konstantinopler und auch Stambuler Künstler, besonders der Literaten und ambitionierten Journalisten, zahlreiche junge, gut angezogene moderne Türken waren darunter. In den traditionellen türkischen Kaffeehäusern saßen die Männer – Frauen hatten dort keinen Platz – gewöhnlich entlang der Wände, niemand saß allein für sich. In den vom europäischen Einfluss geprägten Cafés mit den einzelnen Tischen konnte jeder für sich sein oder sich mit andern treffen, essen, lesen oder schreiben, politisieren oder sogar flirten.

Es wurde viel und überwiegend Französisch gesprochen, Milena hörte auch deutsche Worte, italienische, englische. Kaum türkische, so wie für die hier lebenden Europäer war es auch in westlich orientierten und gebildeten türkische Familien und unter Intellektuellen üblich, Französisch zu sprechen. So war es auch unter den Russen in Sankt Petersburg, sie erinnerte sich nicht mehr daran, sie war ein zu kleines Mädchen gewesen, als sie die Stadt und das Land verließen, aber ihre Mutter hatte davon erzählt, in den gebildeten und besonders natürlich den adeligen Familien wurde kaum Russisch, sondern Französisch gesprochen. Viele Russen, und ebenso Türken, hielten ihre eigenen Sprachen, das Russische wie das Türkische, für grob und unelegant.

Sie blickte sich um, da war niemand, den sie kannte. Plötzlich hatte sie sich vorgestellt, Ludwig Brehm sitze an einem der Tische, vielleicht mit Edie Witt oder Monsieur Ihmsen. Sie sah sich noch einmal um, aber es war nur ein dummes Gefühl gewesen.

Sergej zog einen dünnen weißen Umschlag aus seiner Rocktasche, etwa in der Größe eines Buches, eines Romans vielleicht, und legte ihn vor Milena auf den Tisch.

Sie sah ihn fragend an. Als er lächelnd nickte, öffnete sie den Umschlag. Ein Bild steckte darin, eine Zeichnung, schon sorgfältiger gearbeitet als das Profilbild, das er von ihr am Hafen rasch und nebenbei skizziert hatte. Dieses zeigte Mme. Labarie und Milena, ein kleines Bild einer alltäglichen Szene aus dem Gedächtnis, dem Maler war es gelungen, den Blick des Betrachters gleich auf das Gesicht der jüngeren der beiden Frauen zu lenken.

«Ich dachte, es könnte Ihnen gefallen», erklärte er, «es ist nichts Besonderes, nur ein kleines Format und ohne Farben. Aber ...» Er schwieg, in seinem Gesicht stand unausgesprochen die Bitte nach einer wohlwollenden Antwort.

«Es ist zu schön», flüsterte Milena, und er sagte: «Zu schön? Niemals.»

Weil gerade jetzt der Kellner den Kaffee und eine Schale mit Wiener Gebäck servierte, das an der Donau wie in den europäischen Cafés am Bosporus Patiencen genannt wurde, im Ursprung jedoch Russisch Brot aus Sankt Petersburg war, dankte sie ihm nur mit einem Lächeln. Einem sehr besonderen Lächeln.

An diesem Tag vertraute sie ihm die Geschichte von Yuri und Ignat Tscherdynow an. Nicht alles, aber das Wichtigste. Sie fanden Gemeinsamkeiten in ihren Familien von der Art, über die nur in sehr vertrautem Kreis gesprochen werden konnte. Ignat und Yuri Tscherdynow, der ältere und der jüngere Bruder der Mutter Milenas, waren vor sechsundzwanzig Jahren verschwunden. Einfach so? Nein, nicht einfach so. Es verschwanden viele damals, in den darauf folgenden Jahren noch mehr. Wie auch in diesen Jahren.

Sergej nickte. «Nach dem Attentat auf den Zaren», murmelte er, und Milena ergänzte leiser: «Nach dem letzten, ja. Die Brüder meiner Mutter waren aber schon kurz zuvor verschwunden.»

Im Frühjahr 1881 war Zar Alexander II durch eine Bombe getötet worden. Es war der siebte Anschlag auf sein Leben gewesen.

Wieder nickte Sergej. «Da war schon lange Unruhe im Reich. Viel Unruhe. Und die Brüder Ihrer Mutter gehörten dazu? Ich meine zu denen, die ein anderes Russland wollten?»

Milena zuckte die Achseln. «So heißt es. Wir haben zu Hause wenig darüber gesprochen, ich nehme an, mein Bruder und ich sollten davon nichts hören. Wir wissen nur, dass Ignat, der ältere Bruder meiner Mutter, in der Strafkolonie auf Sachalin ist. Sein soll. Wir haben seit Jahren nichts mehr von ihm gehört, und man gibt uns keine Auskunft. Besser gesagt: Man gab uns keine Auskunft. Meine Eltern haben es aufgegeben. Er ist damals verbannt worden, und er ist auf der Insel angekommen, nur das wissen wir. Er hat all die Tausende Kilometer durch das riesige Russische Reich zu Fuß und in Ketten bis an das äußerste Ende Sibiriens und des Kontinents überlebt. Das alleine ist ein Wunder.»

Sachalin, die Insel nördlich des Japanischen Meeres, war schon lange ein Synonym für Entmenschlichung und Grausamkeit. Viele, Männer wie Frauen, die zur Zwangsarbeit in den dortigen Bergwerken und Wäldern verurteilt worden waren, bekamen, falls sie die Fron überlebt hatten, auch nach Ablauf der ihnen bestimmten Strafjahre keine Erlaubnis zur Rückkehr, sondern konnten – oder mussten – sich dort ansiedeln. Es gab auch Familien. Viele Frauen waren mit ihren Kindern den Männern gefolgt, der Familie eines Verbannten blieb oft keine andere Existenz. Nicht nur unterwegs, auch auf Sachalin starben die Menschen in großer Zahl, durch Arbeit und Entbehrungen, an Krankheiten, Unfällen und Grausamkeiten der Aufseher oder der Schicksalsgenossen. An Verzweiflung. Spätestens seit Anton Tschechow vom Leben und Sterben auf Sachalin berichtet hatte, konnte es jeder wissen, der es wissen wollte. Aber das waren wenige.

Milena hatte Tschechows Buch nicht gelesen, sie hätte es kaum ertragen, aber sie wusste, was darin stand, die Zustände in russischen Zuchthäusern und Straflagern waren kein Geheimnis mehr. Allgemein in Straflagern, auch nicht in den französischen wie auf der tropischen Île du Diable vor der Küste Französisch-Guayanas. Und im Osmanischen Reich? Auch hier wurden Feinde des Sultans eingekerkert, Aufständische niedergeknüppelt, getötet. Überall auf der Welt endeten Feinde oder vermeintliche Feinde der jeweiligen Herrscher im Nichts, viele verschwanden einfach. Milena war weder dumm noch blind genug, das nicht zu wissen. Wer eine Familiengeschichte wie die ihre hatte, wusste um solche Dinge und konnte sich nicht dauerhaft davor verstecken. Aber – so war der Lauf der Welt. War er das? Musste es so sein? Sie wusste nicht, wo sich hier, in diesem Land, die Kerker befanden. Sie wusste überhaupt wenig, viel zu wenig über dieses große vielfältige Land, über seine schönen und seine schrecklichen Seiten.

«Mademoiselle? Milena?» Sergej hatte ihr Zeit gelassen, ihr Gesicht hatte ihm gezeigt, woran sie dachte. «Ich verstehe Sie», murmelte er und fügte genauso leise hinzu: «Ihre Onkel gehörten den Narodniki an. Nein», seine Hand legte sich auf ihre, als sie zurückzuckte, «nein, Sie können mir vertrauen. Verzeihen Sie, das war eine dumme Bemerkung. Sie kennen mich kaum, warum sollten Sie mir vertrauen, warum sollten wir einander vertrauen? Aber wir sind hier nicht im Reich des Zaren, wir haben nichts zu befürchten. Nicht wir beide. Verstehen Sie?» Er sah sie bittend, beinahe beschwörend an. «Verstehen Sie?»

Sie verstand. Wenn das plötzliche Misstrauen auch nicht so einfach verschwand, wie es aufgeflackert war.

«Ein Freund», murmelte Sergej, «ein guter Freund seit unseren Kindertagen, auch er ist nie zurückgekehrt.» Er gab ihre Hand frei, nahm einen Schluck des längst kalt gewordenen Kaffees und zerkrümelte einen Brocken Russisch Brot zwischen den Fingern. Kummervoll und gedankenverloren, so sah es Milena und schämte sich für ihren Argwohn.

In Paris hatten die Bonnards mit dem Misstrauen gelebt, es war allzu bekannt, dass die Ochrana, der Geheimdienst des Zaren, die russischen Exilanten auszuspähen versuchte, ebenso russische Kaufleute und Diplomaten, kaum weniger die Künstler und Touristen. Seit den revolutionären Unruhen mit all den Toten im vergangenen Jahr war es ganz gewiss nicht weniger geworden. Es wurde auch von Entführungen gewispert. Am Bosporus gab es für Milena keinen Anlass zur Sorge. Wozu sollte eine französische Gouvernante oder Gesellschafterin ohne einflussreiche Verbindungen ein lohnendes Objekt sein? Als sie das Land ihrer Geburt verlassen musste, war sie ein unwissendes Kind gewesen, und das war zu lange her, als dass es noch von Bedeutung sein könnte.

«Und Yuri?» Sergej sah sie behutsam fragend an. «Heißt er nicht so, der jüngere der Brüder?»

«Ja, er hieß so. Er lebt nicht mehr. Er war Student, sonst weiß ich nichts von ihm. Er ist wohl schon auf dem Weg nach Osten gestorben, gleich zu Anfang. Ist das nicht ein Glück? Denn wie muss es sein, den quälenden Weg zu gehen, zur Hälfte oder all die Monate und Monate, Jahre vielleicht, immer die Aufseher mit der Peitsche im Rücken,

Krankheiten und Tod allgegenwärtig, als Zukunft nichts als die jahre- oder lebenslange Fron. Gewöhnt man sich daran? An ein solches Leben? Ein solches Vegetieren? Wird man davon stärker, wenn man es schafft, nicht daran zu sterben?»

Milena hatte nicht mehr so leise gesprochen, wie es sich für eine Dame gehörte. Sergej sah sich verstohlen um – niemand sah zu ihnen herüber.

«Ja», sagte er, nur: «Ja.» Es blieb ungewiss, ob er das Glück des Sterbens vor der Qual oder die womöglich auf dem Weg erlangte Stärke meinte.

Milenas Herz zitterte, es war voller Trauer und Zorn. Jahre waren vergangen, seit die Geschichte ihrer Onkel sie wirklich bewegt hatte. Sie hatte die beiden Männer, damals noch sehr junge Männer, wenig gekannt, aber sie hatte den Schmerz ihrer Mutter immer gespürt und in sich verschlossen, seit in der Familie nicht mehr darüber gesprochen wurde. Was ihre Eltern darüber sprachen, wenn sie allein waren, wusste sie nur ungefähr. Sie hatte sich oft von der Welt der Erwachsenen, zu der Yuri und Ignat gehörten, getrennt gefühlt. Gewiss, Kinder fühlen sich immer von der Welt der Erwachsenen getrennt, und es mochte in vielen, vielleicht in allen Familien ein Geheimnis oder eine Schmach geben, die man vor ihnen verbarg, um sie vor Angst und Unsicherheit zu schützen. Sie verstehen und wissen dennoch mehr, als die Erwachsenen, besonders ihre Eltern, denken. Kinder haben keine Skrupel, an Türen zu lauschen. Das müssen sie auch tun, wenn sie aus dem Erwachsenenleben ausgeschlossen sind. So hatte Milena von ihrer russischen Familie erfahren und bald als ein Geheimnis wieder vergessen geglaubt. Nun war er an die

Oberfläche gekommen, der Schmerz, der tief in ihr lebte, von dem sie kaum gewusst hatte. Sie war nicht sicher, ob sie Sergej dafür hassen oder lieben sollte.

Sie hätte gerne gewusst, ob sein verlorener Freund auch auf Sachalin lebte. Oder nicht mehr lebte? Oder im Kaukasus, sogar dort sollte es Straflager geben. Sie wollte nicht fragen. Tatsächlich wollte sie es nicht wissen. Vielleicht an einem anderen Tag.

«Und wenn er zurückkommt», fragte Sergej, «wie kann Ignat Sie finden? Ihre Familie hat das Land verlassen. Gibt es in Sankt Petersburg oder anderswo noch jemand, der auf ihn wartet? Alte Freunde oder Familienmitglieder?»

Milena überlegte nicht, sie antwortete gleich. «Ich weiß nicht. Er wird einen Weg finden.»

Sie konnte ihm nicht alles anvertrauen. Nicht, warum sie wirklich aus Sankt Petersburg fortgegangen, tatsächlich geflohen waren, über das Baltische Meer, die Ostsee, nach Deutschland, von dort weiter nach Frankreich, nach Paris und in die verwinkelten Gassen von Montmartre.

«Meine Mutter wollte nicht bleiben», sagte sie in abschließendem Ton. «Ihre Brüder waren verloren, davon sollten ihre Kinder keine Nachteile haben, und mein Vater wollte uns immer schon in seiner Heimat aufwachsen sehen. Das war so geplant.»

Sie fand, das klinge nicht sehr überzeugend, andererseits – warum sollte sie nach etwas Überzeugenderem suchen? Die Familie war in die väterliche Heimat zurückgekehrt. Was könnte überzeugender sein?

———

Als Milena in die Wohnung an der Rue des Petits Champs zurückkehrte, betrachtete Mme. Labarie sie über den Rand ihres Fächers, der ihr in der plötzlichen Hitze des Tages ein wenig Kühle verschaffte, und fand sich in ihrer Sorge, Milena trage ein Problem mit sich herum, bestätigt. Auf den ersten Blick wirkte sie heiter oder gleichmütig wie immer, wer jedoch genauer hinsah, und das tat Mme. Labarie dieser Tage, entdeckte noch etwas anderes, Unbestimmtes. Eine Sorge. Oder eine Hoffnung? Eine Verwirrung?

Mme. Labarie seufzte leise. Verwirrung, Unbestimmtes – für sie waren die Jahre solcher Gefühlslabyrinthe lange vorbei. Gewöhnlich war sie darüber froh, weil ihr damit auch die Schmerzen erspart blieben, die der glücklichen Facette unweigerlich folgten. Aber sie war eine alte, nun gut, eine Dame in den besten Jahren, da war ein abgeklärtes Gefühlsleben angenehm. Jedenfalls wenn man nicht zu den wirklich leidenschaftlichen Naturen zählte, was niemand von Madame behaupten würde. Aber Milena? Sie war noch eine junge und reizvolle Frau, doch gerade in diesem gefährlichen Alter, das zu Leichtsinn und Ungeduld verführte, weil es spüren ließ, wie bald das Attribut «jung» nicht mehr mit ihrem Namen und – schlimmer noch – ihrem Bild verbunden war.

Mme. Labarie überlegte, ob etwas zu tun sei. Andere Damen hätten umgehend Beschlüsse gefasst, in die Tat umgesetzt und vielleicht eine Grenze überschritten, sie brauchte auch in solchen Angelegenheiten etwas länger, wie jeder wusste. Wenn sie schließlich doch eine Entscheidung traf, verfolgte sie ihren Plan jedoch beharrlich.

Heute lehnte sie sich nur zurück, klingelte nach dem Tee, der längst vor ihr stehen sollte, und lud Milena ein, eine

Tasse mit ihr zu trinken. Manchmal bedurfte es keiner größeren Anstrengung als einer gemeinsamen Tasse Tees, um ein Problem vielleicht nicht gleich zu lösen, aber doch an den Tag zu bringen.

Im Übrigen war es höchste Zeit, die Vorbereitungen für die mit raschen Schritten näher kommenden Wochen in der Sommerfrische zu besprechen. Auch in diesem Jahr hatte Mme. Labarie eine behagliche Suite in Tarabya am westlichen Bosporusufer gemietet. Dort traf sich *tout le monde*.

―――

Der Sommer am Bosporus brachte nur selten diese glühende Hitze, die ein Mensch aus dem Norden wie Ludwig Brehm erwartet hatte. Natürlich wurde es heiß, in den Hochsommerwochen konnte wahrhaft erdrückende Hitze in den engen Gassen stehen, aber selbst dann drehte an manchen Tagen der Wind und schenkte kühlende Brisen vom Meer oder den Bergen. Wenn er von Nordost über das einem Ozean gleichende Schwarze Meer herankam, brachte er bisweilen sogar Regen mit. So ein Sommerregen war angenehm, er wusch Staub von den Blättern, ließ verdorrendes Gras neu sprießen und erfrischte die Luft. Die Sommer in Konstantinopel, so hatte Ludwig jedoch einmal von einem gehört, der bei Weise Teppiche kaufen wollte und den Orient bereist hatte, die Sommer dort seien oft in Zeiten der größten Hitze von hoher Luftfeuchtigkeit beschwert. Für Nordeuropäer sei das ein echter Tort, aber ohnedies verbringe jedermann diese Zeit in den Sommervillen entlang des Bosporus, auch auf der asiatischen Seite, oder auf den Prinzeninseln, einige am Marmarameer.

Ludwig erinnerte sich, wie er damals, es mochte ein Jahr her sein, über die Bedeutung von «jedermann» nachgedacht hatte und sicher gewesen war, es verhalte sich im Orient kaum anders als an der Elbe oder an der Themse. Auch in Hamburg verbrachte «jedermann» so viel Sommerzeit wie möglich in Landhäusern, in der Sommerfrische an der Ostsee oder in den exklusiven Kurbädern inmitten lieblicher Landschaften. In London war ohnedies nur im Winter Stadtsaison. Die Leute mit ihren Herrenhäusern, Schlössern oder Landgütern lebten während des Sommers, gern auch im Frühjahr und Herbst, zumeist außerhalb der stinkenden Städte. Jene Herren, die in der City unabkömmlich waren, fuhren zumindest an den Wochenenden hinaus aufs Land, in Zeiten der Eisenbahn war das schneller und bequemer möglich als nur mit den Kutschen oder im Sattel.

«Jedermann» meinte, egal in welchem Land, in welcher Stadt, natürlich nicht wirklich jedermann, sondern die kleine Gesellschaft der Wohlhabenden, Reichen und sehr Reichen, Hans Körner hatte nie angenommen, jemals dazuzugehören. Für die restlichen fünfundachtzig Prozent bedeutete Sommerfrische einen Sonntagsspaziergang oder eine Wanderung entlang der Flüsse oder durch die nahen Wälder. Manche kamen nie heraus aus der Stadt mit ihrem Schmutz und ihrer Enge.

Auch Konstantinopel war während der heißesten Sommerwochen nicht wie ausgestorben, aber wer es sich erlauben konnte, verließ auch hier die Stadt für einige Zeit.

In der Lager-Etage dachte noch niemand an Ferien. Auf dem großen Tisch ausgebreitet lag diesmal kein schadhafter Teppich, sondern ein wirklich schönes, bei seinem Alter von etwa hundert Jahren äußerst gut erhaltenes Exemplar. Der Flor war noch gleichmäßig und von bester Wolle geknüpft, das Grundgewebe bestand aus fester Seide, somit hatte der Teppich aus Nordwest-Persien besonders qualitätvoll werden sollen. Das war gelungen, daran zweifelte keiner der um ihn herumstehenden Männer. Sein Muster in warmen, ein wenig matten Rot-, Blau- und Beige-Tönen hatte eine harmonische und recht moderne Anmutung, allerdings hatte Aznurjan eine zierliche Inschrift entdeckt, die auf das Jahr 1124 hinwies, also anno 1712 in der christlichen Zeitrechnung.

Alle Männer begutachteten den Teppich gründlich, prüften den Flor, wie sich das ganze Gewebe anfühlte, den Geruch, besonders die Rückseite gab Auskunft über die Qualität und aufgewandte Sorgfalt der Knüpfarbeit. Auch zwei der Träger und Ludwig waren beteiligt, wobei die Meinung der Arbeiter in ihrer geflickten Kleidung, die viele Jahre Teppichlager-Erfahrung hatten, mehr wog als Ludwigs in seinem feinen Rock. Sie einigten sich schnell. Dies war wieder einer jener Fälle, in denen der Manufakteur den Knüpferinnen Auftrag und Muster gegeben hatte, eine solche Inschrift einzuarbeiten, um dem fertigen Werk eine ehrenvollere Bedeutung zu geben.

Mehr Diskussion gab es um das nächste Stück, dessen Schönheit und Alter nicht in Zweifel standen, sondern seine Herkunft. Der Teppich von durchschnittlicher Größe, etwa anderthalb mal zweieinhalb Meter und wie üblich durch einige Hände gegangen, bis er vom Knüpfstuhl abgenommen endlich das Lager in Galata erreichte. Ein verlässlicher Händler hatte ihn mit einem Dutzend anderer aus Angora geliefert, dorthin hatte sie eine Karawane aus dem

Osten gebracht. Soweit es möglich war, notierte der Händler die Herkunftsregionen der einzelnen Stücke und fügte sie als Liste bei. Gleichwohl kamen viele Teppiche ohne solche Dokumente an. Die Sache mit den Dokumenten und den genauen Bezeichnungen passte nicht ganz in eine Zeit und Region, in der die meisten Geschäfte noch per Handschlag abgeschlossen wurden.

«Kaukasien», votierte Aznurjan nach einigem Hin und Her, «eindeutig vom Kaukasus, und zwar aus der östlichen Region, vor allem die Farbtöne, etwas blass, in Gelb und Blau, kaum Rot und Weiß, und wenig abgestuft, beweisen das.»

Ahmet, der älteste der Arbeiter, stimmte ihm nach noch mehr Hin und Her zu.

Nikol hingegen schüttelte den Kopf. «Verzeihung», sagte er mit seiner leisen Stimme. «Verzeihung, Aznurjan, auch wenn ich Ihnen mit Ihrer Erfahrung kaum das Wasser reichen kann, bin ich anderer Meinung. Nun ja. Es ist nicht eindeutig, muss aber bedacht werden. Das Muster ist dem der osmanischen Gebetsteppiche doch sehr verwandt, ich halte es eher für eine Imitation des Musters in einem Gebetsteppich aus den westanatolischen Dörfern.»

«Aber die Technik.» Ludwig hatte sich fest vorgenommen, bei Begutachtungen, wie sie bei jeder Lieferung anstanden, wenig, am besten gar nichts zu sagen, sondern das Gesicht und die Aufmerksamkeit eines Lehrlings zu zeigen. Es war ihm nicht schwergefallen, denn als solcher empfand er sich. Er lernte und erfuhr hier ganz andere Dinge, mehr an Grundlegendem und Besonderem, als er bei Weise je hätte lernen können.

«Die Technik», wiederholte und zeigte auf die umgeschlagene Ecke, fast ein Viertel des Teppichs. An der Unterseite, die bei jedem geknüpften Werk besonders auskunftsfreudig ist, wenn man als seriöser Teppichhändler darin zu lesen versteht. «Persisch», murmelte er, nun schon mit dem sicheren Gefühl, sich verplappert zu haben und ertappt zu sein. «Es sind doch persische Knoten. Wobei», er spürte heiß die Röte im Gesicht, «wobei ich gar nicht weiß, wie die kaukasischen Fäden geknotet sind. Nach persischer oder türkischer Manier?»

Er war automatisch einen halben Schritt zurückgetreten, so hatte er nicht gesehen, wie Ihmsens Brauen sich aufmerksam hoben, bevor er ein Lächeln hinter der Hand verbarg.

Ihmsen selbst hatte schließlich entschieden, jedes der Argumente habe Bestand, der Teppich, wirklich eine Schönheit, bekomme das Etikett Orientteppich. Punktum.

Wieder im Kontor, setzte Alfred Ihmsen sich an seinen Schreibtisch, sein Gehrock hing schon über der Stuhllehne, sodass die Rockschöße auf den Dielen lagen, solche Dinge beachtete er nie, auch wenn Frau Aglaia ihn im Konak bei Gelegenheit mit einem strengen Unterton darauf hinwies. Sein Gesicht war gerötet, er fächelte sich mit einem Briefumschlag Luft zu, für einen beleibten Herrn im fortgeschrittenen Alter und mit dem, was man schmeichelnd eine stattliche Figur nannte, war er die Treppe zu rasch heraufgegangen.

«Nur zu, Brehm», schnaufte er, «ziehen Sie endlich auch Ihren Rock aus. Wir achten hier auf gute Sitte, aber keiner soll sich zum Kollaps schwitzen. Solange keine Damen oder der Kaiser persönlich in der Nähe sind, reichen die Hemdsärmel. Ich glaube, ich habe Ihnen noch nicht gesagt, dass wir wieder die Villa in Tarabya gemietet haben? Für den Sommer, wie in jedem Jahr. Kontor und Lager bleiben nicht verwaist, es gibt gute Fährverbindungen den Bosporus hinauf und herunter, schon diese Dampferfahrten sind ein erholsames Vergnügen. Sie sind natürlich unser Gast, wir haben uns schon an Sie gewöhnt.»

«Danke. Wenn ich Ihnen nicht zur Last falle. Ich halte hier auch gern die Stellung, aber es ist großartig, wenn ich am Wochenende ...»

Ihmsen winkte ab. «Stellung halten ist gut, die Geschäfte laufen ja weiter, obwohl im Sommer alles ein wenig langsamer geht – auch unsere Kunden in Europa machen Sommerferien. Aznurjan und Nikol werden die meiste Zeit hier sein, und ich kann auch nicht den ganzen Sommer dort draußen auf der Terrasse herumsitzen und den Damen beim Bridge zusehen oder auf das Pling-Plong hören, wenn die jungen Leute Tennis spielen. Sie spielen sicher gerne mal ein paar Runden mit, was? Ach, ich weiß schon, der Sturz vom Apfelbaum.»

«Kirschbaum», wandte Ludwig korrigierend ein und war sehr zufrieden mit sich, weil ihm die Korrektur gleich eingefallen war, ohne in seinem Lügenalmanach blättern zu müssen. «Der Kirschbaum, ja, es stimmt. Auch Tennis gehört nicht zu meinen Stärken.»

«Macht nichts, es gibt genug anderes oder auch mal gar nichts zu tun. Es ist wirklich hübsch dort draußen, geradezu idyllisch. Die Parks und schon der Ausblick über den Bosporus – nach all den Jahren ist er immer wieder grandios.» Er fuhr sich mit einem Taschentuch über die schwitzende Stirn und nahm einen Schluck Wasser, auf seinem Tisch standen immer ein frisch gefüllter Tonkrug und ein

Glas bereit. «Das Haus ist groß genug, wenn Sie sich mit einem der kleineren Zimmer begnügen. Dort draußen rücken wir immer etwas zusammen. Die Kinder», überlegte er, «werden sich noch eines teilen, im nächsten Jahr wird Rudolf sicher ein eigenes beanspruchen. Oder im übernächsten Jahr.» Es sei recht unterhaltsam dort draußen im Sommer, alle Häuser seien bewohnt, man treffe stets Gott und die Welt, es gebe ständig Gesellschaften, mit und ohne Tanz. Auch Bootspartien, viel Illumination. «Ich war nie ein froher Tänzer, nicht einmal in meinen schlanken jungen Jahren – Sie werden etliche Damen herumschwenken müssen, im letzten Jahr mangelte es trotz all der Attachés und Söhne an jungen Herren.»

Nun begann auch Ludwig zu schwitzen. Man traf dort Gott und die Welt. Bisher war es gutgegangen, er hatte niemanden getroffen, der sich in Hamburg besonders auskannte oder gar das Haus Weise oder jemanden aus der Familie Brehm kannte. Das war schon erstaunlich genug, in Konstantinopel wimmelte es von Deutschen, so kam es ihm vor. Er hatte noch etwas anderes gelernt: Es war einfach, Fragen auszuweichen, auf die er keine passende oder zweifelsfrei richtige Antwort wusste. Wenn er mit einem Halbsatz darauf einging und vage blieb, um sogleich mit einer Frage nach etwas, das sein Gegenüber anging, zu kontern. Die allermeisten Menschen begannen sogleich selbst zu erzählen und vergaßen ihre Frage, die ohnedies häufig nur aus Höflichkeit oder im Smalltalk gestellt worden war. Aber irgendwann musste er jemandem begegnen, der oder die wirklich beharrlich etwas über ihn wissen wollte, echte Antworten erwartete und so lange nachhakte … Hans Körner hätte das beglückt und geschmeichelt, er war nicht daran gewöhnt und hatte sich umso mehr nach solcher Beachtung gesehnt. Für Brehm, diesen Fuchs im Schafspelz, sah das anders aus.

Es würde schon gutgehen. Auf keinen Fall wollte er sich diese Sommerwochen in einer Gesellschaft entgehen lassen, zu der Hans Körner niemals gehört hätte und in der der neue Ludwig Brehm sich schon wohl und zugehörig fühlte. Vielleicht war es das einzige Mal für ihn.

Alles würde gutgehen. Und das Tanzen, das «Damen herumschwenken», wie Ihmsen es nannte? Er hatte tanzen gelernt, so wie er sich auch bei Tisch zu benehmen wusste, wenn er bei Letzterem unsicher gewesen war, hatte er es sich bei Ihmsen und den Witts abgeguckt. Das war ganz leicht gewesen, eine Viertelminute an der Serviette herumzunesteln und dabei unauffällig zu beobachten, welche Gabel die richtige, welche Haltung bei diesem oder jenem erwartet wurde. Es hatte ihm sogar Spaß gemacht, als sei er ein Spion oder ein Akteur auf einer wichtigen Bühne. Es war gelungen, den Applaus spendete er sich in Gedanken selbst. Manchmal.

Doch, er war guten Mutes, alles klappte besser, sogar viel besser, als er es sich in den bangen der vielen Stunden während der Eisenbahnfahrt ausgemalt hatte. Inzwischen glaubte er sich seine Rolle selbst. Es war kaum mehr eine Rolle, ihm unterlief nicht einmal mehr, dass er mit sich in Gedanken als «Hans, alter Junge» sprach, immer war schon Ludwig zur Stelle. Das gefiel ihm außerordentlich.

Tanzen also. Dazu musste er nur herausfinden, ob die feine, gleichwohl doch recht gemischte Gesellschaft – vom Botschafter bis zum Teppichverkäufer – in dieser Sommerfrische am Bosporus die gleichen Tänze tanzte wie die

Hamburger Kleinbürger. Er wusste schon, wen er mit einer augenzwinkernden Bitte um Verschwiegenheit danach fragen konnte. Am liebsten würde er Edie Witt fragen, und sicher gäbe sie mit ihrer Freundlichkeit gerne Antwort. In diesem Fall jedoch – nein. Da war Milena die passendere Verbündete. Edie war hier zu Hause, ein verwurzelter Teil der oberen Schicht dieser Gesellschaft. Milena nicht. Wie er selbst war sie nur ein Gast.

Es war still im Kontor, Aznurjan war mit seinen Listen im zweiten Lager, Nikol mit Zollangelegenheiten zum großen Zollbüro am jenseitigen Ende der Pont Neuf unterwegs. Die Schreiber hinter der verglasten Trennwand saßen an den hohen Pulten über ihre Arbeit gebeugt. Die Geräusche aus der Stadt, vom Hafen und vom Wasser waren Ludwig schon vertraut, er nahm sie kaum mehr wahr, nur wenn die Muezzins riefen, horchte er noch auf.

«Wann erwarten Sie Herrn Witt zurück?», fragte er, obwohl es den Anschein hatte, als wolle Alfred Ihmsen mit vor dem Bauch gefalteten Händen in seinem Schreibtischsessel ein Nickerchen machen. «Hoffentlich hatte er den erwünschten Erfolg.»

«Bald, ich denke, er wird bald zurück sein. Er wollte nur zwei oder drei Tage bleiben, aber so schnell, wie man denkt, erledigen sich Angelegenheiten selten, er hat gekabelt, er bleibe noch ein wenig. Ein Engländer ist ihm zuvorgekommen, ein Einkäufer aus London, der hat ihm den Vertrag vor der Nase weggeschnappt, was ihn ordentlich ärgert. Nun sieht er sich um, ob es einen anderen Weg gibt.» Ihmsen schnaufte, es klang zugleich nach Unwillen und Bedauern. «Mein lieber Richard hat sich in diese Idee mit den Seidenteppichen aus der Kaiserlichen Manufaktur verbissen. Bisher ging es auch ohne diese besonders kostbaren Stücke.»

«Andererseits – sind Neuheiten nicht immer interessant? Ich habe darin natürlich keinerlei Erfahrung», beeilte Ludwig sich zu versichern, «ich stelle mir nur vor, für Ihre Kunden in Europa sind exklusive Neuheiten von besonderem Reiz. Sicher gilt ein Teppich über den eigentlichen Wert hinaus als noch wertvoller, wenn er das Zeichen der Manufaktur des osmanischen Herrschers aufweist. Als etwas Exklusives mit einem besonderen Flair. Das könnte ich mir jedenfalls vorstellen.»

«Sicher, die Menschen sind so.» Alfred Ihmsen hatte ihm mit wachsender Aufmerksamkeit zugehört. «Das ist ein Plus, ein Mehrwert, mit dem wir als Kaufleute immer rechnen können. Snobs gibt es überall – sogar unter den Hanseaten. Trotzdem, besonders kostbare Teppiche für Abnehmer, die bereit und auch in der Lage sind, sehr hohe Preise zu bezahlen, haben wir genug, auch die passenden Kunden. Jedenfalls zurzeit, man weiß nie, wie sich die Dinge entwickeln. Die politische Lage ist unruhig wie kurz vor einem Erdbeben, in Europa wie im Orient und in Asien. Und wir Deutschen? Was an manchem Abenteuerlichen in Berlin ausgebrütet wird, macht uns nicht beliebter.» Er wischte mit beiden Händen durch die Luft, verscheuchte graue Gedanken wie Spinnweben. «Na, egal, wenn es Richards Glück ist. Ein paar solcher Stücke in den nächsten Jahren in unserem Lager wären mir ebenso recht. Wie Sie sagen, Brehm, so etwas schmückt unseren Namen.» Er überlegte einen Moment. «Ich fürchte, ich bin nicht mehr ehrgeizig genug.»

Es sah aus, als wolle er noch etwas hinzufügen, aber er

nahm nur einen weiteren Schluck aus dem Glas und sah sein Gegenüber freundlich an.

«Ich muss Sie mal etwas fragen, Brehm. Sie waren uns als ein unternehmungslustiger junger Mensch avisiert, der bei Weise am Neuen Wall in Hamburg hospitiert hat und ansonsten Lust auf die weite Welt und eine Reise in den Orient verspürt. Ich wollte Herrn Weise einen Gefallen tun, bei langjährigen guten Handelspartnern ist das ein Freundschaftsdienst. Wir hatten – mit Verlaub – einen Luftikus erwartet, der an unserem Metier nur ein oberflächliches Interesse hat. Auf den man ein Auge haben muss, damit seine Sperenzien nicht auf uns und unseren Namen zurückfallen. Bei den jungen Herren in Ihrem Alter ist das keine Seltenheit. Aber Sie, mein junger Freund, sind uns keine Last. Man spürt, Sie mögen die Teppiche und den Teppichhandel und finden alles interessant. Ich kenne die Menschen lange genug, um zu unterscheiden, ob so etwas echt oder um irgendwelcher Vorteile willen gespielt ist. Sie bekommen von uns ein wirklich bescheidenes Anfängergehalt. Womöglich ist das falsch? Woher wissen Sie so gut über unser Metier Bescheid?»

Er schwieg, lehnte sich wieder gemütlich in seinem Stuhl zurück und sah Ludwig mit einem erwartungsvollen, vielleicht auch ein winziges bisschen maliziösen Lächeln an.

Da war sie schon, die Situation, in der jemand es genau wissen wollte, den er nicht mit einer vagen Antwort oder Gegenfrage ablenken konnte. Alfred Ihmsen war ein redefreudiger Mensch, meistens unterhaltsam, oft klug. Man konnte ihn nicht unter die Schwadronierer und Schwätzer einsortieren. Er war aber auch ein aufmerksamer Zuhörer, für ihn wurde eine plausible Erklärung gebraucht. Ludwig hatte über manches nachgedacht und eine kleine Palette von Ausreden zu allen möglichen Situationen oder vermeintlichen Lebensstationen in Ludwig Brehms jüngeren Jahren parat. Ausgerechnet über diese Frage hatte er nicht nachgedacht. Die Sache mit den Teppichen war ihm viel zu selbstverständlich.

«Nun», sagte er, was immer ein guter Anfang war, um eine halbe Minute Zeit herauszuschinden und dabei wie ein nachdenklicher, sogar tiefgründiger Mensch zu erscheinen. Er schlug ein Bein über das andere, zupfte sich beiläufig ein Stäubchen vom Ärmel und sagte: «Sie beschämen mich, Herr Ihmsen, wirklich. Sie sind überaus großzügig – ich lebe in Ihrem Haus wie ein Gast, das hatte ich nicht erwartet, nicht einmal daran gedacht. So bin ich doppelt froh, wenn ich keine Last bin, sondern auch hier und da zur Hand gehen kann. Es macht mir Freude, ja, das tut es. Wenn Sie von meinen Kenntnissen sprechen, beschämen Sie mich noch einmal, denn dann habe ich mich zu gut dargestellt.» Er räusperte sich wie jemand, der mit sich um eine Entschuldigung ringt. «Hier lerne ich jeden Tag dazu, aber meine Kenntnisse sind noch ganz oberflächlich.»

Er war mit sich zufrieden. Was er gesagt hatte, hatte in Ton und Inhalt genau gepasst.

Ihmsen neigte abwägend den Kopf. «In diesem Metier dauert es sehr lange, viele Jahre, um sich gut auszukennen.» Er überlegte, bevor er noch nachdenklicher fortfuhr: «Auch dann sollte man sich mit den eigenen Kenntnissen und Urteilen nie zu sicher fühlen. Dieses Handwerk ist eine Kunst, und als solche folgt es Regeln und Traditionen der Herkunftsregionen, bei den Nomaden der einzelnen Stämme. Doch inzwischen hat sich manches vermischt, einfach verändert, so wie sich jede Kulturtechnik im Laufe der Zeit und mit den Zeitläuften verändert. Noch mehr und schnelleren Einfluss auf diese Prozesse haben heute Wünsche und Vorstellungen der Käufer, die besondere Muster und Farben bevorzugen und bestellen, dem sich die Knüpferinnen und ihre Familien oder Manufaktur-Herren gerne beugen. Sobald etwas nicht nur für den eigenen Bedarf der Familie, des Dorfes oder des Stammes, somit auch zum Erhalt von Traditionen hergestellt wird, sondern zum Verkauf, zum reinen Gelderwerb, zieht das ganz automatisch Änderungen nach sich. Zu guter Letzt, nein nicht guter, zu schlechter Letzt, fördert der große Anstieg des Bedarfs in den westlichen Ländern die Reduzierung und Vereinfachung der Muster. Es ist also nicht immer einfach, tatsächlich oft unmöglich, genau zu sagen, ob dieser Teppich aus Kula in der Gegend von Smyrna ist, also ein anatolischer Teppich, oder jener Gebetsteppich in Ladik geknüpft wurde, einige Tagesreisen weiter nordöstlich zwischen Bergen und Kiefernwäldern schon nahe dem Schwarzen Meer. In Smyrnas Hinterland wird in fast jedem Dorf geknüpft, es ist durch die Eisenbahnlinien auch für Händler recht gut erreichbar. Das viel abgelegenere Ladik zum Beispiel hat bisher seinen eigenen Stil bewahrt.»

«Von so viel Differenzierung war bei Weise am Neuen Wall selten die Rede», wandte Ludwig zögernd ein, «eigentlich nie, soweit ich es beurteilen kann», korrigierte er sich rasch. «Wenn ich mich recht erinnere, fanden sich solche Bezeichnungen allerdings auf Lieferlisten. Ich war ja nur wenige Wochen dort, meine Unterrichtung war in der Regel gründlich, aber natürlich gab es viele Lücken.»

«Das Verallgemeinern überrascht mich nicht.» Ihmsens

Lächeln und milder Blick verrieten die Nachsicht mit den Kollegen im Norden. «In einem Teppichhaus an der Elbe ist man weit weg von den Knüpfstühlen im Orient. Die Käufer der Teppiche wollen für ihre Villa, ihr Bureau oder ihren Salon in der Etagenwohnung zwar nicht irgendeinen noch so schönen Teppich, sie wollen einen klingenden Namen dazu. Aaah, sollen die Besucher sagen, ein echter Dies-oder-das, ein Täbris – den Namen kennt fast jeder – oder einer aus der türkischen Provinz Antep oder einen Bakhtiyar aus Persien.» Ihmsen prustete leise, es mochte verächtlich sein, auch ungeduldig oder ermüdet. «Der Orient ist groß, es gibt so viele Dörfer und Länder und Regionen – niemand kann alle kennen. Die Teppichhäuser im Westen bezeichnen ihre Ware nach einer der Möglichkeiten. Wer könnte es ihnen verdenken. Tatsächlich ist es auch kaum von Belang, wenn es nicht zugleich für eine bestimmte Weise der Herstellung gilt. Wenn zum Beispiel in einer Region plötzlich künstliche Farbstoffe verwendet werden, hat der Name natürlich eine große Bedeutung.»

«Mein Eindruck war, die meisten Kunden wünschen einen ‹Orientteppich›, einen ‹echten Perser› – der Begriff steht dann für alle. Letztlich bestimmen Farbe und Muster, die Dicke des Flors, Wollsorten oder Seide die Entscheidung für den Kauf. Und der Preis, der natürlich auch. Oder einfach eine bestimmte Vorliebe.»

«Sie waren nur wenige Wochen bei Weise in Hamburg. Solange der Chef in New York ist, hält der tüchtige Brooks den Laden und seine Leute zweifellos auf Trab», Ihmsen schmunzelte und strich dabei, wie er es so oft tat, behaglich über seinen Spitzbart, «ich habe den Herrn Prokuristen mal erlebt und war recht froh, dass ich nicht zu seinen Lehrlingen gehörte. Lehrjahre sind keine Herrenjahre, gewiss, aber es sollten auch keine Schinderjahre sein. Wer sich ständig krümmen muss, lernt nichts und verliert die Freude, ohne die auf Dauer keine Arbeit gedeiht. Als Direktionshospitant hatten Sie wohl weniger auszustehen. Was er Ihnen auch eingebläut hat, für das gute Handwerk und die Kunst muss man einen Sinn haben oder entwickeln. Den hatten Sie offensichtlich schon mitgebracht.»

Sein Blick war ein einziges Fragezeichen. Und wieder funktionierte es: die geforderte Antwort, der Rücken an der Wand – schon bekam Ludwigs Phantasie Flügel.

«Mitgebracht. Vielleicht haben Sie recht. Als ich zu Weise am Neuen Wall kam ...» Die Sonne war herumgewandert, plötzlich blendete ihn sommerhelles Licht, als mache sie sich über den Hochstapler lustig, als wolle sie jede Lüge entlarven, jede Schwindelei in seinen Augen zeigen. Er wandte sich ab, nur einige Zentimeter, und seine Welt war wieder, wie sie war.

«Ja», fuhr er entschlossen fort, «ich wusste schon ein wenig. Ich hatte einen Freund, dessen Vater eine Vorliebe für orientalische Teppiche pflegte und sich recht gut auskannte, soweit ich das überhaupt beurteilen kann. Er bemerkte, wie sehr mir die Teppiche auf dem Parkett gefielen, die geheimnisvollen Muster und besonders die Farbenvielfalt, das freute ihn. Die meisten Leute träten nur darauf herum, sagte er damals, sie sähen vielleicht, da liege etwas Angenehmes und Kostspieliges, das zudem gut fürs Renommee sei. Die wenigsten würdigten jedoch diese gestaltangenommene Kunstfertigkeit. So hatte er es ausgedrückt, und ich habe es mir gemerkt: Gestalt angenommene Kunstfertigkeit. Das gefiel mir und machte mich neugierig. Also hat er mir einiges zu diesen Teppichen erklärt, er konnte sehr farbig erzählen, manchmal klang es nach Abenteuerreisen. Er hatte auch einige Bücher, die ich studieren durfte.»

«Ist der Herr der Vater eines Ihrer Oxforder Freunde?», fragte Ihmsen, und Ludwig spürte wieder dieses rasante Stolpern seines Herzens. Er brauchte, verdammt noch mal, den *London*-Reiseführer. Sonst flog die grandiose Ausrede, er habe das Londoner East End dem gemütlichen Oxford vorgezogen, schnell auf. Womöglich gab es eine Ausgabe, die auch einen Ausflug nach Oxford beschrieb, so wie der Baedeker *Konstantinopel* auch Beschreibungen von Ausflügen weit ins Hinterland nach Smyrna, Ephesos oder Pergamon bot. Es konnte nicht schaden, wenn er wenigstens ein Minimum über die alte Universitätsstadt wusste, ein paar Namen, die er lässig einfließen lassen konnte.

Er hatte Christopher Smith-Lytes Fragen umsonst gefürchtet, der war schon zu den Grabungen in irgendeiner Wüstenei weitergereist, ohne dass sich eine Gelegenheit ergeben hatte, gemeinsam zu Abend zu essen oder den Tee zu nehmen, wobei gerne das Woher und Wohin ausgetauscht wurde, die besten Möglichkeiten, sich zu verplappern, Falsches oder Widersprüchliches zu sagen. Aber nun? Alfred Ihmsen hatte nicht vor zu verreisen, nur in die Sommerfrische etwas außerhalb der Stadt gemeinsam mit der ganzen Familie und dem jungen Brehm aus Norddeutschland.

Diesmal retteten ihn wieder die beiden jungen Damen, die nicht wie Schwestern aussahen und doch etwas Gemeinsames ausstrahlten. Edie und Milena kamen just in diesem Moment die Treppe herauf und ins Kontor. Er möge sich beeilen, Iossep warte unten mit der Kutsche, ob er es denn vergessen habe, heute sei Freitag und der verabredete Tag für die Fahrt zum Yıldız-Palast, der Sultan erscheine immer pünktlich zu seinem Besuch der Moschee.

Alfred Ihmsen lächelte zustimmend und scheuchte Ludwig mit den jungen Damen hinaus, lauschte ihrem fröhlichen Geplauder und den raschen jungen Schritten treppab nach. Er war zufrieden mit sich; ob Brehm nun sein Französisch verbesserte oder nicht, sie waren ein schönes Trio. Und Edie – nun, auch Edie war dabei vergnügt. Er lehnte sich wieder in seinen Sessel zurück, kreuzte die Füße in den bequemen Stiefeletten auf der geöffneten untersten Schreibtischschublade und schnaufte wohlig. Genau die richtige Zeit für ein kleines Nickerchen. Dabei kamen ihm die besten Gedanken.

———

Ein Raunen ging durch die Reihen, als die Kutsche des Sultans in Sicht kam. Ludwig gestand sich ein, dass ihn der erste Blick enttäuschte. Wie ein Kind hatte er den orientalischen Würdenträger, als Sultan und Kalif das weltliche und religiöse Oberhaupt eines riesigen Reiches, nach der Vorstellung schwärmerischer Europäer erwartet: einen Herrn mit stolz erhobenem Kopf, das bärtige Kinn männlich vorgereckt, breite Schultern, auf einem mächtigen Schimmel. Oder einem Rappen? Das war einerlei, aber der Stolz und eine prächtige Uniform mit Schärpen und goldenen Epauletten, an der Brust große Orden, einen veritablen Säbel an der Seite, so sollte es doch sein – und ähnelte womöglich den Auftritten Kaiser Wilhelms II bei Paraden und Staatsvisiten, bei der Kieler Woche oder auf den Gemälden und

Fotografien. Nach seinen Besuchen in Konstantinopel und dem Heiligen Land waren auch Bilder mit einem Fes als kaiserliche Kopfbedeckung entstanden, aber das war vorerst nur ein Gerücht.

Ein anderes, schwerer wiegendes und im Orient weitgestreutes Gerücht besagte, der deutsche Herrscher sei zum Islam übergetreten und damit der einzige wahre Verbündete des Osmanischen Reiches gegen die anderen europäischen Herrscher, insbesondere die Briten. Wilhelm II zeigte sich in einer Vielzahl schneidiger und zuweilen phantasievoller Uniformen, ein orientalischer Herrscher war für Europäer der Inbegriff des Prunkvollen, er konnte einer deutschen Majestät darin kaum nachstehen. Aber welche Gewänder der Sultan auch an anderen Tagen und bei anderen Gelegenheiten tragen mochte, der Mann in dieser Kutsche begab sich schlicht gewandet zum Freitagsgebet.

So geschah es an jedem Freitagmittag beim Yıldız-Palast. Es war die einzige Gelegenheit, dass Sultan Abdülhamid II sich in der Öffentlichkeit zeigte. So versammelte sich stets viel Volk nahe der Hamidiye-Moschee, dem privaten Gebetshaus des Sultans und seines Gefolges. Untertanen, auch andere Bewohner der Stadt und des Reichs fanden sich hinter dem Gitter ein, immer auch ausländische Besucher und Touristen. In Reisehandbüchern wurde der Termin extra unter den Sehenswürdigkeiten aufgeführt.

Bis zum Juli vergangenen Jahres konnte, wer über gute Beziehungen zu den Botschaften und Generalkonsulaten verfügte, mit etwas Glück einen Platz innerhalb der Zäune nahe am Weg zur Moschee ergattern. Seit dem Attentat durch armenische Revolutionäre im vergangenen Jahr war das nicht mehr möglich. Der Sultan hatte es nur um wenige

Minuten verfehlt, die explodierende Bombe hatte Dutzende andere Menschen getötet und verletzt. Der Palast und der weitläufige Park waren von der Außenwelt abgeschlossen und wurden streng bewacht, nun war die Bewachung weiter verstärkt worden. Der Sultan hatte sogar angeordnet, den Turm einer benachbarten Villa abzureißen, weil der einen zu guten Blick auf den Yıldız-Palast bot.

Iossep hatte Frau Witt und ihre Freunde rechtzeitig zu einer Stelle außerhalb der Umzäunung und etwas oberhalb des Platzes vor der Moschee kutschiert, von der sich ein guter Blick hinunter auf das Geschehen bot. Edie und Milena war das stille Spektakel nicht neu, Ludwig hingegen staunte noch, welch enormer Aufmarsch von Uniformierten des osmanischen Militärs die kurze Ausfahrt des Sultans begleitete. Soldaten säumten den Weg vom Yıldız Sarayı, der ansonsten vor der Öffentlichkeit und vor jeglichen Eindringlingen hermetisch abgesicherten Residenz.

Der eigentliche Palast, das Wohnhaus des osmanischen Herrschers und seiner Familie, erschien bescheiden, verglichen mit dem alten Topkapı Sarayı und dem neuen, innen und außen mit spektakulärem Prunk nach westlicher Art errichteten Dolmabahçe-Sarayı am Bosporusufer. Der Yıldız-Palast stand inmitten eines weitläufigen Parks, in dem die zahlreichen dazugehörenden Gebäude verstreut standen, der Harem für die Frauen und die Familie, Kioske für hohe Beamte, ein Theater- und Opernhaus, eine eigene Porzellan-Manufaktur, zahlreiche Werkstätten und Ställe, die Unterkünfte der Soldaten – der Palast war eine in höchstem Maß gesicherte und abgeschirmte Stadt in der Stadt.

Ein Uhrturm ragte so hoch wie die Kronen der Bäume

auf, seine beiden Zifferblätter zeigten die Stunden für die beiden Welten, die sich auch hier begegneten, die der Osmanen und die der Europäer. Konstantinopler erzählten ihren Gästen auch gerne von der perfekt ausgestatteten Tischlerwerkstatt, denn der Sultan stand im Ruf, ein so versierter wie leidenschaftlicher Tischler zu sein. Der eine oder andere dachte dann vielleicht an den unglücklichen Louis XVI, der eine Leidenschaft für die Drechselei und Uhrmacherei gehegt hatte, gleichwohl König sein musste, bis die Revolution ihn unter die Guillotine legte.

Nun säumten die Soldaten akkurat ausgerichtet den Weg vom Palast zur Moschee, Uniformen in allen Farben, je nach Waffengattung rot, blau, grün, weiß, schwarz, manche mit Messern am Gurt, andere mit aufgepflanzten Bajonetten, die Brüste der Offiziere reich mit Orden bestückt, die Schultern mit goldenen Epauletten – es war eine militärische und wahrhaft orientalische Pracht. Dazu eine Militärkapelle; wenn Ludwig sich nicht sehr, wirklich sehr irrte, wurde gerade ein Walzer gespielt, was außer ihm niemanden erstaunte. Andererseits – der Sultan hatte mit einer ungemein großzügigen Spende auch das Opernhaus in Bayreuth unterstützt, er war ebenso bekannt für seine Verehrung europäischer Musik wie für die der eleganten Formen des italienischen Jugendstils.

Auch eine Abteilung des stolzen Ertuğrul-Kavallerieregiments auf den prächtigsten Schimmeln war dabei, jeder Reiter mit einer Lanze und flatternden Fahne. Alle Waffengattungen des türkischen Militärs seien vertreten, erklärte Milena.

«Aber warten Sie, bis Sie die Leibgarde sehen. Zwölf Albaner, wahrhaft kriegerische Erscheinungen. Mme. Labarie ist fest von dem Ondit überzeugt, der Sultan habe mit jedem einzelnen der zwölf Blutsbrüderschaft geschlossen. Sie wissen schon: treu bis in den Tod. Wobei allerdings nicht sicher ist, ob das gegenseitig gilt. Jedenfalls heißt es, diese Albaner seien inzwischen mächtiger und selbstherrlicher als mancher Minister.»

Die Kapelle stimmte eine elegischere Melodie an, und die Kutsche Seiner Majestät rollte in würdigem Tempo vorbei, umringt von der Leibgarde, in weiteren Wagen folgten der Großwesir, die Minister und andere hohe Würdenträger. Die Schaulustigen reckten die Köpfe, Kinder wurden auf Schultern gehoben, junge Männer hangelten sich unter missbilligenden und wachsamen Blicken der bewaffneten Wachposten ein Stück am Gitter hoch.

Ludwig erinnerte sich gut an Besuche Kaiser Wilhelms II in Hamburg, da war großes Hurra-Geschrei und Fähnchenschwenken entlang der Straßen gewesen, und der Kaiser und die Kaiserin hatten huldvoll aus der Kutsche herausgewinkt. Hier erschollen auch Hurra-Rufe, überwiegend herrschte jedoch eine Atmosphäre angespannten und auch nach einer Sensation lüsternden Flüsterns. Es hieß, seit dem Attentat im vergangenen Jahr habe sich die Zahl der Zuschauer bei der Fahrt zum Freitagsgebet verdoppelt, was sicher übertrieben war, aber nur ein bisschen.

Seine Kaiserliche Majestät Sultan Abdülhamid II saß mit unbewegtem Gesicht und trauriger Haltung in seinem Wagen, der noch dunkle Bart gab ihm etwas Düsteres. Er war ein Mann von bescheidener Größe, seinen Säbel hielt er aufrecht zwischen den Knien, die Spitze auf den Boden der Kutsche gedrückt. Er trug den dunkelroten Fes, sein grauer Rock mutete auch aus größerer Nähe einfach und soldatisch an, er zeigte nur wenige schmückende Biesen, Streifen oder Orden. Auf seinem Weg zum Gebet war etwas von einem Pilger an dem höchsten weltlichen wie religiösen Herrn der Osmanen.

Ludwig hielt vergeblich Ausschau nach den Kutschen mit den Damen der Familie, des Harems. Ihr Anblick stand im Ruf, prächtig zu sein, ihre vielfarbigen Gewänder aus kostbaren Stoffen, die verschleierten Gesichter geheimnisvoll, die Pferde ihrer Kutschen besonders aufgeputzt – heute fehlten sie in der Reihe der Kutschen. Vielleicht blieben sie seit dem Attentat der einzigen Gelegenheit fern, bei der sich der Sultan dem Volk zeigte. Vielleicht war der Grund banaler, Herr Ihmsen würde es wissen. Der Kommerzienrat war über Angelegenheiten des Palastes wie der bedeutenderen der Gesandtschaften oft erstaunlich gut unterrichtet.

Die Kutsche mit dem Großwesir war noch nicht ganz vorbei, als in den Reihen der Zuschauer keine zwanzig Schritte entfernt plötzlich ein Gerangel entstand. Es ging ganz schnell, gleich herrschte wieder Ruhe, ein Wagen entfernte sich, Räder rollten über einen gepflasterten Weg. Ludwig bemerkte, dass Männer, die einen Fes trugen, ostentativ nicht dorthin sahen. Touristen und Konstantinopler wie er, Edie und Milena versuchten hingegen zu erkennen, was geschah, was geschehen war. Aber da war nichts zu erkennen außer der Lücke in den Reihen der Zuschauer, wo gerade noch zwei Männer in dunklen Jacken gestanden hatten. Eine Lücke, die sich nicht schloss, als wolle niemand auf diesem Stückchen Erde stehen.

In Ludwigs Augen waren sie Männer von eindeutig türkischem Erscheinungsbild gewesen, obwohl er schon wusste, wie sehr das täuschen konnte. Vielleicht waren sie Armenier oder Araber, Kaukasier? Griechen oder Makedonier? Die beiden Männer waren verschwunden. Alle hatten gesehen, wie sie von einigen ganz ähnlich aussehenden Männern fortgebracht worden waren. Ohne Geschrei, ohne einen Schuss. Ludwig fröstelte wieder einmal. Er vergaß so gerne, dass diese farbenprächtige Welt, die ihm so gefiel, eine brutale, schmutzige und häufiger, als er wissen wollte, tödliche Seite hatte. Es war umso unheimlicher, wenn sie sich so lautlos und beinahe unsichtbar andeutete.

Milena starrte immer noch dorthin, wo die Männer verschwunden waren. Es war gespenstisch, niemanden sonst schien es zu kümmern, alle sahen wieder geradeaus auf das Yıldız-Areal. Für einen Wimpernschlag zweifelte Ludwig, ob das Geschehen real oder eine Phantasie seines überhitzten Geistes gewesen war.

«Was ist dort passiert, Milena? Sie haben es doch auch gesehen?»

Sie nickte, und Edie wisperte: «Natürlich haben wir es gesehen.»

«Wer waren die Männer?»

«Irgendwelche Spitzbuben, vielleicht Diebe oder Schmuggler, die die türkische Polizei entdeckt und mitgenommen hat.»

«Polizei? Ich habe keine Uniformen gesehen. Und warum – ich meine, es sah aus, als habe es niemand bemerkt, obwohl das unmöglich ist.»

«Ich meinte Soldaten», wisperte Edie, ein Batisttaschentuch wie gegen den Staub vor dem Mund, «Soldaten mit besonderem Auftrag. So etwas gibt es überall, sicher auch in Ihrem Preußen.»

Ihr Ton klang plötzlich kalt, Ludwig schluckte den ebenso kalten Hinweis hinunter, Hamburg sei nicht Preußen, sondern als freie Stadt ein eigener Bundesstaat im Deutschen Reich, aber es war kein Moment für Beckmesserei. Offensichtlich war ihr dieses Thema mehr als unbehaglich, und Ludwig fiel der Commander ein. Als Harbourmaster fungierte Edies Vater zugleich als oberster Polizist, in vielen Belangen auch als Richter, über alle britischen Staatsangehörigen, die am Bosporus gegen das Gesetz verstießen, ob es um schwere Verbrechen, Diebereien oder volltrunkenes Randalieren ging. Das kleine Gefängnis im Britischen Konsulat unterstand seiner Aufsicht und Verwaltung.

Überhaupt hatte Ludwig wieder nicht bedacht, in Gegenwart von Damen über Ereignisse wie das gerade beobachtete als ein Gentleman hinwegzugehen, um ihre zarten Seelen zu schonen. Nun ja. Er kannte sich mit solchen Damen noch recht wenig aus, besonders wenn es um deren Seelen ging. Heimlich bezweifelte er jedoch, ihre Seelen seien zarter als die der Frauen in den Fabriken und Läden, auf Äckern und in Ställen, in Küchen und Wäschereien.

Milena hatte nichts gesagt, jedoch mehr gesehen als Edie und Ludwig. Kurz bevor die Männer verschwanden, hatte sie Sergej entdeckt. Er stand dort, genau dort, wie etliche andere Männer und Frauen auch, gewiss, aber er stand dort so nah, als gehöre er dazu, und zwar zu denen, die plötzlich verschwanden, die weggeführt oder -gezerrt worden waren. Sie hatte ihn entdeckt und sich gefreut und gedacht, dies sei eine gute Gelegenheit, ihn ohne einengende Förmlichkeit Edie und Ludwig vorzustellen. Als sie den Arm hob, um zu winken, trafen sich ihre Blicke. Er erkannte sie gleich, er war nur Schritte entfernt, aber er zeigte es nicht, er lächelte nicht, sondern verschwand. War aufgelöst wie ein Nebel, was eine lächerliche Vorstellung war, er hatte nur die weichen Zweige des Gebüsches entlang des Weges hinunter zum Bosporusufer genutzt, war eingetaucht in das Grün, ohne sich noch einmal nach ihr umzusehen. Und dann waren diese anderen Männer da gewesen, Neuankömmlinge, hatten zwei andere umkreist und waren mit ihnen verschwunden.

Wie war das gelungen, so ohne Lärm und Aufsehen? Milena hatte endlich den Arm sinken lassen und so getan, als richte sie ihren Hut. Ihre Seele war plötzlich grau und spröde. Ihre zarte Seele.

An diesem Tag und auch auf dem Rückweg vom Yıldız-Palast lernte Ludwig eine ganze Reihe neuer französischer Vokabeln wie *esclave* oder *débarcadère* und von einigen mehr die feinere Aussprache. Denn während sie zum Fähranleger beim Dolmabahçe-Palast hinunterschlenderten, hatte Milena sich auf ihre Pflichten besonnen. Edies Vorschlag, anstatt auf die Rückkehr des Sultans aus der Moschee und seine Rückfahrt zum Palast entlang der Soldatenreihen zu warten, lieber gleich zur Fähre hinunterzugehen, war umgehend angenommen worden. Sie hatten den Weg im Schatten alter Bäume beinahe für sich. Bei einer Biegung stand zwei Schritte abseits eine Bank, von der sich der Blick über den Bosporus und hinüber nach dem asiatischen Skutari weitete, das für die Türken Üsküdar hieß.

Sie setzten sich, und Edie betrachtete das Wasser.

«Ich liebe diesen Blick hinüber ans andere Ufer, all die Gärten, die schönen alten Holzhäuser, die Hügel. Man ahnt schon die Berge, bei klarem Wetter sieht man sie, im Winter mit ihren Schneegipfeln.» Sie lächelte und sah dabei doch nicht froh aus. «Wie trügerisch so eine Idylle ist», murmelte sie.

«Der Sultan», erklärte sie dann in ganz sachlichem Ton, «bezahlt die Hälfte seiner Untertanen, um die andere Hälfte auszuspionieren. So heißt es.»

Er habe seine Spione überall, in jedem größeren Haushalt belausche und beobachte ein Diener, ein Sklave, ein Klavierlehrer, vielleicht ein Gärtner oder Pferdeknecht für ihn alle und alles. Abdülhamid II fürchtete ständig und sicher nicht zu Unrecht Anschläge auf sein Leben, nach dem letzten so knapp entronnenen Attentat noch mehr als zuvor. Das Osmanische Reich bebte unter den Kämpfen um die Macht wie der nach Freiheit strebenden Völker, sogenannter Minderheiten wie die Bulgaren, deren Land aufgeteilt worden war, oder die Armenier, denen besonders im Osten schweres Unrecht mit Tausenden Morden geschehen war, wahre Metzeleien, das nun mit neuem Blutvergießen beantwortet wurde.

Im Geheimen bildeten sich längst nach Demokratie und westlichem Fortschritt strebende oppositionelle türkische Gruppen, und westliche Mächte waren bereit und ungeduldig, große Territorien oder gleich das ganze Reich zu schlucken. Die Macht des Sultans und der Hohen Pforte bröckelte seit langem, seine Kassen waren von ausländischen Banken, Regierungen und Konzernen abhängig. Intrigen und offenes Streiten unter einflussreichen Osmanen wie unter den westlichen Mächten, Banken und Industrien in ihren Hauptstädten, hier am Bosporus und dem gesamten Osmanischen Reich wurden beständig brisanter und damit die Repressionen rigider.

Die Engländer und die Franzosen teilten sich schon die Macht in Nordafrika, der russische Bär reckte seine Tatzen zum Van-See und nach dem Balkan. Wäre das nicht genug, ließ die Liste der mörderischen Anschläge auf andere Herrscher den Sultan das Schlimmste befürchten.

Schließlich war im vergangenen Sommer diese Bombe beim Yıldız-Palast explodiert. Der Sultan war dem Attentat nur entgangen, weil er sich wenige Minuten länger als gewöhnlich in seiner Moschee aufgehalten hatte. Viele andere riss die Bombe in den Tod.

«Der geringste Verdacht reicht aus, um festgenommen zu werden. Und zu verschwinden. Der Tod kommt schnell in diesen Zeiten. Jedenfalls wenn man zu einem der Völker gehört, die unter osmanischer Herrschaft stehen. Ich weiß nicht, wo die Kerker sind. All die Aufstände und Kriege, die Aktionen der Vergeltung. Die Kinder meines Mannes», sagte sie, und ihre Stimme wurde noch leiser, «haben die erhängten Männer in Smyrna gesehen. Die hingen tagelang auf einem der großen Plätze, und die Raben ...» Sie schluckte, dann räusperte sie sich und fuhr fort: «Sie waren Terroristen, so habe ich es gehört, und sicher stimmt es, sie waren ein Glied in der Kette von Anschlägen und Vergeltungsaktionen und neuen Anschlägen.» Sie räusperte sich noch einmal, ihre Stimme blieb belegt, und Ludwig fragte sich, ob einer der Verschwundenen oder Verhafteten der letzten Jahre zu ihren Vertrauten oder Freunden gehört hatte. Allerdings fiel ihm die Vorstellung schwer, eine Miss Thompson oder eine Frau Witt sei mit jemandem gut bekannt, der im Auftrag des Sultans oder auch westlicher Mächte verschwunden war.

Er zweifelte an keinem ihrer Worte, manches war ihm

nicht neu, aber es war immer vage geblieben. Aus ihrem Mund klang es nun konkret. Und natürlich wusste man auch in Hamburg, wie es im Orient stand.

«Woher wissen Sie all diese Dinge?» Er hatte ein fest umrissenes Bild von Edie Witt, das Bild einer zarten, heiteren jungen Dame mit künstlerischen Neigungen, ein heller Schemen im dunklen Garten, vielleicht mit einem Hauch Melancholie, hin und wieder. Er konnte sich kaum ein schöneres Bild vorstellen. Eine Edie, die um solche Dinge wusste und auch davon sprach, eine eigene Haltung dazu hatte, war neu. Gut möglich, dass ihm das nicht gefiel. «In Ihren Familien ist es sicher nicht üblich, so etwas mit den Damen zu besprechen.» Fast hätte er «in Gegenwart einer Engländerin mit einem deutschen Ehemann» hinzugefügt. Er war geistesgegenwärtig genug, das nicht zu tun.

«Da haben Sie recht. Die Herren – das wissen Sie besser als ich – sprechen über ernste Angelegenheiten, wenn sie unter sich sind. Aber ich höre gut auch über zwei Tische hinweg, und ich habe zwei Brüder. Es dauert ziemlich lange, bis Jungen sich darauf besinnen, ihre Schwestern als zerbrechliche dumme Damen zu behandeln.»

«*C'est vrai!*», bestätigte Milena mit Nachdruck, und Edie lachte endlich. «Außerdem habe ich gelauscht. Hemmungslos. In der Kammer neben meinem Mädchenzimmer konnte ich an einer bestimmten Stelle recht gut verstehen, was im Parterre darunter gesprochen wurde. Am besten natürlich, wenn ich das Ohr auf die Dielen legte.» Sie kicherte in wohliger Genugtuung. «Manche Herren haben wahre Stentorstimmen. Bis Maudie mir erzählte, dass es alle tun, habe ich mir eingebildet, es sei einzigartig und mein verruchtes Geheimnis. Ich kam mir schrecklich mutig und verwegen vor – lauschen gehörte für uns Kinder zu den Sünden, die gleich nach den Todsünden rangierten.»

In ihren Augen stand noch das Lächeln über die lässlichen Laster ihrer Kindheit und Jugend. Ihr Teint schimmerte wieder rosig, als sie sich erhob und den Hut fester aufs Haar drückte. Es wirkte anmutig und zugleich energisch, für diese banale kleine Geste auf unpassende Weise entschlossen. Sie blickte zum Anleger hinunter, die Augen mit beiden Händen beschattet.

«Bei der Fähre ist ein Kaffeeverkäufer», rief sie, «wer außer mir möchte Kaffee?» Schon rannte sie los, als sei sie gerade zehn Jahre alt, ein Kind mit fliegenden Zöpfen.

Sie kamen gleichzeitig an, alle drei lachend und atemlos, gerade recht für einen stark gesüßten türkischen Kaffee, bevor der Fährdampfer zur Fahrt nach dem Anleger an der Pont Neuf ablegte.

«War Maudie Ihre Gouvernante oder Nanny?», fragte Ludwig, als sie zusahen, wie das Boot sich vom Ufer entfernte und seinen Platz zwischen den anderen in der Fahrrinne fand.

«Nein, Maudie ist meine Schwester. Sie werden sie kennenlernen, in diesem Sommer kommt auch meine Familie für einige Zeit von San Stefano nach Tarabya herüber. Daddy möchte einmal die ganze Familie zusammenhaben, und er zählt meinen Mann und unseren lieben Alfred Ihmsen jetzt dazu. Er sieht sich gern als Patriarchen, inzwischen gelingt es ihm aber ganz gut, den strengen Commander in seinem Office am Hafen zu lassen. Sie werden Maudie auch lieben. So wie ich.»

Weder Edie noch Ludwig war aufgefallen, wie schweigsam Milena geblieben war. In ihrem Kopf schwirrten und vermischten sich zu viele Bilder. In ihrem Herzen zu viele Gefühle. Am deutlichsten blieb zuletzt das unspektakulärste Bild: Edie, schon ein Backfisch, lauschend auf den Dielen.

8. KAPITEL

Seit einigen Jahrhunderten schon flohen Mitglieder des Palastes und der Hohen Pforte und andere wohlhabende Istanbuler vor der Sommerhitze an die idyllischen Ufer des Bosporus. Weil auch die Geschäfte, zuvörderst die der Politik, selbst dann nicht ruhen durften, waren die Vertreter der westlichen Gesandtschaften dem allsommerlichen Exodus gefolgt, bald darauf jedwede Stambuler und Konstantinopler, die sich eine solche Sommerfrische, Yazlık für die Türken, erlauben konnten.

Mit der Stille war es dann vorbei, die als lieblich gepriesenen Dörfer entlang der Ufer, insbesondere des westlichen, wurden zu einer anderen Welt. Die Villen und Sommerhäuser, die Hotels und Pensionen waren bis in die letzte Dachkammer bewohnt, in den Kaffeehäusern und Restaurants drängten sich die Gäste ebenso wie in den Boothäfen. Ausfahrten in Vollmondnächten in den schlanken flachen Ruderbooten zählten zumindest für sentimentale Naturen zu den unbestrittenen Höhepunkten des Aufenthaltes.

Hier traf sich alle Welt, auch die internationale und die mondäne, die in Konstantinopel wie der Levante längst zu Hause waren. Man machte Ferien, doch wo sonst gab es so viele und so vergnügliche, zugleich diskrete Gelegenheiten, einander zu begegnen, in freundschaftlicher Sommerlaune und mit Damen? Eine bessere Möglichkeit zur

Völkerverständigung war schwer vorstellbar. Leider vermögen die schönste Sommerlaune und die heitersten Freundschaftlichkeiten, die klügsten Gespräche bis tief in eine Sommernacht hinein letztlich wenig gegen die Launen und Machtgelüste der Herrscher, Minister und Generäle auszurichten. Nicht einmal in Weinseligkeit unter der südlichen Sternenpracht lösen sich tief verwurzelte und nur vom Frieden zugedeckte Ressentiments endgültig auf. Es ist eine alte Weisheit: So wie die Ängste der Nacht mit dem ersten Morgenlicht schwinden, oft sogar absurd erscheinen, erscheint manche nächtliche Verbrüderung mit dem Licht des Tages als Irrtum und macht alten Vorbehalten wieder Platz.

Wie in den übrigen Monaten des Jahres im Getriebe der Stadt traf man sich über die Grenzen der Nationalitäten hinweg zu Bällen und Konzerten, Soireen, sportlichen Wettkämpfen oder nur im privaten Kreis zu einem Dinner oder Tee, zum Kartenspiel, zu Herrenabenden mit Cognac, Port und guten Zigarren. Gleichwohl hatte es den Anschein, als seien diese Begegnungen seltener geworden. Auch wurde häufiger die Stimme gesenkt, Lauscher des Sultans waren auch hier allgegenwärtig – wie es hieß, weitaus mehr als jene, die im Auftrag der westlichen Nationen lauschten. Nur wer nichts von Politik verstand, konnte sich in diesen Zeiten darüber wundern, wobei zu bezweifeln ist, ob die Zeiten zumindest in dieser Hinsicht je anders gewesen waren.

Viel länger als die Europäer besaßen osmanische Untertanen in diesen Küstenabschnitten Sommervillen, ob Griechen, Armenier, Türken, Juden oder Levantiner. Man pflegte Nachbarschaft und blieb letztlich doch meistens unter sich. So war auch hier die Welt eingeteilt nach Nationen und

Allianzen, man begegnete einander, mehr oder weniger und nach eigenem Gusto, aber wer einen Griechen oder Deutschen suchte, einen Briten oder Amerikaner, wusste doch, in welchem Abschnitt dieser Ufer die Suche den größeren Erfolg versprach.

Die Gesandten Washingtons residierten im Sommer bei Bebek nahe zahlreichen türkischen Landsitzen, den Yalı, und dem Robert-College, die ägyptischen und die persischen Sommerresidenzen befanden sich nur wenig weiter nördlich nahe Stenia. Bei den Europäern waren die beiden bald anschließenden, schon städtischen Dörfer von jeher die beliebtesten. Die Sommerresidenzen der Gesandten Österreichs, Italiens, Großbritanniens, Deutschlands und Frankreichs standen entlang der tiefen Bucht von Tarabya, die russische im benachbarten Büyükdere, wo, nur noch einen Katzensprung vom Schwarzen Meer entfernt, ebenfalls zahlreiche Hotels und auch einfache Pensionen für die Sommerfrischler zur Verfügung standen.

Es hatte schon begonnen, was mit jedem folgenden Jahr deutlicher werden sollte, auch bitterer für manche Familien, Freunde, Liebende – die Entfremdung der Nationen in politisch wandelbaren Zeiten machte nie vor dem Privaten halt. Aber noch waren die Sommermonate am Bosporus trotz dräuender Wolken über dem Horizont heiter. Wenigstens diese Sommerwochen, weit weg vom Geschehen in den offiziellen Zentren der Macht.

Am ersten Sonntag im Juli begann später als für viele andere auch für die Familie Witt und Ihmsen die Sommerfrische. Es war höchste Zeit, denn tatsächlich hatte sich eine stärkere Hitze als in früheren Jahren über die Stadt gelegt, wenn es auch in Pera frischer geblieben war als im engeren

Stambul oder in den schmutzigen alten Gassen Galatas. Selbst an windigen Tagen, inmitten der zahlreichen Gärten und unter den ausladenden Kronen alter Bäume, breitete sich die Hitze aus und lähmte für viele Stunden des Tages das Leben der Stadt.

Frau Aglaia hatte gründlich geplant und organisiert und dabei erfolgreich jede Beteiligung (sie nannte es Einmischung) Herrn Friedrichs abgewehrt, was ihn weniger kränkte, als sie annahm. Er fand, er habe mit seinen Pflichten als Butler und Kammerdiener des Hausherrn genug zu tun. Schließlich sei der Haushalt für die kommenden Wochen doppelt zu führen: an den Wochenenden draußen in Tarabya, oft verlängert um einen, zwei oder auch drei zusätzliche Tage, in der übrigen Zeit im Konak in Pera. Das Leben ging weiter in Konstantinopel, wenn auch mit halber Kraft.

Für die Witts führte Eleni als Köchin und eigentliche Regentin des Haushalts die Regie über den Umzug in den Sommer, wie sie es nannte. Während Frau Aglaia nur für die Wochenenden mit Herrn Ihmsen hinausfuhr, blieb Eleni ständig in Tarabya, bis auch das letzte Familienmitglied nach Pera zurückkehrte.

Es gab also viel zu tun. Sie scheuchte die Mädchen, legte Edie ständig ergänzte Listen von Dingen vor, die mitgenommen werden mussten, neu gekauft oder über deren Verbleib erst entschieden werden sollte. Ein Problem war der Flügel. Edie wünschte, auch er solle nach Tarabya gebracht werden, sie könne eine so lange Zeit ohne ihr Klavierspiel nur schwer genießen, und dazu sei der Sommer doch da, zum Genießen. Es wäre nicht das einzige sperrige Möbel oder Instrument, das in diesen Wochen auf Ochsenkarren gehievt und über die Landstraße hügelauf und hügelab in den Sommer transportiert wurde. Der halbe Hausrat, Tisch- und Bettwäsche, Geschirr und Kisten mit Vorräten nicht zuletzt aus dem Weinkeller, wurde auf die Reise geschickt. Zu Iosseps Erleichterung entschied Edie schließlich, ihrem so empfindlichen Steinway die Reise zu ersparen. Ihmsens Kutscher unterstand alles, was mit dem Transport von Mensch, Tier und Sachen verbunden war. Unter seiner Ägide gelangte selbst das feine preußische Porzellan unversehrt nach Tarabya, der Flügel hingegen hatte ihm ernste Sorgen bereitet.

Ludwigs Vorschlag, ein Grammophon zu kaufen, das sei leicht zu transportieren, es gebe doch dieses Geschäft in der Grande Rue mit den neuesten Modellen, fand keine Zustimmung. Das konnte nur jemandem einfallen, der nicht wusste, wie sehr es beim Musizieren um das eigene Spiel ging und viel weniger um das Hören irgendwelcher Melodien. Edies höflich schweigendes, doch recht schmales Lächeln war beredt genug gewesen. Er hatte sich wie der Banause gefühlt, der er war, und für den Anlass unangemessen verzagt. Manchmal reichte eine Geringfügigkeit, eine Banalität, um vermeintlich perfekt im Zaum gehaltene Zweifel und Unsicherheiten wieder groß werden zu lassen.

Er war eben doch nicht schlau und schon gar nicht nonchalant und gewitzt genug für diese Rolle. Ihm musste misslingen, alles zugleich zu lernen: ein eleganteres Französisch und erste Worte Türkisch, Hummer- und andere Rezepte, sich einerseits unwissender zu stellen, wenn es um Teppiche ging, aber nicht zu unwissend, sich andererseits mit einer Weltläufigkeit zu schmücken, die er weder besaß noch jemals erlangen konnte, dazu fehlte ihm die Erziehung zur Selbstgewissheit. Vor allem hieß es, stets im richtigen Moment die passende Lüge parat zu haben.

Das war einer jener Momente gewesen, in denen er beschloss, nun doch sein Bündel zu packen und zu verschwinden, wohin auch immer. Nicht zurück, aber – wie war es mit dem Bau der Transsibirischen Eisenbahn gewesen? Dann dachte er an die Fron, an den Schlamm, die endlosen Steppen und die zu rodenden Wälder, an die Kälte und den Hunger, an die Demütigung, zu einer Existenz gezwungen zu sein, die sich wenig von der in den Straflagern unterschied. Die Bagdad-Bahn bot sich nicht als Alternative an, jemand könnte ihn erkennen, außerdem hieß es, wegen irgendwelcher Probleme mit der Finanzierung oder den nötigen Genehmigungen ruhten die Arbeiten zurzeit.

Der schwarze Moment ging rasch vorbei, schon leichter als beim letzten Mal. Schließlich schadete er niemandem, und sein Leben als Hochstapler war weitaus besser als alles, was seine Jahre zuvor ausgemacht hatte. Und eigentlich schlug er sich gar nicht schlecht.

Die Gesandtschaften wussten auch mit ihren reich ausgestatteten Sommerresidenzen zu beeindrucken, das gehörte zum Geschäft der Politik für Kaiser und Könige. Die alten Landsitze und die in jüngerer Zeit errichteten Villen gaben sich hingegen wenig prunkvoll, wie es zu einem Sommeraufenthalt passte. Sie waren nach altem Usus zumeist als dekorreiche Holzhäuser erbaut und möglichst zum Wasser ausgerichtet. Anders als in der Türkei üblich zeichneten sich ihre Frontseiten in den oberen Stockwerken durch große Fenster für die freie Sicht über die Bucht und den

Bosporus, in den Himmel und nach den Dörfern und Gärten am asiatischen Ufer aus. Die eigenen Gärten oder Parks der Villen erstreckten sich von den rückseitigen Terrassen die Hänge hinauf.

Das Sommerhaus, das Alfred Ihmsen und Richard Witt schon seit fast anderthalb Jahrzehnten alljährlich für die Wochen von Mitte Juni bis Mitte September mieteten, war eine dieser hübschen alten Villen mit großem Garten und einem Bootshaus am Ufer. Alle Jahre erörterten sie, endlich ein eigenes zu kaufen, und verschoben die Entscheidung immer wieder auf das nächste Jahr. Sie waren so sehr an diese Villa gewöhnt, sie, die Kinder und auch das Personal. Das Haus stand nicht zum Verkauf, ein vergleichbares hatte sich bisher nicht gefunden. Also, vielleicht im nächsten Jahr …

So hieß es in der Familie. Ohne es je zu erwähnen, wussten dabei alle, dass ein anderes Sommerhaus für Richard und die Kinder einen weiteren Abschied von Elisabeth bedeuten würde. Richards erste Frau war als junge Braut zu Besuch gewesen, als Alfred Ihmsen die Villa zum ersten Mal gemietet hatte, im folgenden Sommer war sie schon als Richards Ehefrau zurückgekehrt, dann alle weiteren Sommer, bald mit den Kindern. Elisabeth war in Tarabya sehr glücklich gewesen und mit ihr Richard. Auch Alfred hatte die gemeinsamen Sommer dort sehr genossen. Elisabeth war eine stille Frau gewesen, gastfreundlich, aufmerksam, warmherzig. Eine gute Gastgeberin, wie auch Alfred am liebsten für einen kleinen Kreis von nicht mehr als einem Dutzend um den großen Tisch. Vielleicht war dieses Haus mehr als das komfortablere in Pera vor allem Elisabeths Haus gewesen.

Von diesen Dingen wusste Ludwig noch nichts, als das Boot am Anleger Tarabya festmachte. Er fühlte sich benommen von der Fahrt hinaus aus der großen Stadt übers Wasser, womöglich war er nur ein bisschen seekrank, doch das konnte er als ein Mann von der Küste niemals zugeben. Sie hatten einen frühen Dampfer genommen, als die Ufer noch unter dem melancholischen Schleier des silbrigen Morgendunstes gelegen hatten. Den löste die Sonne bald auf, der blaue Himmel strahlte makellos über dem glitzernden, stets bewegten Wasser, da waren Delphine als lachende Begleiter für einige Zeit, Möwen umkreisten das Boot. Der Wind wehte die Geräusche von den Ufern heran, Stimmen, eine Kirchenglocke. Exerzierbefehle, als sie die Kaserne und das Arsenal bei Tophane passierten, wie immer auch Hundegebell, und über allem der Lärm der Dampfmaschinen im Schiffsbauch. Selbst eine Ballonfahrt konnte kaum größeres Reisevergnügen bereiten, höchstens ein stilleres.

Ludwig war am Rand eines der größten und modernsten Häfen der Welt aufgewachsen. Wenn er auch nie auf einem stärkeren als einem Fährkutter gefahren war, war er Schiffe aller Größen und aus der ganzen Welt gewohnt wie den Lärm und den Ruß, die Kräne, die Armee der Arbeiter auf den Quais, in den Schuppen und bei den Frachtern. Hier waren die Schiffe kleiner, da war vergleichbar wenig Hafen, doch viel klares tiefblaues Wasser und an beiden Seiten blühende, noch begrünte oder von felsigen Formationen dominierte Küsten vor dem zu Hügeln und Bergen ansteigenden Hinterland. Jede Bucht, jede Biegung, jeder Anleger bot neue Bilder, dazu auf dem Wasser die Boote mit ihren geblähten Segeln oder schwarzen Rauchfahnen, die flatternden Wimpel, die Fährdampfer, auch private Yachten, Ruderboote jeder Größe. Manche der Schiffe hatten eine weite Fahrt vor sich, über das Schwarze Meer nach Constanța und Odessa im Westen oder nach Trapezunt an der Nordküste der Türkei, nach Sotschi oder dem Ölhafen Batumi ganz im Osten, nach Sewastopol auf der Krim oder noch weiter durch das Asowsche Nebenmeer bis zur Mündung des Don und nach Rostow. Ludwig hatte Fahrpläne gesehen, all die Namen sagten ihm, die Welt da draußen, von der er fast nichts wusste, wartete auf ihn.

Sie waren nur eine kleine Gesellschaft auf dieser ersten Fahrt hinaus nach Tarabya. Richard Witt und Alfred Ihmsen wollten einige Tage später folgen, noch gab es in Konstantinopel viel zu tun. Vor allem wollten sie auf Rudolf und Marianne warten, die mit dem Schiff aus Smyrna kamen, wollten auf dem Anleger stehen und winken, wenn die Kinder in der Obhut der Hegenburgs ankamen, eines Pastoren-Ehepaars aus Lydias Gemeinde.

Richard war besserer Stimmung aus Hereke zurückgekehrt, als alle erwartet hatten. Es war ihm doch noch und ohne langes Warten gelungen, mit den maßgeblichen Herren, so hatte er gesagt, zu sprechen. Er war sehr beeindruckt von der Manufaktur, von ihrer Größe, der Vielzahl der Arbeiter und der Knüpferinnen, es wurde von zweitausend für die zahlreichen verschiedenen Tätigkeiten gesprochen. Er hätte sich gerne auch die Seidenraupenaufzucht und die Herstellung der Fäden angesehen, das war ihm jedoch mit aller Höflichkeit vorenthalten worden. Auch die Färberei, insbesondere die Herstellung der Farben, wurde so streng gehütet wie ein fürstlicher Harem vor den Augen fremder Männer. Die Geheimhaltung der Rezepte und Verfahren hatte ihn nicht überrascht, das Gegenteil hätte ihn irritiert.

Er hatte Ludwig die ehrenvolle Aufgabe übertragen, Edie hinauszubegleiten. Eleni und zwei Mädchen waren schon einige Tage in der Villa und richteten das Haus für die Sommergäste her. Nur Frau Aglaia und ein Mädchen, eine hübsche junge Griechin, fuhren mit Edie und Ludwig auf dem Dampfer in die Sommerfrische. Ihr Gepäck war bescheiden – die großen Schrankkoffer mit der Garderobe für jede Gelegenheit von der Ruderpartie bis zum Empfang und großem Ball beim Botschafter und allerlei persönlichen Dingen wurden über Land transportiert. Iossep und der jüngere der Gärtner waren schon Tage zuvor aufgebrochen, sie begleiteten die beiden Ochsenkarren, die auch ohne den Steinway hoch bepackt waren, um alles über die staubige Landstraße nach Tarabya zu bringen, was für einen angemessen ausgestatteten Aufenthalt von zwei oder drei Monaten gebraucht wurde. Sie sollten schon am Ziel sein.

Iossep und der Junge brachten auch die beiden Pferde mit hinaus, Edies mutwillige Stute und ein weiteres, etwas älteres, ruhiges Tier, schwarz bis auf eine Blesse auf der Stirn und das Weiß über den Hufen, das ihm den Anschein gab, es trage Socken. Die Ausritte, für die in Konstantinopel nie Zeit gewesen war, sollten nun ins schöne Hinterland führen. Endlich, hatte Edie gesagt, und Ludwig hatte genickt. Immerhin war es ihm in den vergangenen Wochen gelungen, unbemerkt – so hoffte er, doch zumindest Frau Aglaia entging ja für gewöhnlich nichts – einige Reitstunden zu nehmen. Es war besser gegangen, als er befürchtet hatte. Der Reitlehrer, ein knorriger Ire, der vor vielen Jahren als Soldat der britischen Marine hier gestrandet war, hatte ihm knapp erklärt, auf Ascot oder Baden-Baden solle er sich keine Hoffnung machen, aber für Sonntagsausritte mit Damen reiche es völlig. Ludwig hatte gedacht, Edie sei eindeutig eine Dame, aber vielleicht entspreche sie nicht ganz der Vorstellung, die ein alter Ire im Osmanischen Reich von Damen hatte. Er hoffte, dass er irrte.

Nachdem der Dampfer anderthalb Stunden von Anleger zu Anleger zwischen dem europäischen und dem asiatischen Ufer über den Bosporus gekreuzt war, lief er als vorletzte Station Tarabya an. Nicht lange zuvor, an der Landspitze von Yeniköy, hatte sich der Blick bis zum Schwarzen Meer geöffnet, die im Sommermorgenlicht flirrende Weite verschwand bald wieder hinter den aufragenden, mal lieblichen, mal schroff felsigen Ufern.

Ähnlich wie bei seiner Ankunft in Pera fühlte Ludwig die Unwirklichkeit dieser europäisch geprägten Enklave im Osmanischen Reich. Wer länger hier lebte oder sogar geboren und aufgewachsen war wie Edie und die meisten Mitglieder ihrer Familie, den hätte Ludwigs Eindruck amüsiert. Für sie war dieses Stück Europa im Orient ganz normal und auch ihr Recht, so wie überall auf der Welt, wo Europäer ihre Lebensart pflegten und für die einzig erstrebenswerte hielten, ob als Kolonialherren, Militärs, Missionare oder in den Handelsniederlassungen.

Ludwig hatte angenommen, für die junge Frau Witt, Edie, sei die Rückkehr nach Tarabya die Rückkehr an einen schon vertrauten Ort. In seiner Vorstellung waren Sommerhäuser etwas Romantisches, Sehnsuchtsorte, Räume außerhalb der normalen Zeit. Er kannte sich mit solchem Luxus nicht aus, dabei fiel es ihm nun schon leicht, so zu tun, als sei es anders. Auf dem Dampfer war ihm durch den Kopf gegangen, wie sich der ferne echte Ludwig bei der Ankunft fühlen würde. Kannte er solche langen Sommerfrische-Wochen? Aufenthalte am Meer oder in den Bergen? Für viele Wochen, aber mit einem geregelten Haushalt oder in einem komfortablen Hotel, zumindest in einer gemütlichen Pension oder als Schiffsreise auf den neuen gigantischen luxuriösen Passagierdampfern, die jetzt um die Welt schipperten? Aufenthalte an anderen Orten, an die man sein gewohntes Leben mitnahm, seine Gewohnheiten und Rituale, die Manieren, häufig auch den vertrauten Kreis bekannter Menschen, was eigentlich hieß, man wechselte für einige Zeit den Ort, aber kaum den Alltag.

Er hatte nicht überlegt, wie der ferne Ludwig sich verhalten, sondern wie er sich fühlen würde. Das fand er bemerkenswert. Diese neue Vertrautheit gefiel ihm. Gleichwohl gelang ihm nicht, sich den fernen Ludwig im gebügelten weißen Anzug und mit sorgfältig manikürten Händen vorzustellen. Nicht mehr. Bei Teppich-Weise am Neuen Wall war das anders gewesen. Nun sah er den Weltenbummler vor sich, den Abenteurer, einen Mann mit ausgebeulten Breeches oder Drillichhosen, auf dem Kopf einen breitrandigen Hut, den Bart im sonnenverbrannten Gesicht kurz und struppig, in den Augen Unternehmungslust. Einen Mann, der mehr wechselte als den Ort. Der alles wagte.

Nach ihrer Ankunft ging Edie durch das Haus, Eleni öffnete für sie jede Tür, sichtlich stolz, dass alles so sauber und geordnet war, so wohnlich und in allem bereit für die Familie. Gewohnt wurde im Parterre: Wohnzimmer, Speisezimmer, ein Salon, ein Wintergarten, dessen Glaswände im Sommer entfernt waren, auf einer großen, von Wein und Glyzinien überrankten Terrasse luden bequeme Gartenmöbel zum Bleiben ein. Von hier ging der Blick in einen englischen Garten, ein wenig abseits und im Schatten eines Walnussbaumes stand halb von blühenden Hecken verborgen ein kleineres Haus, eher ein Häuschen als das Domizil der Dienstboten.

«Kommen Sie, Ludwig», Edie winkte ihm, als er an der Treppe zu den oberen Etagen zögerte, «dort finden Sie auch Ihr Zimmer. Wenn es Ihnen nicht gefällt, beschweren Sie sich bei Eleni, in diesem Jahr hat sie die Verteilung übernommen.» Schon auf der zweiten Stufe blieb sie stehen und wandte sich zu ihm um. «Verraten Sie mich nicht, ich habe mich gedrückt. Eleni ist so viel besser in solchen Dingen als ich. Man könnte ja vieles falsch machen.»

Sie lächelte, und erst in diesem Lächeln bemerkte er ihre Blässe und die Müdigkeit in ihren Augen. Auf dem Dampfer hatte ihre breite Hutkrempe ihr Gesicht beschattet, und wie die anderen Damen hatte sie einen hauchfeinen Schleier vom Hut bis unter das Kinn drapiert, um sich vor Sonne, Insekten und dem Ruß aus dem Schiffsschornstein zu schützen. Nein, sie war nicht tief beglückt in ein Haus zurückgekehrt, nach dem sie sich gesehnt hatte. Wäre Ludwig vom Wein oder Champagner trunken genug gewesen, hätte ihn nichts zurückgehalten: Er hätte sie umarmt, sanft und doch fest gehalten, er hätte ihren Kopf an der Schulter gefühlt, ihren Duft geatmet, diesen Hauch von Ägyptischem Jasmin. Dann erst hätte sie sich von ihm gelöst, noch einmal gelächelt, schon ganz vertraut, hätte vielleicht, womöglich, sogar mit ihrer schönen schmalen Hand seine Wange berührt. Dann wäre sie weiter hinaufgegangen zu den privaten Zimmern. Er wäre ihr gefolgt.

Er war nicht betrunken, jedenfalls nicht vom Wein, und

sie würde niemals ihren Kopf an seine Schulter lehnen. Er spürte das Brennen einer tiefen Röte in seinem Gesicht, die Scham und das Begehren. Die Sehnsucht, für sie wichtig zu sein. Nicht der Betrüger und Spiegelfechter, der er tatsächlich war.

«Ludwig?» Ihre Stimme war nun hell. «Träumen Sie? Es ist in der Tat ein schönes Haus an einem schönen Ort. Kommen Sie in den nächsten Wochen recht oft zu uns heraus, Sie werden hier eine wunderbare Zeit verbringen.»

Eleni war schon einige Schritte vorausgeeilt, sie ließ die zweite Etage aus und nahm zuerst die nächsten Stufen zur obersten. Durch ein großes Fenster fiel gleißendes Sommerlicht in den Flur, der sich am Treppenabsatz zu einem Quadrat weitete. Auf dieser Etage gab es vier Schlafzimmer, eine Schrankkammer und ein kleines Waschkabinett. Die beiden Bäder, so erklärte Edie, befanden sich im Parterre und im ersten Stock. Man sei hier gut versorgt mit fließendem Wasser, überhaupt funktioniere alles gut. «Jedenfalls war es im vergangenen Jahr so», fügte sie hinzu.

Wenn es nach dem Zimmer ging, hegte Eleni einige Sympathien für den jungen Herrn aus Deutschland. Das Mobiliar war wie im ganzen Haus einfach und doch elegant, einige Stücke zeigten die modernen Linien des Jugendstils. So auch die Kommode, die gegenüber seinem Bett stand. Für ein Sommerhaus war es ein kostbares Möbelstück. Das Bett war breit genug für zwei, eine leichte Tagesdecke zeigte ein orientalisches Tulpenmuster in den sanften Farben eines Aubusson-Teppichs. Es gab einen zierlichen Sekretär, um einen niedrigen Tisch standen zwei mit türkischen Kissen gepolsterte Sessel, eine Wasserkaraffe wartete auf den durstigen Bewohner.

Das Fenster ging nach der Bucht und dem Bosporus hinaus, der Blick glich einem Gemälde. Der Wind hatte nun aufgefrischt, wie oft über dem Bosporus, und trieb mutwillige kleine Schaumkronen über die kurzen Wellen der eiligen Strömung, die Segel der dort draußen kreuzenden Yachten und kleineren Frachtboote legten sich in den Wind. Es sah aus, als wollten sie fliegen.

Eine wunderbare Zeit, hatte Edie gesagt. Die wollte er haben, er war fest entschlossen. Eine wunderbare Zeit. Gut möglich, dass all das Wunderbare für lange in die Zukunft reichen musste.

———

Auch das Hotel Costi am Rande der Bucht war seit Wochen ausgebucht. Anders als die beiden Grandhotels des Ortes, das Summer Palace und das Angleterre, verfügte es weder über einen Lift noch über elektrisches Licht, doch sein Garten mit den alten Bäumen, blühenden Rabatten und Rondells war anmutig, die Küche exzellent und die Zimmer in altmodischer Eleganz liebevoll und überaus bequem eingerichtet, im Salon du Thé oder Tea Room – beide Schriftzüge standen über der Flügeltür –; der sich zur vorderen Terrasse öffnete, gab es feine Patisserien und neben indischem und chinesischem auch russischen Tee. Der Ausblick ging über die Bucht, und auf dem Flügel spielte zur Tee-Zeit ein schwarzgelockter Pianist, ein junger talentierter Österreicher, Gefühlvolles. Selbstverständlich legte Mme. Labarie Wert auf eine gewisse Eleganz, wer sie kannte, sah jedoch im Bequemen den ersten Grund für ihre Treue zum Costi.

Es war nicht das Hotel, in dem sie die Sommer mit

dem Oberst verbracht hatte. Rosa hatte von der Wäscherin gehört, zu Lebzeiten des Obersts habe man stets in einem der Botschaftshäuser logiert, was Madame später abgelehnt habe. Die Botschafterin sei ein wenig brüskiert gewesen, aber Madame sei eben Madame, sie entscheide still und erkläre sich selten. Im Übrigen sei sie nach wie vor wirklich gern gesehen in der Botschaft wie in der Sommerresidenz.

Im Costi mietete Mme. Labarie wieder eine kleine Suite, die aus zwei Schlafzimmern und einem Salon bestand. Rosa bezog wie die Dienstboten anderer Gäste eine Kammer unter dem Dach. Es hieß, dort oben gehe es vergnügt zu, obwohl die Diener, Zofen und Mädchen auch in der Sommerfrische vom Morgen bis in die Nacht ihrer Herrschaft zur Verfügung stehen mussten. Rosa hatte Glück, Madame war in ihrer berüchtigten Schläfrigkeit nicht fordernder als in Pera, zudem häufiger anderswo zu Gast. Das gab ihrem Mädchen Gelegenheiten zu eigenen Sommerfrische-Vergnügen. Nirgendwo sonst habe sie so schöne Menschen getroffen, versicherte sie Milena, bei der Herrschaft wie bei der Dienerschaft. Milena hatte befürchtet, Rosa werde die Schönheit des Äußeren mit der Schönheit der Seele verwechseln, und erwogen, sie an die Gefahren und möglichen Folgen der Leidenschaften zu erinnern und an das Recht, jederzeit nein zu sagen. Sie hatte sich gegen diesen Gouvernanten-Appell entschieden, Rosa war eine erwachsene Frau von zwanzig Jahren und in einer ehrbaren bretonischen Familie, jedoch in Galata aufgewachsen, in jenen Gassen und direkt am Hafen blieb ein Mädchen nicht so unwissend.

In der Suite, sie lag zum Glück nur eine Treppe hoch, sank Mme. Labarie ermattet auf die Chaiselongue, schickte

Rosa um eine Karaffe gekühlter Limonade mit einem winzigen Spritzer Weißwein, vielleicht, ausnahmsweise, einem nicht ganz so winzigen, man war schließlich erschöpft von der langen Anreise.

Auf einem Tischchen wartete schon Post. «Milena, meine Liebe, seien Sie so charmant und lesen Sie mir vor, was dieser Tage von uns erwartet wird. Ich fürchte, Sie werden mich häufig begleiten müssen. Ja, das wird nötig sein.»

In der Tat handelte es sich um Einladungen. Danach bestand wenig Aussicht auf Langeweile. Oder gerade doch auf Langeweile, falls man von Madames unbewegtem Gesicht bei der Nennung der ersten beiden Namen auf den Unterhaltungswert der erbetenen Treffen schließen wollte. Die Einladung zum Damen-Tee in der Residenz der Französischen Botschaft wurde hingegen mit zufriedenem Lächeln goutiert, und der vertraute rosige Schimmer kehrte auf ihre Wangen zurück.

Rosa brachte die kalte Limonade mit dem nicht ganz so winzigen Spritzer Weißwein und einen weiteren Umschlag, der für Mme. Labarie im Foyer abgegeben worden war. Madame und Monsieur Thomasin gaben sich die Ehre, zu einem Konzert eigener Werke der verehrten Pianistin Mlle. Cécile Chaminade in ihrer Villa einzuladen. Als Sängerin wurde die Tochter des Hauses angekündigt.

Der Name Chaminade belebte Mme. Labarie noch ein bisschen mehr. «Bezaubernd», seufzte sie, «wirklich bezaubernd.»

Womit sie die Künstlerin und ihr Werk meinte, weniger die Tochter des Hauses, deren Sangeskunst eher als ambitioniert denn als kunstvoll galt.

«Es wird Ihnen trotzdem sehr gefallen, Milena», erklärte

sie und nahm noch ein Schlückchen Limonade mit dem nicht zu kleinen Spritzer Weißwein. «Die Lieder sind entzückend, vielleicht kennen Sie einige? Nein? Nun, Sie werden ja sehen. Und hören. Die Melodien der Chaminade und die Poesie der Texte von verschiedenen Dichtern und auch Dichterinnen, ist das nicht interessant?, überstehen selbst Mademoiselle Thomasins Bemühungen um den Sopran.»

Auch Mme. Thomasin werde Milena gefallen, Katherina stamme aus einer alten russischen Kaufmannsfamilie, sicher kenne sie Sankt Petersburg. «Alle Welt fragt sich, warum ihr Vater nicht längst geadelt worden ist, obwohl der Zar jedem Hans und Franz diese Ehre angedeihen lässt. Würde ich ein solches Wort in den Mund nehmen, würde ich sagen: nur für Speichelleckerei.»

Milena machte ein aufmerksames Gesicht und hörte doch nicht mehr zu. «Seien sie vorsichtig», hatte Sergej gesagt, «sprechen Sie nicht darüber. Mit niemandem. Sie wissen...»

«Ja», hatte sie rasch erklärt, «ja, ich weiß.»

Er war weit über das Schwarze Meer nach Odessa gefahren, vielleicht war das Schiff schon angekommen, die Reise dauerte einige Tage, je nach der Dauer des Aufenthaltes im bulgarischen Warna länger oder kürzer. Er hatte ein türkisches Schiff genommen, das war ihm wichtig gewesen, sonst hätte er es kaum erwähnt. Es gab auch andere Linien, eine russische gab es nicht, es hieß, ab dem nächsten Frühjahr werde eine zwischen Odessa, Rostow und Konstantinopel verkehren.

«Wenn Sie erlauben, Charlotte, ich würde mir gerne den Garten ansehen. Rosa hat erwähnt, er sei besonders schön.»

«Natürlich, meine Liebe, aber denken Sie an den Sonnenschirm.» Mme. Labarie lehnte sich wohlig tiefer in ihre Kissen. «Ich ruhe inzwischen ein wenig. Die Post können wir später beantworten.»

Milena war zum ersten Mal in Tarabya. Mit den Demirhans hatte sie einen Sommer in deren Yalı in Bebek verbracht, es war idyllisch dort und sehr still, nicht zu vergleichen mit dem Trubel in Tarabya, wo das Sommerleben wenig an den Orient und mehr an die mondäneren unter den Badeorten an der Riviera erinnerte.

Der Garten lag um diese Stunde noch verlassen, Milena fand eine Bank im Schatten einer Seidenakazie nahe bei einem leise plätschernden Springbrunnen, es war ein guter Platz, um wirre Gedanken zu ordnen.

«Vertrauen Sie niemandem», hatte Sergej gesagt, und sie hatte geantwortet: «Niemandem? Also auch Ihnen nicht, Sergej?»

«Ich bin die Ausnahme.» Er hatte dieses besondere Lächeln gezeigt. «Darüber waren wir uns schon einig. Nicht wahr?»

Sergej reiste nach Odessa, das hatte er gesagt, als sie sich am Tag vor seiner Abreise wieder im Café Lebon getroffen hatten. Sie wusste nicht, wen er in Odessa treffen wollte, sie hatte nicht gefragt, als er sagte, vielleicht bringe er Nachricht mit zurück, ob es einen neuen Weg gebe, etwas über die Gefangenen auf Sachalin zu erfahren. Sie müsse ihm tatsächlich vertrauen. Milena hatte daran gedacht, gleich ihrer Mutter nach Paris zu schreiben, sie hatte es nicht erwähnt, aber Sergej wusste, wie es war, wenn ein Familienmitglied verlorengegangen war. «Auch keine Briefe», hatte er betont, «keinen nach Paris. Sie wissen, wie strikt der

Sultan Zensur ausüben lässt, auch Briefe werden kontrolliert.»

«Warum sollte es die Beamten des Sultans interessieren, wenn eine Französin ihre Onkel auf Sachalin sucht? Tausende Kilometer entfernt in Sibirien.»

Er hatte bedenkend den Kopf zur Seite geneigt, bevor er antwortete. «Ja, das kann man sich fragen. Alle misstrauen hier den Russen, das wissen Sie doch, und Sachalin ist nun einmal ein Teil des Zarenreichs, und Ihre Onkel, Milena, sind Russen.»

Er hatte sie daran erinnert, dass sich die Herrscher des Osmanischen Reiches seit Jahrhunderten, seit sie das christliche Konstantinopel erobert und zum muslimischen Istanbul gemacht hatten, von den Moskauer Großfürsten und späteren Zaren bedroht fühlten, die wiederum Konstantinopel als die Heilige Stadt der orthodoxen Christenheit erobern und unter ihrer Herrschaft wieder christlich machen wollten. Wenn es auch immer schon und heute mehr denn je um den ungehinderten Seeweg ins Mittelmeer, durch den Suezkanal und die Meerenge von Gibraltar und weiter in die Welt gehe. Das wusste jeder. Im letzten der Russisch-Osmanischen Kriege standen die Armeen des Zaren nach den schrecklichen Schlachten auf dem Balkan kurz vor Istanbul.

Dann müssten Untertanen der Zaren, die gegen ihre Fürsten und Majestäten aufbegehrten, dem Sultan sehr genehm sein, hatte Milena zu bedenken gegeben.

«So einfach ist es nicht», hatte er eingewandt. «Eher im Gegenteil. Wer sich dort oder anderswo gegen die Obrigkeit wehrt, womöglich in Attentate verwickelt war und zu Gruppen gehörte, die die zu verantworten hatten, wäre dessen auch hier verdächtig.» Eine Minute hatten sie geschwiegen, es war ein beklemmendes Schweigen gewesen. «Der Sultan ist doch bekannt dafür, niemandem zu trauen, wirklich niemandem, und überall, bis in die eigene Familie, Verrat zu wittern.»

Beide hatten daran gedacht, was mit Gruppen und Komitees geschehen war, die sich gegen das diktatorische und viel zu oft blutige Regiment des Sultans und der Hohen Pforte stellten, die die Wiedereinsetzung des Parlamentes und endlich weiter reichende Reformen forderten oder wie die Armenier und andere Volksgruppen gleiche Rechte wie die türkische Bevölkerung im Reich oder die Unabhängigkeit aus dem Jahrhunderte andauernden Vasallentum. Dabei war es nicht nur um Täter gegangen, um offen oder versteckt agierende Kämpfer, ganze Dörfer und Bezirke waren «bestraft» worden. Es war keine Ruhe eingekehrt, sondern gärte im Gegenteil mehr denn je.

Wenn man in diesen Gedanken das Wort Sultan durch Zar ersetzte, stimmte es ebenso. Beide regierten ein aus vielen Völkerschaften zusammengesetztes riesiges unruhiges Reich. Der Gedanke, heimliche Kämpfer beider Reiche könnten sich für demokratische Reformen oder eine Revolution zusammentun, war bedrohlich. Nicht nur der Sultan und der Zar, die westlichen Mächte mussten eine solche Allianz ebenso fürchten.

Auch Sergej hatte einen solchen Freund, der nach Sachalin oder einem anderen Straflager deportiert worden war. Wenn es Möglichkeiten gab, etwas über das Schicksal einzelner Gefangener und Verbannter zu erfahren und Sergej das Vertrauen von Leuten mit solchen Verbindungen hatte, konnte sie Nachricht von Ignat bekommen, auch von

Yuri, der vielleicht doch noch lebte. Es wäre möglich, neue Anträge zu stellen, auf Begnadigung, wenigstens auf Entlassung aus der Zwangsarbeit in ein «freieres» Leben auf der Insel. Das war immer noch grausam genug, aber es bedeutete doch ein wenig mehr Leben. Schon viel wäre gewonnen, wenn sie für wärmere Kleider und Stiefel sorgen durfte, für besseres Essen.

Und Briefe? Sie hatte versucht sich vorzustellen, wie es war, wenn man dort leben musste und Post aus Paris oder Konstantinopel bekam, Post aus den schönsten Städten und von geliebten, doch unerreichbaren Menschen. Das musste wie ein Anker sein, eine Leine zum normalen bürgerlichen Leben, ein großer Trost. Es konnte aber auch anders sein, nämlich bei allem Trost zugleich die Bitterkeit des eigenen Daseins verstärken, als stehe man vor einem Schaufenster voller köstlichster Speisen und wisse genau, man bekomme nichts davon, um den eigenen nagenden Hunger zu stillen.

«Nein, Mademoiselle», hatte Sergej nachdrücklich erklärt, «vorerst keine Briefe, wohin auch immer, auch nicht über das Französische Postamt, selbst den Postsäcken der Botschaften ist zu misstrauen.» Er strich sanft über ihre Hand. «Ich weiß, das ist schwer für ein mitfühlendes Herz. Aber ich werde Glück haben. Schon in Odessa treffe ich Leute, die wiederum mit anderen in Verbindung stehen, es gibt geheime Verbindungsketten. Sie haben einen wachen Geist, Milena, Sie versuchen die Welt zu sehen, wie sie ist», fuhr er fort, und sie dachte, nun müsse sie achtgeben, niemand schmeichele ihr ohne Grund und umsonst. «Es ist dort nicht anders als hier. Schauen Sie sich um: lauter ganz normale Kaffeehausbesucher, auch Damen», er zuckte betont die Achseln und gab ihre Hand frei, «moderne Menschen, die osmanischen Untertanen wie die Europäer. Viele, ich denke sogar die meisten von ihnen wollen ein freieres Leben, sie wollen Demokratie für ihr Land. Ich bin sicher», er ließ seinen Blick durch den Raum gleiten und fuhr leiser fort, «doch, ich bin wirklich sicher: Einige der türkischen Männer an diesen Tischen haben ebenfalls Geheimnisse dieser Art. Hier ist es kaum anders als zwischen Sankt Petersburg und Wladiwostok, in Kairo und in Oran, im Pandschab oder in Delhi. Verzeihen Sie, ich wollte keine Rede halten. Vergessen Sie mein Geschwätz einfach. Denken Sie besser an die nötige Geduld. Es wird einige Zeit in Anspruch nehmen, bis ich etwas erfahre. Das russische Reich ist unendlich groß, und in solchen Angelegenheiten können die Telegraphenstationen nicht genutzt werden. Nachrichten gehen wie Kassiber auf die langen Reisen.»

Da hatte Milena aus der Tiefe geseufzt. «Ich bin dankbar, Sergej, wirklich dankbar. Seit ich zurückdenken kann, gibt es zum ersten Mal ein Quäntchen Hoffnung. Ich werde mich gedulden. Wenn ich mehr tun könnte ... es erscheint mir nutzlos, nur zu warten.»

Er lachte dieses kleine Lächeln, das an einen netten Welpen denken ließ. Dann wurde er ernst. «Es ist nicht dumm. Warten gehört zu den bedeutenden Kriegskünsten, wissen Sie das nicht? Und – Sie könnten beten, Milena.» Er senkte für einen Augenblick den Kopf, bevor er weitersprach. «Vielleicht können Sie doch etwas mehr tun. Ich überlege, ob ich Ihnen das antragen darf. Es ist nichts, wofür man sich schämen müsste, ein zerknitterter Maler wie ich sowieso nicht, selbst eine feine junge Dame wie die kluge Mademoiselle Bonnard nicht. Eigentlich ist es gar nichts, denn es erfordert nur das, was Sie ohnedies tun werden.»

«Halten Sie mich für zimperlich, Sergej? So umständliche Sätze sind nicht nötig. Was kann ich tun?»

«Ganz einfach – hören Sie in Gesellschaft gut zu, wenn es möglich ist, unauffällig, und merken Sie es sich, falls Sie etwas Interessantes hören oder sehen. Vor allem in Tarabya. In der Sommerfrische sind die Menschen offener.»

Sie wusste noch genau, dass ihr in dem Moment ein passenderes Wort durch den Kopf gegangen war: leichtfertiger. In der Sommerfrische, unter dem heiteren Himmel und nach dem einen oder anderen Glas Wein achteten die Menschen weniger darauf, was sie sagten. Oder wer ihnen zuhörte.

«Was heißt das: interessant?», hatte sie gefragt.

Er hatte beiläufig die Achseln gezuckt. «Alles Mögliche. Worüber so geredet wird. Zum Beispiel über das Reich, die Politik, ob die Briten die Deutschen noch mögen oder die Deutschen die Türken oder sonst wen. Oder wie über Reformen gedacht wird oder – über die Qualität der Haselnussernte.»

Da hatte sie gelacht. «Also nichts über die neueste Hutmode, sondern über das Geschehen in der Welt?»

Er hatte auch gelacht, aber nicht mit den Augen, und genickt.

Die Sonne war weitergewandert. Ihre Strahlen erreichten Milena auf ihrer Bank unter der Seidenakazie, sie rückte ein wenig zur Seite, um wieder im Schatten zu sitzen. Ein junges Paar schlenderte heran, Milena spürte ihr Zögern und war erleichtert, als sie ihr nur einen Gruß zunickten und weitergingen. Sie sah ihnen nach und fühlte sich alt. Die beiden waren so jung, kaum über zwanzig Jahre, und vielleicht auf der Hochzeitsreise. Machten

Türken überhaupt Hochzeitsreisen? Der Mann trug einen Fes und war sicher ein Osmane, elegant und wohlhabend. Vielleicht hatte er an der Sorbonne oder in Berlin studiert? Oder in Oxford wie Ludwig. Bei der jungen Frau war sie nicht so sicher. Ihr feines blassgelbes Kleid reichte über die Schuhspitzen, bedeckte auch den Hals, die Arme bis über die Handgelenke, doch es ließ ihre schöne Gestalt erkennen. Ein Schleier lag nur leicht über ihrem dunklen Haar. Sicher war sie westlicher Herkunft. Eine Christin? Oder eine Jüdin? Das Paar verschwand auf dem Weg hinter großen Oleanderbüschen, Milena hörte ihr Lachen, es klang glücklich.

Sie erhob sich, öffnete den Sonnenschirm und schlenderte weiter in den kleinen Park hinein. Sie wäre lieber ein Stück gerannt, um die Unruhe in ihrer Seele zu vertreiben. Aber sie hatte sich, egal was geschah, Contenance versprochen und durfte sich keine Feigheit der Gefühle erlauben. So oder so, sie war Sergej etwas schuldig, wenn er sich für sie und ihre Familie bemühte, obwohl sie sich erst kurze Zeit kannten. Gerade nach den schrecklichen Unruhen im vergangenen Jahr – wahrscheinlich gab es weitere, von denen sie nicht gehört hatte – musste das in Russland wie auch in der Türkei ein Risiko bedeuten.

Gut zuhören also. Und im Zweifelsfall so tun, als höre sie überhaupt nicht zu. Wie eine Spionin. Was für ein Wort! Sie lachte und erlaubte sich doch sehr rasche, nach Übermut aussehende Schritte.

Zwei alte Engländerinnen kamen ihr mit Gehstöcken bewehrt entgegen, ihre Mädchen folgten mit kleinem Abstand, wie es sich gehörte. Eine der Damen bemerkte, es sei doch sehr schön, ein so heiteres Fräulein zu sehen, obwohl sie einen Gatten an der Seite haben sollte. «Unbedingt», stimmte die andere zu, «unbedingt. Aber vielleicht noch besser einen Galan, meine Liebe. Wir wollen ihr doch ein Vergnügen gönnen.»

Sie kicherten im Duett, ein wenig rau, und beschlossen, «den kleinen Whiskey», den sie sich, seit sie Witwen waren, in der blauen Stunde zum Sonnenuntergang gönnten, heute ein bisschen früher zu nehmen.

———

Brooks kam den Weg von der Brücke herauf. Er trug einen weißen Anzug, der ihm nicht stand – hatte ihn jemals jemand in etwas anderem als im korrekten schwarzen Gehrock über ebenso korrekten schwarzen Hosen und Stiefeletten gesehen? Oder im schwarzen Dreiteiler? Zwischen all den Männern, den Kaufleuten und Boten, den Hafenarbeitern, Schiffern und Hamala fiel er auf befremdliche Weise auf. Auf seinem Kopf saß ein weicher blassgrüner Hut, ein italienischer Borsalino mit breitem Band, wie ihn ein seriöser Prokurist in Hamburg, der Stadt der Bowler, Zylinder und Schiffermützen, niemals tragen würde. Das war besonders befremdlich, da das Hutband aus einem Seidenteppich aus Hereke geschnitten war. Ludwig Brehm schwitzte heftiger, als sein alter Feind rasch näher kam, zugleich fühlte er Kälte an seinen Fußsohlen, er war barfuß, auch sein Rock und das Oberhemd fehlten. Wie waren sie ihm abhandengekommen? Er konnte sich nicht erinnern und schämte sich tief. Ohne Schuhe, im Unterhemd – immerhin trug er seine Hose, eine schwarze, wie ein ordentlicher Kaufmann. Er wollte erleichtert aufatmen, doch seine Brust war aus Stein.

Brooks kam ganz nah, sein Gesicht hatte sich bedrohlich gerötet, als sei er alle Stufen zum Kontor im Eilschritt heraufgerannt, seine Augen glotzten verquollen, sein Schnurrbart tropfte, zugleich war seine Miene siegesgewiss und voller Häme, aber er fiel nicht um, er schrie nur: «Körner, Hans Körner. Körnerkörner ...»

Ludwig fuhr in panischem Schrecken auf und sprang mit einem Satz vom Bett, sein Atem ging, als sei er selbst alle Stufen zum Kontor hinaufgerannt, sein Haar, sein ganzer Körper war schweißnass – leider auch sein Hemd, denn er war nicht mangelhaft bekleidet durch Konstantinopel gelaufen, sondern in der kleinen Ruhepause während der mittäglichen Hitze über seinem Buch, endlich der *London*-Baedeker, eingeschlafen. So stand er schwer atmend im Zimmer, mit wirrem Haar und wirren Gedanken, allerdings barfuß, aber seine Füße waren nicht kalt, nichts war kalt in der Sommerhitze. Und doch, natürlich – fröstelte ihn. Brooks – du meine Güte! Er hatte oft daran gedacht, was geschehen konnte, wenn jemand aus Hamburg, jemand aus der Gesellschaft der Teppichhändler oder aus seiner alten Nachbarschaft in Konstantinopel auftauchte. Er musste vorbereitet sein, aber das war nicht einfach, auch weil er nicht darüber nachdenken wollte. Im Teppichgeschäft war er nur ein kleiner Angestellter gewesen, kaum bekannt bei denen, die sich eine Reise an den Bosporus leisteten oder leisten konnten. Seine Halbschwester und ihr Mann, sie hatten noch nie Wert auf seine Gegenwart gelegt und müssten sich und ihre Lebensumstände außerordentlich verändert haben, wenn sie nach dem unchristlichen Orient reisten. Nach Freunden hatte er sich immer gesehnt und war oft verzagt gewesen, weil es ihm so wenig gelang, sich Freunde zu machen, Freundschaften zu pflegen und zu halten. Er hatte es nicht gelernt, und er wusste nicht, wie man das anfing, dieses «ein guter Freund sein», was anderen offenbar leichtfiel und selbstverständlich zu ihrem Leben gehörte. Nein, er musste sich nicht sorgen. Niemand tauchte hier auf, der ihn kannte. Brooks gehörte tatsächlich zu den ganz wenigen, die schon wegen ihres Berufs nach dem Orient reisen mochten, und Brooks konnte ihn erkennen und bloßstellen. Dass der Prokurist auf diese Reise ging, war jedoch höchst unwahrscheinlich – noch unwahrscheinlicher, solange Weise, der Inhaber der Handlung, in den Vereinigten Staaten die Dépendance aufbaute. Einer wie Brooks tat zu Hause seine Pflicht, und einer wie Brooks ließ sich keinen Tag als Regent über so viele angestellte Untertanen und so verantwortungsvolle Geschäfte entgehen.

Brooks, der Gedanke bereitete ihm Übelkeit, dem wäre es ein absolutes Vergnügen, ihn an den Pranger zu stellen. Zum ersten Mal verstand Ludwig, wie Menschen zum Verbrecher werden konnten, zum Mörder. In diesem Moment war er wieder sehr viel mehr Hans Körner, aber der war schon immer feige gewesen, er würde bei der ersten brenzligen Gelegenheit durch die Pforte in der hinteren Gartenmauer und in die Dunkelheit verschwinden und sich nicht an den Pranger stellen lassen. Nicht im Gefängnis enden. Bei Licht besehen war ein solches Verschwinden nicht feige. Es war nur schlau.

Hans Körner, Körner – klang es ihm noch in den Ohren. Es war so real gewesen. Hier war niemand, der diesen oder einen anderen Namen rief, es war still, nur ein Fuhrwerk rollte langsam über die Straße, die zwischen der Villa und dem Bootshaus am Ufer verlief. Erst wenn die Sonne niedriger stand, erwachte das Leben neu.

Frau Aglaia hatte frische Zitronenlimonade auf der Terrasse bereitgestellt, als Ludwig wenig später die Treppe herunterkam. Inzwischen war es ihm gelungen, die Traum-Begegnung mit seinem Hamburger Peiniger, dem er aber letztlich auch sein neues Leben verdankte, so kurios zu finden, wie sie gewesen war. Edie las in einer englischen Zeitung, sie legte sie auf den Tisch und schenkte Ludwig ein. Es war die Stunde für Smalltalk, also lehnte er sich zurück, nippte an der Limonade und sprach über das herrliche Wetter, obwohl er es vorgezogen hätte, mehr über die Kinder zu erfahren. Richard hatte telegraphiert, alle seien wohlauf, alle freuten sich, bald bei ihr in Konstantinopel zu sein, er komme mit den Kindern und Alfred mit dem späteren Nachmittagsschiff.

Schließlich war es Zeit. Edie öffnete ihren Sonnenschirm, unter dem mattgrünen Gewebe wirkte sie blass. Ludwig war unsicher, ob von ihm erwartete wurde, mit ihr zum Anleger zu gehen und die Gesellschaft zu empfangen. Es war ein Familientreffen, und obwohl er wenig von dieser Familie wusste, hatte er verstanden, dass Richard Witts Kinder ihre Stiefmutter noch zu wenig kannten, um sie zu lieben. Doch dann bat Edie ihn, sie zu begleiten, Frau Aglaia sei zu beschäftigt, alles für die Ankunft perfekt zu machen.

Edie war heute schweigsam. Am Morgen, als der Dunst noch über dem Land und dem Wasser lag und die Luft frisch war, waren sie zum ersten Mal ausgeritten. Es war gutgegangen. Das Pferd mit den weißen Socken war ein friedliches Geschöpf und stets Edies Pferd gefolgt. Er hatte nicht versucht, es von eigenen Wegen zu überzeugen, noch nicht. Er war froh gewesen, als sie zum Stall zurückkehrten und absaßen. Alles sah aus, als sei er es gewohnt, alle Tage auszureiten.

Edie hatte «Gut gemacht» gemurmelt und dabei dem Pferd den Hals geklopft, so hatte er nicht gewusst, ob sie den Reiter oder sein Pferd gemeint hatte, was ihm jedoch einerlei war. Er hatte sich großartig gefühlt. Vom Rücken eines Pferdes sah die Welt anders aus, solange man keine Schwierigkeiten hatte, im Sattel zu bleiben.

Bis zum Fähranleger war es nur ein Spaziergang, im Schatten der Platanen ein angenehmer Weg. Viel Volk war unterwegs, viele weiße und cremefarbene Kleider und Blusen, helle Hüte und sommerliche Anzüge, auch Jungen in Matrosenanzügen, wie sie in Deutschland und besonders in Hamburg üblich waren, kleine Mädchen in weißen Kleidern, Schleifen in den Haaren, völlig unpraktische Lackschuhe an den kleinen Füßen.

Iossep und der Junge warteten schon ein wenig abseits mit einem Karren für das Gepäck, das Fährschiff war drüben am Anleger des anderen Ufers zu erkennen, es kam später, als im Fahrplan angegeben, was niemanden zu interessieren schien. Angehörige und Gastgeber, Dienstboten, Träger von den Hotels und Pensionen, Kutscher mit ihren Wagen, auch Bettler warteten im Schatten.

Edie hatte sich auf eine Bank gesetzt, ihre Schultern sahen sehr schmal aus. Endlich war der Fährdampfer am Anleger. Richard Witt stand an der Reling, eine große schlanke Gestalt mit breiten Schultern, er war schon eine ganze Weile zwischen anderen Passagieren zu erkennen gewesen. Auch Edie war aus dem Schatten nah an den Anleger gekommen; als Richard seine Frau entdeckte, winkte er mit beiden Armen, und sie winkte zurück. Seine Brillengläser blitzten in der schon müden Sonne, er hatte den Hut in den Nacken geschoben, um besser sehen zu können, und sah nicht nur glücklich, sondern auch ungewöhnlich unternehmungslustig aus.

Endlich kamen sie inmitten anderer winkender und rufender Passagiere über die Gangway. Alfred Ihmsen als Erster, gefolgt von Herrn Friedrich. Der Butler schleppte mit hochrotem Kopf zwei Koffer, auf dem Rücken trug er einen Rucksack, der offensichtlich schon weit gereist war und viel erlebt hatte – ein erstaunlicher Anblick. Richard wartete noch an der Gangway und ließ den Fluss der anderen Reisenden passieren, er blickte zurück, und nun kamen auch die Kinder. Rudolf zuerst, ganz nah hinter ihm Marianne. Ludwig kannte die beiden noch nicht, er hatte von ihnen gehört und auch eine etwas ältere Fotografie gesehen, er wusste gleich, dass sie es waren. Keines der anderen Kinder, die das Schiff verließen, sah so blond, so ernsthaft aus.

Ludwig war ein wenig abseits geblieben, um das Wiedersehen der Familie nicht zu stören. Alfred Ihmsen umarmte Edie mit väterlicher Wärme, auch Richard umarmte seine Frau, ein wenig behutsamer, vielleicht spürte er den Blick der Kinder, er küsste ihre Wangen, murmelte etwas nur für sie Bestimmtes an ihrem Ohr, sie lächelte, und er trat zur Seite. Rudolf und Marianne waren an der Reihe.

«Guten Tag, Miss Edith», sagten sie im Duett und reichten ihr artig die Hand, Marianne knickste, Rudolf mit einem perfekten Diener, wieder stramm wie ein kleiner Soldat. Ludwig hatte gedacht, der Junge lebe in Smyrna wie seine kleine Schwester im Umfeld der Schule und des Waisenhauses der Kaiserswerther Diakonissen, seine Haltung war jedoch so perfekt, sein Anzug so makellos, als komme er direkt aus einer Kadettenanstalt.

Ludwig sah dem Geschehen zu und verstand, warum Edie an diesem Tag blass und angespannt gewesen war. Hier traf sich eine Familie, die noch keine war und eine werden musste. Mit solchen Dingen kannte er sich seit der bitteren Zeit bei seiner Halbschwester aus. Allerdings wusste er nicht, wie mächtig Kinder sein können, umso mehr, wenn sie sich selbst schwach und betrogen fühlen und in den Erwachsenen – oder in einer Erwachsenen – eine feindliche Macht erkennen.

«Wo ist Eleni?», fragte Marianne und Rudolf sah sich suchend um. «Wir dachten, Eleni holt uns ab.»

«Eleni erwartet euch in der Villa», antwortete Edie, «sie wartet sehnsüchtig. Da bin ich sicher. Inzwischen bereitet sie eine Überraschung für euch zur Begrüßung vor. Ich glaube», sie lächelte verschmitzt, «ja, ich glaube, es hat mit Honig und Pistazien zu tun, auch mit Nüssen.»

«Baklava», rief Marianne, und Rudolf fragte streng: «Warum haben Sie es verraten, Miss? Nun ist es keine Überraschung mehr. Mögen Sie Eleni nicht leiden? Wir haben Eleni sehr lieb.»

Richard wollte etwas einwenden, etwas Versöhnliches, das Strenge sollte warten, bis er mit seinem Sohn allein war. Alfred blinzelte halb amüsiert, halb unmutig, Herr Friedrich verdrehte die Augen zum Himmel, er hatte keine besondere Vorliebe für Kinder.

Richard kam auch nicht zu dem Versöhnlichen. «Ich hab's», rief eine muntere Stimme hinter ihm, «es lag tatsächlich noch auf der Bank.»

Lydia lief trotz ihres eng geschnittenen Rocks mit raschen Schritten die Gangway herunter, in den Händen ein feines hellgraues Wolltuch, wie es sich Damen an kühlen Sommerabenden um die Schultern legen. «Guten Tag, Miss Edith, wie schön, Sie so wohl zu sehen. Noch ein wenig blass, aber das wird die gesunde Luft hier draußen schon richten. Das tut sie immer. Wie herrlich, wieder einmal für einen Sommer hier zu sein. Nicht wahr, Kinder?» Sie nahm Mariannes Hand, legte die andere auf Rudolfs Schulter und zeigte Edie und den Männern ein glückliches Gesicht.

Alle sahen sie an, eine Frau in mittleren Jahren, nicht schön, aber auf ihre eigene, ein wenig behäbige Art attraktiv. Sie strahlte Zufriedenheit aus. Ludwig dachte: eine Siegerin, und ahnte nur, warum ihn das plötzlich traurig machte.

Edie beugte sich vor, sie lächelte breit und küsste Lydia auf beide Wangen, das hatte sie nie zuvor getan, es war nicht angebracht gewesen. Lydia zuckte keinen Moment zurück, sie lächelte schwesterlich.

Edie hielt sich gut. Diese Überraschung schlug das zu früh verratene süße Baklava um Längen. Bei aller Unsicherheit hatte sie sich voller Optimismus auf diese Sommerwochen gefreut und Pläne gemacht, um am Ende dieser Zeit Richards Kindern näher zu sein, nah genug, dass sie bei ihnen in Pera bleiben wollten. Bei ihrer Familie. Dass Lydia den Sommer mit ihr teilen würde, hatte ihr niemand gesagt. Richard musste es vergessen haben.

Die kleine Ihmsen-&-Witt-Karawane wanderte gemächlich zur Villa zurück. An der Spitze Richard und Rudolf im Gespräch, beide mit graden Schultern, die Hände hinter dem Rücken verschränkt. Vater und Sohn, es war ein rührender Anblick. Dann folgten Edie und Lydia, Marianne ging an Lydias Hand, sie hüpfte fröhlich, ausnahmsweise wurde sie nicht daran erinnert, dass eine junge Dame von fast zehn Jahren in Gegenwart Erwachsener nicht hüpfe. Lydia erzählte von der Fahrt von Smyrna nach Konstantinopel. Die Reise hatte anderthalb Tage gedauert, wie üblich außerhalb der Sturm-Monate, die Kabine sei eng, aber ausgezeichnet eingerichtet und sehr sauber gewesen, das Essen – nun ja. Sie richtete die Grüße des Pastorenehepaars aus, das sie und vor allem die Kinder wie verabredet begleitet hatte. Bis Konstantinopel, so erzählte sie, sie wollten gleich nach Saloniki weiterreisen, um sich mit der dortigen Deutschen Schule zu beraten, insbesondere über den zukünftigen Umgang mit andersgläubigen Waisen.

Den Schluss bildeten Ludwig und Alfred Ihmsen – Herr Friedrich hatte die Erlaubnis bekommen, sich zum Gepäck auf Iosseps Wagen zu setzen. Alfred freute sich auf seinen Lieblingsplatz auf der Terrasse unter den Weinranken, richtete Grüße von Aznurjan und Nikol aus, was wiederum Ludwig sehr freute, und fragte nach Mlle. Milena. Ob man einander schon begegnet sei. Nein? Dann werde es Zeit, sie sei doch eine charmante und alles andere als langweilige Person, was man gerade in der Sommerfrische nicht von allen Damen sagen könne. Es klang launig und nicht, als wolle er seine Tage in Tarabya nur auf der Terrasse dösend verbringen.

«Fast hätte ich es vergessen!» Er blieb stehen, klopfte seinen Rock ab und griff in die rechte Tasche. «Da sind sie ja. Ich habe Post für Sie mitgebracht, zwei Brieftelegramme. Eines ist von einem Körner, ja, Hans Körner. Jetzt denken Sie aber nicht, ich öffne die Briefe anderer Leute. Beide kamen mit der regulären Post fürs Kontor aus dem Deutschen Postamt, Geschäftspost, die öffne ich immer, ohne hinzusehen. Dieser Körner will Ihren Vater auf dem Chimborazo grüßen? Sie kennen verwegene Männer, lieber Brehm, von dem müssen Sie mal erzählen. Wirklich interessant. Das andere ist von einer Dame, sie kündigt ihren Besuch an. Besuch aus der Heimat, wie schön.»

9. KAPITEL

Ludwig drehte die Brieftelegramme in den Händen, wie man es tut, wenn man sich nicht entscheiden kann, eine Nachricht zu lesen, weil sie ein Unglück bedeuten könnte. Also las er zuerst das, von dem er Gutes erhoffte, weil es von einem Hans Körner aufgegeben worden war. Hans Körner.

> Lieber Ludwig, bin bei bester Gesundheit in
> Panama angekommen. Sehr heiß hier.
> Reise nun weiter zum Chimborazo und grüße
> Deinen Vater. Wünsche viel Glück und Erfolg
> und Vergnügen am Bosporus! Dein alter
> Freund Hans Körner

Mit einem unwillkürlichen Grinsen spürte er einen Anflug des Übermutes, wie sie ihn in jener Nacht geteilt hatten, als sie ihren Rollentausch vorbereiteten. Der ferne Brehm versicherte nun, ihr Deal gelte auch in Zukunft.

Er war leicht zu Ludwig Brehm geworden, jedenfalls zu einem Mann mit diesem Namen. Der echte Ludwig Brehm konnte nicht so ruck, zuck zu Hans Körner werden, aber das war für ihn auch keine Notwendigkeit gewesen. Als sie sich in der Destille begegnet waren, hatte er seine Reisepapiere längst in der Tasche gehabt, sie konnten also nicht auf Hans Körner ausgestellt gewesen sein.

Ludwig, der falsche Ludwig, hatte keine Ahnung, wie der ferne, der echte Ludwig es damals angestellt hatte, die Papiere für sein eigenes Abenteuer zu beschaffen, auch nicht, ob auf seinen eigenen oder einen fremden Namen. Aber ging ihn das etwas an? Wenn es nun zwei Männer mit dem Namen Ludwig Brehm gab, waren sie durch die Entfernung der Kontinente und der unterschiedlichen Lebensweise so weit voneinander getrennt, dass es einerlei war. Hier die Salons und Kontore von Konstantinopel, dort das wilde weite Südamerika, Regenwald und Gebirge, schroff und hoch und kalt wie der Mond. Da kam man einander nicht ins Gehege. Außerdem – so besonders war der Name nicht. Gewiss gab es eine ganze Reihe von Männern, die so hießen.

Die Papiere auf seinen Namen, einen Pass und die Billetts, hatte der echte Ludwig Brehm für die Reise nach dem Orient an Hans Körner weitergegeben, auch einen auf die Deutsche Orientbank in Galata ausgestellten Kreditbrief, den er, der neue Ludwig Brehm, sich noch nicht getraut hatte einzulösen. Alles hatte der großzügige echte Ludwig dem Trost und einer Zukunft bedürftigen Hans fröhlich überlassen. Fröhlich. Dieses Attribut fiel Ludwig gewöhnlich zuerst ein, wenn er an den anderen, den fernen Ludwig dachte. Dabei ließen die erstaunliche Großzügigkeit einerseits die Heimlichkeit mit dessen eigener Reise andererseits, eher düstere Hintergründe vermuten als einen heiligen Martin, der bereitwillig seinen Mantel teilte. Doch der echte Ludwig war von solcher Leichtigkeit und Herzlichkeit gewesen, voller Übermut und Freude auf sein neues Leben, auf die Freiheit des Ungewissen, die ihn so sehr lockte, all das passte kaum zu einem Verbrechen, vor dessen Folgen er untertauchen und verschwinden musste, und erst recht nicht zu einem selbstmörderischen Plan.

Es war anders und ganz einfach: Der ferne Ludwig Brehm war ein Mann schneller, überraschender Entschlüsse, er machte sich einen Spaß mit dem Leben und mit den Leuten, er machte sich einen Spaß wie ein Kind, das in einem großen verwunschenen Garten Versteck spielte. Zu diesem Schluss war der Ludwig am Bosporus bald gekommen, und weil er darin die angenehmste Erklärung fand, hatte er sich verboten, weiter darüber nachzudenken oder gar zu grübeln.

Dieses Brieftelegramm zeigte, der ferne Ludwig war noch mit derselben Abenteuerlust unterwegs, mit der er aufgebrochen war, es gab keinen Grund zu Sorge oder Misstrauen. Er hatte seine Nachricht aus Panama geschickt. Den Text durfte jeder lesen. Wenn er darin versprach, seinen Vater am Chimborazo zu grüßen, bedeutete das nur, er folge seinem Plan und sei wohlauf und guten Mutes.

Also wollte er das Spiel weiterspielen. Es stand nicht zu befürchten, er klopfe morgen oder übermorgen an die Kontortür in Galata und fordere seine Rolle und sein schönes Leben zurück. Nicht vor dem Ende des verabredeten Jahres.

Am liebsten hätte der Ludwig, der nun in Tarabya in seinem Zimmer saß, in die Nacht hinausblickte und glücklich war, gleich einen langen Brief an den fernen Ludwig geschrieben, um ihm alles von seinem Leben im Orient zu erzählen. Er dachte an ihn wie an einen Bruder und fand, es stehe dem anderen zu, zu erfahren, was er in seinem Namen, an seiner statt erlebte. Doch der ferne Ludwig war weiter unterwegs auf seiner Fahrt ins Ungewisse, es gab keine

Adresse, an die ein Brief oder ein Telegramm zu schicken wäre. Sicher war es so am vernünftigsten.

Brieftelegramme hatten nicht nur den Vorteil, dass sie blitzschnell um die Welt reisten, in wenigen Minuten von Europa in den Orient, bis hinter den Ural, nach Pernambuco oder Yokohama, sie boten auch ein wenig mehr Platz für die Nachricht als ein übliches, noch eiligeres Kabel, erforderten jedoch nicht so viele Zeilen wie ein Brief, der befremdlich wirkte, wenn er weniger als eine, besser zwei beschriebene Seiten umfasste. Ein guter Brief war viele Seiten lang. Kurzum – im Brieftelegramm fasste man sich kurz, schickte rasant nur wirklich Wichtiges in die Welt, und da Telegramme in akkuraten Druckbuchstaben ausgeliefert wurden, gab es keine Probleme mit der Lesbarkeit der Schrift.

Der letzte Punkt, eben die Lesbarkeit der Schrift, war genau das, was Ludwig vor seinem ersten Anfall von Panik rettete, als er endlich das zweite Telegramm las. Eine ihm völlig unbekannte Dame hatte es an *Ludwig Brehm im Kontor Ihmsen & Witt, Deutsches Postamt Konstantinopel* kabeln lassen. Es begann mit *Liebster Ludwig* und endete mit *Bis bald, Deine Cousine Constanze* (CC).

Wer war Cousine Constanze? Von wem wusste sie, wo er war? Sie kündigte ihren Besuch für Ende September an, wahrscheinlicher in den ersten Oktobertagen. Sie wisse noch nicht ganz sicher, wann das Kreuzfahrtschiff für einige Tage in Konstantinopel pausiere, sie freue sich, ihn endlich wiederzusehen. Genaueres vom letzten Hafen vor Konstantinopel.

Sie würde auf der Durchreise sein – Gott sei Dank, nur auf der Durchreise. Nach allem, nein, nach dem bitter wenigen, was er von seiner vermeintlichen Vergangenheit und vorgeblich nicht mehr existierenden Familie wusste, gab es keine Cousinen. Allerdings war das ein weiter Begriff. Ersten, zweiten, dritten Grades? Endlich einmal wiedersehen? Womöglich hatte der ferne Ludwig diese Constanze längst vergessen. Er hatte sie so wenig erwähnt wie den vermeintlichen Onkel, von dem Ihmsen an seinem ersten Abend in Pera gesprochen hatte, von dem glücklicherweise nie wieder die Rede gewesen war. Vielleicht war er hinter der Wüste Gobi, in der Kasbah von Tunis oder bei der Suche nach australischen Opalen verschollen. Das zu wissen wäre beruhigend. Vielleicht tauchte er nächste Woche von einer Geschäfts- oder Vergnügungsreise nach Japan oder Sansibar wieder in Konstantinopel auf – das hingegen wäre höchst beunruhigend.

Die Nacht flüsterte nun nicht mehr ganz so verheißungsvoll. In seiner Phantasie sammelte sich allmählich eine ganze Reihe von Damoklesschwertern über seinem Kopf. Bis jetzt war alles gutgegangen, wie dumm es war, anzunehmen, so bleibe es das ganze Jahr hindurch.

Er starrte auf das Papier, die Ecken waren schon feucht von seinen Händen. Cousine Constanze also. Sie hieß nicht Brehm, sondern Möller, was alles Mögliche bedeuten konnte. Angesehene Familie, unbedeutende Familie – von diesen Dingen wusste er nichts. Wenn sie sich eine Reise auf den neuen Passagierdampfern leisten konnte, sprach das nicht unbedingt für eine angesehene, aber für eine wohlhabende Familie. Es sei denn, sie gehörte zum weiblichen Personal. Gab es auf diesen Dampfern weibliches Personal? Sicher als Zimmermädchen oder Krankenschwester. Diese neuen Dampfer waren schwimmende Luxushotels mit allem Komfort.

Sie erwähnte keinen Begleiter. Wenn sie als Passagierin allein reiste, war sie eine Witwe oder ein ältliches Fräulein in Begleitung ihrer Gesellschafterin, vielleicht war sie selbst Gesellschafterin einer wohlhabenden Dame oder Familie. Eine Gouvernante? Jedenfalls war sie kaum eine Gertrude Bell, was sie bei aller Bedrohlichkeit doch interessant gemacht hätte.

Wer sie auch war, er konnte irgendeinem unbekannten Fräulein auf der Durchreise nicht erlauben, seine Pläne zu durchkreuzen.

———

In die Sommerfrische gelangten auch gewichtigere Nachrichten aus der Welt, durch die Telegraphie als aktuelle Meldungen, erst wenige Minuten alt, seit sie durch die Kabel geschickt worden waren. In den Kaffeehäusern, Salons oder am Frühstückstisch, bei abendlichen Diners, selbst bei morgendlichen Ausritten wurde vor allem über die schrecklichen und über die großartigen Ereignisse gesprochen, wobei ein und dasselbe Ereignis aus dem Gegensatz der Haltungen und Meinungen sowohl als das eine als das andere diskutiert wurde. Wenn Mme. Labaries Eindruck stimmte, geschah das in dieser Sommersaison häufiger als in früheren Jahren, auch die Heftigkeit der Debatten hatte zugenommen. Höflichkeit und Contenance, so sah sie es, kamen aus der Mode, aber vielleicht veränderte sich die Welt nur, bekamen die alten Strukturen deutlichere und auch bedrohlichere Risse. Selbst Katastrophen wie das schwere Erdbeben und der anschließende Großbrand, die im Frühjahr die strahlende Stadt San Francisco vernichtet und Tausende Menschen getötet hatten, wurden hinter vorgehaltener Hand als düsteres Omen kolportiert.

Womöglich erschien es ihr auch nur, als nähmen die Bedrohlichkeiten und die Rücksichtslosigkeit in Rede und Handlung zu. Im idyllischen Tarabya war die reale Welt ohnedies fern. Was nicht ganz zutraf – in den Sommerresidenzen der Gesandtschaften, manchen Hinterzimmern, Ballsälen, Spazierwegen oder Salons war die reale Welt sehr gegenwärtig, Diplomatie und Weltgeschichte, ob im Großen oder im Kleinen, hatten niemals Pause.

Für Mme. Labarie waren der späte Freispruch und die vollständige Rehabilitierung des französischen Hauptmanns Dreyfus vom Landesverrat das wichtigste Ereignis. Es wurde in jeder Zeitung quer durch Europa gemeldet und kommentiert, obwohl es nicht an politischen und ökomischen Ereignissen und Krisen mangelte, die die Welt bewegten. Der Prozess gegen den jüdischen Offizier hatte durch alle Instanzen mehr als ein Jahrzehnt gedauert und in ganz Europa Empörung und Streit ausgelöst. Gegner und Unterstützer waren oft zu erbitterten Rivalen geworden, Madame hatte alles aufmerksam verfolgt und war bald auf der Seite der Dreyfus-Verteidiger gewesen und geblieben. Nicht wegen des entschiedenen Engagements Émile Zolas und des nervösen jungen Proust für die gerechte Sache, sondern aus eigener Überzeugung; im Übrigen war bekannt, dass sie die Werke des Monsieur Tolstoi denen Zolas vorzog.

Auch die deutschen Zeitungen waren voll davon gewesen, umso mehr als Dreyfus angeklagt worden war, militärische Geheimnisse an die Deutsche Botschaft in Paris verraten zu haben. Der Prozess und seine perfiden, insbesondere antisemitischen Hintergründe galten als einer der größten und stürmischsten Skandale Frankreichs.

Ludwig hatte natürlich davon gehört, doch es interessierte ihn nicht über Gebühr. Auch jetzt bewegten ihn mehr die neuen Nachrichten aus Hamburg. Die ehrwürdige St.-Michaelis-Kirche, als Hamburger Michel das weithin sichtbare Wahrzeichen der Stadt, war in diesen Tagen vom Blitz getroffen worden und abgebrannt, das schmerzte ihn sehr. Nur wenige Minuten entfernt und wenige Wochen zuvor war ein ganz neues Wahrzeichen der Stadt enthüllt worden, eine Bismarckstatue aus Granit. Auf einer ehemaligen Bastion thronte der Koloss, samt Sockel fast vierzig Meter hoch. Nichts gegen den Eiffelturm in Paris, aber dieses gigantische Monument des ehemaligen Reichskanzlers, als edler Ritter gewandet und aufs Reichsschwert gestützt, den Blick über den Hafen in die Ferne gerichtet, entsprach nicht gerade hanseatischem Understatement.

Darüber wurde selbst am Bosporus debattiert, hier und da gespottet. Schließlich war der einstige «Eiserne Kanzler» und Geburtshelfer des Deutschen Kaiserreiches von Wilhelm Zwo entlassen und in einen kränkenden Ruhestand geschickt worden.

Commander Thompson hatte kürzlich betont, das Denkmal zeuge nicht unbedingt vom Respekt vor seiner Kaiserlichen Majestät, dafür zeuge es vom republikanischen Selbstbewusstsein seiner Bürger, was er persönlich sympathisch finde. Einiges Räuspern in der Herrenrunde hatte ihn veranlasst, diese für einen Offizier und treuesten Untertan der britischen Krone erstaunliche Äußerung zu relativieren. Für eine Kaufmannsstadt sei das durchaus passend, im Übrigen bringe man den Majestäten bei anderen Gelegenheiten enorme Hochachtung entgegen. Es sei allgemein bekannt, wie gerne der Kaiser sich mit seiner Entourage, bei Gelegenheit auch mit der Kaiserin und dem knappen halben Dutzend Prinzen an der Elbe aufhalte. «Schon wegen des Hafens und der bedeutenden Schiffsbauer und Reeder, die Marine, primär die Kriegsmarine, ist leider sein Steckenpferd.»

«Was besonders interessant ist», hatte ein Mitglied des Spanischen Konsulats eingeworfen, «da einer der Reeder, dieser Ballin, reinrassiger Jude ist und das nicht einmal verbirgt.»

«Aber es bleibt eine Tatsache», war der Commander fortgefahren, ohne auf den jungen Spanier einzugehen, «wenn man es heute betrachtet, acht Jahre nach Fürst Bismarcks Tod, erkennt man, wie geschickt und ausgleichend seine Politik gewesen ist. Natürlich nicht in allen Dingen, aber doch in den wichtigen der letzten Jahre seiner Reichskanzlerschaft.»

Dem hatten nicht alle in der Runde zugestimmt, allerdings gab es ein allgemeines Nicken, als ein anderer Herr, ein Schweizer und Privatier, den Gedanken Commander Thompsons ergänzte: «Dabei sollte nicht vergessen werden, wie sehr der alte Fürst seinen Kaiser in dessen kuriosem Weltmachtstreben und großem Talent, in jedes Fettnäpfchen zu trampeln, gebremst hat.» Er betonte das Wort trampeln, niemand widersprach.

Es muss kaum erwähnt werden, dass zu der Runde an jenem Abend keine Deutschen gehört hatten. Andernfalls wäre das Gespräch jedoch möglicherweise ebenso verlaufen; auch im Deutschen Reich sorgten sich viele Untertanen wegen der Politik, der Ambitionen und des Auftretens ihres

Monarchen, des bissigen Wettrüstens mit der englischen Verwandtschaft, die bisher unangefochten die Weltmeere beherrscht hatte, ihre Armeen jedoch über die zahlreichen großen Kolonien rund um den Globus verstreut hatte. Doch selbstverständlich hätten die übrigen Herren sich in Diplomatie geübt und vor deutschen Gästen deren Kaiserhaus nicht kritisiert. Jedenfalls nicht so unverbrämt.

Die Thompsons waren nun auch in Tarabya eingetroffen. Für gewöhnlich verbrachten sie die Sommer in der Villa in San Stefano, ihrem Zuhause. Ihre Kinder waren dort geboren, und wie in so vielem waren Mary und William, außerhalb der Familie der Commander und Mrs. Thompson, auch darin einig gewesen, ihre Söhne und Töchter fern von der städtischen Enge, dem Lärm und dem Schmutz aufwachsen zu lassen.

Während der Woche wohnte der Commander in einer weitläufigen Etagenwohnung in Pera, einen kurzen Fußweg vom Konsulat und dem Harbourmaster-Office entfernt. Sie diente der Familie und ihren auswärtigen Gästen als Dépendance in der Stadt, wenn das Landleben einmal langweilig wurde, Einkäufe und Besuche mehr Zeit als einen Tag erforderten, wenn Gäste mit dem Orientexpress oder einem der neuen Überseepassagierdampfer ankamen und Konstantinopel erleben wollten. Kaum jemand reiste nach dem Orient, nur um in San Stefano auf der Gartenliege den Süden zu genießen, man kam, um die berühmte Stadt und den Bosporus zu erkunden und im Großen Basar Orientalisches einzukaufen.

Im sommerlichen Tarabya herrschte den Thompsons zu viel Trubel, zu viel Zwang zur Förmlichkeit, Edie zuliebe kamen sie jedoch gerne für einige Zeit an die Bucht. Es war nur natürlich, wenn sie ihre Sommer dort verbrachte, wo ihr Ehemann und seine Familie seit vielen Jahren ein Sommerhaus bewohnten. Darauf hatte Mary den Commander mehr als einmal sanft, aber nachdrücklich hingewiesen, wenn er wieder betonte, wie unvergleichlich schön die Sommer in San Stefano am Marmarameer doch seien, obwohl die Eisenbahnlinie am Ufer entlang verlegt worden sei.

Tatsächlich passte dem Commander ein Aufenthalt im Zentrum der Sommerfreuden des diplomatischen Corps ganz gut. Es ersparte ihm den einen oder anderen Aufpasser und Lauscher, wenn er selbst aufpassen und zuhören konnte, ob in Knickerbockers beim Vormittagsspaziergang, mit der Zeitung im Kaffeehaus oder in Gala-Uniform bei den Bällen in den Residenzen.

Auch ein Frühstück mit dem seit langem gut bekannten Generalkonsul in Smyrna war verabredet, Henry Cumberbatch hielt sich dieser Tage in der Sommerresidenz der britischen Gesandtschaft auf. Es war dringend über die richterlichen Kompetenzen der Konsulate zu sprechen, die in diesen unruhigen Zeiten überdacht werden sollten. *En passant* bei einem ordentlichen englischen Frühstück war das viel angenehmer als in den schweren Ledersesseln der Konsulate.

Die Thompsons wohnten komfortabel mit elektrischem Licht und Aufzug im Hôtel d'Angleterre. Sie waren nur zu viert, zu dreieinhalb, wie der Commander erklärte und sich zu Henny hinabgebeugt hatte, um über ihre kleine Nase zu streichen, etwa in Höhe seiner Taille. Maudie, offiziell Mrs. Lindsay, war nur wenige Jahre älter als Edie und sah doch um vieles erwachsener aus, gesetzter, dachte Ludwig, als er ihr zum ersten Mal beggnete.

Ihr Ehemann, Jules Lindsay, war vor vier Jahren gestorben, er hatte in der britischen Verwaltung in Indien gearbeitet, in Colombo. Wie Maudie, Edie und deren Brüder in Konstantinopel, so war er auf Ceylon geboren und aufgewachsen, unterbrochen von einigen äußerst herben Internatsjahren im nasskalten Suffolk.

Maudie hatte ihn in Pera auf einem Ball der Britischen Botschaft kennengelernt, sie hatten sich verliebt und zur Zufriedenheit ihrer Familien bald geheiratet. Eine so große Entfernung wie die zwischen Konstantinopel und Colombo mache eine lange Brautzeit nur schwierig, hatte Maudie erklärt. Sie war immer schon ein vernünftiges Mädchen gewesen.

Jules Lindsay hatte als ein vielversprechender Kolonialbeamter gegolten und sich zumeist fröhlich gezeigt. Er hatte Indien, insbesondere «sein Ceylon», geliebt, und es war ihm absolut unverständlich gewesen, wieso die Bevölkerung der Insel, überhaupt des ganzen Subkontinents gegen die so wohl geführte britische Ordnung, Kultur und Vorherrschaft aufbegehrte.

Niemand wusste, an welcher Krankheit, an welcher Art Fieber Jules so rasch gestorben war. Maudies Ehe hatte kaum anderthalb Jahre gedauert. Sie kehrte nach San Stefano zurück. Von dem heiteren, bei aller Vernunft bisweilen zur Schwärmerei neigenden Mädchen, als das sie das Haus ihrer Eltern verlassen hatte, war wenig geblieben. Auf Ceylon hatte sie als eine behütete Europäerin gelebt, ein Mitglied der Community der Kolonialherrschaft, sie war jedoch nicht hinter den Gartenmauern geblieben und hatte in der kurzen Zeit mehr von der Härte gesehen, die ein Leben in den Straßen Colombos bedeutete, als sie sich je vorgestellt hatte. Die junge Mrs. Lindsay war der realen Welt jenseits der weißen Villen und blühenden Gärten begegnet.

Inzwischen hatte sie zu einer neuen, ruhigeren Heiterkeit gefunden. Der wichtigste Grund war Henny, ihre Adoptivtochter.

Die Thompsons trafen ein, als in der sogenannten Ihmsen'schen Villa schon die gut eingespielte Ferienstimmung herrschte. Ludwig hatte sich während der ersten Tage nach der Ankunft des Fährdampfers mit Lydia und den Kindern dennoch nach Konstantinopel zurückgesehnt. Es hatte ihn erstaunt, denn allgemein und objektiv empfunden hielt er sich in einem irdischen Paradies auf. Gerade das mochte der Grund sein. Als Gast in diesem schönen Haus an diesem schönen Ort, wo er nur Menschen begegnete, denen es so gut ging, dass sich ihre Klagen um Schrecknisse wie die Sommerhitze, die Qualität der Schokolade und die Nachlässigkeit mancher Dienstboten und Kellner drehten, fühlte er sich mehr denn je als ein Lügner und Parasit. Allerdings nur anfallsweise, das muss um der Ehrlichkeit willen gesagt werden. Zwischendurch, nein, meistens fühlte er sich wohl. Einfach nur wohl, und manchmal, wenn ihn in mutigen Momenten nichts bremsen konnte, aufs herrlichste trunken von dieser Gegenwart, so weit entfernt von seiner Vergangenheit.

Edie hatte ihre Familie gleich am Tag von deren Ankunft besucht. Allen gehe es gut, hatte sie berichtet, als sie am Abend des Tages mit Ludwig über die Gartenwege schlenderte, während Alfred und Richard mit einem Herrn aus Bursa, einem eleganten und überaus charmanten Türken, der mit seiner Familie Sommerwochen in Büyükdere verbrachte, über die Möglichkeiten gemeinsamer Geschäfte sprachen. Er war Direktor der dortigen großen Seidenraupenzucht und Weberei und Mäzen des erst vor einigen Jahren in Bursa eröffneten Archäologischen Museums. Darüber hinaus verfügte er über gute familiäre Verbindungen zum Opiumhandel, die Schlafmohnfelder auf der weiter südlich gelegenen Hochebene bei Afyon-Karahisar lieferten reiche Ernte. Dieser Handel erfuhr mit der aufstrebenden Chirurgie in europäischen Kliniken einen weiteren enormen Aufschwung. Die Kriege der vergangenen Jahre und Jahrzehnte mit ihren zahllosen Verwundeten, all den Amputationen und Operationen, hatten dazu beigetragen, die Techniken und Fähigkeiten der Ärzte zu entwickeln. Es war ein reiches Übungsfeld gewesen.

«So waren die Metzeleien wenigstens zu etwas gut», hatte der Kommerzienrat an einem der letzten Abende erklärt, das Thema war zur Sprache gekommen, nachdem sich die Damen in ihre Zimmer zurück gezogen hatten. «Zu etwas gut», hatte er murmelnd wiederholt und dabei ganz gegen seine Gewohnheit alles andere als zuversichtlich ausgesehen.

Kriege hin, Kriege her, mehr als Richard war er entschlossen, die Geschäfte von Ihmsen & Witt auf den Handel mit dem segensreichen Saft der unreifen Schlafmohnkapseln auszudehnen.

«Man muss stärker als früher an die Zukunft denken», hatte er Ludwig erklärt, «die Zeiten ändern sich rascher, die Techniken und die Maschinen, die Bedürfnisse der Menschen noch rascher. Wir sind Kaufleute, wir leben davon zu wissen und vorauszusehen, was der Handel in der nahen und in der ferneren Zukunft fordern wird. Mittel gegen körperliche Schmerzen werden immer gebraucht werden, auch in immer größeren Mengen. Wenn sie zugleich die Schmerzen des Geistes und der Seele lindern, umso besser. Angeblich drängen die Fortschritte in der Medizin die Krankheiten zurück oder werden sie gar ausrotten? Ich glaube nicht daran. Krankheiten sind perfide, drängt man eine zurück, kommt eine neue angeschlichen, und sei es nur eine alte im neuen Gewand. Lazarette wird es auch in Zukunft geben. Der Krieg ist ja ebenfalls eine Krankheit, die größte und ärgste, ist einer weggedrängt, dräut der nächste. Irgendwo wird immer gestritten und geblutet.»

Er erwähnte bei dieser Gelegenheit nicht, dass er ohne Richards Wissen, darauf hatte sie bestanden, Elisabeth in ihren letzten Lebenswochen ein Opiumpräparat gegen ihre Schmerzen gebracht hatte. Richard hatte es geahnt, wahrscheinlich gewusst, auch Lydia, als unermüdliche Pflegerin war ihr am Bett der Kranken nichts entgangen. Alle hatten Elisabeths Wunsch respektiert und geschwiegen, auch nach ihrem Tod.

Nicht zuletzt wegen ihres Leidens und Sterbens war Alfred entschlossen, in den Opiumhandel einzusteigen. Er hätte es damals nicht ertragen, nichts zu tun. Es hieß, jeder Mensch ertrage mehr, als er sich vorstellen könne, und erst erduldetes, tiefes Leiden adele den Menschen. Das war für ihn Humbug und bigottes Geschwätz. Auch eitles Geschwätz, wenn dahinter das Bestreben stand, sich mit dem Leiden Jesu am Kreuz gleichzumachen.

Von alldem wusste Edie nichts. Obwohl sie oft gegenwärtig schien, hatten weder Richard noch Alfred viel mit ihr von Elisabeth gesprochen, und sie hatte sich gescheut zu fragen. Auch weil sie den Vergleich fürchtete, das hatte sie erkannt.

Schließlich hatte sie Eleni gefragt, und Eleni hatte erzählt. Von der wunderbaren, aber auch sehr menschlichen Elisabeth Hanım – obwohl Eleni Griechin war, hatte sie für Richards erste Frau die türkische Anrede für eine Dame verwendet. Das habe sie gern gehört, hatte Eleni auf Edies Frage erklärt, sie habe alles Türkische so interessant gefunden. Am liebsten hätte sie den Kindern zumindest als zweiten einen türkischen Vornamen gegeben.

«Die Kinder», vertraute Edie Ludwig während ihres Spazierganges an, «können sich nur schwer an mich gewöhnen.» Sie blieb stehen und dachte einen Moment nach, bevor sie fortfuhr: «Nein, so stimmt es nicht. Richtig ist, sie wollen mich nicht. Sie wollen ihre Mutter zurück, was nur natürlich ist, und nun bin ich da.» Ihre Stimme klang flach, als koste es sie Mühe, diese Worte auszusprechen und die Niederlage einzugestehen. «Verzeihen Sie, Ludwig, ich dürfte Sie damit nicht behelligen. Es ist einzig mein Fehler ...»

«Unsinn», fiel er ihr ins Wort. «Sie behelligen mich nicht, im Gegenteil – Ihr Vertrauen ehrt mich unverdient. Ich weiß wenig von Kindern, aber ich verstehe, wenn es schwer ist, eine neue Ehefrau des Vaters als neue Mutter anzunehmen. Jede Frau an Ihrer Stelle wird das erfahren. Es liegt nicht an Ihnen, es ist nicht Ihr Fehler.»

«Nun», Edie straffte die schmalen Schultern, versuchte ein schiefes Lächeln und nahm das Spazieren wieder auf. «Sie sind ein freundlicher Mann, Ludwig, ich bin froh, dass Sie sich für unsere orientalischen Teppiche interessieren, sonst wären Sie ja nicht zu uns an den Bosporus gekommen. Wissen Sie, dass Sie mir manchmal ein Trost sind? Nur weil Sie da sind, mit Ihrer stillen Gegenwart. Doch, still sind Sie. Sie hören immer zu, und ich weiß fast nichts über Sie. Das ist zu viel der Bescheidenheit. Bald müssen Sie einmal von sich erzählen, woher Sie kommen, wohin Sie wollen.»

Sie lachte dieses leise klirrende Lachen, das Unsicherheit spüren ließ. «Was für aufdringliche Fragen. So ist es mit den Sommern im Orient – sie machen nicht nur schwatzhaft, sie lassen auch manche Grenze verschwimmen. Und erst die Abende und Nächte unter diesem samtenen Himmel ... ich werde mir ein Pflaster auf den Mund kleben müssen. Sehen Sie es mir wieder einmal nach? Die Kinder», kehrte sie entschieden zu ihrem eigentlichen Thema zurück, «die Kinder brauchen Zeit, natürlich, aber Zeit mit uns, mit Richard und mir. Ich möchte sie nicht nach Smyrna zurückkehren lassen. Sie können dort doch nicht glücklicher sein – ohne ihren Vater. Maudie bringt ihre Adoptivtochter mit, Henny ist ein reizendes kleines Mädchen, ich hoffe, sie kann ein wenig Eis schmelzen lassen. Kinder sehen viel weniger Grenzen und Fremdheiten. Ich habe es oft erlebt, wie sie sich anfreundeten, ohne die Sprache des anderen zu verstehen. Was denken Sie, Ludwig? Könnte ich recht haben?»

Leider hatte Ludwig tatsächlich keine Ahnung von Kindern und deren Verhältnis zu anderen Kindern und diesen Grenzen. Seine eigenen Erinnerungen wollte er nicht zum Maßstab nehmen, sie boten kaum Grund, ihre Hoffnung auf fröhlichere Familienzeiten zu unterstützen.

«Sicher haben Sie recht», sagte er und bot ihr seinen Arm, «Kinder sind großartig und noch frei von unseren dummen Vorurteilen und Vorbehalten. Die beiden kleinen Witts werden sich über eine neue Freundin aus Ihrer Familie freuen und sie als Ihre Nichte mögen.»

In Tarabya war alles nur ein wenig anders, doch das passte zur Leichtigkeit der Tage und des Lichts. Man kleidete sich auch hier zum gemeinsamen Abendessen um; wenn man unter sich war, durfte dabei alles ein wenig legerer sein. Das hatte Ludwig erst bedenken müssen, als er in seinem Zimmer stand und überlegte, für welche Kleider er sich entscheiden sollte. Die Spielregeln, die in Konstantinopel galten, hatte er schnell gelernt, da hatte ihn nichts überrascht, also war er nie durch die falsche Garderobe aufgefallen. In einer Gesellschaft, die sich zu jeder Gelegenheit umzog und die jeweils passende Kleidung benötigte, konnte die falsche Entscheidung bei aller Banalität den gesellschaftlichen Betrüger leicht entlarven. Wer in einem Teppichhaus, also einem Geschäft für Luxuswaren, und in einer Stadt wie Hamburg für Kunden «aus den ersten Kreisen» gearbeitet hatte, wusste um diese Regeln, gerade wenn in seinem Zuhause und bei seinen Nachbarn und Freunden solcher Usus schon aus Mangel an so viel verschiedener Kleidung und der Zeit für die ständige Umzieherei weder üblich noch möglich war. Von den dazu benötigten Dienstboten gar nicht erst zu reden. Natürlich war er diesen Kreisen der Teppichhauskunden nie in ihrer Sommerfrische begegnet – und schon gar nicht an einem von Villen und Residenzen gesäumten Ufer in der Levante.

Als er aus einem Flurfenster hinunter auf die Terrasse blickte, entdeckte er Alfred Ihmsen und Richard Witt in hellen, eher bequem als förmlich erscheinenden Sommeranzügen. Sie rauchten dünne Zigarren, gingen auf und ab und umrundeten gemächlich das Rondell. Offenbar plauderten sie nur wie zwei Männer, die vor dem Abendessen die friedliche Stimmung des milden Abends genießen und über das Wetter, einen geplanten Ausflug mit Damen oder den letzten Klatsch von der Börse oder aus der Botschaft sprachen. Alfred lachte, und Richard schüttelte den Kopf, schließlich lachte auch er, dann gingen sie wieder über die Terrasse, vertraut beieinander, und verschwanden im Haus. Es waren gerade solche belanglosen Momente, die Ludwig bewegten, die ihn mal neidisch, mal bewundernd oder verzagt, meistens jedoch glücklich sein ließen, weil er Teil dieses Lebens war. Am Rand, aber doch ein Teil davon.

An dem Abend war es vor allem um das Glück gegangen, gestört von leichter Sorge. Er traf in den nächsten Tagen und Wochen viele Menschen zum ersten Mal, und alle hatten Zeit. Also musste er auf der Hut sein. Er befürchtete weniger, von jemandem aus Hamburg erkannt zu werden, denn wenn, könnte es nur einer der wohlhabenden Kunden sein, und die würden sich kaum an einen der zahlreichen Verkäufer im Teppichhaus Weise erinnern, nicht auf den ersten Blick. Die Menschen, die er außerhalb seiner Arbeitssphäre gut kannte oder gekannt hatte, die sich von Bart und eleganten Kleidern auf den zweiten Blick nicht täuschen ließen, fürchtete er nicht, die konnten sich eine Reise nach dem Orient nicht leisten.

Andererseits – er war hier. Warum nicht auch einer der anderen, sei es als Kellner oder Hausdiener, als Schreiner oder Verkäufer. Er musste auf die Gesichter achten, auf den Tonfall der Stimmen, einen Hamburger oder Bremer erkannte man gleich an ihrer Sprache, wenn sie auch noch so gut hochdeutsch sprachen, unterschied sie ihr Sprechen deutlich von einem Bayern, Berliner oder Sachsen.

Aber Constanze, diese fatale unbekannte Constanze! Dieser Besuch war überflüssig wie ein Kropf. Oder ein drohender Wink des Schicksals? Ihr Name war ihm zum Schrecken geworden. Was tun, wenn sie ihn NICHT erkannte? Ihn so entlarvte oder auch nur Misstrauen gegen ihn schürte? Morgen, dachte er, morgen ist immer noch Zeit, darüber nachdenken. Morgen ist früh genug.

Das eigene Aussehen ist schwer zu beurteilen, gleichwohl war Ludwig sicher, dass er sich genug verändert hatte, um nicht gleich auf den ersten Blick erkannt zu werden. Das Kinn und die Oberlippe, auch die halben Wangen bedeckte ein gestutzter Bart, das längere, schon von Sonne und Wind etwas gebleichte Haar und das gebräunte Gesicht taten ein Übriges. Auch seine Haltung, sein Blick, seine Art zu sprechen hatten sich verändert. Das mochte eine eitle Wahrnehmung sein, aber manchmal, wenn er unversehens seinem Spiegelbild begegnete, sah er es. Seinem Blick fehlte die Unsicherheit, das Devote, obwohl er doch in ständiger Angst vor Entdeckung leben müsste. Er war nicht mehr Hans Körner, sondern Ludwig Brehm. Das beschwor er oft. Diese neue Haut war dünn, schlimmstenfalls nur Maskerade, nur haltbar, solange er Ludwig Brehm bleiben konnte, vorerst war ihm das genug. Es hieß, woran man fest glaube, sei wahr. Womöglich stimmte das. Wenn er wieder Hans Körner sein musste, später – dann fand er schon heraus, zu wem er geworden war.

Also hieß es vor allem wachsam mit sich selbst sein, mit Antworten auf Fragen nach seinem Leben und der Familie, seinen Vorlieben oder Abneigungen, nach allem Persönlichen aus Vergangenheit oder Gegenwart, damit er sich nicht widersprach oder etwas behauptete, das er nicht einlösen konnte. Zum Beispiel, dass er Lawn-Tennis und Krocket spielte oder Paris besucht hatte (mit London und

Oxford warteten schon genug Stolperfallen), auch das Vergnügen an Schwimmwettkämpfen oder gar Kenntnisse über Automobile. Immerhin verstand er sich aufs Rudern. Er hatte nicht gedacht, wie sportlich und viel gereist die Menschen in den weißen Villen dieser Welt waren. Aber das war nicht erstaunlich, diese Leute hatten für gewöhnlich viel Zeit, die sie mit Unterhaltsamem und in Gesellschaft füllen mussten.

Nun schlüpfte er in die Ludwig-Brehm-Kleidung, auch für diesen Abend in einen sommerlichen Leinenanzug. Er genoss die neue Garderobe noch, die er seinem vermeintlich verlorengegangenen Gepäck verdankte. Der erste Anzug, die ersten Hemden waren von Ihmsens Schneider geliefert worden, alles Weitere, auch zuletzt die beiden Leinenanzüge, hatte er bei Mayer gekauft, dem österreichischen Konfektionshaus nahe der oberen Station der Tünelbahn. Milena hatte ihn bei diesem Einkauf begleitet. Die Verkäufer hatten sie als seine Ehefrau behandelt, sie hatten sich beide darüber amüsiert und nicht widersprochen.

Das Abendessen en famille entpuppte sich als Dinner im größeren, gleichwohl immer noch legeren Kreis.

Alfred Ihmsen war ein Meister darin, Menschen zusammenzubringen, auch solche, die sich sonst kaum oder nur mit Vorbehalten begegneten. Er knüpfte und stärkte am liebsten Verbindungen, die besonderer Diskretion bedurften und einerseits der Konstantinopler Geschäftswelt dienten, andererseits Einfluss auf Überlegungen und Entscheidungen in den Konferenzzimmern der Konsulate, Botschaften und Regierungen nehmen konnten. Das war ihm ein Vergnügen, und es war kein Geheimnis. Solche Männer und auch Frauen gab es überall, wo in Sachen Politik oder

Handel entschieden wurde, was häufig nicht zu trennen war. Sie waren von jeher ein bedeutender Teil der internationalen Diplomatie, die viel häufiger aus vielen kleinen und nicht ganz so kleinen Entscheidungen als aus einem großen Wurf bestand. Ihmsen glaubte fest an die Kraft der Gespräche im Hinterzimmer, wobei er den Begriff Herrenzimmer bevorzugte, was die Sache ebenso traf. Es kam nur darauf an, die Gespräche und Entwicklungen der Gedanken in die Richtung zu lenken, die am Ende das Pendel zum Vorteilhaften ausschlagen ließ. Im Optimum für alle beteiligten Parteien.

Wenn es hieß, in solchen Herrenzimmern oder in den Salons, wie sie einige einflussreiche gebildete Damen führten, könnten eher Kriege verhindert, Regierungsposten besetzt oder neue Landesgrenzen bestimmt werden als in illustren Ministerrunden, mochte das zutreffen.

Der Herr Kommerzienrat Ihmsen kannte Gott und die Welt, so sagte man, und war in den verschiedensten Kreisen ein angesehener Mann. Er verstand es, sich auf sein jeweiliges Gegenüber, auf dessen Sitten und Usancen einzustellen, weniger als List und aus Verstellung, jedenfalls meistens, sondern aus Höflichkeit. Kurzum – wenn er es für nützlich erachtete, war er ein geschickter Diplomat. Hätte man ihm ein solches Amt im offizieller Funktion angetragen, hätte er es bei aller Ehre abgelehnt. Den Titel eines Kommerzienrates für seine Verdienste im Handel und für das Gemeinwohl hatte er hingegen gerne angenommen. Ein bisschen symbolisches Lametta könne nie schaden, hatte er Frau Aglaia erklärt, zufrieden über seinen Spitzbart gestrichen und überlegt, welcher Wein in seinen Vorräten derzeit der beste und dem Anlass angemessen sei.

Für diesen Abend zog er einen leichten Weißwein allen anderen vor, nach eingehender Beratung mit Frau Aglaia und Eleni hatte er wegen der Sommerhitze auch entschieden, gegen die Usancen der feinen Küche zu verstoßen und für den ganzen Abend dabei zu bleiben, anstatt den Wein mit jedem Gang zu wechseln. Leichter Wein, leichter Anzug, leichtes Gemüt, hatte er gemurmelt und gehofft, die Gespräche möchten nicht ganz so leicht dahinplätschern, was ihn sehr langweilen würde. Und wenn er sich langweilte, neigte er dazu einzudösen, was wiederum eine grandiose Unhöflichkeit und Peinlichkeit wäre.

Schon nach dem Aperitif auf der Terrasse herrschte aufgeräumte Stimmung. Frau Aglaia hatte einen Champagnercocktail mit Himbeeren servieren lassen, weil es ihr doch zu schlicht erschien, einen ganzen Abend mit Weißwein zu bestreiten. Im Übrigen war dies keiner der Ihmsen'schen Knüpfabende – für einen Teppichhändler war das eine naheliegende Bezeichnung, das Verknüpfen von Ideen und Beziehungen zwischen Menschen meinte etwas anderes und glich trotzdem in manchem der Teppichknüpferei, wenn sie auch Seide oder feinste Wolle und Tiftik-Haar verarbeitete.

Der Abend war ganz, nein, nur beinahe en famille. Mary und William Thompson waren aus dem d'Angleterre herübergekommen. Edies Schwester Maudie hatte sich entschuldigen lassen. Ihre Tochter sei krank, nichts Ernstes, aber sie wolle das Kind nicht allein lassen. «Morgen geht es ihr besser», erklärte Mrs. Thompson, «sie hält sich sehr tapfer. Wir möchten sie belohnen. Henny wünscht sich eine Ruderbootfahrt, am liebsten mit Ihren Kindern, Richard, das wäre doch ein schöner kleiner Ausflug.»

Der Ansicht stimmten alle zu, Ludwig erbot sich zu rudern (endlich etwas, das er wirklich beherrschte), was gerne angenommen wurde.

Ludwig fand die Thompsons beeindruckend. Der Commander in der Sommeruniform der Royal Navy, der rote Bart, dazu die viel helleren starken Brauen, Wimpern und Schnurrbartenden, die sonore, dabei unaufdringliche Stimme entsprachen dem, was er sich vorgestellt hatte. Mrs. Thompson war eine füllige Dame mit wachsamen dunklen Augen, ihr Haar unter dem modernen, doch zurückhaltenden Hut zeigte das gleiche tiefe Schwarz wie das ihrer Tochter und war schon auf feine Weise von vielen Silberfäden durchzogen. Ihr Teint war für eine von der Gärtnerei begeisterte Dame erstaunlich hell und rosig.

Mme. Labarie und Milena trafen gleich nach den Thompsons ein und nur eine Minute vor Ismet Bey und seiner Ehefrau Latife. Der Herr aus Bursa war ein neuer, aber gerngesehener Gast am Familientisch und als Mitbegründer eines Archäologischen Museums gerade für Edie auch ein besonders interessanter. Sie hatte sich stets gern mit den Ergebnissen der Grabungen beschäftigt. Im Haus ihrer Eltern waren oft Archäologen zu Besuch gewesen, wenn sie am Bosporus Station machten. Überall im Nahen Osten suchten Europäer mit einem Heer lokaler Arbeiter und Helfer inmitten von Sand und Steinen nach der Vergangenheit der Zivilisationen.

Edie hätte gerne viel davon gesehen, immerhin hatte sie Ägypten besucht, für die meisten Europäer und Nordamerikaner das unverzichtbare Ziel, wenn sie das östliche Mittelmeer und den Nahen Osten besuchten. Als ihre Eltern ihr den erträumten Parisaufenthalt nicht erlaubt und sie stattdessen zu zwei Tanten aus Marys weitverzweigter Familie nach Rhodos geschickt hatten, war es nur noch ein Katzensprung zum Nildelta gewesen. Die Tanten waren betagt, aber reiselustig und neugierig hatten sie so dem Ruf, der alten englischen Damen vorauseilte, unverdrossen Ehre gemacht. Sie kannten die berühmten ägyptischen Altertümer längst und nutzten jede Gelegenheit, sie noch besser kennenzulernen.

Mme. Latife war nur wenig älter als Edie, Alfred und auch Richard sprachen sie auf die türkische Weise als Latife Hanım an. Sie hatte schöne orientalische Züge, ihr dunkles Haar war kunstvoll frisiert und von einem Seidenschleier bedeckt.

Sie verbarg ihr Gesicht nicht, ihr Lächeln war höflich und still. Dass sie ihren Gatten in eine Gesellschaft außerhalb ihres Hauses begleitete, dazu so wenig verschleiert, war ungewöhnlich und zeigte, Ismet Bey und seine Frau gehörten zu der Gruppe zumeist junger Türken und Türkinnen, die sich eine moderne Türkei nach europäischem Muster vorstellten und es wagten, darin voranzugehen. Soweit es ihre Pflichten in ihrem Haus und ihrer Familie zuließen, unterstützte sie in Bursa die Arbeiten im neuen Museum. Da sie außer Türkisch und Arabisch auch Französisch und recht flüssig Englisch sprach und schrieb, war sie für die Kataloge und die Verbindungen zu Grabungen und anderen, auch europäischen Museen unersetzlich geworden.

Lydia kam als Vorletzte auf die Terrasse, gerade als Frau Aglaia zu Tisch bitten wollte. Die Kinder, entschuldigte sie sich mit bescheidenem Lächeln, die Kinder brauchten noch eine Gutenachtgeschichte und ihr ‹Gott befohlen!›. Und endlich traf, mit einigem Getöse, der letzte Gast ein.

Monsieur Jacques Delrides, Sohn und Kompagnon von Zygmund Delrides, der in der Grande Rue de Pera ein Geschäft für Fotoapparate und neuerdings auch Grammophone betrieb. Der junge Delrides plante einen Kinematographen. Er brannte für die bewegten Bilder, war man selbst nicht ebenso brennend interessiert an der großen Idee und den letzten technischen Details, sprach man ihn besser nicht darauf an. Sein großer Traum scheiterte bisher an vielem, nicht zuletzt an der durch das Veto des Sultans fehlenden Versorgung der Stadt mit Elektrizität.

Mme. Labarie war entzückt über diesen Gast, obwohl sie ein wenig indigniert über sein Zuspätkommen war. Allerdings wusste sie von dieser Schwäche, da sie mit seinem Vater in dessen Geschäft eine Reihe beschaulicher Stunden vor dem Grammophon verbracht hatte, am liebsten und immer wieder mit der herrlichen Stimme des jungen Tenors Caruso und den berührendsten italienischen Arien. Irgendwann musste sie wohl ein Grammophon kaufen, andererseits hatte sie das sichere Gefühl, auch Monsieur Delrides werde ihr gemeinsames Probehören vermissen.

Am Tisch war die Stimmung von Anfang an munter. Bis zum Eintreffen der Gäste war in der Familie Englisch gesprochen worden, vermischt mit Deutsch, denn Marianne und Rudolf waren zwar das Französische von klein auf gewöhnt, sie beherrschten es fast so gut wie ihre Muttersprache, das Englische fiel ihnen hingegen noch schwer, besonders Rudolf, zu dessen Schulunterricht auch Lateinstunden gehörten, die viel von seiner freien Zeit forderten, die für das wenig geliebte und praktizierte Englisch fehlten. Mit dem Eintreffen der letzten Gäste wechselte die Gesellschaft ganz selbstverständlich ins Französische.

Zwölf Männer und Frauen saßen um den Tisch, so war es ein guter Zufall, dass Mrs. Lindsay, Edies Schwester Maude, es vorgezogen hatte, bei der kleinen Henny zu bleiben, denn eine ungerade Zahl – dazu eine Dreizehn! – wäre ein ganz schlechtes Omen gewesen, wie jeder wusste. Zumindest Eleni, auch in der Küche der Sommervilla Herrin über alle Töpfe, Pfannen und Schüsseln, fühlte sich sehr viel besser, seit sie um die schöne runde Zahl Zwölf wusste. Andernfalls hätte es an diesem Abend womöglich schlecht ausgesehen für den Genuss und die Güte der aufgetischten Speisen, einerlei, wie viel Mühe und Können sie einsetzte.

Richard fragte nach Maudies und Hennys Befinden, es klinge doch nach Sorgen, wenn sie das Mädchen nicht der Nanny anvertrauen möge. Obwohl er leise gesprochen hatte, verstummte plötzlich das Geplauder, und alle hörten zu.

Mary Thompson nickte ein wenig bekümmert. «Ich stimme Ihnen zu, Richard, aber Maudie hat noch keine Nanny eingestellt. Sie möchte dem Kind eine gute Mutter sein. Die kleine Henny hat Schweres erlebt und braucht besonders viel Vertrautheit und Wärme. Unsere Räume und das ganze Hotel sind sehr angenehm, für Henny ist es trotzdem wieder ein fremder Ort. Ich fürchte», fügte sie zögernd hinzu, «ja, ich fürchte, beide vermissen immer noch Colombo, obwohl sie hier viel besser aufgehoben sind.»

Gerade wurde der zweite Gang aufgetragen, gebratenes und exotisch gewürztes Hühnchen mit verschiedenen gebutterten Gemüsen, und aus allgemeinem Plaudern entwickelte sich unversehens ein Gespräch über die Unruhen im aserbaidschanischen Baku und die Bedeutung für die Ölförderung. Milena entschied, es sei nur gerecht, geradezu unausweichlich, in diesen Gesellschaften besonders genau hinzuhören, auch auf das, das nicht für andere Ohren bestimmt war. Außerdem spürte sie eine neue Art von Neugier.

«Es ist erstaunlich, dass Menschen dort leben können», überlegte Richard, «oder wollen. Die ganze Gegend ist seit Jahrzehnten vom Öl verseucht.»

«Sie sind dort gewesen?» Monsieur Delrides, der dem Gespräch bis dahin wenig aufmerksam gefolgt war, saß plötzlich sehr aufrecht. «Es heißt doch, die Ölförderung sei zusammengebrochen, seit dem ersten großen Streik vor drei Jahren und revolutionären Unruhen im vorigen Jahr. Und mittendrin noch Mord und Totschlag zwischen Aserbaidschanern und Armeniern.»

Richard nickte. «Ja, das hört man, und es ist wohl überwiegend so. Trotzdem steht die große Villa der schwedischen Brüder Nobel noch auf ihrem Hügel in dem stinkenden schwarzen Rauch aus den verbliebenen Raffinerien überall, finden sich Öllachen bis über die Strände und ins Meer. Es ist apokalyptisch, das wird sich kaum geändert haben, seit ich vor einer ganzen Reihe von Jahren so weit im Osten war. Was in den Anfängen dort geschehen ist», überlegte er weiter, «ist eine dieser Geschichten ‹vom Versager zum Sieger›. Sie kennen sie sicher, es ist nicht …»

«Nein, ich kenne sie nicht», rief Monsieur Delrides, und Mrs. Thompson und Milena nickten, Ludwig sah ihn fragend an.

«Nun, es ist schnell erzählt, obwohl ich finde», sein Lächeln zeigte die Prise Selbstironie, die er von englischen Freunden und den neuen Familienmitgliedern übernommen hatte, «es ist weitaus interessanter, über kaukasische Teppiche und Pferde zu reden. Also, einer der Brüder, Alfred, war mit der Erfindung des Dynamits reich geworden. Ein zweiter Bruder machte sein Vermögen als Industrieller wohl vor allem im Waffenhandel, ein dritter war damals gerade Pleitier. Seine erfolgreichen Brüder schickten ihn in den Kaukasus, um Walnussholz für Gewehrschäfte aufzutreiben, damit er nicht wieder auf Abwege geriet. So kam er auch durch Baku, vergaß das Walnussholz und kaufte eine kleine Raffinerie – das war vor dreißig Jahren, damals begann eine Art Goldfieber um Baku herum. Die schwedischen Nobel-Brüder und die französische Rothschild-Familie waren mit immensen Investitionen bald der Motor. Als Konkurrenten beflügelten sie sich gegenseitig und diese ganze neue Ölindustrie im Osten enorm. Auch als Finanziers für die Eisenbahnlinie, auf der die Ölfässer über den Kaukasus und später dank des Dynamits des Herrn Nobel auch viele Kilometer lange Tunnel durch die Berge hindurch ans Schwarze Meer und mit Schiffen weiter nach Europa transportiert werden konnten.»

«Bis Dschugaschwili kam und für Unruhe und Streiks sorgte? Und Zerstörung so vieler Fördertürme?» Commander Thompson hatte aufmerksam zugehört, obwohl er über die Entwicklung in Baku, überhaupt in jener brodelnden Region von allen, die um den Tisch saßen, am besten informiert war. Allerdings hatte er nicht gewusst, dass sein deutscher Schwiegersohn sich dort gut auskannte. Das Deutsche Reich mit den rabiaten Aufrüstungsambitionen des Kaisers musste große Begehrlichkeiten nach dem Öl haben, hoffentlich noch keine konkreten Pläne. Solange Richard darüber so offen sprach, konnte es keine tiefere Bedeutung haben, wie sie einen Militär einer anderen, potenziell gegnerischen Nation interessieren müsste. «Dieser junge Georgier», fuhr er fort, «hatte es ziemlich leicht. Wenn es den Arbeitern so schlecht geht, dass sie nichts mehr zu verlieren haben, sind aufrührerische Parolen der Funke zum Erfolg.»

Nicht nur Mary Thompson blickte ihren Gatten irritiert an. Er hatte niemals Sympathien für revoltierende Arbeiter gezeigt, bei einem Offizier der Royal Navy durfte das nicht vorkommen.

Eine kleine Debatte entspann sich darüber, ob ein Mann so viel bewegen kann oder welche Kräfte im Allgemeinen und im Falle des Georgiers im Besonderen die wahren Anstifter für das Ausmaß der Streiks und der russischen Aufstände gewesen waren. Schließlich – ob die Revolution, Delrides sprach von unwägbaren Störungen, in der Türkei Sympathien finde, was allgemein vermutet wurde. Da Ismet Bey dazu keine Meinung äußerte, blieben alle so höflich, ihn nicht direkt zu fragen. Der Commander hörte ein wenig zurückgelehnt zu.

«Die Streiks haben aber vor allem Zerstörung bewirkt, dort stehen jetzt Hunderte verrottende nutzlose Öltürme, nur wenige fördern noch», erklärte Richard in abschließendem Ton, «die Erde ist nach wie vor voller Öl, unerschöpflich, an vielen Stellen gleich unter der Oberfläche, da steht es in Pfützen.»

«Das Land der Feuer», ergänzte Edie. «Hieß Aserbaidschan nicht so? Ich habe so etwas gelesen. Dort flackerten schon in frühester Zeit kleine Feuer aus dem Boden, ganz von selbst, die Menschen haben einen Feuergott vermutet und angebetet. Es gab sogar einen Tempel. Oder irre ich mich?»

Richard schüttelte den Kopf, Anerkennung im Blick. «Nein, Liebe, genauso habe ich es auch gehört. Der Tempel ist wohl noch da. Auf jeden Fall auch sehr viel Öl.»

«Und in der Nachbarschaft warten Völker und Regierungen, die sich darum streiten werden», murmelte Alfred Ihmsen, aber das hörte nur Ludwig.

«Inzwischen sprudelt das stinkende schwarze Gold vor allem in den amerikanischen Prärien», erklärte Richard noch, «dort reihen sich jetzt die Bohrtürme aneinander und machen aus grünem Land eine schwarze klebrige Wüste.»

«Und eine Menge Leute sehr, sehr reich», ergänzte Alfred Ihmsen wieder vernehmlich, «der große Name in Nordamerika ist Rockefeller.»

Ismet Bey deutete ein Räuspern an, bevor er behutsam sprach. Auch er hatte aufmerksam zugehört. «Das schwarze Gold, das ist ein poetischer Ausdruck für etwas, das so verschiedene Bedeutungen und Folgen haben kann.» Er neigte mit anerkennendem Lächeln den Kopf. «Aber wer weiß, vielleicht kommt einmal eine Zeit, kommen andere Investoren», verbesserte er sich, «und die Nationen, die dort leben, können selbst von dem Reichtum ihrer Erde profitieren.»

«Natürlich», beteuerte Monsieur Delrides, «natürlich. Andererseits, wenn es den, tja, den wenig ausgebildeten Völkern nur mit ausländischem Kapital möglich ist, die Schätze zu heben – warum sollte man das nicht tun? Wer das Geld bringt, nimmt die doppelte Menge wieder mit. So funktioniert eine gesunde Wirtschaft.»

Bevor sich Gegenstimmen meldeten, die allerdings gar nicht zu erwarten waren, sprach überraschend Mme. Labarie, was auch daran liegen mochte, dass ihr Glas längst leer war und niemand daran gedacht hatte, nachzuschenken. «Messieurs, bevor Sie gleich feststellen, dieses Gespräch sei leider nichts für Damen, erklären Sie uns Unwissenden, wozu man dieses offenbar widerwärtige, schrecklich viele Öl braucht, dass man dafür Tunnel durch hohe Gebirge sprengt. So viele Petroleumlampen wird es bald nicht mehr geben, wir haben längst Gaslicht, und wie man hört, setzt sich in Europa das elektrische Licht durch.»

Nun war Monsieur Delrides in seinem Element. Als vielseitiger Mensch interessierte er sich nicht nur für die Kinematographie, sondern für alle technischen Neuerungen, wobei er bei Gelegenheit gerne erwähnte, darin gleiche er Napoleon, was aber nicht in jeder Gesellschaft, insbesondere russischer, eine gute Visitenkarte war. Gleichwohl, Monsieur Delrides kannte sich immer mit neuen Entwicklungen der Technik aus.

«Die Dampfmaschinen, Madame», erklärte er eifrig, «die unzähligen Maschinen überall auf der Welt müssen alle beständig geschmiert werden. Und Petroleumlampen werden noch lange brennen, sie sind überall leicht zu benutzen, selbst in den entlegensten Dörfern. Und erst die Automobile! Die werden auch bald überall fahren, Madame, überall, sogar hier am Bosporus, wo alles später ankommt. Noch wird behauptet, Automobile fahren am besten mit elektrischem Motor oder auch mit Dampf, aber das stimmt nicht. Automobile fahren viel besser mit Benzin, und das macht man aus dem Öl. So ist die Zukunft, Madame. In meiner Heimat, in Frankreich, fährt man schon seit einigen Jahren Rennen, alle Welt ist davon begeistert, die Rennfahrer sind die neuen Helden, und wenn alle Welt ein Automobil will, braucht alle Welt Öl. Das ist es, Madame, so einfach. Und wenn erst Flugmaschinen – oh, Pardon!, Madame, Ihr Glas ist leer, wie unaufmerksam!»

Er sah sich anklagend nach Herrn Friedrich um, der sich jedoch in die Küche zurückgezogen hatte, um nach einem Rest der Himbeeren mit einem Schlückchen Champagner zu suchen. Delrides lachte, und bevor die Gastgeber es tun konnten, erhob er sich flink, legte seine Serviette über den Arm, nahm die Weinflasche aus dem Kühler und spielte galant Herrn Friedrich, was er ziemlich gut machte.

Schließlich entschuldigte Lydia sich. Sie habe den Kindern versprochen, noch einmal nach ihnen zu sehen, wenn sie schon schliefen. Das sei in Smyrna zum Usus geworden, in der besonders schweren Zeit habe es ihnen geholfen, sich behütet zu wissen und gut zu schlafen. Die Herren erhoben sich höflich, Richard rückte ihren Stuhl ab, und jeder, der zu sehen verstand, sah seine Unschlüssigkeit. Auch Edie hatte sich erhoben, sie küsste ihren Ehemann auf die Wange und sagte leise, doch für alle hörbar: «Geh mit hinauf, mein Lieber, die Kinder fühlen es, wenn du da bist. Allein darauf kommt es doch an.»

Alle sahen Lydia und Richard nach, wie sie die Treppe hinaufgingen, und alle bemühten sich um eine heitere Miene, ohne Richard Witts Frau anzusehen.

Charlotte Labarie, die bisher, wie es meistens ihre Art war, kaum mehr als «Wie interessant» oder «Tatsächlich?!» gemurmelt und dabei sehr zufrieden ausgesehen hatte, sagte mit plötzlicher Munterkeit: «Wie schön, wenn auch ein Vater sich um den guten Schlaf seiner Kinder kümmert.»

Frau Aglaia wiederum, der selten etwas entging, was in ihrer Umgebung geschah, das Sichtbare wie das Unsichtbare, trat ins Speisezimmer und fragte, ob Mme. Witt wünsche, der Kaffee solle auf der Terrasse serviert werden, die Nacht sei noch ganz milde, und für die Herren vielleicht im Rauchsalon?

Es war eine banale, alltägliche Frage. Edie würde ihr erst viel später dafür dankbar sein. Es ist seltsam mit solchen banalen Momenten, einige vergessen wir nie, so wie wir uns auch an einige unbedeutende Träume stets erinnern. Manchmal weiß man nicht warum, aber später, oft erst viel später, erschließt sich die Bedeutsamkeit jener Sekunden oder Minuten. Diese waren solche Minuten gewesen. Dabei war nichts Besonderes geschehen, ein Mann und eine Frau waren die Treppe hinaufgegangen, um zwei schlafende Kinder zu behüten. Ein schönes Bild.

Frau Aglaia sorgte immer für ein wenig Zeit zwischen den Gängen, damit der nächste mit Freude begrüßt und genossen werden konnte. Bis Kaffee und Cognac, Zigarren und Zigaretten, nach Belieben auch eine zweite Portion des Desserts gebracht wurden, eine geeiste Pfirsichcreme, zerstreute sich die kleine Gesellschaft.

Milena war plötzlich und so unauffällig verschwunden, dass es selbst Mme. Labarie entgangen war, die sich für gewöhnlich bald suchend umsah, wenn sie ihre junge Begleiterin nicht in der Nähe wusste. Sie war ganz von ihrem Gespräch mit Mme. Latife eingenommen, auch nach all den Jahren im Orient hatte sie nie zuvor eine türkische Dame wie diese getroffen. Überhaupt wenige türkische Damen, wie sie nun bedauerte. Es lag jedoch in der Natur der Sache, nämlich an der Lebensweise der Frauen im Osmanischen Reich und einer, nun ja, einer gewissen Behäbigkeit Mme Labaries.

Ludwig schlenderte auf die Terrasse. Ihm schwirrte der

Kopf. Seit er am Bosporus lebte, erfuhr er ständig von bedeutenden Ereignissen, die mal in die Zukunft wiesen, mal ein weiteres Stück der schon existierenden Welt erklärten, über das er früher nie nachgedacht hatte, weil solche Themen in seinem stillen kleinen Leben kaum vorgekommen waren. Aber was hatte er nur über das ziemlich neue Hamburger Schauspielhaus und dessen Ensemble gesagt? Behauptet? Es war irgendwann vor der Debatte um die Ölförderung in Baku gewesen. Er hatte das große Theater nie besucht, und den Namen Ellmenreich hatte er sich nur gemerkt, weil er so idyllisch klang. Außerdem kannte man «die Ellmenreich» in Hamburg auch, wenn man nie ins Theater ging, die Schauspielerin war eine weithin gerühmte Tragödin. Er hatte fabulierend behauptet, sie sei über die Hansestadt hinaus bekannt, und damit ins Schwarze getroffen. Dummerweise. Der Kommerzienrat selbst hatte die theatralische Dame in jüngeren Jahren auf der Wiener Burgtheater-Bühne gesehen und von einer Tournee gesprochen. Welcher Teufel hatte ihn, Ludwig, geritten, das zu bestätigen, als verstehe er etwas davon? Jetzt wusste er nicht einmal mehr, um welche Tournee es gegangen war. Amerika? England? Er war nicht nur ein Lügner, er wurde auch noch zum Angeber.

Den ganzen Abend hatte er immer wieder das dünne Schreibheft in seiner Rocktasche gefühlt, das Heft mit dem Lügenalmanach. Er hatte es rasch eingesteckt, als Elenis griechisches Mädchen mit einer frisch gefüllten Wasserkaraffe in sein Zimmer gekommen war. Er lauschte zurück ins Haus und auf das allgemeine Geplauder der Stimmen, niemand würde ihn so schnell vermissen. Also setzte er sich an den kleinen Tisch nahe an der Wand, zog das Windlicht mit der Kerze heran und das Heft aus der Tasche. Es war dünn, bald brauchte er ein neues. Jetzt nur schnell ein Stichwort notieren. *Ellmenreich*, kritzelte er mit seinem Bleistiftstummel, setzte *Franziska* hinzu, der Vorname war ihm just eingefallen, und *Schauspielhaus*. Später in der Nacht konnte er es ergänzen. Dann ...

«O, Monsieur hat Geheimnisse?» Milena stand hinter ihm, er hatte ihre Schritte nicht gehört. Sie sah ihm über die Schulter und lachte leise auf die Art, die wenig Gutes und viel Spott verhieß. «Gedichte? Das passt zu einer Sommernacht am Bosporus. Liebesgedichte!» Sie beugte sich vor und griff blitzschnell nach dem Heft.

Ludwig erstarrte, und Milena, die vielleicht ein winziges Schlückchen Wein zu viel getrunken hatte, versuchte zu lesen, was da stand. Es war nicht hell genug, aber die Worte Ellmenreich und Hamburg entzifferte sie leicht und stutzte. «Warum schreiben Sie auf, was Sie vorhin selbst gesagt haben? Sind Sie schon so vergesslich?»

Endlich sprang Ludwig auf und entwand ihr das Heft.

Milena sah ihn erschreckt an. Sein Gesicht war im unsicheren Licht der Kerze hinter dem Glas eine wütende Fratze. Er hatte sich gleich wieder in der Gewalt. «Das geht nicht, Milena.» Seine Stimme klang streng, doch gedämpft und angespannt. «Das geht nicht, ich meine, es ist nichts Wichtiges, aber», er versuchte ein charmantes, ein wenig schiefes Lächeln, es gelang schon halbwegs, «aber – ich möchte das niemandem zeigen. Ich, ja, ich notiere mir ab und zu etwas, als Erinnerung.»

«Verzeihen Sie mir, Ludwig, das war dumm von mir. Kindisch. Irgendwann werde ich sicher noch erwachsen.»

Milena war schlagartig völlig nüchtern geworden und mit beiden Füßen wieder fest auf der Erde. Ein solches

Gesicht, wie sie es gerade gesehen hatte, machte niemand, der nur eine kleine Erinnerung an Nichtigkeiten notierte. Ganz offensichtlich war der nette Ludwig mehr als ein unbeschwerter Junge aus dem Norden. «Ja, wie ein dummes Kind. Ich will Ihnen keine echten oder gar düstere Geheimnisse andichten, lieber Ludwig, andererseits», schon kam wieder die pragmatische Milena hervor, «andererseits haben wir doch alle unser kleinen und großen Geheimnisse. Sonst wäre das Leben allzu eintönig. Finden Sie nicht auch? Ich habe selbst welche. Sehen Sie, ich erlaube Ihnen einen Blick auf meines.»

Sie zog ein kleines Heft und einen Stift aus ihrer Abendtasche. «Um die Wahrheit zu sagen – ich brauchte nicht nur eine Prise frische Luft, sondern wollte mir auch etwas notieren. Aber da saß schon jemand mit demselben Plan.»

Das mit der Wahrheit gab Ludwig seine Gelassenheit zurück, jedenfalls äußerlich. Es erinnerte ihn an den fernen Ludwig – wie hatte der gesagt? *Corriger la fortune*. Dem Glück nachhelfen. Das klang ihm nun eher optimistisch als betrügerisch. Er hatte lange nicht mehr an den Satz gedacht, der doch für den Wechsel von einem «Hans ohne Zukunft» zu einem «Ludwig erobert die Welt» stand. Mademoiselle hatte also selbst Geheimnisse? Das gefiel ihm. Obwohl es ihn nicht wirklich überraschte – es passte viel zu gut zu Milena.

«Ich habe heute Abend so viele interessante Gedanken gehört», fuhr sie fort, «den einen oder anderen wollte ich mir notieren. Das mache ich häufig, warum nicht? Es gleicht die Mängel in meiner Bildung aus. Vielleicht können Sie mir helfen, Ludwig?» Sie begann in dem Heftchen zu blättern.

«Wie hieß doch dieser rüpelhafte Georgier und gewesene Priesterseminarist, der kaum über das Knabenalter hinaus schon Streiks angeführt hat? Das klingt sehr interessant. Ich glaube, er kam aus Tiflis, die Russen haben ihn verbannt, ja, nach Sibirien, daran erinnere ich mich genau, und er ist umgehend geflüchtet und zurückgekehrt. Wie mag ihm das gelungen sein? Und: nur ihm oder auch anderen? Erinnern Sie sich an den Namen? Ich glaube, Commander Thompson hat ihn genannt. Oder war es Ismet Bey? Jedenfalls kannten ihn alle Herren. Sogar der flattrige Monsieur Kinematograph. Ich hatte nie von ihm gehört.»

Ludwig nickte. «Respekt vor Ihrem Wissensdurst, Milena, ich habe nicht nachgefragt, als ich neulich schon einmal, aber weniger genau von ihm hörte. Er heißt mit Vornamen Iossep, wie Herrn Ihmsens Kutscher und Mann für alle Gelegenheiten. Der Nachname ist komplizierter. Jedenfalls etwas mit …taschili am Ende.»

«Dschugaschwili», ergänzte Richard Witt von der Terrassentür. «Erlauben Sie, wenn ich mich einmische? Der Mann ist in der Tat interessant. Ich fürchte sogar, wir werden in Zukunft viel von ihm hören. Vor allem, seit er mit einem Kampfgenossen am gleichen Strang zieht, einem jungen Kerl namens Uljanow, ein Revolutionär, der sich Lenin nennt. Der soll ständig unterwegs sein, meistens auf der Flucht vor der zaristischen Geheimpolizei. Ich muss mich noch einmal entschuldigen, das ist absolut kein Thema an einem Sommerabend bei einem netten Dinner mit Damen.»

«Ach, mein Lieber», nun war auch Edie auf die Terrasse gekommen, sie schob ihren Arm unter Richards, stand ganz nah bei ihm und sah wieder heiter aus, «du unterschätzt uns. Wir tragen Röcke und müssen mehr Aufwand mit unseren Frisuren treiben, von den vielen Knöpfen an unseren Kleidern gar nicht zu reden, trotzdem wollen wir wissen, was in der Welt vor sich geht. Heißt es nicht auch, dieser Dschugaschwili pflege selbst die besten Verbindungen zur Geheimpolizei des Zaren, zur Ochrana, deren Männer ihn angeblich ständig jagen?»

Richard blinzelte irritiert. «Eine interessante Überlegung», sagte er schließlich, «aber das ist gut möglich bei solchen Leuten. Verzeih, wenn ich dazu nichts Verlässliches weiß. Vielleicht kennt der Commander auch darauf die Antwort.»

Ludwig glaubte an Höflichkeit als eine unverzichtbare Tugend, ständige Entschuldigungen fand er jedoch übertrieben. Wollte man die hier vermeiden, sprach man offenbar am besten nur über das Wetter, und zwar über gutes Wetter. Gleichwohl, interessant an diesem kleinen Geplänkel zwischen zweitem Dessert und Cognac und Zigarren war, wie gut Richard und auch Edie sich mit den russischen Ereignissen und Revolutionären auskannten. Und dass er es von ihr nicht gewusst hatte.

Andererseits lebten beide lange genug am Bosporus, um die ständige Sorge der Osmanen wegen einer russischen Okkupation zu kennen und sie auch selbst zu spüren. Sie betrachteten Konstantinopel und die Türkei als ihre Heimat, als den Ort, als das Land, in dem sie ihr Leben verbringen wollten. Also war für sie mehr als für andere Europäer alles von Bedeutung, was sich in dem unendlichen Zarenreich an politischen Entwicklungen zeigte. Am meisten in der langgestreckten Kaukasusregion, dem seit jeher umkämpften und wilden Gebirge und Grenzland.

So blieb es stets eine brisante Frage, ob oder wo und in welcher Maske Verbündete der Russen weit diesseits des Kaukasus agierten, also in der Türkei, dem Kernland des Osmanischen Reiches mit der schillerndsten aller Hauptstädte, Istanbul. Oder Konstantinopel.

Auch jetzt hätte Ludwig gerne mehr gehört, trotz der Anwesenheit von Damen. Er wusste und verstand von diesen Dingen wenig, und seit er im Orient lebte, war seine Welt voller unerwarteter Facetten und neuer Fragen. Leider kamen just in diesem Moment Herr Friedrich und Elenis schönes griechisches Mädchen, deren Namen er ständig vergaß, und servierten den von Frau Aglaia avisierten letzten Gang. Auf der Terrasse für die Damen, im Rauchsalon für die Herren. Eine Trennung, die Ludwig besonders an diesem Abend sehr bedauerte.

Bevor Ludwig an diesem Abend einschlief, versuchte er sich genau an die kurze heftige Szene mit Milena auf der Terrasse zu erinnern. Er hatte falsch reagiert und sie erschreckt, doch nur für einen Moment, erst jetzt verstand er, wie sehr sie ihm geholfen hatte, genau diesen Moment schnell zu überspielen. Er sah ihr Gesicht, das im Kerzenlicht rötlich schimmernde Haar, die wachen Augen. Er hatte sie für eine heitere Person ohne besondere Facetten gehalten, die das Leben leichtnahm, ohne viel darüber nachzudenken. Er hatte sich geirrt. Und womöglich war er nicht mehr der Einzige, nicht mehr allein mit einer strikt zu verbergenden Wahrheit. Mit dem Gedanken glitt er glücklich in den Schlaf.

10. KAPITEL

Später war nicht mehr genau zu sagen, was an jenem Vormittag auf dem Boot in der Bucht nahe dem offenen Bosporus geschehen war. Alle Beteiligten hatten ihre eigene Sicht der Geschehnisse, sie sprachen jedoch kaum darüber. Wer nicht dabei gewesen war, nicht einmal aus der Ferne vom vorderen Balkon der Villa zugesehen hatte, schwankte zwischen Bedauern und Bewunderung.

Im Bootshaus der Villa lagen zwei Boote zur Verfügung der Sommergäste. Das Segelboot von recht handlicher Größe war immer einsatzbereit und wurde doch nur genutzt, wenn im Segeln versierte Besucher kamen. Elisabeth war die begeisterte Seglerin der Familie gewesen, Elisabeth und ihre Brüder. Die Brüder waren nun in alle Winde verstreut. Alfred ließ sich zwar gerne «herumsegeln», aber nur wenn das Boot und sein Deck groß genug waren, um die Fahrt im Liegestuhl zu genießen, was bei diesem Boot kaum möglich war. Richard verstand sich weder auf die Kunst, ein Segelboot zu führen, noch hatte er Vergnügen daran, und Edie – liebte das Wasser und hatte beschlossen, geduldig zu sein.

Das Ruderboot wurde öfter benutzt. Ein Mann konnte es rudern, solange sich die Strömung nicht als gar zu kräftig und unberechenbar erwies.

Der Morgen war schön, der Wind kaum eine Brise, alles stand gut und Hennys Wunsch nach einer Bootspartie nichts im Wege. Rudolf und Marianne zeigten keine Begeisterung, was daran liegen mochte, dass Lydia andere Pläne hatte und nicht dabei sein konnte. Drei Erwachsene – Edie, Maudie und Ludwig – und drei Kinder – Rudolf, Marianne und Henny – waren eine gute Besatzung für ein solches Ruderboot. Ludwig an den Riemen und Edie oder Maudie an der Ruderpinne, wann immer es nötig war. Milena wäre gerne dabei gewesen, theoretisch – praktisch war ihr eine solche Nussschale auf dem Wasser fast so unheimlich wie die neuen Flugmaschinen, von denen so viel gesprochen wurde und in die sie niemals, um keinen Preis, einsteigen würde. Die Reise auf Schiffen und Booten ließ sich nicht immer vermeiden, zumal es für lange Strecken weitaus bequemer war als in einer Kutsche. Aber so eine Fahrt im Ruderboot nur zum Vergnügen? Für sie war es keines. Außerdem hatte auch sie andere Pläne, die nicht jeder kennen musste. Mlle. Bonnard machte einen Spaziergang, so hieß es, und damit waren alle zufrieden. In der Sommerfrische spazierte ständig jemand durch die Landschaft.

Edie, Maudie und ihre Brüder, the Thompson-Children, wie sie noch als junge Erwachsene genannt worden waren, waren am Marmarameer aufgewachsen und, kaum dass sie laufen konnten, mit dem Wasser vertraut gemacht worden, noch bevor sie zum ersten Mal im Sattel ihrer Ponys gesessen und einen Tennisschläger in der Hand gehabt hatten. Alle schwammen wie die Fische und mit großer Begeisterung. Dass auch die Mädchen diese Freiheit genießen durften, verdankten sie einzig der Existenz ihrer Brüder und der ungewöhnlichen Beharrlichkeit ihrer Mutter. Mary hatte darauf bestanden. Was wiederum weniger an einer noch ungewöhnlicheren Neigung zur Gleichberechtigung aller ihrer Kinder lag, sondern an ihrer großen Sorge, ihre quirligen Töchter könnten im Bestreben, es den Brüdern gleichzutun, ins Wasser laufen und ertrinken. Es war nur pragmatisch, alle Kinder in gleicher Weise schwimmen und reiten zu lehren. Damit hatte sie ihren Töchtern ein Stück Freiheit geschenkt, was ihr nicht bewusst war, aber sie hätte es, natürlich ohne darüber zu sprechen, auch begrüßt.

Es sollte an diesem Morgen kein langer Ausflug werden, nur eine kleine Ruderpartie in der Bucht. Niemand hatte bedacht, dass die Kinder einander nie zuvor begegnet waren, niemand wäre auf den Gedanken gekommen, das könne ein Problem sein.

Als Maude mit Henny den Gartenweg heraufkam, sie hatten eine Abkürzung vom Hotel durch die Parks genommen, standen die anderen gerade schon bereit. Rudolf bemerkte sie zuerst. Er wollte einen Korb mit Keksen und Äpfeln zum Boot tragen und erstarrte in seiner Bewegung. Dann nahm er den Korb auf, die Frau, die dort mit dem Kind den Weg heraufkam, konnte nicht Miss Ediths Schwester mit ihrer Tochter sein. Eine Fremde hatte sich in den Garten verirrt. Er blickte zu seinem Vater, der die kleine Reisegesellschaft verabschieden wollte, aber Richard winkte, und die fremde Frau winkte zurück. Das Kind an ihrer Hand drückte sich enger an sie, ängstlich vor all den Fremden.

«Wer ist das?», fragte Rudolf entgeistert, und Edie, Miss Edith, antwortete fröhlich: «Stimmt ja, du kennst sie noch nicht. Das ist meine Schwester. Du darfst sie sicher Tante Maudie nennen, und das Mädchen ist ihre Adoptivtochter, Henny.»

«Ein Negermädchen?» Rudolfs bestürzte Stimme flog hell durch den Garten, auch zu Maude und Henny. Die Szenerie schien für einen Moment wie eingefroren.

«Unsinn», sagte Richard, und Edie erklärte mit ziemlich misslungener Heiterkeit: «Henny kommt aus Indien, Rudolf, von der schönen Insel Ceylon, genauer gesagt. Deswegen ist ihre Haut ein bisschen dunkler als deine und Mariannes. Sie ist nun eine Cousine für dich und deine Schwester. Wenn ihr sie erst kennt, werdet ihr sie sehr gernhaben.»

Henny war ein zierliches Mädchen von acht Jahren. Ihre Mutter hatte als Tochter eines englischen Kolonialbeamten die meisten Jahre ihres Lebens auf Ceylon verbracht. Dass sie sich in den singhalesischen Ziehsohn des anglikanischen Pfarrers ihrer Gemeinde in Colombo verliebte, war in beiden Familien nicht vorgesehen und schon gar nicht begrüßt worden. Der junge Mann wurde eilig nach England geschickt und zum Diakon ausgebildet, um später in einer Missionsstation im Kandy-Bergland zum Segen Gottes, der anglikanischen Kirche und der unwissenden Bevölkerung einer abgelegenen Region zu wirken. Natürlich auch, damit genug Zeit verstrich, dass die beiden jungen Menschen ihre dumme Verliebtheit überwanden und die Unmöglichkeit einer Beziehung, einer Ehe gar, einsahen. Was gründlich misslang.

Sie waren geduldig, und ihre Liebe hatte Bestand. Ein anglikanischer Priester, der in den Slums von Colombo lebte und wirkte, segnete ihre Ehe. Zum entschiedenen Missfallen seines Bischofs verstand er Albernheiten wie die wertende Unterscheidung der Rassen als Verhöhnung Gottes, der diese Welt schließlich selbst so bunt geschaffen hatte. Damit war er in der Kolonie ein Außenseiter, was bei allem Stolz und Widerstandsgeist seinen Konsum alkoholhaltiger Getränke erheblich beförderte. Das hatte ihn nebenbei die Kunst gelehrt, selbst welche herzustellen, was sein Bischof glücklicherweise nie erfuhr.

Hennys Eltern starben im selben Monat und vielleicht auch an derselben Art von «Fieber» wie Jules Lindsay, Maudies Ehemann. Hennys Mutter war eine Freundin Maudies gewesen, nichts war ihr selbstverständlicher, als das Kind in ihre Obhut zu nehmen, und niemand machte es ihr streitig. Gleichwohl hatte es böse Stimmen gegeben, die bösesten flüsterten, Mrs. Lindsay habe nicht selbstlos ein Waisenkind aufgenommen, sondern gebe die Frucht ihrer eigenen Sünde, nämlich eines heimlichen Fehltritts mit einem Singhalesen, als ihre Adoptivtochter aus.

Auch die Thompsons waren zunächst nicht begeistert, als sie hörten, Maudie habe ein farbiges Kind als Tochter angenommen, sogar noch schlimmer: ein Mischlingsmädchen, und die Gerüchte um dessen vermeintlich wahre Herkunft waren bis San Stefano gedrungen. Vielleicht hatte gerade das die Entscheidung beschleunigt, Maude und Henny «nach Hause» ans Marmarameer zu holen, in die Sicherheit der Familie in einem anderen Land. Mary würde niemandem erlauben, ihre Tochter und deren Mündel zu beleidigen, sie zeigte es selten, aber wenn es um ihre Familie ging, vor allem um ihre Kinder, konnte sie zur Löwin werden. Daddy Thompson, der Commander, hatte schon lange gelernt, dumme Gerüchte zu überhören, solange sie Privatangelegenheiten betrafen. In der Politik waren Gerüchte die halbe, oft genug auch die ganze Wahrheit und somit unverzichtbar und genau zu beachten.

Henny war dunkler als seine eigenen Kinder, jedoch kaum mehr als viele Griechinnen oder Armenierinnen in der Nachbarschaft. Vor allem war sie ein liebenswertes Mädchen und Maudies großer Trost in schwerer Zeit, ihre Rettung vor der alles erdrückenden schwarzen Traurigkeit nach Jules' plötzlichem Tod.

Eine junge Witwe und ein Waisenmädchen – wäre der Commander wirklich gläubig, wäre ihm womöglich der Gedanke gekommen, da habe eine höhere Macht ein seelenrettendes Werk getan. Aber es war kein wirklich guter Gedanke, einen Tod gegen den anderen und das Leben eines Kindes aufzurechnen. Deshalb dachte er diesen Gedanken einfach nicht. Er verfügte über eine Fähigkeit, die vielen Soldaten eigen ist, er konnte störendes Hinterfragen ganz und gar ausschalten.

Maude Lindsay glich ihrer Schwester erst auf den zweiten Blick. Ihr Haar unter dem Sonnenhut war weniger dunkel und schimmerte als Erbe ihres Vaters rötlich, sie war nur wenige Jahre älter, aber das Leichte, das Mädchenhafte, das Edie besonders in heiteren Stunden ausstrahlte, war ihr schon verlorengegangen. Vielleicht hatte sie es nie gehabt. Ihre Silhouette gegen die Sonne und den Glanz des Meeres am Ende des Gartenweges war jedoch genauso schmal wie die ihrer Schwester.

Sie übernahm es selbst, alle einander vorzustellen, ihre Hand immer ganz leicht auf Hennys Schulter. Alle begrüßten sich freundlich, auch die Kinder, nur Ludwig bemerkte, wie Rudolf seine Hand verstohlen abwischte, nachdem er die neue Cousine willkommen geheißen hatte, wie es sein Vater von ihm erwartete. Marianne betrachtete das andere Mädchen mit Neugier und mit der Zufriedenheit, nun selbst nicht mehr die Jüngste und Kleinste zu sein. Und Henny – war tapfer.

Endlich saßen alle im Boot, Ludwig übernahm die Riemen, Edie saß an der Ruderpinne, Maudie mit Henny auf der einen, Rudolf und Marianne auf der anderen Bank. Die Mädchen trugen Korkgürtel, die ihre halbe Brust bedeckten. Auch für Rudolf lag einer im Boot, er hatte sich geweigert, ihn umzubinden, und sein Vater hatte ihm recht gegeben.

«Bis Sturm aufkommt», hatte er mit einem Blick zum azurblau wolkenlosen Himmel gescherzt, «werdet ihr kaum kentern. Im Übrigen ist Rudolf schon ein recht guter Schwimmer. Nicht wahr, Rudolf? Tante Lydia hat mir von deinen Fortschritten berichtet.»

Der Junge nickte errötend wegen des, wie er sehr wohl wusste, nur halb verdienten Lobes. Aber er widersprach nicht, keinesfalls vor den Fremden, dieser Frau und diesem seltsamen Mädchen aus der Thompson-Familie.

«Bleibt in der Bucht», rief Richard dem Boot noch nach, als Ludwig es vom Steg wegbugsierte und sich in die Riemen legte.

Er hatte lange nicht mehr gerudert, aber das war etwas, das man niemals verlernte. Er fühlte sich prächtig und genoss es, die Kraft seiner Muskeln zu spüren, den Wind im Gesicht, den Geruch von Meerwasser und Strand. Zu Hause an der Elbe roch es viel mehr nach Hafen, nach den rußenden Dampfschiffen, nach Brackwasser, Schmieröl und fauligem Fisch – in dieser Sommerfrischebucht hingegen überlagerte der würzige Geruch der Pinien und Zedern aus den alten Gärten den des Wassers und der Strände – dennoch spürte er zum ersten Mal den ziehenden Schmerz des

Heimwehs. Das war Unsinn. Er wollte nicht nach Hause, wo er ein Niemand war und wo ihn niemand erwartete. Er wollte sein, wo er war. Es musste ein anderer Verlust sein, der ihn schmerzte, eine andere Sehnsucht.

Er kam nicht dazu, darüber nachzudenken. Das Boot geriet zu nah an die rascher fließenden Wasser des Bosporus, er sollte besser achtgeben, Edie steuerte schon gegen. Bisher hatte er die zarte Edie gekannt, nun erlebte er eine andere Seite und stellte sich vor, wie sie als Kind mit ihren Brüdern gewesen war. Gut möglich, dass es einiger Mühen bedurft hatte, sie zu der zu erziehen, die sich stets zu benehmen wusste und nicht aus der Rolle fiel, die einer jungen Dame aus gutem Haus zugedacht war.

Es geschah, als eines der schnittigen Ruderboote, wie sie zum Sultanspalast gehörten, von zwölf weiß gewandeten Ruderern mit leuchtend roten Fesen auf den Köpfen in großer Geschwindigkeit nordwärts Richtung Büyükdere vorbeiflog. So sah es aus, trotz der scharfen Bugwelle, die es vor sich her schob, das klare Wasser an den Seiten spritzte silbrig und lief in Wellen aus, die sich im Strom lösten und mit seinem Blau verschmolzen. Andere Boote waren dem hochmögenden Gefährt rechtzeitig ausgewichen, alle auf dem Wasser sahen ihm nach. Auch die Frauen im Boot, der Mann an den Riemen, die Kinder – bis zu dem Schrei des Mädchens, schrill vor panischem Schrecken.

Rudolf und Henny hatten einander gegenübergesessen und sich beide über die Brüstung vorgebeugt, ein wenig nur, um dem rasant dahingleitenden Boot nachzusehen, und plötzlich flog Henny über Bord, fiel ins Wasser und ging trotz des Gürtels starr vor Schreck unter wie ein Stein, tauchte auf und wieder unter, und Rudolf sprang ihr in einem Moment entsetzter Starre nach, fiel mehr, als dass er sprang, und dann ging alles ganz schnell und doch unerträglich langsam.

«Halt das Boot», schrie Edie und sprang zugleich mit Maude den Kindern nach. Maude fasste Henny, das wild um sich schlagende Mädchen, fasste es fest um den dünnen Körper und erreichte trotz der strampelnden Arme und Beine mit wenigen Zügen das Boot. Der Rettungsring landete neben ihr im Wasser, wie immer mit langer Leine festgebunden an der mittleren Bank, und irgendwie, er hätte nicht sagen können wie, gelang es Ludwig, zuerst das Kind, dann Maudie ins Boot zu ziehen, ohne die Riemen davonschwimmen zu lassen.

Henny wimmerte, und Marianne, schluchzend vor Angst und vor Erleichterung, umklammerte die Kleinere und wiegte sie wie ihre Puppe. Maudie, nass und zitternd, schloss beide fest in ihre Arme, ein großer schützender Engel auf einem Kirchenbild, und sah sich endlich nach den anderen um, nach ihrer Schwester und nach dem Jungen, der ihrer Tochter so mutig ins Wasser nachgesprungen war.

Sie erfuhr nie, was wirklich geschehen war. Nur Ludwig hatte aus den Augenwinkeln gesehen, wie das dünne Mädchen im weißen Kleid, Taftschleifen in den Zöpfen, fröhlich und aufgeregt dem Palastboot nachwinkte und plötzlich über Bord gestoßen wurde. Ein kleiner Schubs, kurz und entschlossen, hatte gereicht. Sie hatte gestanden, um an Rudolf vorbei noch einmal nach dem anderen Boot zu sehen, so war es leicht gewesen, zu leicht. Der Junge hatte nicht nachgedacht, nichts geplant oder beschlossen, nur gehandelt. Und dann war er ihr, nun selbst voller Schrecken, nachgesprungen.

«Edie!» Der Schrei kam aus zwei Kehlen, als Ludwig und Maude sie schon ein Stück weit abgetrieben im Wasser entdeckten. Sie kämpfte mit der Strömung, mit dem Sog, der den Jungen hinaus in den schneller fließenden Bosporus zog. Rudolf war kein guter Schwimmer, und er war voller Angst, immer wieder tauchte sein Kopf unter das Wasser, immer wieder kämpfte er sich strampelnd und wild mit den Armen rudernd an die Oberfläche. Ludwig versuchte das Boot weiter in den Strom zu lenken, es war schwer und behäbig, Maudie war umklammert von den angstvollen Mädchen in ihren Armen, sie konnte nur mit einer Hand die Ruderpinne fassen, was wenig half. Endlich hatte Edie Rudolf erreicht, sie umfasste den Jungen, umschlang ihn, drehte ihn und sich auf den Rücken und schwamm und hielt sich über dem Wasser, immer im Kampf mit ihren hinderlichen Kleidern.

Nicht nur Ludwig und Maudie versuchten, sie mit all ihrer Kraft zu erreichen. Ein anderes Boot war schneller, und das war ein großes Glück. Zwei Männer in bäuerlicher Kleidung trieben es mit kräftigen Schlägen voran, kräftigere Männer als ein junger Teppichhändler, ein dritter hockte im Boot und beugte sich schon weit über den Rand. Er zog zuerst den Jungen aus dem Wasser, dann die Frau, er war härtere Arbeit gewohnt, und alle waren gerettet.

Auf anderen Booten in der Nähe wurde heftig applaudiert. Der Mann, der Edie und Rudolf ins Boot gezogen hatte, lachte, so wie einer lacht, der sehr glücklich ist, auch stolz auf einen sinnvollen Erfolg. Seine weißen Zähne blitzten im schwarzen Gesicht eines sudanesischen Sklaven.

Als der August zu Ende ging, begannen sich die Villen und Hotels in Tarabya zu leeren. Bald nach Sonnenaufgang stand zwar noch die Sommerhitze über dem Land, aber die Nächte brachten schon eine angenehme Frische. Wer das Stadtleben im Prinzip schätzte, freute sich ebenso auf das Ende dieser Ferienzeit wie vor Wochen auf deren Beginn. Der Begriff Ferien stand hier nur begrenzt für Freiheit, weil die ganze Gesellschaft, in der man sich in Konstantinopel bewegte, ebenfalls in die Sommerfrische zog und in den Villen und Hotels in der Nachbarschaft oder in nahe gelegenen Orten logierte, so hatte man die meisten Verpflichtungen und Usancen mit hinaus an den Bosporus genommen. Trotz der vielfältigen Vergnügungen und Gesellschaften wuchs irgendwann die Sehnsucht nach dem alltäglichen Leben, selbst wenn es bedeutete, über die Alltagssorgen hinaus auch wieder mit dem gewöhnlichen Elend jeder Großstadt belästigt zu sein, mit den stinkenden Stadtvierteln, dem Lärm und dem Dunst aus den zahllosen Schornsteinen, den Bettlern in den Straßen, nicht zuletzt den jeweils neuesten Verordnungen des Sultans oder der Hohen Pforte.

Letztere erreichten natürlich alle Ecken des weiten Osmanischen Reiches, ob mit der Telegraphie oder in den Postsäcken per Eisenbahn oder auf den Rücken der Kamele. Auch in Tarabya wurde über das neue Gebot des Sultans zum Thema Eheschließung gesprochen, nach dem kein Türke noch eine Ausländerin heiraten durfte, andernfalls sollte ihm die Rückkehr in die Türkei verwehrt werden. Das neue Verbot, Koran-Verse mit dem Phonographen abzuspielen, wog dagegen weniger schwer.

An den Wochentagen glichen die Orte am Bosporus

längst mehr weiblichen Ferienkolonien, die Männer blieben gewöhnlich nur wenige Wochen den Kontoren, Offices, Bureaus oder sonstigen Arbeitsplätzen fern und kamen mit dem Fährdampfer für die Wochenenden, was im Resümee von Vorteil für den Frieden in den Familien und der Ehen gewertet werden kann.

Auch in der Ihmsen'schen Villa blieben am Montagmorgen die Frauen und die Kinder allein zurück. Dann waren die Fährboote gut besetzt mit den Herren, die sich schon wieder in ihre dunklen Büroanzüge gezwängt hatten, auf dem Kopf den Bowler oder den Fes. Nur wenige besaßen Richard Witts Zwanglosigkeit – jedenfalls solange es um die leichtere Sommerkleidung ging –, weshalb er, ein Konstantinopler mit einem unzerstörbaren preußischen Kern, wegen seiner Vorliebe für helle Anzüge hin und wieder für einen amerikanischen Touristen gehalten wurde. Das amüsierte ihn.

Das Missgeschick während des Bootsausfluges mit den Kindern und die so dramatische wie glückliche Rettung waren bald vergessen, jedenfalls wurde nicht mehr darüber gesprochen.

So etwas komme eben vor, hatte Richard erklärt, dazu gebe es doch diese Korkgürtel, niemand solle so zimperlich sein, künftig auf Bootsausflüge zu verzichten.

Edie und ihre Schwester hatten befürchtet, Albträume würden die Kinder noch einige Zeit quälen, die geisterten jedoch einzig durch Rudolfs Nächte. Er hatte sich nur Lydia anvertraut, auch, dass er allein schuld gewesen sei, er ganz allein. Lydia fragte nicht, warum er das denke, sondern versicherte ihm energisch, das sei ganz gewiss nicht wahr. Sie selbst trage Mitschuld an dem Missgeschick.

«Ich bin schuldig», erklärte sie dem Jungen ruhig, «weil ich die beiden Kinder, die mir anvertraut sind, anderen überlassen habe. Außerdem sind natürlich die Erwachsenen im Boot verantwortlich, das ist wie ein Gesetz. Nur die Erwachsenen.»

Beide wussten, dass sie an dieselbe Person dachten, die darin versagt hatte, Miss Edith. Maude Lindsay spielte wie auch Ludwig Brehm eine zu blasse, zu wenig bemerkenswerte Nebenrolle. Miss Edith hingegen war Frau Witt, die Nummer eins in der Hierarchie im Boot und als Stiefmutter der Kinder verantwortlich für deren Wohl gewesen, sie hatte jedoch nur übers Wasser geguckt, anstatt darauf zu achten, was direkt vor ihr geschah.

«Sie alle, die Thompsons», erklärte Lydia ihrem Neffen schließlich und als besten Trost gemeint, «haben zugesehen, wie du ins Wasser gesprungen bist, um ihr Kind zu retten, bevor sie selbst etwas unternommen haben. Du hast dich heldenhaft benommen, Rudolf, du darfst sehr stolz auf dich sein.»

Offenbar machte just dieser Trost in Rudolf den Schrecken und die Todesgefahr wieder lebendig, er schaffte es gerade noch, das Bad zu erreichen, bevor er sich erbrach.

Ludwig hatte mit niemandem über das gesprochen, was er gesehen hatte, und überlegte bald, ob er sich nicht geirrt hatte. Das flirrende Licht auf dem Wasser, die unruhigen Kinder, die allgemeine Aufregung wegen des geradezu vorbeifliegenden eleganten Sultansbootes – da konnte ein Bild trügerisch sein. Im Übrigen zog er es vor, sich geirrt zu haben. Diese Familie lebte für ihn ein Ideal. Es gab Spannungen, sicher, doch das kam in jeder Familie vor, umso mehr, wenn Kinder den Tod der Mutter und den Einzug einer Stiefmutter verkraften mussten. Das war normal, nur ein kleiner Kratzer im Lack. Tiefe Kratzer, die den schnöden grauen Untergrund durch den Lack der Idylle scheinen ließen, wollte er nicht entdecken müssen.

Seine eigene Kindheit und das Familienleben der Körners waren glücklich gewesen, solange seine Eltern gelebt hatten. Verglichen mit dem Wohlstand, in dem er nun als Gast gut situierter Kaufleute lebte, war ihr Leben ärmlich gewesen. Da es sich aber nicht von dem der Nachbarn und Freunde unterschied, hatte er es nicht so empfunden. Er war immer satt geworden und hatte selbst im Winter nur selten frieren müssen. Das war nicht wenig. Es gab, was er brauchte, und dass es nicht alles gab, was er wollte, war normal und eine gute Lehre fürs Leben. Vielleicht hatte die geholfen, als seine Eltern starben und damit auch die hochfliegenden Pläne in sich zusammenfielen, die er für sein Leben gehabt hatte. Er hatte sich wie ein Ausgestoßener gefühlt, als er das Gymnasium damals verlassen musste, zugleich war von ihm Dankbarkeit erwartet worden, nachdem er durch die Vermittlung eines seiner Lehrer die Stelle bei Teppich-Weise am Neuen Wall bekam. Er war es schließlich gewesen, dankbar. Sein ganzes Interesse galt hinfort den Teppichen und wurde zu einer echten Liebe, wenn es denn möglich ist, Dinge wirklich zu lieben. Er brauchte eine solche Liebe in der schweren Zeit, und die Nähe zu den schönen Geweben, den Farben, dem Geruch, dem Gefühl des Flors an den Händen, diese Arbeit und das Lernen mit wahren Kunstwerken aus einer fernen exotischen Welt ließen neues Vertrauen in eine Zukunft wachsen. Diese Zukunft gestaltete sich nun ganz anders, als er es sich jemals hätte vorstellen können, doch so oder so – nach einem kurzen Aufenthalt in der Schwärze der Hoffnungslosigkeit war sie zu einem wahren Höhenflug geworden.

Ein betrügerischer Höhenflug? Nur halbwegs, und er fürchtete immer weniger, abzustürzen, alles ging so gut. Er musste sich nicht wirklich verstellen, nur sein Geheimnis hüten. Darin fühlte er sich schon geübt. Wenn er jetzt wieder an die Kratzer im Lack der Familienidylle der Witts dachte, insbesondere an das Grau unter der Lackschicht – warum sollte es das nicht geben? Warum wollte er das nicht sehen? Es zeigte nur, dass alle hin und wieder Hochstapler waren. Jeder gab auf seine Art etwas vor, das nicht existierte, vielleicht gar nicht existieren konnte, aber dank des schönen Scheins für Realität gehalten wurde. *Corriger la fortune?*

Das war ein fabelhafter Gedanke, mehr noch, es war eine Erkenntnis: Alle waren Hochstapler. So wie er, der falsche Ludwig Brehm, nur auf andere Weise. Alle korrigierten an ihrem Glück herum, betrogen sich selbst, polierten den Schein, damit er schön und hell leuchte. War das überhaupt verwerflich? Oder gehörte es ganz selbstverständlich zu jedem Leben? Zum Standhalten vor der Vielzahl der Regeln, Erwartungen und Anforderungen? Er kam zu keinem Ja und zu keinem Nein, er kam wieder nur zu einem «Darüber muss ich nachdenken» und wusste zugleich, auch zu diesem Nachdenken werde es nicht kommen. Ein Jahr musste der schöne Schein am Bosporus doch aufrechtzuerhalten sein. Nur ein Jahr. Das klang nach wenig und war in diesem Fall sehr viel – aber das wusste er nun schon.

Die Thompsons waren nun auch aus Tarabya abgereist. Das Harbourmaster-Boot brachte den Commander und Mary Thompson, Maudie und Henny nach Konstantinopel zurück. Edie stand am Anleger und sah dem weißen Boot nach, der im Wind flatternde Union Jack machte ihr den Abschied doppelt schwer. Sie sah Maudie und Henny noch an der Reling stehen und winken und fühlte sich plötzlich klein und zerbrechlich.

Nun waren sie alle weg, ihre Familie.

Die Thompsons wollten einige Tage in Konstantinopel bleiben, um Einkäufe zu machen und in Pera gebliebene Freunde zu besuchen, bevor sie mit der Eisenbahn die kurze Strecke nach San Stefano weiterfuhren. Der Commander wurde allerdings im Harbourmaster-Office gebraucht, für ihn waren die Ferien vorbei, was er sehr begrüßte, denn es gab viel zu tun. Niemand fragte, worum es sich dabei handelte, man fragte einen Mann mit militärischen und diplomatischen Funktionen nicht nach seinen Aufträgen und Pflichten, nicht einmal nach den alltäglichen, das verstand sich von selbst.

Nur Milena hatte das nicht bedacht, womöglich nicht gewusst. Der Commander hatte sich schmunzelnd den Bart gestrichen und als geschickter Diplomat das Thema gewechselt, und Edie hatte sich amüsiert. Es wäre falsch zu behaupten, er habe eine Vorliebe für die Franzosen geschweige denn die Französinnen, gleichwohl war des Commanders kleine Schwäche für die naseweise Mademoiselle schwer zu leugnen. Vielleicht lag es an dem rötlichen Schimmer ihres Haares, der ihn an einige irische junge Damen seiner lange vergangenen Jugend erinnerte.

Mlle. Bonnard zeigte sich in diesen Wochen überhaupt besonders kokett und neugierig, eine Untugend, die sie mit Charme und gelegentlichem Erröten im rechten Moment auszugleichen verstand. Tatsächlich wurde über Mlle. Bonnard gesprochen, was für die Reputation einer jungen Dame selten vorteilhaft war. Da sie jedoch keinerlei Ambitionen zeigte, einen wohlhabenden Herrn, egal welchen Alters, besonders zu umgarnen und womöglich in die Heiratsfalle zu locken, wurde sie in der sommerfroh gestimmten feinen Gesellschaft weder als Konkurrenz für zu verheiratende Töchter noch als Bedrohung für unerfahrene Söhne oder verführungswillige alte Herren betrachtet, sondern als eine Art unterhaltsames Maskottchen und gern gesehen. Meistens. Ihre Fürsorge und Dienstbereitschaft für die liebe Charlotte Labarie wurde allgemein als reizend empfunden. Sie blieb sogar an ihrer Seite, wenn Madame sich wieder einmal zu den langweiligeren Runden gesellte, zu denen gewöhnlich alte Freunde des Obersts gehörten.

Da fanden sich gut informierte Herren zusammen, neuerdings auch sehr vereinzelt Damen, sofern sie bereit waren, Zigarrenqualm zu tolerieren, und stritten oder schwadronierten über Politik und die Weltlage im Einzelnen und im Allgemeinen, tauschten auch Ratschläge aus, die sie dem Kaiser, dem König, dem Präsidenten oder anderen regierenden Herrschaften und hohen Militärs persönlich geben würden, wenn man sie nur ließe. Oder sie verplauderten sich nach dem dritten Glas und hinter vorgehaltener Hand mit nicht unbedingt für das Publikum bestimmten echten Nachrichten oder nur Ondits aus den Gesandtschaften oder Konsulaten. Und sei es sogenannte Küchenpost, die keine Weltreiche erzittern ließ, vielleicht aber die eine oder andere Ehe oder Heiratsplanung, auf alle Fälle für Peinlichkeiten sorgen konnte und deshalb die zigarrenrauchgeschwängerten Salons besser nicht verließ. Aber man war ja unter sich, und was war die gute Gesellschaft, besonders während der schönen Zeit der Sommerfrische, ohne die belebende Würze pikanten Klatsches.

Mlle. Milena war immer auf schmeichelhafte Weise aufmerksam, ohne sich unpassend einzumischen. So bestätigte sie das Vorurteil, nach dem sich nicht mehr ganz junge unverheiratete Damen durchaus für das Weltgeschehen und die Wissenschaften interessierten, was nicht immer als Kompliment gemeint war.

Immerhin war man sich in einer solchen, an jenem Abend allerdings nur aus Herren bestehenden Runde einig gewesen, die Mademoiselle habe ein waches Köpfchen unter ihren hübschen rotbraunen Locken, laufe aber keinesfalls Gefahr, sich mit solchen rabiaten Weibern gleichzumachen, wie sie seit einigen Jahren in England randalierten, Damen der guten Gesellschaft wohlgemerkt, und Absurditäten wie das Wahlrecht für Frauen forderten. Der Untergang des Abendlandes war schon oft beschworen worden, hier drohte ein weiterer Schritt voran, jedenfalls zum Untergang des zivilisierten Lebens in der guten gottgegebenen Ordnung. Einige Herren waren darin einig, all das habe mit dem verdammten Ketzer Mr. Darwin begonnen. Noch wurde den lächerlichen Weibern, diesen Suffragetten, energisch Einhalt geboten, vor einem Jahrhundert hätte man allerdings entschlossener gehandelt, die Deportation nach Australien mit den Huren und anderen Sträflingen wäre keine Frage gewesen. *Pas du tout!*

Endlich war das Harbourmaster-Boot aus Edies Sicht verschwunden, und sie ging langsam den Uferweg zurück. Eleni empfing sie, als habe sie auf ihre Rückkehr gewartet, irgendwo klapperte leise Geschirr, von der Bucht klang Lachen herüber, auch Stimmen, sie klangen italienisch, eine andere vielleicht russisch? Wer sollte hier Russisch sprechen, auch oder gerade die Russen zogen wie in Konstantinopel das Französische vor. Aber vielleicht, wenn sie unter sich waren? Oder Dienstboten? Bootsleute?

Sie nahm müde den Strohhut ab, legte ihn auf die Kommode im Entree und lauschte noch einmal. Da waren nur noch die vertrauten Geräusche aus der Küche, sonst war es im Haus ganz still. Niemand war da. Sie hatte vergessen, was Lydia und die Kinder heute unternahmen, wen sie besuchten, mit wem sie Tennis oder Krocket spielten. Sie hatten nicht gefragt, ob sie sie begleiten wolle. Aber heute wäre das ohnedies sinnlos gewesen, jeder hatte gewusst, dass die Thompsons abreisten und Edie sie zum Anleger begleiten wollte.

In diesen schönen Sommerwochen sollte alles einfach werden, so hatte sie gedacht, doch das war es nicht geworden. Sie hatte sich nicht genug bemüht, also hatte es auch nicht funktioniert. Sie hatten Familie gespielt, und oft, besonders an den Wochenenden, wenn das Haus voll war und Gäste kamen, war es ein schönes Spiel gewesen. Alle hatten sich Mühe gegeben und waren einander trotzdem fremd geblieben.

Rudolf hatte bis zur Abreise Maudies und Hennys eine seltsame, beinahe aggressive Scheu vor dem zarten Mädchen mit der braunen Haut, den schwarz glänzenden Zöpfen und großen dunklen Augen gezeigt. Richard hatte es bemerkt und den Jungen freundlich ermahnt, es hatte wenig genützt. Maudie war überzeugt, Rudolf habe eine Abneigung gegen Henny wegen ihrer Herkunft, Edie hatte verstanden, die Hautfarbe sei gemeint, und neigte dazu, ihrer Schwester zuzustimmen.

Richard hingegen hatte erklärt, es sei doch verständlich, der Junge fühle sich beschämt. Wegen Henny sei er so tapfer ins Wasser gesprungen, und anstatt das Kind ritterlich zu retten, hatte er selbst gerettet werden müssen.

«Für einen Jungen seines Alters ist so etwas eine herbe Niederlage; wenn er das Mädchen sieht, wird er immer daran erinnert. Es braucht nur noch ein wenig Zeit, dann denkt er nicht mehr daran. Eigentlich ist das Mädchen doch ganz reizend. Aber natürlich wäre es besser gewesen, ihr hättet das Missgeschick von vornherein verhindert.»

Eleni hatte gekühlten Tee und frischen Zitronensaft auf der Terrasse für sie bereitgestellt, dort lag auch das Buch, in dem Edie dieser Tage las. Ludwig hatte es ihr überlassen, als er am vergangenen Montag mit Alfred und Richard für die Woche nach Konstantinopel zurückkehrte. Der erst kürzlich erschienene englische Roman handelte von einer erstaunlichen Geschichte. Der Autor erzählte von einem Segeltörn zweier Freunde auf einem einfachen kleinen Boot über die herbstlich unwirtliche Nordsee. Die Handlung entwickelte sich bald zu einer erstaunlichen Spionagegeschichte im Wattenmeer. Wenn sie es bisher richtig verstanden hatte, ging es um die militärischen Möglichkeiten einer Invasion durch das Gewirr der Priele und Sände im Spiel der Tide.

Sie wusste nicht viel über das Wattenmeer, am wenigsten über die Region zwischen den Norddeutschland und den Niederlanden vorgelagerten Inseln und dem Festland. Aber sie wusste, dass sich Sand, Schlick und die hindurchziehenden Wasserläufe mit der Tide immer wieder veränderten. In Chatham, dem Heimatort des Commanders und größten ostenglischen Marinestandort, war wie an der gesamten englischen Nordseeküste auch die Tide zu spüren, die urtümliche menschenfeindliche Landschaft jedoch, die in diesem Roman beschrieben wurde, war ihr so fremd wie faszinierend. Aber wie sollten Kriegsschiffe hindurchgelangen? Selbst die kleinen flachen Kanonenboote drohten dort im Schlick stecken zu bleiben.

Ihr Vater wusste Antworten in solchen Belangen. Vielleicht Richard. Bei beiden hatte sie sich gescheut zu fragen. Wenn Pläne wie die in diesem Roman Wirklichkeit würden, wären die beiden Männer, die sie liebte, auf gegnerischen Seiten. Feinde bis in den Tod. Hieß es nicht so: treu bis in den Tod fürs Vaterland? Galt das nur für Soldaten? Sie hatte natürlich immer darum gewusst, es aber nie für eine echte Möglichkeit gehalten, gar für eine zukünftige Realität. Was sollte sie dann tun?

Trotz der Wärme des Tages fröstelte Edie. Sie schüttelte sich wie ein kleiner Hund, der aus dem Wasser kommt. Das hatten sie als Kinder getan, sie, Maudie und ihre Brüder, wenn sie eine Angst oder einen dummen Gedanken verscheuchen wollten. Damals hatte es funktioniert. Seit der Zeit, die sie gerade mit Maudie genossen hatte, erinnerte sie sich wieder an viel mehr aus den gemeinsamen Jahren in Mummys Garten. So bezeichneten sie augenzwinkernd ihre Kinderjahre, die Zeit in Mummys Garten. Der Garten in San Stefano war ihr Paradies gewesen. Irgendwann wollte sie auch einen solchen Garten anlegen und hüten und gedeihen lassen. Für ihre eigenen Kinder. Irgendwann. Bis dahin musste es nicht mehr lange dauern, jeder Mensch bestimmte sein «Irgendwann» selbst. Oder nicht?

Sie vermisste Ludwig, das stellte sie zum ersten Mal fest. Er war ihr auf seine behutsame, auf angenehme Weise zurückhaltende Art sehr ergeben, und obwohl sie darüber lächelte, auch gemeinsam mit Richard, gefiel es ihr. Es gefiel ihr, einen Freund zu haben, der ihr gerne und aufmerksam zuhörte, dabei nie ungefragt Ratschläge gab, und obwohl er offenbar aus einer anderen Welt stammte als sie selbst und Richard, fühlte sie schwesterlich für ihn. Er sprach nicht gerne über seine Familie und seine Jugendjahre, die noch nicht lange genug vergangen waren, als dass er viel davon vergessen haben konnte.

Und wenn er ein Geheimnis verbarg? Umso besser. Jeder Mensch hatte eines, wenigstens ein winzig kleines. Und jeder Mensch erlebte Schmerzliches, für sie war es einzig der Tod ihres Bruders gewesen, als sie noch kleine Kinder waren. Ludwig schien immer zufrieden. Und heiter – das war das richtige Wort. Neuerdings dachte sie viel über die Bedeutung und die passende Nutzung der Wörter nach – also nicht fröhlich, sondern heiter, das passte besser zu ihm.

An manchen Tagen und in unbeobachteten Momenten lag auch etwas Trauriges in seinen Augen. Das erklärte sich leicht. Er hatte seine Mutter früh verloren, sein Vater war irgendwo in Südamerika verschollen, darüber hinaus gab es für ihn keine Familie. Das genügte für wehmütige Stunden. Wenn er ihr einmal genug vertraute, davon zu erzählen, wollte sie gerne zuhören.

«Madame?» Eleni war auf die Terrasse herausgetreten, sie brachte einen Duft mit, der verriet, dass sie wieder Baklava für die Kinder zubereitete. «Madame, Pardon, ein Bote von der britischen Sommerresidenz hat Post für Sie gebracht.» Sie legte einen dicken Umschlag neben die Karaffe mit dem kalten Tee und rückte ihn so zurecht, dass

Edie die Adresse erkennen konnte. «Er hat erklärt, die Post ist mit anderen Sendungen aus dem Nahen Osten im Harbourmaster-Office angekommen, ein berittener Bote hat ihn zur Sommerresidenz gebracht. Ja, in aller Eile. Man hat dort wohl nicht bedacht, dass der Commander heute nach Konstantinopel zurückkehrt. Obwohl man annehmen sollte, beim Militär geht alles ordentlich und geplant zu.» In der Residenz wisse man natürlich, fügte sie mit Stolz in der Stimme hinzu, wo die Tochter des Harbourmasters und die Verwandte des Herrn Kommerzienrats Ihmsen in Tarabya zu finden sei. «Die Herrschaften waren in den vergangenen Wochen oft genug dort zu Gast.»

Der Umschlag war mit einem festen Band umwickelt und an *Mrs Thompson-Witt* adressiert, *c / o Cdr. W. Thompson, Harbourmaster-Office Konstantinopel (Galata)*. Das Papier wirkte ramponiert, weit gereist. Ohne nach einem Absender zu sehen, wusste Edie, wer ihn geschickt hatte. Drei Briefe steckten in dem Umschlag, zusammen mit derselben Post versandt; dort, wo sie herkamen, stand nur selten ein Postamt zur Verfügung oder jemand, der gerade den Rückweg zu den Städten oder gar direkt nach Konstantinopel antrat und alle Berichte, Bestellungen, Aufträge und eben die Post mitnahm und bei der nächsten Möglichkeit expedierte.

«Weit gereist» war in diesem Falle relativ zu verstehen. Die seltenen, dafür stets überschwänglichen Briefe ihres abenteuerlustigen jüngeren Bruders von der Südspitze Afrikas oder die Post von Maudie aus Ceylon hatten sehr viel längere Strecken zurückgelegt als Post aus dem Libanon und Syrien.

Edie faltete den ersten Briefbogen auseinander, behutsam, als drohe er unter ihrer Berührung zu zerfallen. Feiner Sand rieselte heraus, nur ein paar Kristalle, doch es war Sand aus Syrien, von der Zitadelle von Aleppo, und aus dem Libanon, vom Hof des Jupitertempels der einstigen Römerstadt Heliopolis, die längst Baalbek hieß. Plötzlich empfand Edie die Stille des Hauses nur noch als angenehme Privatheit.

11. KAPITEL

Mit dem September waren alle nach Konstantinopel zurückgekehrt. Damit auch der Alltag.

Ludwig hatte unruhig geschlafen. Das geschah seit dem Bootsunglück vor der Bucht von Tarabya immer wieder. Es hatte die Erinnerung an den Tod seiner Eltern bei dem Unglück auf der Elbe schmerzlich zurückgebracht. Diesmal war niemand ertrunken, darauf kam es an, und das Bild, das ihm nach solchen Nächten beim Erwachen vorschwebte, war keines vom Tod. Es zeigte eine helle Gestalt, die schwamm wie einer der Delphine und sich unermüdlich durch die Strömung kämpfte. Es war ein Bild von Trost und Rettung. Als er an diesem Morgen erwachte, fühlte er sich trotzdem matt und zerschlagen, als habe er die Nacht nicht in seinem Bett unter dem Dach eines komfortablen Konaks verbracht, sondern auf dem harten Boden unter den Arkaden einer Karawanserei. Bei diesem Gedanken ging es ihm gleich besser. Karawanserei war ein Wort aus seinen guten Träumen, er hatte noch keine Ahnung, wie es sich dort schlief. Allerdings würde er es sehr gerne ausprobieren.

Der Vergleich mochte ihm eingefallen sein, weil Richard Witt die Karawansereien erwähnt hatte, während er mit Herrn Ihmsen seine Route besprach. Ludwig hatte zugehört, auch Methoden und Planung der Teppicheinkäufe mussten erlernt werden. Richard wollte bald aufbrechen, in den höher gelegenen Regionen Anatoliens und des Taurus fiel oft mit dem beginnenden Herbst der erste Schnee, aber schon schwere Regenstürme machten einen tagelangen Ritt zur Tortur. Diese Gedanken nahmen den Ritten über das wilde, auch in weiten Strecken bis zur Salzwüste karge Land gleich wieder ihre Romantik. Bei seinen Ausritten mit Edie war alles gutgegangen, er hatte sich immer sicherer im Sattel und im Umgang mit seinem Pferd gefühlt. So war ihm das Reiten ein großes Vergnügen geworden. Gleichwohl – wochenlang im Sattel, über Stock und Stein, bei Wind und Wetter? Dazu war er zu bequem. Trotzdem, irgendwann – ja, irgendwann. Bis dahin war zum Glück noch Zeit. Wenn es so weit war, war er ein noch versierterer Reiter und bereit für neue Abenteuer. Im Moment reichte ihm das Abenteuer, Ludwig Brehm zu sein, vollends.

Richard Witts Reise sollte bis Konya mit der Anatolischen Eisenbahn gehen, die er gerne schon als Bagdad-Bahn bezeichnete, dort gab es einen vertrauenswürdigen Stall, der robuste, gut zu führende Reitpferde und Maultiere vermietete. Bei aller Bequemlichkeit wollte Ludwig später einmal, vielleicht wenn das Jahr herum war, selbst auf Richards Art weit in die asiatische Türkei und bis in den Kaukasus fahren und reiten. Nur auf diese Weise konnte man wirklich Land und Leute erleben, im Guten wie im Schlechten.

Herr Friedrich hob die linke Augenbraue, als er fast eine Stunde später als gewöhnlich zum Frühstück im Salon erschien. Der Butler überreichte ihm ein kleines Lederetui, das von häufigem Gebrauch zeugte, und erklärte, der Herr Kommerzienrat bitte, den Kompass mitzunehmen, er sei zuverlässig. Im Übrigen sei der Herr Kommerzienrat längst auf dem Weg ins Kontor.

«Ich weiß, Herr Friedrich, ich weiß. Danke.»

Er öffnete das Etui, zog den Kompass heraus, ein handliches Ding von der Größe einer Taschenuhr, schob ihn zurück und steckte das Etui in die Rocktasche. Vor einem Vierteljahr hätte ihn selbst ein Mann wie Herr Friedrich mit den stets makellos weißen Handschuhen – er musste über grenzenlose Vorräte verfügen – eingeschüchtert. Heute nickte er nur und lächelte milde. «Danke», sagte er noch einmal, «ich bediene mich selbst. Um diese Stunde rufen Sie sicher längst andere Pflichten.»

Ludwig schenkte sich Kaffee ein, er war noch halbwegs heiß, und trank ihn schwarz, wie immer, seit er im Orient lebte und Kaffee serviert bekam, der mit dem früher gewohnten wenig gemein hatte. Dann bestrich er eine dicke Scheibe köstlich frischen Weißbrots mit Butter und Honig, biss hinein und seufzte in tiefer Zufriedenheit. Honigbrot war Kinderessen. Das machte immer glücklich. Er dachte flüchtig an Brooks, auch der Gedanke an Weises missgünstigen Prokuristen war ihm nur ein Achselzucken wert – Brooks war viel zu weit weg, um ihn noch zu beeinträchtigen. Er leerte rasch die Tasse, tupfte Lippen und Schnurrbart mit der Serviette ab und warf, schon im Aufstehen, das weiße Damasttuch nachlässig auf den Tisch.

Plötzlich hatte er es eilig – der Tag war schön, er hatte keine Zeit mehr zu vergeuden. Sie verging so schnell, die Zeit. Vor vier Monaten war er am Bahnhof Sirkeçi angekommen und mit beklommenem Herzen aus dem Zug gestiegen. Schon ein Drittel seines Jahrs als Ludwig Brehm war herum. Kein Grund, sich die Laune verderben zu lassen – da blieben noch zwei Drittel, acht Monate. Eine wunderbare Zeit. Punktum.

Wenn nicht Constanze, die schreckliche Constanze ...
Er lief dem Gedanken davon durch die Straßen, bog in die wie stets um diese Stunde reich bevölkerte Grande Rue de Pera ein, wich erst der Tram, dann einem von zwei Maultieren gezogenen Karren aus, und da kam schon der Wind vom Meer herauf, den er so liebte, immer an derselben Biegung spürte man ihn zuerst. Er hielt seinen Hut fest und hätte gern laut gelacht, was allerdings seltsam ausgesehen hätte: ein Mann im eleganten Anzug, der seinen Hut festhält, in der von Läden, Restaurants und modernen Etagenhäusern gesäumten Straße zwischen all den gesitteten Menschen herumrennt und laut vor sich hin lacht. Er sollte eine Liste von Dingen anlegen, die er gerne täte und tunlichst verschob oder sich verkniff, eine Liste als Ergänzung zu seinem Lügenalmanach. Noch etwas, worüber er sich an diesem Morgen amüsierte.

Erst auf der Pont Neuf blieb er stehen, der nun schon geliebten, lehnte sich ans Geländer und sah dem Treiben auf der Brücke zu, sah auch weit über das Wasser hinaus bis zu den Inseln und den Dardanellen – dieser einzigartige Blick. Er hatte sich noch nicht an ihn gewöhnt und hoffte, das werde nie geschehen. Plötzlich hatte er Zeit, wie häufig, wenn man verspätet mit großer Hast zu einer Verabredung aufbricht. Sie waren im *Tokatlian* verabredet, dem Restaurant in einem der Nebengebäude des Großen Basars, das im Baedeker besonders gepriesen wurde. Im Parterre beherbergte es auch einen der besseren Trödelmärkte. Früher, so hatte Milena gesagt, war das Gebäude das Zentrum für den Handel mit orientalischen Seiden gewesen. Ach, die Seiden, dachte er mit einem Lächeln. Wenig liebte Milena mehr als diese zarten vielfarbigen Stoffe. Ihr Blick, ihr ganzer

Ausdruck bekam etwas Sanftes, wenn sie die Handschuhe abstreifte und ein Tuch, ein Kissen, ein Kleidungsstück oder einen Ballen Seide berührte.

Die Sache mit dem Kompass erwies sich als eine gute Hilfe. Bei seinem ersten Besuch ohne kundigen Begleiter hatte er sich gründlich verirrt. Er hatte gedacht, irgendwann komme man unausweichlich wieder zu einem der Tore, tatsächlich hatte er wie in einem tiefen Wald oder in der Wüste bald die Orientierung verloren. Als sich der Basar eine Stunde vor Sonnenuntergang, wie es vorgeschrieben war, leerte und abgeschlossen werden sollte, hatten die Wächter ihn und etwa ein Dutzend anderer Verlorener eingesammelt und zum nächsten Tor getrieben wie Schafe, die ihrer Herde abhandengekommen waren. Es war ihm ziemlich peinlich gewesen, und er hatte ein dickes Trinkgeld gegeben. Ihmsen und Witt hatten nur gelacht und versichert, das sei kein Beinbruch. Es gehöre im Gegenteil zur Feuertaufe in dieser Stadt, es verhelfe zum nötigen Respekt vor der alten Metropole. Touristen wurde nicht umsonst dringend empfohlen, sich von einem erfahrenen Dragoman begleiten zu lassen.

Der berühmte Große Basar war ein überdachter Stadtteil für sich, in ihm vereinten sich Märkte für alles, was Menschen an Waren und Dingen brauchten oder sich wünschten, außer lebenden Tieren, Gewürzen, Früchten und Drogeriewaren. Im Laufe der Jahrhunderte waren die Hallen und Gänge immer wieder um- und ausgebaut worden. Nachdem das schwere Erdbeben vor einem guten Jahrzehnt weite Bereiche des Basars zum Einsturz gebracht hatte, war das meiste neu erbaut, doch versucht worden, dem alten Stil und der Tradition gerecht zu werden. Das

Zentrum, der Alte Basar mit den höchsten überdachenden Kuppeln, war dank seiner enorm dicken Mauern wie stets durch die Jahrhunderte unversehrt geblieben. So galt er mehr denn je für die Händler wie für ihre Kundschaft als das unzerstörbare Herz des Großen oder auch Gedeckten Basars, des Kapalı Çarşi.

Wie jedes Mal, wenn Ludwig durch eines seiner Tore hineinging, war er auch jetzt wieder beeindruckt von der Höhe des Raumes, von den schönen Bögen und den Farben, den Kacheln an manchen Wänden und all den Menschen vieler Nationen, Tausende jeden Tag, bei einigen tausend Geschäften und Buden, eine überdachte Marktstadt, in der jedes Gewerbe, jede Warenart, jedes Handwerk seine speziellen Gassen hatte. Zahlreiche große Nebengebäude, zumeist Hane mit einem eigenen Innenhof, boten Raum für Magazine und Wohnquartiere für auswärtige Händler und schattige Ruheplätze für die Lasttiere. Nicht nur für Fremde war all das ein riesiges Labyrinth, ähnlich einer mittelalterlichen alteuropäischen Stadt.

Selbst bei großer Sommerhitze blieb es hinter den dicken Mauern und unter dem hohen Dach kühl, es gab wenige Fenster in den Kuppeln, das Licht blieb schummerig. Nur Täbris, die «Hauptstadt der Perserteppiche» im armenischen Norden Persiens und seit ältester Zeit einer der Knotenpunkte und bedeutender Warenumschlagplatz der Seidenstraße, verfügte über einen ebenso bedeutenden Basar. Dessen Mauern und Dächer schützten allerdings vor allem vor der bitteren Kälte, die dort in den langen Wintern herrschte.

Ein Blick auf seine Taschenuhr sagte Ludwig, er habe noch eine ganze Stunde Zeit, bis er Edie und Milena treffen sollte. Genug Muße, durch die Gassen zu schlendern, den durch ihren Eifer oder ihre Würde bestechenden Verkäufern ebenso zu widerstehen wie seinen in diesem Überfluss gedeihenden Begehrlichkeiten.

Unversehens war er in die Gasse der Feshändler geraten. Seine Finger waren durch das Prüfen von Teppichen versiert und neugierig auf die Gewebe, es drängte ihn, die roten Filzkappen österreichischer, italienischer und belgischer Manufakturen mit denen aus der Feshane-Fesfabrik am Goldenen Horn zu vergleichen. Er fühlte sofort die bessere Qualität der türkischen Fese, was ihm umgehend die Verehrung des Händlers sicherte. Ludwig hatte noch nicht entschieden, eine dieser mit einer dünnen schwarzen Troddel versehenen roten Kappen zu kaufen, als er aufblickte und sie an der Ecke zur Straße der Siegelschneider entdeckte.

Zuerst leuchtete ein grünes Seidentuch durch die Menge der schlendernden oder eilenden Menschen, es bedeckte Kopf und Schultern einer nicht sehr großen Frau, dann erkannte er ihr Profil – dort stand Milena. Es grenzte beinahe an ein Wunder, wenn man in diesen etliche Kilometer messenden Gängen und den in einigen Tausend gezählten Buden und Ständen mit den Werkstätten und Hinterzimmern ein vertrautes Gesicht entdeckte. Aber seit jener Nacht in der Destille beim Hamburger Hafen glaubte Ludwig an die unberechenbare Macht der Zufälle. Milena sprach mit jemandem, sicher mit Edie, allerdings wirkte sie eher unwirsch als einträchtig plaudernd. Also beugte er sich diskret wieder über die Feshane-Fese, anstatt sich zu ihnen zu gesellen. Warum sollten sie keine Meinungsverschiedenheit haben? Nach den Sommerwochen in Tarabya kannten sie sich gut und freundschaftlich genug. Aber das ging ihn nichts an – wenn es auch schwerfiel, die Neugier zu bezähmen.

Er sah sich wieder um, verstohlen diesmal, Milena stand noch dort, sie sprach jedoch nicht mit Edie Witt, sondern mit einem Mann. Sein Gesicht war schmal und gebräunt, das Profil scharf gezeichnet, das dunkelblonde Haar recht lang – das musste der russische Maler sein, von dem sie in Tarabya einmal erzählt und es offensichtlich gleich bereut hatte. Es war während eines Spaziergangs über die Hügel gewesen, nur Edie und Mrs. Lindsay waren noch mit von der Partie, aber gerade einige Schritte zurückgeblieben, um irgendwelche blühenden Stauden am Wegesrand zu bewundern.

Ein Maler also? Nicht jeder wurde ein Rembrandt oder Liebermann. Die meisten waren Hungerleider, das war allgemein bekannt. Nur wenige schafften es, sich und ihre Familien, wenn sie es überhaupt zu einer brachten, halbwegs von ihrer Kunst zu ernähren.

Aber Milena war für ihn nur eine gut bekannte Dame, eine Freundin, das sicher auch, es hatte ihn aber nicht zu kümmern, mit wem sie spazieren ging, stritt oder künstlerische Neigungen teilte. Hungerleider – einerseits, andererseits bekam so ein Künstler, der schöne Bilder malte, allzu schmeichelhafte Porträts von Damen zeichnete und sie ihnen verehrte, blitzschnell einen romantischen Glorienschein. Für gewöhnlich völlig unberechtigt, aber die Frauen ...

Als er wieder aufsah, verschwand die schmale, fast hagere Gestalt Michajlows in den nächsten Gang. Der Name war ihm wieder eingefallen, obwohl Milena ihn nur einmal genannt hatte. Michajlow war gleich in der Menge verschwunden. Er mochte ein Maler sein und die Farben lieben, er selbst jedoch war ganz ohne Farben und löste sich vom sandfarbenen Hut bis zu den staubigen Stiefeln im Mosaik der bewegten Menge auf.

Und Milena? Er wandte sich suchend um, da stand sie plötzlich hinter ihm, wie immer ihr das gelungen sein mochte, und schenkte ihm ein strahlendes Lächeln.

«Bonjour, Ludwig.» So, wie sie es französisch aussprach, bekam sein Name einen interessanten Klang. Das mochte er. Trotzdem bemerkte er die Anstrengung in ihrem Lächeln. «Ist es nicht herrlich, wieder in der Stadt zu sein? Tarabya ist wunderbar, aber auf die Dauer recht eintönig, oder nicht? Ich bin froh, dass wir uns schon hier treffen», fuhr sie hastig fort, «Sie wissen ja, eine Dame geht niemals ohne Begleitung, schon gar nicht in den Basar. Zumindest eine Dienstbotin sollte sie im Gefolge haben», sie lachte und hakte sich bei ihm ein, «wer sollte sonst unsere Einkäufe tragen? Aber lassen Sie uns gehen, die Luft ist schrecklich stickig, und es riecht mir viel zu sehr nach den Kohlefeuern und Petroleumlampen. Stellen Sie sich vor, in einem der Läden oder einer der Werkstätten brennt es plötzlich, jemand schreit ‹Feuer› und alle rennen ...»

Diesmal war es einfach. Auch ohne den Kompass zu Rate zu ziehen, erreichten sie eine der breiten, auf ein nördliches Tor zuführenden Ladenstraßen und standen bald im schattigen Innenhof eines der zum Basar gehörenden Hane. Ludwig sah sich um, aber das glich nur dem anderen Gebäude, das er vor einigen Tagen mit dem Kommerzienrat besucht hatte, «um einem alten Freund guten Tag zu sagen».

Ahmet Bey handelte ebenfalls mit Teppichen, auch mit Stoffen, nicht zuletzt besonderen Bezugsstoffen für Polster und Möbel. Im schwarzen Gehrock, den Fes auf schlohweißem Haar, residierte der alte Herr mit freundlicher Würde inmitten all der orientalischen Farben, Gewebe und Düfte, das warme Licht aus messingnen Hängelampen gaben dem für einen Norddeutschen eher an ein Boudoir als ein Kontor oder Empfangsraum für die Kundschaft erinnernden Entree etwas von *Tausendundeiner Nacht*, allerdings gab es weit und breit keine Scheherazade. Sie waren nur kurz geblieben, kurz für orientalische Zeitempfindungen, hatten reich gezuckerten Minztee getrunken, während die alten Herren höfliche Freundlichkeiten austauschten und sich, wie es üblich war, auch nach dem Wohlergehen der Familie erkundigten. Von Richard Witt war die Rede und von Ahmet Beys Sohn, einem jungen Offizier in der türkischen Armee. Es gehe ihm sehr gut, erklärte Ahmet Bey, dank Allah und dem gütigen Schicksal gehe es ihm gut. Er halte sich für eine ehrenvolle besondere Aufgabe im Namen seines Regiments einige Zeit in Anatolien auf. Das sei gut. Wie Alfred Beys gütiger Neffe, Richard Bey, liebe es auch sein Sohn, seine Pflichten weit im Land zu erfüllen, das man nur auf dem Rücken der Pferde und mit den Lastkamelen durchqueren könne.

Ludwig hätte wieder einmal gerne noch mehr gewusst, diesmal über die Verbindung der beiden Männer, den unter seiner deutschen Haut schon türkisch assimilierten Kommerzienrat und den Teppichhändler, der an einen Pascha und Patriarchen denken ließ. Womöglich unterschieden sie sich weniger, als es den Anschein hatte. Wieder eine zu private Frage, um sie unaufgefordert zu stellen.

Er solle sich nicht von der gemütlichen Höhle täuschen lassen, hatte Ihmsen ihm erklärt, als Iossep sie später über die Brücke und zum Kontor zurückkutschierte, sie zeige einen Bruchteil von dem, was sich in den Etagen des ehemaligen Han befinde. Ahmet Bey sei in dieser Welt ein wichtiger und auch ein kluger Mann. Er hatte noch mehr sagen wollen, aber dann doch nur gemurmelt, er, Brehm, werde ihn sicher bei anderer Gelegenheit besser kennenlernen.

Dieser Han war nicht der Hof, nicht die Handlung, das große Lager oder was sonst Ahmet Bey gehörte, hier fanden sie jedoch das verabredete Restaurant.

Milena blieb stehen. «Wenn es Ihnen nichts ausmacht – ich möchte lieber in einem Kaffeehaus ganz in der Nähe einkehren. Madame Labarie besucht es manchmal, wenn sie nach ihren Runden über den Bücherbasar eine Pause braucht. Europäer sind dort keine Seltenheit, selbst Europäerinnen werden gern gesehen, solange sie sich ein wenig den Sitten anpassen. Man sitzt im Freien unter herrlichen alten Bäumen. Wenn Sie aber großen Hunger haben ...»

«Nein, überhaupt nicht, dazu ist es viel zu früh. Aber wie wird Edie uns finden?»

Milena schüttelte den Kopf. «Gar nicht, weil sie uns nicht sucht. Edie hat heute eine andere Verabredung.»

Der Platz unter den Platanen erinnerte Ludwig an ihren ersten gemeinsamen Ausflug in das alte Stambul. Hier saß kein weißbärtiger Mann, der für alle sprach, auch hier lebte das alte Stambul, aber zugleich die sich dem Okzident öffnende Stadt. Es gab starken Kaffee und Sesamgebäck, der türkische Kellner hatte auf Französisch nach ihren Wünschen gefragt. Leichter Wind wehte vom Meer herauf, und obwohl es nach Gesottenem und Gebratenem aus den der nahen Straßenküchen roch, nach den Kohle- und Holzfeuern in den Häusern, war die Luft frisch und der Aufenthalt ohne zu viel Lärm und Gedränge angenehm.

«Nun fragen Sie schon», sagte Milena, als der Kaffee bestellt und die Stühle zurechtgerückt worden waren.

«Wonach zuerst? Nach Edies Ausbleiben? Oder – nach dem unwirschen Herrn im Basar? War es Michajlow? Sie erinnern sich, in Tarabya haben Sie ihn einmal erwähnt. Sie hätten uns miteinander bekannt machen können. Oder wollen Sie ihn verstecken? Er sah interessant aus.»

Der Versuch, seiner Stimme einen amüsierten Ton zu geben, war nicht ganz geglückt. Milena sah ihn ausdruckslos an, Gesicht und Hals bis in den Spitzensaum des Stehkragens ihrer weißen Batistbluse errötet.

Ein Kanarienvogel sang aus seinem Käfig in einem Fenster der benachbarten Häuser und durchbrach mit der Leichtigkeit seiner Melodie den Moment der Beklemmung.

«Sie haben recht», erklärte sie, «ja, Sie haben recht.» Der Kaffee und ein Teller mit Gebäck wurden gebracht, als sie wieder allein waren, fuhr sie fort: «Zuerst zu Edie. Es ist ein bisschen heikel. Sie können doch schweigen?»

«Du meine Güte, was stellt sie an? Vielleicht muss man sie vor sich selbst beschützen. Dann ist Schweigen nicht unbedingt ein Freundschaftsdienst.»

«Edie lernt nur Arabisch, Ludwig. Da gibt es keinen Anlass zur Sorge. Ein bisschen beherrscht sie diese komplizierte Sprache schon. Sie hat ja immer hier gelebt, und das Arabische gehört hierher wie das Türkische. Sie möchte, dass es vorerst unter uns bleibt. Ich denke, sie will ihren Mann damit überraschen.»

«Und bei wem lernt sie Arabisch?» Plötzlich sah Ludwig Edie im langen weißen Gewand und verschleiert auf einem Kissen hockend, vor sich ihren Lehrer, einen schönen Araber. «Wo lernt eine Dame hier unauffällig Arabisch?» Endlich lächelte Milena, allerdings sah es mehr nach einem breiten jungenhaften Grinsen aus.

«Was denken Sie nur? Ihre Lehrerin ist eine steinalte Lady. Richtiger englischer Adel. Sie lebt seit Ewigkeiten in Stambul auf dieser Seite der Brücke. Mit ihrem Mann hat sie viele Jahre den Orient bereist. Ich glaube, Edie bewundert sie.» Milena zupfte an den Manschetten ihrer Bluse. «Sie finden es vielleicht albern oder eitel, aber es freut mich sehr, wirklich sehr, dass Edie mir vertraut. Nur Ihnen darf ich es sagen, schon damit ich mir für heute keine windige Ausrede einfallen lassen muss. Obwohl ich darin ziemlich gut bin.»

Ludwig lehnte sich mit einem unterdrückten Seufzer zurück, blickte in das sanft bewegte Laub der Baumkrone und sagte: «Hm.»

«Was heißt ‹Hm›?»

«Gar nichts. Ich hoffe nur, die Herren Witt und Ihmsen werden mich nicht danach fragen.»

Er dachte mit Unbehagen an den Abend, als Richard Witt ihn vor der Abreise nach Hereke mit seinem Vertrauen überrascht und gebeten hatte, auf Edie achtzugeben, weil er der charmanten Mademoiselle eine Prise zu viel Abenteuerlust zutraute. Er irrte. Die größere Abenteuerlust steckte in seiner Frau.

Auch an diesem Tag beschäftigte Richard seine bevorstehende Reise, allerdings mit anderen Gedanken. Während er im Kontor mit Alfred die Route plante und über die Aufträge nachdachte, gab ihm das schon jetzt das Gefühl, leicht zu sein, denn vor ihm lag nun wieder eine Welt ohne Mauern. Diesen Gedanken fand er selbst ein bisschen melodramatisch, er hätte ihn niemals laut ausgesprochen. Alfred ließ ihn immer wieder ziehen und verstand, ohne darüber zu sprechen, die Notwendigkeit dieser kleinen Fluchten ins Vagabundenleben. Dafür war er dankbar. Natürlich reiste ein preußisch geprägter Richard Witt gleichwohl als seriöser und versierter Händler, der es verstand, sich dem Land, den Leuten und ihren Sitten anzupassen, was ihm Respekt einbrachte, denn die meisten Händler, erst recht die Einkäufer aus Europa, scheuten diese Mühe und die Gefahren oder konnten nicht die Zeit aufwenden, zu den Herkunftsorten ihrer Waren zu reisen. Sie kauften in den Zentren, den Lagern und Basaren in den Städten, an die die Familien und Manufakteure aus den Dörfern ihre Teppiche lieferten.

Dagegen war nichts einzuwenden, so ging der Handel auch in anderen Metiers, nicht jeder, der Muskatnüsse verkaufte, konnte nach den Gewürzinseln reisen, den Molukken, wo sie seit jeher wuchsen und geerntet wurden. Auch die Firma Ihmsen & Witt kaufte bei diesen Zwischenhändlern den größeren Teil ihrer Waren, doch nur wer sich dort umsah, wo die Teppiche hergestellt wurden, wer sogar selbst gewünschte Muster brachte und in den Dörfern mit allen Ritualen der orientalischen Höflichkeit in Auftrag gab, lernte alles über dieses Metier, sah mehr als die Oberfläche, bekam einerseits Ehrfurcht vor dem so aufwendigen Kunsthandwerk – und war andererseits auch nicht so leicht zu betrügen. Die westlichen Kunden wussten solches Expertentum zu schätzen, und es gab nebenbei ihrem Hunger nach orientalischer Exotik Nahrung.

Vor einigen Jahren war Richard unterwegs einem amerikanischen Arzt begegnet, der auf seinem Weg zum American College in Antep den langen Ritt durch ein wildes unwegsames Land unternahm wie ein Pionier, bevor er sich der Ausbildung junger Ärzte in der kurdischen Stadt am Rand des Taurus und schon nahe der syrischen Grenze widmete. Er hatte eine Fotoausrüstung im Gepäck und auch Richard fotografiert, neben einem Knüpfstuhl mit einer vergnügten alten Knüpferin, bei den Färberbottichen oder zwischen den Schafen, deren Wolle geschert und gesponnen werden sollte. Richard hatte eine ganze Sammlung der Fotografien gekauft und an das Kontor schicken lassen, es hatte nie eine bessere Werbung für Ihmsen & Witt gegeben, als einige davon in westlichen Teppichhäusern zur Schau zu stellen. Besonders entzückte das Bild mit dem lachenden Kamel. So sah das Tier aus, tatsächlich war es nur kolossal schlecht gelaunt gewesen und hatte seinen Unmut laut kundgetan.

Richard wollte wie bei früheren Reisen die Anatolische Bahn bis Konya nehmen, die Pferde waren dort schon bestellt. Dann sollte es Richtung Kayseri gehen. Alfred wünschte, er solle sich zuvor einige Tage in Afyon-Karahisar umsehen, dem Zentrum der Mohnernte und des Opiumhandels.

«Dem jungen Salih geht es übrigens gut», sagte Alfred plötzlich in ihre Überlegungen, welchen Dörfern der Vorrang zu geben sei, falls die Zeit knapp oder das Wetter zu schlecht wurde. Er hätte früher aufbrechen müssen, erheblich früher, aber das war in diesem Jahr unmöglich gewesen. Die Kinder und auch Lydia hatten seine Gegenwart gebraucht, bis alles geregelt war, was mit den Neuerungen zu regeln gewesen war. Und Edie natürlich. Aber für sie änderte sich wenig, da gab es nichts zu regeln und zu organisieren. Im Gegenteil, sie hatte ihn schon lange gedrängt, nein, das war nicht ihre Art, sie hatte nur gelegentlich behutsam und doch nachdrücklich erwähnt, es sei an der Zeit, die Kinder in die Familie zurückzuholen, in das Haus ihres Vaters. Er war es gewesen, der stets gezögert hatte.

«Es geht ihm also gut.» Richard sah von seinen Notizen auf. «Das freut mich wirklich. Hoffentlich bleibt es so. Hat der verehrte Ahmet Bey inzwischen die passende Schwiegertochter gefunden?»

«O, das Finden bedeutet keine Schwierigkeit. Welche Familie, ich meine, welche in seinem Sinn passende Familie möchte ihre Tochter nicht als ein Familienmitglied Ahmet Beys sehen? Der junge Leutnant ist als sein Sohn eine gute Partie, zudem ein ansehnlicher und charmanter junger Mensch. Gebildet, weltoffen, dazu mit besten Aussichten für seine Karriere. Kann man mehr erwarten?»

«Ansehnlich unbedingt. Charmant sicher auch, falls sie ihm gefällt. Er ist», Richard verkniff sich nur mühsam ein Grinsen, «er ist, wie wir gut wissen, recht eigen in seinem Geschmack, was die Damen betrifft.»

Alfred seufzte zustimmend und klang dabei recht amüsiert. Er war immer noch sicher, auch das Mädchen wäre nicht glücklich geworden. Sie hatte zu einer Gesellschaft Tänzerinnen und Chansonnettensängerinnen gehört, wie sie in Galata regelmäßig in bestimmten Lokalen und Lokalitäten gastierten und unter dem Namen «Böhmische Harfenmädchen» äußerst beliebt waren. Sie waren keine Huren, das durfte nicht verwechselt werden, auch wenn sie häufig als solche galten, sondern firmierten unter dem Etikett Künstlerinnen, was zutraf und ebenfalls ein weiter Begriff ist. Auch mit der Böhmischen Damenkapelle durften sie nicht verwechselt werden, die den Vergnügungssälen in Pera aufspielten, im Palais de Cristal oder dem Trocadéro, was wiederum die Damen der Kapelle als Beleidigung empfunden hätten. Obwohl, bei genauerem Hinsehen, waren die Pflichten der Mädchen, was die Nähe zum männlichen Publikum betraf, in den Pausen ziemlich ähnlich. Die Harfenmädchen waren von einem Impresario engagiert und standen unter der Ägide der Österreichischen Gesandtschaft, die über ihre Ehrbarkeit wachen sollte. Dennoch – keinesfalls kamen sie als Heiratskandidatinnen für junge Herren aus gutem Haus in Frage, ob im Orient oder Okzident. Als diskrete Geliebte eines nicht mehr ganz frisch verheirateten Mannes – das wäre etwas anderes, nämlich sowohl möglich als auch üblich. Ob im Orient oder im Okzident.

Ahmet Beys mittlerer Sohn, jung, charmant, mit besagten Aussichten auf eine ehrenvolle militärische Karriere, hatte also vor den Verführungen der Welt beschützt werden müssen. Die junge Dame, in die er sich so heftig verliebt hatte, dass er für ein gemeinsames Glück alles riskieren wollte, was seine Zukunft ausmachte, war in der Tat reizend, sehr blond, mit der Taille einer Wespe. Sie sang auch sehr süß Lieder ihrer Heimat, böhmische und galizische, auch ungarische Musik war am Bosporus überaus beliebt, deren Texte in Galata kaum jemand verstand, was nicht unbedingt von Nachteil war.

Niemand außer Ahmet Bey erfuhr je, welche Mittel Alfred Ihmsen, der Herr Kommerzienrat, mit Richards Assistenz eingesetzt hatte, um Ahmet Bey einen taktvollen Freundschaftsdienst zu erweisen und die junge Frau sehr bald zur Abreise zu überreden. Es werden weder Daumenschrauben noch eine Streckbank gewesen sein.

Natürlich wurde geflüstert. Ihre Kolleginnen, die anderen Tanzmamsellen, wie sie im Klub Teutonia in der freundlicheren Variante genannt wurden, flüsterten dies und das, einmal war es ein plötzliches, hochdotiertes Engagement an einem renommierten Moskauer Theater, ein anderes Mal eines in Buenos Aires, auch vom Verschwinden als Sklavin in einem Bordell irgendwo an den Küsten der Levante war die Rede, schließlich von der schon lange bestehenden Verlobung mit einem galizischen Tenorbuffo. Um der orientalischen Versuchung zu widerstehen und ihm treu zu bleiben, sei sie hastig abgereist. Dieses Gerücht wurde am liebsten und am längsten kolportiert, denn es zeugte von echter Treue und ewiger Liebe. Ach ja.

So hatte alles seinen Lauf genommen, ein Jahr war vergangen, und in Galata tanzten und sangen längst andere Mädchen.

«Vielleicht triffst du ihn unterwegs. Ahmet Bey hat neulich gesagt, er sei auf irgendeiner heiklen Mission in Anatolien unterwegs.» Ihmsen schüttelte den Kopf. «Immer sind diese Militärs irgendwie heikel. Na, Anatolien ist groß.»

«Sehr groß», sagte Richard und beugte sich wieder über die Mappe mit möglichen Mustern, die er mit auf die Reise nehmen wollte.

«Angekommen! Er ist tatsächlich angekommen. Unversehrt. Und er gefällt.» Aznurjans Stimme klang nach einem großen Fest. Er war ein ernsthafter Mensch, Überschwang zeigte er selten. Auch Alfred Ihmsen strahlte, er hatte Aznurjans Grund zur Freude gleich verstanden. Und heimlich kaum weniger ungeduldig auf diese Nachricht gewartet.

«Der Kaiserliche Teppich natürlich», erklärte er auf Richards fragenden Blick, «der Teppich für das Berliner Stadtschloss. Das ist großartig, mein Lieber», wandte er sich wieder Aznurjan zu, «wirklich großartig. Und sehr beruhigend. Die Räuber in der Walachei», fügte er augenzwinkernd hinzu, «waren wohl noch in der Sommerfrische.»

Auch Nikol betrat nun den Kontorraum, er winkte mit dem Telegramm wie ein Sieger. Seine Beine waren erheblich länger, er hätte die Nachricht als Erster bringen können, aber die Sache mit dem Teppich für die deutsche Kaiserliche Majestät war Aznurjans gewesen. Es war auch sein Triumph, den Inhalt des Telegramms zu verkünden wie ein Herold. Er hatte viele Ängste um den sicheren Transport ausgestanden und der Eisenbahn nicht getraut. Für den Versand mit dem Schiff war es zu spät gewesen, weil der Teppich auch viel später als avisiert bei Ihmsen & Witt angekommen war. Nun hatte der Hofteppich aus dem persischen Isfahan, kostbar und besonders, wie es sich für kaiserliche Räumlichkeiten ziemte, seinen Bestimmungsort erreicht.

«Gratulation», sagte Richard und schob seinen Stuhl zurück, um Aznurjan die Hand zu reichen. Er las das Telegramm und reichte es Alfred.

«Nun bin ich gespannt, wer ihn bezahlen wird», sagte er trocken. «Es heißt doch, Majestäten pflegen in diesen Dingen großzügig zu sein und gelieferte Ware als Geschenk und Ausdruck der Ergebenheit zu verstehen.»

Aznurjan hustete erschreckt, Nikol lächelte still, und Alfred Ihmsen stützte das Kinn in die Hände, diesmal ganz ohne über seinen Spitzbart zu streichen, und sagte: «Tja.» Was immer das bedeuten sollte.

Ludwig hätte jetzt gerne einen Schluck aus dem Ihmsen'schen Weinkeller gehabt, besser noch von dem sehr alten Cognac, der bei passenden Gelegenheiten oder auch ganz nach spontaner Lust und Laune auf den Tisch des Konaks kam. Für solche Wünsche waren er und Milena auf der falschen Seite der Brücke, er winkte dem Kellner und bestellte noch einmal für sie beide Kaffee.

Edie lernte also Arabisch bei einer alten Lady. Ihm fiel nichts ein, was daran verkehrt, unschicklich oder aus sonst einem Grund diskret zu behandeln war. Milenas Erklärung, sie wolle Richard damit überraschen, klang plausibel.

Das Licht fiel hell durch die Platanen, es verstärkte das rötliche Glänzen im warmen Braun ihres Haares. Milena trug heute einen kleinen Hut, ein Hütchen nur, ihr Sonnenschirm lag zusammengeklappt neben ihrem Stuhl im Staub, als gelte es für sie nicht mehr, ihre Haut vor der Sonne zu schützen. Um ihre Augen zeigten sich erste Linien, Lachfältchen nannte man die. Auf Milena traf das zu. Mit den Sommersprossen, die die Sonne über dem Bosporus auf ihr Gesicht getupft hatte, gaben sie ihr etwas Spitzbübisches. Manchmal, wenn Ludwig an sie dachte, was unweigerlich am Ende des Abends beim pflichtgemäßen Repetieren neu erlernter Redewendungen geschah, sah er ein frohes, häufiger noch ein amüsiertes Gesicht vor sich.

Nun dachte er, ein Gesicht sei nur eine Oberfläche, die nicht unbedingt die Wahrheit zeige. Es konnte freimütig und wehrlos sein, ließ in sich «lesen wie in einem offenen Buch», gewöhnlich und besonders in der «guten Gesellschaft» war es jedoch eine Maske, die alles verbergen konnte, oft auch sollte, Liebe und Freundschaft ebenso wie Bosheit und Ungeduld, Missgunst, Kummer oder Angst. Aber Milenas Augen? Darin sah er etwas, das er nicht verstand oder zu deuten wusste. Vielleicht war es auch früher da gewesen, er hatte nur nie darauf geachtet.

«Wie steht es nun mit der zweiten Frage? War das Ihr russischer Maler? Ich bin Ihr Schüler und Ihr Freund, Milena», scherzte er und meinte es ganz ernst, «Sie können mir alles anvertrauen. Gemeinsam hüten wir schon Edies Geheimnis, für Ihres ist noch Platz in der Schatulle.»

Er hatte gedacht, sie werde wie gewohnt lächeln und zu erzählen beginnen. Aber sie sah ihn nur an, ihre Augen wurden dunkel. «Und wenn ich nun sage, er ist mein Liebhaber? Was dann?»

Ludwig schluckte. «Dann, ja dann», er räusperte sich, «dann müsste ich sagen: Meine Frage war offenbar taktlos, ich habe Ihren Unmut verdient. Verzeihen Sie mir?»

«Darüber könnte ich nachdenken.» Sie zupfte an ihren Handschuhen, feine Spitze aus festem, weißem Zwirn, und schickte ihren Blick in die Ferne. «Es gelingt mir nicht», sagte sie schließlich und klang wieder wie die vertraute Milena.

«Verzeihen?»

«Nein, etwas anderes. Erstens: lange nachdenken, zweitens: lange schweigen. Und wenn in der Geheimnis-Schatulle noch Platz ist – ich habe nie gedacht, es könnte ein Geheimnis sein, eigentlich denke ich es auch heute nicht, aber allmählich ...» Sie zog aufseufzend die Nase kraus.

«Ich fürchte, ich rede wirr. Also besser von Anfang an. Ja, der Mann, mit dem ich im Basar gesprochen habe, ist Sergej Michajlow, und, ja, er ist Russe und ein Maler. Und nein, ich habe ihn nicht, wie es sich gehört, anlässlich eines Teenachmittags oder Konzertabends in einem ordentlichen Haus kennengelernt, wo man uns in aller Form und Förmlichkeit einander vorgestellt hätte, sondern in einem Kramladen am Ende einer ziemlich schmuddeligen Gasse in Galata, in dem ich ganz ohne schickliche Begleitung Seide kaufen wollte.»

«Den grünen Shawl.»

Sie nickte. «Den Shawl mit dem grünen Muster. Ich konnte mich wegen der Farbe nicht entscheiden, er hat mir geraten, und wir kamen ins Gespräch, wie man so sagt. Wir sprachen Französisch, natürlich, aber da war etwas Vertrautes in seiner Art, es zu betonen, nur ein leichter Akzent. Ich bin in Sankt Petersburg geboren, wissen Sie das eigentlich? Meine Mutter ist Russin, deswegen spreche ich recht gut Russisch, deswegen wollte der Kommerzienrat bei mir Unterricht nehmen. Er ist seit vielen Jahren mit Charlotte Labarie bekannt, sie hat mich empfohlen, und er hat mich engagiert. Mein Vater ist Franzose. Er war in Sankt Petersburg in der Goldschmiedewerkstatt eines Juweliers angestellt, bei Fabergé, inzwischen ist das ein berühmtes Haus, das auch für die Zarenfamilie arbeitet. Aber das tut nichts zur Sache. Meine Eltern haben sich dort kennengelernt und geheiratet. Wenige Jahre nach meiner Geburt sind wir in die Heimatstadt meines Vaters zurückgekehrt, nach Paris.»

Sie schwieg, und Ludwig erwartete, er werde nun von ihrem Leben in Frankreich hören, vielleicht von den Gründen für ihre Entscheidung, einige Jahre in der Türkei zu leben.

«Meine Mutter», fuhr sie jedoch fort und sah sich beiläufig nach allen Seiten um, niemand war nah genug, um zuzuhören, solange sie ihre Stimme nicht erhob, «meine Mutter hat zwei Brüder. Das ist eigentlich kein Geheimnis, dennoch wurde bis vor wenigen Jahren in der Familie nicht über sie gesprochen. Ich war in Sankt Petersburg noch zu klein, um mich an sie zu erinnern, vielleicht habe ich sie auch nur ein- oder zweimal gesehen, sie wohnten nicht bei uns. Ich weiß, sie sympathisierten damals mit einer Gruppe von Gegnern des Zaren und der Regierung, alle Welt wollte und will Reformen in Russland, aber es war noch vor dem Attentat auf Zar Alexander II. Was sie getan haben, ob sie überhaupt irgendwelcher Verbrechen schuldig sind oder nur Pamphlete verteilt haben, an den falschen Treffen teilgenommen haben oder ahnungslos verleumdet wurden? Gerade in jenen Jahren reichte eine Kleinigkeit, und alles war möglich, wie auch jetzt wieder nach den revolutionären Unruhen im vergangenen Jahr. Jedenfalls sind beide verhaftet und ohne langen Prozess verurteilt und nach Ostsibirien in die Verbannung geschickt worden. Wie viele andere auch.»

Sie nannte leise und in rascher Folge Namen solcher Gruppen und Organisationen, vielleicht waren es nur Begriffe, russische, in Ludwigs Ohren ganz und gar fremde Klänge, die er hörte und gleich wieder vergaß. Sie wirkte erschöpft und blass, rote Flecken auf den Wangenknochen gaben ihr etwas Fiebriges, Nervöses.

«Yuri, der jüngere der beiden, ist angeblich auf dem Transport nach der Insel Sachalin gestorben, aber das ist nicht sicher belegt. Und wie gestorben, auf welche Weise? Vielleicht einfach vor Erschöpfung während des monatelangen Fußmarsches? Sachalin, das ist das dunkle Ende der Welt. Der ältere, Ignat, ist dort angekommen und lebt im Straflager. Oder er hat dort gelebt? Eigentlich wissen wir gar nichts. Und vielleicht», sie fuhr sich mit den Fingerspitzen über die Stirn und atmete tief ein, bevor sie fortfuhr, «vielleicht kann Sergej Michajlow etwas für mich herausbekommen. Ich habe erst kurz vor meiner Abreise nach der Türkei davon erfahren. Meine Mutter wollte, dass ich diese Geschichte kenne, falls ihr oder mir etwas zustieße, wäre es später nicht mehr möglich, darüber zu reden. Mein Vater hielt es für falsch. Das war nur Ausdruck seiner Sorge um mich und meinen Bruder, aber wie könnte es uns schaden, die eigene Familiengeschichte zu kennen? Wir tragen doch alles in uns, was vorige Generationen gelebt haben, es ist wichtig, darum zu wissen. Ich möchte es jedenfalls ganz genau wissen.»

Allmählich begann Ludwig zu verstehen, worum es ging. Er überlegte, ob im Deutschen Reich auch Menschen verschwanden. Jeder wusste, dass es eine Zensur und Polizeispitzel gab, eine politische Polizei, die Arbeitervereine, Sozialdemokraten, Sozialisten, Kommunisten und ähnlich verdächtige Zirkel beobachtete. So war es wohl in jedem Land? Wer die Macht hatte, tat alles, um sie zu behalten. Aber hatte es im Deutschen Reich je Mordanschläge auf den Kaiser gegeben? Oder auf den Reichskanzler? Er konnte sich nicht erinnern. Es wäre gut, jemanden zu fragen, der dreimal so alt war wie er selbst.

Die Agenten und Zuträger der Geheimpolizei des Sultans waren so unsichtbar wie allgegenwärtig und immer aktiv. Einmal hatte er das selbst bemerkt, als an jenem Tag vor dem Yıldız-Palast Männer aus den Reihen der Zuschauer gezogen wurden und verschwanden, ohne dass es jemanden zu kümmern schien, ohne dass es jemand auch nur gesehen hatte. Es war auch das einzige Mal gewesen, dass er die sanfte Edie schroff erlebt hatte, als er genau wissen wollte, was dort geschehen war. Und im Russischen Reich, in diesem riesigen unruhigen Reich der vielen Völker? Der vorletzte Zar hatte sechs Attentate überlebt, um bei dem siebten den Tod zu finden. Die russische Geheimpolizei war berüchtigt, wer denken und lesen konnte in Mitteleuropa, wusste das. Aber das Reich war groß, kaum ermesslich groß, und wenn man in Hamburg lebte, weit weg. Und in der Türkei? Nicht ganz so weit weg.

Ludwig neigte dazu, die Sorge Monsieur Bonnards zu verstehen und sogar zu teilen. Er hätte gerne gewusst, was er zu Sergej Michajlow sagen würde, wenn er ihn kennte, und schämte sich gleich, weil er einen Mann, den er nicht kannte, so leicht beargwöhnte. Das war lächerlich. In einer Vielvölker-Stadt gehörten die Toleranz und der höfliche Umgang mit fremden Gewohnheiten und Anblicken zum kleinen Abc des Miteinanders. Bevor er den Gedanken korrigierte, weil die Praxis das zur bloßen Theorie degradierte, nahm Milena ihren Faden wieder auf.

«Ich muss wissen, ob es nicht doch etwas zu erfahren gibt. Es gab Gerüchte, wonach beide, auch Yuri, noch in diesen Lagern leben. Wenn wir sie dort finden, können wir ihnen das Leben erleichtern. Vielleicht gelingt es sogar, jetzt, nach sechsundzwanzig Jahren, ihre Freilassung zu erreichen.»

«Sechsundzwanzig Jahre. Das ist eine sehr, sehr lange

Zeit. Und dabei kann Michajlow helfen», ergänzte Ludwig sanft. «Er hat so einflussreiche Freunde?»

«Ob sie einflussreich sind, weiß ich nicht, kenntnisreich trifft es vielleicht besser. Es gibt Möglichkeiten, Mittel und Wege, heimliche Kanäle, Informationsketten – sagt man so, wenn Nachrichten, Fragen und Antworten von Mund zu Mund weitergegeben werden? Und nicht über die Polizeibüros und die offiziellen Akten. Daran ist nichts Geheimnisvolles. Es ist viel besser, solche inoffiziellen Wege zu gehen, wenn man zwei Männer sucht, die als Studenten Anarchisten waren, auch wenn es wirklich schon sehr viele Jahre her ist.»

«Anarchisten? Milena, auf was lassen Sie sich ein?»

«Auf gar nichts. Seien Sie doch nicht ein solcher Hasenfuß, Ludwig. Ich suche nur nach zwei Verwandten. Was ist daran falsch? Haben Sie gedacht, meine Onkel sind nach Sachalin geschickt worden, weil sie Juwelendiebe oder gewöhnliche Mörder sind?»

Ludwig hätte gerne erklärt, warum es durchaus angebracht war, manchmal hasenfüßig zu sein.

«Wenn er nichts herausfindet», erklärte Milena mit einem Ausrufezeichen in der Stimme, «fahre ich selbst nach Sachalin. Ich muss wissen, was dort passiert ist.»

Die Plätze vor dem Kaffeehaus unter den Bäumen hatten sich gefüllt, die meisten Gäste sahen nach Reisenden aus, nach westlichen Touristen, was ihn einerseits beruhigen könnte, andererseits gerade nicht. Obwohl er wusste, wie lächerlich das war, schien Ludwig plötzlich, sie alle seien nur gekommen, um ihnen unbemerkt zuzuhören. Außerdem brauchte Milena keine Erklärungen von einem wie ihm. Sie war nicht dumm und verfügte über mehr und ganz andere Lebenserfahrungen als er, sie musste wissen, um was es ging. Oder gehen konnte.

«Kommen Sie.» Er legte die passenden Münzen auf den Tisch, reichte ihr seinen Arm und zog sie mehr, als dass er sie zu der breiteren, in der Mittagswärme kaum belebten Straße führte.

«Was sind das für Leute, die Ihr Freund kennt? War er im Sommer nicht in Moskau? Auf welcher Seite stehen die?»

«Auf welcher Seite? Sergej hatte selbst einen Freund, der in einem dieser Arbeitslager umgekommen ist. Mir sagt das genug. Im Übrigen war er nicht in Moskau, sondern in Odessa.»

Ludwig erinnerte sich, wie er, noch in Hamburg, gelesen hatte, das längst weltberühmte Haus Fabergé habe nun auch Läden in London und in Odessa eröffnet, wenn er sich richtig erinnerte, war sogar von Lieferungen an den König von Siam die Rede gewesen. Interessanter hätte er jetzt die Erwähnung Seiner Kaiserlichen Majestät Sultan Abdülhamids II als Kunden der Fabergés gefunden. Es wäre überhaupt interessant zu wissen, ob der Sultan und die Vertreter der Hohen Pforte unter der Hand Geschäfte mit ihrem Erzfeind Russland machten.

Ludwig fragte nicht, was Michajlow für seine Hilfe von Milena erwartete, ob es einen Preis gab. Sie musste das als anzügliche Frage verstehen. Also schwieg er. Auch Milena schwieg, bis sie den Platz vor der Pont Neuf erreichten. «Die Schatulle», sagte sie und blieb stehen. «Ist sie gut verschlossen?»

«Fest und sicher. Niemand wird davon erfahren. Ich freue mich, wenn Michajlow und seine Freunde für Sie Erfolg haben. Versprechen Sie mir nur eines: Falls Sie auf die Idee kommen oder falls Sie jemand drängt, selbst nach Sibirien oder überhaupt nach Russland aufzubrechen, um dort etwas für Ihre Onkel zu erreichen – lassen Sie es mich wissen, bevor Sie die Reise antreten. Können Sie mir das versprechen, Milena?»

«Sie sorgen sich um mich.»

«Natürlich sorge ich mich um Sie.»

Plötzlich schwammen ihre Augen in Tränen. Sie küsste ihn rasch auf die Wange und flüsterte: «Danke. Es ist versprochen. Ehrenwort. Außerdem», sie reckte die angespannten Schultern und schob energisch ihr Hütchen zurecht, als gelte es, ein Ausrufezeichen zu setzen, «außerdem heißt es, wer dorthin reist, braucht einen Bärenpelz und dicke Filzstiefel. Das würde mir überhaupt nicht stehen.»

Sie lachten, und wie meistens, wenn ein Lachen halbherzig, aber dringend notwendig ist, und sei es auch nur, um etwas zu verbergen, lachten sie zu laut. Ludwig, weil er sich tatsächlich sorgte und ihrem Versprechen nicht traute, und Milena, weil sie das Wichtigste noch verbarg. Es ging dabei nicht nur um die Sache mit ihrem Notizbuch, diesem fatalen Notizbuch. Viel wichtiger und beunruhigender war die Frage, woher Sergej von Wera Tscherdynowa als Name auf einer der Listen der Ochrana wusste, des damals neuen zaristischen Geheimdienstes. Ihre Mutter war noch mit ihrem Mädchennamen vermerkt worden, nicht als Wera Bonnard.

Davon hatte Milena ihm nichts erzählt, dessen war sie völlig sicher. Wer wusste so etwas nach all den Jahren noch? In Odessa?

Sergej Michajlow lächelte zufrieden, dieses schmale, für Fremde kaum wahrnehmbare Lächeln. Er war wieder auf den Serasker-Turm gestiegen, nirgends sonst in dieser Stadt fühlte er sich so sicher und frei. Er schob den Hut gegen die Sonne in die Stirn und blickte hinüber nach Osten zu dem anderen prominenten Turm, dem nach dem Stadtteil zu seinen Füßen benannten Galata-Turm. Er hatte im Basar Fotografien gekauft, Postkarten von Konstantinopel, eine zeigte den Blick von der Sirkeçi-Seite über die belebte Pont Neuf, die Neue Brücke, hinüber nach Galata und Pera. Dort gab es auch Moscheen, natürlich, aber sie waren weitaus bescheidener als auf der Stambul-Seite, auch jünger, zumeist um etliche Jahrhunderte, auf der Fotografie waren sie zwischen den von der gleißenden Sonne weißen Gebäuden an den steil ansteigenden Hügeln kaum auszumachen. Nicht Minarette und mächtige Moscheekuppeln zogen dort drüben die Blicke auf sich, sondern der Galata-Turm, der stärkste Rest der Befestigung, die Genueser Kaufleute vor mehr als einem halben Jahrtausend um ihr Areal am Bosporus errichtet hatten. Die Vorstellung der reichen Genueser auf diesem Hügel hatte ihm schon immer gefallen, auch weil gleich hinter dem Turm, wo sich heute das städtische Pera erstreckte, Weingärten die Hügel bedeckt hatten. Vielleicht war er in das falsche Jahrhundert hineingeboren worden.

Er stellte sich vor, es gebe eine Seilbahn, mit der er von Turm zu Turm fliegen konnte. Tief unter sich Stambul und das Ufer des Goldenen Horns, weiter über die Brücke mit dem Gedränge von Wagen und Karren, Menschen und Tieren, Booten und mit einem kräftigen Aufwind über Galata und hinauf zum aufragenden Turm mit der flatternden roten Halbmond-Flagge auf der Mauerkrone. Plötzlich hatte er Lust, genau dieses Bild zu malen. Schon lange hatte er nicht mehr diese echte Lust gespürt, Ölkreide, Kohlestift oder Pinsel zu führen. Ohne Auftrag und Zweck.

Er griff in seine Rocktasche, seine Finger fühlten nicht das Skizzenbuch, sondern das Notizheft, und er war wieder ganz bei seinem Zweck.

Sergej blätterte langsam durch Milenas Aufzeichnungen. Ihre Schrift war gut lesbar, das wusste er zu schätzen. Er hatte es verstanden, als sie das Heft nicht hergeben, sondern nur daraus vorlesen wollte, damit er das für ihn Interessante aufschrieb. Sie wiederum hatte schnell verstanden, dass es Notwendigkeiten gab. Sie würde es zurückbekommen, wahrscheinlich um einige Seiten dünner. Weniger der reine Inhalt oder die tiefere Aussage dessen, was sie gehört und aufgeschrieben hatte, bewirkten seine Zufriedenheit, obwohl einiges auch für ihn interessant war. Am wichtigsten war ihm jedoch, wie gut es funktionierte. Er hatte die richtige Wahl getroffen, und es war angenehm und lächerlich einfach gewesen.

12. KAPITEL

Aus dem gleißenden Licht des Sommers war der warme Glanz des Herbstes geworden. Wer im Norden lebte und sich den Orient vorstellte, dachte an Haremsdamen, Kamele und große Hitze, doch auch im Orient versanken Gebirge und kahle Hochebenen in den Wintern im Schnee. Selbst in Stambul auf seinen sieben Hügeln und in Pera auf dem gegenüberliegenden Grat, in Skutari auf der asiatischen Seite des Bosporus, schneite es in vielen Wintern zumindest für kurze Zeit.

Ludwig fand es überflüssig, in den ersten Oktobertagen an den Schnee zu denken, aber er hatte sich angewöhnt, seinen Gedanken freien Lauf zu lassen, wenn der Tag sich neigte. Wollten sie allerdings gleich weiterwandern, bis nach dem Kaukasus, immer wieder der wilde, viel umkämpfte Kaukasus, nach Sibirien oder auf der Seidenstraße bis ins geheimnisvolle Reich der Mitte, rief er sich zur Ordnung. Alles hatte Grenzen, auch Phantastereien. Er schenkte sich Tee nach, im Garten wucherte noch die Minze, und konzentrierte sich auf die Gegenwart.

Die Sonne stand schon tief, der Garten zwischen dem Konak und der Witt'schen Villa lag im Schatten. Es wurde nun schnell kühl. Edie hatte von dem Nebel gesprochen, der im Herbst und zu Anfang des Winters manchmal vom Meer heraufkam, hatte fröstelnd ihr Tuch um die Schultern gezogen und doch erwartungsfroh ausgesehen. Sie möge den Nebel, hatte sie gemurmelt, alle Tage Sonne könne doch niemand aushalten. Er würde die Stunde auf seiner kleinen Terrasse vermissen, sobald es zu kalt wurde, draußen zu sitzen. Er hatte sich angewöhnt, wann immer es möglich war, seine Abende mit dem Blick hinauf zum Sternenmeer zu beschließen, und stellte sich gerne vor, er habe in den wenigen Monaten seines Hierseins zu einem gewissen orientalischen Gleichmut gefunden. Von Würde zu sprechen, wäre vermessen, dazu fehlten ihm einige Jahrzehnte und eine entsprechende Portion Weisheit. Das war ein hehres Zukunftsbild, schließlich war er ein Hochstapler, was er häufig vergaß.

Auf diesem Platz war er mitten im Geschehen. Er hörte Geräusche aus dem Konak, es waren wenige, zumeist die gleichen und schon so angenehm vertrauten. Da klapperte noch Geschirr, Stimmen waren schon ein Murmeln, Tabakduft zog aus einem Fenster hinaus in die Abendluft, ab und zu perlten kleine verhaltene Melodien vom Klavier, nicht Alfred Ihmsen spielte, sondern Frau Aglaia.

Bis weit in den Sommer hinein hatte Edie alle Tage auf ihrem geliebten Flügel gespielt, in diesen Wochen hörte er sie nur selten. Doch, hatte sie auf seine Frage erklärt, natürlich spiele sie noch, gewöhnlich vormittags, wenn die Kinder in der Schule seien. Von dem Unterricht, den sie Marianne gerne gegeben hätte, wurde nicht mehr gesprochen.

Bei den Witts gingen die Lichter an und ließen den Garten noch dunkler erscheinen. In den Kinderzimmern schloss jemand die Fenster, zuerst bei Marianne, dann bei Rudolf. Die Silhouette zeigte nicht Edie, Lydia brachte die Kinder zu Bett, wie an allen Abenden.

Rudolf allerdings hatte kürzlich auf seine so stille wie

beharrliche Art erreicht, dass er die abendlichen Rituale allein vollziehen durfte, schließlich sei er kein Kind mehr wie Marianne. Sein Vater hatte gelächelt und seinem Wunsch gleich entsprochen. Andere Jungen würden bald mogeln und mal das Zähneputzen, mal das Waschen vergessen, mal das Nachtgebet, das Aufziehen der Uhr – Rudolf würde das kaum passieren.

Ludwig lehnte bequem in den Polstern des Rattansessels, blickte hinüber zu den heimelig schimmernden Fenstern und wünschte dem Jungen, dass es ihm irgendwann gelänge, nicht mehr so streng und korrekt zu sein wie ein altgedienter Buchhalter.

Edie hatte erreicht, was sie seit langem gewollt hatte. Am Ende der Sommerfrische waren die Kinder nicht nach Smyrna zurückgekehrt, sondern in Richards Haus. Sie besuchten nun die Deutsche Schule in Pera. Lydia begleitete sie am Morgen und holte Marianne nach dem Ende des Unterrichts ab. Denn auch sie war zurückgekehrt, als ein Mitglied der Familie.

Die Kinder vertrauten ihr und brauchten sie, sie waren an das Leben mit ihr gewöhnt. Das war nur natürlich nach den gemeinsamen Jahren, auch Edie war dieser Meinung. Doch unversehens schlich sich ein, was sie nie gewollt und nicht erwartet hatte. Bald fühlte sie sich als Gast in ihrem eigenen Heim. Nur in der Nacht, wenn sie mit Richard allein und ihm nah war, war er wieder ihr Richard. Ihr Mann. In Gegenwart der Kinder trennte sie etwas Vages, Ungreifbares, wie eine Glaswand, etwas, von dem sie sich immer wieder selbst versicherte, es sei eine Schimäre, sie bilde es sich nur ein, sie sei eifersüchtig, überempfindlich, dumm.

Lydia zeigte sich nur freundlich und hilfreich, eine souveräne Frau. Sie drängte sich nie vor, es war nur immer alles schnell getan und schon erledigt. Sie nahm nie Edies Platz am Tisch ein, und doch – Lydia sah und fühlte alles in der Familie stellvertretend für Elisabeth. Immer noch für Elisabeth. Auf immer und ewig? Edie empfand sich als eine Frau ohne Aufgabe und Funktion. Wie ein weiteres Kind im Haus. Eins, mit dem die anderen höflich, sogar freundlich umgingen, aber nicht spielen mochten.

In einer dieser vertrauten Nachtstunden hatte sie schließlich versucht, es Richard zu erklären, und auch um seinen Rat gebeten. Es war nicht gutgegangen. Sie sei seine Frau und die Dame des Hauses, daran zweifele niemand, und niemand versuche, es ihr streitig zu machen. Wenn sie weniger ihrer Pflichten Lydia überließe ...

Er hatte es nicht ausgesprochen, doch seit dem Bootsunfall fiel es ihm schwer, Edie die Kinder anzuvertrauen. Es war auch nicht nötig. Lydia war im Umgang mit Kindern erfahren und wusste, was gut für Marianne und Rudolf war. Sie hatte ihre Stellung in Smyrna aufgegeben und stand vollends zur Verfügung. Wegen der Kinder, Edie verbot sich zu denken: auch wegen Richard.

Edie behauptete sich nicht. Vielleicht konnte sie es nicht. Es war schwer, sich auf diese Weise zu behaupten. Womöglich fehlte ihr auch die Entschlossenheit, es wirklich zu wollen. Oder der Mut. Lydia kam aus Elisabeths Welt und hielt diese Welt auf subtile Weise lebendig, bei den Kindern, bei Richard im ganzen Haus. Auch dafür liebten die Kinder sie, natürlich taten sie das, es war ja auch ihre Welt. Und Edie fühlte sich schuldig, weil sie mit einer Toten konkurrierte, weil es sie zornig machte. Schließlich blieb Verzagtheit, also begann sie ihre eigenen stillen Wege zu gehen. Und alle waren zufrieden?

Ludwig auf seiner Terrasse beobachtete all diese Vorgänge, still sitzen und nichts tun, ein offenes Ohr für Zwischentöne, kann zu erstaunlichen Erkenntnissen führen. Aber er vermisste schon die unternehmungslustige und fröhliche Seite Edies. Sie würde schon wieder auftauchen.

Das letzte Tageslicht verlosch, Ludwig drehte die Flamme der Petroleumlampe höher, immer mehr Sterne gingen am Himmel auf, kein Mond. Nachtfalter umflatterten das Licht, mit der Melange der Geräusche von der noch sehr belebten Grande Rue de Pera und ihren Seitenstraßen mischte sich Musik, nur verwehte Klänge, immer wieder Walzer, wie an so vielen Abenden, auch süßliche Wiener Lieder – ein Tango wäre ihm nun lieber. In Hamburg hatte einmal auf einer Brücke mitten in der Stadt und doch nahe dem Hafen ein Matrose eine dieser seltsamen und melancholischen Melodien auf einem Bandoneon gespielt. Wie die meisten anderen Passanten hatte er so etwas zum ersten Mal gehört, eine neue Art Musik aus Südamerika, noch wenig bekannt in Europa. In Konstantinopel? Höchstens wenn sich ein solcher Seemann in Galatas Spelunken verirrte. Dorthinein passte er besser, der Tango, als auf den feinen hanseatischen Jungfernstieg. Schließlich galten diese Musik und erst recht der Tanz als unanständig, und es hieß doch, die Kunst gedeihe gut im Bodensatz. Ein hässlicher Gedanke. War die Kunst denn nicht hehr?

Er verstand etwas von Teppichen, andere Künste waren ihm fremd, aber er war auf dem Weg, begierig zu lernen. Der Wind wehte etwas ganz anderes herüber, die Rufe der

Muezzins, der zweite Abendruf, danach schwieg das Leben drüben in Stambul, nicht auf dieser Seite der Brücke.

Plötzlich hatte er große Lust, durch die Lokale zu streifen, zuerst in Pera, dann unten in Galata und Karaköy, durch die Spelunken, den Gedanken an die Bordelle schob er zur Seite, obwohl, irgendwann, vielleicht ... Vor den Lokalen in Galata hüte man sich, warnte der Baedeker. Die Tanzhallen und Bierschwemmen wären schon ein Anfang. Er kam sich sehr brav und bieder vor – Hans Körner hatte dieses Gefühl nicht gekannt, er hatte sich unzulänglich, fehl am Platz oder überflüssig und erfolglos gefühlt, aber brav und bieder? So hatte er sich nie gefühlt – so war er gewesen.

Nun war er Ludwig Brehm, der hatte etwas gewagt und wollte noch mehr wagen. Abenteuer? Galata war nur ein kleines alltägliches Abenteuer, also ein guter Anfang. Es hieß, dort säßen die Messer locker, am Tage sei es ruhig, aber alle Nächte gebe es Mord und Raub und Totschlag, allerdings vergreife man sich nicht gern an gutgekleideten Europäern, denn das habe schnell eine Polizeirazzia zur Folge. Traf es einen abgerissenen Triester Matrosen, einen griechischen Kellner oder eine vom Suff gezeichnete alte Zigarettenverkäuferin oder Hure von wer weiß woher, kümmerte das keine Obrigkeit.

Michajlow fiel ihm ein. Milenas seltsamer Russe könnte bei solchen Unternehmungen ein passender Begleiter sein. Ein Künstler, der kein Rembrandt war, kannte sich sehr wahrscheinlich in solchen Gassen und Kaschemmen aus, und vielleicht gab es irgendwo Absinth, den wollte er schon lange probieren. Der grüne Teufelstrank. Das klang fabelhaft.

Frau Aglaias diskretes Hüsteln holte ihn zurück in die bürgerliche Sicherheit der Terrasse.

«Ein Telegramm.» Sie reichte ihm den Umschlag und erklärte: «Ein Bote hat es gerade erst für Sie gebracht. Es scheint von Ihrem Fräulein Cousine zu sein, der Herr Kommerzienrat hat erwähnt, ihre Ankunft werde erwartet. Besuch aus der Heimat, wie schön.»

Ludwig hatte sich höflich erhoben, als er sie bemerkte. Das war ein Fehler gewesen, denn plötzlich schwankte der Boden unter ihm, seine Finger griffen Halt suchend nach dem Polster des Sessels. Da war das Erdbeben schon vorbei, das plötzliche Tosen in seinen Ohren verebbte. Frau Aglaia hatte nichts bemerkt.

«Danke, Frau Aglaia», sagte er, «vielen Dank.»

Er war nicht sicher, ob er die Worte nur gedacht oder auch über die Lippen gebracht hatte, sein Mund war trocken wie die Wüste Gobi. Als Rettung schwebte ihm kein Wasser vor, sondern eine ganze Flasche giftgrüner Absinth.

———

Die Männer der Karawane waren es gewohnt, zehn oder auch einige Stunden mehr im Sattel zu sitzen, man sagte ihnen nach, sie glichen den Mauerseglern, die ihren unermüdlichen Tanz auf dem Wind nicht einmal für den Schlaf unterbrachen. Seit dem Sonnenuntergang hatte es sich rasch abgekühlt, es war die graue Stunde zwischen Tag und Nacht, im Hochland hieß es zwischen Leben und Tod, und manchmal stimmte es. Wer jetzt vom Weg abkam und sich von den trügerischen Schatten in die Irre führen ließ, fand nicht immer zurück. In der Ferne bellten die Schakale, heulten auch, dann klang es wie Kinderschreien. Das Pferd warf unruhig den Kopf, doch es ließ sich schnell beruhigen. Seit Richard es in Konya übernommen hatte, war es ihm vertraut geworden, die mit Friedfertigkeit gepaarte Kraft und Ausdauer des Tieres beeindruckte ihn.

Jussuf ritt vor Richard. Er gehörte zu den türkischen Arbeitern im Lager in Galata und war schon oft mit ihm geritten. Er verstand sich nicht nur auf die richtige Behandlung von Teppichen, er konnte auch aus dem Nichts ein Feuer entfachen, um das Nachtessen zu braten, vielleicht einen selbst erlegten Hasen, er verstand es, mit allen Reit- oder Lasttieren umzugehen, las die Wetterzeichen am Himmel. Er war unterwegs in allem ein verlässlicher Helfer und Wächter. Dass er dabei wenig sprach, kam Richards Neigungen während dieser Wochen sehr entgegen. Auf dem gedrungenen Braunen hinter ihm folgte Sincap, ein weitaus jüngerer Mann aus Jussufs Familienclan. Er war schnell, kraftvoll und bereit, von den Erfahrungen seines Onkels, oder welcher Verwandtschaftsgrad es auch sein mochte, zu lernen. Er lachte gerne und war noch voller Staunen.

Sie hatten sich einer Karawane angeschlossen, niemand ritt weite Strecken allein, und drei Männer bedeutete so viel wie allein. Selbst die Räuber zogen es vor, ihre Arbeit als Bande zu verrichten. Unterwegs von Konya nach Kayseri, der Stadt am Fuß des ewig schneebedeckten Erciyes Daği, bot eine Kette von Karawansereien seit Jahrhunderten Schutz für reisende Händler und ihre Waren und Tiere. Auf der Straße wiederum, sie war kaum mehr als ein Trampelpfad, zogen Menschen mit ihren Tieren seit einigen tausend Jahren. Manchmal fühlte Richard sich, als verschmelze er mit dieser bis in die Vorzeit zurückreichenden Geschichte.

Der große Alexander war im 4. Jahrhundert vor Christi Geburt mit seiner Armee über diese Wege gezogen und hatte nur drei Tagesreisen von Angora den berühmten Gordischen Knoten zerschlagen, um über Asien zu herrschen. Fünfzehn Jahrhunderte und wechselnde, über die Region herrschende Völker später kam Barbarossa, der rotbärtige römisch-deutsche Kaiser mit seinem Kreuzritterheer. Fernstraßen bedeuteten zugleich Handel und Wohlstand und Kriegszüge, Tod, Verheerung, Seuchen. Armeen mit ihren Reit- und Lasttieren wollen ernährt werden, Tausende immer hungrige und durstige Männer, auch gierig nach Frauen. Sie nehmen alles, was sie am Wege finden, zurück bleiben geplünderte Äcker, Häuser und Speicher, Hunger, Not und Tod.

Als Schüler hatte Richard die Kreuzritter als selbstlose Helden und edle Kämpfer für das Christentum bewundert. Vielleicht hatten diese Legenden seine Freude, nach Konstantinopel überzusiedeln, bestärkt. Er hatte wenig gewusst vom tatsächlichen Orient. Wenn man von diesen Küsten und Straßen darauf blickte, sah es anders aus als vom Pult einer deutschen Schule. Wie zahlreiche andere Städte und Dörfer auf dem langen Weg zum Heiligen Land war auch Konya zerstört worden, seine Menschen, ob Muslime oder griechische Christen, wie im Blutrausch von Barbarossas Kreuzzug-Kriegern niedergemetzelt. Ritter im Namen Christi, mit dem Schlachtruf GOTT WILL ES. Barbarossa war bald darauf ertrunken, als er in einem Taurus-Tal an einem Bach seinen Durst löschen wollte. Auch darüber könnte man nachdenken, im Sattel mit dem Blick weit über das Land.

Als Richard vor Jahren an den Bosporus gekommen war, hatte er von einer anderen Sicht auf jene Zeit erfahren, als die ihm vertraute. Er mochte diese Gedanken nicht, manchmal misstraute er ihnen, aber sie waren in seinem Kopf. Sie schliefen, wenn er in Konstantinopel war, krochen hervor, sobald er einige Tage über die Straßen und Pfade Anatoliens oder Thrakiens ritt. Wäre er abergläubischer, als er tatsächlich war, nähme er an, die toten Ritter mit dem Kreuz auf dem Mantel und die toten Muslime, die bewaffneten wie die unbewaffneten, gesellten sich wie Schatten zu ihm, hier draußen auf diesen Straßen.

Die Karawane, der sie sich angeschlossen hatten, zählte kaum dreißig Kamele, alle mit schweren Lasten bepackt. Die Männer – Händler und Eigner – ritten auf Pferden, die Kameltreiber auf flinken kleinen Eseln. Die zottigen schwarzbraunen Eselchen mit ihren trippelnden Schritten zwischen den großen, gleichmäßig schreitenden Lasttieren waren immer wieder ein kurioser Anblick, aber sie und die seitlich auf ihrem Rücken hockenden, über und über vom Straßenstaub schmutzigen Männer und Jungen gaben den Takt an, die Geschwindigkeit der Karawane, und sorgten für Disziplin unter den Kamelen, wenn man in diesen Kategorien von den urtümlichen Tieren sprechen konnte.

In den Gürteln der Männer, auf ihre Rücken gebunden oder in den Satteltaschen steckten Gewehre und Messer jeder Größe. In Konstantinopel hätte das Richard beunruhigt, hier bewirkte es das Gegenteil.

Die hohen Mauern der Karawanserei tauchten plötzlich vor ihnen aus der vergehenden Dämmerung auf. Die lange

Reihe der Kamele ging gewöhnlich im stoisch-gleichmäßigen Schritt-vor-Schritt, nun bewegte sie sich schneller, die Pferde tänzelten, schon das Wasser riechend, und endlich zog die Karawane durch das hohe Tor in den großen Innenhof ein.

Plötzlich befanden sie sich mitten im Lärm, die Hoffläche war schon gut zur Hälfte von Kamelen besetzt, die sich niedergelassen hatten, für die nächtliche Ruhe von ihren Lasten befreit wiederkäuten und ab und zu ihre seltsamen, kehlig röhrenden Knurrlaute ausstießen, ob aus Unmut oder Wohlbehagen verstanden nur ihre Besitzer und Treiber. Die meisten Lasten waren unter den hohen Arkaden aufgestapelt, die sich über zwei Stockwerke um den ganzen Hof zogen, dessen Höhe und Breite wie in anderen dieser uralten Karawansereien an Kirchenräume erinnerte. Auf den Ballen hatten es sich einige der Treiber und Mitreisenden für die Nacht bequem gemacht. Die Ausdünstungen der vielen Tiere und Menschen füllten den Hof, aber es war wärmer im Schutz dieser uralten Mauern, und Richard empfand ein wohliges Gefühl von Geborgenheit.

In den Arkadengängen und nahe dem Tor, wo eine Art bescheidenes Kaffeehaus zur Entspannung auch Wasserpfeifen anbot, die duftenden Nargilehs, schimmerten matte Lichter von Petroleumlampen. Der herbe Geruch eines am Spieß gebratenen fetten Hammels zog in den Hof, für Hungrige ein köstlicher Duft, Wasser plätscherte, Stimmen tönten laut und leise, über allem der Nachthimmel – Richard fühlte, dass er glücklich war.

Er dachte an Edie und fühlte etwas anderes. Er liebte sie, natürlich tat er das, aber in dieser Welt war für sie kein Platz. Einfach kein Platz. Dass es sie kränkte, wenn er ihr nicht erlaubte, ihn zu begleiten, verstimmte ihn, es schmälerte sein Glück an diesem Ausflug in ein anderes Leben. Alles in ihm sträubte sich dagegen, wenn sie an dieser Welt der Männer und der Tiere teilhaben und sie auch zu ihrer machen wollte. Als sei ihr das Leben, das er ihr bot, nicht reich genug. Natürlich könnte sie ihn begleiten und im Schutz einer Karawane mitreiten, vereinzelt gab es Damen, die das taten, sogar weit in die arabischen Länder hinein, in langen Reitröcken im Herrensattel oder, schon jenseits der Grenzen des Anstands, in Männerkleidern. Aber das würde alles verändern.

Es dauerte eine Weile, bis die neu eingetroffenen Tiere und Menschen den Platz gefunden hatten, der sie zur Ruhe kommen und zugleich Nachzüglern noch Raum ließ, bis vor den Kamelen ihr Futter ausgeschüttet war, die Pferde, Esel und die robusten Maultiere in offenen Ställen unter den Arkaden versorgt. Schließlich packten die Männer ihre eigene Verpflegung aus und stillten auch den eigenen Hunger. Richard und Jussuf hatten noch einen guten Schlafplatz unter der oberen Arkadenreihe gefunden und ihre Decken ausgerollt. Sincap schlief bei den Pferden.

Unter den Männern wurde viel über das Wetter geredet. Ein Alter, der seit Mohammeds Zeiten auf den Karawanenstraßen unterwegs schien, war auf das Dach geklettert, hatte lange in den Himmel geschaut und die Nachtluft geatmet und gerochen, dem Wind nachgespürt.

«Schnee», prophezeite er düster, «es dauert nicht mehr lange.»

Richard verstand seinen Dialekt nicht, Jussuf sprach neben Türkisch recht gut Kurdisch, auch das levantinische Französisch, er hatte ein Ohr für die regionalen Dialekte und die Worte des Himmelguckers verstanden. Schnee? Dazu war es noch zu früh im Jahr. Hoffentlich irrte der Alte diesmal. Reisende sorgten sich ständig um das Wetter. Es konnte töten und tat es auch. Im vorletzten Winter waren sogar zahlreiche Kamele erfroren, zum Glück nur weiter südöstlich, schon in Syrien oder Transjordanien, so wurde berichtet, niemand sah einen Grund, daran zu zweifeln.

Es wurde noch ein wenig von dem Woher und Wohin ausgetauscht, Richard hatte seinen Hut mit einem Tuch umwunden und tiefer ins Gesicht gezogen, er tat, als döse er. Wenn die Männer Türkisch oder Arabisch sprachen, verstand er das meiste, alles andere konnte Jussuf ihm berichten.

Morgen verließen sie die Karawane, um eines der abseits liegenden Dörfer zu besuchen. Er und Jussuf kannten den Weg, es gab dort einige Knüpfereien, groß genug, um die Wolle ihrer Schafe mit den eigenen Farben nach ihren alten Stammesrezepten zu färben. Die Leute dort waren längst sesshaft, aber sie hatten noch etwas von dem Stolz und den Traditionen der Nomaden bewahrt, was sich gerade in ihrer Arbeit ausdrückte. Er hoffte, das habe sich nicht geändert und alles sei noch beim Alten.

Er war müde nach dem langen Ritt, auch die Unterhaltungen um die Feuer und unter den Arkaden klangen leiser und gemächlicher, ein Raubvogel flog mit dem Nachtwind herüber von den Bergen, ein Steinadler vielleicht, sein rauer Schrei hallte im langen Bogen über das Tal, als sei es unendlich.

Noch einmal näherte sich das Trappeln von Hufen dem großen Tor. Das war haushoch und vor sehr langer Zeit mal wie eine Bastion gewesen, auch schon seit langer Zeit ließen sich seine beiden eisenbeschlagenen Flügel nicht mehr bewegen und schließen. Wer noch nicht döste oder schlief, reckte den Hals. Die Atmosphäre der Ruhe, die schon im Hof und unter den Arkaden geherrscht hatte, wich einer angespannten Stille. Da näherten sich keine Kamele, Esel oder Maultiere. Es waren Pferde. Armeepferde. Ein Trupp Soldaten erreichte das Tor, die Männer saßen ab und führten ihre Tiere in den Hof.

Auch Richard reckte den Hals, Jussuf pfiff neben ihm leise, sehr leise durch die Zähne. Soldaten. Für einige bedeutete das eine Beruhigung, da sie eine Räuberbande befürchtet hatten. Selbst wenn die es kaum wagen konnte, eine Karawanserei mit einem Hof voller zorniger wehrhafter Männer zu überfallen, lauerten sie morgen oder übermorgen womöglich in einem Hinterhalt bei einer Schlucht oder einer Biegung am Weg.

Soldaten hingegen – für einen Teil der Männer waren sie Vertreter des Sultans und des Reiches, Schutzmacht für die Untertanen, also für sie selbst und ihre Geschäfte, für andere ebenfalls Vertreter des Reiches und des Sultans und damit unberechenbare Bedrohung für ihre Freiheit und die Sicherheit ihrer Familien, für ihr Leben. So war es seit jeher, seit dem Attentat auf den Sultan im vergangenen Jahr umso mehr.

Richard wusste das. Er erhob sich behutsam und beobachtete, was unten im Hof geschah. In der Dunkelheit erkannte er Uniformen, aber keine Dienstgrade. Zwölf Soldaten. Drei überließen den anderen die Reit- und Packpferde, der Wirt stand schon bereit, rieb sich beflissen die Hände und neigte den Kopf bei jedem Satz, was ihm die Anmutung eines ruckartig pickenden Vogels gab, allerdings eines sehr dicken aufgeplusterten Vogels mit einem Fes auf dem Kopf und einem mächtigen struppigen Schnurrbart, und schickte seinen Knecht, den Soldaten den Weg zu noch freien Unterständen für die Pferde und die Lasten zu zeigen.

Richard grinste spöttisch. Er fand es immer wieder amüsant, in welchem Maße die Gegenwart uniformierter Männer, besonders wenn Offiziere darunter waren, das Gebaren von Menschen veränderte. Die Soldaten verschwanden mit den Pferden durch einen Torbogen in der unteren Arkadenreihe, die drei Offiziere, ihre Bewegungen verrieten junge Männer, stiegen eine Treppe zum ersten Arkadengang herauf, wo es auch separate Räume für besondere Gäste gab und für jene, die bereit waren, den Extrapreis zu bezahlen. Als erfahrener Reisender zog Richard eine Nacht in der frischen Luft unter den schützenden Arkaden diesen staubigen, von winzigen, höchst unliebsamen Tierchen bewohnten Räumen vor.

Im Hof wurde noch geraunt und geflüstert, in der Ecke nahe dem Brunnen war Unruhe unter den Kamelen entstanden, eines hatte sich nörgelnd und maulend erhoben und wollte unbedingt einen anderen, offenbar besseren Platz, aus einer gegenüberliegenden Ecke schrien sich plötzlich zwei Esel an, dann deren Besitzer, alle vier sehr heiser und zunehmend schrill, bis ein anderer, der unter seinen Decken kaum als menschliches Wesen zu erkennen, doch umso besser zu hören war, alle vier zur Ruhe brüllte. Die Nacht versprach, unruhig zu werden.

Richard machte Jussuf ein Zeichen, er sehe sich noch einmal um und sei bald zurück. Behutsam bahnte er sich den Weg zwischen Männern, die in Mäntel und Umhänge gehüllt auf ihren ausgerollten Decken lagen. Die Feuer und die Lampen waren gelöscht, bis auf eine, der Richard folgte. Er hatte sich nicht geirrt, die drei jungen Uniformierten saßen auf dicken Polstern in einer geschützten Nische hinter dem letzten Arkadenbogen bei kaltem Fleisch, Brot und Tee. Als Richard näher trat, verstellte ein dunkelgesichtiger, fast noch kindlicher Wachsoldat den Weg und herrschte ihn auf Türkisch an, zu verschwinden. «*Defol! Derhal!*» Hau ab. Sofort!

Richard hatte ihn sehr genau verstanden, er antwortete jedoch in akkuratem europäischen Französisch, bat um Verzeihung für diese unhöfliche späte Störung und versicherte seine Verbundenheit, wenn die Herren Offiziere ihm eine Minute ihrer kostbaren Zeit ...

Einer jener Herren Offiziere wandte sich um und musterte den ungebetenen Besucher unwillig. Plötzlich sprang er auf.

«Monsieur Witt?», rief er überrascht, griff einen der Kerzenleuchter und hielt ihn hoch genug, das Gesicht genauer zu erkennen. Der Wachsoldat glitt stumm zurück in die Dunkelheit, und vor Richard stand der schöne Leutnant Salih, der vor seiner Leidenschaft für ein Böhmisches Harfenmädchen gerettete mittlere Sohn Ahmet Beys.

«Richard Bey», fiel der junge Salih in eine vertrautere Anrede, «was für ein Ort und Zufall für eine Begegnung. Ich freue mich sehr. Gewähren Sie mir die Ehre und leisten Sie uns Gesellschaft. Sie sehen, unser Tisch ist nur aufs kärglichste gedeckt, es ist eine Schande, aber ich weiß, Sie werden sich nicht beleidigt fühlen, die Umstände ...»

Es raschelte verstohlen im Hintergrund, Salihs Kameraden schoben Papiere zusammen, falteten Bögen und verstauten alles rasch in ihren Ledermappen. Papiere, wie sie Soldaten stets bei sich hatten, nämlich Pläne, Karten, Listen, Berichte oder Protokolle, Skizzen, Zeichnungen von allem, was sie in der Weite des Landes gesehen, erfahren, zu rapportieren hatten.

Richard begrüßte Salih ebenso überrascht und sehr erfreut. Er wolle gewiss nicht stören, die Herren hätten ihre Angelegenheiten zu besprechen. Als ein Zivilist habe er dabei nichts zu suchen, fügte er mit diesem Lächeln hinzu, ohne das solche leeren, aber unabdingbaren Floskeln der Höflichkeit womöglich ernst genommen würden.

Auch Salihs Kameraden waren nun aufgestanden und herzugetreten. Sie waren sehr höflich, eben junge Herren aus guten türkischen Häusern und mit preußischem Drill erzogene Offiziere, und vielleicht etwas weniger erfreut als Salih. Auf der Kiste, die als Tisch für ihre Papiere gedient hatte, lag nichts mehr, nicht einmal ein Stift. Nur auf einer zweiten standen Teekrug und Gläser, Teller mit ihrer erst begonnenen Mahlzeit. Das war nichts, was Richards Neugier erregte. Er hatte andere, in der Tat ganz zivile Fragen.

Noch lange vor Sonnenaufgang regte sich mit dem ersten blassen Schimmer am Morgenhimmel das Leben in der Karawanserei. Die Nächte waren niemals ganz still, doch die Unruhe der Tiere nahm schlagartig zu, wenn die Schwärze der Nacht im Osten das erste Grau erahnen ließ.

Richard erlebte es nicht zum ersten Mal, doch auch an diesem Morgen bewunderte er, wie sich das scheinbare Chaos aus dem Gedränge der großen Kamele und anderen Tiere und der zwischen ihnen bei ihrer Arbeit schimpfenden und schreienden Männer schließlich zu einer Ordnung fügte, zu Karawanen von sicher und schwer bepackten Lasttieren, Treibern und Reitern.

Richard, Jussuf und Sincap – der Name des Jungen amüsierte Richard, er bedeutete Eichhörnchen, und tatsächlich erinnerte er mit seiner Beweglichkeit und der Form seiner Vorderzähne an eines dieser quirligen Tierchen –, die drei hatten sich von der Karawane, mit der sie einige Tage gezogen waren, verabschiedet und den üblichen Obolus an den Führer entrichtet. Sie brachen früh auf, ihr Ziel lag nur eine halbe Tagesreise entfernt, aber die Wolken verhießen Regen, man ritt ihnen besser voraus und davon.

Sie brachen zur gleichen Zeit wie Leutnant Salih mit seinem kleinen Trupp auf, ritten jedoch in entgegengesetzte Richtungen. Salih und seine Männer waren auf dem Weg zurück nach Istanbul. Sie schienen in Eile, Konya zu erreichen, von dort sollten sie die lange Strecke bis zum Bosporus mit der Eisenbahn zurücklegen. Nicht aus Vergnügen oder Bequemlichkeit, wie Salih versicherte, denn was gab es Schöneres, als mit guten Pferden im Sattel unterwegs zu sein, aber sie hatten entsprechende Befehle.

Richard erinnerte sich an die Herfahrt. Höhere Offiziere reisten in den Waggons der ersten Klasse, die einfachen Soldaten nicht in der zweiten oder dritten, sondern in offenen Anhängern, die Viehwaggons glichen und wahrscheinlich auch welche waren. An die meisten Züge der Anatolischen Bahn waren seit einiger Zeit solche Soldaten-Fuhren angehängt. Salih ergänzte, auch sein Kabardiner reise mit der Bahn zurück, er trenne sich nicht von seinem Pferd, es sei ein unvergleichliches Tier und von bedingungsloser Treue. Scherzend fügte er hinzu: «Anders als manche schöne Dame.»

Richard stimmte den ersten beiden Punkten vorbehaltlos zu, dem Glück der langen Ritte über das Land und der Bewunderung für dieses wirklich besondere Tier. Gleichwohl war er glücklich über Salihs Befehle. So gelangte seine eigene Post auf dem schnellstmöglichen Weg nach Pera. Sie steckte schon in der robusten Ledermappe, die Salih an einem über Brust und Rücken gezogenen festen Gurt trug.

Richard hatte die Briefe von der nächsten sicheren Poststation expedieren wollen, nun erreichten sie viel eher ihr Ziel. Einer war für die Kinder und Lydia gemeinsam bestimmt, ein anderer für Alfred. Wie der es gewünscht hatte, hatte Richard Station in Afyon gemacht, um sich wegen des Opium-Geschäfts «umzusehen». Afyon war schon lange eine wichtige Stadt, Ziel- und Knotenpunkt vieler Karawanen, noch wichtiger, seit hier eine Eisenbahnstrecke nach Smyrna abzweigte.

Er hatte dort gehört und selbst beobachtet, dass in diesem Herbst besonders viel in Bewegung war. Der Handel mit dem Mohnsaft verhieß sicher steigende Profite, was sich im Westen und in der Türkei herumsprach, man musste sich also sputen, wenn man ein Stück von diesem Kuchen wollte. Den letzten Satz hatte er mit Unwillen notiert, denn dieses Geschäft gefiel ihm immer noch nicht. Er misstraute einer so mächtigen Substanz, sie war ohne Zweifel ein Gottesgeschenk in der Chirurgie, vor allem für deren Patienten, doch manche Gottesgeschenke erwiesen sich später als Teufelsgabe. Gerade in diesem Fall wollte er lieber abwarten, ob sich das Pendel mehr der einen oder anderen, der göttlichen oder der teuflischen Seite zuneigte. Doch dann, schon bald, konnte es zu spät und dieser gewinnbringende Kuchen verteilt sein.

Leider war der Brief für Edie kurz geraten, denn er war noch nicht fertig geschrieben gewesen. Damit er auch auf die schnelle Reise gehen konnte, hatte Richard sich, schon neben dem gesattelten Pferd stehend, mit einigen weiteren Zeilen für die Kürze entschuldigt und eine baldige ausführliche Fortsetzung versprochen – Lydia werde ihr sicher gern den Brief an die Kinder geben, darin erfahre sie das meiste über den Verlauf der bisherigen Reise. *Ich denke viel an Dich. In Liebe, Dein Richard.*

Es wäre übertrieben zu behaupten, Ludwig hätte an diesem Tag irgendeine sinnvolle Tätigkeit erfolgreich erledigt. Er hatte mehr am Fenster des Kontors gestanden und auf das Marmarameer hinausgesehen, als an seinem Schreibtisch zu arbeiten oder Aufgaben im Teppichlager zu erfüllen. Endlich entdeckte er ihn, den Doppelschrauben-Postdampfer *Moltke* auf großer Orientfahrt. Er sah, wie sich das schnittige Schiff mit den beiden dampfenden Schornsteinen näher schob, schon begleitet von allerlei kleineren Booten, hörte schließlich, wie die Siphons ihr weit hallendes sonores Begrüßungstuten über das Wasser schickten.

An allen Fenstern standen Neugierige und bestaunten das stolze Passagierschiff. Nun gab es kein Entkommen mehr. Ludwig prüfte den Sitz der Krawattennadel, die der ferne Ludwig ihm in Hamburg geschenkt hatte, vielleicht als Glücksbringer, heute konnte sie Beweis führen, dass er der echte Ludwig war. Falls die unbekannte Constanze ihren Cousin gut genug gekannt hatte, um sich ausgerechnet an Krawattennadeln zu erinnern.

Das Ausschiffen nahm geraume Zeit in Anspruch, dennoch war es nun so weit. Ludwig holte tief Luft, als könne das die Steine von seiner Brust rollen lassen, und lief die Treppe hinab, durch die Gassen und zum Nouveau Quai de Galata. Dort standen die Menschen schon dicht gedrängt und blickten über die vielen herumwuselnden oder ankernden Schiffe, Fährboote und Ruderboote, kleinen Frachtkähne und vereinzelte Kanonenboote. Die meisten waren Neugierige, die den großen deutschen Dampfer und Menschen sehen wollten, die nur zu ihrem Vergnügen wochenlang auf einem Schiff herumreisten, angeblich einem schwimmenden Palast. Sie waren aus den Kontoren, Läden, Kneipen, sogar aus den Bordellen und Spielcasinos gekommen, Hamala, auch eigene Träger der Hotels mit ihren Gepäckkarren, ein wenig abseits Kutschen, Damen und Herren in Erwartung lieber oder nicht so lieber Besucher, die unvermeidlichen fliegenden Händler. Die *Moltke* ankerte im Strom, die Gesichter der Menschen, die ihrerseits staunend und winkend an der Reling standen, waren kaum zu unterscheiden.

Für jene Konstantinopler und Istanbuler, die wie Ludwig an den Quai gekommen waren, um Familienmitglieder, Freunde oder Geschäftspartner abzuholen, war ein Abschnitt durch einen mobilen hölzernen Zaun abgetrennt. Zur kleinen Gruppe der Angehörigen zählten stets Damen, die waren vor dem Gedränge des Pöbels zu schützen. Auch vor den Taschendieben, aber das wurde nicht extra erwähnt.

Ludwig hätte jetzt gerne ein Fernglas gehabt, um aus den hellen Flecken unter den Damenhüten Gesichter zu machen. Aber wozu? Er hatte nicht den Schimmer einer

Ahnung, wie Cousine Constanze aussehen könnte, er wusste nicht einmal, wie alt sie war. Den größten Teil der vergangenen Nacht hatte er damit verschwendet, alles, was er von den schnell aufgezählten Informationen über das Leben des fernen Ludwigs notiert hatte, zu lesen. Wieder und wieder, in der unsinnigen Hoffnung, bisher Unerkanntes, Übersehenes oder Unbedachtes zu entdecken, das helfen konnte, ein echterer Ludwig Brehm zu sein. Das war Unsinn und vergeblich gewesen, er hatte diese Notizen selbst geschrieben, er wusste, was dort stand. Man könnte ihn aus tiefem Schlaf aufwecken und befragen, er kennte jede Zeile.

Andererseits – manchmal kramte das Gedächtnis, dieses launische Ding, aus versteckten Ecken eine wichtige Kleinigkeit hervor, die dort festgesessen oder sich versteckt hatte. Vielleicht fiel ihm doch noch eine Bemerkung Ludwigs ein, die er in der Aufregung jener Nacht nicht notiert hatte.

Keine Chance, die Galgenfrist war verstrichen. Cousine Constanze war auf dem Dampfer, und die ersten Boote, die die Passagiere ausschifften, drehten ihren Bug schon Richtung Galata. Durfte man um die Wahrung eines betrügerischen Geheimnisses, eines Schwindels beten? Galt das als berechtigte Bitte um Rettung aus der Not? Was sonst blieb übrig? Auf des fernen Ludwigs fröhliche Zuversicht und ihrer beider Ähnlichkeit zu vertrauen?

«Nun, ist die junge Dame schon angekommen?»

Alfred Ihmsen hatte sich durch die Menge geschoben, wippte auf den Zehenspitzen und versuchte, mehr zu sehen. Ludwig erinnerte sich an den Weg, den er bald nach seiner Ankunft mit Richard Witt über den Quai gegangen war und wie die Menge ganz von selbst Raum für sie gelassen hatte, für Richard, hoch gewachsen, im hellen Anzug, alles an ihm war hell gewesen. Ihmsen war der bedeutendere Mann, sicher wohlhabender, erfahrener, mit diesen Verbindungen in Konstantinopel, überhaupt im Orient und in Berlin, um die ihn viele beneideten, manche beargwöhnten. Aber er war ein gerade mittelgroßer alter Herr von beachtlichem Umfang, sein Blick gewöhnlich freundlich, seine Plaudereien harmlos, auch wenn das häufig nur Maskerade war. Die Autorität erkannten die meisten Menschen erst beim zweiten Hinsehen.

«Ich will Ihr Wiedersehen nicht stören, Brehm. Ich bin auf dem Weg zum Kontor, Aznurjan wird schon ungeduldig mit dem Finger auf die Kontobücher klopfen. Iossep wartet mit dem Wagen beim Alten Zollhaus, es sind nur ein paar Schritte, Sie kennen sich inzwischen besser aus als ich. Der Wagen steht Ihnen und Ihren Gästen heute zur Verfügung, aber das haben wir schon besprochen.»

Ludwig bedankte sich und spürte einen kurzen Stich von Verzweiflung. Alfred Ihmsen hatte ihn von Anfang an herzlich und ganz als der großzügige Kosmopolit, der er in seinen langen Jahren im Orient geworden war, empfangen und in seinem Haus aufgenommen. Er behandelte ihn längst als zu diesem Haus gehörig, er durfte nie erfahren, dass all das auf einem Betrug basierte. Dass er immer noch betrogen wurde. Wenn es ans Licht kam, musste er, Hans K., der Niemand, schnell verschwinden. Wie könnte er den Zorn und die Enttäuschung in den Augen des alten Mannes ertragen? Die Verachtung. Vor allem die Verachtung. Für einen Betrüger.

«Viel Glück.» Ihmsen zwinkerte und klopfte Ludwig

aufmunternd auf die Schulter. «Sie sehen schon ein bisschen blass und zerknirscht aus. Wenn ich es richtig verstanden habe, kennen Sie die junge Dame kaum, und da weiß man ja nie. Besuch aus der Heimat – das ist so eine Sache. Aber Sie haben den Leuten hier so viel zu bieten, da geht nichts schief. Notfalls werden Sie im Kontor gebraucht und sind unabkömmlich. Sie wissen schon ...»

Damit tauchte er wieder in die Menge und war verschwunden. Ludwig sah ihm nach, und der nächste Schreck holte ihn ein. Die Träger und Dienstmänner der Hotels hatten große Schilder aus ihren Karren geholt und vor sich aufgebaut, *Pera Palace, Hotel de Londres, Royal, Kroeker* oder *St. Pétersbourg*.

Wenn sie ihn nicht erkannte? Er konnte sie nicht erkennen, er wusste nicht einmal, in welchem Hotel sie absteigen wollte oder ob sie – mit wem auch immer sie reiste – während es Aufenthaltes auf dem Schiff wohnte. Er kam aus einer der bedeutendsten Hafenstädte, in Hamburg hatte der große Reeder Ballin diese Vergnügungskreuzfahrten erfunden und zu ungeahntem Erfolg geführt, aber von den Usancen auf diesen Luxuslinern wusste er nichts.

«Verzeihung», sagte eine dünne Stimme. «Verzeihung, kann es sein, dass Sie mich erwarten? Ich meine», sie kicherte nervös, «hier sind so viele Leute, aber – sind Sie Ludwig?» Eine kleine dünne Person im zu warmen Reisekleid, auf dem Kopf einen zu großen Hut für den ständigen Wind auf See, darunter so blond wie Ludwig dunkel, der echte wie der falsche, himmelblaue fragende Augen und eine Stupsnase, in der Hand eine Fotografie.

«Constanze? Wie haben Sie mich, ich meine woher weißt du ...»

«Hierher! Ich hab ihn, er ist hier.» Constanzes Stimme war nicht mehr dünn, sondern hallte über den Quai, als sei sie gewohnt, eine ganze Kompanie in Marsch zu setzen. Amüsierte Gesichter drehten sich nach ihr um. Sie beachtete es nicht, sie reckte sich und winkte, ihr ganzer kleiner Körper nahm eine andere, eine aufrechte Gestalt an.

«Hier sind wir!» Ihre Stimme klang schon nicht mehr ganz so durchdringend. «Ludwig», rief sie, «ach, Ludwig, ich hab's gleich gesagt. Die Krawattennadel mit der Perle – wie auf der Fotografie! Ich erkenne doch meinen Cousin, egal, wie lange wir uns nicht mehr getroffen haben, ich war ja erst vier Jahre alt oder fünf? Ja, so ungefähr, aber ich weiß doch, wie du aussiehst, wie Onkel Lutz, er war auch so ein schöner Mann, ja, das war er. Aber leider ... Hallo, hierher!»

Das also war Cousine Constanze: ein junges Fräulein und atemloses Plappermaul. Sie ist eine Fälschung, schoss es ihm durch den Kopf, wie ich, so eine kann nicht echt sein. Wie konnte sie ihn in diesem Getümmel finden?

Ein Plappermaul? Das immerhin war gut. Wenn er es halbwegs geschickt anstellte, würde sie reden und er der Zuhörer sein und einiges über seine Vergangenheit, seine verlorene Familie erfahren, auch Geschichten wie die Sache mit dem Kirschbaum, aus dessen Krone er angeblich als Junge gefallen war. Geschichten, an denen niemand zweifelte, weil es sie in jeder Familie, in jedem Leben gab, weil einer sie vergaß und ein anderer genau erinnerte, so etwas kam alle Tage vor. Wenn das Terrain gefährlich wurde, hieß es, nur eine Gegenfrage stellen, und schon plätscherte der Redefluss mit Namen Constanze munter weiter.

Die Erleichterung ließ Ludwig um zehn Zentimeter

wachsen. Dann entdeckte er, wem Constanze, seine neue Cousine, so eifrig zuwinkte. Es war ein Ehepaar in etwas mehr als mittleren Jahren, sie sahen nicht nach Zobelpelz und Diamantcolliers aus, ebenso wenig nach dem Zwischendeck. Gehobene zweite Klasse, taxierte der Hans Körner in Ludwig nach seinen Erfahrungen in dem noblen hanseatischen Teppichhaus. Auch in solch einer Kabine kostete die Reise um das Mittelmeer auf diesen Dampfern schon ein kleines Vermögen, jedenfalls in den Recheneinheiten eines Teppichverkäufers.

Die Dame war ganz in Grün gekleidet, weiße Bluse, der Stehkragen spitzenbesetzt, Perlenohrringe, ein schlichter Hut auf üppigem blondem Haar. Die Strenge ihres Gesicht stand im Gegensatz zu den weichen Locken, was ihr einen eigenen herben Reiz gab. Der Herr an ihrer Seite neigte schon zur Fülle, sein schwarzer Gehrock sah nicht ganz nach der neuesten Mode, aber teuer aus, den Bowler trug er in der Hand, als er den Kopf wandte, um nach Constanzes unbekanntem Cousin zu schauen.

Wieder bewegte sich die Erde unter Ludwig, war ein Tosen in seinen Ohren – der Mann, der ihm mit verhalten prüfendem Blick die Hand reichte, war ein Liebhaber nordpersischer Teppiche. Er erinnerte sich genau.

Die Gerüche des Herbstes waren anders, die Luft wurde schwer von den Aromen der Erde, der vergehenden Pflanzen, das Wasser des Bosporus veränderte seinen Geruch. Selbst der Duft des Ägyptischen Jasmins auf ihrer Haut hatte eine melancholischere Nuance. Der Flakon war nun fast leer. Die Blütenflut des Frühlings spendete wunderbare Düfte wie keine andere Jahreszeit, doch die herberen des Herbstes machten eigene Versprechungen. Sie gemahnten nicht nur an das allwinterliche Schlafen und Sterben in der Natur. Sie verhießen auch eine Zeit der Ruhe, des Sammelns frischer Kräfte für den neuen Anfang, wenn die Tage wieder länger wurden und der Lauf der Sonne höher stieg. Edie gehörte zu den glücklichen Menschen, die in schwierigen Zeiten hinter den dunklen Vorhang sahen und suchten, ob sich dort auch Helles verbarg, etwas Neues vielleicht.

Echte Dunkelheit war ihr selten begegnet. Als ihr Bruder starb, war sie ein Kind wie Henny gewesen. Sie hatten ihr erklärt, Benedict sei nun bei Gott und den Engeln, und bei Granny, da gehe es ihm gut. Sie hatte ihnen geglaubt, natürlich, obwohl alle so schrecklich traurig gewesen waren. Das Bild von Bennie bei Gott und den Engeln und bei Granny gefiel ihr immer noch.

Der blasse Junge mit dem rötlichen Haar im weißen Matrosenanzug. Die Farbe seines Haars war auf der Fotografie nicht zu erkennen, daran erinnerte sie sich noch. In der letzten Zeit dachte sie wieder häufiger an Bennie und sein kurzes Leben, obwohl sie ihn so wenig gekannt hatte. Wie überlebten Eltern den Tod eines Kindes? Wie fanden sie Trost? Bei Gott und den Engeln?

Vielleicht lag es an den Friedhöfen, die sie auf dem Weg zu Lady Hilda passierte. Die Stadt und besonders das alte Stambul waren voller muslimischer Friedhöfe, manche nur ein paar Quadratmeter groß zwischen alten Häusern, andere erstreckten sich über lange Abhänge von kahlen Hügeln, kaum einer war mehr als eine Brachfläche voller schmaler Grabsteine. Die Rituale bei der Begleitung der Sterbenden in den Tod und bis zum Begräbnis waren reich und tröstlich, war die Seele dann aufgestiegen, bedeutete die leere Körperhülle den Muslimen wenig, gleichwohl sollte die Totenruhe auf ewig ungestört bleiben. Lady Hilda lehrte sie nicht nur an drei Nachmittagen in der Woche Arabisch, nebenbei erfuhr Edie vom Glauben der osmanischen Muslime, ihren Traditionen und Bräuchen, deren tieferen Bedeutungen. Edie hatte ihr Leben hier verbracht und dennoch von diesen Dingen wenig gewusst.

Es fiel ihr schwer, Arabisch zu lernen, vielleicht lernte sie es nie, hatte sie einmal seufzend gemurmelt. Lady Hilda war anderer Meinung und gab dem mit ihrem grimmigen Lächeln Nachdruck, sie forderte die Demut, die das Erlernen jeder fremden Sprache erfordere, besonders aber die des Nahen und des Fernen Ostens.

Also gab Edie sich Mühe. Ob ihre Demut ausreichte und sie das Arabische irgendwann richtig aussprach und verstand oder nicht, sie lernte en passant so vieles andere. Sie verbrachte nun Stunden in den Bibliotheken der Deutschen und der Britischen Botschaft und holte auch nach, was zur Ausbildung ihrer Brüder gehört hatte, aber nur als allgemeine Bröckchen auf ihrem und Maudies Stundenplan gestanden hatte, nichts davon in der Ausführlichkeit, die sie sich nun wünschte.

Sie las, was sie über die Kulturen der Antike besonders auf orientalischem Boden fand, mit der größten Neugier Berichte der Archäologen über Ausgrabungen in der Türkei und im Nahen Osten. Je mehr sie las und verstand, umso neugieriger wurde sie. Auf diesen Bücher-Reisen in die Vergangenheit entdeckte sie die Welt, in der sie lebte, neu. Es war oft verwirrend, so viele Kulturen, so viele Völker, die im Laufe der Jahrhunderte, Jahrtausende hier gelebt und Relikte ihrer Zeit, ihrer Städte und Kultstätten hinterlassen hatten, tief im Sand, und noch lange nicht genug gefunden und erforscht. Sie entdeckte eine neue Beharrlichkeit in sich, Ähnliches hatte sie nur gespürt, als sie begonnen hatte, die Welt der Musik zu erobern.

Zuerst hatte es sie gekränkt, als in der Villa kaum auffiel, dass sie wenig zu Hause war und niemand fragte, wie sie ihre Tage verbrachte. Eleni fragte morgens, ob sie zu den Mahlzeiten da sein werde und welche Wünsche sie habe. Das gehörte zu ihren Pflichten, und in ihren Augen stand Sorge. Wenn Eleni auch zuerst die Kinder verwöhnen wollte und glücklich über ihre Rückkehr war, hatte sie die neue Mme. Witt auch in ihr großes Herz geschlossen und wünschte sich nichts mehr, als dass alle miteinander in diesem großen schönen, auch wohlhabenden Haus glücklich lebten. So sorgte sie alle Tage für ein gutes Abendessen, das alle gemeinsam einnahmen, und vertraute auf die Zukunft.

Inzwischen hatte Edie gelernt, dass sie nun eine große Freiheit genoss, die ihren Preis hatte, aber einen Versuch wert war. So verliefen diese Abendessen nicht mehr nur höflich, sondern von Tag zu Tag angenehmer. Sie lebten nicht wirklich miteinander, Edie, Lydia und die Kinder, aber sie störten sich nicht mehr, und indem sie einander nicht störten und nur wenig voneinander erwarteten, begannen sie einander zu schätzen. Vielleicht änderte sich das, sobald Richard zurückgekehrt war, aber darüber dachte niemand nach. So wie es jetzt war, war es gut.

Außer Lady Hilda und Milena, vielleicht auch Maudie, wusste niemand von Edies Studien (allerdings war der Commander immer über die Wege seiner Tochter informiert), sie hätte gerne Alfred davon erzählt, auch Ludwig, die sie beide in diesen Wochen weniger sah. Es war schön, neu Entdecktes zu teilen, das Berührtsein, den Zauber. Aber da war etwas Kindliches, ganz Unvernünftiges in ihr, das sie anhielt, all das für sich zu behalten. Später ... ja, später.

Vielleicht hatte die alte Lady in ihrem verschachtelten alten Holzhaus voller Fayencen, Brokatkissen und persischer Teppiche über dem Ufer des Goldenen Horns nachgedacht, vielleicht war es ein Zufall. So oder so – Edie war nicht mehr die einzige Schülerin. Marie Wiegand saß auf einem der dicken türkischen Kissen neben ihr. Sie war nur wenige Jahre älter als Edie, ihr nussbraunes Haar war auf dem Kopf zu einem geflochtenen Krönchen gewunden, was nicht biedermeierlich, sondern keck aussah, ihre Augen blickten sehr wach und meistens vergnügt. Marie Wiegand war eine souveräne Frau, sie lebte in Arnautköi, während ihr Mann Ausgrabungen in Milet und Didyma leitete, drei oder vier Tagesreisen südlich von Smyrna nahe der Küste des Mittelmeeres. Sie begleitete ihn oft, immer im Sattel, und sprach davon mit leuchtenden Augen. Vom Land, von den Bergen, von der tief in der Erde ruhenden Geschichte, den Aufregungen der Ausgrabungen. Auch mit lachenden Augen, wenn es ums Flöhezählen im Gasthaus oder bockige Maultiere ging.

«Arabisch, meine Damen», ermahnte Lady Hilda dann. «Ein interessantes Thema, aber sprechen Sie Arabisch. Es ist eine wunderbare Sprache. Wenn man sie erst einmal beherrscht.»

Die beiden jungen Frauen lachten, selbst Lady Hilda zeigte ein Lächeln – um über die Grabungen in Milet oder anderswo, in Baalbek oder Palmyra oder in Mesopotamien zu sprechen, bedurfte es noch vieler Stunden Arabisch-Unterrichts. Doch auch so war es ein glücklicher Tag.

———

«Doch, doch, es fällt mir noch ein, ganz sicher.» Dr. van Lorenzen, Notar aus Emden, tupfte mit energisch aufwärts führendem wisch links, wisch rechts seinen Schnurrbart, der nach kaiserlichem Vorbild an den Enden steil hochgezwirbelt war und eine sensible Behandlung brauchte, sollte er nicht nach der konkurrierenden Bismarck'schen Art trübe herunterhängen. «Ganz sicher. Auf mein Gedächtnis kann ich mich verlassen. Das ist in meinem Beruf unabdingbar. Es heißt neuerdings, wir haben alle einen Doppelgänger. Da hat der liebe Gott es sich mal einfach gemacht. Anna», er wandte sich entschieden seiner Frau zu, «erinnerst du dich nicht? Der junge Herr sah Ihnen wirklich verblüffend ähnlich, Herr Brehm, ohne Kinnbart, ja, auch etwas kleiner vielleicht. Wo war es nur? Keinesfalls in Emden. In Bremen? Ich denke, es war in Bremen. Na, am besten grübelt man nicht herum, dann fällt es einem ganz von selbst wieder ein. Nebenbei, Herr Kommerzienrat, dieser Mosel ist wunderbar», er hob sein Glas und prostete Ihmsen zu, «es ist schön zu erleben, wie die deutsche Kultur auch im Orient zur Verfeinerung der Sitten führt.»

Nur dieser Abend musste noch überstanden werden. Alles war gutgegangen. Die *Moltke* lag nur zwei der avisierten drei Tage vor Konstantinopel. Die in einem frühen ersten Herbststurm verlorene Zeit musste aufgeholt werden, damit jene Passagiere, die in Alexandria das Schiff durch den Suez-Kanal und nach Australien erreichen wollten, nicht zu spät kamen.

Zur Reise gehörte ein Besichtigungsprogramm. Obwohl alle Welt von den Pyramiden und Nilfahrten schwärmte und deren Besuch für unverzichtbar hielt, gab es nirgends mehr und Vielfältigeres auf so engem Raum zu bestaunen als am Bosporus. Auch einige der größeren Moscheen waren wieder für ungläubige Besucher geöffnet, da mussten Verwandtenbesuche hintanstehen. Was alle sehr bedauerten. Die van Lorenzens und Constanze wohnten auch während des Aufenthaltes auf dem Dampfer, die Kabinen waren schließlich bezahlt, und Boote, die Passagiere vom Quai hinüberbrachten, lagen stets bereit. Richard war auf Reisen, umso mehr wurde auch Ludwig im Kontor und im Lager gebraucht. Bevor mit dem nahenden Winter das Hochland schwer passierbar wurde, erreichten jetzt mehr Karawanen als gewöhnlich Konstantinopel, die anderen Häfen wie Smyrna am Mittelmeer oder Trapezunt am Schwarzen Meer und die großen Eisenbahnstationen, an denen sich Linien kreuzten. Bei ihren Lasten waren auch zahlreiche Ballen für Ihmsen & Witt.

So war die Zeit, die sie gemeinsam verbringen konnten, knapp bemessen. Für diesen letzten Abend hatte Alfred Ihmsen Ludwig, Constanze und das Ehepaar van Lorenzen in den Deutschen Verein Teutonia eingeladen. Er hatte Edie gebeten, sich ihnen anzuschließen. Er sehe sie so selten in den letzten Wochen, und eine Portion Schönheit und ihr anderer Blick auf die Welt könne den Abend nur würzen. Er hatte es scherzhaft gesagt und ernst gemeint. Tatsächlich sorgte er sich um sie, er war nicht blind und taub, er verstand, was in der Villa am anderen Ende des Gartens geschah. Er hörte Kinderlachen, oft noch am Abend, was ihn sehr freute, auch Lydias Stimme, wenn sie einmal streng wurde oder mit den Kindern gemeinsam sang. Eigentlich, so fand er, passe dort drüben nichts zusammen.

Edie, die Dame des Hauses, wurde hingegen immer weniger sichtbar, hörbar. Sie fügte sich auf eine Weise, die er an ihr nicht gekannt und auch nicht vermutet hatte. Nicht nur Commander Thompson, auch der Kommerzienrat mit seinen sogenannten vielfältigen Verbindungen wusste, warum sie die Bibliotheken der Gesandtschaften und auch das alte Holzhaus über dem Goldenen Horn besuchte. Was sie tat, gefiel ihm, wie sie es tat, so ganz bei sich, beunruhigte ihn. Es war Zeit, darüber zu sprechen, das war jedoch nicht seines, sondern Richards Spiel. Nein, kein Spiel, es war von großem Ernst. Aber vielleicht sah er nur Gespenster.

Edie hatte sich gerne angeschlossen, sie war neugierig auf Cousine Constanze, Ludwig hatte ihr vor deren Ankunft anvertraut, dass er nicht so recht wisse, was er mit ihr anfangen solle, er kenne sie kaum, eigentlich gar nicht. Womöglich erkennte sie ihn nicht einmal wieder.

Das Restaurant war den Mitgliedern des Deutschen Vereins Teutonia und deren Gästen vorbehalten und galt als ausgezeichnet. Dr. van Lorenzen war beeindruckt von diesem neuen Gebäude, das auf vielfältige Weise, sogar mit einem Festsaal, einer Kegelbahn und einem Lesezimmer, als Treffpunkt der zahlreichen Deutschen am Bosporus diente. Ob auch seine Frau beeindruckt war, war schwer zu sagen. Beide musterten jedoch diskret die anderen Gäste, die herübergrüßten oder gegrüßt wurden. Kommerzienrat Ihmsen, daran konnte niemand zweifeln, war am Bosporus ein Mann von Bedeutung und kannte Gott und die Welt.

Wahrscheinlich hatten die van Lorenzens in einem Cousin Constanzes einen Mann aus dem unüberschaubaren Heer der «kleinen Angestellten» erwartet, wie es sie überall in den Läden und Kaufhäusern, Banken, Ämtern und Kontoren gab, oder eingedenk der Gaunereien seines Vaters einen halbseidenen Filou, wie sie angeblich für die Levante typisch und an jeder Ecke zu finden waren. Eine naheliegende und nicht ganz falsche Erwartung. Dass dieser Ludwig nicht nur eine zurückhaltende und bescheidene Art zeigte, sondern auch ganz arriviert im Haus eines Kommerzienrats lebte, ihm offensichtlich wohlgesinnte Chefs hatte, von denen der jüngere dieser Tage mit einer Karawane durchs Land zog, um erlesene Teppiche zu finden, war umso beeindruckender. Und sehr romantisch. Nicht nur Constanze war entzückt. Dr. van Lorenzen las heimlich Romane eines weitgereisten und enorm kenntnisreichen Herrn May.

Anna und Joost van Lorenzen lebten im friesischen Emden, der prosperierenden Hafen- und Industriestadt am Dollart. Das war für Ludwig ungefährliches Terrain, niemand erwartete, er kenne sich in Friesland aus. Dr. van Lorenzen war Notar, also ein wichtiger Mann in Emden, sie war wohltätig, denn die beiden Söhne studierten in den Niederlanden und brauchten sie nicht mehr. «Bei uns in Emden», erklärte sie und glättete ihre Serviette, «gibt es da jetzt viel zu tun. Die Zahl der ledigen Mütter nimmt zu, jemand muss sich um sie und ihre unglücklichen Kinder kümmern. Trotz ihrer Schande brauchen die Frauen

Arbeit, bevor sie in der Gosse landen. Oder den Roten in die Hände fallen, seit dem Streik ...»

An dieser Stelle zwirbelte Dr. van Lorenzen hektisch räuspernd sein linkes Schnurrbartende: «Meine Verehrte, ich bitte dich.» Er blickte sich rasch mit diesem prophylaktisch entschuldigenden Lächeln nach möglichen Zuhörern um. «Das interessiert die Herrschaften doch gar nicht, dazu bei Tisch! Solche Abgründe ...»

Constanze errötete wegen der Abgründe, und Edie fand die bisher recht schweigsame Frau van Lorenzen doch interessant, Ludwig wiederum war ihr dankbar, weil sie so wunderbar von seinem möglichen Doppelgänger ablenkte, und Alfred protestierte.

«Im Gegenteil», rief er, ganz der Senior und Kommerzienrat, «das interessiert uns sehr. So verdienstvolle Tätigkeiten schmücken doch ungemein und verdienen Unterstützung.»

Plötzlich richteten sich aller Augen auf Cousine Constanze, offen oder verstohlen. Nach einem Moment stiller Irritation verstand Frau van Lorenzen und hob streng die Brauen. «Du lieber Himmel, nein. Nun muss ich doch sehr bitten. Constanze ist meine Haustochter. Ihre Mutter hat nach angemessener Trauerzeit ihre Witwenschaft beendet und ist nun die Gattin und unverzichtbare Stütze des Inselpastors von Norderney. Herr Brehm, was sagen Sie? Sie kennen die Familie. Obwohl es wirklich nicht nötig ist, darüber zu reden.»

Ludwig stimmte eilig zu. «Das muss man wirklich nicht.» Er lächelte Constanze aufmunternd an, das kleine Plappermaul vom Hafen war nur der Aufregung über die Ankunft in der legendären Stadt geschuldet gewesen, inzwischen kam sie selten zu Wort, jedenfalls in Gegenwart des Dr. van Lorenzen, der gern und ausdauernd allen die Welt erklärte, und war ganz die folgsame Haustochter.

«England!», rief Dr. van Lorenzen im Bestreben, ein ganz und gar unverfängliches Thema anzusprechen, vielleicht neigte seine Frau dazu, ungeachtet seines Schreckens weiter von unliebsamen Realitäten zu sprechen, sogar bei Tisch, was wirklich nicht *comme il faut* war, wie Charlotte Labarie es ausdrücken würde. «Oxford», fuhr er mit manierlich gesenkter Stimme fort, «Sie waren einige Zeit dort, nicht wahr? In welchem College haben Sie studiert? Wir kennen uns nämlich auch aus. Für uns in Emden liegt England vor der Tür, da ist es für einen Juristen von Vorteil, wenn er sich mit dem Recht der Nachbarn befasst.»

Nun sahen alle Ludwig an. Der empfand ein albernes Gefühl von Triumph. Hier war keine blöde umlenkende Gegenfrage nötig, nur die wohldurchdachte «Beichte».

«Nun ja», er rieb sich über die Nasenwurzel und begann zu fabulieren. «Oxford, ja, das war so geplant, es wurde jedoch nur eine Stippvisite, ein wunderbares Städtchen, gewiss, auch ungemein gelehrt. Aber ich muss gestehen, mich zog es nach London, vielleicht habe ich zu viel Dickens gelesen (was tatsächlich erst während dieser letzten Monate geschehen war). Ich wollte unbedingt nach London, allerdings nicht nach Kensington oder an den Belgrave Square, ich hoffe, Sie sind nicht schockiert, aber ich habe einige Zeit im East End gelebt, hinter den Docks. Man studiert dort die Menschen und ihr Leben, für einige Zeit. Ja, ich meine, dort gibt es auch viel zu tun für Damen wie Sie, Frau van Lorenzen, die sich nicht scheuen, in alldem …»

«Ich hab's!» Dr. van Lorenzen strahlte. «Ich wusste es.

Habe ich es nicht gesagt, meine Liebe? Es ist mir eingefallen. Sie gleichen einem jungen Mann in Hamburg. Ja, in einem der exquisiten Geschäfte, Ladage & Oelke? Da haben wir den Tweed-Paletot gekauft. Vor einem Jahr? Jedenfalls war Nebel. Du musst dich doch erinnern, Anna.» Er stutzte, setzte seinen Zwicker auf, als könnten ihn die Gläser auch seine Erinnerung besser finden lassen.

«Ich denke, es ist nicht so wichtig, wo du den jungen Herrn gesehen hast», sagte Frau van Lorenzen behutsam. «Hier sitzt der liebe Cousin unserer Constanze vor uns, er heißt Ludwig Brehm. Da gibt es keine offene Frage. Lassen Sie uns noch von Konstantinopel sprechen», wandte sie sich Edie und Alfred Ihmsen zu. «Wir waren viel zu kurz hier.»

Leider behandelte Dr. van Lorenzen vergessene Namen mit juristischer Akribie. Man müsse im Kopf Ordnung halten, solange eine Frage ungelöst sei, wandere sie herum und mache Unordnung, erklärte er. «Ha», er klopfte mit den Knöcheln auf den Tisch, dass die Gläser leise klirrten, «ha, jetzt bin ich sicher, es war dieser Teppichverkäufer. Ist das nicht kurios? Sie sind auch hier, um den Teppichhandel zu erlernen. Ein wunderbares Metier übrigens. Der junge Mann war recht scheu, gar nicht gut für einen Verkäufer. Wenn ich es nun bedenke – vielleicht gleichen Sie ihm doch nicht so sehr.»

Ludwig wusste, warum er plötzlich umschwenkte. Er erinnerte sich auch. Der Kunde war ein wenig in Eile gewesen und wollte trotzdem viel sehen, er zeigte sich schnell als Liebhaber nordpersischer und kaukasischer Teppiche, auch theoretisch, und sehr redefreudig. Brooks war dazugekommen und hatte sich übel eingemischt, Körner hatte zurückbleiben müssen und dem Prokuristen den vielversprechenden Kunden überlassen, der dann allerdings nichts bestellte oder kaufte. Damals hatten die kleinen Gemeinheiten gerade begonnen, zu größeren zu werden. An noch etwas erinnerte er sich genau, Dr. van Lorenzen war allein gewesen. Weit und breit keine Gattin an jenem Tag.

«Verkäufer in einem Teppichhandel? Sicher nicht.» Frau van Lorenzens Stimme klang eine winzige Nuance harscher. «Wir haben bei unserem Besuch in Hamburg doch gar keinen Teppichhandel betreten. Weil ich mich dem entschieden verweigert habe. Mein Mann will ständig Teppiche kaufen, das werden Sie gut verstehen, Herr Kommerzienrat, aber alles hat doch Grenzen, nicht wahr? Unser Haus ist schon voller Teppiche, wir würden mindestens ein Mädchen einsparen, wären es weniger. Man stolpert schon darüber.»

Dr. van Lorenzen ließ sich nicht wirklich beirren. Während seine Frau sich von Edie die leider versäumte Antikensammlung in Stambul erläutern ließ, Constanze schon mit ihrer Schläfrigkeit kämpfte und Ludwig und Ihmsen sich noch einmal über die Dessertkarte beugten, blickte er durch seinen Zwicker in die Ferne und wurde schließlich doch noch fündig.

«Du hast recht, meine Liebe.» Ein Mann weiß, was er tun muss, wenn er selbst recht behalten und zugleich Ruhe haben möchte. «Es muss anderswo gewesen sein, jedenfalls hieß der junge Mann wie unser verehrter Herr Kammerpräsident, so etwas merkt man sich. Körner», sagte er triumphierend, «er hieß Körner.»

Alfred Ihmsen ließ die Karte sinken, und seine Brauen hoben sich, unter Ludwig hob sich mal wieder die Erde, das bemerkte außer ihm niemand. Er war froh, dass er sicher auf einem Stuhl saß.

Es war überstanden. Als der Name Körner fiel, hatte Ludwig gedacht, nun sei alles aus – aber nichts war geschehen. Frau van Lorenzen sah ihren Gatten stirnrunzelnd an, und der beeilte sich zu versichern, das sei nun einerlei. Im Übrigen dürfe er keinesfalls versäumen, Herrn Kommerzienrat eine Reise mit der *Moltke* zu empfehlen. Wirklich wärmstens zu empfehlen. Ein formidables Schiff, das müsse man der Hapag lassen, keine reiche der Hamburger Reederei in Sachen Passagierschifffahrt das Wasser. Die Empfehlung geriet schließlich so ausführlich, dass der Name Körner darüber schnell vergessen war. Constanze und die van Lorenzens waren zurück auf der *Moltke*, die morgen in aller Frühe die Anker lichtete und nach Alexandria weiterfuhr. Stille hatte sich längst über den Garten, über ganz Pera gesenkt. Die Zeit der langen warmen Nächte mit den Geräuschen der Geselligkeit in den Gartenrestaurants und auf den Straßen war für die nächsten Monate vorüber. Wenn sie wieder begann, diese Zeit der warmen Nächte, näherte sich sein Jahr im Orient schon rasch dem Ende. Wenn weiter alles gutging.

Die van Lorenzens und auch Constanze, das kleine Fräulein Möller, hatten ihn wenig gefragt, und dann hatte es sich zumeist um sein Leben in Konstantinopel gedreht. Darauf zu antworten, hatte er genossen. Kleinere Klippen wie Erinnerungen an die Schulzeit, die niemand als er selbst wissen konnte, hatte er leicht mit Geschichten umschifft, keine war spannend genug gewesen, um weitere Fragen nach sich zu ziehen. Die schwierigeren Fragen, wie die nach dem Verschwinden seines Vaters, dem Tod seiner Mutter, standen einmal im Raum, aber Menschen mit guten Manieren gingen über solche Momente mitfühlend und diskret hinweg.

Constanze war ohnedies wenig zu Wort gekommen, in den kärglichen gemeinsamen Stunden hatte zumeist van Lorenzen das Wort geführt. Er war ein Mann, der viel zu sagen hatte und gewohnt war, dass man ihm ergeben zuhörte. Eine Schwäche vieler Juristen, hatte Alfred Ihmsen auf dem Heimweg geschmunzelt, als die Gäste aus Emden schon in der Droschke zum Hafen fuhren. Edie hatte gekichert und auf das fabelhafte Gedächtnis hingewiesen, das zu einem Gedränge im Kopf führen müsse und durch gelehrte Reden Platz und bessere Ordnung bekam.

«Tja», hatte Ihmsen gemurmelt, «mit den Erinnerungen ist es so eine Sache.»

Ludwig hatte nicht gewagt, ihn anzusehen. Nun lehnte er sich in seinem Rattansessel auf der kleinen Terrasse zurück, breitete das Plaid über die Knie und blickte in den Himmel, wie an vielen der vergangenen Abende. Es war spät, und er war hellwach. Er hätte gerne mehr über die Brehms gewusst und hatte auch darauf gehofft, doch er hatte nicht gewagt, nach Vergangenem zu fragen. Das Risiko, genau die falschen Fragen zu stellen, solche, deren Antworten er selbst am besten kennen müsste, und in die brisantesten Fettnäpfchen zu treten, war zu groß gewesen.

Constanze schien allerdings auch nicht mit Details vertraut. Sie war siebzehn Jahre alt, da interessierte die Vergangenheit weniger als die Gegenwart und die Zukunft. Das mochte der Grund sein, dennoch – es war alles ein bisschen merkwürdig. Des fernen Ludwigs Fotografie mochte sie von ihrer Mutter bekommen und sehr genau studiert haben, und wahrscheinlich, er hatte sich nicht genau umgesehen, hatten in diesem für die Angehörigen abgetrennten Areal auf dem Quai außer ihm kaum junge Herrn gewartet, deren Aussehen zu der Fotografie gepasst hatte. Und keiner, der eine etwas zu protzige Krawattennadel mit Perle und Granat trug.

Die ganze Aufregung um Constanze hatte sich in Luft aufgelöst. Statt ihrer war der Schwätzer und Erinnerungskünstler van Lorenzen zum Problem geworden. Hätte seine Frau den Besuch in einem Hamburger Teppichhaus nicht so entschieden in Abrede gestellt, wären sie ihm auf die Spur gekommen. Aber auch so – in Alfred Ihmsens Gesicht hatte er bei dem Namen Körner etwas gelesen, das ihn viel mehr beunruhigte.

Würziger Duft von Zigarillo-Rauch zog leicht über die Terrasse, und Ludwig wurde es plötzlich sehr kalt. Er hatte gehofft, dieser Moment werde nicht kommen. Eine dumme Hoffnung, sagte sein Verstand, aber wer hörte schon auf den Verstand?

Alfred Ihmsen setzte sich in den zweiten Sessel, sein Hausmantel aus schwerer, weinroter Seide schimmerte in der Dunkelheit. Er rauchte schweigend seinen Zigarillo.

«Ein reizendes kleines Fräulein, Ihre Cousine», sagte er schließlich. «Und der Herr Notar – interessant. Er kommt herum. Sogar an die Elbe.» Wieder stieg ein Rauchwölkchen bleich in die Dunkelheit auf. «Vielleicht wollen Sie mir eine Geschichte erzählen, Ludwig Brehm? Ich weiß nicht, ob ich sie wirklich hören will. Aber ich bin ein neugieriger Mensch. Körner, das scheint in Ihrer Welt ein häufiger Name zu sein. Sie haben sogar einen Doppelgänger mit diesem Namen. Ein Mann aus dem Teppichmetier.» Wieder stieg ein Rauchwölkchen in die Nacht, ein leichter Wind nahm es mit und löste es im Handumdrehen auf. «Und neulich erst hatten Sie Post aus – war es nicht Panama? Von Hans Körner? Sie werden sich erinnern, ich habe mich entschuldigt, weil ich den Brief als Geschäftspost angesehen und geöffnet hatte. Wer ist denn nun dieser Hans Körner? Gibt es ihn zweimal?»

Ludwig dachte, es wäre erhebend, nun eine Sternschnuppe zu sehen, eine große helle, glückverheißende Sternschnuppe. Aber der Himmel war schwarz und voller Wolken, die ließen nur vereinzelt Sternenlicht auf die Erde.

«Hans Körner», murmelte er, als buchstabiere er den Namen in Gedanken noch einmal nach. «Wer der ist? Wenn ich das nur so genau wüsste.»

Alfred Ihmsen nickte langsam, er paffte schweigend seinen Zigarillo, dann erhob er sich schwer, als fühle er sein Alter und die Müdigkeit.

«Vielleicht später einmal», murmelte er, «wenn wieder Post kommt. Aus Panama? Oder aus Hamburg.» Seine Hand lag für einen Moment auf Ludwigs Schulter. «Gehen Sie schlafen, mein Junge», sagte er, «morgen ist viel zu tun.»

An der Tür wandte er sich noch einmal um. Aber er sagte nichts mehr.

Ludwig fühlte sich wie ein Nichts. Er war ein Nichts. Ein Mann mit zwei Namen, einer war falsch, der andere geheim zu halten. Wann war ihm zuletzt etwas so wichtig gewesen wie der Respekt dieses alten Mannes? Gerade wäre der Moment für die Wahrheit gewesen. Er hatte ihn verstreichen lassen, nun war es zu spät. Gut möglich, dass er ein Feigling war.

Dann musste er härter werden.

Man konnte alles erreichen, wenn man sein Ziel nur entschieden genug verfolgte. Fast alles.

13. KAPITEL

Milena betrachtete noch einmal ihr Spiegelbild in der großen Fensterscheibe, drehte sich ein wenig, um die Rückenlinie zu prüfen, und war zufrieden. Das neue Kostüm saß perfekt. Sie zog die Handschuhe straff und klemmte die Bücher unter den Arm, die sie auf dem Sahaflar Çarşısı tauschen wollte, dem Markt der Stambuler Buchantiquare jenseits der Brücke – so ihr vorgeblicher Plan für den Tag. Dann machte sie sich auf den Weg.

Die Luft war mild für Ende Oktober. «Ein schöner Spätherbsttag», hatte Charlotte Labarie am Morgen erklärt, «gerade richtig für eine Dampferfahrt oder ein Picknick an den Süßen Wassern, bevor der Wind zu kalt und feucht wird», um sich gleich darauf wohlig aufseufzend in ihren Lieblingssessel zu schmiegen und ihr Buch aufzuschlagen. In diesen Tagen fand sie nichts richtiger, als der schicksalhaften Verstrickung der schönen Anna Karenina zu folgen. Vielleicht gelang es bei dieser zweiten Lektüre des Romans doch noch, deren Leidenschaft für den windigen Oberst Wronskij mitzuempfinden.

Milena hatte auch geseufzt, allerdings nicht wohlig, sondern erleichtert. Ein Ausflug ins Tal am östlichen Endpunkt des Goldenen Horns, wo zwei Flüsschen, die Süßen Wasser Europas genannt, in die langgestreckte Bucht mündeten, war immer hübsch, aber ein Unternehmen für einen ganzen Tag, und sie hatte heute anderes vor.

Der kleine Park des Klosters der tanzenden Derwische lag nur wenige Schritte von der Grande Rue und der Deutschen Schule entfernt und war ein ruhiger Ort inmitten des geschäftigen Pera. Darin ließ sich ungestört im Schatten der Bäume sitzen, und niemand hörte zu.

Sergej saß auf einer dieser Steinbänke und zeichnete. Er hatte seinen Hut in den Nacken geschoben, und Milenas Vorsatz, heute auf einer Antwort zu beharren, schmolz. Das war lächerlich, nur wegen so eines blöden alten Hutes.

Sie setzte sich neben ihn, er sah auf, begrüßte sie mit einem vertraulichen Lächeln und schloss das Skizzenbuch.

«Darf ich es sehen?»

«Es sind nur die gewöhnlichen Übungen, Bäume, Dächer, Steine, die eigene Hand – solche Dinge. Nichts, was sich lohnte anzusehen.» Er verstaute das Buch in einer Ledermappe, die er sorgsam verschloss. «Ich habe Nachrichten», sagte er und blinzelte dabei in die Sonne. «Keine wirklich schlechten, aber ...»

«Sagen Sie es einfach, Sergej. Ich warte lange genug auf Nachricht von Ihren Freunden in Odessa oder wer weiß wo.» Ihre Stimme klang ihr selber fremd. Sie begriff, dass sie fragte, aber keine Antwort mehr erwartete. Als sei mit dem Ende des Sommers auch das Spiel zu Ende, das sie während der vergangenen Monate mit Sergej gespielt hatte. Viel mehr als ein Spiel war es in der Summe nicht gewesen. Sie war auf ihn hereingefallen und sich wichtig vorgekommen, hatte für ihn gelauscht, eine Aufgabe erfüllt, aber der versprochene Lohn – Nachricht von Yuri und Ignat – war ausgeblieben. Sie würde ihn nie bekommen. Es war eine Seifenblase. «Sagen Sie es einfach.»

Nun blickte er sie an, nahm ihre Hand, hielt sie fest und lächelte dieses andere Lächeln, das sie an einen Fuchswelpen denken ließ.

«Sie wollen mir sagen, sie sind es nicht, weder Ignat noch Yuri.» Milena entzog ihm ihre Hand.

«Ich verstehe Ihre Ungeduld, Milena, aber alles braucht seine Zeit und manches mehr als anderes.» Er nickte bedächtig. «Aber bisher habe ich nur Auskunft, dass jener Ignat auf Sachalin nicht der Ihrer Familie ist. Von dem anderen gibt es eine Spur, vielleicht lebt er tatsächlich noch. Es ist alles möglich … die Spur ist nach so vielen Jahren natürlich schwer zu verfolgen, solange man nicht selbst dort war und nachgeforscht hat. Jener Ignat, von dem meine Freunde wussten, kann es nun doch nicht sein. Es tut mir wirklich leid, der Gefangene auf Sachalin heißt nicht Tscherdynow, sondern Techanow und ist jünger, mindestens zehn Jahre. Es war eine falsche Hoffnung, ich bedauere, bei den vielen Namen, fast drei Jahrzehnten seit der Verbannung und bei diesen Entfernungen kommt das vor. Nur mit Geduld, mit Langmut gelingt doch noch vieles. Darauf müssen wir vertrauen.»

«Also sollte ich am besten selbst nach Sachalin fahren.»

Sergej antwortete nicht gleich. «Das würde ich sehr bedauern», sagte er endlich, «wirklich sehr bedauern. Es ist eine lange und beschwerliche Reise, das muss man niemandem erklären. Gerade Ihnen könnte unterwegs viel zustoßen, Milena, schon an der Grenze, womöglich gleich auf dem Schwarzen Meer, falls Sie sich für ein russisches Schiff entscheiden. Sehen Sie, das Zarenreich ist groß, und es heißt, dort herrsche wenig Ordnung. Wenn es aber um seine Feinde geht, hat es ein langes Gedächtnis und eine erstaunliche Ordnung. Außerdem sind die Kräfte dieser Ordnung zahlreich, wachsam und nicht nur in Russland unterwegs. London, Berlin, Alexandria. Und auch in Paris. Sie wissen das sicher, jeder weiß das. Man hört immer wieder ...»

«Sie haben Konstantinopel vergessen. Wollen Sie mir Angst machen, Sergej?»

«Das würde mir niemals einfallen. Aber bedenken Sie, warum Ihre Eltern Sankt Petersburg damals so schnell verlassen haben.»

«Ja, das ist eine interessante Frage. Am interessantesten ist für mich jedoch, woher Sie davon wissen. Darauf haben Sie mir bei unserem letzten Treffen schon keine Antwort gegeben. Heute will ich sie haben, diese Antwort.»

«Milena, bitte.» Sein Gesicht verzog sich kummervoll. «Ich bitte Sie sehr, Sie irren sich. Sie können nicht glauben, dass ich zu der anderen Seite gehöre.»

«Dann geben Sie mir eine Antwort.»

«Es ist ganz einfach, und das wissen Sie. Ich bin ein Künstler, ich reise, ich lebe hier und da, ich höre einiges und habe Freunde, die ich wissenlasse, was ich höre. Bei Gelegenheit und weil es für eine gute Sache ist. Für bessere Zeiten. Und wenn ich helfen kann, wie für Ihre Familie, dann versuche ich es. Die Welt ist in Bewegung, vieles bricht, vieles wächst neu. Das kostet auch Opfer, wer weiß das besser als Menschen wie Sie und Madame Bonnard, Ihre Mutter. Da gibt es viele Facetten und viele Vereine und Gemeinschaften, Parteien und Unionen.»

Schritte kamen näher. Er legte den Finger auf die Lippen und lauschte. Die Schritte bogen ab, und schließlich fuhr er leiser fort: «Betrachten Sie es als Tausch, haben wir es nicht schon einmal so genannt? Sie möchten etwas erfahren, und an einem der vielen anderen Enden der Welt möchten gute Leute etwas anderes erfahren, das Sie oder ich vielleicht hören. Das passiert alle Tage und ist nichts Besonderes.»

Er betrachtete die Fingerspitzen seiner rechten Hand und rieb über die Reste des Kohlestifts an Zeigefinger und Daumen. Die schwarzen Flecken ließen sich nicht abwischen.

«Nichts Besonderes», wiederholte er und fügte hinzu: «Darin waren wir uns immer einig.»

Plötzlich kam Milena sich kleinlich vor. Was sie erhoffte, war viel wertvoller als die geringe Mühe, die sie bisher aufgewandt hatte, sie hatte zugehört und einiges des Gehörten weitergegeben. Letztlich war es tatsächlich nichts anderes als das, was Menschen ständig taten, sie unterhielten sich darüber, was sie selbst erlebt, erfahren oder von anderen gehört hatten. Oft, sehr oft, geschah das hinter vorgehaltener Hand. Sie hatte nichts gestohlen, keine fremden Briefe oder Schubladen geöffnet.

Trotzdem machte es einen Unterschied. Seit sie aufmerksamer zuhörte, auch dem, was in den Runden der Männer gesprochen wurde, hatte sie mehr über das, was in Konstantinopel und der Welt vorging, erfahren als jemals zuvor – das Leben war interessanter geworden. Häufiger als im vergangenen Jahr wurde von Konflikten oder Koalitionen der großen europäischen Reiche gesprochen. Sie verstand wenig, aber je länger sie zuhörte, umso mehr Zusammenhänge wurden ihr deutlich. Seit sie sich traute, den Kommerzienrat nach diesem oder jenem dazu zu fragen – worauf er zuerst amüsiert, dann geduldig geantwortet hatte –, verstand sie mehr. Vor allem verstand sie, dass alles eine lange Abfolge war, nichts geschah plötzlich, und dass alles an Familienstreitereien erinnerte. Ging es hier um das Erbe von Tante Geraldines Granatbrosche oder um das beste Zimmer im Haus, ging es dort um die Rechte auf Marokko oder neue Kanonenboote oder strittige Handelsverträge, um die Existenz und Rechte von Parlamenten.

Also waren Konflikte eigentlich lösbar. Von Gottes Gnaden regierende Herrscher mussten die Kraft und den Willen dazu haben. Alle setzten sich an einen Tisch, redeten offen miteinander, hörten sich zu – bei dieser Vorstellung verstand sie schon, wie naiv der Gedanke war. Warum sonst wurde von den Spitzeln geredet, von den tausend Ohren und Augen, die für den Sultan überall im Land spionierten. Und nicht nur für den Sultan.

So etwas würde sie niemals tun, hatte sie gedacht, nun war es das, was sie tat. Es anders zu sehen, hieße sich selbst zu belügen. An wen gab Sergej weiter, was sie für ihn gehört und bestenfalls notiert hatte? Auf diese Frage war seine Antwort vage geblieben. So wie heute. Beinahe hätte sie es wieder nicht bemerkt.

«Seien Sie nicht dumm, Milena.» Auch sein Ton war kühler geworden. «Wie könnte ich Genaueres über meine Freunde und Genossen sagen? Namen und Adressen können heute noch mehr als damals Straflager oder Exekution bedeuten.»

«Das weiß ich, und wie man hört, Letzteres auf allen Seiten. Geben Sie mir Ihre Hand, Sergej.»

Er lächelte erleichtert, sie war immer so leicht versöhnlich zu stimmen.

Milena nahm seine Hand, die mit den Flecken des Kohlestiftes, drehte die Innenfläche nach oben und betrachtete die Linien. Er versuchte ihr die Hand zu entziehen, aber sie hielt fest.

«Was machen Sie?» Sein Lachen klang nicht heiter. «Was wollen Sie da sehen? Ich glaube nicht an solchen Hokuspokus.»

«Oh, ich auch nicht, nur Hokuspokus, unbedingt. Aber man kann es nicht genau wissen. Schauen Sie? Das ist Ihre Lebenslinie.» Sie fuhr mit der Fingerspitze über die Handfläche. Vom Ballen des Daumens bis an die Außenkante der Hand zog sich eine dünne, doch wulstige Narbe, wie ein langer Deich. Es sah aus, als habe jemand nicht wie in der Schule mit dem Rohrstock, sondern an einem ganz anderen Ort ein großes Messer oder einen Säbel über die Handfläche gezogen. «Nehmen Sie sich in Acht, Sergej. Sie sieht sehr kurz aus, diese Lebenslinie.»

Mit einem Ruck entzog er ihr seine Hand. Für einen Moment glühte sein Gesicht in grimmigem Zorn, er hatte sich gleich wieder in der Gewalt. «Verzeihen Sie», er rieb seine Hände gegeneinander, «ich bin solche Scherze von Ihnen nicht gewohnt.»

«Ja, das war ein schlechter Scherz.» Sie erhob sich, strich ihre Röcke glatt und ließ den Blick rasch durch den kleinen Park gleiten, bevor sie auf ihn hinuntersah, er machte keine Anstalten, sich auch zu erheben.

«Sie haben recht, Sergej, sechsundzwanzig Jahre sind eine viel zu lange Zeit. Also beschließe ich, wir haben nichts mehr zu tauschen. Sie finden jemand anderen. Ich habe für Sie zugehört, wo ich zu Gast war, wo mir vertraut wird, weil ich dachte, es sei ein guter Tausch. Es sollte vielleicht zwei Leben retten und schade dabei niemandem. Ich werde das nun nicht mehr tun. Sie können leicht auf mich verzichten, ich weiß, was ich gehört habe, nichts davon bewegt die Welt oder auch nur die Schilfrohre am Ufer des Goldenen Horns. Und vielleicht fahre ich doch selbst nach Sachalin.»

«Setzen Sie sich wieder, Milena.» Er griff nach ihrem Handgelenk und zog sie zurück auf die Bank. «Ich hoffe für Sie, meine Liebe, dass der Park so verlassen ist, wie es scheint.» Er sah sie an, aller Unmut war verflogen, seine Augen, sein ganzes Gesicht wirkten heiter. «Und ich hoffe auch, für mich wie für Sie, dass Sie den Abschied noch einmal überdenken. Es ist doch recht plötzlich. Ihre Auskünfte waren bei weitem nicht so belanglos, wie Sie glauben möchten, und ein wenig schulden Sie mir noch, nach all den Mühen, die wir uns für Sie gemacht haben, ich und meine Freunde. Ich denke, das werden Sie gerne tun. Diese interessanten Menschen, bei denen Sie zu Gast sind, mit denen Sie in der Sommerfrische Champagnercocktails trinken, in Galata kaukasische oder persische Teppiche bewundern oder mit ihnen durch Stambul flanieren, werden Sie gar nicht mehr so gerne in ihren Salons sehen, wenn sich erst herumspricht, in welch illustren Kreisen sich die Brüder Ihrer Mutter und, Pardon, die ehrenwerte Madame Bonnard alias Wera Tscherdynowa als anarchistische Aktivisten bewegt haben. Auch Stichworte wie Straflager und Verbannung werden Sie, meine Liebe, nicht beliebter machen.»

«Das ist lächerlich.» Milena versuchte ein Lachen, es klang halbherzig. «Nach all den Jahren interessiert das niemanden mehr.»

«Vielleicht.» Sergej hob abschätzend die Hände. «Ich fürchte aber, die Menschen an sich sind nachtragend und verzeihen höchst ungern, was ihre bürgerliche Behaglichkeit stören könnte. Und ganz sicher, wenn sie zudem von einem eng beschriebenen Notizbuch hören, vielleicht sogar einige Seiten in ihrer Post oder im Restaurant in ihrer Serviette finden. In einer vertrauten Handschrift. Wie denken Sie darüber, Milena? War es nicht eine interessante Erfahrung, die es sich fortzusetzen lohnt? Vielleicht sogar weniger allgemein.»

Als sie eine Viertelstunde später zum Ausgang des Parks ging, rief er ihr nach: «Vergessen Sie es nicht, Mademoiselle, vergessen Sie Yuri nicht. Haben Sie Geduld und Hoffnung.»

Seine Worte trafen sie wie ein Windstoß. Sie dachte, er müsste jetzt lachen. Als sie sich umwandte, stand er noch neben der Bank und lachte nicht.

Mit dem November wurden die Tage auch im Süden grauer. Im Garten zwischen Ihmsens Konak und der Villa der Witts im Schatten der Mauer und der alten Bäume war es zu merken. Trotzdem blieb er für Ludwig eine Idylle und gab ihm diese besondere Geborgenheit. Wenn er an den Wochentagen am Fenster des Kontors stand, den halben Hügel und dazu die vier Stockwerke des Geschäftshauses hoch, und über den Bosporus und das Marmarameer hinausblickte, konnte er sich kaum mehr die Enge vorstellen, in der er bis vor einem guten halben Jahr gelebt hatte. Es schien viel länger her zu sein, ein halbes Leben. Die Novembertage in Hamburg waren ihm stets ein Graus gewesen. Schon am Nachmittag herrschte Dunkelheit, an vielen Tagen wurde es gar nicht erst richtig hell, wenn die nebelfeuchte Luft alles festhielt, den schwarzen Qualm aus den Schornsteinen der Häuser und der schweren Dampfmaschinen im Hafen, der großen und kleinen Schiffsschornsteine, von den über das unruhig bewegte Wasser in den Hafenbecken und der Elbe hüpfenden Fährbooten oder Kuttern bis zu den riesigen Überseedampfern, alle spuckten schwarzen Rauch aus.

Trotz des Windes, der die Elbe herunter kam, stand so die dickste und stinkendste Luft direkt über dem Hafen und in den angrenzenden Wohnvierteln, auch über den feinen neuen Kontorhäusern. Der elegante Neue Wall war nur fünf Minuten davon entfernt. Der Wind war im November oft schläfrig, er tobte sich lieber im Oktober aus, kehrte im Dezember wieder zurück und brachte bald die hohen Fluten, auch Eis und Schnee. Hier war alles anders, hier an einem anderen Ende der Welt.

In diesen Tagen dachte er wieder häufiger an den fernen Ludwig. Es war kein Brief mehr angekommen, ob aus Panama oder Peru oder sonst woher. Manchmal sorgte sich Ludwig, in seinem Herzen war der ferne Ludwig sein Bruder, sein Zwilling. Er stellte sich gerne vor, er könne spüren, wenn der andere in Gefahr war. Das gefiel ihm, obwohl es ungemütlich wäre, etwas Ungutes zu spüren und nichts dagegen unternehmen zu können, weil es weit weg in unbekanntem Land geschah.

Echte Sorgen machte er sich jedoch um Milena. Es war nicht nur die sprichwörtliche Winterblässe, die ihr etwas Müdes, bisweilen Kränkliches gab. Er hatte gefragt, wie es ihr gehe, und hinzugefügt, das sei eine echte Frage, die erfordere eine ehrliche Antwort. Sie hatte ernsthaft genickt und erklärt, es gehe ihr gut, sie danke ihm für die Fürsorge.

Und er hatte gewusst, dass sie log. Aber jeder Mensch hatte ein Recht, Sorgen für sich zu behalten und deshalb auch zu lügen. Das gefiel ihm nicht, obwohl er alle Tage nichts anderes tat.

Sein Französisch war inzwischen poliert genug, um den Unterricht zu beenden. Er war nicht perfekt, als Edie ihnen bei ihrem vorletzten gemeinsamen Weg durch die Stadt in der Antikensammlung in Stambul die Geschichten zu den ausgestellten Stücken erklärte, die Hethitischen Altertümer zählten zu ihren Favoriten, hatte er herzlich wenig verstanden. Es wäre ihm jedoch kaum anders ergangen, hätte sie ihre kleinen Vorträge auf Deutsch gehalten. Edie hatte voller Ehrfurcht gesprochen, fasziniert und kenntnisreich, als hätte sie diese Stücke selber ausgegraben und erforscht.

Nun fand Ludwig es an der Zeit, endlich Türkisch zu lernen. Er fürchtete jedoch, dann nicht zur Stelle zu sein, wenn Milena seine Hilfe brauchte, so wie er es versprochen hatte. Sie nahm das Versprechen nicht ernst, das war ihm egal, er meinte es ernst. Allerdings sorgte er sich noch mehr, sie könnte ihr eigenes Versprechen vergessen, nämlich Konstantinopel nicht zu verlassen, ohne ihm die Chance zu geben, ihr die absurde Reise nach Sibirien auszureden.

In diesen Novembertagen mit ihrem mystischen Licht fand er die Idee großartig, Milena nach Sachalin zu begleiten als das nächste Abenteuer, wenn es Frühling und sein Jahr in Konstantinopel um war.

Frau Aglaias Mädchen servierte den Tee und eine Schale mit dem unvermeidlichen Sesamgebäck und verschwand knicksend. Ludwig schloss die Glastür zur Terrasse, in den

Kaminen brannten noch keine Feuer, aber die Nachmittage wurden schon recht kühl. Milena brachte eine frische Brise mit herein, ihr Blick war klar, ihre Wangen rosig. Sie trug ein schilfgrünes Kostüm mit einem dunkelgrünen Samtkragen und Stulpen an den Ärmeln, ein cremefarbenes Seidentuch um den Hals, beides ließ ihr Haar noch rötlicher erscheinen als gewöhnlich, was ihm sehr gut gefiel. Irgendetwas war geschehen, Ludwig brannte darauf, es zu erfahren. Er war froh, sie so lebendig und mit frischer Energie zu sehen, die alte Milena. Andererseits – es kam darauf an. Womöglich gab es einen Anlass, der ihm *nicht* gefiel.

Er schenkte Tee ein, das machte er immer am liebsten selbst. Frau Aglaia hatte aufgegeben, die Anstandsdame hinter der Tür zu spielen. Wenn sie der kapriziösen Dame aus Paris auch eine gewisse Leichtfertigkeit zutraute, war sie seit den Wochen in Tarabya doch sicher, Mlle. Bonnard wisse sich zu benehmen. Jedenfalls im Haus des Kommerzienrats.

Milena hatte das Treffen im Konak verabredet, weil Edie heute – wie häufig in den letzten Wochen – zu wenig Zeit für einen ihrer Stadtspaziergänge erübrigen konnte. Auch die gemeinsamen Ausritte mit Ludwig fanden nur noch selten statt. Er hatte sich angewöhnt, allein zu reiten. Milena lehnte es strikt ab, Reitstunden zu nehmen, Gott habe ihr zwei Beine gegeben, sie brauche nicht vier weitere, dabei werde sie sich nur den Hals brechen. Unter Vergnügen verstehe sie etwas anderes.

Sie nahm den Hut ab, ein modisches kleines Gebilde aus Stroh und Federn, zog die Handschuhe aus und ließ sich in einen Sessel fallen. «Sie haben es sehr nett hier, Ludwig. Sie sind ein Glückspilz.»

«Ich bin ein großer Glückspilz», bestätigte er nachdrücklich. «Ich weiß das an jedem Tag. Mehr, als Sie sich vorstellen können.»

«Oh, là, là, das klingt nach Geheimnissen. Eine dunkle Vergangenheit? Mon dieu, Ludwig, Sie werden rot.»

«Wirklich?» Er lachte. «Das scheint nur so im Nachmittagslicht. Nein, ich muss Sie enttäuschen. Keine dunkle Vergangenheit, nur eine sehr langweilige. Mein Leben hier ist wie ein Leben auf einem anderen Planeten. Hätte ich Sie in Hamburg je getroffen, Milena? Nein, sicher nicht. Also – das ist schon Grund genug, ein Glückspilz zu sein.»

«Sie sind heute ein Schmeichler. Wo bleibt Edie, unser Muster an Pünktlichkeit?», lenkte sie rasch ab, denn nun war es an ihr gewesen zu erröten, und mit dreißig Jahren war das lächerlich. Im Übrigen – es war nur Ludwig!

«Edie ist noch in der Villa, ich fürchte, es gibt eine kleine Missstimmung mit den Kindern.»

«Vielleicht mehr mit der Gouvernante?»

«Frau Heinbroich ist keine Gouvernante, sie ist jung verwitwet, wie Witt, und gehört zur Familie.»

«Tja. Die gute Seele.»

«Findest du nicht, du hättest es mir sagen müssen?» Richard stand, die Hände im Rücken verschränkt, sehr aufrecht am Fenster in Edies hellem Zimmer im ersten Stock der Villa. Die beiden Fenster gingen auf den Garten hinaus und reichten fast bis zum Boden. Er liebte diesen Blick, besonders im Frühsommer zeigte er ganze Wellen blühender Bäume. Nun beachtete er ihn nicht. Er sah nur auf seine Frau und fragte sich, warum er nichts fühlte als Ungeduld.

«Vielleicht», sagte sie, «vielleicht.»

«Nein, ganz sicher. Ich habe es nur durch einen Zufall erfahren, und du wirst verstehen, wie peinlich es für mich ist, wenn man mir im Klub erzählt, dass du an drei Nachmittagen in der Woche Arabischunterricht nimmst und man mich fragt, warum? Und wenn ich nicht einmal davon weiß, geschweige denn warum.»

«Das tut mir leid, Richard, ich dachte nicht, dass es jemand weiß und du es auf diese Weise erfährst. Ich habe gar nicht darüber nachgedacht, ich wollte dich nicht brüskieren. Aber was ist so schlimm daran, wenn ich Arabisch lerne?»

«Warum Arabisch? Warum nicht Türkisch?»

«Ich weiß nicht, ob du es bemerkt hast, aber mein Türkisch ist recht gut, jedenfalls ausreichend gut für den Alltag.»

«Ja, natürlich.» Seine Hände baten um Nachsicht. «Das habe ich nicht bedacht. Nun gut, Arabisch. Du wirst deine Gründe haben und möchtest sie nicht mit mir teilen.»

«Richard, bitte, ich will doch nicht ...»

«Nein, Edith, es ist gut. Warum nicht? Es macht dich offenbar glücklich. Allerdings ist es mir lieber, wenn wir eine Arabischlehrerin hierherbitten. Das erspart dir den langen Weg durch die halbe Stadt und hinüber nach Stambul, ohne Begleitung, wie ich gehört habe, und du bist deinem Haushalt nicht so lange fern. Und den Kindern. Du sollst deine Vergnügen haben, wie wir alle, jeder nach seinem Geschmack, aber wir alle haben auch Pflichten, und deine sind in diesem Haus. Du hast darauf gedrängt, dass die Kinder bei uns leben sollen. Dafür bin ich dir dankbar, ich genieße die Nähe zu ihnen. Du kannst nicht einfach alles Lydia überlassen. Sie ist immens tüchtig, aber es gehört zu deinen Aufgaben und, wie ich hoffe, auch zu deinen Freuden, in meinem Haus zu schalten und zu walten. Du wirst hier gebraucht. Wann hatten wir überhaupt zum letzten Mal Gäste? Edith? Hörst du mir zu?»

Sie nickte langsam. «Ja, ich höre dir zu und frage mich, von wem du sprichst.»

Herr Friedrich hatte kaum hörbar geklopft, bevor er eintrat und Ludwig und Milena mit einer Mischung aus Neugier und Argwohn betrachtete. Sie saßen einander gegenüber und tranken manierlich Tee, was den Butler enttäuschte. Seit er gehört hatte, Mlle. Milena treffe sich mit einem russischen Maler von geringer, um nicht zu sagen von gar keiner Reputation, hatte er beschlossen, ein Auge auf sie zu haben, sobald sie den Konak betrat. Vorerst diskret. In dieser Stadt blieb nichts lange verborgen, und gutes Personal zeichnete sich dadurch aus, alles zu wissen und vieles für sich zu behalten. Er hatte nichts gegen Russen, wirklich nicht, aber so ein Künstler, der nachlässig gekleidet und frisiert war – was konnte man da erwarten? Aber auch heute hatte er die junge Dame wieder nicht in einer verfänglichen Situation ertappt, der junge Herr Ludwig wäre der Französin hilflos ausgeliefert, da hieße es einschreiten, wozu er unbedingt bereit war.

Der Herr Kommerzienrat habe Besuch, meldete er, und bitte Herrn Brehm und Mademoiselle, sich anzuschließen, wenn es genehm sei. Der Gast sei Leutnant Salih, der mittlere Sohn Ahmet Beys.

Alfred Ihmsen war ein geselliger Mann und Frau Aglaia jederzeit bereit, auch Überraschungsgäste so zu bewirten, dass sie sich willkommen fühlten. Es konnte niemanden irritieren, wenn sich ein deutscher Teppichhändler, der seit langer Zeit am Bosporus lebte und sich mit einem türkischen Teppichhändler verbunden fühlte, dessen Sohn mit einigen Freunden in seinem Haus zu Gast hatte. Obwohl im Orient mit dem letzten Ruf des Muezzins Ruhe einkehren sollte, trafen manche dieser jungen türkischen Herren auch später am Abend oder in der Nacht im Konak ein, vielleicht sogar, um noch eine Wasserpfeife zu rauchen und einem nur noch wenig reisenden alten Herrn von der Welt dort draußen zu berichten. Allerdings waren sie in diesen Fällen so höflich, nie lange zu bleiben.

Manchmal legte Alfred Ihmsen Wert auf weitere Gäste, und seien es nur Ludwig und Richard. Auch Edie war einmal dabei gewesen, sie hatte sich jedoch, wie es für eine Dame in Männerrunden das Gebotene ist, bald mit guten Wünschen für den Abend zurückgezogen. Einige der jüngeren Herren hatten das bedauert.

An diesem Nachmittag war Leutnant Salih mit zwei seiner Freunde, er sprach von Kameraden, im Konak zu Besuch. Beide hatten sich gerade verabschiedet, nur Salih war noch geblieben. Ludwig und Milena hatten ihn in Tarabya kennengelernt, das Yalı seiner Familie lag mit einem guten Pferd kaum eine Stunde entfernt.

Leutnant Salih sei wieder auf einer Inspektionsreise in Anatolien gewesen, erklärte Alfred gut gelaunt, im Norden und Nordosten, in der Region der langen Schwarzmeerküste. Es gebe wie immer Interessantes zu erzählen und diesmal auch – anzusehen. Er hatte eine kleine Kunstpause gemacht, um dann in vergnügt dramatischer Weise auf einen Ballen zu zeigen, der auf einem der Ecktische lag. «Ich lege Wert auf Ihr Urteil als Fachmann, Ludwig, und auf Ihres, Milena, als Dame und Ästhetin, die die Schönheit kennt.»

Das charmante Kompliment ließ vermuten, was dort in dem Ballen lag und eindeutig die Rückseite eines Teppichs zeigte, bedeute ihm eine besondere Freude. Er sah sich nach Salih um, der noch den Inhalt seiner Ledermappe geordnet hatte, bevor er sie auf die Kommode legte.

«Salih war so freundlich, einige Angebote aus zwei Manufakturen am Schwarzen Meer für uns mitzubringen», erklärte Ihmsen, «Richard hatte ihn darum gebeten, und schon ist es passiert. Ja, so geht die deutsch-türkische Zusammenarbeit schon seit einem halben Jahrhundert. Wir erwarten noch Richard und Edie, aber Frau Lydia hat ausrichten lassen, es werde später, in der Familie sei noch etwas zu besprechen. Wohl wegen der Kinder.» Er zuckte die Achseln. «Jetzt, Salih! Es ist an Ihnen, das Paket auszupacken.»

«Non, Monsieur.» Er hielt Alfred mit einer Verbeugung seinen gut geschärften Dolch entgegen. «Ich bin nur der Bote, Richard Bey der Auftraggeber und Sie der Beschenkte. Also durchtrennen Sie die Schnüre. Er ist kleiner, als es scheint, seien Sie bitte nicht enttäuscht. Der Ballen wirkt größer, weil wir ihn mit Sackleinen gepolstert haben, auch mit Kapok, damit das alte Gewebe nicht bricht und keine Feuchtigkeit in die Wolle dringt. Vielleicht enthält es auch Seide oder Tiftik, das kann ich nicht erkennen, ich weiß nicht, ob es in der Region damals üblich war. In jedem Fall braucht ein so altes Stück eine rücksichtsvolle Behandlung.»

Leutnant Salih konnte – und wollte – seine Herkunft aus einer Dynastie renommierter türkischer Teppichhändler und Knüpferinnen nicht verleugnen.

Der Teppich, zu dem der Ballen sich entfaltete, nachdem er von allen schützenden Verpackungen befreit war, löste sehr unterschiedliche Reaktionen aus. Alfred Ihmsen seufzte beglückt und tastete über das Gewebe, als sei es das Goldene Vlies aus Kolchis, Ludwig sagte «Ahaa, sehr interessant» und beugte sich vor, um die alten Muster besser zu erkennen, Salih stimmte dem zu, und Milena sagte sicherheitshalber gar nichts. Sie fand, dieser alte lappige, an zwei Seiten schon ausgefranste Teppich sei wahrlich kein prachtvolles Geschenk. Andererseits war sie oft genug im Kontor und aus reiner Neugier auch im Lager gewesen, um zu wissen, dass es mit den Teppichen so eine Sache war, vor allem mit den alten.

In der nächsten Stunde, Richard Witt gesellte sich noch dazu, hörte sie viel über diesen kleinen Teppich, der in seltener Einigkeit auf ein Alter von zweihundert, vielleicht zweihundertfünfzig Jahren geschätzt und den häuslichen Knüpfereien in den Dörfern des Nordwestens zugeordnet wurde. Wahrscheinlich. Man werde sehen. Alfred Ihmsen strahlte, er war zuerst Händler, aber er wurde auch immer mehr ein Sammler besonderer oder eben besonders alter Stücke dieser geknüpften Gebrauchskunst.

Milena verbarg ihre wachsende Ungeduld. Sie hatte gehofft, mehr von Leutnant Salih zu hören, von dem, was er an der Schwarzmeerküste untersucht hatte, was er inspiziert hatte. Sie brauchte irgendetwas. *Irgendeine* Information, die mehr war als die Auskunft über die letzte Haselnussernte oder die Meinung des Kommerzienrats zu den fast vergessenen Vorgängen in Saloniki. Sergej hatte alle echte Freundlichkeit verloren. Und er hatte sie in der Hand, auch wenn sie es nicht wirklich wahrhaben wollte. Wenn er jetzt lächelte, bekamen seine Worte, die kleinsten Nebensätze, einen bedrohlichen Klang. Manchmal, wenn sie in der Nacht schweißnass und mit klopfendem Herzen aus einem düsteren Traum erwachte, spürte sie Mordlust – und dachte doch nur daran, besser heimlich ihre Koffer zu packen, bevor er sie an den Pranger der Verräter und Spitzel stellte. Sie wollte niemals die Verachtung in den Gesichtern der Menschen sehen, die sie hier so sehr mochte, einige vielleicht sogar liebte.

Er würde natürlich nicht über Militärisches sprechen, nichts von Bedeutung erwähnen, falls er etwas darüber wusste, erst recht nichts über die Pläne der Reformbewegung, von der zunehmend geflüstert wurde, jedenfalls solange er nicht betrunken war. Sie hatte ihn immer nur Tee oder Wasser trinken sehen. Aber ein bisschen hier oder da, hatte sie gedacht, wäre möglich. Etwas fiel immer ab. Diesmal leider nicht.

Es war noch nicht dunkel, als die Gesellschaft sich auflöste, doch Ludwig bestand darauf, Milena nicht einfach in eine Droschke zu setzen, sondern sie nach Hause zu begleiten.

Im Entree bemerkte sie das Fehlen eines ihrer Handschuhe. Sie lief rasch zurück in das Wohnzimmer, alle waren damit beschäftigt, Mäntel anzuziehen, sich zu verabschieden, letzte Komplimente auszutauschen, Salih noch einmal zu danken, was der in höflicher Bescheidenheit abwehrte, es sei an ihm, sich zu bedanken.

Nur Ludwig sah sich nach Milena um, wie er es oft tat. Er stand nah bei der Zimmertür, so sah er, wie sie nicht nur ihren Handschuh aufhob, sie zog auch etwas unter der Kommode hervor und schob es geschmeidig wie eine geübte Taschendiebin in ihre Rocktasche. Es war dünn, gelblich und sehr flach – ein Bogen Papier.

Es war so still im Haus. Da sollte Lachen sein, das Tripptrapp schneller Schritte kleiner Füße auf den Treppen, Musik, Fragen und Antworten, sogar Streit. Nur nicht diese Stille. Sie hatte etwas Lähmendes. Es war noch nicht lange her, da wäre sie zu ihrem Flügel gelaufen, hätte ihn aufgeklappt, nein, er wäre längst aufgeklappt gewesen, weil sie oft darauf spielte, und hätte etwas Schnelles gespielt, eine Polka vielleicht, etwas Übermütiges, sogar Unwirsches, und das Haus hätte wieder gelebt, und die Musik und das Leben wären überall gewesen, in jedem Zimmer, auf den Treppen, in den Fluren. In ihrem Kopf und in ihrer Seele. Aus der Küche hätte sie Eleni gehört, die gern mitsummte, wenn Madame spielte, Eleni hatte ihr tiefes Bedürfnis nach Musik immer am besten verstanden. Sie lief nicht die Treppe hinunter, klappte nicht den Flügel auf, erlöste ihre Starre nicht mit der Musik.

Edie wandte den Blick von der Tür zum Fenster, dorthin, wo Richard gestanden hatte. Er hatte sich nicht zu ihr gesetzt, sondern so groß und dunkel vor ihr gestanden, den Rücken zum Licht, als sei er ein Fremder, und auf sie hintergesehen. Sie hatte es nicht geschafft. Wie hätte das gehen sollen? Sie verstand selbst nicht, was in den letzten Wochen geschehen war. Nicht wirklich. Aber sie verstand, was nicht geschehen war. Sie hatte sich nicht genug Mühe gegeben, sie hatte gleich das Feld geräumt, ohne zu kämpfen. Sie war stolz gewesen. Trotzig? Eigennützig. Und eine kleine Stimme in ihrem Kopf flüsterte, was ihr Angst machte: Du hast versagt. Und es ist dir ganz recht.

Wann hatte sie losgelassen? Jeden Tag ein bisschen mehr. Es war ganz leicht gewesen. Zuletzt, als sie versucht hatte, Marianne eine Freude zu machen. Man erreichte Menschen, besonders Kinder, doch am leichtesten mit Freude?

Sie selbst hatte sich gefreut, als Marianne zu ihr kam, einerlei ob es ihre eigene Idee gewesen war oder Lydia sie geschickt hatte. Das tat Lydia manchmal, «um die Kinder an die neue Stiefmutter zu gewöhnen». In Edies Ohren war das ein grausamer Satz, doch sie hatte höflich dazu gelächelt. Marianne hatte sie um einen gelben Stift gebeten, ihrer sei verbraucht, ihre Augen waren dabei über Edies Frisiertisch mit den Spangen, Bändern und Kämmen gewandert. Edie hatte ihr alle gezeigt, das Kind auf den Hocker platziert und ihm eine schöne Mädchenfrisur gemacht, die lockigen Haare mit Bändern und Spangen frisiert, eine zarte Rosenblüte aus Seide dazu, so wie es zu einem kleinen Mädchen passte. Für einen Moment war die gläserne Wand zwischen ihnen verschwunden. Marianne hatte bezaubert in den Spiegel gesehen, doch dann war sie errötet und hatte mit ihren dünnen Kinderfingern die Blüte, die Spangen und Bänder herausgezogen und wortlos auf den Frisiertisch gelegt. Edie hatte schweigend zugesehen, wie das Kind sein Haar wieder in die gewohnten straffen Zöpfe flocht.

«Gefällt es dir nicht?», hatte Edie gefragt. «Du siehst wunderschön aus.»

Marianne hatte ihr unsicheres Kinderlächeln gezeigt und war vom Hocker gerutscht, sie hatte brav geknickst und sich zur Tür gewandt.

«Warte, Marianne. Darf ich dir die Rose schenken? Ich glaube, sie will bei dir sein.»

Edie war sicher, das Mädchen hätte die Seidenblume

allzu gerne genommen. Aber sie verschränkte die kleinen Hände hinter dem Rücken, knickste noch einmal mit gesenktem Kopf und verschwand durch die Tür.

«Du kannst Tante Lydia fragen», murmelte Edie, als Marianne schon die Treppe hinunterlief. Schnell, als verfolge die Sünde sie.

Sicher hätte Elisabeth ihr Kind lieber mit einer Blüte im Haar gesehen als mit diesen preußischen Zöpfen. Marianne erinnerte sich sehnsüchtig an ihre Mutter, aber sie war zu klein gewesen, als Elisabeth erkrankte und starb, um ein vollständiges eigenes Bild von ihr zu haben. Die meisten ihrer Erinnerungen waren die Erinnerungen Lydias und Richards, Alfreds, vielleicht auch Rudolfs, und die Bilder, die aus ihrer Sehnsucht und an ein besonderes Gefühl der Geborgenheit ihrer ersten Jahre wuchsen. Es war eine Sehnsucht, die jene neue Frau, die versuchte ihre Mutter zu verdrängen, niemals stillen konnte. Womöglich stimmte doch nicht, dass man Menschen zuerst mit Freude erreichte, stärker war das Band gemeinsamer Trauer und Erinnerung. Das hatte Edie in den letzten Wochen gelernt.

Richard war noch einmal ausgegangen, nur durch den Garten zu Alfred hinüber, er hatte nicht gefragt, ob sie ihn begleiten wolle. Wenn sie auf ihn wartete, wenn der Mond ins Zimmer schien ...

Sie entschieden sich gegen eine Droschke, es war nur ein Spaziergang bis zur Rue des Petits Champs. Der Wind hatte sich gelegt, in den beginnenden Abend hineinzugehen war angenehm. Sie liefen durch schmale Gassen, hier hatten noch eine ganze Anzahl der traditionellen alten Holzhäuser Brände und Erdbeben überlebt.

«Sie sind schweigsam, Ludwig», sagte Milena, als sie in die dritte namenlose Gasse einbogen. «Geben Sie es zu: Sie finden den Teppich auch furchtbar trübselig.»

«O nein, der ist ein besonderes Stück. Nicht passend, um ihn zur Bequemlichkeit und Dekoration aufs Parkett im Salon zu legen, aber er ist verkörperte Kulturgeschichte. Ja, ich denke, so kann man es ausdrücken.» Er blieb stehen und sah sie an. «Haben Sie etwas mitgenommen, das Ihnen nicht gehört, Milena?»

«Bitte?! Sie klingen wie ein Polizist. Wollen Sie sagen, ich stehle silberne Teelöffel?» In Milenas Gesicht spiegelten sich Ärger, Verblüffung und Amüsiertheit.

«Natürlich nicht. Sie bringen mich in eine unangenehme Situation ...»

«Dann fragen Sie nicht, reden wir doch vom Wetter.» Sie ging weiter, und er folgte ihr.

«Das geht nicht, Milena. Sie wissen, wie sehr ich Sie mag, und ich mag den Kommerzienrat, für den ich arbeite und dem ich mehr verdanke, als Sie ahnen. Also, was ist das für ein Papier, das so elegant in Ihrer Rocktasche verschwand, als Sie den Handschuh aufhoben? Salih hat die Papiere in seiner Mappe verstaut, sie gehen also niemanden etwas an. Ihmsen hat uns ausdrücklich erklärt, es handle sich um Angebote von Manufakturen im Norden. Da herrscht zunehmend Konkurrenz im Handel, Milena, diese Angebote gehören ins Kontor in Galata, wahrscheinlich sogar in den Tresorschrank, keinesfalls in die Rocktasche einer Dame aus der Rue des Petits Champs.»

«Mal abgesehen davon, dass Sie das trotz Ihrer – besonderen Treue zu Ihmsen & Witt nichts angeht: Wären es die Unterlagen von den Manufakturen gewesen, hätte der

Leutnant sie kaum wieder eingesteckt. Dann hätte sie der Kommerzienrat an sich genommen oder Herr Witt, als er später kam. Ich frage mich übrigens, warum Edie nicht mitgekommen ...»

«Keine Chance, Milena, ich falle jetzt auf keine Ablenkung herein.»

«Aber Sie lachen schon wieder, das ist auch etwas. Also – ich denke, es gehörte zu Leutnant Salihs Papieren, es ist ihm herausgerutscht oder -gefallen und unter die Kommode geraten, mit einem Windzug, als frischer Tee gebracht wurde, er hat es nicht bemerkt, also war es nicht so wichtig, oder – ach, was weiß ich.»

Ludwig dachte nach. «Das heißt, Ihnen war egal, was es ist, Sie haben es eingesteckt, weil ... ja, warum? Weil Sie es brauchen können? In jedem Fall? Wozu?» Er blieb abrupt stehen, sie hatten die Einmündung der letzten Gasse in die Grande Rue de Pera erreicht, Droschken rollten vorbei, Tramwagen, es wurde flaniert – Geräusche der Stadt an einem sonntäglichen Spätnachmittag. Auf der belebten Straße achtete niemand auf das junge Paar, und niemand hörte zu. «Ich habe neulich nicht gefragt, welchen Preis er verlangt. Es wäre indiskret gewesen, und ich denke, ich wollte die Antwort nicht hören. Ich weiß es jetzt. Sagen Sie mir, wenn ich mich irre. Sie spitzeln für Michajlow.»

Er hörte Milena scharf die Luft einziehen. «Das ist ein widerwärtiges hartes Wort», ihre Stimme klang flach und rau, «ich habe nie jemanden verraten oder verleumdet, ich wüsste nicht einmal, wofür jemand, den ich kenne – ich, Milena Bonnard, nichts als eine ehemalige Gouvernante –, verraten werden könnte. Es ging immer nur darum, worüber Menschen reden. Was sie interessiert, worüber sie uneins sind, was sie sich wünschen oder wie sie die Zukunft sehen. So etwas, das wird in jedem Salon besprochen, in jeder Sonntagsplauderei.»

Ludwig wusste, dass sie recht hatte und auch wieder nicht. Er fröstelte, es wurde kühl und dunkelte nun rasch.

«Kommen Sie, es nützt nichts, hier herumzustehen. Ich bringe Sie nach Hause.» Er musste sich etwas einfallen lassen, das alle schützte, Milena, Ihmsen und gegebenenfalls Leutnant Salih. Und wenn auf dem Zettel nur die Frühstückszeiten für seine Untergebenen oder die Wetterbedingungen in Trapezunt standen – ein Soldat durfte keines seiner Dokumente verlieren, schon gar nicht in einem nicht-osmanischen Haus.

Wenn Milena ihm den Bogen anvertraute, konnte er ihn morgen im Konak an eine passende Stelle legen, ohne dass es jemand bemerkte, am besten unter den Tisch. Dort landete alles Mögliche, dort wurde er ohne Staunen gefunden und gelangte an die richtige Adresse.

«Wem der Bogen gehört», sagte er zögernd, als sie einige Schritte gegangen waren und einem Maultiergespann in den Eingang einer Ladenpassage auswichen, «kann man leicht herausfinden.»

Milena lachte leise, wirklich sehr leise, sie war noch gekränkt von seiner harschen, doch leider zutreffenden Formulierung. «Ich hatte gehofft, dass Sie das sagen.» Behutsam, als drohe es zu Staub zu zerfallen oder eine Giftfontäne zu versprühen, zog sie das Papier aus der Tasche und faltete es auseinander. «Hm, jedenfalls keine Liste», murmelte sie und reichte es Ludwig, «aber es ist schon zu dunkel, um es genau zu erkennen, das sind irgendwelche Punkte und Buchstaben. Wir brauchen mehr Licht.»

Das Wiener Café in der Passage hatte noch geöffnet. «Eine halbe Stunde», erklärte der unwillige Kellner, der gerade für einen verfrühten Feierabend hatte schließen wollen, drehte an dem Tisch nahe der Tür die Flamme der Petroleumlampe wieder höher und brachte die gewünschten Gläser Marillenlikör.

——

Wann war ein Tag je so lang gewesen? Irgendetwas war gestern schiefgelaufen. Milenas «Diebesgut» war ein Blatt mit Linien und Punkten. Es sah weder aufregend noch bedeutungsvoll aus. Ludwig hätte es jetzt gerne noch einmal angesehen, obwohl er nicht glaubte, er könne heute mehr damit anfangen. Als sie den Kellner endlich ihre Gläser – es waren inzwischen vier – abräumen, das Licht herunterdrehen und schließlich die Tür hinter ihnen versperren ließen, war Milena zu dem Schluss gekommen, das Gekrakel sei höchstens halb fertig und könne so erst recht niemandem schaden. Ludwig hatte gefunden, es könne sicher nicht mit Teppichmanufakturen zu tun haben. Beide fanden, es betreffe möglicherweise Salihs Dienstpflichten, warum sonst sollte er es mit sich herumtragen?, aber niemand außer den Militärs, die es gezeichnet hatten, könnte es verstehen oder bewerten.

Nein, irgendetwas stimmte nicht. Ludwig fühlte ein tiefes Misstrauen gegen Milena in sich aufsteigen, und das war etwas, das er niemals fühlen wollte. Sie mochte zu arglos sein, weil sie zu wenig von der echten Welt wusste, auch leichtfertig, aber sie war kein schlechter Mensch, sie riss niemanden ins Unglück. Aber – woher wusste er, ob es wirklich so war oder nur ein schönes Bild von einer Fassade, die er nicht durchschaute?

Sie hatte strikt abgelehnt, dass er sie zu ihrem Treffen mit Michajlow begleitete. Heute, dachte er, heute.

Iossep stand im Kontor und unterhielt sich mit Aznurjan, diese Unterhaltungen fielen stets etwas einseitig aus, da Iossep so wortkarg wie Aznurjan redefreudig war. Dennoch mochten beide ihre Unterhaltungen, die allerdings nie sehr lange dauerten. Wenn der Kutscher die Treppen heraufstieg, war der Kommerzienrat gewöhnlich schon bereit, um sich von Iossep zu einer wichtigen Verabredung kutschieren zu lassen. Es konnte auch die Chorprobe in der Teutonia sein, wobei deren Bedeutung nicht unterschätzt werden durfte, allerdings weniger wegen der Kunst, sondern vor allem wegen der Pausen, wenn das Neueste aus der Stadt ausgetauscht wurde. Richard Witt hatte einmal angemerkt, die plötzliche Sangesfreude des lieben Alfred, habe vor allem mit den Pausen zu tun. Heute fiel Ludwig die Bemerkung wieder ein, mit der Erinnerung an den gestrigen Abend verstand er sie neu. Und diesmal richtig.

Ihmsen verabschiedete sich bestens gestimmt, er treffe Commander Thompson im Harbourmaster-Office, es werde ein launiger Abend. Ludwig sah, wie Richard lächelte und etwas murmelte, das wie «ihr zwei alten Füchse» klang.

Womit er zweifellos ins Schwarze traf, aber heute ging es, ohne dass er davon erfahre sollte, um seine Frau. Besser gesagt: um Edies Unruhe. Mary Thompson und der Commander machten sich Sorgen wegen der Briefe, die von den Grabungen in Syrien ankamen, wegen Edies ständiger Studien in der Bibliothek, weil sie neuerdings Arabisch lernte. Das immerhin bei einer Lady, einer Großtante des zweiten

Sekretärs der britischen Gesandtschaft, sehr honorig, leider ziemlich orientalisch geworden. Beide hatten es für eine passende Strategie gehalten, zuerst mit Alfred zu sprechen. Es war immer gute englische Art, sich behutsam von außen zum Kern vorzuarbeiten.

Milena versuchte sich damit zu beruhigen, man müsse sich immer für eine Seite entscheiden. Versuchte man, es für alle oder auch nur für zwei Seiten richtig zu machen, zerriss man. Sie hatte sich entschieden, schon vor langer Zeit für sich und dann, an zweiter Stelle, für ihre Familie. So war es, und so sollte es auch sein. Danach konnte man sich erlauben, an die höhere allgemeine Moral zu denken. Trotzdem – wieder hatte sie Ludwig eine Kleinigkeit verschwiegen, was nicht im Prinzip, in diesem besonderen Fall jedoch ... egal, es war wirklich nur eine Kleinigkeit.

Im Park bei dem Friedhof des Klosters der tanzenden Derwische hatte Sergej ihr den Auftrag gegeben. Im Konak des alten Mannes mit dem weißen Spitzbart, dem deutschen Kommerzienrat, seien auffallend häufig türkische Herren zu Gast. Junge türkische Herren in hübschen Uniformen ... Sie hatte den Bogen unter der Kommode hervorziehen und einstecken *müssen*, und sie musste ihn an Sergej weitergeben, dann konnte sie bei einem nächsten Mal sagen, da sei nichts, was sie ihm berichten könne. Sie wollte nicht darüber nachdenken, woher – von wem – ein Mann wie Sergej Michajlow über die Gäste im Konak Bescheid wusste.

Heute hatte er einen Treffpunkt ausgewählt, der für eine Dame selbst in Begleitung unmöglich war, und er wusste, dass sie immer alleine kam. Rosa, fiel ihr ein, sie könnte

Rosa bitten. Charlotte Labaries Mädchen wurde ohnehin gut dafür bezahlt, Sergejs Billetts aus der Post zu sortieren und in Milenas Kommode zu stecken. Für Rosa waren es Nachrichten eines geheimen Liebhabers, es war leicht gewesen, ihr das weiszumachen, sie wollte sich ohnehin kaum etwas anderes vorstellen. Aber Rosa mit nach Galata nehmen – das war nun doch unmöglich, das könnte sie niemals für sich behalten, und dann, dann wiederum könnte Charlotte ihr, Milena, nicht verzeihen.

Milena nahm die Trambahn bis zur Haltestelle hinter der Börse, von hier waren es nur wenige Schritte bis zur Pont Neuf und in die Gassen von Galata. Es wurde dämmerig, seit dem frühen Nachmittag fiel immer wieder leichter Regen; wer es sich erlauben konnte, blieb zu Hause. Sie würde mit schlammigem Rocksaum heimkommen – wie sollte sie das Charlotte erklären?

Die meisten Sitzplätze in den Tramwagen waren besetzt. Milena trug nicht nur wegen des Regens einen breitkrempigeren Hut als gewöhnlich, er eignete sich auch als Versteck. Niemand sollte sie sehen. Ludwigs Drängen, sie zu begleiten, als er hörte, wo sie Sergej treffen wollte, hatte sie entschieden abgewehrt. Um ihn zu beruhigen, hatte sie ihm die Zeit des Treffens genannt – aber die falsche. Er sollte sie nicht in einer solchen Situation sehen. Es wäre nicht gut. Aus verschiedenen Gründen, aber in der Summe immer wieder: Es wäre nicht gut. Nun bedauerte sie ihre Entscheidung, ein wenig. Sie bedauerte auch, dass er sie akzeptiert hatte. So war es eben, wenn man seine Entscheidungen vehement vertrat, wurden sie akzeptiert.

Ludwig saß nun schon geraume Zeit wie angeklebt auf seinem Stuhl und starrte gegen die Wand, Nikol an seinem Schreibtisch hinter der Glasscheibe sah immer wieder zu ihm herüber, lächelnd zuerst, amüsiert, allmählich besorgt. Außer am Sonntag und am Sabbat sahen sie sich an jedem Tag, doch eigentlich kannten sie sich kaum.

«Verzeihen Sie, wenn ich störe, Brehm.» Nikol stand in der offenen Tür. «Sie starren nun schon so lange gegen die leere Wand – kann ich helfen zu entdecken, was dort nicht zu sehen ist?»

«So lange?»

«Ziemlich lange.»

«Was dort nicht zu sehen ist ...» Plötzlich sprang er auf, schlug sich gegen die Stirn und lachte, was Nikols Sorgen nicht verringerte. «Großartig, Nikol, ich glaube, das war genau die richtige Frage. Sie sind viel besser als ich in diesem Kontor zu Hause, gibt es hier Karten? Herr Witt ist doch so oft auf Reisen quer durchs Land, da muss es Karten geben. Vom Nahen Osten? Oder von der Türkei. Ja, besser von der Türkei, Anatolien, bis zum Ararat.»

«Na, Sie sind ja doch noch ganz lebendig.» Nikol lächelte sein feines Lächeln und ging voraus. Er öffnete eine Schublade im Vorraum der Schreiber und sagte grinsend: «Voilà!»

Gleich die oberste der zusammengerollten Karten zeigte glatt gestrichen die Türkei mit angrenzenden Staaten. Im Norden bis nach Ungarn und weit ins Schwarze Meer, im Osten bis nach Aserbaidschan, im Süden bis Transjordanien, im Westen nur bis zu den nah vor der türkischen Küste liegenden Mittelmeerinseln. Ludwig nickte, Nikol sah nun sehr neugierig zu.

«Was haben Sie vor?», fragte er.

Ludwig murmelte: «Ich weiß noch nicht, aber ...» Er strich die nächste Rolle glatt, auf ihr war die Türkei in einem größeren Maßstab abgebildet, bis Kars im Osten, bis Smyrna im Westen, im Norden nur die lange Linie der Schwarzmeerküste, entlang der einige wenige Städte und Städtchen eingezeichnet waren, auch einige Fingerbreit im Hinterland.

«Jetzt weiß ich es doch!» Er küsste den verblüfften Nikol heftig auf die Stirn. «Sie sind eine Wundertüte, lieber Kollege, sicher wissen Sie auch, wo ich Madame Verte finde?»

«Uijuijui», sagte Nikol, «uijuijui.»

In einem Laden in einer Seitengasse hatte sie eine alte Wolldecke erstanden, um sie über Kopf und Schultern zu legen, nicht mehr wegen des Regens, der hatte aufgegeben, nun standen feuchte Schwaden in der Luft, sondern um nicht als wandelnde Einladung für Taschendiebe und andere Sorten Banditen durch diese Gassen zu gehen. Wenn sie heimkam, musste sie außer einem schlammigen Rocksaum auch die Läuse erklären, die sie mit großer Wahrscheinlichkeit heimbrachte.

Sie kannte dieses Viertel, Sergej wusste das, sie hatte ihn hier zum ersten Mal getroffen. Es war nicht weit bis zu Kassandras Laden. Tagsüber und in der Sonne spazierte sie gerne hier herum, ab und zu, nun war es feindliches Land. Andere Menschen huschten vorbei, anderer Lärm kam aus den Türen, die tagsüber geschlossen blieben, andere Gerüche. Es stank nach Tabak, Bier und billigem Wein, nach noch billigerem Parfum.

Kurz zögerte sie, dann nahm sie ihren unter der feuchten Decke verbeulten Hut und warf ihn wütend in eine Ecke.

Warum tat Sergej das? Warum demütigte er sie? Eine heiße Welle von Angst schnürte plötzlich ihre Kehle zu und ließ kalten Schweiß über ihren Rücken laufen. Sie hatte so oft diese Geschichten gehört. Und gedacht, die meisten seien gelogen, orientalische Schauergeschichten, von Europäern phantasiert. Aber nun? Wenn nicht Sergej sie erwartete, wenn alles nur Schein gewesen war, ein böses Spiel, wenn ihr gleich ein Sack über den Kopf geworfen wurde und sie in einem Schiffsbauch, irgendwo in einem Bordell im Irak oder in Ägypten wieder aufwachte ...

«Der Hut ist zu schade für unsere Gosse.» Eine dünne Gestalt löste sich aus dem Schatten eines Verschlages, sehr dünn, in einem langen, aus schwarzen Tüchern zusammengesetzten Gewand. Sie hatte einen breiten Shawl um Hals und Schultern gewunden, er schimmerte grün in der Dämmerung. Es war zu dunkel, um ihr Gesicht zu erkennen, Milena war trotzdem sicher, es sehe krank aus, gelblich und grau. Sie hatte gehört, wer zu häufig Opium nehme, habe bald eine solche Haut. Ihr Hut in der Hand dieser Frau war nur noch eine mit dem Unrat der Straße beschmutzte Ruine. Sie setzte ihn auf, zeigte ein breites Grinsen und wiegte sich in den Hüften. «Merci, Mademoiselle, merci.» Ihre Sprache war schleppend, Milena konnte ihren Akzent nicht zuordnen. Niederländisch vielleicht. Oder Dänisch?

«Er wartet schon. Jaja, hier ist nicht das Café Lebon, dahin geht es immer zuerst, dann in die schönen Parks oben in Pera, ein Kaffeehaus im Basar?» Sie kicherte böse oder tieftraurig, wer konnte das unterscheiden? «Und wen findet er für dich, er und seine edlen Freunde. Einen Bruder? Eine verschwundene Schwester vielleicht. Ein Kind?» Das letzte Wort klang wie ein rauer Schrei.

«Wo?» Milena dachte an den Dolch, den Leutnant Salih Alfred Ihmsen gegeben hatte, um die Verschnürung des Teppichballens zu durchtrennen. Ihre Hände waren leer, das schürte ihren Zorn am heftigsten. Und der besiegte die Angst.

Sie folgte dem Fingerzeig der dünnen Gestalt und trat in ein Nebengelass des Gasthauses, kaum mehr als ein Schuppen, an dessen offener Seite im Sommer ein Rinnsal von der Höhe herabrann, das nun zu einem veritablen, gleichwohl stinkenden Bach angeschwollen war. Oben, in der klaren Luft Peras dachte man selten daran, wie die Abwässer aus den schönen Häusern irgendwo bergab und in den Bosporus oder das Goldene Horn liefen.

«Mademoiselle Bonnard, chère Milena. Ich bitte um Verzeihung, dies ist kein Schloss. Aber ein Quäntchen des Flairs in den Straflagern, nur dass die Menschen, die guten Leute von Galata, hier gern und ganz freiwillig leben. Wie die junge Dame vor der Tür. Doch, sie ist jung, so wie Sie, man sieht es nur nicht mehr.» Er drehte den Docht einer Petroleumlampe höher, die Flamme hatte nur geglommen. Neben dem Tisch standen zwei Stühle, sie sahen nach feinstem Mahagoni aus.

«Ich denke, heute haben Sie endlich etwas Interessantes für mich», er setzte sich auf einen der Stühle und schlug ein Bein über das andere, «der alte Mann in seinem Konak hatte interessanten Besuch, und Sie waren auch da.»

Milenas Herz begann zu hämmern. Es war keine Angst.

«Warum? Warum sollte ich irgendetwas sagen, das ich

gehört habe. Oder gesehen? Oder irgendetwas hergeben, das ich – möglicherweise – mitgenommen habe?» Sie zog ein Papier aus der Tasche und wedelte damit in der Luft. «Warum?» Sie beugte sich vor, ihr Gesicht nah an seinem.

Er lehnte sich leicht zurück, aber er wich ihrem Blick nicht aus. «Es gibt kein Warum. Denken Sie nur an Ihren Ruf, meine Liebe, das ist genug Antwort. Kein Warum mehr. Es wäre schade, das bequeme Leben bei der reizenden Charlotte Labarie zu verlieren. Andererseits – hier ist natürlich immer Platz, hier unten. Aber Yuri, Ignat und die Frau, die einmal Wera Tscherdynowa war, die Listen ...»

«Sie lügen. Ich falle darauf nicht mehr herein, Sie wissen gar nichts, und ob Sie überhaupt Freunde haben, das steht in den Sternen, in den schwarzen Sternen.»

«Schluss!» Er saß plötzlich wieder sehr aufrecht. «Was bildest du dir ein? Die waren Staatsfeinde, alle drei, und es ist nur richtig, wenn man sich auch nach so vielen Jahren an eine alte Anarchistin erinnert. In Paris – das ist nicht weit. Und diese Männer, Yuri und Ignat, wie lächerlich. Ich weiß nichts?» Er war zu laut geworden, nun senkte er seine Stimme zu einem Zischen. «Ich weiß viel. Alles. Glaubst du denn, zwei, die ihr kurzes Leben lang nur Bücher gelesen haben, schaffen den Weg bis nach Sachalin? Und halten die Schufterei im Wald oder im Bergwerk dreißig Jahre durch? Dazu braucht es andere Männer. Deine Onkel waren Träumer, und Träumer sterben schnell. Sie sind tot, was sonst? Tot. Aber deine Mutter, eine ehrbare Madame Bonnard, ist nicht tot, da ist noch viel Platz in den Lag...»

Er konnte das Wort nicht mehr aussprechen. Er flog rückwärts mitsamt dem Stuhl und krachte auf den Boden, Petroleum rann über seinen Kopf, über seine Jacke, in den

Kragen, es glomm nur ein Feuerrest auf dem feuchten Stoff. Der nächste Schlag traf ihn nicht mehr mit der Lampe, nur mit der nackten Faust, dann der nächste traf ihn mitten ins Gesicht, Milenas Faust holte wütenden Schwung, da umklammerte eine Hand ihr Handgelenk. «Hör auf, verdammt, Milena, hör auf, du schlägst den Kerl tot.» Feste Hände hielten sie fest, und endlich gab sie nach. Blickte auf und sah in Ludwigs Gesicht.

Immer noch züngelte und glomm es auf Sergejs Jacke. Ludwig riss die alte Decke von Milenas Schultern, warf sie auf Sergej und klopfte die Flämmchen aus. «Sergej», rief er leise, «Sergej?»

Sergej sagte nichts. Er lag im Dreck neben dem kostbaren Stuhl aus Mahagoni und sagte nichts.

Durch die dünne Wand des Hauses, des Etablissements Madame Verte, dröhnte laute Musik, eine österreichische Kapelle oder eine Böhmische, Männer stimmten ein, grölten mit, eine schrille Frauenstimme übertönte alle, bis sie in kreischendem Gelächter unterging.

Milena hockte auf der Erde und starrte auf den reglosen Mann vor ihr, dann sah sie auf. «Ludwig? Was machst du hier?»

«Verdammt, Milena, das ist jetzt egal. Wir müssen ...»

«Ich habe ihn erschlagen.»

«Vielleicht, ich weiß nicht.» Seine Stimme zitterte, und sein Atem ging heftig. «Ich glaube, es waren eher die Steine unter seinem Kopf. So oder so, wir müssen hier weg.»

«Er ist ein gemeines dreckiges Betrüger-Schwein», sagte Milena und klang dabei ganz ruhig.

«Gut, ja, sicher ist er das. Aber er muss trotzdem auch verschwinden. Die Frau draußen hat dich gesehen, sie kennt deinen Namen, und mich hat sie auch gesehen, ich habe sie nach dir gefragt und nach der grünen Madame.»

«Ihmsen», flüsterte Milena.

«Zu weit, das Kontor und erst recht der Konak ... Oder doch», flüsterte er, «doch, es ist gefährlich, aber geht.»

Er zerrte Sergej in die hintere Ecke, breitete die feuchte Decke über ihn, stellte den umgefallenen Stuhl auf, schob die Scherben der Lampe in den Bach, sah sich hastig um und nickte.

«So wird es gehen. Bis wir zurückkommen, findet ihn niemand. Nun komm.»

«Und wenn sie noch draußen ist? Die schwarze Frau?»

Sie war nicht mehr da. Sie hatten keine Zeit, in allen Ecken nach ihr zu suchen, sie hatten wahrhaftig keine Zeit. Also hasteten sie davon, nicht zu schnell, aber sehr eilig.

Commander Thompson bedauerte später, dass er von dieser Nacht nur seiner Frau erzählen konnte, weder im Konsulat noch in der San-Stefano-Runde, auch nicht im Kadiköy-Ruderclub, überhaupt niemand, was wirklich ein Jammer war. Aber wahrscheinlich hätte ihm ohnedies keiner geglaubt. Seemannsgarn, hätten sie gesagt und ihm lachend auf die Schulter geklopft.

Das Harbourmaster-Office war nicht weit von der Pont Neuf entfernt, also auch nicht weit von jenen Gassen in Galata, in denen sich das Madame Verte und ähnliche Etablissements versteckten (wo übrigens Absinth ausgeschenkt wurde, was Ludwig nie erfuhr). Es dauerte nicht lange, bis die drei alten Herren, der Commander, der Kommerzienrat und der ehrenwerte Händler Ahmet Bey, der gerade zu einem späten Besuch im Office war, einig waren, dass zur Tat geschritten werden musste, und zwar ohne lange zu überlegen oder die Folgen zu bedenken. Milena blieb auf dem Kanapee, das dem Commander gelegentlich für ein Nickerchen zwischendurch zur Vertiefung seiner Gedanken diente, wo sie umgehend in einen abgrundtiefen Schlaf fiel. Dort lag und schlief sie immer noch, als drei honorige, höchst animierte alte Herren und ein überhaupt nicht animierter junger Herr in das Office zurückkehrten. Sie erklärten Milena, von Sergej sei keine Spur zu finden gewesen. Wahrscheinlich liege er längst zu Hause in seinem Bett, so einfach sterbe es sich gar nicht.

Alle vier wussten, dass das nicht stimmte, es starb sich manchmal schrecklich schnell. Das wusste auch Milena.

14. KAPITEL

«Non, Monsieur.» Rosa stand in der Tür wie ein Zerberus. Aus der Wohnung kamen leise, nun ja, bei genauem Hinhören auch kratzige Klänge eines Grammophons. Mme. Labarie hatte um den Preis ihrer regelmäßigen Besuche im Laden in der Grande Rue de Pera endlich selbst eines dieser Musikgeräte erstanden, auch den vorerst noch bescheidenen Grundstock einer Sammlung Schallplatten. Das führte zu häufigen Wiederholungen der leidenschaftlichsten Arien des verehrten Monsieur Verdi. Mme. Labarie machte das glücklich, Rosa und Köchin Anna weniger.

«Non, Monsieur», wiederholte Rosa und schüttelte den Kopf, klaubte kleine ölige Baumwollfetzchen aus beiden Ohren. «Mademoiselle ist nicht hier. Sie ist ausgegangen, Madame macht sich Sorgen, wer weiß, wen sie trifft?, und sie hat wieder keinen Umhang mitgenommen, am besten wäre der aus Wolle. Es ist nicht so kalt, aber auf der offenen Fähre weht immer Wind, und der kommt heute von den Bergen, aus Sibirien, hat Mademoiselle gesagt, aber das ist übertrieben, sie hat …»

«Halt, Rosa, halt, ganz langsam.» Rosas Redefreudigkeit variierte, sie hatte schweigsame Tage, an anderen plapperte sie wie ein Wasserfall, manchmal auch wie ein Wildwasser, dann war es schwer, ihr zu folgen.

«Langsam, Rosa», wiederholte Ludwig, «und danke, nein, ich möchte jetzt nicht hereinkommen. Also: Mademoiselle Milena ist nicht da, sie hat den warmen Umhang nicht mitgenommen und ist – wohin gegangen?»

Rosa machte ihr Austerngesicht. Sie hatte nicht direkt versprochen, keine Auskunft zu geben, dennoch. «Sie hat den Koffer mitgenommen», sagte sie endlich.

«Einen Koffer! Wohin ist sie ohne den verdammten Umhang und mit einem Koffer gegangen? Ein großer Koffer?»

«Zu groß für eine Dame», erklärte Rosa spitz, «zu klein für einen Hamal. Zum Bahnhof, Monsieur, mit einem Koffer geht man zum Bahnhof.»

«Allein?»

«Non, Monsieur, nicht allein.»

Da lief Ludwig schon die Treppe ins Parterre hinunter, immer zwei Stufen auf einmal. Zu seinem, vielleicht auch zu Milenas Glück hörte er noch, was Rosa ihm durch das Treppenhaus nachrief. «Erst zur Fähre, Monsieur, zur Fähre nach drüben, nach dem Bahnhof in Asien.»

Richard Witt blickte zu ihrem Fenster hinauf. Der rechte Flügel stand eine Handbreit offen, die leichte weiße Gardine bewegte sich, aber es war nur ein Windhauch gewesen. Er sollte sich mit Alfred beraten. Der war ein kluger Ratgeber, aber in diesem Fall – Richard gestand es sich nicht ein, aber er fürchtete, etwas zu hören, das er nicht hören wollte. Im Übrigen kannte Alfred die Ehe nicht, da blieb ein Rat Theorie. Die Thompsons – nein. Niemals. Obwohl sie die Sache genauso sehen mussten wie er. Maudie vielleicht. Edies Schwester wusste viel vom Leben und war eine ruhige Person. Aber sie war Edies Schwester. Im Übrigen – noch ein im Übrigen – war das nichts, das man nach außen trug. Alles renkte sich wieder ein, auch in einer Ehe gab es klare Regeln, die halfen, den Alltag zu bewältigen. Mit Elisabeth war es gelungen. Wenn Edie endlich schwanger würde, wenn sie mit ihm eigene Kinder hätte, so wie es die Natur eingerichtet hatte, wäre sicher alles anders. Würde, hätte, wäre, könnte. Man soll nicht im Konjunktiv leben. Das macht blind für die Glücksmomente der Gegenwart. So hatte Alfred gesagt, Richard erinnerte sich nicht mehr, bei welcher Gelegenheit.

Er schlenderte den Weg durch den stillen Garten hinunter zum Konak, Lydia begleitete die Kinder nach dem gemeinsamen Sonntagsgottesdienst zu einer Geburtstagsfeier, Brehms Tür war geschlossen, hinter den großen Glasscheiben war niemand zu sehen. Alfred machte drüben in Stambul einen Besuch – Richard wandte sich um und blickte zu seinem Haus zurück. Dies war ein Ort, an dem man glücklich sein konnte. Er war hier sehr glücklich und auch sehr unglücklich gewesen. Dann wieder sehr glücklich. So war das Leben – Höhen und Täler. Wenn er jetzt nicht glücklich war, würde er es bald wieder sein. Irgendwo zwischen Höhe und Tal und nächster Höhe lag das weite Land Zuversicht, das alles zusammenhielt. Daran musste man sich immer erinnern.

Edies Wunsch entsprang einer lächerlichen Idee, irgendwer musste sie ihr eingegeben haben. Der Name Smith-Lyte geisterte durch seinen Kopf, er schob ihn weg.

Er hatte gleich ein ungutes Gefühl wegen des Arabisch-Unterrichts gehabt, diese seltsame alte Lady war für ihre Skurrilitäten bekannt. Und Marie Wiegand? Sie war eine der Töchter Georg von Siemens', Bankier und einer der wichtigsten Motoren und Finanziers der Bagdad-Bahn, eine bessere Adresse gab es kaum, nicht hier in Konstantinopel. Aber sie war die Frau eines renommierten Archäologen und oft selbst im Sattel unterwegs. Damit hatte es begonnen, mit dieser Bekanntschaft, nein, es hatte früher begonnen. Mit dieser plötzlichen Neugier auf die Relikte der Antike, auf die Ausgrabungen. Smith-Lyte. Nein, noch früher.

Wie konnte sie denken, er erlaube ihr, zu den Ausgrabungen im Südwesten zu fahren, und zwar nicht nur als Touristin, sondern um für Wochen, vielleicht für Monate, dort mitzuarbeiten? Eine Frau, erst recht eine Dame und Ehefrau, tat so etwas nicht. Es war einfach nicht vorgesehen. Immerhin wollte sie nicht mit den Arbeitern, den Männern aus den umliegenden Dörfern, im Sand und Geröll alte Scherben und Steine suchen, sondern die Protokolle schreiben, die Fundstücke abzeichnen, dokumentieren. Und lernen, hatte sie gesagt. Wozu sollte sie das lernen? «Weil es mich so sehr interessiert. Verstehst du das nicht? So wie du deine Teppiche liebst. Du erinnerst dich an Latife Hanım, sie arbeitet im Museum in Bursa ...»

«Das ist etwas völlig anderes. Madame Latife assistiert den Mitarbeitern ihres Ehemannes, in einem Museum in einer zivilisierten Stadt und nicht in einem Erdloch im Nirgendwo.»

«Ich weiß, was ich von dir erbitte, Richard», hatte sie schließlich gesagt. «Es verstößt gegen Regeln, geschriebene und ungeschriebene, trotzdem bitte ich dich sehr.»

Später, als sie noch einmal und noch einmal darüber gesprochen hatten, als er es müde war und nichts mehr darüber hören und sprechen wollte, hatte sie den Kopf gesenkt und geschwiegen. Er hatte geglaubt, sie weine und werde ihn um Nachsicht bitten, um Verzeihung, weil sie auf solch törichten Ideen beharre. Sie hatte geweint, eine Träne war über ihre Wange gelaufen, sie hatte es nicht bemerkt und gesagt: «Ich weiß auch, was es bedeutet, Richard, und werde es trotzdem tun. Du bist mein Mann, du kannst mir verbieten, was immer du möchtest, so ist das Gesetz, nicht wahr? Aber warum solltest du das wollen? Hier braucht mich niemand.» Sie wischte mit dem Handrücken über die feuchte Wange und richtete sich auf. Wie ein tapferes trotziges Kind, das rührte ihn. «Wenn wir ehrlich miteinander sind», fuhr sie langsam fort, «dann wissen wir es längst: Du brauchst mich nicht mehr.»

«Das ist Unsinn, Edie, wirklich Unsinn. Wir haben uns ein unauflösbares Versprechen gegeben, erinnerst du dich? Da läuft man nicht wegen einer Laune oder vorübergehenden Verstimmung weg. Du so wenig wie ich. Da macht man den Rücken gerade ...»

«Ich laufe nicht weg, Richard. Ich brauche nur – eine Zeit.»

Er hatte dumm reagiert, er war ärgerlich und harsch gewesen und hatte das Zimmer verlassen. Ihr helles Zimmer, in dem er immer diesen Hauch von Ägyptischem Jasmin spürte.

Im Frühjahr, dachte er nun, sah noch einmal zu dem Fenster hinauf und beschloss: Nach den Osterfeiern darf sie reisen und Grabungen besuchen, egal welche, für vier oder sechs Wochen. Lydia konnte Edie nicht begleiten, die Kinder, der ganze Haushalt brauchten sie hier. Maudie vielleicht. Ja, im Frühjahr. Jetzt war es unmöglich, der November konnte kalt und unwirtlich werden, auch im Süden.

Im Frühjahr. Er war beschwingt und stolz auf seine Entscheidung. Man würde ihn seltsam ansehen, und er würde stolz sagen, ja, ich habe eine ganz besondere Frau, sie schreibt täglich ...

Plötzlich hatte er es eilig, hart erkämpfte Entschlüsse wollten mitgeteilt und gelobt werden. Er lief die Treppe hinauf, klopfte an ihre Tür und trat gleich ein.

Als Erstes sah er den hellen Fleck an der Wand neben ihrem Frisiertisch. Der heilige Georg war verschwunden, die Ikone und ihr Schutzengel, der sie immer, auf jeder Reise begleitete. Edie war nicht mehr da.

Es war einer dieser erstaunlichen Zufälle, wie sie eigentlich nur in ausgedachten Geschichten passieren, doch hin und wieder auch im wahren Leben. Zwei Männer, europäische Herren in teuren Mänteln, wollten gerade um das letzte Boot mit zwei Ruderern streiten, das doppelt so schnell über den Bosporus gelangte wie das gerade abgelegte Fährboot, als sie einander erkannten, Ludwig Brehm und Richard Witt.

Die Kayikdjis ruderten, als gelte es ihr Leben und nicht nur den dreifachen Überfahrt-Preis. Sie bugsierten ihr Boot geschickt durch die anderen Boote um die mächtige Baustelle des zukünftigen Bahnhofs Haydarpaşa zum Anleger des schlichten alten Gebäudes, das noch als Kopfbahnhof der Anatolischen Bahn fungierte, die in der Zukunft bis nach Bagdad führen sollte. Ein durchdringendes langes Pfeifen, heftig stampfende Räder, dicker Qualm stieg auf – sie kamen zu spät und sprangen doch aus dem Boot und rannten zu dem hölzernen Bahnsteig, wo noch Menschen standen. Statt in den winkenden Händen hielten sie Taschentücher vor die Münder, Ruß wirbelte durch die Luft, Dampf aus dem Schornstein der Lokomotive hing im Novemberdunst. Als er sich auflöste, verwirbelte und niedersank, gab er eine weibliche Silhouette frei. Der Zug stampfte heftiger, seine Räder drehten sich eifriger, er gewann schnell an Fahrt, war nur noch Lärm und Rauch und dann nichts mehr.

In die Menge auf dem Bahnsteig kam Bewegung, sie begann sich aufzulösen. Familien, die einen der ihren verabschiedet hatten, Arbeiter, die einen Waggon mit Gütern beladen hatten, Neugierige, Bettler, alles verlor sich, schlenderte oder eilte zurück zum Anleger der Fährschiffe, zu den Kutschen und Droschken, nach Üsküdar hinein, nach Kadiköy.

Nur Milena stand noch da und sah dem Zug nach, der Edie, die junge Frau Witt, auf ihren neuen Weg brachte.

———

Der Winter 1906/1907 war kalt in Konstantinopel, er blieb milde im Südwesten. Edie lernte viel, so wie sie es sich gewünscht hatte. Sie lernte aber auch, dass es möglich ist zu gehen, wenn man sich einmal dazu entschlossen hat, dass es an manchen Tagen leicht erscheint, doch schwer ist, zugleich in einem anderen Leben anzukommen. Sie blieb bei den Grabungen in Milet, gut behütet von den Archäologen und von Auntie Eleanor, einer der beiden Tanten von Rhodos, der es großes Vergnügen bereitet hatte, ihre zum Schrecken der Familie vom Wege abgekommene Nichte zu besuchen und ein Weilchen, ein langes Weilchen zu bleiben. Gut möglich, dass Edie darüber nachdachte, weiterzureisen, von Smyrna ging ein Schiff nach Alexandrette, nach Syrien vielleicht, weiter im Schutz einer Karawane nach Transjordanien zu den neuen Grabungsstätten in der langen Schlucht von Petra. Von dort gelangten Briefe nach einigen Umwegen nun auch nach Milet.

Richard Witt war zutiefst gekränkt, bevor er den Verlust mit aller Macht spürte. Es dauerte lange, bis er das Zimmer mit dem großen Fenster zum Garten wieder betrat. Doch nach und nach stellte sich eine neue Normalität ein, zumindest nach außen. Die Witts, das waren jetzt Richard und seine Kinder. Und Lydia. Was zukünftig daraus wurde – das zeigte erst der Lauf der Zeit.

Alfred Ihmsen vermisste Edie an jedem Tag. Seine Verbundenheit mit ihrem Vater, Commander Thompson, blieb tief, an manchen Tagen dachten sie beide davon als Freundschaft. Darüber hinaus war die Beziehung zwischen den deutschen Witts und den englischen Thompsons kühl geworden. Es gab kaum noch eine Gelegenheit dazu, aber Rudolf vermied, neben dem Mädchen mit dem dunklen Gesicht zu sitzen. Ihn quälten noch Albträume von jener Bootsfahrt, das wurde in der Witt'schen Villa Edie und ihrer Schwester Maudie übelgenommen.

Sergej tauchte nicht wieder auf. Milena war niemals sicher, ob sie ihn getötet hatte, ob jemand aus der Madame Verte oder seine eigenen Leute ihn fortgeschafft hatten, tot oder lebendig. Sie war schon immer eine pragmatische Person gewesen, so entschied sie, an die angenehmste Variante zu glauben, und lebte gut damit. Danach war Sergej unter ihrem ersten Schlag mit der Lampe samt dem Stuhl umgekippt und mit dem Hinterkopf auf einen Stein geschlagen, während sie und Ludwig um Hilfe rannten, hatten seine Kumpane, seine anderen Spitzel, ihren Herrn und Meister fortgeschafft. In dem Fall war es ihr egal, ob tot oder lebendig. Später tauchten Gerüchte auf, man habe ihn in Trapezunt an der Schwarzmeerküste gesehen, ein andermal war die Rede von Tiflis, auch Baku und Beirut wurden erwähnt, aber hier war der Orient, das Land der Geschichtenerzähler nicht nur von *Tausendundeiner Nacht*.

Übrigens war Yuri Tscherdynow, der jüngere der beiden Brüder Wera Bonnards, nicht auf dem langen Weg nach der sibirischen Insel Sachalin umgekommen. Er hatte das Straflager mit einem Gefangenentreck erreicht und die Ankunft um drei Monate und zwei Tage überlebt. Auch sein älterer Bruder Ignat hatte Sachalin erreicht, er überlebte die Zwangsarbeit in den Bergwerken; da seine Verbannung lebenslang galt, heiratete er eine Schicksalsgenossin, beide kamen in einem Feuer ein halbes Jahr nach der Hochzeit um, es war im Jahr 1889. Alle diese Ereignisse waren akribisch in den Akten der Straflager wie der Ochrana notiert. Auch davon erfuhr Milena nie.

Wie in jeder großen Stadt hörte viel, wer viel fragte, auch viele Gerüchte, und manche davon entstanden erst, weil jemand gefragt hatte. Wäre ihr eingefallen, in einem engen Laden in Galata zu fragen, der einer Frau gehörte, die Milena einmal an Kassandra erinnert hatte – aber nein, Kassandra hätte nichts erzählt, vor allem nicht, dass der Russe, der unter ihrem Dach gewohnt hatte, nicht der Ochrana angehörte, sondern ein Mann war, der für sich selbst sorgte, der Informationen sammelte und verkaufte, ein Mann mit einer ganzen Reihe von Käufern verschiedener Nationalität und Interessen, und anderen Menschen, die wiederum anderen, oft vertrauten Menschen zuhörten und zusahen und unauffällig kleine Notizbücher füllten.

Sergej Michajlow war gut im Geschäft gewesen, in jenen

Monaten zumeist wegen einer vor allem unter Beamten und Offizieren der Armee des Sultans virulenten Reformbewegung, die später unter dem Begriff Jungtürken firmieren sollte. Für die interessierte sich nicht nur der Geheimdienst des Sultans, Deutsche, Briten, besonders der russische Zar und seine Minister, Bankiers und Industriellen wollten wissen, mit welchen Kräften in Zukunft zu rechnen war, welche Koalitionen möglich wurden. Das Osmanische Reich war und blieb es auch als Türkei noch lange, ein Sahnestück gleich vor den Grenzen des begehrlichen russischen Reiches.

Das vermeintlich harmlose, tatsächlich brisante Papier, das Milena unter Ihmsens Kommode hervorgezogen hatte, wäre einen guten Preis wert gewesen, sofern jemand verstanden hätte, es richtig zu interpretieren. Es war eine Abschrift und verriet Standorte und Treffpunkte von Offizieren in der Region der Schwarzmeerküste, die der Bewegung verbunden waren oder noch gewonnen werden sollten. Der Bogen war in Milenas Furor in der bergab fließenden Kloake gelandet und hatte sich darin aufgelöst. Leutnant Salih hätte sehr viel ruhiger geschlafen, wenn er von diesem Ende seiner Notizen gewusst hätte.

Ludwig Brehm feierte sein erstes Weihnachtsfest im Orient, was eine interessante Erfahrung war, weil sich in Pera verschiedenste europäische Weihnachtssitten mischten. Am Heiligen Abend mischten sich auch die Rufe der Muezzins in die süßen Klänge von *Stille Nacht, heilige Nacht*. An einem Abend kurz vor Weihnachten vertraute Ludwig Alfred Ihmsen seine Geschichte an. Es war an keinem besonderen Tag geschehen. Sie hatten wie oft gemeinsam zu Abend gegessen und ihre Gläser noch nicht geleert, als Ludwig plötzlich mit nicht ganz fester Stimme bat, noch eine Geschichte erzählen zu dürfen, seine Geschichte. So hatte er von Hans Körner erzählt, der in einer Hamburger Destille Ludwig Brehm traf, und von allem, was darauf bis zur Ankunft in Konstantinopel folgte. Alfred Ihmsen hatte ihm ruhig und sehr aufmerksam zugehört und schließlich, als Ludwig endete, erklärt, er müsse darüber nachdenken. Er hatte zwei Tage nachgedacht, auch zwei Tage geschwiegen. Dann hatte er «Brehm!, in mein Kontor» gerufen und dem kreidebleichen Ludwig erklärt, die Welt sei voller seltsamer Geschichten, seine wolle er glauben. Für ihn bleibe er nun der Ludwig Brehm, den er kenne und der sich gut auf sein Metier verstehe. Wenn sich sein Jahr am Bosporus dem Ende zuneige, werde man weitersehen. Diesmal hatte sich der Boden unter Ludwigs Füßen vor Dankbarkeit und Erleichterung gehoben, für einen Moment.

In diesen Tagen war auch wieder ein Brief von Hans Körner angekommen. Der ferne Ludwig hatte inzwischen seinen verschollenen Vater gefunden, was beiden nur halbe Freude bereitete. Um nicht die immensen Schulden des alten Brehm begleichen zu müssen, hatte der junge Brehm über dunkle, doch zuverlässige und oft erprobte Kanäle alle nötigen Papiere gekauft, um endgültig den Namen Hans Körner zu tragen. Es ging ihm gut auf der anderen Seite der Welt, diesmal nannte er eine Adresse, das hübsche Anwesen einer so charmanten wie wohlhabenden Witwe. Nach der bevorstehenden Heirat werde er Juan Körner da Silva de Arlanza heißen, was ihm ausnehmend gut gefalle. Es sei überhaupt höchst angenehm, glücklich zu sein. *Wenn Sie genug vom Orient und den Teppichen haben, kommen Sie mich besuchen, oder bleiben Sie ganz hier bei uns. Jederzeit willkommen – Ihr Name hat mir Glück gebracht.*

Ludwig betrachtete sich nun als den echten Ludwig und viel weniger, sozusagen gar nicht mehr als Hochstapler. Den Gedanken an die Pazifikküste fand er natürlich viel aufregender als Milenas Überlegungen, nach Paris zu reisen. Aber für Ludwig Brehm gab es keinen Plan mehr, der Milena nicht einschloss. Alfred Ihmsen und Charlotte Labarie waren entzückt.

In der mittleren Lade seiner Kommode verwahrte Ludwig zwei dünne Hefte aus billigem Papier, die Seiten eng beschrieben, seinen Lügenalmanach. Den brauchte er nur noch sehr selten, er kannte sich nun gut aus in seinem Leben, dem wahren und dem fabulierten.

Milena und Ludwig vergaßen auch Sergej Michajlow niemals. Bald sprachen sie nicht mehr von dieser Nacht. Nur manchmal, wenn sie die Stufen der Yüksek Kalıdrım zur Pont Neuf hinunterliefen, um hinüber und weiter nach Stambul zu bummeln, verlangsamten sich ihre Schritte, wo die Gasse zur Madame Verte und dem Laden der schweigsamen Kassandra abzweigte.

Sie wollten Konstantinopel nicht verlassen. Da die Welt so groß und weit und abenteuerlich lockte, waren es dennoch schöne Gedankenspiele. Sie würden bleiben. Bis der große Krieg, schon in acht Jahren, auch ihr Leben zersplittern musste, aber das ist eine andere Geschichte.

EPILOG

1920

Er verließ das Fährschiff schon bei Tophane, früher war dort kein Anleger gewesen, und führte sein Pferd, das nun Üsküdar hieß, am kurzen Zügel durch das Gewimmel der Menschen und Lasttiere, der Wagen und Karren. Er saß nicht auf, denn er spürte die Nervosität des Tieres. Als ein Kabardiner war es an die steinigen Bergpfade und das raue Klima seiner Kaukasusheimat gewöhnt, es hatte viel ausgehalten, auch Schüsse, Explosionen, Blitz und Donner, das Prasseln und Fauchen großer Brände, Schreie. Die Stadt mit ihren engen Straßen und den fremden Gerüchen, all dem fühlbaren Wollen und Müssen, mit dem rußigen Rauch aus den Schornsteinen der Dampfschiffe, der Häuser und Fabriken, sogar knatternden, fremdartig stinkenden Automobilen, schien noch bedrohlicher.

Niemand beachtete ihn. Er war nur ein Mann mit robusten schmutzigen Kleidern und Stiefeln, auf dem fast weißen Haar eine seltsame, von einem Tuch umwickelte Mütze. Er führte mit beruhigendem Murmeln sein müdes, kaum weniger schmutziges Pferd. Hin und wieder blieb er stehen und sah über das Wasser, diese englischen und französischen Kriegsschiffe hatte es damals nicht gegeben. Nicht hier.

Er passierte den Uhrturm von Tophane, der zeigte immer noch auf zwei Zifferblättern zwei Uhrzeiten, alaturka und alafranga, die osmanische und die europäisch-westliche. Das ließ ihn lächeln.

Üsküdar blieb abrupt stehen, als er vom Quai in eine der engen Gassen einbiegen wollte, die den Hügel hinaufführte, an manchen Stellen gab es noch ausgetretene Stufen einer alten Steintreppe, an die er sich erinnerte, weil er sie oft gegangen war. Der Mann mit dem Pferd hatte diesen Weg nicht gesucht, sein Körper, seine Füße hatten ihn von selbst eingeschlagen, vom Hafen weg und den Hügel hinauf, dorthin, wo in von Mauern und Hecken gesäumten stillen Straßen die vornehmeren der alten Wohnhäuser standen. Als das Pferd bereit war, führte er es weiter hinauf und dorthin.

Auch die Stelle, an der der alte Konak gestanden hatte, fanden seine Füße gleich. Die Mauer war noch da, die Baumkronen darüber, das Laub staubig, es hatte nicht geregnet in diesem Sommer. Der Konak jedoch war nicht mehr da. Auf der linken Seite der Mauer ließen Verfärbungen um ausgebesserte Abschnitte einen Brand vermuten, es brannte ja oft in dieser Stadt mit ihren zahlreichen Holzhäusern und offenen Feuern. Ein neues Haus war auf den Grundmauern des alten erbaut worden, halb aus Stein, halb aus Holz sollte es wenigstens halbwegs einem Konak gleichen und war doch nur ein neues Haus im Orient. Werden und Vergehen, so war der Lauf.

Die Tür öffnete sich, und ein Mann kam heraus. Er war in mittleren Jahren, sein braunes Haar – er trug den Hut noch in der Hand – und der helle, jedoch von der Sonne stark gebräunte Teint ließen keinen Türken vermuten. Er blickte freundlich auf den Mann und das Pferd, die ihm den Weg versperrten, und fragte, ob er helfen könne. Er sprach Türkisch und klang dabei sehr englisch. Eine Frau erschien im Hintergrund im Halbdunkel des Entrees. Frau Aglaia – nein, sie war nicht Frau Aglaia, sie glich ihr nur mit dem dunklen Haar, der kräftigen Figur und der aufrechten Haltung, aber ihr Blick war nicht streng und unbewegt, nur neugierig. Und sie war jung. Bis zu diesem Moment hatte er nicht gewusst, dass er auch Frau Aglaia vermisst hatte.

Er neigte den Kopf und entschuldigte sich zu stören, in diesem rauen, von den Dialekten der zahlreichen im Kaukasus lebenden Völker gefärbten Türkisch, er habe eine Nachricht für den alten deutschen Herrn, der hier gelebt hatte.

Der Bewohner des neuen Hauses schüttelte mit Bedauern den Kopf. Die Deutschen seien doch alle weg, seit einigen Jahren schon, freiwillig, so heiße es jedenfalls, oder später, nach dem Sieg, ausgewiesen und mit dem nächsten Schiff hinüber nach Saloniki gebracht. Wer Pech hatte, nach Odessa. Von dort gestalte sich die Heimreise nach dem westlichen Europa in dieser Zeit doch sehr viel schwieriger. «Hier leben keine Deutschen mehr.»

Er führte Üsküdar weiter durch die Gassen von Pera und hinunter nach Galata. Einmal wusste er, wenn er nun abböge, gelangte er zum Kontor und zum Teppichlager. Irgendwem musste es jetzt gehören. Er bog nicht ab, er ging weiter und erreichte endlich die Rue de Karaköy. Da lag sie vor ihm wie in seiner Erinnerung: die Brücke zwischen seinen Welten, dem Orient und dem Okzident. Stambul auf den sieben Hügeln am anderen Ende, mit den mächtigen jahrhundertealten Moscheen, den Minaretten und den

Gärten, dem Topkapı Sarayı und dem Großen Basar und all den anderen Dächern, den hohen und niedrigen, großen und kleinen. Dieses Bild trug er immer mit sich.

Auf der Brücke hörte er den Klang seiner Schritte und Üsküdars Hufe auf dem Holz, er hörte es sehr genau in der rasselnden Melange der Geräusche und Stimmen, die zum Leben auf der Brücke gehörten, damals wie heute. Für einen Augenblick hatte er das Gefühl, er gehe allein, nur mit Üsküdar über die Pont Neuf, wie sie über viele Wege und Berggrate gegangen waren, auch über schmale Stege entlang der Felsen hoch über Schluchten und immer weiter auf den langen Straßen über karge Hochebenen und durch fruchtbare Täler.

Die Geräusche und der Lärm hatten sich entfernt, nur um mit großer Wucht plötzlich zurückzukehren. Sie zerrten an ihm, als wollten sie ihn festhalten, aber er wollte umkehren, sich bereitwillig in die Flucht schlagen lassen von dieser Gegenwart und der Vergangenheit, die er mit sich trug. Das Alte und das Neue, beides lockte und drohte, und er wollte sich nicht entscheiden, weil er nicht wusste, was das Richtige war. Und dann sah er sie.

Die hochgewachsene Frau mit den schmalen Schultern am Ende der Brücke, in ihrem ebenholzfarbenen Haar schimmerte es silbrig, ihr Kostüm war von hellem, fast weißem Stoff, wie ihre Kleider damals. Sie wandte sich ihrem Begleiter zu, er sah ihr Profil. Es war unverändert.

Er war den weiten Weg geritten, einen ganzen Sommer lang, er hatte alle Umwege genommen, die sich angeboten hatten, und wenn er es bisher nicht gewusst oder sich nicht eingestanden hatte – all die Umwege waren nötig gewesen, um anzukommen. Doch nun, auf der Brücke? Er sah ihr vertrautes Profil, den schönen Schwung ihrer Lippen, ihres Nackens, die leichte Bewegung der Hände, wenn sie sprach. So wie jetzt zu dem Mann dort vorne, nicht zu ihm. Er war angekommen, und es war Zeit, wieder zu gehen. Es gab keine Fragen mehr. Also blieb er stehen und blickte dorthin zurück, woher er gekommen war, zum anderen Ende der Brücke und über das Wasser. Aber er musste sehen, wie sie fortging, wie sich die schmale helle Gestalt in der Menge auflöste. An das Bild wollte er sich erinnern. Also wandte er sich wieder um, und da stand sie und sah ihn an.

Alles in ihm wollte flüchten, und alles wollte bleiben und hielt ihn fest. Sie kam näher, Schritt für Schritt. Durch die Jahre, durch die Zeit. Dann war sie ganz nah mit ihrem Duft nach Jasmin und sagte leise «Richard». Nur das eine Wort.

GLOSSAR

Alldeutscher Verband Die 1891 gegründete politische Organisation wurde von einflussreichen Mitgliedern und Unterstützern bald zu einer aggressiven Stimme der deutschen Rechtsradikalen. Zu den Zielen gehörten Förderung des Nationalbewusstseins, des Deutschtums im Ausland, der Kolonialpolitik und der rapiden Flottenaufrüstung, Vertreibung von «Minderheiten».

Angora Bezeichnung bzw. Verballhornung des Namens der Stadt (durch Europäer), die nach dem antiken Ankyra bis 1930 Engürü hieß. 1920 berief Mustafa Kemal Atatürk für die jungtürkische Bewegung die Nationalversammlung nach A., das nun zugleich Ankara hieß und unter diesem Namen 1923 Hauptstadt der Türkei wurde. **Fazit**: Wer über die Türkei in Umbruchzeiten recherchiert und schreibt, gerät leicht in ein wahrlich verwirrendes Labyrinth der Begriffe, Namen und historischen Komplikationen (nur der letzten dreitausend Jahre).

Antep ist inzwischen zur Millionenstadt angewachsen und heißt seit der Gründung der Republik Gaziantep. Gazi bedeutet in etwa «Vorkämpfer für den Glauben». Die Stadt hat eine mindestens fünftausendjährige Geschichte; die Reste der riesigen Zitadelle auf dem Burgberg mitten in der Stadt zeugen von den schweren Kämpfen der verschiedenen Völker, die einst hier herrschten. Das *Merkezi Türkiye Koleji*, oft nur *the American College* genannt, war bei seiner Gründung 1874 das dritte im Osmanischen Reich. In A. wurden Schüler jeder Religion aufgenommen, Unterrichtssprachen waren Englisch und Türkisch. Es wurden auch Ärzte für das örtliche *American Hospital* ausgebildet.

Bell, Gertrude (1868–1926) war eine britische Reisende, Archäologin, Politikerin, Historikerin, Publizistin, Expertin für den Nahen und Mittleren Osten und Informantin für Großbritannien ... Die Tochter aus gutem Haus hatte als eine der ersten Frauen in Oxford Geschichte studiert. Sie war finanziell unabhängig und schon in sehr jungen Jahren dem Nahen und dem Mittleren Osten, bes. der arabischen Welt, und zugl. feiner engl. Lebensart tief verbunden. Sie reiste/ritt Jahrzehnte durch Persien und die arabischen Länder, die für sie bald mehr Heimat waren als das ferne England, und beriet arabische Herrscher und Stammesführer ebenso wie z. B. Winston Churchill. Ihre Reiseberichte sind eine spannende und sehr informative Lektüre. In der veränderten Welt nach 1918 verlor sie diese Funktionen, sie starb in Bagdad, wahrscheinlich an einer Überdosis Schlaftabletten.

Bessarabien Die Landschaft zw. Schwarzem Meer, Dnjestr und Donau wurde in ihrer Geschichte von zahlreichen Herrscherhäusern bestimmt, u. a. gehörte sie ca. 300 Jahre zum Osmanischen, seit Anfang des 19. Jh. zum Russischen Reich (mehr oder weniger). In der ersten

Hälfte des 19. Jh. wurden deutsche Kolonisten (auf dem Gebiet der heutigen Ukraine) angesiedelt, überwiegend pietist. Protestanten, deren mehr als 90 000 Nachfahren 1940 wieder «ausgesiedelt» wurden.

Bridge Als Vorläufer des stets von vier Personen gespielten Kartenspiels gilt Whist aus dem England des 16. Jh. Es wird angenommen, dass sich B. in der 2. Hälfte des 19. Jh. wahrscheinlich in Russland oder der Türkei entwickelt hat, möglicherweise durch britische Soldaten im Krimkrieg (1853–1856) oder bald darauf in Istanbul, vielleicht im Zusammenhang mit den Friedensverhandlungen in → San Stefano.

Bürotechnik Schreibmaschinen steckten in diesen Jahren sozusagen noch in den Kinderschuhen, zahlreiche Firmen experimentierten, auch schon mit Elektrizität oder mit Tasten in Blindenschrift. Nach Auskunft von PTT Türkei wurde das Telefonieren in Istanbul erst 1909 möglich, nicht zuletzt weil der sonst sehr an neuer Technik interessierte Sultan Abdülhamid II in beständiger Angst vor Großbränden selbst einer elektrischen Straßenbeleuchtung die Genehmigung versagt hatte.

Bursa (ältere Bezeichnung Brussa), am Fuß des Bithynischen → Olymps war die erste Osmanische Hauptstadt und ist heute eine Provinzhauptstadt in NW-Anatolien, die fünftgrößte Stadt der Türkei. Gertrude → Bell berichtete 1892 von B.s «unbeschreiblichem Zauber» wegen der üppigen Vegetation, des Wasserreichtums und der hier vereinigten Kunststile vieler Nationen und

Zeiten. B. zählt auch heute zu den kulturellen Zentren des Landes, zugleich als ein Mittelpunkt u.a. des Maschinenbaus, der Textil- und Seidenindustrie, früher auch der Seidenraupenzucht. Die Bäder für die heilsamen schwefelhaltigen Thermalquellen existieren seit der Römerzeit.

Chaminade, Cécile (1857–1944) war eine französische Komponistin und Pianistin. Gerade achtjährig, beeindruckte sie George Bizet mit ersten Kompositionen. Sie wurde schnell mit Werken für Klavier und/oder Orchester, Ballettmusik, einer Messe u. einer Oper berühmt, besonders aber für gehobene sog. Salonlieder. Enorm erfolgreiche Konzertreisen führten sie durch Europa, die USA, Kanada oder die Türkei. Auf Queen Victorias Einladung wohnte sie mehrfach in Windsor Castle. 1913 wurde sie als erste Komponistin in die *Légion d'Honneur* aufgenommen, im 1. Weltkrieg leitete sie ein Krankenhaus. Sie hinterließ allein für Klavier solo 200 Stücke und mehr als 100 Lieder. Lange vergessen, gibt es inzw. eine «Chaminade-Renaissance».

Dragoman werden die Führer und Dolmetscher genannt; in politischen/diplomatischen Diensten konnte ihr Einfluss als Vermittler und «Strippenzieher» erheblich sein.

Entente cordiale Großbritannien und Frankreich schlossen 1904 das so bezeichnete Bündnis, um Absprachen wg. nordafrikanischer «Einflussgebiete» oder «Protektorate» zu regeln. Der Hintergrund waren militärische Vereinbarungen für einen schon befürchteten Krieg mit dem rasant rüstenden Deutschen Reich. Durch das ergänzende Bündnis mit Russland entstand 1907 daraus die Tripelentente, das den 1. Weltkrieg mitentscheidende Dreierbündnis.

Fes Im frühen 19. Jh. hat Sultan Mahmud II die offiz. Kleidung reformiert. Der erwogene europäische Dreispitz kam wg. des möglichen Hinweises auf die christliche Dreieinigkeit nicht in Frage. Der tunesische Fes galt zunächst als Dienstkleidung, wurde dann allgemeine Mode, nach der bei Strafe verbotenen traditionell orientalischen Tracht mit Pluderhosen und Turban. Der Fes wurde allmählich zum patriotischen Symbol, bekam aber seit Ende des 19. Jh. Konkurrenz durch europäische Hutmoden. Unter Kemal Atatürk wurde der Fes als Symbol der Rückständigkeit verboten. Panamahut, Anzug und Krawatte wurden in der Türkei alltäglich. Bis in das 20. Jh. hinein wurden die Kappen aus rotem Filz überwiegend aus Österreich importiert und wg. des geringen Preises auch für das türkische Militär gekauft. Die teureren roten Kappen aus der Feshane-Fesfabrik direkt am Bosporus, die geschätzte bis zu zweitausend Menschen beschäftigte, galten jedoch als die besten und haltbarsten.

Galata-Brücke Die G. hatte und hat je nach Bevölkerungsgruppe verschiedene Namen wie Pont Neuf oder Pont de la Valide, Neue Brücke, Galata-Bridge oder Sultan-Valide-Köprü. Letzterer bedeutet Sultansmutter-Brücke, denn die Mutter Sultan Abdülmecids I gab 1845 die erste Brücke über das Goldene Horn in Auftrag. Die schwimmende Holzkonstruktion konnte die Schiffe und Boote zum Goldenen Horn durchlassen. Knapp 20 Jahre später musste sie durch eine breitere, stabilere Brücke ersetzt werden, 1875 erneut durch die erste Ponton-Holz-Eisen-Konstruktion (von einer britischen Firma gebaut). Anno 1906 galt sie schon als baufällig, trotzdem war sie stets voller Menschen, Tiere und auch Wagen jeder Art. Es musste (bis 1930) eine Maut entrichtet werden, was aber offenbar nur wenig von Brückenwächtern kontrolliert wurde. 1912 entstand die breite Stahlbrücke in zwei Etagen (von der deutschen MAN in Kooperation mit einer türkischen Fa. erbaut) und breiten, nachts beleuchteten Fahrbahnen u. Bürgersteigen, neuer Treffpunt zw. den Welten für Künstler, Gaukler, Touristen, Müßiggänger etc. Sie führte stolze 80 Jahre (bis zu einem Brand) über das Goldene Horn.

Galoppderby, Hamburger Wurde seit 1869 als **Horner Rennen** ein bedeutendes Ereignis im Pferderennsport mit Tausenden Besuchern, zu denen auch Kaiser Wilhelm II gehörte. Die sog. Kaisertage wurden von der Bevölkerung heftig bejubelt. Zuvor, ab 1835, wurde das Rennen im nahen Wandsbek ausgerichtet und zog jährlich bis zu 50 000 Besucher an.

Hamal / Hammal (im Plural Hamala) Die Lastenträger waren nach Stadtteil und Tätigkeit allgemein in der Stadt, für die Zollämter oder für Hafen und Schifffahrt, organisiert, trugen alles auf dem Rücken, auch schwerste Lasten, und sie waren schnell; auch die Hafenarbeiter gehörten ihrer Gilde oder Bruderschaft (eigene innere Regeln), der H. an, in diesen Jahren organisierten sie zunehmend streikähnliche «Spannungen». Es heißt, M. K. Atatürk erließ den H. alle Steuerzahlungen, weil sie während der Umsturzzeit aus den Arsenalen des Sultans Waffen für die sog. Jungtürken geklaut hatten.

Hohe Pforte bezeichnete im Osmanischen Reich/in der Türkei die Geschäftsbereiche des **Großwesirs**, also des leitenden Ministers und Vorstehers der gesamten Verwaltung. Die Bezeichnung geht auf die besondere Eingangspforte zur Residenz des Sultans zurück.

Jungtürken Das Thema ist viel zu groß für ein kl. Glossar! Dennoch: Diese politische Bewegung im Osmanischen Reich, bes. der Türkei, agierte ca. seit den 1870er Jahren in mehreren Vorläufer-Gruppierungen im Untergrund, um den weiteren Zerfall des Osm. Reiches mit allumfassender Modernisierung zu verhindern. Die wichtigste Gruppe war das auf einem J.-Kongress in Paris 1907 so benannte «Komitee für Einheit und Fortschritt». Es wurden demokratische Strukturen angestrebt. Träger der geheimen Bewegung kamen zunächst aus der gebildeten Elite (Beamte, Lehrer, Offiziere, auch Angehörige des Hofes), wichtige Führer im beginnenden 20. Jh. machten aus niedrigeren Schichten Karriere, bes. in der Armee. Nach der jungtürkischen Revolution 1908 begann der offene Aufstieg, Regierungsbeteiligung verbunden mit zunehmender Nationalisierung zum reinen Türkentum. In den von Kriegen dominierten Folgejahren ging es auf und ab, auch zw. den einzelnen Gruppierungen. 1915 war die jungtürkische Führung auch entscheidend für die mörderischen Deportationen der Armenier, dem Genozid mit etwa einer Million Toten. Der Offizier Mustafa Kemal Pascha (1881 Saloniki – 1938 Istanbul), genannt Atatürk, Vater der Türken, proklamierte 1923 als ihr Präsident die Türkische Republik und begann mit der strikten Modernisierung der Türkei.

Kabardiner Die äußerst leistungsfähige, ausdauernde und robuste Pferderasse aus dem nördlichen Kaukasus entstand durch Kreuzung von Pferden der Steppenvölker aus Karabakh (heute Ost-Armenien u. Südwest-Aserbaidschan), Persien und Turkmenien. Ihr Fell ist dunkelbraun bis schwarz ohne jegliche Blessen. Der K. ist auch schnell und findet selbst im Schnee und bei Nebel im Gebirge verlässlich den Weg.

Konak bedeutet im Türkischen etwa einen Ort, an dem man sich niederlässt, und meint ein Anwesen oder Herrenhaus.

Konya Die heute bedeutende Provinzhauptstadt war das Zentrum des Seldschuken-Reiches (12. bis 14. Jh., von dem auch Relikte großer Karawansereien an alten Straßen nach Osten zeugen), es folgten mongolische Herrscher, die Osmanen eroberten im 15. Jh. Stadt und Region. Anbau von Getreide und Mohn. Um 1900 war K. mit 30 000 EW wichtiges Teppichzentrum und Hauptsitz des Ordens der tanzenden Derwische.

Mehrehe Untersuchungen von Erbschaftsregelungen zeigen, dass die Zahl der M.n, das meint schon eine 2. Ehefrau, stark überschätzt wurde, zumindest in den Städten waren sie (auch aus finanziellen Gründen) die Ausnahme; nach 1880 gab es die M. in Istanbul fast nur im Umfeld des Palastes und religiöser Amtsträger, nicht im Milieu der Kaufleute und Handwerker.

Muezzin Der Ausrufer (kein Geistlicher) der Moschee ruft die Muslime fünf Mal tgl. in arabischer Sprache kunstvoll singend zum Gebet, früher vom Minarett, heute gewöhnlich per Lautsprecher. In älterer Zeit wurden gerne Blinde als M.s eingesetzt, da sie nicht in die Innenhöfe der Frauen sehen konnten.

Olymp Nicht der griechische O. ist gemeint, sondern der nach der antiken Landschaft im Nordwesten Kleinasiens/Anatoliens benannte Bithynische O. Der höchste von mehreren Gipfeln des Massivs ragt 2530 m auf («treffliche Fernsicht!»). Er war ein beliebtes Ziel für an solche Strapazen gewöhnte Ausflügler, zu Pferd und zu Fuß und mit ortskundigem Führer; Flora und Fauna galten als reich und besonders. Wegen der Einsamkeit in den tiefen Wäldern lebten in alter Zeit Mönche am O., später fanden hier eher Räuber Schutz und Quartier.

Phonograph Der Ph. nimmt über Tonwalzen Töne auf und spielt sie wieder ab. Er gilt als Erfindung Th. A. Edisons (um 1877), es gab aber zeitgleich ähnliche Entwicklungen. Das Grammophon und die Schallplatte lösten den Ph.en ruck, zuck ab.

Repin, Ilja (1844–1930) war einer der bedeutendsten russischen Maler seiner Zeit. In seiner Kunst setzte er sich stark mit der Würde und den schweren Lebens- und Arbeitsbedingungen «einfacher Leute» auseinander, und dem Kampf gegen politische Mächte. Auch Mitglieder der «besseren» russischen Gesellschaft, Künstler und Künstlerinnen wie M. Mussorgski, L. Tolstoi, A. Rubinstein, A. Borodin oder W. v. Bechterew ließen sich von R. porträtieren.

Rosenöl, bulgarisches Spätestens seit Mitte des 18. Jh. wird im sog. Rosental südl. d. Balkangebirge Rosenöl destilliert (bes. aus der Damaszener-Rose), um 1900 in 2800 Kleinbetrieben. Wie Jasmin-Blüten in Ägypten in den Nachtstunden werden die bulgarischen Rosenblüten in den frühen Morgenstunden gepflückt, bevor die Aromen in der Sonne «verduften», von Mai bis Juni und traditionell von Frauen. Für einen Liter Rosenöl werden drei Tonnen der hauchzarten Blüten benötigt.

San Stefano (griech. Aghios Stefanos, nach der Gründung der Republik Yeşilköy) war um 1900 ein mehrheitlich von christlichen Griechen und Armeniern bewohnter Villen-Vorort des ca. elf km entfernten Istanbuls am Ufer des Marmarameeres. In San St. fanden die Friedensverhandlungen nach dem Krimkrieg statt, 1878 im → **Konak** der armenischen Familie Dadyan die nach dem Russisch-Osmanischen Krieg. Heute findet man dort den Flughafen Istanbuls, aber auch noch einige der alten Holzvillen.

Sklaverei Der Sklavenmarkt in Istanbul wurde 1847 unter Sultan Abdülmecid I geschlossen, also wurden Sklaven bei Nacht an die Küste des Marmarameeres gebracht und in Privathäusern verkauft. Obwohl Sklaven im Osmanischen Reich für gewöhnlich besser behandelt wurden als in christlichen Ländern, keinesfalls vergleichbar z. B. mit den USA-Südstaaten, blieben sie doch Sklaven. Bis 1909 blieb die Sklaverei als solche legal, tatsächlich bestand sie bis 1926 und wohl darüber hinaus.

Smyrna, heute die Vier-Millionen-Stadt **Izmir**, an der Küste des Ägäischen Meeres ist eine dreitausend Jahre alte griechische Gründung und wurde im Lauf der Jahrhunderte zur bedeutendsten Handelsstadt des westl. Kleinasiens. Als die Osmanen S. 1425 eroberten, hatte es schon an Bedeutung verloren. Später wanderten viele Griechen von den Inseln ein. Von 1896 bis 1908 war Henry A. Cumberbatch (1858–1918) britischer Generalkonsul in S., sein Urenkel Benedict C. brilliert heute als Sherlock Holmes oder Hamlet. Nach der Besetzung durch Griechenland 1919 eroberten die Türken 1922 (Griechisch-Türkischer Krieg) die dabei weitgehend verbrannte Stadt zurück, es wurden mehr als 25 000 überwiegend griechische u. armenische Zivilisten getötet. Die Überlebenden der griechischen Bevölkerung, etwa 200 000 Menschen, flohen.

Tiftik ist die türkische Bezeichnung für die Angoraziege, die es lange nur in der Türkei gab. Die sehr langfaserige glänzende Wolle wurde fast nur von Spinnereien in Brandford/Engl. gekauft. Züchtern gelang es, einige der kostbaren T.s aus dem Land zu schmuggeln und mit großem Erfolg im «Kapland», also in Südafrika anzusiedeln, die USA folgten.

Tschechow, Anton Pawlowitsch (1860–1904), russischer Arzt und Schriftsteller, reiste 1890 nach Sachalin im äußersten Osten Sibiriens. Er verbrachte dort als vermeintlicher Volkszähler drei Monate, voller Empörung über die Barbarei in den Straflagern. Er befragte mehr als zehntausend Häftlinge und veröffentlichte sein Wissen trotz des Kampfes mit der Zensur. Es gab Empörung in Europa, die bald verpuffte. Eine Untersuchung durch die Gefängnisaufsicht fand alles, was Tschechow auf Sachalin erlebt und aufgeschrieben hatte, bestätigt und in keiner Weise der Reform bedürftig, sondern genau richtig für kriminelle und politische Gefangene.

Tuz Gölü heißt der größte See des zentralanatolischen Hochlandes inmitten einer weiten Steppe zwei bis zweieinhalb Tagesreisen (für ein Kamel) nordöstlich von → Konya. Er ist doppelt so groß wie der Bodensee, ohne Abfluss und mit einem Salzgehalt von bis 36 % wirklich sehr salzig und dabei nur einen halben bis zwei Meter tief. Wenn er in gr. Sommerhitze (bis 40 °C) mal weitgehend austrocknet, bleibt eine dicke Schicht pures Kochsalz zurück, und der Wind weht Salz weit über die Steppe.

Union Jack lautet die volkstümliche Bezeichnung der britischen Nationalflagge. Sie entstand durch das Übereinanderlegen der Symbole der Schutzpatrone der Teile des Reiches: des englischen Georgskreuzes, des schottischen Andreaskreuzes und des irischen Patrickskreuzes. Durch die Verbindung von Georgs- und Andreaskreuz anno 1606 entstand der erste U.J., nach dem nun beide Teile des Reiches regierenden König Jakob benannt. Die Ergänzung um das P.kreuz erfolgte 1801 für das United Kingdom of Great Britain and Ireland (heute ... and Northern Ireland).

Wesir Minister in den meisten islamischen Staaten, der **Großwesir** leitete die gesamte Staatsverwaltung. Letzterer war besonders mächtig im Osmanischen Reich.

Wiegand, Theodor, Dr. (1864–1936) Der bedeutende deutsche Archäologe leitete u.a. Ausgrabungen in der Südwesttürkei in Priene, Milet, Didyma und auf Samos, später in Pergamon und Baalbek/Libanon; er war auswärtiger Direktor der Berliner Museen in Konstantinopel u. wiss. Attaché, Generalinspekteur für Grabungen in Syrien, Palästina und dem westl. Arabien. In Berlin war er u.a. verantwortlich für den Bau des Pergamon-Museums. Seit 1900 war er mit **Marie von Siemens** verheiratet, die nach der Geburt der beiden Söhne überwiegend in einem Vorort Istanbuls lebte. Ihr ausführlicher Briefwechsel ist über ein persönliches Dokument archäologischer Arbeit mit allen Facetten bzw. des Reisens und Lebens im Osmanischen Reich hinaus auch eines der Katastrophen im Nahen Osten während der Jahre 1915 bis 1918.

Wladiwostok bedeutet «beherrsche den Osten»; die Stadt im äußersten Südosten Sibiriens wurde erst 1860 gegründet und schnell zum bedeutendsten Hafen des Russischen Reichs am Japanischen Meer/Pazifik. 1864 gründeten zwei Hamburger ein Handelshaus und schufen «ein Handelsimperium» mit mehr als 30 Filialen bis ganz weit ins sibirische Hinterland u. in Japan; die Sibirische Eisenbahn ermöglichte nach der Jahrhundertwende den schnellen Warentransport von Deutschland und Europa nach W. Verkauft wurde alles, vom Bindfaden bis zur franz. Mode und Champagner über deutsche Landmaschinen und Lokomotiven, Möbel, Pelze, Bier, Mehl aus den USA, lebende Tiere etc., die Firma war schließlich auch Bankhaus, Schiffsagentur und Versicherungsgesellschaft. Noch 1914 wurde ein Kompagnon in den erblichen russ. Adelsstand erhoben. Spätestens in den 1920er Jahren erfolgte die Enteignung durch Sowjet-Russland.

Yalı Eine am Meeresstrand oder am Bosporus gelegene Sommervilla (gewöhnlich kunstvoll aus Holz errichtet).

Zülfaris-Synagoge Zu Beginn des 20. Jh. lebten ca. 120 000 Juden in Istanbul, entsprechend groß war die Zahl der Synagogen und Bethäuser. Die ersten Juden waren im 14. Jh. aus den Balkanländern, Deutschland oder v. d. Krim gekommen, im ausgehenden 15. Jh. nahm der Sultan bis zu 200 000 sephardische Juden aus dem spanischen Herrschaftsbereich auf, 40 000 siedelten sich allein in Istanbul an, alle brachten ihr Können und ihr Wissen in Gewerben und Kunstgewerben mit. Die

Z.-S. – eigentlich Kal-Kadosch-Galata-Synagoge – wurde 1823 auf schon hundertfünfzig Jahre zuvor bestehenden Fundamenten im dicht besiedelten Karaköy nahe der Pont Neuf, der Galata-Brücke, erbaut. Sie wurde mehrfach restauriert und 2001 als Museum für die Geschichte der Juden in der Türkei eingerichtet.

DANKSAGUNG

Zu guter Letzt – die Liste der Kenntnisreichen und Hilfsbereiten, denen ich unterwegs zu dieser Geschichte zwischen meinem Schreibtisch und den Bibliotheken und Antiquariaten, über den Bosporus bis zum Van-See und dem stolzen Ararat mit der ewigen Wolkenhaube oder dem Roten Meer begegnen durfte, ist lang. Einige der Namen sind über die Jahre in Vergessenheit geraten, Gesichter sind geblieben. Auch das des weißen Kamels, das mich absolut nicht leiden konnte.

Manchmal bedarf es Reihen dicker Bücher und vieler Abbildungen, um ein Bild im Kopf zu formen, manchmal nur eines kleinen Hinweises. Das eine wie das andere bedeutet einen Reichtum. Prof. Dr. Yavuz Köse vom Asien-Afrika-Institut der Universität Hamburg habe ich für eine lange Literaturliste zu danken, in der ich doch noch ein paar unbekannte Titel entdeckte, und für erhellende Ausführungen zu türkischen bzw. Orientteppichen in der europäischen Malerei Eva Maria Bruckmann M.A. für die Überlassung ihres Vortragstextes «Fotografien weiblicher Bankangestellter im spätosmanischen Reich als Geschichtsquellen».

Das Werk des großen türkischen Autors Ahmet Altan ermöglichte mir einen weiten Blick in das türkisch-osmanische Leben im Istanbul jener Jahre, insbesondere im Umfeld der jungtürkischen Bewegung.

Martina Fähnemann, Unternehmensdokumentation

Hapag-Lloyd AG, half schnell und unbürokratisch mit großartigem Informationsmaterial «von damals» zu den frühen Hapag-Passagierdampfern. Deren Fahrpläne habe ich allerdings den Notwendigkeiten meiner Reisenden angepasst. Kirsten Khaschei half Themenbereiche und Kapitel zu sortieren, Barbara Bolognino erlaubte mir, ihren schönen Namen für den Hutsalon in der Grande Rue de Pera auszuleihen, Martina Feistritzer wurde es erstaunlicherweise nie müde, meinen kapitelweisen Gedankenausflügen nach dem Bosporus oder dem Kaukasus zu folgen. Und meine Schwester Christiane Wüst, Hüterin unserer alten Fotografien und der Sankt-Georg-Ikone (unheilig Schorschi genannt), weit weg und doch immer ganz in der Nähe. Allen sei sehr herzlich gedankt.

Ganz besonders habe ich – wieder einmal – dem einmaligen Rowohlt-Team zu danken, allen voran meiner Lektorin Friederike Ney. Wenn es auch für Geduld und Zuversicht Orden gäbe ...

Petra Oelker
Im Juni 2018

Weitere Titel

Das Bild der alten Dame

Das glücklichste Jahr

Das klare Sommerlicht des Nordens

Die Brücke zwischen den Welten

Die Neuberin

Drei Wünsche

Ein Garten mit Elbblick

Emmas Reise

Tod auf dem Jakobsweg

Zwei Schwestern

Felicitas-Stern-Reihe

Der Klosterwald

Die kleine Madonna

Nebelmond

Nebelmond

Rosina-Zyklus

Tod am Zollhaus

Der Sommer des Kometen

Lorettas letzter Vorhang

Die zerbrochene Uhr

Die ungehorsame Tochter

Die englische Episode

Der Tote im Eiskeller

Mit dem Teufel im Bunde

Die Schwestern vom Roten Haus

Die Nacht des Schierlings

Das für dieses Buch verwendete Papier ist FSC®-zertifiziert.